# NARRATIVA Y LIBERTAD

## CUENTOS CUBANOS DE LA DIÁSPORA

Volumen II

COLECCIÓN ANTOLOGÍAS

EDICIONES UNIVERSAL, Miami, Florida, 1996

Selección, Introducción y notas por

# JULIO E. HERNÁNDEZ-MIYARES

# NARRATIVA Y LIBERTAD

## CUENTOS CUBANOS DE LA DIÁSPORA

### Volumen II

Copyright © 1996 by each author.
Of this edition by Julio E. Hernández-Miyares & Ediciones Universal

———

Primera edición, 1996

EDICIONES UNIVERSAL
P.O. Box 450353 (Shenandoah Station)
Miami, FL 33245-0353. USA
Tel: (305) 642-3234   Fax: (305) 642-7978

Library of Congress Catalog Card No.: 96-86365
I.S.B.N.: 0-89729-665-6 (obra completa)
0-89729-811-X (segundo tomo)

Diseño de las portadas por Juan Abreu
Obra en la portada del segundo volumen por Ramón Alejandro

Todos los derechos
son reservados. Ninguna parte de
este libro puede ser reproducida o transmitida
en ninguna forma o por ningún medio electrónico o mecánico,
incluyendo fotocopiadoras, grabadoras o sistemas computarizados,
sin el permiso por escrito del autor, excepto en el caso de
breves citas incorporadas en artículos críticos o en
revistas. Para obtener información diríjase a
Ediciones Universal.

# CONTENIDO

## VOLUMEN II
### NARRATIVA Y LIBERTAD
Cuentos Cubanos de la Diáspera

Henríquez, Enrique C.
    La muerte del ciguapo. .................................. 13
Henríquez, José M.
    El regreso de Pistolas ................................... 19
Hernández Jr., Leopoldo
    Dos palabras .......................................... 23
Hernández, Nicolás
    El caso del Steppenwolf criollo ......................... 25
Hernández-Chiroldes, Alberto
    Sin cafeña no hay país ................................. 28
Hernández-Miyares, Julio E.
    La tía Pilar ........................................... 40
Hernández Otazo, Cruz
    El rito de Damú ....................................... 50
Hiriart, Rosario
    El ojo ................................................ 52
Hudson, Ofelia
    El milagro de Quetzalcoatl ............................. 54

Islas, Maya
    Seance ............................................... 57

Jiménez, Felipe
    El valle lindo ......................................... 61
Jiménez, Onilda A.
    La otra realidad ...................................... 67

Kózer, José
    La última tarde que pasé contigo ....................... 73

Labrador Ruiz, Enrique
    Felino no tiene uñas .................................. 80
Lamadrid, Lucas
    El milagro imposible .................................. 84
Landa, Marco A.
    La sombra blanca ..................................... 88

Landa, René G.
    Hermanos gemelos ................................. 92
Lastra, Luis
    El desconocido ................................... 97
Leante, César
    Astarte .......................................... 100
Le Riverend, Pablo
    El duelo ......................................... 114
Le Riverend Suárez, María
    El viejo Benito .................................. 117
Linares, Manuel
    El valor de un sobre ............................. 120
Lorenzo, Alejandro
    El asalto ........................................ 125
Luque Escalona, Roberto S.
    Aquél no era mi día .............................. 127

Madrigal, José A.
    El uno y el otro ................................. 132
Martel, Rafael R.
    El Escape ........................................ 138
Martín, Rita
    El amigo ......................................... 140
Martínez Fernández, Luis
    La Hora .......................................... 144
Martínez Herrera, Alberto
    Nadina ........................................... 148
Martínez Solanas, Gerardo E.
    Leyenda del soldado desconocido .................. 154
Masó, Fausto
    Muere Confucio ................................... 157
Matas, Julio
    Apocalíptica ..................................... 162
Matías, Manuel
    El cuento subersivo .............................. 166
Mayor Marsán, Maricel
    Jesús ............................................ 170
Mesa, Otilio
    El sablista ...................................... 175
Miranda, Ana María
    Una trenza...Doce pelos...cuatro y cuatro y cuatro.. ......... 179
Montalvo, Berta G.
    La tacita de café ................................ 181
Montaner, Carlos Alberto
    Confesiones de un terrorista ..................... 184
Montenegro, Carlos
    Venganza ......................................... 190
Montes Huidobro, Matías
    Tiempo de siega .................................. 195
Morelli, Rolando O. H.
    El ojo del amo ................................... 199

Moreno, Angel Manuel
    El séptimo sello .................................. 203
Müller, Alberto
    Polimitas ......................................... 207
Muriedas, Mercedes
    La Hermosa Trasmiera ............................. 210

Novás Calvo, Lino
    Copey abajo ...................................... 213
Núñez, Ana Rosa
    Mary Wilson ...................................... 221

Obrador, Gina
    Aquí siempre es veintiséis ........................ 225
Odio, Silvia Eugenia
    Cosas de negros, mi niña .......................... 229
Ortal, Yolanda
    Al filo del silencio ............................... 235
Ortiz, Oscar F
    La última carta ................................... 239

Palacios, Esteban J.
    Lagrimas por un pueblo ............................ 242
Paz, Luis de la
    Otra forma en el tiempo ........................... 244
Pedraza, Jorge
    La historia de las palomas blancas ................ 251
Peña, Humberto
    El Hotel .......................................... 254
Peña de la Presa, O.
    El regreso ........................................ 259
Perera, Hilda
    Prostituta ........................................ 265
Pérez Díez Argüelles, Nicolás
    La viuda .......................................... 268
Pino, Enriqueta P. del
    20 de mayo 1902 ................................... 274
Pita, Juana Rosa
    Confesiones de un inmortal ........................ 277
Portuondo, Alicia
    El cinturón ....................................... 280
Prado, Pura del
    Reminiscencias .................................... 285
Prieto, Ulises
    Carapachibey ...................................... 289
Puente Díaz, Severino C.
    El contagio ....................................... 293

Ramos, Marcos Antonio
    La calle vieja .................................... 300

Rasco, Rafael
    El solitario de Guasimales .............................. 305
Rexach, Rosario
    El hombre que perdió su nombre ....................... 314
Ripoll, Carlos
    Julián Pérez (Fragmento) .............................. 318
Rivera, Frank
    Lucho en el balcón ................................... 324
Rivero Collado, Andrés
    Recuerdos ........................................... 328
Rizo Morgan, Félix
    El lamentable caballero de los sueños .................. 332
Robles, Mireya
    En la tierra del humo ................................ 338
Rodríguez-Florido, Jorge J.
    El viaje .............................................. 341
Rodríguez Mancebo, Manuel
    El precipicio ......................................... 345
Rodríguez Merallo, Ariel A.
    Desencanto ......................................... 350
Rodríguez Orgallez, Oscar
    La canción de los marieles ........................... 356
Rodríguez Sardiñas, Orlando
    El cuento corto ...................................... 363
Romeu, José Luis
    El infiltrado ......................................... 370
Rosado, Olga
    La espera ........................................... 376
Rosales, Guillermo
    El diablo y la monja ................................. 379
Rosell, Rosendo
    Navidades Electrónicas .............................. 382
Rubido, Esperanza
    La despedida ....................................... 387
Rubio Albet, Carlos
    Xinef, El eterno ..................................... 389

Salinas, Marcelo
    Dos Nochebuenas ................................... 394
Sánchez, Rosa
    Otro país ........................................... 401
Sánchez Almira, Miguel A.
    La vela de Pancha .................................. 406
Sánchez-Boudy, José
    El patroncito ....................................... 409
Sansirene, Teresa
    La pomadita ....................................... 412
Santamaría, Gloria
    Juan Tristeza de Nueva York ........................ 415
Santiago, Héctor
    Viaje al país de las Sayas Largas ..................... 420

Santos, Ramón J.
    El elevador .......................................... 430
Sarduy, Severo
    Descripción de la comparsa del alacrán (fragmento) ......... 433
Secades, Eladio
    Una venganza extraña ................................ 440
Serrano, Waldo
    Rutina para atrapar a un prófugo mental ................ 445
Suárez Radillo, Carlos M.
    Abdelkrim, mi amigo tetuaní .......................... 452

Tan, Miquén
    Cristián y el Liceo .................................. 456
Tápanes Estrella, Raúl
    El brazo débil ...................................... 459
Tejera, Nivaria
    Frente a esa orilla .................................. 465
Tomás, Lourdes
    La traición ......................................... 470
Torres, Omar
    Al otro lado de este lado ............................ 476
Triana, Gladys
    El horno ........................................... 482

Valdés, Hortensia
    Noche de miedo negro .............................. 485
Valero, Roberto
    Los muertos se van de rumba ....................... 489
Vallhonrat, Francisco A.
    Sin palabras ....................................... 491
Valls Arango, Jorge
    Al Iguandrago ..................................... 494
Ventura, Enrique
    Atardecer en las cataratas del Niágara ............... 500
Victoria, Carlos
    Liberación ........................................ 506
Viera Trejo, Bernardo
    La lógica del coronel Perfecto Luna .................. 514
Vilasuso, José
    La última petición del Coronel. Campanioni .......... 521
Villafaña, Frank
    La cornúa del tío Pancho ........................... 528
Villaverde, Fernando
    Guajiro ante el paisaje ............................. 537
Vives, Pancho
    Mi abuela tenía alas como los gatos ................. 548
Vizcaíno, José Luis
    El niño del bosque ................................. 556

Yanuzzi, G. Alberto
    Vivir peligrosamente ............................... 565

Ybarra Behar, Ondina
    El palo de Guayaba ................................. 569

Zaldivar Gladys
    El viaje ........................................... 574

## ILUSTRACIONES
### VOLUMEN II

N. Hernández Jr ........................................... 26
José M. Mijares ........................................... 41
Maya Islas ................................................ 58
Felipe Jiménez ............................................ 62
Alejandro Anreus ......................................... 149
Ángel Manuel Moreno ..................................... 204
Edmundo Hernández ...................................... 226
Augusto Chartrand ....................................... 333
J. Posada ................................................ 357
Olga Rosado ............................................. 377
Roro .................................................... 383
Guillermo Collazo ........................................ 390
María Victoria de Bernard ................................ 407
Samuel Delgado .......................................... 416
Nivaria Tejera ........................................... 466
Arturo Rodríguez ........................................ 538
Miguel Jorge ............................................. 549
Miguel Ordoqui .......................................... 570
Baruj Salinas ............................................ 575

# ENRIQUE C. HENRÍQUEZ

*Nació en Santo Domingo, República Dominicana, en 1902. A la edad de dos años, se trasladó con su familia a la ciudad de Santiago de Cuba, donde hizo sus estudios primarios y secundarios. Se graduó de Medicina en la Universidad de París y ejerció su profesión por muchos años en Santiago de Cuba. Se especializó en Antropología y Criminología, y fue representante a la Cámara por la provincia de Oriente. Vivió como exiliado en Miami, donde falleció hace varios años. Estaba casado con una hermana del ex-presidente Prío Socarrás. Muchos de sus relatos aparecieron en diarios y revistas de Miami y Santo Domingo.*

## LA MUERTE DEL CIGUAPO

—Juu...,Juu...

Así sonaba la queja intermitente del ciguapo en la umbría tranquilidad que los grandes banbúes proyectaban sobre el remanso del riachuelo.

De tarde en tarde, una hoja amarillenta voltigeaba en el aire cálido y, dando en el agua, esparcía débiles círculos concéntricos. A veces la nariz de una jicotea irrumpía, casi imperceptible. Era dentro de esa calma absoluta, en la verdadera soledad, donde sonaba el leve ulular del ciguapo, insinuante y triste.

—Juu..., Juu...

Lo pudieron ver a veces los que, muy de madrugada, cuando la noche lóbrega comienza a agrietarse y brotan los íntimos olores de la tierra, venían al río, con ciertos temores que luego confesaban en las veladas junto al fogón. También los que en la tarde mortecina, de vuelta de alguna fiesta, con los caballos cansados y confusos barrenillos en el pensamiento, tendían la vista sobre la poza tranquila donde él vivía.

Pequeño, negruzco, hirsuto, con los pies vueltos hacia atrás, mirando inesperadamente por sobre el hombro, rascándose siempre los flancos con aire de descuido: triste: así lo habían visto algunos, los más habladores. Los curiosos lo habían acechado a veces, pero sólo oyeron el "juu..., juu..." y luego el chúngulu! de la zabullida.

José Manuel creía, a medias. Tenía su bohío cerca del paso. Abajo, no muy lejos, se oía el murmullo del río en su estrechez pasajera. En el recodo, cerquita del paso, estaba aquella poza misteriosa donde, desde el tiempo de su abuelo le habían dicho que vivían los ciguapos.

Romper el monte, cruzar y sembrar una magra cosecha: esa era su vida, y más que su vida era aquella campesinita que él se llevó antes de que el cura lo obligara a casarse. La soledad de su bohío era una garantía y una felicidad para su amor sencillo. Hijos, ella no quiso.

El también había oído al ciguapo: "juu..., juu..." Como no lo importunaba, ni miedo le tenía.

Ella, Julia, era una gran hembra criolla, de mirada honda, ojos muy grandes, casi trágicos. Parecía sin embargo, tímida y recatada, como deben ser las mujeres campesinas. Durante la faena de la batea, descostraba los rudos pantalones y camisas del marido no sólo con energía, sino casi con furia. Por las tardes, sentada en el taburete y recostada contra las yaguas del bohío, abría los brazos, se estiraba como un gato, y miraba hacia arriba con singular expresión de libertad y, contento. Luego, se perdía en largas cavilaciones.

José Manuel sudaba, soplaba y maldecía rompiendo y cruzando el potrero que ya no necesitaba para pasto el dueño de la finca. Maldecía porque había grandes piedras y no había destoconado bastante: De cuando en cuando le gritaba a un buey:

—¡Onza de Oro...: entra al surco...! O...h..., buey!

Pero en el fondo se sentía bien... Mientras tuviera a Julia, unos cuantos pollos, su pareja de cochinos y su caballo moro azul que caminaba pasitrote, repiquete y una andadura que dejaba atrás a cualquiera de los caballos conocidos en diez leguas a la redonda, no podía más; no tenía deseo de pedir más.

Su mujer no le hablaba mucho, es cierto; pero él tampoco era muy hablador. No tenía más amigo que Juan Cabañas, un vale, pero inteligente, jugador infalible de gallos, y que conocía muchas historias y canciones aprendidas en la capital donde había vivido algún tiempo. Lo sobrenatural lo conocía por haber tenido noticias del más allá misterioso desde pequeño, pero no le temía. Dios era algo fuerte y Poderoso contra quien no convenía protestar en ningún caso. Y para estar bien con los santos y la Virgen, tenía su medalla y su detente. Había oído hablar de las 'salaciones, de los trabajos de los brujos en general. Quizás no creía en ellos, pero los respetaba.

Algunos contaban, a la vera de los bohíos cercanos, que a la hora del lucero, cuando las cosas empiezan a ser más oscuras, y más tristes, habían oído un cantar. Venía de la ceja del monte firme que casi tocaba al bohío de José Manuel; y era un triste cantar.

El mismo José Manuel lo oyó una tarde. Tenía notas lastimeras, inflexiones de dolor y de suplica, y terminaba casi en un gemido:

>Mujercita de mi vida,
>¿cuándo te volveré a ver?
>Llega muy hondo la herida
>que me ha hecho tu querer...

La música era triste y venía del monte, del monte firme. Le produjo indefinible malestar. Como era tarde, y después de oscuro no es bueno averiguar lo que pasa en el monte, siguió hasta su casa.

Ya había oído hablar del ciguapo del río, pero Mamá Juana, que sabía de esas cosas, no le dijo que el ciguapo era mala gente. Nunca, creía ella, un ciguapo podría perjudicar a un hombre bueno.

—Cuídate de los hombres..., de los hombres de verdad le dijo— le dijo—. El ciguapo sólo quiere al río, que es su padre. Los hombres siempre quieren otras cosas... Yo lo he visto,. al ciguapo y. aunque tenga los pies al revés y no sea como nosotros, no hará daño a ningún cristiano. Si tienes miedo, persígnate. Y dile a tu mujer que cierre bien la puerta cuando esté sola.

José Manuel no era hombre de miedo, o eso creía él. Pero otra tarde oyó cantar de nuevo al ciguapo:

>Niña de mis amores,
>desde el día en que te ví
>sólo quiero buscar flores
>para dártelas a ti...

Sintió que el resuello se le entrecortaba, de miedo o quizás de angustia. Corrió hacia la casa, cargó la escopeta con perdigones del 5, y bajó al río. Llegando casi al agua, oyó, en la poza que hacía recodo tras el vado, un ruido:

Chúngulo!...

¿Habría zabullido alguien allí? Era posible. De todos modos, ninguno de sus conocidos lo hubiera hecho a esas horas del anochecer. Sin duda sería el ciguapo.

Volvió a la casa y le preguntó a Julia:

—¿No oíste un ruido? Me pareció que alguien cantaba cerca de la casa...

—No. No he oído nada. De noche se oyen muchas cosas en el monte. ¿Quieres café?

—Bueno; dame café; Y guárdame la escopeta. Sin tocar el gato: está cargada.

Julia hizo ondular sus caderas mientras iba al fogón con el cachorro del café. Al caminar, sacudió sus largos cabellos negros, temblaron sus senos, y de toda ella se desprendió una poderosa atracción. Y también —muy confusamente percibida por su marido— una sensación de peligro.

—Y tú, —dijo José Manuel—, ¿no has oído hablar del ciguapo? Dicen que vive en nuestra poza, en el recodo del paso que está aquí abajo.

—¡Ja, ja ja...! —rió ella con risa franca— Si he oído... No lo he visto con mis ojos, pero debe ser un buen bicho si no se mete con las personas.

Por aquí no pasa nadie y tú estás todo el día en la casa Quizás lo hayas oído cantar....

—No; cantar no —repuso ella seriamente—. ¿Cómo quieres que un ciguapo vaya a cantar?

Pues alguien canta en la ceja del monte...—, murmuró al fin con sombría convicción.

La vida continuó así, monótona, entre las discusiones con el dueño de la tierra que quería sacarle a José Manuel cada vez más por el trozo que cultivaba en aparcería, las ocasionales peleas de gallos, o las visitas de algún político en busca de votos. A prima noche, se recogía siempre en su bohío a tomar café, fumar algún puro de la vega contigua, y mirar a Julia, sin hablar mucho. O mejor, a admirar a Julia; contemplar sus largos cabellos negrísimos, sus pechos puntiagudos y palpitantes, y las amplias caderas que ondulaban sin que pudiera disimularlas el sencillo túnico.

Aunque no sabía bien por qué, José Manuel se apresuraba cada día más en llegar a su casa. En el batey se reían de sus historias de ciguapos.

José Manuel, ya es hora de que dejes todas esas estúpidas ideas. Te están explotando los dueños de la tierra, y tú sólo piensas en ciguapos, Debías entrar en nuestro comité. Cuida a tu mujer. Si está segura, ríete del resto. ¡Y si ves al ciguapo, métele con la escopeta!

Pero él no estaba seguro. Seguro de nada... Podía existir un ciguapo en la poza de abajo. Pero, ¿por qué aquellos cantos en la ceja del monte? Y aquella sensación de inseguridad, de oscuro temor... Nadie puede tener celos de un ciguapo pero ¿por qué sentía calentársele las orejas cuando recordaba la canción que venía del monte?

Fue al pueblo, donde había una capilla. Fue a ver a la Virgen porque su madre, de pequeño le había enseñado que ella velaba por los pobres, por los adoloridos y por los angustiados.

Echó unos centavillos en la caja de la puerta y se arrodilló. No se arrodilló con una sola rodilla, como había visto hacer en algunas ceremonias a los hombres que presumían de ser "hombres hombres". Se arrodilló con las dos rodillas en tierras, como cuando era niño. Su oración fue breve:

—Virgen María, Madre de Dios: No permitas que yo cometa un pecado... Si hay cosas malas rondando mi casa, dame valor para luchar contra ellas.... No permitas que venga la desgracia... Y guárdame a Julia..., para mi....

Se fue consolado, reconfortado en todo lo posible. Pero el había oído la trova:

—Niña de mis amores...

Y había sentido en lo hondo, la mordida del tono quejumbroso, la llamada urgente que emergía de aquel insólito cantar.

Días después oyó, él mismo, con sus propios oídos, un nuevo cantar:

¡Qué lindo el sol cada día!
Ahora puedo tener calma,
porque al fin has sido mía,
mujercita de mi alma....

El canto era lindo; era dulce e insinuante, y venía de la vereda de su bohío. Entonces sintió como un golpe en el pecho. corrió, corrió hacia su casa. Atropelló la puerta, pero sólo encontró dentro a Julia. Ella tuvo un sobresalto:

—¡Qué...!

—¡La escopeta... Dame la escopeta...

Sin esperar, tomó el arma él mismo y corrió hacia abajo, hacia el vado y la poza del recodo.

Pronto llegó a largas, elásticas, veloces zancadas. Y entonces lo vio... O, mejor, vio un bulto erguido a medias al borde del río.

Sin vacilar, paró en firme e hizo puntería. El disparo retumbó en los ecos de la cañada. Tiraba con antiguos cartuchos de pólvora negra y una pequeña humarada se alzó delante del cañón. Luego, sin recargar, corrió adelante con al afán del cazador que va a cobrar su pieza.

Pero nada halló. Oyó en la poza contigua un ruido que, entre cuentos e imaginación, le era ya familiar:

¡Chúngulu! ...

Perplejo, miró al suelo. A la azulina luz del crepúsculo, creyó distinguir algunas gotas negruzcas; y, en el fango de la orilla, la huella de un pie.

A qué buscar más, con la escopeta descargada y...., a aquella hora... Era hora propicia para los aparecidos, los seres sobrenaturales, las oscuras fuerzas de la "cosa mala". Ellas hubieran protegido al ciguapo. Haciendo la señal de la cruz, volvió lentamente a su bohío.

Encontró a Julia a la puerta. Parecía asustada. Lo miraba con ojos muy grandes.

—¿Te asustaste? —dijo él—. ¿Por qué me miras con esos ojos de espanto?

—Por nada... Es que oí el tiro....

—El tiro lo tiré yo. ¡Y le di! Ví la sangre... No había rastro.

—Sangre... —dijo ella.

—Sí, sangre; y una huella, pero no tenía el pie al revés. De todas maneras, el ciguapo no se arrimará más por aquí. ¿Quieres darme un beso?

—Sangre... —repitió ella lentamente. —No; estoy muy nerviosa... Luego...

Y se fue a la ventana a mirar con los ojos muy abiertos el lucero de la tarde que resplandecía sobre una lejana colina coronada de monte firme.

# JOSÉ M. HENRÍQUEZ

*Nació en Unión de Reyes, Matanzas. Reside en Nueva York desde 1956. Ha publicado la noveleta de ficción:* Laura Diamond, sagaz detective con cuatro personalidades físicas con el nombre policial de: La mujer culebra. *Tiene en preparación la novela* Los huerfanos de la cumbre *y dos poemarios:* El declamador sencillo, *y* Bala en el directo.

## EL REGRESO DE PISTOLA

Pastor Leal, muchacho de unos quince años, estaba sentado en el pértigo de la carreta contemplando a Pistola, potro de unos cuatro años, que retozaba a poca distancia. Pistola estaba contento. Mordisqueba la yerba y saltaba y relinchaba como el muchacho más contento del mundo. Había sido vendido a un rico hacendado que tenía su hacienda a muchos kilómetros de la finca La Mano, y se había escapado del corral ese mismo día y había regresado a la finca.

Por la mente del joven Pastor comenzaron a pasar los recuerdos, comenzando el día en que adoptaron a la madre de Pistola, el nacimiento de Pistola, su crecimiento, venta y regreso: "La madre de Pistola era hija de una humilde yegua que formaba parte de la recua de Manolo el Carbonero, abandonada por Manolo el mismo día que nació en el camino junto al lindero de la finca La Mano (Nombre ficticio). Resulta que la pobre y cansada yegua, y también con un corazón lleno de pasiones y ardientes sueños, había tenido una ilusión romántica una noche de luna llena contra la voluntad de Manolo, quien, cuando nació la potra, con sentimientos de carbón, enfurecido la abandonó en el lindero de la finca La Mano de Inocente Leal, su esposa Cándida Bueno, sus hijas Luz María y Fe, y sus hijos Salvador y Pastor, gente hecha de bondad, dulzura y paz.

Inocente y su familia adoptaron la potra y se la llevaron a una joven yegua que estaba criando en el potrero vecino, pero ésta, que estaba pasando trabajo para criar a su potro, no pudo hacerse cargo de ella, así que regresaron a la casa y comenzaron a alimentarla con leche de vaca.

La cuidaron como a un miembro de la familia. Los fines de semanas la bañaban, la peinaban y perfumaban como a una niña.

Pasó el tiempo y un día vino de Camagüey un primo de Inocente montando un fino y bien entrenado potro, joven que siempre recorría a Cuba a caballo, y meses después, a su debido tiempo, nació Pistola. Pudieron haberlo nombrado Trueno, Relámpago o Aguacero, porque la tarde que trajeron a la yegua para que lo alumbrara en el portal de la parte trasera de la casa, donde estaban colgando las monturas y donde estaba la tina de layar la ropa, estaba tronando y relampagueando mucho y minutos después comenzó a caer un aguacero que hizo historia. Llovió tanto que la gente pensó que la Ciénaga de Zapata se iba a desbordar y que el agua iba a llegar a Jagüey Grande, Torriente y El Estante.

Pistola, como la madre, creció junto a la casa recibiendo la atención de toda la familia, y hasta hablaban con él de las buenas cosechas y del mal negocio que habían hecho ese año con el pepino y la calabaza.

Cuando llegó la hora de ser domado no dio mucho trabajo. En poco tiempo aprendió a marchar y dar pasos como si hubiera tenido cascos de seda. Le encantaba marchar al compás de la música.

Después de entrenado Salvador lo montó muchas veces para visitar la novia y para visitar las fincas y pueblos cercanos. Pistola marchó por las calles de Alacranes, Bermejas, Los palos, Unión de Reyes y Bolondorón con estilo y elegancia de príncipe. Dos veces visitó el pueblo en cuyos alrededores estaba la hacienda del hombre, que sin saberlo en ese entonces, meses después compraría a Pistola.

Cuando Salvador viajaba en su potro de un pueblo a otro, lo hacía por el camino real que había junta al ferrocarril, así que para Pistola la vía se hizo familiar.

Ese año había empezado mal en la finca La Mano y las fincas vecinas. La sequía era horrible. Después comenzaron las lluvias. Caía un aguacero detrás de otro cosa que no dejaba a las plantas crecer, así que las cosechas fueron un fracaso.

Inocente, para resolver problemas de familia, tuvo que empezar por vender una yunta de bueyes. Semanas después tuvo que vender otra yunta y una vaca para ayudar a Luz María en los preparativos de la boda, y para añadirle una habitación a la casa. Y después, para el casamiento de Salvador y añadir otra habitación a la casa, fue necesario seguir vendiendo. ¡Y Pistola fue vendido también! ¡Ese día fue muy triste para la familia! Dos hombres vinieron en un camión a buscar a Pistola. La madre de Pistola relinchó como si hubiera estado llorando cuando el camión se alejaba por el camino de la finca rumbo a la puerta del lindero en la cerca del camino real. Pistola relinchaba y daba patadas en el piso del camión como queriendo romperlo para escapar.

Todos entraron en la casa menos Pastor. Todos estaban tristes, pero la próxima boda de Salvador, y la visita que la cigüeña haría muy pronto a Luz María, eran motivos más fuertes que la partida de Pistola. Para Pastor la partida de Pistola era más importante que todo.

El camión salió por la puerta entre dos algarrobos, y tomó hacia la izquierda por el camino real.

Después, todos los días, Pastor dejaba la puerta abierta con las esperanzas de ver a Pistola regresar y entrar por ella a todo correr y relinchando.

Las tormentas cesaron y comenzaron los días secos.

Todas las mañanas la mirada de Pastor recorría el camino desde la casa hasta la puerta del lindero. ¡Y una mañana, de pronto, Pistola entró por la puerta corriendo y relinchando de alegría!

—¡Pistola! —gritó Pastor.

Y toda la familia salió al patio. Luz María con su esposo y su bebé y Salvador con su esposa.

Los latidos del corazón de Pastor fueron a meterse en el corazón de Pistola. Su pecho empezó a sentir como el pecho de Pistola. ¡Las emociones de Pistola hervían en la sangre de Pastor!

Pistola corría por el camino de tierra colorada entre dos cercas de piedra junto a las cuales crecían piñones, flamboyanes, guayabos, palmas, algarrobos y también arbustos donde se escondían y dormían las codornices. Las tojositas del camino levantaron el vuelo y se posaron sobre la cerca de piedra, y los lagartos se escondieron entre las ramas llenas de rocío. ¡La emoción de Pistola era infinita! ¡Se sentía como si estuviera regresando a la patria después de haber estado ausente muchos años! ¡Cuántas fronteras tuvo que cruzar! ¡Relinchando como si hubiera sido un niño llorando en el camino de regreso a los brazos de la madre, Pistola corría lleno de emoción! ¡Al final del camino estaba la casa! ¡Dios mío, su casa, su madre, los muchachos de la casa, Inocente y Cándida! ¡Oyó a la madre relinchar! ¡Todo el mundo lo estaba esperando! ¡Llegó sofocado y acarició a todos! ¡Todos lo acariciaron! ¡Corrió y acaricio a la madre! ...Después fue al estanque y bebió agua fresca, la deliciosa agua de su casa. Y empezó a retozar. Y Pastor se sentó en el pértigo de la carreta..."

Pastor tenía los ojos llenos de lágrimas. Se apretó la boca con la mano para no dejar que el llanto se le escapara y retumbara en el camino y en todos los linderos de La Mano...

# *LEOPOLDO HERNÁNDEZ*

*Nació en La Habana, en 1921. Allí cursó la enseñanza primaria y secundaria, y se graduó de Abogado en su Universidad, en 1945. Desde temprano se dedicó a la creación dramática y a la narrativa corta, y algunas de sus obras han sido premiadas en Cuba y en los Angeles, California, ciudad donde se radicó a la salida de su país natal. Firmó algunas de sus obras con el seudónimo de Karlo Tomás. Publicó un volumen de relatos breves bajo el título de* Eric (Viñetas sobre un ladrón chiquito) (1971). Falleció hace unos años en Miami.

## DOS PALABRAS

Eric me ve tomando mi cerveza y pide su ración de espuma. Yo le complazco y le miro el bigotico blanco.

El teléfono desata su timbre a espasmos asustando momentáneamente al niño quien no tarda en reponerse y colocar el receptor en su oído derecho. Una voz de hombre escapa del aparato. Eric, lleno de preguntas que no sabe formular, observa el objeto unos segundos y me lo tiende luego al tiempo que pronuncia con claridad suma, una de las pocas palabras que puede expresar: "Pápa..."

Más tarde la experiencia se repite, pero esta vez una mujer es la que está del otro lado de la línea: "Máma... dice satisfecho de saber tanto. En ambos casos está equivocado pero a él no le importa, porque su mundo, reducido a lo más sustancial, acumula todas las voces masculinas bajo un vocablo y todas las femeninas bajo otro. En definitiva su conciencia y la "sub" misteriosa y oculta que ha de regir su vida todavía son una y la misma cosa. Los arquetipos "pápa" y máma (así acentuados por él en la primera sílaba) encierran para un bebé las dos partes principales en que el Universo se divide.

Un nuevo sorbo renueva el bigotillo níveo. Eric se va con las manitas a la altura de los hombros hacia la ventana donde se estaciona obviamente complacido. Una experiencia siempre nueva crece más allá del cristal. El la observa curioso.

"La vida es fácil... Un espectáculo incesante, cariño inacabable, descubrimientos por doquier, un par de palabras que lo comprimen todo y un paladear el líquido de oro y blanca espuma que el abuelo desliza entre mis labios alguna que otra vez... Sí... es fácil... fácil..."

Asumo que así piensa o más bien siente.

La piel de mis manos que comienza a arrugarse muestra sus cicatrices y una historia muy larga de cansancio. Yo las miro. Luego al niño que aun medita y suprime sus duda con un pulgar que sabe a gloria y un símbolo de trapo.

Algún día sabrá.

El pensamiento, negro y hosco, me nubla un instante los ojos.

Pobre... Pobre, Eric...

# NICOLÁS HERNÁNDEZ JR.

*Nació en La Habana, en 1953. Salió al exilio muy joven y completó sus estudios en los Estados Unidos. Obtuvo su doctorado en literaturas hispánicas en Cornel University. Ha escrito cuentos, poemas y ensayos. Actualmente es profesor en Russell Sage College, Troy, Nueva York.*

## EL CASO DEL STEPPENWOLF CRIOLLO

Las lluvias de transición entre el invierno y la primavera de este año han caído tan insistentemente que, poco a poco, la sensación de humedad lo ha invadido todo. La esfera del reloj pulsera de Manuel Domínguez López, contaminada de la humedad del medio ambiente, ha cobrado la vitalidad brumosa de una atmósfera interior propia. Las horas se suceden una tras otra bajo el efecto gris del tiempo condensado.

—Caramba, me sorprende que sea precisamente ahora que mi reloj, después de tantos años de fiel servicio en la isla y luego en el exilio, venga a nublarse de esta manera. Estas son las ironías de la vida que Liborio diría que pertenecen a esa suerte que el cubano tiene por antonomasia. Pero no. ¿Para qué me voy a engañar? Si el tiempo se va a acabar de todas formas, al hombre no le debe importar fijar sus límites temporales. La durée, la duración, es lo único que tiene significado para el hombre. La serie de acciones de una vida cualquiera ocurre en el marco de la historia de una humanidad amorfa completamente. Y aún la HISTORIA no es sino un momento ínfimo del concepto de lo eterno. ¿Qué inmanencia de significación podrá tener una vida, la de un solo hombre, para la Bondad Eterna,—si es que existe,—o qué valor intrínseco tendrá para las hordas salvajes de sus semejantes, o para su propia identidad penosamente desdoblada?

El equipo de rescate de los bomberos ha sacado un automóvil del agua, cerca de la orilla del lago. Todavía se pueden ver en la arena

las huellas hechas por las ruedas a eso de las siete y media de la mañana. Son las nueve y cuarto. Manuel Domínguez López está plácidamente sentado al volante, con los dos cinturones de seguridad —el del hombro y el de la cintura,— cómodamente apretados. En el bolsillo inferior de su saco lleva sus papeles de identificación, entre los cuales el médico forense encuentra cuatro fotografías pequeñas; una de la esposa una de la hija mayor (la casada que se quedó con el marido en Cuba, los dos integrados), una de la primera comunión de la segunda hija, y la última de un bebé, cuya foto lleva al dorso la siguiente inscripción, ejecutada en impecable estilo Palmero, "Para Papá, un recuerdo del niño que simboliza tu esperanza al nacer en este día." Y la firma reza: "Fidelito, primero de enero, 1959." Junto a las fotos está su tarjeta del *Social Security* y la boleta del *Unemployment Insurance*.

## *ALBERTO HERNÁNDEZ CHIROLDES*

*Nació en 1943, en la ciudad de Pinar del Río. Salió al exilio en 1961 y ha residido y estudiado en Puerto Rico. Canadá, España y en los Estados Unidos. Se doctoró en Literatura Hispanoamericana de la Universidad de Texas y ha sido profesor de las universidades de Puerto Rico y Holy Cross, en Massachusetts. En la actualidad es profesor titular en Davidson College, en donde ha recibido en dos ocasiones el premio del profesor del año. En 1983 publicó el libro* Los versos sencillos de José Martí: análisis crítico *y en 1992 editó y prologó el clásico cubano del siglo XIX* Los cubanos pintados por sí mismos. *Ha publicado cuentos, poesía y artículos de crítica literaria. Su colección de relatos* A cien pasos de El Paraíso *será publicada próximamente.*

## SIN CAFEÑA NO HAY PAÍS

El viejo y trabajoso manuscrito empezaba de esta manera: "En una joven isla, a bandeja de aguacate y mangos parecida, Máximo Rey compró una finca. Finca verde y salada la del señor Rey sería. Una noche Máximo, que acostumbraba por esa época a sepultar sus puercos en el patio oscuro de su casa, decidió comenzar a sembrar sus predios. Desde que era muy pequeño e infeliz, Maximito padecía de incontrolables ataques de imaginación. Los proyectos más estupendos (o estúpidos) se enredaban sin misericordia en sus neuronas cerebrales, y allí luchaban en silencio por nacer y hacer de las suyas (o de las de los otros). Mientras que finca no tenía, Máximo escondía bravamente sus proyectos, pero de noche los sacaba y los pulía y los meneaba un poquitico, sin hacer mucho ruido, y los colocaba a veces bajo la cómplice almohada.

El nuevo propietario de la finca, con una tenacidad de murciélago diurno, se atascó en la tarea de sembrar sus tierras. Pera, ¿cuál sería su cosecha? ¿viandas? ¿gramíneas? ¿frutos menores? Pocos por esa época conocían al Sr. Máximo. A pocos la fortuna les había concedido la dicha de penetrar las murallas infranqueables de sus meninges. Nadie sospechaba la atribulada capacidad imaginativa del neopropietario.

Máximo, quien era un bebedor impetuoso de café, resentía el trabajoso procedimiento de endulzar el oscuro brebaje. Sobre todo, le molestaba el tener que menear el líquido con una cucharita, acción que consideraba afeminada e indigna. Decidió, entonces, encontrarle una solución, de una buena vez, a este engorroso problema. Tras una investigación minuciosa de cuarenta y tres segundos, dio con la solución: haría un injerto entre un arbusto de café y una caña de azúcar. De esa forma el café ya vendría endulzado.

Máximo comenzó el injerto de la nueva planta, a la que ya había bautizado con el nombre de cafeña. La medianoche, como todos saben, es el mejor momento para ejecutar este tipo de operación agrícola. Todos los vecinos, curiosos o impertinentes, maravillados por las maravillosas maravillas del genial agricultor, se acercaron hasta los prietos predios de Máximo. Inmediatamente se organizó COCUA (Comité de Curiosidad Agrícola), cuyo manifiesto organizativo así rezaba:

Impelidos por la imperiosa necesidad de saber, conocer, entender y juzgar todo lo que ha ocurrido, ocurre, ocurra o pudiera haber ocurrido en nuestro vecindario, solemnemente nos constituimos en asamblea gestora.

Una comisión de voluntarios se ofreció para montar eterna vigilancia. He aquí algunos de los lemas adoptados por la patriótica organización: "Abrir los ojos es deber nacional," "Con los ojos abiertos hasta la muerte," "Dormir es morir," "La defensa de la cafeña es nuestra seña," "Café dulce o Muerte amarga." La comisión de voluntarios se apostó en guardia absolutamente permanente tras una letrina que les ofrecía una óptima posición para su labor.

Antes de comenzar la siembra, sin embargo, a Máximo lo atacó un impulso incontenible de decir unas breves palabras a los muchos vecinos allí reunidos:

—Yo quiero que Uds. vengan aquí y comprueben con sus propios ojos los adelantos de una finca revolucionaria. Yo quiero que Uds. puedan constatar con sus propios ojos la falsedad de la propaganda esparcida por los elementos reaccionarios, cavernícolas y mercenarios. Yo quiero que Uds. tengan la más plena y completa seguridad de que nuestra finca no dará un paso atrás en sus metas revolucionarias. Yo quiero que Uds. se convenzan de que nuestra revolución ha sido generosa y no ha eliminado, como debía haberlo hecho, a todos los agentes inmundos y boquinegros del imperialismo. Yo quiero que Uds. me siembren la cafeña revolucionaria.

Los señores voluntarios con intenso entusiasmo, recogieron las semillas de café y las cañas de azúcar y, dando unas graciosas pataditas en la tierra, iban sembrando toda la comarca. En las macetas de los balcones, en los tinajones camagüeyanos, en los canteros olorosos de los patios interiores, en los parques, en los trillitos de los parques, en los traspatios ocultos y remotos, en las entretelas de todos los recuerdos, en los recodos de todos los sueños, en los rincones bochornosos de todas las pesadillas, se sembraron los injertos radicales, las manipulación progresistas de la naturaleza, las cafeñas revolucionarias.

Mientras se esperaba por el milagro productivo, el bueno de Máximo, con su dulce cara infantil, entró en la letrina, se sentó plácidamente, entornó los ojos y la puerta y quedó dormido dulcemente, mientras el viento rozaba las estrellas en el cielo y un pelotón de angelitos de la guardia fusilaba todas las ideas discordantes.

COCUA nombró a Máximo jefe "Honoris Causa" de la revolucionariamente vigilante organización. Máximo, en su condición de mentor, guía, único dirigente y dueño vitalicio de todo lo que existía o pudiera existir en la finca, se regaló todas las propiedades de la comarca. Inmediatamente ideó una competencia revolucionaria: aquellos vecinos que aplaudieran más alto, con más entusiasmo y por más tiempo serían beneficiados con posiciones importantes en el nuevo sistema administrativo. El caso de Ramonín, el Manco, es especialmente conmovedor. Después de aplaudir sin misericordia y sin tregua por trece días con sus trece noches, a Ramonín el Manco se le inflamó la mano izquierda y se le manifestó un caso agudo de infección bacterial. Pero Ramonín, quien por aquel tiempo no era manco, ni cejaba ni cedía. Al contrario, para mostrar su celo revolucionario y su completa fidelidad a Máximo, arreció con seña los aplausos. La mano derecha, inmisericorde y violenta, persistió en sus golpes, ahora más brutales y terribles, a la mano izquierda, hecha ya una masa sanguinolenta y hedionda. Los facultativos, antes que Ramonín perdiera también la diestra, dieron la orden de detener los aplausos revolucionarios. Doce hombres fornidos y fornicantes fueron necesarios para interrumpir los patrióticos aplausos de Ramonín el Manco. Pero ya era tarde, y más tarde esa tarde tuvieron que amputarle ("decapitarle" decía el reporte del cirujano revolucionario) la mano izquierda. Mientras el médico le serruchaba con mucho esmero los huesos de la mano, Ramonín el Manco gritaba enérgicamente, "Gracias Máximo," "Gracias Máximo querido." Después de ser nombrado vencedor del concurso de aplausos y halagos revolucionarios, Ramonín el Manco fue nombrado "Compañero Responsable de Palmas y Palmiche" en la finca del Máximo Rey.

Hubo otros casos de genuino patetismo revolucionario; como el de aquella anciana que trajo, con lágrimas en todos los ojos, el orinal de su difunto esposo. Máximo, revolucionariamente conmovido, le expresó la gratitud del vecindario a la cívica anciana, y le aseguró que las generaciones venideras gozarían los maravillosos frutos de su sacrificio. Inmediatamente, un vecino de rostro alechonado y triste, quien era ahora "Compañero Responsable de Colectas Revolucionarias," ordenó, so pena de cárcel, una donación voluntaria y universal de orinales. Millones de adminículos se acumularon por todas partes, y retrasaban el trabajo y el libre paso de los vecinos por las calles y los trillos. No se podía caminar sin patear uno que otro orinal, a veces con desagradables consecuencias. Entonces Máximo tuvo una idea genial: el que más se distinguiera en el trabajo y la vigilancia recibiría como premio uno de los orinales donados al jefe y maestro. Muchos de los más fervientes se lanzaron a una febril emulación. Noel Garzón, un joven de mucha promesa revolucionaria, ganó la emulación de ensartar más agujas con las manos atadas a la espalda. Como premio a su hazaña, se le regaló un orinal rojo y brillante, el cual colocó, orondo y conmovido, en un lugar prominente de la sala de su hogar.

Pero ya Máximo estaba interesado en otro asunto de suma importancia. Mientras esperaba el resultado de la siembra de cafeñas, pensaba profundamente en un problema de gran trascendencia: el uso óptimo del espacio. Meditando en su letrina, en una tarde melancólica y calurosa, lo picó una abeja descarriada. Máximo, al no saber la procedencia del insecto agresor, decidió hacer un censo general de abejas. Llamó, entonces, a uno de sus colaboradores más fieles, Eloy Secada Cosa, y le dijo, mientras masticaba golosamente media pechuga de pavo, "Eloy, cuéntame las abejas." Eloy se sintió orgulloso y dichoso de que Máximo le ordenara una tarea.

Inmediatamente comenzó el sesudo censo. Después de seis arduos meses, regresó con el resultado de sus labores: "vengo a reportar, jefe y maestro" dijo, casi sin aliento, Eloy Secada Cosa, "el censo arroja un gran total de once." "¡Once! ¿tú estás loco?" ripostó Máximo. "Si yo veo todos los días por lo menos treinta o cuarenta abejas aquí mismo." "¿Abejas?" preguntó, extrañado y temeroso, Eloy. "Yo creía que Ud. había dicho ovejas." "Estúpido, estúpido, estúpido." Gritaba Máximo, mientras perseguía a Eloy Secada Cosa por toda la finca y le daba nalgadas sin misericordia con una raqueta de pingpong. De pronto se detuvo y le preguntó a su fiel colaborador: "Eloy, ¿dices que hay solamente once ovejas?" "Sí, jefe y maestro," respondió, jadeante y dolorido, Eloy Secada Cosa. "Esto huele muy mal" musitó meditabundo, Máximo. "Es que hemos corrido mucho y con el calor..." El jefe y maestro no lo dejó terminar: "estúpido, estúpido, es tupido, es tupido, es tupido," y lo persiguió otra vez por toda la finca a nalgada limpia con la ya adolorida raqueta de ping-pong.

Máximo ordenó la encarcelación de Eloy Secada Cosa. Además llamó a Renato Sierra Lavilla, director de La Guataca, órgano oficial del Comité de Curiosidad Agrícola (COCUA), y le ordenó que publicara un titular en su periódico que dijera, a ocho columnas, "Eloy es traidor." Justo Sierra Lavilla así lo hizo. Pero al día siguiente Máximo lanzó un grito de delirante ira. El periódico La Guataca había publicado, con letras rojas, un titular que decía: "El hoy es traidor," y como Máximo poseía el uso exclusivo de los pronombres "yo", "él" y "nosotros", se sintió aludido e insultado por el titular. Por lo tanto, mando recoger toda la edición de La Gautaca y ordenó la detención inmediata de su director. Renato Sierra Lavilla logró escapar en una balsa hecha con trescientos orinales, unidos con unas tiritas cortadas de viejos y experimentados calzoncillos.

Después de un justo, aunque breve, juicio, Eloy fue condenado a treinta años de arresto domiciliario. Pero como no tenía domicilio, ya que, para estar más cerca de su jefe y señor natural, vivía en la letrina de Máximo, tuvo que ser trasladado a una cárcel especial. Máximo comenzó una investigación personal sobre la desaparición de las ovejas, y descubrió lo siguiente: "Cuando los vecinos supieron que se haría un censo de ovejas y, al temer que se les confiscaran todos estos animales, las escondieron o, en muchos casos, las mataron e hicieron grandes, pero muy secretos, banquetes con la carne de las víctimas sacrificadas. En un juicio gigantesco, en la plaza más espaciosas de la finca, se acusó a los antiguos propietarios de ovejas de robar a la revolución de su sustento. En la causa 28, mejor conocida como la conspiración de los ovejeros, estaban encartados 2.828 vecinos de la finca. Todos fueron condenados a treinta años de trabajo forzado. Cuando una hermana mayor de Máximo le reprochó la severidad de la sentencia, éste le contestó, "pues, que cumplan los años que puedan."

Los siempre seguros servidores servían sin cesar a su señor natural y así, con todo fervor y furor revolucionario, nombraron a Máximo Rey dueño y jefe. Honoris Causa, de COCUA. Después de la ceremonia multitudinaria llevada a cabo para celebrar tan augusta ocasión, una inicua abeja picó otra vez al jefe y maestro en la mejilla izquierda. Lleno de dolorida ira, Máximo ordenó una investigación profunda y exhaustiva de los hábitos y características de las melifícentes criaturas. Se efectuó entonces una movilización general para contar todas las abejas de la finca. Mil veintitrés fue el resultado del censo apícola, cantidad muy por debajo de las metas revolucionarias. Máximo ordenó el incremento de la cantidad de abejas en un 33.333%. Los técnicos hicieron atinadas sugerencias, pero todas le parecieron a Máximo ideas timoratas y apocadas. El dueño y señor natural de la finca permaneció varios días mirando fijamente la rama inquieta de un algarrobo: "Compañeros, ya tenemos la solución," dijo dulcemente. El vecindario, en una masiva concentración popular, declaró aquél "el año de la abeja revolucionaria." Máximo les habló con candor:

"Cada hombre, cada mujer, cada anciano, cada anciana, cada niño, cada niña, cada niñito, cada voluntario revolucionario habrá de lanzarse a la fecunda tarea de construir nuevas celdas para las abejas. Es evidente, compañeros, que nos encontramos frente a un caso de crisis del espacio vital. Los dueños anteriores nos condicionaron a vivir con la mentira y nos enlazaron con ella en promiscuo matrimonio, por eso ahora no podemos ver claramente la verdad revolucionaria (aplausos). Las abejas, hasta hoy esclavas de un sistema arcaico, han vivido desperdiciando espacio vital. Pero nuestra revolución nos ha hecho, por fin, comprender que el sistema de celdas octagonales es un retraso cavernícola y mercenario, que sólo mentes obtusas han podido mantener con la fuerza de su sucio dinero (aplausos). Todos sabemos, compañeros, que un octágono tiene ocho lados, pero nuestra revolución enmendará esa situación de desperdicio y egoísmo individualista (aplausos entusiastas). Reduciremos en un cincuenta porciento, nada menos que en un cincuenta porciento, los lados de las celdas, y las convertiremos en cuadrados revolucionarios que, como todos sabemos, sólo tienen cuatro lados (ovación). Nos ahorraremos así un cincuenta porciento del espacio. Por lo tanto, compañeros, nuestra revolución duplicará en poco tiempo el numero de celdas, y los paneles entonces serán albergues para exactamente el doble de las abejas que tenemos actualmente (gritos, aplausos y brinquitos). Pero, para lograr esta meta, compañeros, tendremos que hacer generosos sacrificios, tendremos que estar dispuestos a no bajar la guardia y a vigilar noche y día a todos los insectos infieles. ¡Aplastaremos revolucionariamente al enemigo! (ovación delirante)"

Esa tarde, a las cinco y media, un cartelón grande, más bien, sería justo decir, inmenso, rodeó todo el vecindario y le sirvió de cercado y límite. El cartelón decía, con letras rojas fosforescentes: "Celda o Muerte."

Todos los vecinos trabajaron diligentemente construyendo nuevas celditas cuadradas de barro (un técnico extranjero demostró que ése era el material más idóneo). Se desató una febril actividad constructora de celditas y algunos vecinos pasaron más de trece días sin dormir ni comer. Algunos tan sólo probaban unos ligeros sorbitos de jugo de papaya. Un joven de ojos grandes y cenizos murió repentinamente de unas altas fiebres, diagnosticadas de terciarias por los compañeros galenos. Máximo, con su generosidad habitual, proclamó oficialmente al joven difunto como "Mártir de la Revolución Apícola," y ordenó a los poetas, escritores y compositores que produjeran revolucionariamente canciones y poemas, artículos y ensayos para recordar al mártir de la producción revolucionaria. Aquel vecindario, pletóricos de almas creativas, luego de siete horas, ya había compuesto 275.013 composiciones apologéticas de todo tipo: hubo 3.258 boleros, 1.325 chachachás, 63.352 congas y 6 güarachitas. El resto se dividía entre poemas alusivos (101.333), artículos periodísticos (107, 104), ensayos filosóficos (1), obras dramáticas (326), sainetes, (1.284), operetas (13), dieciocho novelas de costumbres y un libro extraño que contenía relatos de animales, especie de apólogos.

Esta abundancia de talento produjo un doble efecto: por una parte, redujo considerablemente la producción de celdas cuadradas y, por otra, acabó abundantemente con las reservas de papel. Máximo ordenó inmediatamente el racionamiento perpetuo de este material y declaró, además, que "la escritura es perniciosa cuando se practica sin mesura," acto seguido, nombró, todos creyeron que muy sabiamente, a doce escritores oficiales (u "oficiales escritores," ya que no estamos nada seguros de este dato) que tendrían el exclusivo sagrado e ineludible deber de escribir objetivamente sobre los inmensos logros de la revolución.

Los vecinos retornaron contentísimos a la fabricación de celdas. Máximo ordenó ofrecer premios a los vencedores de la emulación. Así muchos vecinos dejaron de serlo y se convirtieron oficialmente en "emuladores." Un hombre, de cabeza angular y camisa listada de mangas largas, se mantuvo diecisiete días despierto y fabricando una celda cada noventa segundos. Ya seguro ganador de la emulación, cometió la contrarrevolucionaria impericia de construir tres celditas ovaladas, muy similares a la forma de sus ojos (después confesó un testigo ocular que el vecino tenía algo de asiático).

Máximo, al ver el inminente peligro que representaba este encubierto traidor, lo convirtió en gusano (les pido encarecidamente que me perdonen por no haberles hecho saber anteriormente que el buen Máximo poseía sutiles poderes mágicos). Un señor cincuentón, de gafas, chivita y leontina, que administraba muchas cosas en el vecindario y que era el Responsable del Departamento Revolucionario de Justicia e Injusticia." Declaró oficialmente al neogusano como "un ser óptimamente aplastable," con lo cual, el caso quedó resuelto felizmente.

La labor reconstructora continuó con renovado entusiasmo después de la lección dada al narra de marras. Los panales fueron rediseñados y se les insertaron las revolucionarias celdas cuadradas. Inmediatamente, de manera incomprensible para todos los otros vecinos, una gran parte de las abejas se mostraron irritadas y algunas empezaron a abandonar sus panales. Los primeros en huir fueron los zánganos, los cuales, en una mañana gris, formaron un grupo torvo, oblicuo y adiposo y partieron erráticamente para cualquier parte. Un miembro de COCUA, de cara analgada y dientes verdes, denunció ese mismo día que las reinas de las abejas habían instigado la fuga de los zánganos. Se comprobó "fehacientemente," como escribió en su reporte el de la faz anal, quien era ya "Responsable de Vigilancia Vespertina," la responsabilidad de las reinas. Máximo, apenado profundamente, ordenó "exterminarlas hasta la última, que no quede una de estas privilegiadas." Así se hizo.

Las otras abejas parecían inquietas y agitadas, pero su zumbido se asordinó notablemente. Alguna que otra vez, desaparecían una o varias abejas. Esto, como era de esperarse, irritó a muchos de los vecinos. Máximo conservó su acostumbrada calma y ordenó revestir los panales con una cubierta de cristal. Un vecino, que muchos años atrás había comprado un ojo de vidrio sin necesitarlo y que finalmente lo necesitó, señaló, con su ya muy famoso espíritu previsor, que las abejas no podrían salir de sus panales y, siguiendo su lógica silogística, por lo tanto no podrían libar el néctar de las flores y, para producir miel, dijo, necesitan libar el néctar, ergo: no comeremos miel.

Máximo Rey, encolerizado, miró directamente al ojo de vidrio del profeta municipal, y le dijo: ¿Quién necesita la miel de las abejas? Historica frase que se hizo imprimir en grandes cartelones que fueron colocados diagonalmente por todo el vecindario. Un poeta comprometido, de gran sensibilidad social, compuso este famoso lema: "Pin, Pon, Fuera, Abajo Las Abejas" y este otro pensamiento de gran calado filosófico: "¡Abejas para qué!"

Todos los vecinos se convencieron profundamente de lo perniciosamente malvadas que eran las abejas. Pero Máximo, con su generosidad característica, ordenó la preservación de todas aquellas que se sometieran a un proceso de rehabilitación. Este proceso se llamó oficialmente "Avispar," y Máximo ordenó:

"El que no se avispe se muere. Y así muchas abejas se convirtieron en avispas, y sus hijos sentían una repugnancia absoluta por la miel de abeja. Sólo, unos años después, los nietos de aquellas abejas "avispadas" empezarían a construir unas celditas con más de cuatro lados.

A todas estas, los vecinos habían olvidado la siembra de cafeñas. Pero, después de todo, se dijo, en la agricultura está el futuro de la finca, y a ese futuro volvieron su atención. De esa manera, se postergó el esfuerzo industrial de modificar las celdas apícolas. Los técnicos de otros vecindarios solidarios y amigos dieron numerosos consejos prácticos sobre la siembra y el cultivo de las cafeñas. Se hicieron experimentos para obtener diferentes sabores y colores. Incluso se invitaron varios escritores amigos para que dieran su opinión y valiosos consejos. Uno de ellos, de bigote impúdico, con una verruguita monísima en la mejilla encharcada, con unos zapatos muy pálidos de dos tonos y que cargaba una maleta repleta de mariposas amarillas y otras baratijas literarias, fue instalando en la letrina de honor de la finca. Allí, durante el mes de octubre, cuando los huracanes padecen de grandes conflictos psicológicos, dio rienda suelta a su gran fecundidad.

En otros vecindarios, hombres de frentes abultadas y poco pelo elogiaban los grandes avances de la finca; sobre todo apreciaban el ingenio de Máximo en aquello del cristal y las celdas cuadradas. Les parecía novedoso, imaginativo y sagaz. Mientras tanto, en la finca seguían buscando el secreto que les permitiera cultivar las cafeñas tal y como el jefe y maestro les había profetizado. máximo no había intervenido directamente en la cosecha, pues a la sazón se hallaba entretenido a un grupo muy importante de focas extranjeras que habían llegado a la finca una mañana sofocada y que ya fumaban excelentes y altivos puros. Máximo les hacía todo género de gracias: les ofrecía pucheritos con la boquita contraída, les hacía el pollito con la mano izquierda, dibujaba conejitos rosados y les recitaba "los zapaticos me aprietan" y, sobre todo, siempre sonreía angélicamente. Las focas aplaudían delirantemente, hasta que el humo del tabaco les irritaba los ojos y, entonces, se veían obligadas a suspender momentáneamente sus aplausos para arrancarse los puros de la boca. Las señoras focas se mostraban entonces cariacontecidas, mohínas y cejijuntas. Luego de observar a las focas en este humor canino, Máximo decidió que era más saludable dedicarse a cultivar las cafeñas.

Como era de esperarse, rápidamente resolvió todos los problemas teóricos y prácticos y comenzó el cultivo intensivo. Máximo ordenó que todos los vecinos trabajaran hasta producir la cosecha más hermosa, más pura, más intensa y más abundante que jamás hubiera existido o pudiera existir en un futuro real o hipotético.

Sus dudillas hubo sobre la clase de abono que debía utilizarse. Entre las muchas sugerencias, escogemos sólo algunas para dejar constancia histórica de este proceso: que abonaran el terreno con Leche de Magnesia Phillips o con supositorios catalanes (que son muy buenos para el asco) o con pasta de guayaba (mechada) la Conchita (que sirve para la digestión, alivia la urticaria y protege contra el doloroso estreñimiento). Finalmente, Máximo decidió abonar la tierra con las obras incompletas del Sr. del bigotito sato y de los zapatos muy plácidos de dos tonos. Pero el escritor envió a su muy amado agente literario, Roque Carnicero, para que negociara un contrato a cambio del fertilizante. Roque exigió un abastecimiento inagotable de jóvenes y atractivas mulatas, tan del gusto de su jefe y representado, a cambio de unos cuantos miles de obras incompletas, pero Máximo regateó el precio y sufrió un ataque agudo de cólera cuando el Sr. Carnicero no quiso modificar sus exigencias. Entonces se le iluminaron los ojos con un destello momentáneo de inteligencia y declaró: "que se meta las obras por donde mejor le quepan, abonaremos con las celdas cuadradas de las abejas." Todos admiraron con furor aquella sagacidad, aquella sabia utilización de los recursos disponibles, aquella perspicacia espacial. Sin embargo, un viejo peludo y canoso, con fama de agudo en la finca, pensaba para sus adentros que todo aquello sería un fracaso. "¿Quién ha visto abonar cafeñas con celdas cuadradas?" se decía en hermético silencio, y añadía: "hasta un niño sabe que las celdas en forma de pentágonos son las únicas óptimas para este tipo de cultivo." Máximo percibió sus pensamiento contrageométrico y le prohibió oficial y terminantemente que pensara de nuevo.

Las cafeñas, según todos los cálculos (matemáticos, renales y biliares), nacerían en veintiún días. Los vecinos esperaban vigilantes y con la guardia en alto como Máximo lo había ordenado previsoramente. Una joven gordita, de senos, caderas y cachetes serenos y abundantes, bajó por descuido la guardia un instante, y un tribunal popular la condenó a no beber el néctar de la cafeña a perpetuidad. La muchacha, víctima de la desesperación contrarrevolucionaria, se suicidó y se convirtió, según lo dispuesto en su testamento, en una jubilosa manzana que, por lo tanto, quedó inmediatamente racionada por la JUNAF (Junta Nacional de Acopio de Frutas).

Veintiún días sin dormir, sin comer, sin fornicar (estaba terminantemente prohibido durante el período especial de espera), sin bajar la guardia. Veintiún días de vigilancia y, por fin llegó el nacimiento deseado, el advenimiento esperado, la fecha fausta. De todos los miles de millones de semillas, sólo nació una, hermosa, vibrante, erguida, bellísima cafeña. Sólo una. Pero en ella se cifraron todas las alegrías, todos los anhelos. En ella se conjugaron todas las voluntades y, con ella, se superaron todas las debilidades.

Según atestiguan las crónicas más fidedignas (aunque algunas apócrifas dijesen lo contrario), el alborozo y el alboroto abrieron una estrecha brecha aun en las conciencias más mezquinas. Los ciudadanos ya se arrodillaban de júbilo, ya se ponían de pie trémulos y sublimados, ya se recostaban en el suave y verde prado gimiendo de alegría. ¡Por fin una cafeña! La mejor de todas las cafeñas del universo, la más alegre, la más hermosamente jubilosa. Mujeres y niños le daban gracias al Gran Señor Máximo Rey; los hombres, adustos y robustos, levantaban el mentón hacia el infinito con el viril orgullo que impone la satisfacción del deber cumplido.

Todos los vecinos, aún cautos, se acercaron al magnífico ejemplar, un fiero silencio penetró la conciencia de todos los presentes. Solemnemente lo histórico y trascendente descendía sobre nuestra frente. La mirada de cada hombre se trasformaba en profesía y Evangelio. Máximo Rey, gallardo y escueto, subió a una plataforma para recibir el néctar extraído de la única y hermosa cafeña. Una comisión de señoras severas y agraviadas subió al estrado para darle de beber el producto de sus sudores. Máximo, en un impulso de generosidad incontenible, declinó el honor y le pidió a su antiguo amigo, Eloy Secada Cosa, que probara el humeante néctar. Eloy salió de su detención domiciliaria, en donde había pasado más de veinte años mirando, con un solo ojo, por un huequito en la pared, y fue trasladado a la Plaza de la Cafeñización, en donde se encontraba todo el pueblo estrujadamente aglomerado. Mirando todavía por un ojo, enjuto y balbuceante, vio a Máximo que le extendía, implacablemente amoroso, una taza de cafeña, "Toma, Eloy, bebe de mi copa pequeño amigo." El silencio permanecía entre nosotros. Cerramos los ojos, bajamos el rostro y esperamos. Eloy, trémulo o tremebundo, estiró el brazo y tomó la taza extendida. El humo gris de la cafeña le acarició el ojo lacerado. Bebió.

"¡Coño, Máximo, esto es agua de Carabaña!" Dijo, retorciéndose de ascos.

"Dame acá desatinado." Le contestó Máximo, y le arrebató la taza de las manos. Bebió también. "Estúpido, estúpido, esto es Cundeamor. ¡Hemos descubierto el Cundeamor! ¡Nos haremos ricos, encontramos la felicidad, al fin, al fin, nos haremos millonarios! ¡Hemos descubierto el perfecto colagogo! ¡A sembrar cafeñas, a producir salud para todo el universo!" Gritaba Máximo a toda voz, mientra perseguía por toda la finca a Eloy Secada Cosa y le daba enfáticas nalgadas por haber confundido el producto de su cosecha. Corriendo, corriendo, se perdieron en el horizonte nublado de la tarde tormentosa.

Un niño, jugando, al oscurecer, tomó del suelo la ya olvidada taza. Bebió un sorbito del brebaje y exclamó: "¡Caramba, qué mala es la sal de higuera!"

## JULIO E. HERNÁNDEZ-MIYARES

*Nació en 1931, en Santiago de Cuba. En 1941 se trasladó con su familia a La Habana; estudió en el Colegio Belén, donde se graduó de Bachiller en 1948. Se doctoró en Derecho en la Universidad de La Habana, en 1953 y en esa ciudad ejerció como abogado y profesor de la Universidad Católica San Juan Bautista de la Salle (1959-1961). En 1961 salió al exilio bajo asilo diplomático y se radicó en Nueva York. Allí obtuvo su maestría (1966) y doctorado (1972) en lengua y literaturas hispánicas en la Universidad de Nueva York. Desde 1966 es profesor de Kingsborough C. College de la Universidad de la Ciudad de Nueva York y Director del Departamento de Lenguas Extranjeras. Se ha dedicado a la enseñanza y la crítica y creación literarias. Ha publicado varios libros entre los que deben mencionarse:* Doce cartas desconocidas de Julián del Casal *(1972), el poemario* Antillana rotunda *(1974),* Julián del Casal: Estudios críticos sobre su obra *(1974),* Narradores cubanos de hoy *(1975),* Antología del Cuento Modernista Hispanoamericano *(1987), y* Reinaldo Arenas: Alucinaciones, Fantasías y Realidad *(1990). Tiene en preparación otro poemario y un libro de relatos.*

## LA TÍA PILAR

Tía Pilar era como un adorno más en la antigua casona santiaguera. Desde que tuve uso de razón la recordaba allí junto a nosotros, hierática como los jarrones de porcelana y los cuadros de los antepasados que decoraban el vestíbulo y la sala. A partir de mi nacimiento, según decir de todos en casa, se había dedicado a mi cuidado noche y día. Su obsesión era vigilarme, seguirme, en fin, protegerme contra todo mal posible o imposible. Yo me había ido convirtiendo en la razón de su existencia, y con esa ocupación que mantenía con excesivo celo, se sentía útil e importante.

A medida que yo crecía, aumentaba mi interés por la tía Pilar. Cada día atraía más mi atención su personalidad. Supe que no era

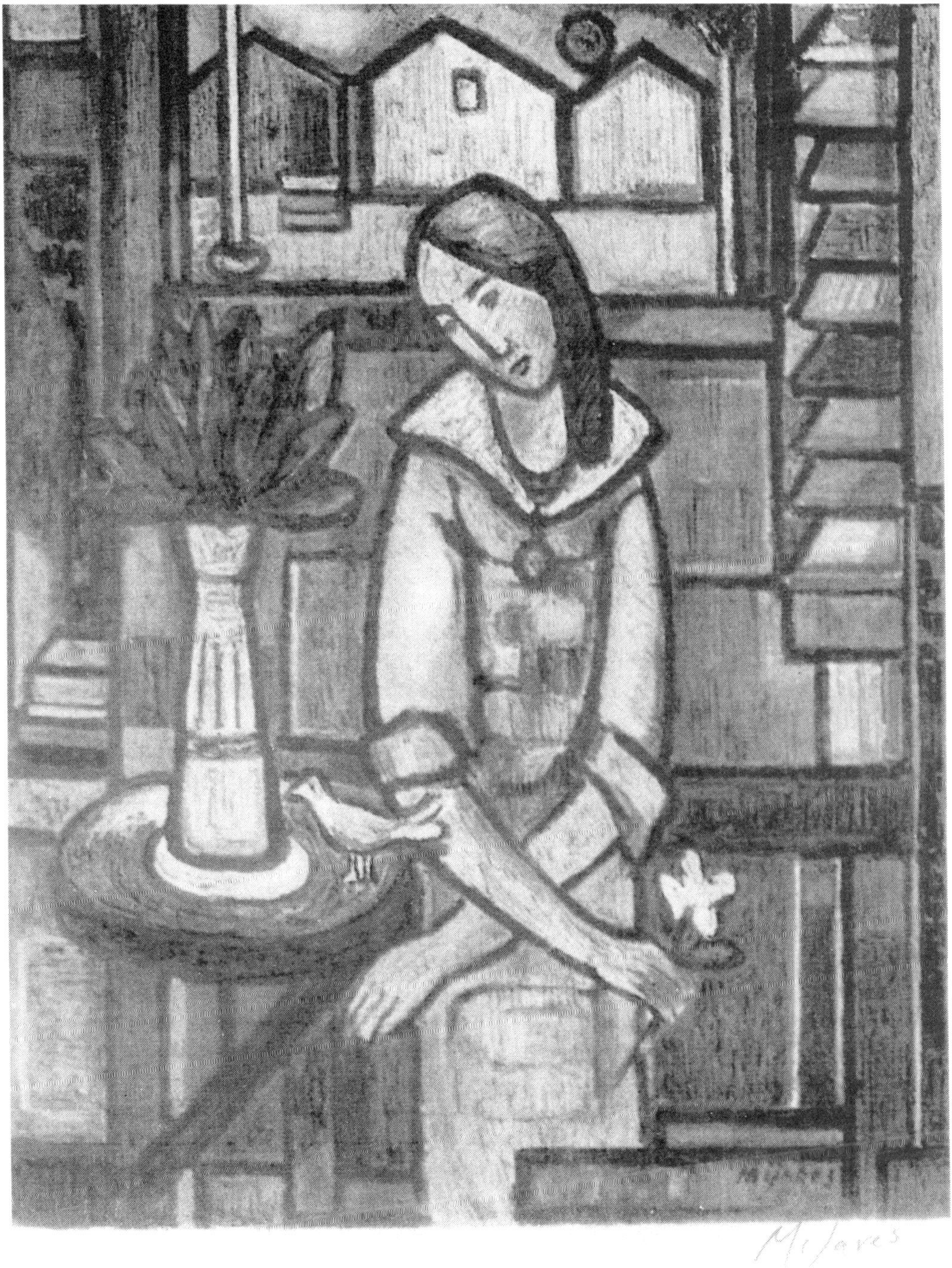

realmente mi tía sino prima de mi abuelo, y que por costumbre familiar la llamábamos así. Me intrigaba enormemente su edad, secreto que guardaba con enorme celo. Lo mismo podría tener sesenta que ochenta años, porque el tiempo no parecía pasar ya por su rostro severo e imperturbable. Comencé así a observarla y a quererla.

    Vestía siempre con una de aquellas batas tradicionales de lino blanco, almidonado. Muy planchados los pliegues de la pechera, el cuello alto, cerrado con botones de nácar, y botas de charol negro con brillo de espejo. Se ayudaba en el andar con un nudoso bastón amarillo, macizo, que también le servía para mantener a raya y amenazar a mis amiguitos si contravenían sus instrucciones. Debió ser alta y esbelta, y pese a sus años y leve cojera, impresionaba por su robustez y fortaleza. El rostro, sin ser bello, poseía una elegante severidad que atraía, especialmente, si la huella de tristeza que invariablemente nublaba su expresión cedía ante una sonrisa producto de alguna de mis diabluras. En aquellos instantes hasta parecía bella. Perfumada siempre con vetiver, pulcra, bien peinada: así era mi tía Pilar, para mí, el adorno más original, atractivo y fascinante de nuestra casa.

    Supe que había quedado huérfana desde muy niña, que había vivido en Caracas con unos tíos, que nunca se había casado porque su novio, militar español, había muerto en la guerra. De su estancia en Venezuela, solía contarme cómo la hermana de su bisabuela, esposa del entonces Capitan General había criado a Simón Bolivar, huérfano desde temprana edad. Se le llenaban los ojos de orgullo al sentir ligada su familia con el gran Libertador americano. De aquellos años, como tesoro inestimable, guardaba varias monedas de oro que me enseñó una vez con sumo cuidado y misterio.

—Algún día serán para ti, decía sonriéndome. Tú eres lo único que yo quiero en el mundo y todo lo mío es tuyo.

    Lo que más me encantaba de ella era cuando le daba por hacer cuentos, muchos inventados, como el cuento del señor Pellejo, que yo le hacía repetirme casi a diario. Otras veces hablaba de ella y de sus hermanos, y siempre terminaba triste y abruptamente cuando mencionaba el gran baile en casa del coronel Robainas. En otras ocasiones, me enseñaba pegajosas cancioncillas que entonábamos a dúo mientras corría la tarde. Entre ellas recuerdo:

        los santaderinos
        que van a Madrid
        quieren que los lleven
        en ferrocarrill.
        Chimbo, chimbo, chimbo

chimbo, chimbolé.
Saca la escopeta: Pun
mata, matalé.

Otras veces reíamos cantando:

Carlos Quinto quiere corona
que se la hagan de papel,
que sí

Carlos Quinto quiere corona,
que se la hagan de papel

Tará, tará, tarára,
tará, tará, tarára,
tará, tará, tarára,
tararararararara...

Un día me llamó a su cuarto para mostrarme con mucho misterio algo que había comprado y que venía en un paquete muy bien envuelto. Con gran parsimonia comenzó a desenvolver la caja mientras decía:

—He comprado este juego para enseñarte el alfabeto. Si lo aprendes bien, pronto podré comenzar a enseñarte la cartilla, y si te esmeras, sabrás leer en lo que canta un gallo.

Al abrirla vi que contenía como unos cuadritos de madera con letras pintadas en negro. Inmediatamente los regué por el piso, y con su ayuda comencé a ordenarlos mientras me hacía repetir con ritmo incansable:

A, Be, Ce, Cehache, De...

Su vida diaria era una completa rutina, pero a medida que la observaba, comprendí que las cosas cotidianas y simples pueden tener enorme belleza. Se acostaba a las nueve en punto cada noche, no sin antes pasar por mi cuarto y dejarme un sonoro beso en la frente. Era como un ritual que se cumplía con asombrosa exactitud. Siempre al salir de la habitación, me parecía escuchar las últimas campanadas del viejísimo reloj del pasillo.

Por la mañana salía por el portal del frente y después de respirar bien hondo, se acercaba a las azucenas del cantero central. Desde allí, invariablemente saludaba a Pedro, quien ya bajaba por la loma de la calle Ocho, anunciándose al paso de su carretilla con su inconfundible pregón:

—Casera, caseritaaaa, ateeesooo basstidooreeess... que me voyyy...

Así, disfrutando del sol que ya comenzaba a elevarse, llegaba hasta el traspatio donde seguramente me encontraría recogiendo los huevos del día en el gallinero o jugando con los gallitos pigmeos. Desde afuera me llamaba con un suave silbido, me daba un beso, y cogido de la mano me llevaba por la puerta del fondo del jardín junto al garaje, desde donde ya se escuchaba venir el pregón de Pascual, el dulcero de la Preciosísima Sangre, que en tono cavernoso anunciaba:

—Cremitas de lecheee... conquitos acarameladooosss.
cremitaaasss... que el durcerooo se baaa...
caseeriiitaaa...

Después del almuerzo se encerraba en su aposento para la siesta, tiempo que ella dedicaba habitualmente a registrar sus gavetas llenas de cosas viejas y que yo imaginaba muy interesantes. Especialmente, mi fantasía había rodeado de misterio una caja de cedro oloroso oscuro, muy pulida. Era una de aquellas antiguas cajas de habanos, hechas a mano por artesanos de Vueltabajo. En ella, guardaba cartas, amarillas ya por el tiempo, viejísimas fotografías, las monedas de oro de Venezuela y otras muchas cosas que eran su más caro tesoro. Si yo entraba de improviso cuando estaba registrando el contenido de la caja, se sobresaltaba, recogía en un santiamén todo lo que estaba mirando y lo guardaba rápidamente en el armario. Una tarde, al entrar yo en su alcoba sin avisar, dejó caer en su premura una descolorida foto que yo pude recoger antes que ella. Casi con furia me la arrebató de las manos y yo, más que asustado al verla con el semblante lívido y destemplado, sólo pude balbucir:

—¿Es ése tu novio el militar?

Nunca la había visto tan enojada, pero aquel día me sacó del cuarto sin explicación alguna, cerrando la puerta con violencia. Pensé que aquella noche no vendría a darme el beso acostumbrado, pero me equivoqué, pues poco antes de las nueve la vi entrar. Después de besarme me dijo que no estaba enojada conmigo, que la perdonara. Nos miramos, nos sonreímos y todo aquello quedó en el olvido. Sin embargo, algo por dentro me decía que aquella foto era del militar español de quien estuvo enamorada. No sé por qué razón me vino a la mente el baile en casa del coronel Robainas. Y pensando en ello, me fui quedando dormido...

* * *

La amplia casona colonial de las tejas rojas y la alta verja de hierro al fondo de la Plaza de Armas estaba totalmente iluminada. Varios carruajes y quitrines parecían reposar ante la mirada displicente de los cocheros, quienes reunidos bajo el farol del zaguán de entrada, contaban sus historias. Adentro, la música de los violines se dejaba oír en una habanera de moda. Por las ventanas podían divisarse las siluetas de las parejas elegantemente vestidas, danzando al compás de los rítmicos tonos. Había exceso de entorchados y uniformes de vivos colores. Todo era alegría, música y risas en la residencia del coronel Jacobo Robainas, segundo jefe militar de la plaza de Santiago. Allí se reunía aquella noche lo más selecto de la sociedad colonial santiaguera para festejar el cumpleaños de uno de los Infantes. Jóvenes y pundonorosos oficiales, acaudalados terratenientes criollos, hermosísimas damas santiagueras, en fin, la crema y nata de la capital provinciana. Por el salón, enfundado en su uniforme repleto de condecoraciones y llevando de la mano a doña Aurora, repartía sonrisas y saludos el bizarro coronel Robainas.

Sin embargo, el frondoso jardín del fondo de la casona, preparado especialmente para la fiesta, se hallaba entonces silencioso y solitario. A media luz, el aroma que exhalaban las flores brindaba a la noche su más sensual fragancia. Los jazmineros cubrían con sus ramos cuajados las tres pérgolas que esparcidas por el jardín invitaban tentadoramente al discreteo sentimental. La luna, asomada tras una nubecilla rosada, esperaba impaciente el primer romance.

Una gentil pareja acaba de abandonar discretamente el salón de baile y se encamina sutil y silenciosa hacia la pérgola más apartada. El joven oficial de anchos bigotes se detiene a cortar una rosa y la ofrece a la dama, mientras le susurra:

—Sabía que vendrías. No he hecho otra cosa que implorar al cielo el momento de verte bajar del coche. Me hubieras destrozado el corazón de no haber venido. Dime, ¿por qué te empeñas a rechazarme?

—Sólo he venido por la insistencia de doña Aurora. Ella y el coronel deseaban tanto que viniese que no pude negarme. Tú bien sabes que lo nuestro es imposible. Ya lo hemos discutido bastante...

El trató de tomarle las manos inútilmente, mientras ella continuó:

—Sabes bien que no puedo abandonar a mi hermana Beatriz. Siempre hemos vivido juntas y está sola en el mundo. No hay solución, Arsenio, ¿no te das cuenta? la felicidad esquiva nuestro camino y es mejor separarnos a tiempo, antes de cometer un error.

Al decir esto hacía esfuerzos inauditos para evitar que las lágrimas afloraran a sus serenos ojos negros. Con voz grave y tensa por la emoción, repuso el militar:

—Si me amaras de veras, todo sería posible. Vendrías conmigo, serías mi esposa y la madre de mis hijos. Tú no tienes que ser el guardián eterno de tu hermana. También tú tienes el derecho a la felicidad, y es ahora el momento para decidirte. Acaba de llegar un despacho desde Madrid ordenando mi traslado inmediato. Salgo en menos de 48 horas para Marruecos.

Un grito contenido brotó de los labios de ella:

—¿Qué dices? Y tomándolo por el brazo rompió en amargos sollozos mientras susurraba: —No, no puede ser verdad; tantos meses engañándome a mí misma sin querer ver la verdad, pensando en el milagro de que no te trasladarían. Y ahora... tan de repente... así... inesperadamente... te vas para siempre... por qué Dios mio. por qué...

Su voz quedó cortada por suspiros de hondo dolor. El la tomó en sus brazos y la estrechó con pasión:

—No llores, no he querido hacerte sufrir pero tenía que decírtelo. Sólo nos quedan unas breves horas para estar juntos y disfrutar de nuestra felicidad. Tú me quieres y bien lo sabes, ya no puedes ocultarlo más. Yo soy tuyo en cuerpo y alma, ante Dios y los hombres... No me rechaces más.

La joven no oponía ya resistencia; estaba como anonadada. Parecía extasiada después de las últimas palabras del oficial, quien continuó diciéndole mientras acariciaba sus cabellos:

—Vámonos a la casita del Caney. Hazme el hombre más feliz de la tierra. Juro por Dios hacerte mi esposa ante los hombres tan pronto nos reunamos, como ahora lo hago ante Dios.

Ella había enmudecido. Como una autómata se secó las lágrimas que aún humedecían sus mejillas y se dejó llevar ceñida por el talle, hacia la iluminada casona donde la música resonaba tierna y amorosa... Media hora más tarde un coche se alejaba velozmente de la ciudad por el camino del Caney. El ruido de los cascos ahogaba la voz apasionada del apuesto militar que susurraba:

—Mi Pilar, mi adorada Pilar, tuyo hasta la muerte....

\* \* \*

Despertar de un sueño. Eso había sido para mí comenzar en la escuela. Toda mi vida cambió cuando empecé en el colegio de las señoritas Segrera. Ya no tenía casi tiempo para estar con tía Pilar. Sólo podía verla a ratos por la tarde, después de terminar mi tarea del día.

El tiempo pasaba volando. En los tres últimos años tuvimos la tristeza de las muertes de abuelita y de la tía Pulula. Eran ya tan viejitas que fue cosa inevitable. La muerte es sólo explicable en los viejos, si es que tiene explicación.

Siguió transcurriendo el tiempo. Se acercaba el momento en que yo tomaría el examen de Ingreso al Bachillerato. Si lo pasaba con buena nota, papá había prometido llevarme con él a La Habana aprovechando un viaje de negocios. Conocer la capital era desde hacía mucho tiempo mi más acariciado sueño. En aquellos días tía Pilar no me dejaba tranquilo, quería que pasara todo el día estudiando y no me permitía ni un instante de esparcimiento. Nervioso por la tensión y excitado también por la perspectiva del viaje, en un momento de enojo por su insistencia en el estudio, tuve la desafortunada ocurrencia de gritarle:

¿Por qué no me dejas quieto? Debías haberte casado y tenido hijos para ocuparte de ellos en vez de mí.

Fue como una descarga eléctrica que recibiera y la dejara paralizada. Me miró larga y tristemente, y una línea de amargura cruzó su rostro. Se alejó silenciosamente, inclinada, derrotada sobre su bastón. Aquella noche no cenó con nosotros. Mamá dijo que se sentía mal y que deseaba quedarse en el cuarto. Al día siguiente fue mi examen. Tampoco la vi a mi regreso ni al otro día. Tuve deseos de ir a su cuarto a pedirle perdón, decirle que había salido muy bien en el examen, que la quería mucho. Pero mamá me lo impidió, diciéndome que ella seguía indispuesta, que la dejáramos descansar. Ya papá lo tenía todo preparado para salir a la mañana siguiente bien temprano. Me desconsolaba la posibilidad de irme sin verla. Ya estaba para salir el automóvil cuando la vimos venir hacia nosotros. Se despidió de papá y luego me miró hondamente, me atrajo hacia sí y me dio un beso largo y grande. Mientras me ponía un billetico en el bolsillo de la camisa, me decía:

—Yo siempre te querré mucho, a pesar de las cosas duras que me digas. Tú eres el hijo que nunca tuve. Disfruta mucho del viaje, míralo todo bien para que me cuentes cuando regreses.

La seguí con la mirada a medida que el auto se alejaba. Allá en la puerta de atrás del jardín quedaba su figura querida, hasta que al doblar el automóvil la perdí de vista, mientras nos encaminábamos por la Avenida a buscar la Carretera Central. Al alejarnos, imaginaba todas las cosas nuevas e interesantes que le contaría a mi regreso de La Habana.

Escasamente a la semana de nuestra partida, un mediodía, papá recibió una llamada urgente de mamá. Tía Pilar se había sentido repentinamente enferma y su estado, según los médicos parecía ser muy grave. No sé por qué premonición papá decidió salir aquella misma noche, pero así y todo no pudimos llegar a tiempo. Esa misma noche falleció. Llegamos justo para el velorio y el sepelio. A mí no me salían las lágrimas, pero un hondo dolor parecía amarrarme el pecho. Me acerqué al ataúd rodeado de flores. Su expresión era de placidez y una suave sonrisa borraba la severidad habitual de su semblante. Dejé un beso intenso en su frente helada antes de que la llevaran al carro fúnebre.

Aquella noche mamá me llevó a la habitación de tía Pilar. Entré con un respeto casi religioso. Parecía otro cuarto ahora, vacío y silencioso sin ella. Miré a mamá, quien tenía en sus manos la misteriosa caja de cedro oscuro, la caja que siempre me había intrigado. La puso en mis manos y me dijo:

—Sus últimas palabras fueron para tí. Te quería mucho. Me pidió que te la entregara tan pronto muriera. Dijo que todo lo que hay en ella te interesa y es tuyo.

Bajé los ojos, silencioso, apretando fuertemente la caja, y esperando que mamá saliera. Deseaba abrirla estando solo. Allí había un secreto que era únicamente de tía Pilar y mío. Me senté en el balance, miré en derredor: su cama de hierro, su armario de inmensas puertas de caoba, su nudoso bastón amarillo en la percha junto a su bata de lino blanco, sus botas negras de charol en el suelo. Mamá pareció comprender y salió sin decir nada. Todo estaba igual y tan distinto a la vez. Sobrecogido de emoción y pensando encontrar la respuesta a muchos misterios, comencé a abrir la caja lentamente. Separé cartas viejas cuya letra no entendía, descoloridas fotografías con sus padres y hermanos, las monedas conocidas de Venezuela. Estaba defraudado, aquel tesoro no tenía nada de misterioso. En el fondo de la caja, la fotografía del militar de los anchos bigotes negros. Mi fantasía había exagerado los misterios de aquella caja. Al dorso de la fotografía, pegado a ella estaba un breve recorte de periódico amarillento por los años. Lo leí por curiosidad. Decía:

"En la mañana de ayer, en la residencia del Gobernador de Marruecos, se llevó a cabo la ceremonia de entrega de la condecoración más alta que nuestro país otorga a sus héroes. Póstumamente ha sido otorgada al Capitán Arsenio Campos Luján, por méritos y conducta heróica al salvar, a cambio de su vida, a la compañía de granaderos destacada en el fuerte R... Gracias a su sacrificio, esta decisiva posición militar pudo mantenerse y las tropas allí acuarteladas lograron resistir hasta la llegada de los refuerzos salvadores. Su desconsolada viuda, la distinguida dama doña Clemencia Martínez de Pinillos recibió la medalla, transida de emoción".

Allí estaba el secreto, allí estaba la verdad del amor trágico de tía Pilar. De pronto lo comprendí todo, el drama de su vida, su constante tristeza, su soltería, la rabia y el desdén me hicieron romper en mil pedazos aquella fotografía con el recorte, guardados sin razón por años. Salí del cuarto después de echar los pedazos en el cesto de papeles. No tenía remordimiento alguno por mi acción. Había hecho lo que tía Pilar debió hacer muchos años atrás. Algo dentro del pecho me decía que yo había actuado como ella lo hubiera deseado. Aquella noche, cuando el reloj del pasillo daba las nueve campanadas, cerré los ojos y estuve seguro, muy seguro, de haber sentido el beso más cálido de tía Pilar.

## CRUZ HERNÁNDEZ OTAZO

Nació en La Habana, en 1949 y vivió en la ciudad de Camagüey hasta 1960. En el exilio se graduó en 1971 de Adelphi University, Magna Cam Laude, en literatura hispana. En 1974 recibió su maestría en literatura hispana de State University of New York en Stony Brook. Durante los años setenta se dedicó a la enseñanza y otras actividades académicas en Nueva York y Miami.

Desde 1982 es propietaria de empresa privada y en la actualidad es presidenta de una compañía de construcción ambiental en Miami.

## EL RITO DE DAMÚ

> "Those who do not remember the past are condemned to repeat it"
>
> Santayana

En noviembre de 1978, por casualidad o diseño macabro, llegó a mis manos casi medio siglo después de su concepción, una primera edición de UR OF THE CHALDEES de Sir Charles Leonard Woolley. No fue tarea fácil llegar a la fuente original, pero la curiosidad y la perseverancia me guiaron por un laberinto de citas hasta el texto original sobre los caldeos y el descubrimiento de la ciudad del dios de la luna.

El hallazgo del ejemplar despertó en mí nuevas inquietudes y dio rienda a antiguas obsesiones con lo exótico, manías que datan de mi infancia y que son la causa de mi sentimiento de culpabilidad. La mía fue una niñez discreta y sensata con una sola excepción, mi gran pasión por los cuentos de los Hermanos Grimm y sus narraciones pobladas de encantos, magia y ogros. En realidad, mi fascinación no fue lo singular sino mi anhelo de penetrar las leyendas y hacerme partícipe y fuerza dinámica de una realidad tan ajena a mi condición de criatura provinciana. Ansié muchas veces un pasado arcaico poblado de ritos y ceremonias, ambas bellas y monstruosas en las cuales yo desempeñaba el papel de protagonista y diosa implacable. Fue precisamente durante ese período que los necios insisten en llamar edad de inocencia la gestación de mi actual alba atroz, y ahora, al igual que el marinero, me veo obligada a expiar mis culpas por medio del relato.

La cabeza de un toro de oro incrustado de lapislázuli, madreperla y cornerina adorna el arpa a cuya melodía bailé la danza de la fantasía y la transformación. Mi coreógrafo no fue otro que Joseph Campbell, el gran mitólogo y guía de las noches blancas del dios Naná. De las manos de Campbell y Woolley penetré en la tumba sagrada donde encontré los cadáveres de mascotas exóticas que en otra época fueron un gorila y tres perros. Atravesé una multitud de objetos de cobre, plata, y oro, cadáveres, arpas, y carrozas hasta llegar a la tumba intacta de la Reina Shub-Ad.

El cuerpo de la reina cubierto por un manto de oro, plata, lapislázuli, cornerina, agata y otras piedras semipreciosas descansaba en un féretro de madera, y cerca de su mano había una copa de oro sorprendentemente similar en forma y contenido a las contemporáneas. Una peluca ornamentada de proporción gigantesca cubría el cráneo desfigurado por un violento golpe triturador. A la cabeza y a los pies descansaban los cadáveres de dos damas destacadas de la corte ataviadas con mantos rojos y cintas de oro y plata.

Cuatro arpistas que en otra época tocaron un instrumento encabezado por una vaca yacían cerca de un caldero de cobre por donde desfilaron voluntariamente los miembros del cortejo fúnebre. Es posible que tomaran un líquido con un alto contenido de opio o hachís y en épocas posteriores, cianuro. Una a una se colocaron en la forma y el orden practicado: filas rectas de cuerpos acostados de lado con la rodillas dobladas y las manos cerca de la cara. (Esta distribución resultaba más eficiente que la versión primitiva en la que todos los cuerpos se desplomaban boca abajo con los brazos entrelazados.)

El rito del dios que muere y resucita eternamente en las tumbas de Ur agudizó mi predilección por lo macabro y singular en vez de horrorizarme. Me dejé seducir por la teoría de Campbell y creí firmemente que el espíritu aristocrático de los caldeos traspasaba el mundo primitivo transformándolo en la primera muestra de auténtica civilización. Sentí enojo y me lamenté por la falta de información concreta y soñé con un Aleph que me proporcionara los acontecimientos en su versión original. En diciembre de 1978, lo que pensé posible solamente en tiempos remotos ocurrió en Jonestown durante mi propia vida. No debe extrañarle al lector que me sienta culpable.

# *ROSARIO HIRIART*

*Nació en La Habana. Se trasladó con su familia a los Estados Unidos en 1961 y continuó sus estudios en New York University. En 1966 alcanzó el título de* Master of Arts. *En el año 1971 recibe el título de* Doctor of Philosophy *con la distinción "Summa Cum Laude". Entre 1965 y 1981 es Profesora en Iona College, New Rochelle, New York. En el año 1981 decide dejar la docencia para dedicar mayor tiempo a su labor de escritora.*

*Ha publicado obras de ficción y crítica literaria. Entre las primeras destacamos sus libros más recientes:* Albahaca *(1992) y* Nuevo Espejo de Paciencia *(1988). De sus libros de crítica, mencionamos los estudios dedicados Francisco Ayala, Lydia Cabrera, José García Nieto, Teresa de la Parra, e Ildefonso-Manuel Gil, entre otros.*

## EL OJO

Durante el verano el Museo de Arte Moderno ofrece buenos festivales de cine. Decidí ir. Me entretuve andando, después del invierno resulta agradable sentir el calor, ver la gente en las calles así porqué si. Miré el reloj. ¡La hora!. Entré corriendo. La película ya había comenzado. Buscar acomodo a oscuras es un desastre, no se ve nada. Dicen que los miopes se desorientan más con los cambios repentinos de luz: blanco, negro. Todo se ve negro. Me senté. Miré: era grande. Seguía creciendo. Un ojo. Una pantalla-ojo. *Un chien andalou*. Un ojo enorme. Instantáneamente, vértigo. Frío en las piernas.

(Sucedió un segundo antes del corte de la cuchilla). Viajé: caminaba junto a mi madre, nos seguían. Lo vimos. Sentimos miedo. El ojo estaba allí, al otro lado de la calle. Fijo, pétreo, abierto, negro. Apresuramos el paso. El ojo detrás, enfrente, al lado, arriba, abajo.

Entramos en casa. Cerramos el balcón. El ojo, resbaladizo, acuoso, se escurrió y entró por la persiana de la sala. Corrimos y tapiamos las ventanas. Hablábamos bajito, cambiamos los movimientos:

de rápidos a lentos, muy lentos. Apagamos las luces. Negro, negro. El ojo quedó ciego. Nosotros, solos.

**Amaneció.** Salí. Hacía sol, iba siempre por la calle frente al muro del malecón sintiendo el rumor fresco que salpicaba la cara y aliviaba el bochorno. Lo vi. Venía de frente: el ojo. ¡Otra vez el mismo ojo!. Corrí. Me detuve. El semáforo pasó a verde: cruzé vigilando cuidadosamente. El ojo me seguía. Corría yo, corría él. Vi una cola enorme, mucha gente esperando. Me puse allí y lo perdí. Daban algo, esperé: no alcanzó (se acabó antes). Era tarde, tenía hambre y decidí volver a casa. Lo presentí. No, esta vez no lo vi y, la verdad, ya no me importaba.

El ojo andaba pegado a mis espaldas. Cambió de forma, se hizo mi sombra. Lloré. Me seguía, subí. Toqué el timbre: se le daban dos vueltas (la reja estaba colocada en mitad de la escalera). Mi madre se asomó para abrirme y lo vió. Palideció, tenía terror. Entré. El ojo detrás: al comedor, a los dormitorios, a la cocina, al baño. Registró todo, se instaló en un cuadro de la sala. Fijo. Grande. Inmenso.

Ya estaba dentro. Comenzó a crecer, a extenderse. Ocupaba nuestro espacio, su espacio. Nos sacaba, nos echaba y, ahora en *un chien, un chien...*"

Encendieron las luces, había terminado la función. (La cuchilla logró dar el corte en el momento exacto: dos mitades). Regresé del viaje a mis miedos. —Los miopes tenemos dificultad para adaptarnos a la luz. Negro, blanco. A veces, muy pocas veces, me lloran los ojos por el cambio.

No he visto nunca más esa película. Está bien hecha, vale la pena. Además, le estoy muy agradecida: me permitió ver por un instante el rostro —horrorizado— de mi madre. Esto fue hace mucho tiempo. A ella la enterramos mis hermanos y yo varios años despues.

Al Museo no he vuelto, no quiero. A la calle frente al muro del malecón tampoco he vuelto, no puedo.

# OFELIA HUDSON

*Nació en La Habana, donde realizó sus estudios primarios y secundarios. Salió de Cuba en 1960 y se radicó en Miami, donde continuó sus estudios y obtuvo su maestría en la Universidad de Miami (1969) y su doctorado (1977) en Literatura Española en Emory University. Actualmente es profesora en el Miami Dade Community College. Ha escrito cuentos, poemas y ensayos que han aparecido en diversas publicaciones literarias en los Estados Unidos. Ha publicado el libro titulado* Unamuno y Byron: La Agonía de Caín *(1991).*

## EL MILAGRO DE QUETZALCOATL

El ruido del tránsito despertó a Nacho. Estaba empapado. Había llovido toda la noche y el banquillo bajo el cual dormía no había servido para ampararlo de la lluvia. Se llevó las manos a la garganta. Tenía hambre pero las llagas le ardían y casi no podía ya tragar. De nuevo cayó en un letargo.

Surgieron entonces, como entre brumas, algunos recuerdos. "Te llamas Ignacio Quetzalcoatl" —le había dicho su madre—. "Llevas nombre de santo para que Dios te premie en él paraíso y también el del dios de nuestros antepasados que era hombre, serpiente y pájaro, y que te tendrá bajo su protección siempre."

El dios de la serpiente emplumada lo había ayudado desde entonces. Tenía pruebas que confirmaban su creencia. Cuando su madre murió tres años atrás, Nacho, forzado por el hambre, tuvo que echarse a la calle a mendigar. No cabía duda de que el benéfico dios Tolteca intercedió a su favor en aquel momento, pues la gente se compadeció de él y los dos primeros años no le faltó de comer.

La primavera anterior renacieron sus problemas. Tenía cumplidos los diez años y había crecido bastante. La gente ya no sentía tanta lástima por él. Lo que mendigaba no le alcanzaba y desfallecía de hambre diariamente. Fue entonces que el dios-serpiente lo amparó nuevamente poniéndole en su camino a Beto.

El amigo era un par de años mayor que él, más experimentado y muy valiente. Nacho lo admiraba desde el día en que lo vió por primera vez frente a un cine de la gran ciudad. Beto se hallaba de pie, con los brazos cruzados sobre el pecho como un ser mítico y con la reluciente llamarada brotándole de la boca. El huérfano se había quedado boquiabierto observándolo, pero no era el único. Todos los que rodeaban al traga fuegos lo aplaudían jubilosos y le lanzaban monedas. Nacho se sintió subyugado desde ese instante ante su heroísmo, y así surgió una amistad estrecha entre los dos chicos. Beto, que no era egoísta, le enseñó a aguantar la gasolina en la boca, a prenderla con la mecha encendida y a expulsarla con toda la fuerza de sus pulmones. La gente también se asombraba ante él y lo vitoreaba por su hazaña.

Nacho estaba orgulloso de sí. ¡Si su madre lo viera! Era todo un hombre y aún más. Cuando expulsaba la llama ardiente, se sentía extrañamente unido a Quetzalcoatl. Era como si la serpiente se hubiera encarnado en él y el fuego que surgía de su boca fuera la luminosa lengua bífida del dios ancestral.

Una nueva punzada de dolor lo hizo temblar. Buscó a Beto con la mirada. Había ido a buscar medicamentos pero se demoraba demasiado. Los dos chicos se encontraban cada vez más incapaces de trabajar. Tenían mucho dolor y habían comenzado a escupir sangre. Ya no podían vivir sin pensar constantemente en el calmante que les producía aquellos sueños maravillosos. Cada vez necesitaban más cantidad para aliviarse y lo que ganaban no les alcanzaba para comer.

Beto llegó al fin, muy enfermo. Le dió la medicina y se echó a dormitar bajo el banco. Aullaba como un animal herido. No iba a poder trabajar esa noche. Nacho, fortalecido temporalmente, se aprestó a realiza la labor cotidiana. Tenía que trabajar hoy por los dos. Se persignó de rodillas, le pidió ayuda a su madrecita que estaba en el cielo, a su santo patrón, San Ignacio de Loyola, y al benemérito dios de su segundo nombre. No podían fallarle. Su madre se lo había dicho y ella jamás le había mentido.

Alimentado con su fe, el niño se acercó al teatro con nuevas esperanzas. Iba a tener una buena noche. Lo presentía en su blando corazón que latía ansiosamente. Caminaba con paso firme, el dolorido pecho hacia adelante, la cabeza erguida con toda la augusta nobleza heredada de sus antepasados. Llevaba la lata de gasolina en una mano y la antorcha en la otra.

Cuando llegó, las primeras personas comenzaban a salir del cine y Nacho tuvo que apresurarse para comenzar antes de que se marcharan. La gente, gozosa y maravillada, se volvió a verlo. Las monedas llovían a su alrededor. Nacho comenzó a dar vueltas con la llama en la boca, cada vez más eufórico con su éxito. Los aplausos aumentaban a medida que giraba y giraba locamente.

Las risas del público se trocaron en gritos de horror cuando se le derramó la gasolina y se convirtió de súbito en una antorcha humana.

Al principio el agudo dolor lo hizo retorcerse dando terribles alaridos. Pero pronto dejó de sentir pena corporal y comenzó a flotar en el aire como si tuviera alas.

Entonces comprendió el nuevo milagro que había obrado Quetzalcoatl. Rotas las barreras de su cuerpo, Nacho había llegado al fin a la sublime comunión con el dios que era hombre, serpiente y pájaro. Y ahora, libre ya de los límites, ascendía al paraíso.

## *MAYA ISLAS*

*Nació en 1947, en Cabaiguán, Las Villas, donde cursó sus primeros estudios. En 1965 salió de Cuba y se radicó en los Estados Unidos. Hizo sus estudios universitarios en Montclair State College de Nueva Jersey, donde obtuvo una Maestría en Sicología, en 1978. Durante varios años trabajó como maestra en la ciudad de Nueva York; luego como Consejera e Instructora en el Elizabeth Seton College. Actualmente trabaja en Parsons School of Design de Nueva York. Ha contribuido con artículos y poemas a muchas revistas internacionales y algunas de sus creaciones han recibido premios. Su libro* Altazora acompañando a Vicente, *fue finalista en 1986 para el premio Letras de Oro. Entre sus publicaciones se cuentan los poemarios* Sol...Desnuda...Sin nombre *(1974) y* Sombras-Papel *(1978).*

## SEANCE

 Allí presentes habitábamos la mesa seis caracteres. Ojos de cloaca avisaban la espera de los muertos. Todos decían padre-nuestros inesperados, y se adivinaban electricidades nuevas de dedo a dedo. La vela de centro nos decía la experiencia de la sombra, y hasta los perfiles cumplían la función de la posible metafísica en la pared.
 Todos sentimos nuestra dimensión disminuida, menos uno. Él se imaginaba el ojo del Rey, un adivino nuevo ante el secreto. Con sus manos de espasmos esculpiendo personalidades listas al retrato de la vida. Todos los demás, de frente a el, espectadores de media noche con la fe en las sienes. Al dar las manos, abrimos con ejercicios de aire. El adivino inició el rito con su puño la mesa; y aquella cara nueva se alzaba con la voz primitiva del que enlaza palabras pequeñitas cortadas de golpe. Configuración de Lázaro ante Lázaro. Arquetipos, arquetipos. Dio su palabra y se fue. En aquella fracción de piel y de momento llegó José. Fuimos testigos del cambio. El Adivino fue Lázaro; el Adivino se hizo José. José, el contador de pasados, es-

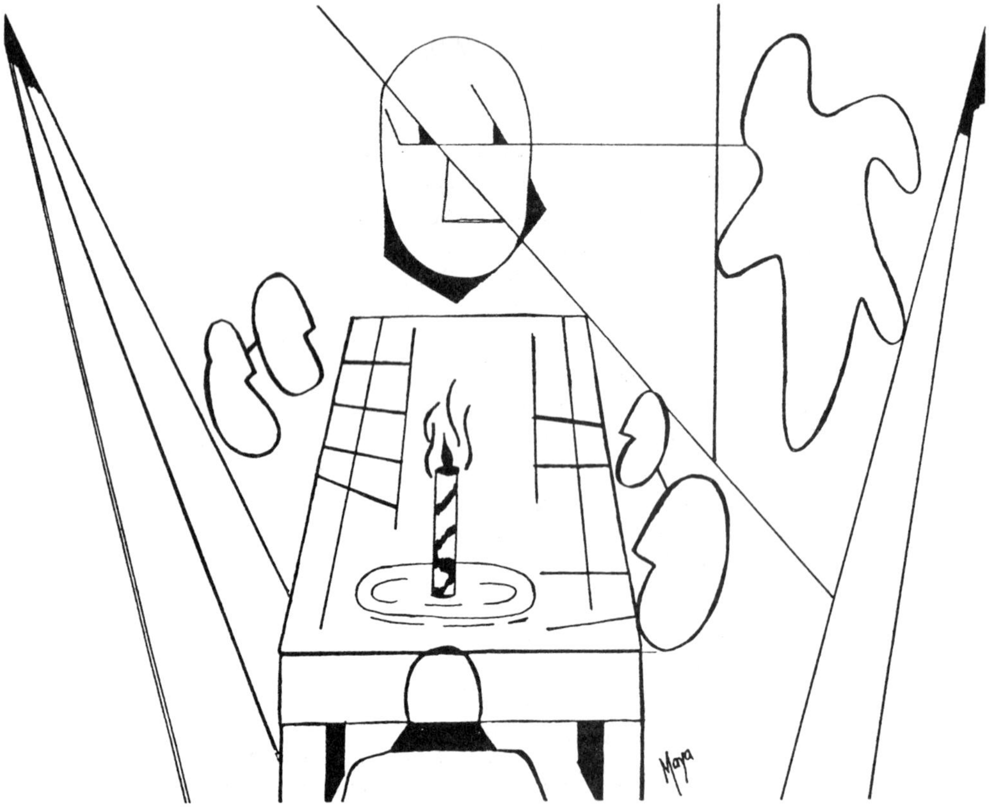
Maya

cudriñó mi rostro, los otros rostros, nos contó de las tierras, de nuestros cuerpos habitados en otros muertos; un vórtice de palabras, y aquello nos llegaba lejano, o a veces cerca, como historias aprendidas. También era, y ahora comprendo, nuestra hambre de oírnos cosas mutuamente y descifrar el espacio poco a poco.

Nuestras vidas en su boca sola, llena de teatros, nos explicaba suicidios, iglesias de siglos diecisietes, adulterios viejos. Abrí las manos ante un papel de notas y nació mi análisis solitario.

>hoy es el recuerdo de esta luz
>la mano habita estos relojes
>de la noche. las cabezas blancas
>amanecen mi blancura
>de ojos alargados
>contando sombras
>en el salto de los
>muertos
>este grito de febrero
>me recuerda
>mi viejo cumpleaños de hombre solo
>ante el destino;
>y mis raíces-mapas en la mano
>de viajera
>hablan mi canto de silencios atrapados
>rompen la incertidumbre
>de estas almas amigas
>que como yo dejan materia

José seguía hablando, caminando, gesticulando arte por los poros de hombre acostumbrado a jugar a la muerte y sus recuerdos. Yo miraba los ojos de Roberto, un nuevo Roberto con sus manos que me recordaban a Claudio, inevitablemente. Roberto analizaba como yo, intuía como yo, y me cruzaba a mis ojos un silencio explicativo de ente inteligente, seleccionando como yo.

Eramos viejos amigos, Manuel, el más sabio de los tres, Roberto, el más impulsivo, yo, el más universal. Creados al instante en la palabra del Adivino.

Volvimos a ser testigos de un nuevo espasmo de la piel. José se fue. Un movimiento pequeño en el gesto de la mano: el Adivino seguía su mantra. Una alquimia interesante, de dioses prohibidos nos siguió: la mujer que habita las esencias de los mares, la negrita Bárbara, aquélla de La Habana, que murió y siguió al niño que se hizo hombre y mago y Adivino.

Se nos fue disipando el mundo de ensueño. La vela también se acababa —dos de la mañana. Ahora recuerdo con extraña reverencia que el adivino con sus pedazos de ritos y su José adentro me miró y dijo: Vamos, Carlos, ¿no te acuerdas de la mujer del cura?

## FELIPE C. JIMÉNEZ

*Nació en Santa Clara, Las Villas. Cursó la escuela elemental y el bachillerato con los Hermanos Maristas, en su ciudad natal, donde se graduó en 1956. Desde ese año hasta 1959 estudió en la Escuela de Artes y Oficios de Santa Clara. Se especializó en Artes Gráficas y en dibujo y pintura. Salió al exilio en 1965 y ha residido en Puerto Rico y Miami. Actualmente vive en Nueva Jersey dedicado a la enseñanza, a la pintura y a la literatura. Sus obras han sido exhibidas en Cuba, Puerto Rico, España, Estados Unidos y diversos países de Suramérica.*

## EL VALLE LINDO...

> Quise semejarme a la
> altura del hombre y me
> encontré con un niño...
>
> GREGORIO

Tiró tras de sí la puerta y salió corriendo...
No pensaba lo que hacía...
Corrió y corrió subiendo la colina...
Trepó hasta el final, hasta el mismo tope...
Al rato, al rato regresó muy asustado...
Temblando...
Temblaba y estaba muy pálido...

El vivía con su mamá y su papá en el costado de la colina donde debajo estaba el valle lindo...

El es un niño muy bueno, muy obediente y estudioso. Tendría como seis o siete años de edad... ¡Lindo y bueno...! Así decía su mamá... Su papá sonreía, sonreía feliz... El valle lindo corría en los pies de la colina linda y verde, con muchos árboles donde vivía el niñito con sus papás... A su costado, ahí estaba su casa... A la mitad de la colina, verde y con muchos árboles... El valle lindo... estaba debajo.

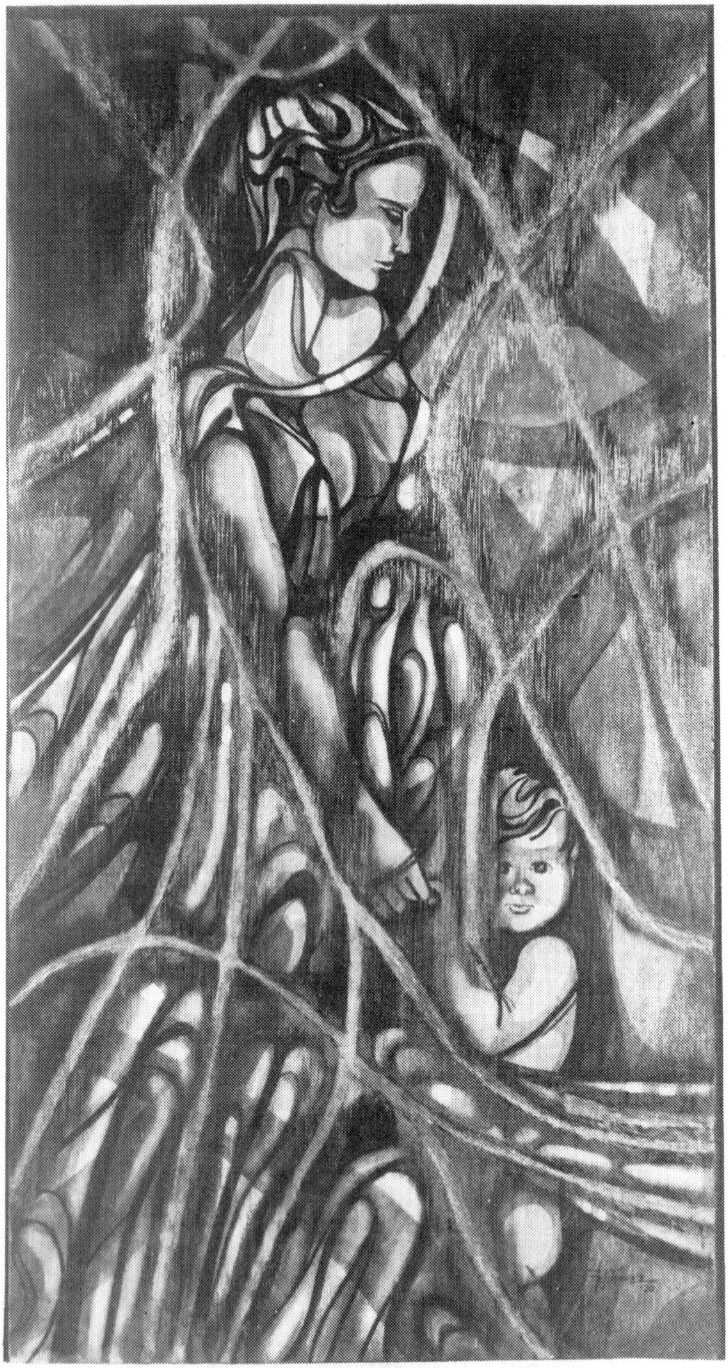

Muy de bajo... "¡Allá abajo," como le decía su papá... El niñito quería mucho a su mamá y a su papá... —Bueno, como todos los niñitos buenos— Cada vez que él se asomaba a la puerta, y veía al valle lindo..., cierto misterio de muchas cosas sentía dentro de él... Sentía..., como una vez, para agarrar a las hormigas en un hormiguero al lado de un pilar de su casa, sintió que le jugueteaban por toda su manita..., por todo el bracito, y corrió... Corrió dando gritos llamando a su mamá, por eso, cuando se paraba en la puerta y veía al valle lindo..., sentía intriga y temor... El valle lindo les regalaba frescos olores de yerbas y de flores del campo, que nacían a capricho. Es muy verde y lleno de la alegría de todos los colores, pero siempre sentados sobre aquel verde tan bello...

Su papá estaba trabajando... Como siempre. Y como siempre, llegaba cansado, pero jugaba mucho con él y le decía muchas cositas que a él le gustaban mucho...

El niñito era muy bueno y quería mucho a su mamá y a su papá...

Pero... este día, hizo algo que no estaba bien, El niñito lo sabía... El lo sabía y se asustó... Su mamá lo vió, y con ternura, pero firme, lo regañó... Duro que lo regañó...

Como a todos los niños, no le gustó que lo regañaran... En ese momento, se acordó de que, una vez..., había escuchado a "la gente grande", una palabra..., El se acordó, que esa palabra... —como nunca la había escuchado antes,— era "importante" y "cambiaba a la gente..." El pensaba que era, como mágica... y muy importante... Se sintió muy abochornado y culpable a la vez. El sabía que tenían que regañarlo... Pero el regaño de su mamá no le gustaba... Tampoco le gustaba que nadie lo regañara... —como a todos los niñitos...— Esa palabra "muy importante...", le daba vueltas a su cabecita... Esa palabra "mágica", que una vez escuchó por descuido "en los grandes..." Los grandes..., como mi mami... y mi papi... Todo lo que dicen es importante... —pensó—, y "esa" palabra... cambió toda la conversación de los grandes aquella vez...

Se volteó de pronto hacia su mamá, y sin saber lo que le decía... Pensando como "grande...", le gritó tras el regaño...

—Te odio... Te odio......

De inmediato, salió de la casa corriendo desesperado... El sabía en su corazoncito, que "algo" había hecho mal... Corrió cerrando de un golpe y muy fuerte, la puerta de la calle...

Trepó la colina lo más rápido que pudo... La trepó corriendo y sin pensar en nada... Solamente se acordaba de "la palabra mágica..." Aquella palabra de los grandes que todo lo cambia... Y se repetía en su mente... "Te odio, te odio, te odiooooo...." Cuando llegó a la cima, jadeante, sofocado... Cuando se dió cuenta que no podía trepar más... que ya había llegado..., miró al valle lindo a sus piecesitos, y le gritó con fuerza la palabra mágica que le había lanzado en su carrera ascendente...

Se detuvo de pronto... Cogió aire... Apretó su diminuta boquita y sus dientecitos..., para abrirla bien grande enseguida tras un laaargo grito al valle lindo...

—"Te odioooo.... Te odio..... Te odiooooooo....."

Aún estaba agitado por la carrera colina arriba... No hacía conciencia de nada... Nunca la tuvo desde que todo comenzó por una pobre torpeza de él...

Desde el valle lindo, entonces, el "eco" le contestó con voz llena de estruendos y muy repetitiva, sus mismas palabritas pero muy fuerte..., y "sonando muy raro...":

TEEE ODIOOOOO.... TEEEE ODIOOOOO... TEEEE ODIOOOOOOOOO...

El niño se asustó tanto, pero tanto, que, aún sofocado por subir corriendo, al escuchar que del valle lindo... le hablaban de ésa forma tan "fea", salió corriendo colina abajo hacia su casa en busca de su mamá... su corazoncito le latía muy fuerte cuando nuevamente cerró la puerta de su casa... Y no estuvo mejor, hasta que no se abrazó de las piernas "lindas" de su mamá... Estaba pálido y muy asustado...

Su mamá, como todas las mamás hacen con sus hijos cuando "estos sienten miedo..., lo apretó muy firme contra su pecho, le regaló un enjambre de besos riiicos..., y con ternura única de las mamás..., le preguntó...

—¿Qué te pasa... mi hijito precioso... Mi niñito lindo y bueno... ¿Qué te pasa tesoro mío...? —Le decía mientras que lo apretaba contra ella y acariciaba su cabecita despeinada por el aire del valle lindo...—

—Mami... En el valle lindo hay un niñito muy malo... Muy malo, mami... y temblaba...—

¿Sabes lo que me dijo...? ...me dijo, ""te odio, te odio, te odio..." Sí mami..., me lo dijo..., me lo dijo muchas veces y muy feo... Me dijo "te odio...", me lo dijo y muy feo... En el valle lindo, mami..., "hay un niño muy malo, muy malo, mami..."

La mamá, como todas la mamás..., enseguida comprendió... El niñito aún temblaba del susto... La mamá, como todas las mamás..., lo apretó más y con mucho amor, le dió muchos besitos en sus cabecita despeinada... Las "Lindas" manos de la mamá, (si, porque todo lo de las mamás, es muy liiindo, muyyy liiindo...) acariciaron su carita, y..., mirándolo con mucho amor, le dijo...

—Ven mi amor... Ven conmigo... vamos a subir a lo alto de la colina...

Lo tomó con suavidad por su manita... Salieron de la casa y comenzaron a subir... El niñito apretaba muy fuerte "la mano linda... de su mamá". Ninguna pregunta le hizo mientras subían. Nada comprendía de lo que pasaba... Pero estaba muy seguro al lado de su mamá apretándole la mano linda...

Cuando estaban ya en lo más alto de la colina..., y todo el valle lindo estaba debajo..., su mamá le dijo...

—Mira mi amorcito... Mira al valle lindo...

Era todo verde, un verde muy intenso acompañado de verdes de sombras por los árboles... y de verde de brillo por el sol... Estaba salpicado por preciosas flores del campo, vírgenes..., limpias..., y llenas de mucho colores... Había un río..., un río tan lindo que le pasaba por una parte..., por la de la derecha..., y que jugaba como a las serpientes..., lleno de plata... Dibujaba una línea muy brillante y caprichosa en su movimiento, como las serpentinas en los carnavales... El aire, lleno de olores muy riiicos, acariciaba a la mamá y al niñito, jugando con sus cabellos al despeinarlos...

Entonces, la mamá le dió otro beso al niño... Lo apretó fuerte, muy fuerte... muy fuerte contra ella... Lo miró muy tranquila regalándole mucha seguridad... Lo miró con amor... —como siempre miran las mamás...— y le dijo...

—Tesorito mío..., mi amor..., ahí está el valle lindo... ¿Verdad que es lindo...? MI cielo..., en el valle lindo no vive ningún niñito malo...

El niño sorprendido levanta la cabecita... Por vez primera habla... y le dice a su "su mamita..."

—Sí... mami, sí... y me dijo muy feo, "te odio" y muchas veces...

—No mi amor... Puedes estar seguro, que en valle lindo no vive ningún niñito malo... Mira.... vamos a hacer una cosa... Así..., paradito frente al valle lindo, grítale..., grítale fuerte, muy fuerte..., lo más que tu puedas... "TE AMO... TE AMO... TE AMO,..

El niñito miró a su mamá sin decirle nada, sin comprender nada... Pero, como es niñito muy bueno, le hizo caso a su mamá... Respiró profundo... Le agarró una mano a su mamá... Y gritó como nunca antes había gritado... Gritó muchas veces "Te AMO...", al valle lindo, como su mamá le había dicho...

Entonces..., del valle lindo..., escuchó una voz muy fuerte, pero muy fuerte también, que le contestó por "el eco..." con mucha fuerza y diciéndole...: "TEEEE AAAMMMMOOOOOO... TEEEEAAAAMMMMOOOOOOO... TEEEEEEEEEEEEEAAAAAAAMMMMMMMMOOOOOOOOOOOOOOO....

¡Con qué alegría miró desde allá, bajito, muy bajito... desde su pequeño tamañito, a su mamá...! En verdad, que había que verle sus ojitos.... ¡Cuánto brillaban...! ¡Qué dicha y emoción radiaban...! ¡Cuánto, pero cuánto representó su mamá para él, en ese instante "tan grande" de su vida...! ¡Cuánto...! En esa, sus pequeñita vida... Vida de juegos, estudios, alegrías, preguntas, sueños y sustos...

Su mamá lo cargó enseguida... Lo apretó mucho contra ella... y muy bajito..., como en una caricia de sonido y de "apretoncitos riiicos..." le dijo, dándole muchos besitos...

—Hijito mío... ¿Ves cómo en el valle lindo, sí vive un niñito bueno...? Es tan bueno y lindo como tú... ¿Verdad, mi amorcito lindo...?

El niñito era feliz... Se sentía muy contento... Quería hablar y no podía... ¡Qué feliz estaba...!

—Lo que sucede... (Le decía su mamá, con mucha ternura...)... lo que pasa, es que los niñitos..., y también todos..., todas las personas... "reciben siempre lo que regalan..." Lo que dán... mi niñito lindo... (Y lo besaba mucho mientras lo acariciaba, teniéndolo cargado). Dá siempre A M O R..., mi niñito..., y verás entonces... (y otro beso le regalaba...) ...como vás a recibir mucho, pero más grande..., como te lo dió el valle lindo... El amor de todas las personas..., de tus amiguitos..., de las plantas..., de los animalitos..., y... también del valle lindo...

La mamá lo besó mucho... Lo quiso como nunca... (¡Claro, las mamás, siempre quieren mucho, pero mucho...!)

La mamá apretaba a su niñito, y lo amaba mucho porque había aprendido... y era muy feliz... Los dos reían de dicha..., se miraban y se besaban... ¡Cuánto amor...!

Mirando al valle lindo..., la mamá, se alegró en el lindo río que estaba juguetendo, allá en el fondo... Luego..., suavemente..., elevó sus ojos al cielo..., que estaba más, pero mucho, muchísimo más lindo que el valle lindo..., y en silencio, con un amor increíble, besando mucho a su niñito..., abrazándolo fuerte, muy fuerte, muy fuerte y llena de dicha..., dijo en su corazón de mamá linda y feliz...:

—¡GRACIAS...!"

"...si quieren venir a mí sean como niños..."

**Jesús**

# ONILDA A. JIMÉNEZ

*Nació en Fomento, Las Villas, en 1930. Se graduó de Bachiller en el Instituto del Vedado de La Habana, en 1948. Obtuvo la Licenciatura en Derecho Diplomático y Consular, y el Doctorado en Filosofía y Letras en la Universidad de esa misma ciudad en 1955. Se trasladó a los Estados Unidos en 1964 y obtuvo una Maestría en la Universidad de Columbia (1968), y un Doctorado en Filosofía de la Universidad de Nueva York (1979) Ha publicado ensayos y artículos periodísticos en diversas revistas especializadas. Desde 1968 es profesora del Jersey City State College. Entre sus publicaciones se cuentan:* La crítica literaria en la obra de Gabriela Mistral *(1982) y la antología bilingüe* En camino/On the road.

## LA OTRA REALIDAD

Estaba en la acera, estático, con miedo de respirar y de que aquel aire nuevo en los pulmones le cambiara el mundo que estaba estrenando.

La tarde anterior, su novia le había dicho, después de comerse unos helados en el café de Tony:

— Péinate, que quiero que vayamos a casa para presentarte a mamá.

Él sacó un peinecito que llevaba siempre en el bolsillo trasero del pantalón y trató de amoldar a un lado el pelo oscuro y copioso que habitualmente le caía sobre la frente.

—¿Estoy bien?

Ella lo miró echando la cabeza hacia atrás para lograr una mejor perspectiva y se rio.

Pero de eso hacía mucho tiempo. Ahora aquel mechón había desaparecido y solo unos cabellos opacos crecían con desgano en la parte inferior de su cabeza.

Todo lo que estaba pasando lo tenía imaginado. Había tenido 28 años para hacerlo. Veintiocho años para pensar, desde su cubículo, en el reencuentro con el mundo que había sido suyo, entrañablemente suyo.

No había querido decir el día en que salía de la cárcel para disfrutar solo de cada trozo de espacio recobrado, de cada minuto de este tiempo nuevo que se le ofrecía, de la oportunidad de sumergirse otra vez en la corriente de la vida.

Al desembocar en su calle, en la que nació y vivió hasta que lo cogieron preso, se detuvo. La calle iba ascendiendo hasta terminar en la Loma del Burro. Era la hora del almuerzo y de las casas salía el aroma de la cocina criolla: los frijoles negros sazonados con ají y culantro, el plátano maduro frito o el verde a puñetazos, las masitas de puerco, el boliche mechado con chorizo, el pargo frito o el biftéc con abundante limón, las frituras de bacalao . . .

A un muchacho que iba entrando en una casa con una mochila llena de libros, le dijo:

—Dile a tu papá que llegó Lino.

—¿Ud. es Lino?

El asintió y el chiquillo levantando la aldaba se precipitó en la casa por la puerta entreabierta.

No sabia cómo la noticia se esparció tan rápidamente pero las puertas empezaron a abrirse ruidosamente y los vecinos a saludarlo: "¡Bienvenido, Lino!" "Hola Lino" "Tienes que venir un día a comer con nosotros", "Felicidades Lino", "Tenemos que correrla viejo"... El agitaba la mano a los congregados en los portales y abrazaba a los más amigos que se le acercaban cariñosos, algunos con una botella de Bacardí en la mano: "¡Chico, hay que celebrar!"

A duras penas pudo llegar a su casa "Ni Chibás en sus tiempos era tan popular" pensó.

Su familia esperaba en el portal. Hacía muchos años que no veía a sus padres porque las largas y fatigosas esperas en el presidio hacían ya imposible su visita. Los encontró bien para su edad. Estaban fuertes y, sobre todo, felices. Su mamá lloró un poco, pero la vieja era muy sentimental y lloraba por todo. El viejo no habló, pero en su abrazo notó la emoción del hombre recio: Allí estaban, sonrientes, esperando su turno, sus hermanos, Pancho y Teresa. ¡Como le gustaba mortificarla cuando era chiquita rompiendo los brazos de sus muñecas! Y a Pancho, como era menor, prohibiéndole jugar a la pelota en la novena del barrio. "Cuando seas más grande" le decía. "Pero es que yo quiero pitchear" protestaba Pancho, que tenía excelentes condiciones.

No sabía cómo estaban allí pues ya tenían su nido aparte. Pero lo importante era sentir el calor familiar, volver a sentir el hogar como era antes, cuando eran muchachos y antes de que lo acusaran a él del sabotaje a El Encanto y lo metieran en un cubículo durante 28 años.

—¿Y Carmita?

Discretamente ella se había apartado para dejar a la familia el derecho a saludarlo primero. Los 28 años se encogieron hasta meterlo en el café de Tony, ella riéndose de su peinado.

—Libre al fin! dijo sin llorar.

Aún estaba bonita, con aquella dulzura sensual que lo conquistó cuando estudiaban en el Instituto de la Víbora.

—El almuerzo está listo con lo que más te gusta. Ya verás, dijo la madre apoyándose en su brazo porque las piernas le dolían por la artritis.

En procesión salieron todos hacia el comedor, acompañados de algunos vecinos que se resistían a abandonar a Lino.

—Quisimos reunirnos todos para celebrar tu regreso, dijo el padre. Se sentó a la cabecera de la mesa, como el patriarca que era de aquella familia y como venía haciendo desde que la fundó. Y allí todos presentes: sus hermanos y cónyuges, sus hijos y Carmita, soltera, aún esperándolo.

—Y las matas? recordó a punto de sentarse a la mesa, y salió un momento al patio. Allí estaban, inmutables, como si los 28 años no hubieran pasado para ellas, la mata de mango, tan señora, molesta porque los muchachos no le dejaban madurar sus frutos y a veces la lastimaban subiendo por sus ramas; la de guayaba, tan vieja que Lino llegó a creer que estaba en ese sitio desde la Creación, pero que aún daba jugosas guayabas; los rosales de la vieja con su preferido, el Príncipe Negro, nombre evocador de cuentos de hadas y las yerbas medicinales que ella usaba para cuanto dolor o malestar sentía la familia o los vecinos: la yerbabuena, con sus hojitas redondas, la yerba Luisa, de nombre real, la ruda, de color verde claro, nombre impropio para una planta tan delicada, la menta, de hojas menuditas, la albahaca, blanco del choteo criollo por su vinculación con la santería, todas tan pequeñas, tan humildes, mezclando sus fragancias como en un rito oriental, una de las sensaciones que más recordaba en la cárcel y que más asociaba con su hogar.

—¡Lino! ¿Dónde te has metido?

Y él agachado detrás de la mata de jazmín porque la vieja llevaba un cinto de cuero:

(¡Linooo! ¡Sal, que ya vino el ministro a decirme que le caíste a pedradas a la iglesia protestante!

—¡Lino que se enfría la comida!

—Ya voy...

"—¡Linooo! sal que ya el maestro vino a decirme que le tiraste un pomo de tinta en el traje!

Hacía calor y después del almuerzo se sentaron en el portal. Por primera vez se dió cuenta de que la brisa que bajaba de la loma rozándole la piel le producía un efecto afrodisíaco. ¡Veintiocho años sin ella, sin la brisa, y sin Carmita!

Ya todos los sillones del portal estaban ocupados y habían llevado sillas de la sala. Los más jóvenes se sentaban en la baranda de mampostería.

—Estás muy callado, Lino.

—Creo que te vendrá bien una siestecita, dijo la madre. Vamos, hijo, te tengo el cuarto preparado.

Al final de la casa, su cuarto. Una ventana grande enrejada que daba al patio y que casi nunca se cerraba. Desde su cama podía ver la luna llena y fantasear mientras el sueño le rendía.

"Mira que reguero, muchacho, "decía la madre recogiendo del suelo pantalones, camisas y calzoncillos, metiendo zapatos en la zapatera y colocando los libros en una mesita del rincón.

"—Pero, ¿qué es esto? ¿una cajetilla de cigarros? Deja que tu padre lo sepa, que andas fumando por ahí como un hombre! ¿No te ves muy vejigo?"

—¿Ves? Todo está igual, dijo la madre y quitó la sobrecama tejida para que él pudiera acostarse sin estrujarla.

Lino miró la litografía del sagrado Corazón que colgaba detrás de la cabecera de su cama y se acostó.

—Todo está igual, murmuró, mientras su madre salía de la habitación cerrando la puerta.

En la acera, estático, con miedo de respirar, se decidió a hacer lo que había planeado durante 28 años, desde su cubículo. Cada paso lo había imaginado tantas veces y tan minuciosamente que le parecía que ya lo había vivido.

Echó a andar, alejándose del edificio de la cárcel hasta llegar a una esquina con una "P" pintada en un círculo.

El hecho trivial de estar esperando un vehículo, sin que nadie reparara en él, le pareció un acto de suprema independencia. Después de una larga espera pudo colgarse de una guagua repleta bajándose en la calzada, a pocas cuadras de su casa.

A medida que subía por la calle, la misma en que había nacido y se había criado, pensó en que hacía mucho tiempo, año, que no veía a sus padres y hermanos. Casi siempre había estado incomunicado. Su rebeldía, sus huelgas de hambre, eran castigadas quitándole la correspondencia y las visitas. El último que lo visitó fue un amigo que le contó que a sus padres se les hacía difícil ir a verlo por las condiciones tan duras a que tenían que someterse los visitantes. ¿Y los hermanos? En el trabajo: "Tú sabes, no se puede faltar, el ausentismo".

La calle estaba tranquila. Algunas puertas tenían unos letreros desteñidos: "Comandante en jefe: ordene". "Patria o muerte. Venceremos".

Cerca ya de su hogar notó que las personas que entraban y salían de las casas le eran absolutamente desconocidas. Le extrañó porque en aquel barrio la gente no acostumbraba a mudarse. El había crecido viendo siempre las mismas familias.

Se acercó a una mujer con una jaba e indagó por uno de sus más antiguos vecinos, Nicanor González.

—Yo no sé, dijo ella.

A mí la revolución me dió esta casa.

—Esos eran gusanos y se fueron, contestó otra en otra casa, refiriéndose a otra familia.

Tenía miedo de seguir preguntando. De sus compañeros de juego, de sus amigos de adolescencia, de las vecinitas que él veía pasar desde el portal con admiración, no quedaba nadie.

—Se fueron, decían todos.

¿Me habré equivocado de calle?

Pero no, la calle era la misma, desembocando en la Loma del Burro. ¿Cómo olvidarla, si la había recreado en su mente; cada casa, cada ladrillo, durante 28 años?

—Ahora sentía una gran aprehensión. Hubiera querido que el tiempo fuera elástico para dilatar el momento de llegar a su casa. Pero no podía seguir preguntando, tenía que seguir adelante.

Un niño de unos tres años jugaba en el portal con un velocípedo sin ruedas. En la puerta un letrero decía: "Comité de Defensa de la Revolución". La puerta estaba abierta y entró en la sala. Eran los muebles de su casa, hasta los sillones del portal estaban allí. Al llegar al comedor vio a su hermana, trajinando en la cocina. Estaba cambiada pero era ella, Teresa. No vio a sus padres. Lo único que se escuchaba era el ruido de cazuelas en la cocina.

—¿Dónde están los viejos? ¿cómo es que no están aquí?

Corrió hacia el primer cuarto, el que siempre había sido de ellos. Buscó en los otros, en el baño y, ya más despacio, miró hacia el patio, con miedo.

—¿Dónde están?

—Cálmate, no sabía que iban a ponerte en libertad. Siéntate.

No se habían abrazado.

Teresa le acercó una silla.

—Por lo visto no sabes nada.

¿Nada de que? dijo, y se dió cuenta de que estaba gritando.

—En los años en que la justicia revolucionaria te ha tenido preso por tu traición a la patria han sucedido muchas cosas.

Papá y mamá murieron después de lo de Pancho, unos meses después. Se llevaron muy poco.

—¿De lo de Pancho?

—Pancho era agente de la CIA.

Otra vez Lino tenía miedo de respirar, era la sensación de que el tiempo se detenga si aguantaba la respiración, un juego que acostumbraba hacer de niño con sus amigos.

—Lo fusilaron.

"Pero es que yo quiero pitchear" decía Pancho. ¡Y cómo pitcheaba! Con el bate que le trajeron los reyes logró que lo admitieran en la novena del barrio, a pesar de ser tan pequeño."¡Te vi con una chiquita, de las manos cogiditas le cantaba delante de los mayores para avergonzarlo, pues sabía que la cara se le ponía roja como un tomate.

—Nuestra familia se ha acabado, como se ha acabado todo.

—Claro que no, este muchachito es mi nieto, el hijo de Natacha, mi hija. Todos vivimos aquí.

—Siempre queda alguien para contar la historia. ¿Qué sabes de Carmita?

—Se fue hace ya bastantes años, tú sabes lo burguesa que era. A lo mejor se casó con un yanqui.

Le parecía regresar de una dimensión nueva, sin tiempo.

—¿Y tú? pero se arrepintió en seguida de la pregunta porque recordó el cartel en la puerta.

—Yo soy la presidenta del comité.

—Mientras hablaban, Lino superponía la imagen de la Teresa bonita, alegre y tierna, a la de esta mujer desaliñada y dura, que le contaba la muerte de su hermano y de sus padres sin emoción.

—¿A dónde vas?

Lino se dirigió a la puerta.

—¿Dónde crees que puedo ir?

En la reja del portal se detuvo.

Teresa lo había seguido sin decir nada.

—Voy a vivir la otra realidad.

Alcanzó la acera y echó a andar, tambaleándose, perdiéndose calle abajo.

# JOSÉ KÓZER

*Nació en La Habana, en 1940 y allí estudió bachillerato en el Instituto Edison. Cursó dos años de estudios de Derecho en la Universidad de La Habana hasta su salida al exilio en 1960. Se radicó en Nueva York, y estudió en la Universidad de Nueva York y en Queens College, donde obtuvo una Maestría en Artes, en 1967. Desde 1965 enseña español y portugués en dicha institución. Ha publicado poesías, cuentos y ensayos en diversas revista especializadas internacionales. Entre sus muchas publicaciones deben mencionarse:* Padres y otras profesiones *(1972)*, Poemas de Guadalupe *(1973)*, Este judío de números y letras *(1975)*, Y así tomaron posesión en la ciudades *(1978)*, Jarrón de las abreviaturas *(1980)*, The ark upon the number *(1982) y* Bajo este cien *(1983)*

## LA ÚLTIMA TARDE QUE PASÉ CONTIGO

Tres días antes de morirse, abuelo me dijo que eso no era nada: me lo dijo en yidish, pronunciando cada palabra con trabajo. Me molestó que lo dijera en yidish porque pudo haberlo dicho en español. Para él, los momentos cruciales tenían que ser en yidish, aunque yo hubiera preferido que fueran en español. También yo hubiera preferido que me dijera la verdad. Me hubiera gustado ver que me agarraba del brazo para decirme: mira, la verdad es que me estoy cagando.

Tres días después se murió y lo veíamos en la Funeraria San Jóse, en un saloncito particular para judíos. Mejor dicho, era un saloncito para cristianos, como todos los demás. Lo que pasa es que desmontaban los crucifijos, quedando las paredes desnudas, habilitadas para la ocasión, conforme se fuera presentando. Así es que uno podía alquilar un cuarto con confianza, y venir a enterrar a su muerto.

Hubo un equivocado que mandó una corona de flores, con un festón de satín morado, en el que aparecían unas letras doradas con el nombre de abuelo, mal deletreado. Un tío mío, un tal Máximo, que sabe mucho de estas cosas, mandó que se la llevaran. Luego le explicó a unos amigos clientes suyos, que en la religión hebrea no se le enviaban flores a los muertos. Mi tío había dicho religión hebrea, pero los amigos clientes suyos cuchichearon al salir, que entre los judíos no se estilaba ponerle flores a los muertos. Lo que hacían eran poner unas piedrecitas sobre la tumba del muerto, porque salía más barato. Los amigos clientes de mi tío Máximo, dijeron eso muy bajito, pero yo, que estoy en todas, los oí muy claramente. Aquéllo me dió mucha rabia, y entonces, muy bajito también, me cagué tres veces seguidas en la madre que los parió.

También tres días antes de morirse, abuelo me dio un consejo. Me pidió que procurara ser bueno y que no me metiera a abogado, porque por mucho que quisiera ser criminalista y defensor de los pobres, acabaría por ser pobre y defensor de los criminales. Esto me lo dijo también en yidish, pero esta vez me jodió mucho menos, porque sabía de antemano que me iba a dar ese consejo, que me lo daría en yidish, y me había propuesto no tomarlo a pecho. Yo sé que el quiso que éste fuera su legado moral conmigo. Cuando me dijo aquéllo, sentí caer sobre mis hombros todo el peso moral de su pueblo. También sentí el peso de los cinco mil y pico de años de historia de que siempre hablaba tío Máximo, mientras nos enseñaba el numerito que llevaba marcado en el antebrazo como un teléfono. Cuando hablaba de los interminables sufrimientos del pueblo hebreo, o cuando se explayaba en la enumeración de las virtudes del león de Judea, tío Máximo jadeaba como un ortodoxo. De la diáspora pasaba a cosas más recientes, y recontaba que estando en Auschwitz ocurrió tal y cual cosa, que en Bergen Velsen ocurrió tal otra, pero que a pesar de todo no sentía ningún odio por el enemigo. Lo único que, eso sí, juró no comprar nunca productos alemanes.

El peso de lo que abuelo me dijo en yidish tres días antes de morirse, no impidió su muerte. A la Funeraria San José acudió la florinata de la colonia hebrea de La Habana. Abuelo fue un hombre magnánimo que ayudó a todos los inmigrantes judíos a establecerse en Cuba y hacer dinero. Fundó la primera sinagoga de La Habana, Templo Beth Israel, sito en calle Acosta, a cuadra y media de la antigua Iglesia del Carmen. Todos los inmigrantes hicieron dinero más o menos, excepto abuelo, porque alguien tenía que hacerse cargo de importar los productos "kosher" para Súkes y Pascua. Como había tan pocos ortodoxos en La Habana, el negocio de importación le dejó a abuelo muchas perdidas. Abuelo tenía una bodega: *La Bodega Cubana*. Al morir dejó 15.000 pesos, en deudas. También dejó la estantería de la bodega inútilmente abarrotada de cajas sin abrir: matzes mandeles noodles Manischewitz herring Vita sour cream Breakstone, gefilte fish. Después, hubo que subastar todo para pagar las deudas. El dinero recaudado se envió a Estados Unidos, al señor Rabb, que era el agente exportador de la Manischewitz para América Latina. Recuerdo que aquel día mi padre agarró un fajo de facturas amontonadas sobre la mesa de trabajo de abuelo, y las tiró violentamente contra el piso, acompañando el gesto con un carajo muy suyo, pronunciado en pésimo español, con una "r" que a media legua de distancia respiraba a judío. Entonces fue que papá dijo que abuelo, el pobre, para bueno sí daba, pero lo que era para negociante, hubiera sido mejor que todos los días fueran sábado, y que se quedara con la cabeza espolvoreada de ceniza, las manos juntas como un abanico que le tapaba el rostro, rezando con los ojos cerrado frente al tabernáculo.

También tres días antes de morirse, abuelo me dijo que yo era su nieto favorito. Me explicó sucintamente sus motivos: yo era el primogénito de la familia, y me correspondía ser el mejor. Yo le iba a preguntar que por qué por que no el peor, pero me callé. Cuando abuelo dijo aquéllo, se trató de incorporar, pero flaqueó, las fuerzas le fallaron, y se murió! Tenía los dos brazos agujereados por inyecciones de morfina. Tío Máximo no se explicaba cómo con tanta morfina seguía sufriendo así. Decía que era tal vez por ser hebreo que tenía que ser así. Tampoco se explicaba cómo era que todavía coordinaba tan bien, pese a que tenía el cuerpo saturado de morfina. Máximo decía que siendo abuelo hebreo, la tranquilidad le llegaría sólo con la muerte. Dijo que así es como tenía que ocurrir con los adalides del pueblo hebreo desde el día que se cerraron las aguas del Mar Rojo. Mi tío hacía a veces estos comentarios en voz alta durante los concilios de familia que él mismo convocaba. Yo lo escuchaba estupefacto, pensando que mi tío era un retórico hijo de puta que le temía a la palabra judío. Yo estaba siempre cagándome en su madre, la pobre, que también era hebrea.

A mi abuelo lo enterraron en Guanabacoa, que es donde está el cementerio judío. Los cristianos y los chinos tenían su cementerio en medio de La Habana, pero a los judíos los despacharon para las afueras. Es posible que fueran los judíos los que no se quisieron codear con el resto de la población, que fueran ellos los que decidieron ir a morirse al otro lado de la ciudad. Esto es lo más probable, y no es de extrañar, si se piensa que son cinco mil años y pico de resistencia. Además, no era mala la idea acampar en las afueras, para cuando llegara la hora del éxodo. Tío Máximo hablaba mucho de la hora del éxodo, y siempre se preguntaba en alta voz cuándo se ría. Más tarde, cuando llegó Fidel, tío Máximo fue el primero que vio la cosa clara. Recuerdo que alzó el brazo, y agitando el dedo índice, aclaró: ha llegado la hora del éxodo. Hubo concilio urgente de familia, se acordó que tío Máximo estaba muy clarividente, y que lo mejor era hacer las maletas en seguida. Está bien que haya sido así, y hoy por hoy yo respeto la clarividencia de mi tío. Lo que me jode es que dijera la hora del éxodo, cuando a lo que de verdad se refería era a la hora de los mameyes.

Pues, años antes, y también a su hora de los mameyes, llevaron a enterrar a mi abuelo a Guanabacoa. Por el camino yo iba en el limosine delantero, atiborrado entre las señoras hijas del difunto, y con la viuda, que era mi señora abuela, y que estaba en pantunflas. Como primogénito me correspondía ir con ellas, aunque me jodía ser el único varón del grupo. El chofer del limosine no cuenta porque era cristiano. Me jodió mucho tener que ir entre tantas mujeres llorando o que se esforzaban vanamente por controlar las lágrimas, para ver quien de cuál era la más valiente de todas a la hora de los mameyes. Pero ése era el legado de mi abuelo, y ahí fue que me correspondió estar, para amparar las mujeres del muerto en esta hora crucial. Yo no las protegí ni hice un carajo, porque tenía un dolor de vientre que me reventaba. El día de la muerte de abuelo se me perforó la apéndice, y al otro día me tuvieron que operar a la carrera. Pero antes de eso, yo iba sentado en el limosine de las mujeres, pensando que de tanto estar con ellas, y de tanto ir apretujado entre tantos sollozos conmovedores, tal vez yo acababa maricón. Iba pensando que el peso de las últimas amonestaciones de mi abuelo sería demasiado abrumador para mis frágiles hombros de adolescente, y que me iba a quebrar, acabaría en loca, partido por el eje, paseándome de noche por las calles de La Habana con un vestido de seda floreadito, metido a pájaro travestista, el primer judío maricón en toda la majestuosa historia de la ciudad de La Habana. Pero no fue así, y al otro día me sacaron el apéndice.

Llegando al cementerio de Guanabacoa nos detuvo la cruz roja del semáforo. Entonces pasan tres negritos muy orondos, y dice uno que, oye, fíjate, ahí va un entierro de judíos. A mí por poco se me revienta la apéndice de la rabia. Mi madre lo oyó también y se puso a sufrir tanto, que no sé dónde le cabría todo ese sufrimiento. La tía Mérele, a quien le pusieron Esmeralda al llegar a Cuba, lo oyó también, y se puso en seguida a consolar a mamá, porque siendo mi madre la mayor, su deber como hermana era tratar de calmarla. Parece que entre los judíos diseminan así el sufrimiento, de mayor a menor, la gente tiene que coger turno para sufrir. Tía Zúrele, a quien llamaban Sylvina con "y", y a quien por pecosa y por tener la piel manchada de leche le pusimos de nombrete Rosadita, también oyó el comentario de los tres negritos, y le dio un asustado lenguetazo a la estrella de David que le colgaba entre los senos. Yo me hubiera querido persignar en aquel momento para fastidiarla, pero me contuve. Sobre mi pesaba el fardo ése de moral que abuelo me legó. Los negritos desaparecieron cuando cambió la luz. Al ponerse en marcha el limosine, yo me viré para cagarme calladamente una y otra vez en la puta madre que los parió!

En el cementerio nos dividieron en tres bandos que recuerdo distintamente. El bando de las mujeres. el bando de los hombres, y el bando de mi soledad. Yo me puse a dar vueltas por el cementerio como un Ohulley, y pasaba de una tumba a otra recitando odas. Creo que en Cuba existieron ciertos poetas dedicados a cantar la inmortalidad del cangrejo. Sé que aquella mañana los superé. Mi poesía estuvo de veras muy favorecida: convencí a los dioses del sinsentido de la vida, con unas composiciones dirigidas a Yahve, dios de los judíos, y a Jesús dios de los cristianos traidores.

Dando vueltas vine a parar frente a la caseta en la que se llevaban a cabo los últimos ritos de despedida a mi abuelo. Fui a entrar, pero el celador me explicó que estaba prohibida la entrada para menores. Yo saqué el carnet de identidad que decía nieto del muerto, pero el celador se mantuvo en sus trece con un NO del tamaño de una casa. Me retiré al otro costado de la caseta, agarré un cajón vació que había ahí, y me encaramé. Por una rendija presencié los últimos momentos de abuelo. Había trece hombres de "taled" y "yarmuka", en tirantes con las mangas enrolladas hasta el codo. Hacía, como siempre hizo calor que le roncaba. Abuelo se encontraba tendido en toda su última extensión sobre una amplia mesa de caoba en la que casi no cabía. Tenía los ojos abiertos con la misma enorme mansedumbre de siempre. Una sábana de color cremoso, que no podría llamar sudario, y que era como un tapete supremo, le crubría toda la magnífica latitud del cuerpo. Minutos después, el más viejo de los trece, a quien voy a poner Samuel, le quitó la sábana de un tirón, y empezó a frotarle el cuerpo pausadamente, con una loción de alcohol perfumado, al paso que entonaba unos salmos vaporosos. Los hombres se ponían las manos delante de la cara, a medida que zarandeaban la cintura de un lado a otro, contoneándose al son de las "brujes" que salmodiaban repetidamente. Samuel frotaba cada vez más cariñosamente el cuerpo de mi abuelo, perfumándolo con la pureza de su propia atrición. De repente tuve la impresión que Samuel no era nada menos que la reina de Saba, que se estaba encaramando sobre abuelo, llegada la hora de la encarnación. Yo sé que abuelo se hubiera parado, de haber podido hacerlo. Digo, que se hubiera incorporado para darle a la reina de Saba la bendición: para recordarle con todo el peso de su magnánima firmeza moral, el camino que toda mujer venerable debe seguir. Juraría que a medida que Saba purificaba a mi abuelo con sándalo, almizcle, flor de naranjo, lavanda Vichy Source de Beauté... Juraría que abuelo le iba cogiendo muchas ganas a la reina. Estando Saba atareada con esa cuestión, Samuel la cortó por el eje, tapó a abuelo con la sábana, y se abrieron las puertas de la caseta para que entraran las mujeres del muerto a llorar. Un fuerte vaho a alcohol salió despedido antes de volverse a cerrar las puertas. Fue entonces que se armó la lloriquera. Las mujeres se empezaron a dar golpes de pecho, se golpearon unas a otras los pechos, se pegaban insistentemente en los dos pechos. La que mas se golpeaba era la mayor: pensé que un poco más, y se malogra. Con tanto lloriqueo los hombres decidieron salir, y luego hubo un estrépito, que fui yo cuando me caí de la caja sobre la que estaba encaramado. Era un cajón de bacalao, sin su olor.

Por la tarde todo el mundo estaba bastante molido. Las mujeres de tanto hincharse los ojos de lágrimas. Los hombres, de tanto ocupar el puesto de honor, cargando en andas la caja del muerto. Yo, medio doblado por la punzada de la apendicitis, quedé absuelto del peso abrumador del ataúd, fui el único que no cargó, creo que por ser la carga del primogénito muy de otra manera, según deduzco por la recomendación final que me hizo abuelo, en yidish, tres días antes de estirar. Por la tarde nos reunieron para dar comienzo a la jornada de los siete días que hay que pasar encerrados en un cuarto para acompañar al muerto en su tránsito. Los hombres se retiraron a preparar el "minhie" para la hora de la puesta del sol. Este es el quorum de los judíos, o de los hebreos, que es como dice tío Máximo. A mí, otra vez por primogénito, cargado todavía con la cruz de la adolescencia, me metieron en el cuarto de las mujeres. Me fui con ellas, mansito, para que no fuera a armarse una bronca en un día tan sagrado.

Las mujeres eran nueve nada más. Entre ellas el número no cuenta, y no tienen que ser trece. Se sentaron en unas cajas de coca cola suministradas por el bodeguero de la esquina, que las trajo en persona, muy compungido por fuera, y berreado por dentro. Las cajas llegaron en un tractorcito y el bodeguero fue y las colocó en el cuarto de las mujeres, momentos antes que la entrada quedara vedada. Las mujeres se sentaron con las nalgas hebreas sobre las cajas de coca cola, las sayas apretadas, las piernas juntísimas. Todas estaban en chancletas, las medias de seda con punto doble de París, hechas un rollo caído sobre los tobillos. Al lado de cada mujer había una cajita redonda de metal repleta de ceniza. Metían la mano y luego se embadurnaban la cara, el pelo, se pasaban los dedos cenicientos por el pecho, se ponían a llorar. Yo me quedé de pie, no dije nada, vi que no había una caja para mí.

Tocaron. La tía Mérele se levantó a abrir la puerta. Yo pude haberla abierto, pero aquel era el cuarto de las mujeres, así es que no me atreví a moverme de mi sitio. Sabía que de ponerme a existir delante de esas mujeres, era señal de que había comenzado a crecer, y entonces la cosa cambiaba. Dejaría de ser el primogénito adolescente, el valioso protector de las mujeres de la familia, y pasaría a ser un macho cabrío metido en el cuarto de las mujeres, a quien había que sacar inmediatamente a pescozones. Zoila acababa de llegar. Tía Mérele lo pidió sollozando que pasara a sentarse en una caja mientras ellas continuaban llorando. Zoila posó su cristianísimo trasero sobre una de las cajas y se quedó absorta ante el espectáculo.

Y yo me quedé absorto ante el espectáculo del cristianísimo trasero de Zoila, que se había quedado con las dos piernas un poquitico abiertas, cuando posó el nalgueral sobre la coca cola. Ella, mientras más miraba a las señoras plañir y empolvarse el rostro con ceniza, más sin querer se le quedaban las dos piernas un poquitico más abiertas todavía, exhalando el vaho del calor tropical después de todos los trabajos de la tarde. Ella seguía absorta, y yo seguía más que absorto. Tanto, que el dolor apendicular desapareció. También se desvaneció el dedo índice de abuelo, dictando la moral del tabernáculo y de las filacterias. Aquel cuarto se quedó de repente sin ritos. Yo me acerqué coquetamente adonde Zoila, me acerqué con mis dieciséis años adolescentes adonde estaba sentada aquella linda reina de Saba, y me quedé postrado de rodillas ante sus pies majestuosos, absorto mirándola hacia adentro, todo lo que había que mirar. Ella se dejó, y yo la estuve mirando cuanto me dio la gana, y luego la estuve tocando en todas sus partes blandas, hasta que los dos nos quedamos absortos a la vez.

Luego le dijeron a Zoila que saliera, que por favor, que ellas, las hijas del difunto que fue mi abuelo, querían quedarse a solas con la pena. Tía Mérele fue y le abrió la puerta. Mamá le dijo antes de salir que preparara una vianda para los muchachos, que ella esta noche no iba a comer, sentía mucho dolor, estaba muy reciente todavía, y no tenía apetito. Yo aproveche para salir también, porque estaba que ardía con las ganas de dejar aquel cuarto, y ver como me escabullía adonde Zoila, para ver como lograba que se me diera el sueño dorado de toda mi vida, que siempre fue por aquel entonces, ver como me podía meter en su cuarto para ponernos a bailar un bambo.

## *ENRIQUE LABRADOR RUIZ*

*Nació en Sagua la Grande, Las Villas, en 1902. Autodidacto. Desde muy joven se dedicó al periodismo y a la literatura. Miembro de las Academias Cubana y Norteamericana de la Lengua, ambas correspondientes de la Real Academia Española. Ganador del Premio Hernández Catá de Cuento (1946) y del Premio Nacional de Literatura (1950). Se le considera el iniciador de la renovación de la narrativa cubana e hispanoamericana del siglo XX. Salió al exilio en 1976 y se radicó en Miami, donde falleció en 1991. Entre sus obras narrativas más afamadas se cuentan: las novelas* El laberinto de sí mismo *(1933),* Cresival *(1936),* Anteo *(1940) y* Carne de quimera *(1947), así como sus libros de relatos,* Trailer de sueños *1949) y* El gallo en el espejo *(1953).*

## FELINO NO TIENE UÑAS

He conocido dos o tres así pero sólo uno que valiera la memoración menos distraída. La planta de su pie no había hollado sino lo que iba de nuestra casa a un punto cercano en busca de cosillas insignificantes: unas puntillas, el clavo para arreglar su cinto partido. Ni siquiera al pueblo en sí y por supuesto, jamás a la capital que estaba a tiro de ballesta, como se dice todavía, aunque estemos sin ballestas, "no hay que estar lejos del sitio". Y se quedaba mirando para un celaje como si fuera astrónomo graduado. Quisieron enseñarle a dibujar su nombre cuando aquello de la alfabetización; se echó a reír. Quisieron saber de dónde venía tal nombre: rió más todavía. Vio derribar jardines preciosos para convertirlos en huertos productivos; dijo no entender y se echó a reír con más énfasis.

Un día pregunté

—Felino ¿y por qué no te casaste nunca?

—Esas son las cosas. Yo, la verdad, quería hijos, pero...

Tuvo alguna limitación por dolencia o algo parecido. No era viejo aún, estaba infinitamente aviejado. La vida lo estropeó desde sus comienzos.

—Mi padre me levantaba a las dos de la mañana, a ordeñar, a recoger estiércol, a poner en orden troncos de árbol y todo lo que va regando el campesino en su faena. Yo tenía miedo de las sombras, de un gajo que se partía, del ruido del agua que caía. Y del viento, del viento que lanza corcoveos afligidos, maulla chirridos, los peores de la madrugada.

Surgían recuerdos embalsamados; los preparativos para la faena y un saco de yute para arreglar el sitio donde dormir.

—Eso era en el campo, ¿pero en la casa?

—Nada quita el frío más pronto que estar bajo techo. Y si me meten unas cuantas hojas del periódico viejo, mejor.

¿Y aquello de la rata, Felino? —se me ocurrió preguntarle porque me parecía un cuento.

—Viene de noche y como tiene costumbre duerme en el cuarto. De lo mejor.

—Y trae hambre también, ¿verdad? Porque me han dicho que te comió un zapato de vaqueta, de esos que te tocaron, no?

—No sé si fue ella o el ratón grande, me da lo mismo. La pobrecita se me mete en los sobacos porque tiene frío.

—Por qué no le pones un veneno y te deja en paz?

—¿Yo? Eso mismo me dice la negrita que te trae quimbombó, los domingos por la tarde.

—A la que tú le das la libreta y ella se despacha con el cucharón grande y compra y compra.

No dijo más. Y días después me contó que le habían robado su perrito, un bicharraco insignificante pero al que él magnificaba. Buen guardián, siempre alerta, le enseñó a respetar a su rata. Unos tipos dijeron que se lo compraban; dijo que no. El perrillo, como si oyera el tejemaneje del trato, no hacía más que mirar a Felino con ojos saltones. Buscaba protección y seguridad; amor no escrito sino en el viento, pero amor duradero. En un descuido, cuando le pidieron a Felino una poca de agua, se dieron vuelta y lo metieron en un saco y hasta el día.

Felino quedó traumatizado, como de luto por el animalito que no hacía más que mirarlo con aquellos ojos que le causan a él lloros interiores y que tal vez le consolaban en sus vastas soledades. Ya nunca más quiso sentarse en el portal de la casa; se echaba contra una columna del patio a contar con la gente que habló durante el día en busca de información; nadie sabía nada.

Mirando a la noche estrellada le dije:

—¿Y tú crees que haya vida allá arriba?

Se rascó el cogote:

—Mire que usted pregunta cosa, Enrique.

—No, no: di lo que te parezca.

—Puede, no sé. Pero si hay gente, andarán siempre con un perrito bueno que los acompañe para librarse de la neblina.

—Viste alguna vez los espíritus, Felino?

—Yo era muchacho y estaba con la cántara de la leche medida cuando un hombre con chaquetón prieto se me apareció. Corrí y la cántara se me viró. Mi padre me agarró por los pelos gritando: Muchacho de los demonios, ¿a dónde vas?

—¿Estarías muy nervioso, por supuesto?

—Fue como el día del ciclón. Salimos de la casa trepando. Cosidos a la yerba, para que el viento no nos arrastrara. El hombre del chaquetón prieto no se me quitaba de la memoria. Quería llevarme; quería comerme. Pensé preguntarle por mi perrito pero no tuve valor. Ese chaquetón vuelve a envolverme.

—Figuraciones, Felino. No hay tal. Tu estás comiendo más de lo que puedes masticar.

—Pero si apenas pruebo un trozo de yuca o de boniato.

—No, nó; no hablo de ese comer. No seas ganso.

Apretó un resto de cigarro dentro de la boca. Mascaba lentamente y acotó: El ganso es el que más vive del pato al gallo. No se sabe por qué, pero vive más.

—A tí te hubiera hecho falta tener familia; estás muy solo.

—Yo tengo mi familia aquí. Todos estos árboles de la finca los he sembrado yo. Son mis hijos. Si los veo tristes voy y los abrazo y se ponen alegres.

—¿Y si se enferman?

—Los curo yo mismo. Eso lo he hecho siempre. El mango, las matas de naranja, el aguacate, el ateje... Mi familia. Todos son mis hijos. El que está triste ahora soy yo. ¿No sabe? Con esto de la tumbadera de palmas... Es un crimen. Le meten bombas en la raíz para no estropearlas. De cuajo caen. Tan verdecitas, tan enteras.

Lo sé, es una nueva industria... ¡de muebles coloniales! que los aprovechados lanzan al mundo.

—Si esto no servía más que para sacar unos tablones del chiquero o hacer unos tirantes para las cercas...

—Pero ahora, Felino, se cambian por divisas. El mundo es así. No creas otra cosa... El que se llevó tu perrito sabía lo que hacía. ¿Cuánto le habrán dado por él?

—No sé. Para mi no tenía precio.

—Un día de estos nos cambian también a nosotros por reactores o petróleo, qué se yo.

—Y como que usted se va, como que usted lo piensa. Pero yo, como si como o no como, siempre aquí. Con las angarillas puestas.

El que toca primero suelo toca el cielo, me dijo un día en que se habló de caballos cerreros, de mulos cerriles, de cerdos agresivos. Los suspicaces de la inocencia de verdad mueren para siempre y para siempre andan en andas. (Fueron otras las palabras pero yo las comprendía de este arpegio). Y luego reflexioné: ¿Qué angel le llevó a la casa que en el cielo hace el cambio? Por que él será divisa donde quiera que se halle. Si yo le dijera ahora que puedo elegir lo que me gusta para hacer mi vida, pensaría si antes no lo quise hacer por qué no lo hice. Para él todo era tan simple que no comprendía que alguien necesitase algo. Felino, manso, sin uñas, todo menos un felino por ninguna parte de su ser.

Y de su estar, de un modo u otro.

## LUCAS LAMADRID

*Nació en La Habana, en 1919. Cursó el bachillerato en el Colegio de Belén en dicha ciudad. Se doctoró en Leyes en la Universidad de La Habana, en 1940. Fue miembro del Servicio Jurídico del Ejército hasta 1958. Salió al exilio en 1959 y se radicó en Miami, donde vivió hasta su fallecimiento, en 1987. Desde muy joven cultivó la poesía y fue incluido en la antología* La poesía Cubana en 1936, *preparada por Juan Ramón Jiménez y otros. Sus poemas fueron incluidos en varias antologías internacionales. Entre sus publicaciones deben mencionarse:* Cantos de dos caminos: antología mínima *(1977),* Poesía compartida *(1980) y* Canto de la tierra y el hombre *(1982).*

## EL MILAGRO IMPOSIBLE
(Una "Figura" que se le olvidó a Gabriel Miró)

Empezaban a alargarse las sombras aquella tarde que olía a tomillo y parecía reclamar el sosiego de la intimidad cuando a través de olivares y hortales de higueros llegó el Maestro, seguido por un grupo de sus más allegados, a una pequeña ciudad de la región cuyo nombre no recogieron los cronistas. Lo precedía fama de hombre santo y se le atribuían poderes taumatúrgicos. Contaban que sólo unos días antes había sanado una doncella a quien ya se tenía por muerta, y que eran múltiples sus curaciones de ciegos, gafos, tullidos y paralíticos con su mera imposición de manos, y hasta con su sola palabra o su presencia. Enajenados y sordo-mudos, de ordinario tenidos por posesos del demonio, cayeron a sus piés bendiciendo a Dios con sólo mirarle y ser mirados por él.

No obstante, se le aguardaba con recelo porque sistemáticamente se hacía acompañar de los humildes y mostraba una rara predilección por los incultos y marginados. Además, en sus prédicas había postulado principios al margen de la Ley, a veces con preguntas que simplemente suscitaban la duda, como "¿qué vale más, la ofrenda o el altar?" Había ofendido la tradición impidiendo el castigo usual para la mujer sorprendida en adulterio. Escandalizaba comiendo con ostratizados sociales e intermediarios del imperialismo extranjero. Expresaba augurios de peligrosa interpretación, como el de que "los pobres poseerían la tierra". Alarmaba a los poderosos con sus afirmación sobre la igualdad de todos los hombres y de todas las razas. Pero la población íntegra del lugar, encabezada por sus ciudadanos más representativos, se congregó a la entrada del pueblo para recibirlo. Y lo rodearon, fingiendo un respeto que —por lo menos en los prominentes e ilustrados— no era sincero. En realidad lo que movía a todo era la malsana curiosidad de comprobar si al visitante verdaderamente asistían poderes sobrenaturales.

Un clamoreo de salutación acogió su llegada —igual que a todos los innovadores y advenedizos revolucionarios desde entonces—. Tranquilizada la multitud por los gestos y señas autoritarios de los principales, habló —el primero— el Párroco del lugar:

—"Maestro", dijo, "éste es un pueblo piadoso, que paga sus diezmos, que respeta y se solidariza con la autoridad civil, y que observa la Ley; vemos con gusto, pues, que un hombre que practica y enseña la resignación..."

—"La resignación, no", interrumpió el Maestro con voz cansada pero enérgica. —"Yo exhorto a la piedad y el amor; la resignación se os dará por añadidura".

Garraspeó, asintiendo, el Párroco y prosiguió: —"Maestro, infortunadamente en nuestro medio hay una criatura a quien creemos poseída por fuerzas nefastas, y quizás la serenidad de vuestra presencia...."

—"¡El endemoniado, el endemoniado!", rugió la multitud. Y de nuevo los principales de la comunidad con señas y órdenes tuvieron que acallarla.

—"Es una carga pública, no paga impuestos", dijo el Alcalde.

—"Nunca ha trabajado; es por lo tanto improductivo e inútil a la comunidad", apuntó el presidente de la Cámara de Comercio.

—"Vive cubierto de mugre", indicó el Comisionado de Salubridad, "y su suciedad es campo de cultivo para epidemias..."

—"Es un antisocial", interrumpió el Jefe de la Policía, "y como tal, peligroso".

—"Maestro", habló de nuevo el Párroco, "quisiéramos que Usted lo viera..." Y, sin esperar respuesta, indicó al Jefe de Policía que trajera a Perico a la presencia del visitante.

Cuando dos gendarmes fueron a buscarlo al límite más lejano de la multitud, ésta se arremolinó en torno al detenido y, luego abrió un estrecho sendero por el que, algo resistido, avanzó un adolescente de miserable aspecto ante los empellones de los celosos guardianes del orden público y de la propia multitud que se iba cerrando tras de él. Ya próximo a donde aguardaban el visitante y los jerarcas del pueblo, una pierna anónima le dió un puntapié en el trasero que lo hizo caer de bruces. El muchacho se levantó sacudiéndose el polvo de su raída túnica y, al levantar la vista, se encontró cara a cara con el Maestro. Este le miraba directamente en los ojos, y él le sostuvo la mirada con una resistencia casi insolente. De modo gradual — como varía en intensidad la luz artificial manipulada— la mirada del Maestro se tornó profundamente dulce. Y el joven miseriento sonrió.

Acercándose, el Maestro le preguntó: —"Perico, tú sabes quien soy yo?"

El Médico interrumpió: "¡Señor, es sordomudo! Quizás como consecuencia de una diátesis..." Pero el Maestro lo acalló con un gesto autoritario, sin apartar la mirada del muchacho, que ahora alternaba su atención entre su interlocutor y los demás circumstantes con una asustada expresión de perplejidad.

El Maestro se le acercó a una distancia de intercambio de alientos y, con una voz muy suave, lo interpeló de nuevo:

—"Perico, ¿tú no odias a esta gente que te escarnece?"

El Maestro extendió los brazos y, apoyando sus manos sobre los hombros del indigente presuntamente endemoniado, le preguntó: —Perico, ¿tú no odias a esta gente que te escarnece?

El interpelado paseó una indefinible mirada de angustia sobre los circumstantes, luego miró fijamente al Maestro en los ojos, sonrió de nuevo, se encogió de hombros, y movió negativamente la cabeza otra vez.

El Maestro, estrechando los brazos lo atrajo contra su pecho y, casi en un susurro al oido, le dijo "¡Bendito de mi padre!" Y, apartándole de sí, avanzó sobre la multitud que, en asombrado silencio, se abrió para propiciar su retirada.

Un clamoreo desordenado se levantó detrás. Pero el Maestro, sin volver el rostro —quizás para que nadie viera la tristeza húmeda de sus ojos— se marchó del pueblo y se adentró en la noche que se cerraba.

En el grupo de los discípulos que lo seguían se levantaron a media voz la cojeturas:

—"No pudo, no pudo hacer el milagro", decía Tomás, el incrédulo.

—"Quizás no era más que un "hipie", un inadecuado", dijo Felipe, el primo que se creía más identificado con el pariente.

—"Pero el Maestro pudo hacer algo... cualquier cosa... para que, por lo menos, nos hubieran ofrecido cenar", observó Iscariote, pragmático y utilitario —quizás anunciando un Continente que se descubriría siglos después, y en el que su filosofía prevalecería.

Mateo, mientras tanto, rasgaba y tiraba los apuntes del incidente,

—"No pudo, no pudo realizar el milagro..." reiteraba Tomás.

—"Compañeros", dijo Pedro ejercitando su primacía sobre el grupo —a él se había atribuído la célula de acción del movimiento, y llevaba siempre su espada bajo al túnica— "quizás era perfectamente inútil a la causa..."

Volviéndose, lo interrumpió el Maestro dirigiéndose a todo el grupo: —"En verdad os digo que ese infeliz es más puro que cualquiera de vosotros". Y prosiguió hacia el amanecer del día de las palmas, profundamente conturbado por la misión de redimir a un mundo que no lo merecía.

## MARCO ANTONIO LANDA

*Nació en Sagua la Grande, Las Villas, en 1924 y se graduó de Abogado en la Universidad de La Habana, en 1949.*
*Llegó al exilio en 1966. Vivió en Nueva York hasta 1995, cuando se trasladó para Nueva Jersey.*
*En Cuba publicó algunos cuentos en el "País Gráfico" y la revista "Alfa", y en la revista "Temas" de New York (1952). Colaboró con artículos sobre religión en la revista "Semanario Católico" y en periódicos de Sagua la Grande y Santa Clara.*
*En Estados Unidos escribe una columna mensual en la Revista "El Undoso" de Miami y en el periódico "Nosotros" de West New York. Fue colaborador asiduo, del periódico "Nuevo Amanecer" de la Diócesis Católica de Brooklyn.*

## SOMBRA BLANCA

Yo no puedo decir si fue una extraña realidad o un sueño sorprendente. El nivel onírico de nuestra existencia resulta, a veces, ribeteado de unas orlas tan reales que la línea divisoria ente la realidad sensual y la de los sueños se desdibuja y se pierde entre las sombras de la duda. A pesar de todos los trabajos de Freud y sus seguidores para explicar o tratar de desentrañar la esencia de los sueños, éstos, en la vida íntima y particular de cada ser humano, adquieren tantas modalidades cambiantes y extrañas, que yo creo que nunca se llegará a una explicación convincente de la naturaleza de ellos. Y mucho menos encontrarle un sentido racional a lo que es en sí mismo, totalmente irracional.

Pero, a veces, los mismos sueños extraños y sorprendentes sobrepasan la medida del adecuado nivel de irracionalidad y nos empujan a la maravillosa creencia de que ambos, sueño y realidad, son, o pueden ser, la misma cosa.

Eso fue lo que me ocurrió a mí una noche de luna, de una luna completa y hermosamente redonda, que alumbraba con la clara luz de los cielos tropicales, aquellas nunca olvidadas y muchas veces desiertas, de mi querida Sagua la Grande. Es una historia que estaba ya casi olvidada y que cuando venía esporádicamente a la memoria, era rechazada por su aparente inverosimilitud. Además, yo no estaba seguro si iba a ser recibida por mis posibles lectores u oyentes con una media sonrisa de incredulidad, de ironía o de compasión.

Ocurrió hace más de cuarenta años, una noche en que yo regresaba a mi casa al filo de la medianoche. Tiré Martí abajo en dirección al puente. Era un camino no muy largo hasta mi casa, en la calle 24 de Febrero. A esa hora todo parecía desierto. La sombra metálica del puente relucía bajo la luz de la luna esplendorosa. A lo lejos, se recortaba la aguja de la iglesia de los Jesuitas. De vez en cuando, en mi acostumbrada rutina de cada noche, tropezaba con alguien que regresaba, o que, como yo, se encaminaba al barrio San Juan. Esa noche, una noche ligeramente fría de mediados de Enero, nada parecía alterar el silencio. No se escuchaban pasos, ni voz alguna resonaba en la quietud nocturna; sólo una brisa ligera agitaba la venerable ceiba del Parque Martiano y los árboles que la circundaban.

De repente, al acercarme, mi vista alcanzo a distinguir una sombra blanca que se inclinaba sobre las barandas del puente... ¿Sueño o realidad?.... Una figura de mujer, cuyo cabello, largo y revuelto, parecía un halo de misterio circundándole el rostro. Su largo vestido blanco, completamente fuera de moda, fue lo que más me llamó la atención. Pero fueron mis impresiones muy fugaces, porque en un abrir y cerrar de ojos, sin que yo pudiera atinar a hacer algo, ni a darme cuenta tan siquiera de lo que estaba pasando, la mujer se subió agilmente sobre las barras y se lanzó al vacío. Corrí hacia ella, sorprendido y desconcertado. Llegué hasta el punto donde me pareció que había ocurrido el hecho y me asomé... Pero todo esta quieto, con una quietud que se me antojó siniestra. Las oscuras aguas, que se destacaban claramente a la luz de la luna que rielaba en ellas, parecían quietas y mansas, como siempre lo habían sido.

¿Qué hacer? Juraba que mis ojos no me habían engañado... ¿O sí? ...Después me pregunté "¿estoy soñando o estoy despierto?". En ese momento un hombre se acercó a mí. Parecía que iba en dirección al pueblo o que había estado siempre parado allí mismo. Me preguntó: "¿ocurre algo?. Con palabras atropelladas traté de explicarle. El sonrió y me dijo: "Cálmese, mi amigo. A veces la luna es traviesa y nos hace ver fantasmas donde no los hay. Una sombra, la sombra de un árbol o un pájaro que la luz de la luna disfraza de algo grande, pero nada real".

Entonces pude ver bien a quien así hablaba. Era un hombre

común y corriente. La estampa de un campesino. Pantalón de dril, guayabera blanca y sombrero de yarey. Hubiera jurado que portaba un machete al cinto y sus polainas estaban manchadas de lodo. Sus largas patillas y un poblado bigote lo hacían aparecer a mis ojos casi como un mambí....Después, nos alejamos el uno del otro y no pasó más nada. Yo no sé si él tomó rumbo al pueblo o siguió mi dirección. Simplemente, dejé de verlo.

No mencioné a nadie el incidente. Temía las burlas de mis amigos. Por otra parte, esperaba que en los próximos días se esparciera por el pueblo la noticia de lo acaecido la noche anterior. Pero pasaron los días y nada trascendió, nada realmente notable....

Pero hoy, en 1990, en Nueva York, ha ocurrido algo que me ha recordado aquello. Algo insólito y más desconcertante aún, que me ha hecho recordar aquel extraño suceso, o sueño, o lo que fuera. La visión de la blanca figura lanzándose al río ante mis propios ojos, ha tomado cuerpo otra vez en la imaginación, ahora más turbada que entonces.

He tropezado de repente, en la biblioteca pública, con un pequeño y casi destruido folleto, publicado en Sagua, en 1897, en una imprenta llamada de los "Hermanos González", de la calle de la Gloria. Un folleto de pocas páginas, casi todas incompletas por la acción del tiempo, conteniendo datos de nuestro pueblo. Algunas curiosidades, varias noticias de aquellos días, algunas fotos, estadísticas, anuncios, etc. Pero algo me llamó la atención: en la página central aparecía un dibujo de una hermosa mujer vestida de blanco, con el cabello largo y suelto que rodeaba su rostro, prestándole una aureola de irrealidad. Un hombre corriente y al pie una breve nota: Desaparecida trágicamente la noche del dieciséis de Enero de este año". Después en la página lateral se ampliaban los detalles.

Era una muchacha de familia pobre, que vivía en los alrededores del pueblo, allá por el Camino de Palo de las Tres Cruces, allende la vieja aramazón de madera que colgaba entonces sobre nuestro río Undoso. Mantenía relaciones amorosas con un insurrecto (asi lo llamaba el reporte) que la visitaba regularmente en horas de la noche, cuando todo era quietud en el pueblo y la policía española descansaba de la rutina de inspección y vigilancia. La noche de su desaparición había recibido a su amante y aparentemente habían discutido. El la amenazó y ella huyó de la casa, seguramente atemorizada.

Su cuerpo, envuelto aún en el blanco traje que solía usar, fue encontrado flotando en aguas del río, más allá del puente, cuatro días después. Su largo cabello le rodeaba la garganta como un lazo mortal y sus ojos, abiertos aún, parecían llenos de terror. El amante desapareció, pero su cuerpo, colgado de un árbol, fué encontrado también varios días después en los alrededores del pueblo. Todavía vestía su pantalón de dril, su guayabera blanca, su sombrero de yarey y el machete colgado a la cintura....

¿Sueño o realidad?.... ¿Extrañas sombras de la noche?.... ¿Una mala jugada de la luna?....

## *RENÉ LANDA TRIOLET*

*Nació en La Habana, en 1922. Cursó la enseñanza primaria en el colegio de La Salle y el bachillerato en el Instituto de Segunda Enseñanza del Vedado. Obtuvo su doctorado en Derecho en la Universidad de La Habana. Salió al exilio en 1961 y se radicó en los Estados Unidos. Se ha dedicado a la enseñanza de idiomas. Ha publicado varias novelas, entre ellas* De buena cepa *(1967), y* Entre el todo y la nada *(1976).*

## HERMANOS GEMELOS

Anoche ocurrió algo inesperado. La puerta de mi cautiverio se abrió de pronto para dar paso a una mujer joven que con prestancia entraba; lo cual me produjo gran turbación. Como no salía de mi asombro ni sabía que decir, empezó ella a dialogar.

—Espero que mi compañía no le moleste— dijo con una especie de ingenuidad que llevaba implícito cierto impudor.

—Oh, no, me complace estar acompañado; aunque admito que no entiendo del todo su presencia.

—En cierta forma yo tampoco: me indicaron que debía estar con Ud. un rato, que fuera atenta y complaciente, y que satisfaciera sus necesidades.

—Debes ser—dijo tuteándome— un hombre importante, pues que yo sepa los presos no tienen derecho a mujer.

—¿Quién te dio esa encomienda?

—El jefe del presidio me dio esa orden sin explicarme más nada, pero recalcó que procurara funcionar con eficiencia.

—¿Y te agrada tu oficio? inquirí con brusquedad.

—No sé lo que me quieres decir, pues yo nunca antes he estado con un preso.

Comprendí la rudeza de mi ironía y sentí deseos de excusarme pidiéndole perdón; pero me abstuve de hacerlo por temor de parecer ridículo.

—Mira— dije en tono afectuoso, mientras movía de lugar mi silla para depositarla a su lado—¿Dónde prefieres sentarte, aquí o en el suelo—Ponte cómoda que al menos podremos conversar.

La muchacha se dirigió hacia el asiento depositándose en él con prontitud, y yo, ubicado de frente la estudiaba con curiosidad. Ambos nos sentíamos cohibidos por lo inesperado y poco usual de la situación, mirándonos con interrogantes pensamientos sin decidirnos a continuar el diálogo.

—¿Has estado aquí mucho tiempo?
—Sí, bastante.
—¡Debe ser muy aburrido!
—Mucho.
—¿Hace mucho tiempo que no te acuestas con una mujer?
—Demasiado; eso es una de las cosas malas del presidio, forma parte del castigo.
—A pesar de la tristeza del encierro ¿has tenido deseos de mujer?
—Sí, a menudo.
—¿Y cómo los satisfacías, te consolabas a ti mismo?

He sonreído con espontaneidad pues me había dado gracia lo que acababa de oír.

—No, eso se hace cuando se es muy joven; pero los sueños a veces ayudan.
—Yo cuando sueño con esas cosas siento más deseos ¿Y tú no?

La sinceridad y lo espontáneo de las expresiones de esa mujer me resultaban simpáticas y casi sin darme cuenta empecé a sentir afectos hacia la joven meretriz. La mujer con quien uno puede tomarse ciertas libertades posee un atractivo especial que las hace más interesantes que las demás.

—Si quieres preguntarme algo, hazlo sin pena—comentó ella— donde hay confianza da gusto.
—Pues bien: ¿Te han pagado por venir aquí?
—¡Que va! la prostitución ahora está prohibida. Es ilegal, y además hay mucha competencia de mujeres que llaman decentes: hacen lo mismo que nosotras; pero sólo por amor al arte.
—¿A qué arte?
—Al arte de amar: le llaman a eso amor libre, han inventado ese nombre y a las que somos veteranas eso nos da risa. Nosotras teníamos otra justificación por nuestro proceder: O bien la necesidad económica, o el deseo de ganar plata fácilmente, o forzadas por el amor y temor a un hombre que siendo chulo nos metía en ese camino, u otra excusa cualquiera; y ahora dicen que éramos solo víctimas del sistema capitalista.
—Y si no te pagan, ¿Por qué has venido? Eres tú una revolucio-

naria?

—No me hagas reír; nunca he estado peor que ahora, pero no se puede protestar sin correr el riesgo de que lo guarden en chirona, y la cárcel de mujeres es de lo peor que hay.

—Entonces ¡te han obligado a venir!

—No, no precisamente, es un favor que me ha pedido el comandante de la prisión, y no conviene estar a mal con él.

—¿En qué trabajas ahora?

—En un vivero forestal sembrando posturas de árboles y últimamente plantando cafetos y frutos menores en el llamado cordón de la Habana. A eso le llaman trabajo voluntario.

—Se ve que no te gusta tu nueva ocupación.

—No creo que le guste a nadie; pero hay que tomar el camino de las tres (A) como dicen ellos.

Como no estendí, le pregunté qué era eso,

—Ellos dicen que no hay más que tres caminos: ahorcarse, asilarse o adaptarse y el último resulta el más fácil.

—¿No te parece que ahora llevas mejor vida?

—No lo sé. Ellos dicen que la prostitución era un mal necesario en una sociedad burguesa; pero que ya esa etapa quedó atrás. Ahora nos llaman compañeras rehabilitadas, recordándonos con ese nuevo nombre lo que somos.

Quedé sin decir palabra mirando los lindos ojos verdosos que se fijaban en mí.

—¿Ellos quieren algo de tí verdad?

—Así es...

—¿Y no te queda más remedio que acceder?

Me he hecho el desentendido absteniéndome de replicar.

—Es raro, tú ni siquiera te has interesado en saber mi nombre: eso es lo primero que preguntan todos los hombres.

—Pues bien, ¿cómo te llamas?

—Pilar, pero mis amigos me llaman Güerita.

Entonces me ha explicado que su abuelo era mejicano y que en Méjico llaman güero a los rubios, que él fue quien le puso el apodo de "Güerita" que quiere decir rubita. Me ha dicho que se veía que yo era español, que no podía engañar a nadie, pues hablaba con la C y la Z y que arrastraba las eses.

—Sabes una cosa— me ha dicho— me inspiras una especie de temor y respeto como si fueras mi papá.

He reído de buena gana y le he contestado que yo no era tan viejo.

—Mira me estoy comportando contigo como si fuera una colegiala, y no quiero que pienses que estoy fingiendo; quiero ser agradable y que te sientas bien conmigo; pero es que me tratas con mucho respeto. —Tú eres un hombre importante —dijo— y yo no soy nada más que una cualquiera, tengo miedo meter la pata. Me entiendes?... Quizás no te gusto, o no soy para ti lo suficiente atractiva, por eso no tienes deseos de mí. Le he explicado que no había nada de eso, que se dejara de esas tonterías, que ella era una mujer atractiva. A las mujeres, no importa su condición, les agrada que las celebren, cosa que pude comprobar una vez más.

Pilar se ha arrimado a mí, y he sentido calor de mujer ávida de caricias. Nos hemos besado y al tener contacto con su piel suave y tibia se ha despertado en mí un anhelo incontenible de poseerla. La he acariciado con vehemencia mientras le quitaba la ropa, y al verla desnuda me di cuenta que era mucho mas bella de lo que hubiera podido imaginar. Estábamos tan fuera de sí que ni siquiera reparamos que alguien hubiera podido vernos si se acercaba a la reja. Con respiración temblorosa y entrecortada de lubricidad nos hemos acariciado; las contorsiones de deseos nos hacían parecernos a serpientes enredándose sobre sus víctimas. Al fin formaron nuestros cuerpos un nexo deseando aumentar la dicha; y entre sollozos y contracciones, la savia fecunda de la vida se prodigó con generosidad suprema...Quedamos inmóviles; yo le decía ternezas que ella reciprocaba con agradables decires y besos apasionados: Los sutiles movimientos de voluptuosidad hicieron revivir la líbido y reiniciar el acto erótico, derrochando lo mejor de nuestras emociones con los destellos rojos de nuestra sed de amor; como si tuviéramos clara conciencia de que borrara dolores, angustias y amarguras.

Fui saliendo del estado nebuloso y raro en que me hallaba; el ambiente lo envolvía un gran silencio y una quietud extraña. Los filamentos candentes del farol encendido en el pasillo me parecían los reflejos de un sol hermoso que nacía en el horizonte. Estaba en el suelo, mi duro lecho de descansar los huesos; y mirando a mi alrededor he observado el gran vacío que llenan las cuatro tapias frías e irritantes de mi morada, que con la mesita regada de papeles escritos más su silla son como un oasis que rompe el desierto. Sentí mis entrepiernas húmedas y pegajosas por lo que me he revisado con turbación y enfado. Con ansiedad he buscado la hora viendo que eran las cinco de la mañana y he demorado un rato sin querer admitir la realidad. Lo de anoche fue todo un sueño; pero a pesar de ya saberlo, en mi escepticismo me resistía a querer aceptar la verdad. Mucho he dudado de todo, pues lo ocurrido fue tan real y las sensaciones tan vívidas, que pensé que no podía haberlo soñado. Y sin embargo, la realidad se impone; lo cual una vez más me produce gran desilución.

Me he puesto a reflexionar en lo acaecido y a recrear mi quimera con minuciosidad. Mis imágenes mentales han provocado en mí a la bestia que todos llevamos dormida, y he vuelto a sentir apetito sexual. ¡He deseado tanto estar otra vez con una mujer!... Esto me ha parecido natural porque aún soy joven.

Demoré bastante en poner en blanco y negro las escenas de mi sueño, y creo que lo hice pobremente. Me resultó bastante complicado poder describirlo, pues tratándose de ese asunto es fácil caer en la ridiculez o en la grosería pornográfica. Desafortunadamente así son las leyes de la vida, en que con frecuencia los actos más sublimes resultan de gran ordinariez y carentes de la belleza del espíritu humano. Al meditar sobre esto he observado que mi actitud mental ha estado llena de gran animalidad; mis sueños me acercaron a la escala zoológica, siendo irracional víctima de la necesidad fisiológica. Mi subconsciente no pudo reparar en mi angustiante destino. Ha venido a mi memoria la narración leída hace años de la peculiar actitud de un grupo de gitanos y judíos cuando eran trasladados de un campo de concentración para otro, en donde serían metidos en los hornos. En los vagones en que iban los judíos se cantaban himnos piadosos llenos de tristeza, cosa característica de la melancolía mosaica de su raza. Sabiendo que iban a morir se refugiaban en Dios con el rito religioso; y a contrario sensu en los vagones donde llevaban a los gitanos, éstos iban despidiéndose de la vida en una bacanal sexual, sin el más mínimo recato, como sátiros poseídos con la libidinosidad de los dioses mitológicos griegos. El dolor y el placer son hermanos gemelos: ambos caben en el mismo útero.

# *LUIS LASTRA*

*Nació en Santiago de Cuba, en 1930. Estudió en el Colegio de Belén y terminó el bachillerato en el Instituto de La Habana. Después estudió en Valley Forge Military Academy, y a su regreso a Cuba completó sus estudios en Derecho Diplomático y Consular. En l955 obtuvo el doctorado en Ciencias Sociales y Derecho Público en la Universidad de La Habana. A partir de l955 trabajó en el Ministerio de Estado de Cuba, hasta su salida al exilio en 1961. Ha publicado cuentos y artículos de crítica de arte en Cuba y en los Estados Unidos. Por muchos años dirigió una Galería de Arte en Washington. Actualmente reside en Miami.*

## EL DESCONOCIDO

¡Oiga... del lado de allá! ¡Lo estoy llamando! ¡Hey...! ¡Oiga! No sé su nombre. cosa que no importa por el momento, y me limito a gritar para apresar su atención. ¡Oiga! ¡Lo estoy llamando! Me molesta el humo y la gente que pasa me impide verlo bien, me imagino que a Ud. le sucede lo mismo. ¡Oiga... del lado de allá! ¡Lo estoy llamando desde este lado! ¡Oiga ¿no me oye?... Estoy gritando a todo lo que da mi voz. ¡Oiga...! Me parece que Ud. ha inclinado la cabeza porque algo le ha llamado la atención, ¡quiera Dios que así sea!, gírese un poco hacia acá para que le sea más fácil escucharme. Lo que tengo que decirle es de lo más importante. pero como es de una importancia relativa le ruego que no se asuste. Yo estoy llamando desde este lado y para mí es muy importante. puede que para Ud. no lo sea porque está en ese otro lado. Le ruego que no se impresione en esa forma y pretenda no oírme y no quiera cruzar. Le explicaré: es importante y no lo es. Todo depende del lado en que esté uno situado en el momento de la llamada. Le suplico que me escuche. ¡Oiga. no se haga el desentendido! Si no lo llamo por su nombre, comprenda, es porque lo ignoro. Pero, le repito que no es un nombre lo más importante... ¿Cómo?... Digo; ¡que no es un nombre lo más importante! Si por una casualidad el suyo coincidiera con el de alguien conocido por mi se podría interpretar como un buen augurio. Sería por demás una sorpresa. Si no fuera así, tampoco tendría mayor importancia. Siempre puede inventar un nombre al modo que Ud. se imagine que sea de mi gusto. No vamos a prescindir del importante papel sin importancia de la imaginación. ¡Oiga... del lado de allá! ¡Lo estoy llamando desde este lado! ¡Oiga, no comprendo cómo es que pretende no oírme, o ¿es que se está haciendo el sordo? Si es así le ruego que no se haga el sordo. Mi abuelo era sordo. Pero, ¡mire. oiga!, no tiene que asustarse, no va a sucederle nada, absolutamente nada. Eso es lo gracioso del caso. Se lo aseguro, no tiene importancia, en este país nada tiene importancia. ¿No comprende?: ha sido una de esas cosas que suceden de repente. Ud. está allá y yo estoy aquí. De momento se me ocurre que puede Ud. pasarse a mi lado. Y eso es todo, se lo juro. ¡Créame! Quizás a Ud. le parezca raro. hasta peligroso, pero yo le aseguro que nada tiene de raro. Es un asunto sin importancia que nada tiene que ver con el peligro, que nada tiene que ver con el crimen, que nada tiene que ver con la sangre, que nada tiene que ver con la muerte. Se trata de una sencilla cuestión que pudiéramos llamar de situaciones. Ud. está situado en ese lado, yo estoy situado en este otro lado. ¡Ve! es todo. Es la forma; es el resumen de la forma; es el resumen de la forma de las situaciones lo único que cuenta. Por eso le estoy suplicando... ¡Oiga! ¡Por eso lo estoy llamando! ¡Oiga! Me imagino que Ud. se imagina que quiero matarlo. No es así en absoluto, se lo aseguro. Tampoco quiero robarle, ni acusarlo ante los del lado de acá. Ni maniatarle y llevarlo asi ante su madre...

*(PAUSA).*

Ahora tengo que hablar más bajo, me he acatarrado. Sin embargo, creo que puede oírme mejor ahora que hay menos gente desfilando entre nosotros. Yo oigo perfectamente su débil voz, no comprendo cómo es que Ud. pretendía no oírme anteriormente... Sí. sí. ¡Ah! ¿es ese su nombre?, me alegro... sí, ya me habían contado esas cosas que carecen de importancia a los noventa años... comprendo que no los quiera ver más... ¿Cómo? son ellos los que no lo quieren ver a Ud... bueno. eso tiene aun menos importancia. No vale la pena mencionarlo, no es de gravedad... pero, tampoco. eso tampoco... Espere un momento, alce la voz, adelántese un poco, ahora casi no se le oye... Insisto de nuevo en que se pase a mi lado para entendernos mejor. ¡No pierda tiempo, llegue hasta aquí, venga, cruce, pásese a este lado. No lo piense más!... Bueno, bueno, no se asuste, vuelvo a escucharle... Muchos se perdieron... Ya no hay tuberculosis... ¿Esconden las cartas?... Hoy no lloverá... Se bebía la tinta... Siempre puede escribirle o llamarla por teléfono o alquilar la casa contigua y derribar las tapias... No, no puedo ofrecerle ni pañuelo que está sucísimo... ¡Claro que no son manchas de sangre! De nuevo me toma Ud. por asesino frío y calculador... Bien. tómelo así si eso le produce confianza. Estire la mano. Más. ¡más!. No lo puede alcanzar, las manos no llegan. Estamos muy lejos. ¡Pásese a mi lado! ¡No pierda tiempo! Es un problema de pequeña monta. ¡Cruce hasta aquí! Ya casi no puedo hablar... No ve cómo me desorbito, me estoy ablandando. ¡Le aseguro que no corre peligro de ensuciarse, herirse. quemarse, perder la cabeza... ¡Se lo ruego. pásese a mi lado, cruce, no lo piense, este lado es mejor!... ¡No! no trato de insultarlo. pero cruce... ¡Pronto! ¡Deje a un lado las convicciones!... ¿Qué cosa son las convicciones? Pero. ¿con qué clase de persona estoy hablando? ¿No sabe lo que esa palabra significa?... ¡Ah! perdone, me había olvidado de que no tuvo ocasión de asistir a la escuela. No quise ofenderlo. Es un caso común que carece de importancia...

# CÉSAR LEANTE

*Nació en Matanzas, en 1928 y es autor de doce libros entre los que se cuentan novelas como* Padres hijos *(1967),* Muelle de Caballería *(1973),* Los guerrilleros negros *(1977) —publicada en España con el título de* Capitán de cimarrones *(1983)—,* Calembour *(1988), los volúmenes de cuentos* La rueda y la serpiente *(1969),* Tres historias *(1977) y* Propiedad horizontal *(1979), los libros de ensayos* El espacio real *(1975) y* Fidel Castro: El fin de un mito *(1991). Obtuvo el premio nacional de novela de la Unión de Escritores de Cuba (UNEAC). Le fue concedida la Beca Cintas y su obra ha sido traducida a diversos idiomas. Vive en España desde 1981, donde dirige la Editorial Pliegos, y colabora en la prensa española y latinoamericana.*

## ASTARTÉ

Una grabación de parches africanos sonaba en el tocadiscos cuando los huéspedes empezaron a llegar. En slacks y chaquetilla roja de seda, Esther los recibía en la veranda, un vaso de jaibol en la mano izquierda y la derecha libre para estrechar diestras y palmear hombros; el poco maquillaje le permitía rozar mejillas femeninas sin repulsivos embadurnamientos. Como se trataba de un agasajo íntimo se prescindió de la servidumbre —para evitar testigos incómodos—, a excepción de Begonia, la mujer del jardinero, que aseaba la vajilla y los cubiertos que iban empercudiéndose. Las bebidas fueron situadas en el bar, tallado en el tronco de un algarrobo sobre el que se estiraba una pista de formica cegadoramente púrpura. La mesa del comedor albergó los fiambres y en un inicio éstos pasaban de bandejas y fuentes a los platos apilados en su perímetro, pero al final se trasegaban ya directamente a la boca sin mediación de loza alguna y a veces ni aun de cubiertos. En su punto culminante el sarao contó con una veintena de participantes de ambos sexos, si bien se advertía una ligera desproporción mujeril, en última instancia equilibrada por los que sólo de nombre figuraban en el registro civil como integrantes del género másculo; y con entera lealtad hay que decir que únicamente una mínima porción desertó cuando la fiesta alcanzó la alabanza de un rito.

Astarté se presentó con un traje de noche, largo y negro sin mangas fijado a los hombros por unos cordones. Era una mujer de cuerpo blando, pelo flojo, manos espesas y busto imposible. Para incrementar su estatura se modeló un peinado alto en cuya cresta flameaba, iridiscente, una pluma de pavo real. Conocedora de su arduo recato, Esther procuró que en ningún instante careciera de una copa de daiquirí, el aroma a ginebra y limón de un toncolin, un martini más cargado de ron que de vermú hasta llegar a un extraseco a la roca, mitigando su efecto con incitaciones a que "pellizcase", lonchas de pierna asada, rollitos de jamón dulce, pastelillos de carne, raciones de ensalada de pollo y rusa, que Astarté hacía desaparecer con la pulcritud y destreza de un mágico de feria esfumando una paloma. Del brazo de ella, Esther la paseó par la casa haciéndola saludar a invitados ya conocidos y presentándole a otros que veía por primera vez. De ese modo Astarté entró en contacto con los poetas, novelistas pintores, bailarines, artistas que muy pronto se convertirían en oficiantes de su iglesia. Para entusiasmarla, Esther, la condujo a su dormitorio donde le enseñó dentro de un estuche transparente, un sostén blanco enteramente tejido a mano, prometiéndoselo como regalo por haber venido a su fiesta, y durante un buen rato le hizo admirar la floración de los rosales franceses en el jardín.

La señal de arrancada la dio Lino al citar el *Ulises* de Joyce como el libro pornográfico por excelencia. Lo que había venido después, aseguró, no eran sino apestosas imitaciones, y no excluía los *Trópicos* de Miller. Corona riposté recordándole que mucho antes que Joyce habían existido Boccaccio, el marqués de Sade y De Guincey, y que en verdad el término pornografía revelaba una pobreza tal de definición que ya ni al buen burgués espantaba. En realidad, dijo, se trataba de una ganancia neta de la literatura. Si era admitida la descripción minuciosa de un Balzac ingurgitando una pantagruélica cena, ¿por qué no habría de aceptarse también la del acto sexual con todos sus pelos y señales? En definitiva eran dos actividades humanas, o animales, lo mismo daba, parejamente válidas. Rafael terció para apuntar que a su juicio debatían una cuestión tan anacrónica como la polémica sobre las malas palabras. Ya se sabía: no había buenas ni malas palabras, sino, sencillamente, bien o mal utilizadas. De igual modo, las escenas estaban logradas o eran deficientes, sin importar lo que describieran. Podía tratarse de una pareja haciendo el amor o de un alpinista escalando el Annapurna —y al poner este símil torció los ojos hacia Astarté, que, acompañada siempre por Esther, merodeaba la mesa—. Lo determinante era la eficacia del texto, lo demás no había por qué considerarlo: formaba parte del contenido, y era axiomático que en literatura los contenidos no contaban. "A un escritor", pontificó, "se le juzga por la forma de decir las cosas, no por lo que dice; como a Astarté por el continente de sus tetas, no por los tejidos esponjosos que hacen posible ese desparramo". Paciente y metódico, Gerardo intervino para señalar que tanto en el caso de una escena novelesca como en el de Astarté, él no hablaría de contenido y forma —calificativos ampliamente obsoletos— sino de estructura. Las tetas de Astarté, puntualizó, así como la clásica fornicación de Emma y León en el tálamo rodante, eran una integración de lo que ocurría con la manera de presentarlo o de representarlo. Resultaba imposible concebir el descocado volumen de las tetas de Astarté sin los músculos grasos que facilitaban su desmesura. No había, pues, dicotomía entre apariencia y sustancia.

Con un añejo en la mano, el mentón empinado, el lazo de la corbata cinchándole el cuello macizo, Israel deambulaba por el salón, altivo y distante, mas prestando oído a este cuento, respondiendo con un apunte de sonrisa a un comentario, deteniéndose un momento a recoger el veneno que instilaba la de Ovidio, enterándose del último chiste que propiciaba Gerardo, pegando la hebra en el ruedo de Rafael, oyendo con los ojos a Sara mientras ella le hablaba y él, con los brazos cruzados, la escrutaba de los talones a las guedejas chorreantes. Era el más apuesto de los iniciados y ya Esther lo había pensado como compañero ideal de Astarté. ¿Quién más idóneo que él para la ejecución del ritual? Accedería sin mucho esfuerzo: su costado flaco era la vanidad. Lo vio rondar a Sara como un pavorreal que emplea su lujosa cola para rendir a la hembra.

—No, la literatura ya no me interesa —hablaba con un descuido estudiado, reclinando la espalda en el marco de una de las puertas de la galería. Se había instalado allí, precisamente, porque desde esa perspectiva dominaba el jardín y lo que sucedía en el salón. A ratos se llevaba el vaso octogonal a los labios y sorbía ligeramente—. No tiene sentido —continuó—. Por lo menos no para mí. He llegado a la misma conclusión que Hamlet: palabras, palabras y palabras.

—¿Y tu novela? —indagó Sara observando con interés aquellos ojos que tenían el don de la ubicuidad, pues lo mismo estaban en su boca o en su vientre que en el busto de Astarté desplomado sobre la tapa del piano donde la machiembrada Irene punteaba las notas de una canción francesa.

—¿Mi novela? Donde siempre debió estar: aquí, o sea, en la nada —un índice tieso apuntó a su cabeza, como si el cañón de una pistola se hubiera acercado a su sien.

—¿Entonces no la has escrito? —Los ojos de Sara seguían vivamente prendidos de él, pero a las claras más por simpatía personal que por curiosidad intelectual.

—Ni la escribiré nunca —desdeñó Israel sintiéndose a sus anchas: le gustaba el terreno que pisaba—. Creo con Martí que escribir es un rebajamiento... —no tenía bien fijada la cita y trastabilló— como uncir un cóndor... —Se movió para pechar francamente el jardín, quedando de costado a ella—. La literatura es un oficio de tarados, una profesión decididamente hembra. En el fondo todo escritor es un frustrado; le falta valor para enfrentarse a la vida y como consuelo busca describirla. En suma, un miserable paliativo, una confesión secreta de impotencia. E impotencia es una palabra vergonzante, ¿no te parece?

Giró hacia ella, risueñamente satisfecho, confiando en encontrar en sus pupilas una reacción cómplice. Sara no lo defraudó: le entregó la sonrisa que esperaba.

—Yo prefiero realizar las cosas a imaginarlas —siguió Israel desechando ya toda cautela, con plena confianza en los resultados—. Prefiero el acto a su elucubración. El primero me parece hermoso, lo segundo despreciable. Por ejemplo, no me gusta imaginar el amor sino hacerlo. Hay más poesía en el cuerpo de una mujer que... en la escena del balcón de *Romeo y Julieta.* —Rió y clavó de nuevo la mirada en el semblante de Sara. Ella permanecía silenciosa, con los ojos en el suelo de tablas. Era buena señal. Deliberadamente Israel se apartó y caminó hasta el borde de la galería—. En fin, dijo desde allí, dándose vuelta y apoyando el cuerpo en la baranda, he descubierto que vivir es mucho más importante que escribir. —Hubo un momento de quietud entre ambos, y entonces Israel supo que ya ella estaba preparada: Ven, vamos a dar un paseo por el jardín. Quiero mostrártelo. Es parte de la vida.

Sara aceptó el enlazamiento de sus dedos.

Ayudándose con los brazos, que aspaba en círculos, y de los ojos, que regularmente entornaba al techo, Rafael puntualizaba las características de la nueva poesía: "Tómese la pata de un perro, la primera vez que uno orinó dulce, las chancletas de palo de Caridad, añádasele un carajo y una cita de Vallejo como el que no quiere la cosa, háblele a un muerto, ilustre como si fuera un tipo chévere y acabe aplastando una roñosa chinche. Se parece a la receta de Quevedo para hacer soledades, lo reconozco, pero con este sancocho se fabrica un flamante poema último modelo". Su carcajada plutónica hizo retumbar la sala. Enseguida ejemplificó su disertación con sendos poemas de Nogales y Guirau —estiró el diptongo del último aullando como un perro— para probar que se diferenciaban entre sí tanto como una gota de agua de otra. "Gonzalo —adicionó-, para divertirse, suele poner estos productos horizontalmente, verificando que su parecido con la prosa no es pura coincidencia". Paseó una mirada indagatoria por la concurrencia, con lo que registró la aprobación de los mayores y el rechazo generacional de los más jóvenes. Asumiendo la defensa de los aludidos —y de la nueva expresión—, Sylvano se retorció en su butaca. "Aun así, con todos los defectos que pueda tener —dijo aleteando las pestañas-, prefiero ese lenguaje crudo, directo, limpio de polvo y paja —léase símiles, metáforas, imágenes, etcétera, etcétera, etcétera-, lo prefiero a toda la melcocha nerudiana que infestaba nuestra poesía. Retórica siglo veinte que no se distanciaba mucho del empalagoso romanticismo ni de la verborrea modernista. Ya se sabía, una cagalera de enumeraciones y todo resuelto: el indio de cobre y sueño, el azúcar hecho con sangre y látigo, el campesino doblado su amarga semilla... Pura fórmula, casi un combinado culinario. Llamando a las cosas por su nombre, aunque esos nombres no suenen agradables, por lo menos la poesía actual es más auténtica." Lino meneó la cabeza despectivamente: "Una nueva retórica como la que acabas de echar por la borda. Tan formularia como la otra. Y las enumeraciones se conservan; lo único que han hecho es reemplazar el adjetivo por el sustantivo. Por lo demás, el procedimiento es el mismo. No le veo la ganancia, a menos que llames autenticidad a que cualquier pelagatos pueda dárselas de poeta ensartando el más abominable lenguaje placero". "¡Qué culto!", se mofó Sylvano estirando el cuello. "Le molesta como hablan nuestras verduleras". Más por protección magisterial que por concordancia estética, Ovidió le sonrió. En cambio, la mirada luminosa de Sylvano fue de plena identificación. "El cultivador de piojos tiene la culpa", intervino Jacinto apoyando sorpresivamente a Lino y a Rafael. "¿A quién te refieres?", preguntó Teresita. Sentada en el piso, con las piernas dobladas y la barbilla trabada en las manos, era todo oídos a la discusión. No le hicieron caso y Sylvano dijo que el otro se burlaba de los jóvenes con eso de poner sus versos horizontalmente, cosa que demostraba el complejo de cama que padecía —no se sabía si por ancianidad o por alarde de machismo—, pero que se preocupaba mucho por estar a la moda. "¿Quién?", volvió a preguntar Teresita. Irritado, Ovidió le sacudió la mano delante de la cara. "Ay, muchacha, pero qué torpe eres, no entiendes nada". "Está liquidado", dijo Silvano mientras Teresita se levantaba llorosa. "Se le secó la musa", abundó ponzoñosamente Sylvano. "Quizás no está dotado para cantar la alegría", sugirió Lino conciliadoramente. "¿Y quién lo está?", inquirió Rafael lanzando la pregunta como un reto. Tampoco sabía quién era Laurencia, pero desde la puerta del corredor Teresita les gritó: "¡Maricones!"

Esther consideró llegado el momento de ejecutar el rito, esto es, de que Astarté descubriera su torso y diera comienzo la adoración de sus pechos. Se logró sólo gracias a que la embriaguez le amainaba el pudor. Esther la trasladó a su alcoba, donde, con la ayuda de Begonia, la socorrió en la faena de hacer saltar broches y exornarla adecuadamente para la ceremonia. Regresó al salón con un chal de seda desplomándosele desde los hombros hasta el vientre y un *brassiere* de encaje negro sostenido graciosamente entre el pulgar y el índice de su mano derecha como el ramo de olivo en el pico sonrosado de la paloma, y tan mínimo que no habría alcanzado a tapar las teticas de perra de la mulata adolescente de la tienda de Catarino. Izada por Rafael, Lino, Gerardo, los dos Syilvanos y aun el propio Jacinto, trepó al pedestal —una base de utilería teatral—, y todas las luces se apagaron y un reflector rojo cayó sobre Astarté. Brotó una vaga y casi nostálgica música de flauta y Astarté empezó a cimbrear el cuerpo adiposo con movimientos ondulatorios, mientras, muy despaciosamente, como una cortina que se descorre, iba apartando los flecos del chal. Primero asomó un pedazo de piel muy fina y tan tensa que parecía a punto de estallar; después aquella piel fue agrandándose, hinchándose como una burbuja descomunal y cuando los senos de Astarté se expansionaron en toda su tamaño, aun a los más aptos para resistir el prodigio se les cortó el resuello. Eran, incuestionablemente, los pechos más atormentadores que hubieran prosperado en torso de mujer alguna. Se le escurrían casi hasta el ombligo como laderas de colinas y sus pomas lograban sin esfuerzo el diámetro de la mano abierta de un niño, no habiendo boca capaz de ingurgitar, sin ahogarse, cualquiera de sus erectos y granulados pezones, a pesar de que el izquierdo se insinuaba desproporcionado *par rapport* al inaudito derecho.

Esther dejó que pasara un buen rato antes de fracturar el embrujo. Explicó entonces que de acuerdo con el ritual semítico las mujeres debían ahora convertirse en sacerdotisas de Astarté. Para ello el primer paso a dar era cortarse el cabello. Constituía el sacrificio inicial e iniciático requerido por la diosa. Como ninguna de las mujeres estaba, por supuesto, dispuesta a estropear su cuidada cabellera, se aceptó que bastaría con que le fuese cercenado un mechón, incluso algunas hebras solamente.

Desfilaron ante Esther, que con una tijerita de uñas tronchó el mazo o los filamentos ofrecidos, integrándolos a sus dueñas una vez

105

podados para que ellas los guardaran como memoria de que una vez fueron devotas de la deidad pagana. Por su parte, los hombres dieron una muestra de sometimiento en consonancia con su virilidad: desperdigándose por el jardín, se lanzaron frenéticamente a la caza del jabalí. El animal más estimado de esta especie sería ofrendado a Astarté. Desde el primer momento todas las saetas y las picas apuntaron a El Poeta, que por sus notorias dimensiones era la pieza más suculenta. Le pidieron que se ocultara en las frondas, adonde sus rastreadores se encaminarían, exactamente cinco minutos después, en desordenada y alborotosa cetrería, a sacarlo de su madriguera. Pero antes tuvieron que seleccionar al dios que los representaría en el misterio y que a partir de su designación sería el compañero sacro de Astarté. Todos los sufragios se volcaron encima de Israel, quien, más por hacerse de rogar que por verdadera protesta, rechazó de entrada la elección. Unas cuantas palmadas en la espalda y no pocas alusiones a su prestancia, a su figura —que fue comparada con la del real Apolo o el legítimo Adonis— fueron suficientes para que se situara al lado de Astarté.

El Poeta fue cazado en la gruta de la cascada. Se había escondido allí porque era uno de los pocos huecos donde cabía y además por su nostálgica adhesión a los ríos. No olvidaba él que habían sido las aguas de un río las que copiaron a Narciso, y también las que lo insumieron. Esa fue su perdición. Conocidas como eran sus preferencias mitológicas, un superficial rastreo llevó a la manada a la sede de su evasión. Fue devuelto al bungalow con intensas manifestaciones de júbilo, al son de manos encaracoladas imitando cuernos de caza y grandes voces de la bestia debe morir, abajo el santón, y luego a coro, silabeando la frase: la-ca-be-za-del-po-e-ta, la-ca-be-za-del-po-e-ta. Impertérrito, como un soberano tlaxcalteca montando las piedras del teocali hacia el ara ensangrentada, el juglar olímpico no sólo toleraba sino que demandaba con una alegría grandiosa todas las iniquidades que se ejercían contra él, "Así, ofendedme, martirizadme —entonaba con jubilosa solicitud—, está escrito que los inmortales debemos padecer. Ultrajadme, no os fatiguéis. ¡Más, más!"

Ya en el salón lo acostaron en la mesa del bufet, adobándolo con frutas, especies y salsas, como si se tratara de un búfalo de las praderas listo para azar. Atestaron ellos los contornos como iroqueses a la orilla de un fuego chisporroteante de grasas. A propuesta del mismo sacrificado su ingurgitación fue nominada la ceremonia de la teofagia, pues participar de sus masas —alegó— equivalía a incorporarse la sustancia divina, extendiéndose, desde la tabla inmolatoria donde disertaba, en una comparación entre la hipóstasis de su carne y sangre con el cáliz y la hostia consagradas que apenas fue atendida por los devorantes.

Terminado el festín, que dejó en la víctima un rastro de espesos cardenales y huellas púrpuras en su violada piel de lirio, Esther informó acerca de la próxima suerte. Puesto que los hombres ya habían hecho su parte, tocaba ahora a las mujeres el rol protagónico. Para remedar la liturgia de la Tanit cartaginesa, las siervas de Astarté, es decir, todas las presentes, debían prostituirse en beneficio de ella. Aplacó el murmullo ambiguo que se despertó en la parcela femenina aclarando que se trataba de una prostitución santificada. No había mácula, ya que la entrega implicaba un reconocimiento secular al panteón femenino, de Afrodita a Santa Bárbara pasando por la recta Teresa de Avila. Sofocando una risita intranquila Mirta indagó en qué consistía... la prostitución a ejercer. Esther fue diáfana: consistía en someterse al abrazo de cualquier forastero que penetrara en el templo. Cobrarían ese abrazo, naturalmente, como en toda operación mercantil, y el dinero de la cortesanía le sería donado a Astarté. El templo, naturalmente, era el recinto en que se encontraban. "¿Y los forasteros?", preguntó Teresita adelantándose a una explicación que ya Esther tenía prevista. Pero aguardó. "Aquí no hay ninguno —siguió Teresita—. ¿Qué haremos? ¿Sentarnos a esperar que alguien entre casualmente... y nos santifique?" Una carcajada unánime rebotó contra el techo y el desasosiego mujeril fue relevado por un abejorreo juguetón y entusiasta. "Nos pasaremos la noche bostezando de aburrimiento", se lamentó Adela. "¿Quién va a venir a estas horas? A no ser el lechero..." Sara atajó las risotadas levantando los brazos para hacerse oír: "Propongo una solución más dinámica: que nos apostemos en la verja del jardín y llamemos al primero que pase por la calle..." "Así lo hacen las profesionales, yo lo he visto", la apoyó Mirta, y agregó: "Estoy segura de que clientes no nos van a faltar, porque, vaya, nosotras no estamos tan mal que digamos". Otra vez la risa intentó reducir a mero juego lo crispante del otro, el verídico, que estaban a punto de iniciar. Pero Esther parecía saber lo que se traía entre manos. "No", dijo controlando el tumulto, pero sin perder el tono lúdico, suasorio, "hay otra solución: que los hombres hagan de forasteros. Ellos saldrán al jardín e irán entrando en la casa poco a poco. Nosotras estaremos dispersas en el interior. Y se apagarán todas las luces, de manera que el que entre no vea nada. Ni las mujeres ni los hombres podrán identificarse. El azar determinará la pareja que le toque a cada cual. ¿Les parece bien?" Un rumor de indecisión o consulta enlazó a los dos sexos. Esther dejó que flotara unos segundos, como una breve llama, y luego lo extinguió. Era un juego y por lo tanto no había riesgo alguno en ejecutarlo. Se trataba solamente de animar la fiesta. Todo sería fingido. Ninguna de ellas, por supuesto. Una vez que se hallaran. Ninguna. Claro. Era tonto pensarlo.

Fue un ruido distante, próximo, sigiloso, torpe, recurrente, el que inundó el ámbito. Ruido de pisadas en la galería, del rechinar o batir de una puerta, del sólido golpe de un cuerpo saltando una ventana, de tropezones con muebles, de pasos inseguros o cautelosos aquí, allá, lejos, en aposentos que estaban a la izquierda, a la derecha, al fondo; sombras que se perfilaban contra la luminosidad de una cristalería, que se escurrían por aquel pasillo, que oteaban la oscuridad y no se aventuraban a penetrarla; un grito ahogado de sorpresa, un nombre pronunciado confusamente, una risa, un jadeo, voces acezantes como un pasmoso oleaje, desconcertantes quejidos y a intervalos el silencio, un silencio que al sumar el tiempo iba adensándose, acallándolo todo, avasallante. Al principio Astarté e Israel prestaron una atención malsana a lo que podían atisbar o escuchar. Moviéndose sigilosamente en sus pedestales se cuchicheaban posibles nombres de entrevistos, se comunicaban descubrimientos, se transmitían sorpresas a través de inesperados contactos, Astarté tapándose la boca para sofocar la risa nerviosa que la asaltaba de pronto o nerviosamente oprimiendo con sus dedos redondos la piel de Israel. Pero luego se miraron de una manera inédita, como si, sin explicárselo, empezaran a reconocerse. Quizás fue el escozor que ponía en sus venas el maligno rastreo, los gritítos, las voces cortadas, los jadeos, el rumor decididamente protervo que habitaba la oscuridad. El caso es que súbitamente comprendieron que eran ellos mismos y no las bufonescas efigies que copiaban, dos seres humanos que iban a reiterar una aproximación milenaria. Entonces los dedos de Israel fueron de un seno en otro de Astarté, palpándolos, acariciándolos, oprimiéndolos hasta que el hambre más vieja del mundo lo llevó a succionar aquel otro de leche ávida y firme que desbordó largamente su boca.

Las luces —todas— se prendieron de improviso, y de improviso creció un fragor atropellado. La mansión íntegra crujió con el estrépito. La mano de Esther debió accionar el conmutador, pues fue la primera que surgió en la sala. Una sonrisita agresiva aleteaba en su cara. Astarté e Israel compusieron sus figuras a la carrera, adoptando el aire más digno que cuadraba a sus linajes. No se le escapó a Esther el rápido movimiento de antebrazos con que Astarté quiso borrar la huella húmeda que Israel había impreso en sus senos. De los rincones, de detrás de muebles y batientes de puertas, de pasillos y dormitorios empezaron a brotar parejas aturdidas que se acicalaban de cualquier modo, Toses, voces que iniciaban una frase y la decapitaban apenas nacida, fuertes pisadas que resultaban absolutamente innecesarias usurparon el sofocante estruendo que la penumbra había amparado. Al pie de las divinidades, Esther registraba la aparición de sus invitados. Disfrutaba de su necedad, de los torpes ademanes que les veía realizar, de los roncos sonidos que emitían sus gargantas como si estuvieran enmohecidas de muy antiguo, del hurgar desmañado de las mujeres en sus carteras en busca de cosméticos y espejitos de mano. Verificó su acierto: habían ido más allá de lo que pensaran o supusieran, llevando el juego a un punto irreversible.

Cuando la mayoría estuvo en la sala, Esther cruzó los brazos y lanzó una mirada circular. "¿Y qué tal? ¿Todo bien?" Eso fue cuanto dijo. Pero nadie recogió el desafío. Quedó vibrando en el mutismo imparcial como una cuerda rasgada por una pezuña diabólica. El Poeta intentó sortear el maleficio. "En fin, se le escuchó con tono reptante, que Apollinaire tenía razón: la poesía, como el amor, se hace en una cama". Una risa de alivio viajó por todos los semblantes. Y fue como una compuerta que se abre, pues no pocos, a un tiempo, empezaron a hablar secundándolo. "Y en el sofá, y en la banera, y en la mesa, y hasta sobre la tabla de planchar", colaboró Gerardo. "Ah, si estos suelos hablaran", remató Jacinto con un do de tanguista veracruzano. "Yo no pude redactar sino un soneto", confesó Ovidio modestamente. "Debe ser porque tu inspiración es corta", clavó Rafael pescando al vuelo la oportunidad. "Sin embargo, soy testigo de que hubo quienes lograron componer hasta una oda", declaró Lino indicando con un guiño a los dos Siylvanos. "Oh, es que la poesía épica vuelve a ponerse de moda", ripostó indiferentemente uno de los aludidos. Esther dejó que las bromas, las invectivas, las frases ingeniosas o de doble sentido adquiriesen su definición más cortante, y después las atajó interviniendo: "¿Y el segundo sexo qué tiene que decir?", exclamó sojuzgando el alboroto machista. "Porque hasta ahora el único que ha hablado es el primero. ¿Hubo forasteros para todas las devotas?" Descargó una mirada taladrante sobre las cuestionadas, cuyos rostros, aún sin hacer del todo, volvieron a encarnarse. "Espero que sí", prosiguió con el mismo timbre sedoso, lento, envolvente, "confío en que ninguna se haya quedado sin cumplir su deuda con Astarté". Giró la nuca hacia los pedestales y la delató con el rabillo del ojo: "Porque hasta la propia diosa halló consuelo para sus pesares". Un declinar de párpados en la señalada corroboro ante todos lo maliciado por Esther, y el incómodo movimiento de Israel fue su confirmación. "¡Albricias!", entonó El Poeta. "¡Los dioses se han ayuntado! ¡Esperad, oh incrédulos, el parto de los montes!" Por un momento las saetas se encaminaron a la pareja celestial y la asamblea demandó el milagro de ver a Minerva naciendo de la frente de Zeus; pero Esther retornó las solicitudes a la esfera terrestre insistiendo en el cumplimiento del voto por parte de las sacerdotisas: "Tú, Mirta, por ejemplo, ¿pudiste *satisfacer* tu promesa?" Con un desenfado enteramente teatral, Mirta quebró la cadera e hizo rotar su bolso de mano. "De lo mejor, no me costó ningún trabajo". Esther la festejó con una sonrisa y se volvió hacia Adela. "¿Y a ti... qué tal te fue?" La flechada no logró retener ni un instante las pupilas de Esther; de inmediato bajó la vista y empezó a anudarse los dedos. "Yo... yo..." No pudo pasar del balbuceo porque enseguida rompió a llorar y echó a correr hacia el portal. Irene salió apresuradamente en pos de ella. Esther no concedió importancia al incidente y continuó como si tal cosa. Hizo que las restantes desfilaran ante Astarté y depositaran a sus pies el fruto de su labor, haciendo alusiones a sus posibilidades como sacerdotisas profesionales de acuerdo con el óbolo entregado.

Ovidio comentó que la suerte que acababan de ejecutar —a todas luces un soberbio juego estético— comprobaba su teoría de que el arte no era más que un producto accesorio de la artesanía. Así, el escultor brotaba del alfarero, el pintor del decorador de vasos órficos y los iluministas del medioevo, y el escritor era un neto subproducto de los aedas registradores de hazañas sucedidas a dioses y hombres. De donde se desprendía que no había tal "voluntad artística", sino el más descarado pragmatismo. La tan mentada soberanía del estilo no era más que un ilusorio espejismo para consumo de incompetentes. El arte era ante, sobre y por encima de todo obra de utilidad, servicio y sujeción. Ellos habían podido comprobarlo en sí mismos. Astarté, o el ánima que la conformaba, había aportado no sólo la materia del sueño o de la turbia ebriedad a que todos se habían rendido, sino las normas y los objetivos de su manipulación. Ella, o el aliento atávico que encarnaba, les había hecho forjar el producto necesitado y solicitado. Y sus ordenanzas, sus prescripciones, sus demandas estaban lejos de haberse agotado. Faltaban tal vez las más severas.

Fue una inquietante llamada de atención con que el sosias del expulsado romano quiso alertarlos. Mas todos parecían carecer de la capacidad receptiva y su disertación fue rechazada por demasiado confusa e inadecuada para la hora actual. Sólo Esther no lo abucheó ni se burló de su perorata.

De repente, Gerardo recordó que Astarté debía bendecir a sus adoradores. Como gran madre universal que era, como símbolo de la fecundidad que representaba, estaba en la obligación de proteger a sus criaturas. Para ello debía ir a la fuente del jardín, cual quien emprende un grandioso viaje a la morada de Proserpina, lavarse allí los pechos y volver con el agua que purifica y hace regresar la vida. No vino el líquido en ninguna vasija sino en el cuenco de sus manos, pero Gerardo consideró que para la purificación bastaban las gotas que chorreaban sus dedos y sus senos. Luego, y ya devenido chamán, anunció que desde ese instante todos los varones recibirían el tratamiento de Adonais, en su signo hebreo, y una ringlera de cabezas se curvó hasta el piso y un impresionante hossana inundó la estancia. Si originalmente la misa negra había sido acogida como un grotesco, a estas alturas el dominio del mito, el imperio del ritual era absoluto. De modo que cuando, confundiendo abiertamente los misterios, a Júpiter mutado en toro le fueron ofrecidas oraciones consistentes en cantos sin palabras, meros sonidos compactos acompañados por ondulaciones de la cabeza y el cuerpo, letanías proferidas con los ojos cerrados y como en estado de trance, todos aceptaron la simulación como si perteneciera al mismo exorcismo. Esgrimiendo su erudición milagrera, Esther propagó que había llegado el momento de desposar a Israel y Astarté. Llamándolo Naaman mío, la tetona le enroscó los brazos y le confesó que no anhelaba otra cosa que ser su mujer. Israel la repudió y quiso marcharse, pero a fuerza de manos y de invectivas a su escasa hombría consiguió ser retenido. Había que preparar las nupcias y se desparramaron por la cocina y el jardín en busca de frutas, plantas olorosas y flores. A falta de anémonas, que era la heráldica del hermoso Adonis, se acarrearon claveles rojos, con lo cual, a juicio de Rafael, el en segundos marido del vientre más prolífico del orbe salía ganando, ya que entre los espléndidos claveles y las mostrencas anémonas la diferencia era abismal; y en lugar de mirra, cortezas de canela que apagaron los demás olores.

Escoltaron a la pareja hasta la recámara de Esther, en cuyo lecho debían yacer sin ser molestados hasta que uno de ellos —presumiblemente el varón— abriese la puerta para anunciar que el acto había sido consumado. Sara tenía la convicción de que Israel no osaría dar aquel paso, creyó que no accedería a la abominación. Pero cuando, a pesar de sus intensas miradas, y de que estuvo a punto de saltarle encima y detenerlo, vio que la puerta se cerraba e Israel, risueño, desaparecía tras ella amorosamente cogido de la mano de Astarté, lanzó un alarido y escapando hacia la entrada principal les gritó a todos que eran unos salvajes, unas bestias, los seres más corrompidos del mundo. La vieron perderse en la humedad de la calle.

Extrañamente, Rafael se creyó en la obligación de rebatir las acusaciones alegando que con el sacrificio del Señor la expresión mesiánica alcanzaba su más pura transparencia. Pues, ¿no era la redención por la muerte una sublimación de la condición humana? Por primera vez la palabra muerte era pronunciada, pero nadie la retuvo. Habituados, como malabaristas, a jugar con el verbo, fue simplemente una más, sin señal precisa alguna. Tampoco Rafael insistió en ella: la oscureció en un contexto y pasó a quejarse del aire de percance que la fuga de Sara había instalado ellos. Hacía falta un poco de música, propuso. Podían haber puesto el tocadiscos o hecho funcionar la radio, pero habría sido una incongruencia. Por lo tanto pidió a los que tenían aptitudes musicales que se procuraran los instrumentos adecuados a su inclinación y los hicieran sonar. Dio la nómina de ellos: un salterio, un adufe, un caramillo y un arpa. Esther repartió los sucedáneos más aproximados: en lugar de salterio, un violín; de adufe, una pandereta con sonajas; de caramillo, una armónica; y sintió mucho que su dormitorio estuviese ocupado pues en el closet guardaba una lira que hubiera hecho las veces de arpa mejor que la guitarra española con que tuvieron que conformarse. El violín lo empuñó Gastón, pero desechando el arco y percutiendo exclusivamente las cuerdas en un fárrago de pizzicatos; de la pandereta y la armónica se hicieron cargo Ovidio y Sylvano, y la guitarra le fue confiada a El Poeta tal vez por la referencia de Esther a la lira y la espesura del ejecutante. Entonces Rafael se tendió en el sofá, comunicó que como a Saúl a él también lo afligía una nube de melancolía y rogó que tocaran, pues sólo la música conseguía restaurarle la serenidad. Duchos lectores de la Biblia, los instrumentistas se retiraron al portal y como una murga de profetas descendiendo de la montaña violaron el recinto mientras pregonaban rítmicamente el arribo del Mesías, la salvación del espíritu mediante el pecado, el látigo como argumento exclusivo de persuasión, la hipocresía de los mansos como su gran virtud, la riqueza y el poder como manantiales únicos y absolutos del bienestar humano. Desde el sofá, el brazo en ángulo, la mano izquierda soportando su cabeza ladeada, Rafael, como envuelto en un incienso de haschij, se libró a un blando parloteo que sonaba a letanía, a ensalmo, a charla incolora de endrogado. Susurró que los artefactos musicales exhalaban armonías eternas, el arrullo de los ángeles, el Magníficat de los Santos. "Ah, suspiró, la música es la más íntima y efectiva de las artes. No en balde antes que pintar o narrar el hombre hizo percutir maderas y cueros, y danzó a su compás, se contorsió, saltó, se revolcó en la tierra arrastrado por un enervamiento que le quemaba las entrañas. Por la música los shishyas se chamuscan la carne sin dolor, por la música los chamulas se enervan para matar, por la música los negros haitianos se convierten en zombíes..." Interceptó su garla penumbrosa el chasquido de la puerta de la alcoba de Esther al abrirse. Y para pasmo de todos quien recorrió el pasillo con pies desnudos no fue Israel sino Astarté. Traía encima un salto de cama que le transparentaba el cuerpo. Con un rubor de doncella en su noche inaugural, los envolvió en una mirada candorosa y murmuró que ya. Al unísono todos los brazos y rostros levitaron hacia el techo, y como una multitud que descubre humo en el domo de San Pedro prorrumpieron en voces jubilosas y enternecidas. La primera en alcanzar el dormitorio fue Esther, a la que siguió en tropel un séquito improvisado. Israel se extendía en el centro del lecho, boca arriba y totalmente en cueros, sus manos en cruz tapándole el sexo. Parecía dormir. Pero una mirada más minuciosa descubría que su pecho no acusaba los blandos movimientos de la respiración y que sus labios estaban como sellados. Por otro lado, un tatuaje de marcas violentas le dibujaba el cuerpo. De la cabeza a los pies sus músculos ofrecían serias desgarraduras, algunas de ellas todavía sanguinolentas, que sin duda le habían ocasionado unos dientes vigorosos y enconados. Ya no hubo asombro como cuando segundos antes Astarté se aventurara en la sala envuelta en aquel mar de espuma artificial, de forma que al Esther preguntarle si estaba muerto y corroborarlo ella con una genuflexión, se limitaron a rodear la cama como adiestrándose para las exequias. Por su propia voluntad —ya que nadie se lo exigió— Astarté quiso ser explícita y aceptó que Israel había sido envenenado. Las mordeduras eran puramente rituales. Se trajeron las andas, que hallaron sustituto en una camilla con estera de lona sobre la que alargaron el cuerpo de Israel. Los dos Syilvanos, Ovidio y Jacinto soportaron las parihuelas. El Poeta encabezó el cortejo. Vestida como estaba, Astarté gimió tras la cabeza del dios amado, socorrida por los brazos consoladores de Esther, y detrás, plañendo ardorosamente, marcharon las demás mujeres portadoras de las cestas de rosas, claveles, dalias y aun flores de pascua. De todos modos, a Astarté le habían prometido que no se ejecutaría el sati, y eso, a pesar de todo, la aliviaba. Toleraban los hombres las macetas de helechos, crotos y siemprevivas. Guiñaba el alba hacia el este y aún prendía Venus el cielo cuando bajaron al jardín. Un vientecillo juguetón que risaba el mar se insinuó mientras cruzaban el puente incrustado de conchas. Dejaron atrás la gruta de los monos con su sufrida malla de hierro y la cascada de un solo rebote donde El Poeta había sido acorralado. Rozándose con sus balaústres de piedras dentadas subieron por una estrecha escalera de no más de una decena de peldaños y se asomaron a una terraza semicircular que pechaba el horizonte. Los porteadores avanzaron hasta situarse junto a la baranda de corales y caracolas marinas que limitaba el mirador.

Entonces sencillamente, voltearon la camilla y precipitaron a las sucias aguas del Almedares el cadáver de Israel.

## *PABLO LE RIVEREND*

*Nació en 1907, en Montevideo, Uruguay, hijo del Cónsul cubano en dicha ciudad. Hizo sus estudios de bachillerato en el Instituto de La Habana y se graduó de Administración Pública en la universidad de esa ciudad, en 1944. Salió al exilio en l962, vía España. Desde su llegada a los Estados Unidos, en 1965, ejerció la docencia en Haidelberg College de Tiffin, Michigan hasta su jubilación, en 1972. Se radicó en Newark, N.J., dedicado a una intensa labor poética y editorial hasta su reciente fallecimiento, en 1991. Obtuvo la Beca Cintas y entre los años l988 y 1990 publicó los dos volúmenes del* Diccionario Biográfico de Poetas y Escritores Cubanos en el exilio (Contemporáneos) *Entre sus muchas obras creativas deben mencionarse:* De un doble *(1979),* Hijo de Cuba soy, me llaman Pablo *(1980), y un libro de relatos titulado* Jaula de sombras *(1978).*

## EL DUELO

Se mira en el espejo, retoca su peinado y dice, hasta luego Carlos, despidiéndose de sí mismo con una mueca. Intuye que será la última vez que podrá hacerlo. Adivina los pliegues del espejo que durante años le acompañara en sus correrías, aventuras y matrimonio. Allí desfilaron amigos y amigas, enemigos maridos burlados, mujeres renuentes o infieles y aquel señor de violento estampido que vació su revólver sobre él, errando milagrosamente.

Ahora será diferente: un duelo parece trato serio cuando existen ofensas gravísimas y riesgo de matar o que nos maten. Una pantomima, no; pero si va de verdad hay que enfrentar la muerte y cuesta trabajo y cuesta caro mirar firme a la muerte robusta.

Empezó de broma y jarana. Entre amigos qué mal podía haber al escamotear una carta.

Bueno, no serían muy lícitas esas bromas, pero entre amigos, ¿qué de grave podría suceder, entre amigos? Y sucedió lo peor, lo que no debe suceder entre amigos, lo estrictamente intolerable.

Saca el pañuelo, esponja el sudor que le resbala por el cuello e intenta recordar uno por uno los detalles del incidente. Ve la carta color lila pálido, perfumada, asomada al balcón del bolsillo de la chaqueta, ¡qué tentación!

Se llama al orden sin variaciones, brutal, escudriñando la razón: él no tenía culpas. Total, la fatalidad de escamotear una carta, sacarla del bolsillo del amigo, indiscreto y confianzudo; si hubiese sabido que... pero entre amigos íntimos, ¿qué mal podría suceder? Y volvía, indefectiblemente, al estribo, ¿qué mal absolviéndose....

Leyó la carta en el corro de compadres. Varias cuartillas de papel lila pálido. Hablaba de "tus besos de fuego" y "tus ardientes caricias", verbo de cajón. A mitad de la lectura quiso retroceder, dar marcha atrás, imposible aunque había reconocido la letra. Concluye, traga seco: la firma Eulalia.

El de la carta en el bolsillo tiembla, los labios ceñidos, un rictus de ansiedad le profundiza la comisura de los párpados.

Bofetada e intención volaron en la mano de Carlos a la mejilla del amigo y a compás de sonar la bofetada Carlos decidió matarlo...

Después, sereno, pensaría, ¿por qué el honor de un hombre debe estar supeditado al sexo de una mujer? ¿O al desliz y la calentura de una hembra?

Realmente, el honor es cosa distinta. Nada, en efecto, mirándolo bien. Entonces, ¿por qué situar lo que llamamos el honor en sitio húmedo y oscuro, fuente donde nace el creced y multiplicaos? ¿O la invitación de transgredir ese honor provocada por el bostezo aburridor de un esposo en pantuflas que lee el diario junto a su perro? ¿O del que niega unos dólares a su mujer que desea adquirir un bolso nuevo, unas prendas de ropas deportivas para pasear el domingo? ¿Por qué y para qué el honor?

El honor... el honor... palabras, débiles barreras convencionales, viento y palabras... esqueletos de letras bruñidas, pero inútiles. Invenciones de hombres escarbadores de sutilezas y costumbres. Respira para darse valor: a lo hecho, pecho, y afrontar las consecuencias del honor.

Llegó a la casa y Eulalia lo besa tan campante. Mira el espejo amigo que no tiene bolsillo ni recibe cartas comprometedoras retoca su peinado: buenos días, Carlos, qué tal ¿cómo te fue en el duelo?

Y contestándose: ni duelo, ni muertos, ni heridos: una reconciliacion...

Y apaciblemente: una noble reconciliación negociada sobre el campo de honor... del Monte de Venus.

Apaciblemente, ¿quién será aquel extraño espía? Baja los ojos ante la mirada del espejo y al justificarse recorre casos similares en que los protagonistas conocidos o víctimas suyas continuaron tranquilamente traficando en sus ocupaciones habituales, comercio, pleitos, oficina o asistiendo a los respectivos quehaceres sin mudar esposa, sin escándalo, con ese barniz de civilización que tienen algunos cornudos, mostrándola ejemplarmente a parientes y amigos: mi mujer es una santa...

Y decidió perdonar y no pedir explicaciones a la virtuosa Eulalia que se da por enterada, y pasándose la mano por la frente para ordenar un mechón de cabellos descarriados, Carlos, el seductor, piensa: ¡Bah, prejuicios eso no duele!

Pero titubea, inseguro; necesita apoyo para su convicción y levanta de nuevo la vista hacia el espejo; su azogue comprenderá: hay situaciones...

Y lejos, desde el pozo profundo del espejo pletórico de recuerdos, el señor de violento estampido y revólver le mira sonriente, con esa fina sonrisa de predestinación y enhorabuena por su ingreso en la Ilustre Corporación de Maridos Burlados y Mansos, y parece subrayarle: también antes que tú, francamente, lo dije yo: eso no duele.

Y mediante la aprobación de un sabio y viejo amigo de gremio, Carlos recuperó el equilibrio y la paz, hundiéndose en las aguas estancadas del espejo confidente.

# MARIA M. LE RIVEREND SUÁREZ

*Nació en La Habana, en 1939. Allí cursó su educación primaria en el Colegio St. Geoge, y periodismo en la Escuela Profesional M. Márquez Sterling. Salió al exilio en 1960 y se radicó en Nueva York. Trabaja como traductora y en la oficina de relaciones públicas de una empresa de aviación.*

## EL VIEJO BENITO

> A mi madre, pinareña,
> pintoresca y popular; cubana, que
> morirá cubana.

Decía el viejo Benito —¡gran persona el viejo Benito!—, que cada hombre tiene siete mujeres destinadas. Lo que pasa es que él es un optimista, contestaba Ricardito, el bodeguero, siempre, El viejo tenía en los lomos más años que una seiba y los músculos que crió de joven se le enmohecieron y rechinaban sus coyunturas como una carreta sin grasa en los ejes...

Andaba solo, es decir, con su perro, un sato mediano al que apodaba Tiburón, no se sabe por qué recónditos parecidos. El viejo se acomodaba a las circunstancias. En nuestra época es un ajustao, según los médicos de la cabeza.

Cuando Benito se entregaba a la pasión de hacer cuentos —había que ponerse serio y por lo menos darle la impresión que se le creía lo que contaba —era la de nunca acabar— porque los empataba uno tras otro como los de Las Mil y Una Noches.

La vida de Benito empezó por Matanzas —sabido es que para cuentistas los matanceros y para relajones, nosotros, los pinareños—, en Alacranes, se decía... Para mí que ni el mismo sabía dónde rayos había venido al mundo porque como antes dije, tenía tantos años que le sobraban para repartir a los demás... Sí, este Benito tenía mucho ojo para las cosas; no sabría mucho cómo se escribe ni se lee, pero para saber qué punto flojo tenía un caballo: busque a Benito; que si para saber por qué cojeaba una bestia: vaya a ver a Benito. En fin, Benito tenía un ojo certerísimo que nunca fallaba.

Me viene a la memoria cuando se me metió en la chola comprarme un potro colorao que era una belleza; parecía un centén, —elogio de Benito desde luego—, pero uno, pulidito y sanito que daba gusto, ¡vaya! Le dije a Benito que tenía la intención de comprar el potro colorao y entrecerró los ojos, siempre llorosos por el sol y la bebida, y me dijo:— Ese potro se abre de patas si lo corres, y con lo que a ti te gusta corretear detrás del ganado, ¡guay!, no te metas... Se paró, rascándose la barba suavemente, y añadió: ¿Cuánto te piden por el caballito?

Cuando le dije la cifra se removió en su asiento —un cajón—, con disgusto, y comentó: Por "eso" doy yo ni los buenos días... Traté de argüirle, pero Benito no cejaba. Al fin lo reté:

—Mira, Benito, te apuesto cinco pesos a que Lindo, —así se llamaba el equino en cuestión—, ni se abre de patas ni ese es el camino.

—¡Va!, me dijo con firmeza, y después:

—Hace días que ando tomándole: a Fermín, el Gallego, la convidada y me hace falta un dinerito arriba.

No le contesté, pero fui a ver al dueño del caballo y explicándole el por qué, le pedí que me prestara a Lindo.

Cuando fué a montar el animal, Benito bromeaba, cantando:
    Cuidadito compay Gallo, cuidadito;
    cuidadito compay Callo, cuidadito.

Me enojé, pero mecánicamente repetí el inmortal son de los Matamoros... Y para incrustármelo en la cabeza había bastante razón: ¡cuidadito!, porque yo nunca había oído a Benito reírse tanto, como le oía desde el suelo, desde donde estaba yo, y le veía la boca desdentada y la socarrona mirada, repitiendo: ¡Cuidadito, compay Callo, cuidadito! Ya supondrán que me ganó la apuesta porque el alazán se me despatarró a los primeros veinte metros, Así fue como perdí cinco pesos con el viejo Benito.

Cosa usual era verle en los días de fiesta —podía ser lo mismo un 20 de mayo, que lo arrebataba, que el cumpleaños de alguno de sus amigotes—, con un trozo de caña brava al hombro. Esta, ahuecada en el centro, con un agujerito en lo que fuera la parte de atrás y llenita de carburo con agua, era mortal... Un fósforo al agujerito y ¡Buum!, tronaban la caña brava y la risa del viejo. Decía pues, que en estas galanas ocasiones, — y todos los días el viejo bebía y hablaba hasta por los codos y en medio de un corro contaba sus peripecias, unas vívidas realmente, otras imaginarias, y prendido al pecho un cartel que le bailaba y hallado no se sabe dónde, que decía: AUSENTE, era atracción de propios y extraños.

Uno de sus cuentos famosos que siempre repetía era éste:

—Yo tenía una potranquita, mora ella, que pagué 40 centenes —todavía el viejo Benito andaba por los centenes—, la compré por en vuelta de Pedro Betancourt a un paisano mío de Alacranes, ¡Qué cosa más linda! No tenía mucha alzada, 6 ½ cuartas a lo más, pero, ¡qué condiciones! Una noche que estaba yo con la mujer mía y ésta para parir, me dice: Benito arranca pal pueblo que me hace falta un médico. Y le puse a la potranca el paño y más ná y arrancó a todo lo que daban las patas y cogimos una curva del camino que creí que nos matábamos, pero ¡qué va!, tenía las patas más seguras del mundo... Cuando llegué a casa del médico le expliqué lo que pasaba y me desmonté, la yegua no tenía el paño; al virar pa tras lo vi en la curva, dobladito, como si yo mismo lo hubiera puesto allí. Es que la yegüita era tan rápida que lo largó con el impulso de la curva... Pestañeaba Benito, y sus ojitos maliciosas parecían decir: Y yo sin sentirlo, caballeros.... Mira que esto es grande....

Sí; estas eran las cosas de Benito, No tenía remedio.

Murió tuberculoso en un hospital, en la mesita de noche, una botella —vacía ya—, de aguardiente, y mirando afuera, por la ventana de su cuarto, unas palmas reales que se dibujaban en la tarde cubana, deseando volver a Alacranes para darse una vueltecita por los alrededores del pueblito matancero...

## MANUEL LINARES LANUEZ

*Nació en Río Seco, Término Municipal de San Nicolás, donde cursó la enseñanza primaria. Trabajó como telegrafista de los ferrocarriles hasta 1953, cuando se trasladó a La Habana para trabajar en las revistas* Bohemia *y* Carteles, *y en programas de radio y televisión. Salió al exilio en 1962 y se radicó en Maryland. Después se trasladó a Miami y continuó con sus labores literarias. Entre sus publicaciones deben mencionarse:* Los Ferrández *(1965);* Cuando vive la ilusión *(1974); y* Una novela para reír y pensar *(1978).*

## EL VALOR DE UN SOBRE

!Oooooh....! !Ojéeeee......! !Jóoooo.....! ¡Joéeee.....!

Era la voz de mando de Lencho Sosa, que entraba por Río Río conduciendo a su hato de ganado. Así venía desde no se sabe dónde, bajando por los llanos inmensos, por los recodos y por los cerros, cuyos nombres ya conocía de pi a pa. Decían que rastrillaba el rebenque y que los animales dispersos se acoplaban mientras que él galopaba sobre su potente caballo y gritando lo que arriba oímos. Y por aquellos gritos del demontre, Lencho Sosa no solamente era muy popular, sino que le permitía vivir de este trasiego desde que el mundo fue mundo para él y desde que yo lo conozco en Río Río.

Lo dice la voz del pueblo y aquella su casa, montada a comodidad y por lo cual huelga decir que no se habla de escaseces o cosa tal. En estos pueblos como Río Río —yo creo que todas partes es la misma historia— la gente es fijona y comentadora. Aquí decían que Lencho tenia dinero en el banco, que tenía qué sé yo cuantas propiedades y otros decían —siempre también hay quién va a la contra— que Lencho no tenía tras de que caerse muerto, porque tenia más vicios que un jugador empedernido y se enamoraba hasta de una escoba con faldas. La verdad yo no la sé porque hay en esto otra verdad como un templo: que Lencho era demasiado parco y a nadie le decía cómo andaban sus cosas aunque, desde luego, echaba unas sonrisitas muy socarronas cuando algún intruso le aflojaba:

¡Lencho...estás hecho...!

Y hasta una de esas viejas sabelotodo, que meten primero la nariz y luego la lengua, juró al cabo del tiempo que Lencho "estaba forrado" porque a nadie le debía "un centavito", Que no tenía cobradores ni de a plazos, que nunca compareció a un juzgado como deudor anormal ni mucho menos porque a nadie dañara ni cosa tal.

También diré que Lencho no estiraba la mano, es decir que miraba cada perra antes de soltarla hacia la mano ajena y así, tan de actualidad se hizo Lencho, no solamente por aquellas sus cosas raras, sino por el torrente que inundaba a Río Río a cualquier hora, cuando el traficante así ordenaba a quienes lo hacían comerciar:

—¡Ooooh..! ¡Ojéeeeee... ¡Júooo....: ¡Joćccee...!

Lo mismo se levanta un ladrillo que una afrenta. La vida corre mismamente en todas partes. Así iba la cosa en Río Río cuando se supo que entre un hijo de Lencho Sosa y un tal Quintín Sarría, había una guerra sorda. Dicen también que estas guerras sin escopetas ni balas son tan peores como las otras. Yo juro que Ramoncito, el hijo de Lencho, era un buen muchacho. Lo juro por que la gente acredita que ser bueno es ser honrado, trabajador y respetuoso. Y quien a los veinte años haya conseguido tal cosa, me parece que ha ganado un pedacito de la gloria. Pero, vean ustedes. Para Quintín Sarría el joven había ganado el infierno, sencillamente porque Ramoncito llevaba relaciones amorosas con una de las hijas del otro. La gente comentadora y fijona de Río Río,—porque la gente siguió siendo de la misma casta aunque tuvieran otros nombres y otras caras— al saber tal desaguisado, decía:

—Sarría es un hombre de pelo en pecho.

Y los menos intrusos, abriendo los ojos de qué manera, atestiguaban más claro el decir con aquello de que Sarría le metía miedo al miedo. Ramoncito, porfiado con los juramentos de la muchacha, plantó una bandera que así podía rezar: "donde hay hombres no salen visiones". De manera, pues, que en Río Río se estaba esperando una batalla muy parecida a la de tirios y troyanos. El caso fue que cuando el tal Quintín se convenció hasta la saciedad de que el mozo seguía con su aferramiento, un día lo esperó en un recodo del camino, con un machete dentro de una vaina. Fue cosa segura la llegada del mozallón. Apenas fue visto, se levantó Sarría del tronco de una guásima follajosa y ni siquiera le hizo al recién llegado la venia de un saludo modesto. Caminó a su encuentro resueltamente y le dio a su voz un timbre de iracundo trueno:

—¡Oye...ya sé fijamente que te entiendes con la niña y te he esperado para decirte que no y que no...!

El joven quedó en suspenso. Vió al machete del otro y no quiso comenzar una trifulca en desventaja. Pensó en los buenos modales que, según los rumores, a veces dan buenos resultados.

—Amigo Sarría, creo que no pretendo nada malo y creo también que usted no tiene una razón que convenza.

—¡La razón es que no quiero, chico! ¡Y óyeme una cosa! ¡Te lo diré por una sola vez! ¡En la próxima ocasión de que te vea por aquí, será éste quien se encargará de decirte lo que hay!

Le dió dos palmadas a la vaina y tosió fuerte, esperando y preparándose para cualquier cosa. Claro que la muralla no se podía salvar y Ramoncito guardó un silencio de más valor que el oro. Sarría ganó la prueba y se dirigió con parsimonia hasta su caballo, cabalgó en él, le tocó en los ijares y el joven lo vió perder entre el polvo del camino y su aberración. ¡Solavayas!

No hay secretos en esta perra vida. Quién divulgó aquello no se sabe, pero a la seca sabían del suceso las viejas trotasuelos, las que no trotaban y todo el que puso orejas al decir. Lencho Sosa también lo supo y supo mas: de que su hijo estaba puliendo el segundo encuentro con Sarría para ganarlo, no para dejarlo salir muy campante por el camino carretero.

Lencho le dió vueltas en su cerebro a esta situación como las vueltas que le daba a la piedra con que amolaba su cuchillo de traficante. En esas vueltas, miró lejos, bien lejos; vió que una vida se iría a la conclusión, que la otra iría para la cárcel y que se perdería la tranquilidad para el hogar del paleto y para el hogar de su hijo. Llamo a Ramoncito y le dijo que todo lo sabia y a que su idea era puramente negativa por las razones que antes había pensado. Le agregó que Sarría era un hombre vencido por el tiempo y que ese mismo tiempo lo vencería de nuevo para que al fin accediera a los deseos de Ramoncito. El joven no contestó a los consejos de su padre y eso quería decir que lo mismo los aceptaba que no los aceptaba. Habría que esperar.

Ah... pero en esos días ocurrió algo nuevo en la familia Sosa y vino a complicar los pensamientos del traficante. Su otro hijo, Perico, sostuvo una reyerta en uno de los cafetines de Río Río y aunque en el primer momento no pasó de una sencilla escaramuza, más tarde fue Perico traidoramente agredido por su contricante. De nuevo rodaron los dimes y diretes, cada cual hizo la historia con su correspondiente agrego y puntos de vista, hasta que la noticia llegó a Lencho Sosa hecha un estropajo. Sea como fuere, supo que su hijo fue agredido miserablemente. Vuelve Lencho a pensar, llama a su hijo y le dá ejemplares consejos. Había que evitar un choque funesto, un futuro miserable, una cárcel, un sufrimiento, un desastre en fin. Había que olvidar, hacerse el de la vista gorda ya que el tiempo y sus obras compensarían a Perico la afrenta recibida. Oyó Perico todo eso sin chistar, pero, ¿atendería cabalmente a las palabras del autor de sus días? Sólo él lo sabe. Ahora no hay más que esperar y sobre todo seguir pensando.

El silencio de sus hijos pesaba para Lencho más que un mundo y el peso lo aplastaba tanto que se vió desplomado. ¿Acaso fue suficiente todo lo que hizo, todos sus consejos? ¡No! Temía, esperaba algo que no lograba explicarse y trataba de expulsar aquella idea maldita. Cuando se cansó de pensar, rió a solas, rió satisfecho.

—Ja..ja... ¡Ooooh....! !Oé....! ¡Ojéee....! —ligando asi sus voces de triunfo con las boyadas que corrían por los llanos.

Tomó un papel y fue escribiendo poco a poco, termina y lo releyó. Volvió a sonreir. Metió el papel en un sobre, pegó este y para estar mas seguro, le pasó una cinta cosida.

—Este sobre vale un potosí.— murmuró para sus adentros.

Citó a los dos jóvenes, cita solemne, intrigante, como cosa que nunca había acontecido. El acto estaba revestido de gran seriedad y tanto Ramoncito como Perico se preguntaban inútilmente qué decisión había planeado Lencho Sosa.

—Bueno..— comenzó el ganadero— no los he llamado para pedirles cuenta, porque ya ustedes son responsables de sus actos. Los he llamado porque creo que si esperan a que yo me muera para recoger una herencia, quizás pasarán muchos años.

Se calló y suspiró complacido. Vió que sus hijos alegraron la mirada y esto me hace pensar que, desde que el hombre tiene uso de razón, le gusta el interés. Solamente este prólogo casi insignificante tuvo la virtud de mover en sus asientos a los jóvenes, como si fueran tocados por un dispositivo eléctrico.

—¿Ven este sobre?— preguntó Lencho, sosteniendo en una mano el sobre que ya cité- Este sobre será abierto por ustedes dentro de diez años y en él encontrarán qué premio les corresponde de acuerdo al comportamiento de ustedes en el futuro.

Se habló de otras cosas relativas, pero no tienen importancia en el relato. El lector deberá suponerlas o inventarlas, como esas viejas trotasuelos que las inventaban hasta sin saber las o sin motivo.

Ya se fueron los diez años, si señores. ¿Qué no se va en este mundo? Ramoncito y Perico dejaron a un lado su juventud porque los años no son bobos ni trabajan gratis. La verdad es que aquel enigmático sobre tuvo sus repercusiones porque los hijos de Lencho trataron por todos los medios de que su expediente personal apareciera al cabo de esos diez años sin un borroncito, como uno de esos cielos en que solamente aparece el sol porque es necesario para dar claridades. Cuentan los vecinos de Río Río de que Sarría se dio por vencido, porque era un hombre de arranques pero no de persistencia y llegó a pensar de que Ramoncito tenía razón, de que más valía el querer de su hija que una tragedia sin fundamento. Por la otra banda, Perico cuenta de que su antagonista un día le pidió perdón y el pueblo asegura que ahora ambos andan juntos, como si nada hubiera ocurrido. Asi, pues, aquellas tragedias del ayer pasaron a felices realidades de la actualidad.

El sobre ha esperado los diez años metido en una caja de madera bien segura y ha perdido la lozanía de su color primitivo. Ramoncito y Perico llegaron a mirar aquella caja que, en sus pensares, iba a variar a su patrimonio. Porque, señores, no nos cansamos de pensar día por día en que la suerte está más adelante, al doblar de una esquina y hasta en los deseos de un moribundo que ni siquiera conocemos. Es algo así como un soplo de esperanza que, por lo regular, sopla y nada más. Todo se va en humo, en quimeras, en cálculos.

¡Y llegó el momento! Lencho Sosa le avisó a sus hijos de que hoy era el día. La emoción de aquellos instantes cada cual podrá imaginársela. Dejemos a que Lencho vaya extrayendo con soberana calma el sobre premiado, lo contempló con entusiasmo y después se lo entregó a Perico para que lo lea. Son unos momentos en que la mente reproduce muchos cuadros de macanudas ilusiones, hasta que, para terminar con ellas, Perico lee con voz accidentada:

"Después de haber pasado diez años de mi decisión, quiero dejar como parte de mi legítima propiedad a mis hijos Perico y Ramón el comportamiento de mi vida, mi honradez y mi nobleza, para que ellos las sigan, las hereden y las disfruten para el resto de sus días. Lencho".

Y nada más he sabido de la vida íntima de Lencho Sosa. Bajando por los llanos inmensos, por las quebradas y por los cerros, aún se contempla a su vieja humanidad y aún por todos los vericuetos de Río Río, su voz de mando anuncia que por ahí viene.

¡Oooooooh! ¡Ojéeeee....! ¡Jóooo....! ¡Joé....!

## *ALEJANDRO LORENZO*

*Nació en La Habana, en 1953. Hizo sus estudios en dicha ciudad. Entre sus publicaciones hay que señalar* La cuerda floja *(Poemario, 1990),* Los cuentos de Mateo *(1992), y* La piedra del cielo *(1994). Reside en los Estados Unidos desde 1993 y es colaborador de varias revistas literarias en Estados Unidos e Iberoamérica.*

## EL ASALTO

Al hielero de mi barrio, el mejor que he conocido se le habían muerto sus dos caballos por deshidratación. Desde ese mismo instante, Carranza, que era como se llamaba, se transformó en un hombre amargo y poco afable con sus clientes.

De niño me impresionaba verlo pasar cada mañana con el inmenso oso polar que tenía pintado en la cubierta de su carretón. El, sus potros y aquel vehículo que rodaba y crujía por la calle fueron por muchos años una misma cosa.

Cuando apareció el calor, a la familia Pascual se le rompió el refrigerador, entonces tanto el padre, como sus tres hijos, todos con un impresionante historial de escándalos públicos, planearon asaltar la hielería. Según ellos, por primera vez en sus vidas no iban a cometer ninguna villanía.

"Esto fue algo justo compañero magistrado; desde hace más de un mes ese establecimiento no vende a la gente ni un pedazo de hielo,—declaraba el viejo Pascual frente a los tribunales— ustedes no saben lo que es vivir en un solar, no tener un jarro de agua fría, un pedazo de hielo para conservar la leche de los muchachos. Y todos los de la cuadra sabían que el depósito estaba repleto de bloques de hielo y Carranza se los vendía a los pinchos y estos en sus carritos se lo llevaban a sus casas, lo más probable para enfriar cerveza los fines de semana. ¿Eso es justo? ¿Acaso eso es la revolución?"

Cuando la familia Pascual, el padre y sus tres hijos, se presentaron en el lugar con el ánimo de asaltarlo, el hielero se paró delante de la puerta y les dijo:

—Aquí no entra nadie, carajo.

Entonces Pascual el viejo, se cagó en su madre y el hielero con su duro puño de boxeador le propinó un fuerte golpe en la mandíbula que lo lanzó al piso inconsciente. El más joven de la familia, en un descuido del hielero, tomó una tenaza y con ella le perforó el cráneo.

El hielero, aquella extraña y mítica figura de mi infancia, quedó tendido frente a su antiguo negocio, hasta que vinieron los forenses a retirarlo. Para asombro de muchos que fueron testigos de lo ocurrido, su sangre, que brotó abundante por mucho tiempo de su cabeza, se hizo escarcha.

## ROBERTO S. LUQUE ESCALONA

Nació en Oriente. En Holguín, hizo sus estudios primarios y se graduó de Bachillerato en 1956. No pudo terminar la carrera de Derecho en la Universidad de La Habana, por el cierre de la universidad en 1958. Se trasladó a México, donde permaneció hasta su regreso a La Habana en 1961. Estudió Diplomacia y obtuvo su Licenciatura en 1965 en la universidad de esa ciudad. En 1968 comenzó a trabajar en Prensa Latina, donde fue cesanteado en 1970 por su renuencia a alterar las noticias sobre la represión en Checoeslovaquia. Desde 1972 trabajó como corrector de estilo en una revista de la Universidad de La Habana, hasta su cesantía en 1990. Salió de Cuba en 1992 y radica actualmente en Miami.

## AQUÉL NO ERA MI DÍA

>Gente endiablada y descomunal...
>
>Cervantes

Yo siempre quise ser héroe. Por eso, cuando Begoña me pidió ayuda contra un posible ataque accedí gustoso.

Alguien le había ofrecido trabajo, de lo cual estaba muy necesitada, y para tratar el asunto había quedado en ir a verla a la vieja casona donde vivía sola. Pero ella tenía motivos para suponer que el solícito individuo tenía miras más profundas, así que acepté servirle de velador a la preocupada doncella. Acordamos que, durante la visita, yo permanecería oculto en la cocina, la última estancia de una casa más bien longitudinal, donde el visitante no podría detectar mi presencia.

Así lo hicimos. A la hora señalada, con puntualidad sospechosamente militar, apareció el hombre, y no habían pasado diez minutos cuando la realidad confirmó las prevenciones de Begoña y ésta llamó pidiendo auxilio.

Atravesé corriendo las tres estancias que me separaban de la sala e irrumpí en ella como un ángel vengador para encontrarme con una desagradable sorpresa: Begoña, con esa falta de sentido de las proporciones que padecen tantas mujeres, había olvidado decirme que el posible asaltante media seis pies y cuatro pulgadas y pesaba alrededor de doscientas veinte libras; es decir, un metro con noventa, y cien kilogramos para los partidarios del Sistema Métrico Decimal.

Y ya que hablo de las mujeres y de sus características: ¡Qué felicidad la de poder huir cuando se tiene miedo! Quiero decir, huir sin mengua de la dignidad, de la auto-estima. Pero yo nací varón, así que, a pesar de sentirme literalmente aterrorizado, le planté cara al Gigante. —Bien, muchacho— le dije sin que me temblara la voz; en realidad, nunca me tiembla. —Recoge lo que sea tuyo y lárgate.

El sujeto había quedado bastante azorado ante mi repentina aparición. Cogido en falta, su primera reacción había sido de apenado estupor y seguramente se hubiera marchado sin chistar de no ser por las enormes diferencias de estatura y peso que había entre nosotros. Un hombre alto y fuerte casi siempre opta por la violencia en un conflicto con uno pequeño y en apariencia débil; digo "en apariencia" porque nunca se sabe en realidad cuándo un hombre es débil o no. De modo que, para mi desgracia, el hombrón optó por la violencia. Avanzó hacia mí y extendiendo unas manos cada una de ellas del tamaño de un guante de pelotero, me tomó por la camisa y comenzó a sacudirme, pleno de entusiasmo bélico.

—Y tú. ¿Qué pito tocas aquí, enano? —dijo mientras me estrujaba la camisa con sus manazas.

El tuvo varias opciones y escogió la que mejor se adaptaba a su naturaleza, pero yo no pude escoger. Sólo tenía un camino y ese fué el que tomé: subí violentamente la rodilla derecha buscándole la ingle. El golpe no debía lastimarlo mucho, pero sí haría que me soltara; después ya veríamos.

Todo estuvo bien pensado, pero aquel no era mi día; la ejecución no estuvo a la altura de la concepción, y mi rodilla, en vez de golpearle en la ingle, le pegó de lleno en los testículos. El hombrón dejó escapar una especie de rugido, me soltó y cayó redondo al suelo.

—Ahí tienes— le dije —Eso te pasa por dártelas de sátiro y de oso.

Mi tono era agresivo y triunfal, pero para mis adentros estaba preocupado. Después de semejante golpe, las posibilidades de llegar a un acuerdo pacífico eran casi nulas. A menos que el hombre se acobardara, y los hombres nunca se acobardan cuando piensan que tienen las de ganar.

No se acobardó. Todo lo contrario bufando como un búfalo, trató de ponerse en pié mientras decía:

—Te voy a matar, renacuajo maldito.

Aquello no me gustó nada. Para contrarrestar sus mala intenciones me arriesgué a acercarme y cuando estaba a menos de un pie de distancia dí una media vuelta quedando de espaldas a él y lo golpeé con el codo en la cabeza para atontarlo.

Bien, en realidad esa fué mi intención: golpearlo un poco más atrás de donde comienza el pelo; para atontarlo, como ya dije. Pero aquél no era mi día; el desgraciado levantó la cabeza y mi codo le golpeó en la ceja derecha, abriéndole una herida bastante grande. Comenzó a sangrar como si toda la sangre de mundo fuera suya, mientras Begoña, ya un poco histérica, se escondía trás el piano, disponiéndose a ver los toros desde la barrera; el piano era un medio cola impresionante, pero la tercera parte de sus cuerdas estaban mudas, así que no estuvo mal que sirviera para algo, aunque sólo fuera de parapeto.

A todas estas, mi enemigo (porque ya lo era) iniciaba nuevas maniobras destinadas a ponerse de pie. Me sentía mucho más cómodo con él en el suelo, así que me puse a considerar la mejor manera de mantenerlo allí. Decidí que lo mejor seria una patada bien dada en el plexo solar, y como lo pensé lo hice.

Es decir, traté de hacerlo; pero aquél no era mi día y otra vez volví a cometer un error, no sé bien cuál. El hecho fué que no le acerté en ningún plexo solar o lunar, sinó más arriba y a la izquierda, y, por la manera en que se manifestó la víctima (porque ya lo era) parece ser que le fracturé una costilla.

Derrumbado en el suelo, el grande hombre, después de un momento a solas con sus desventuras, levantó la cabeza y me miró. Nunca nadie me había mirado así. Nunca había visto tanto odio en unos ojos.

En realidad, no sé por qué empleo el plural, pues su ojo izquierdo no era capaz de expresar odio ni otro sentimiento alguno, INUNDADO como estaba por la sangre y semicerrado por la inflamación. Pero con un ojo bastó: comprendí que con aquel empecinado palurdo debía emplear argumentos de más peso. lo dejé en el suelo con sus problemas y fui a la cocina, a buscar con qué resolver los míos.

Allí encontré algo interesante. Era una pieza de metal con un mango de madera de unos treinta centímetros de largo. El metal tenía forma de hachuela por un lado y por el otro una superficie plana e irregular en forma de maza, seguramente destinada a aplastar la carne para bistecs. Tomé aquel instrumento y calculé mentalmente sus posibilidades. Mientras tanto, desde el otro extremo de la casa me llegaba la voz tronante de mi enemigo, que proclamaba opiniones muy desagradables y nada ciertas sobre mi y algunos miembros femeninos de mi familia. Regresé a la sala y hablé muy seriamente con él.

—Oye lo que te voy a decir, animalón. Ya estoy harto de tus pejigueras. Si me sigues mortificando, te convertiré en harina de hijoeputa con esta cosa que tengo en la mano.

Con algunas personas es inútil cualquier intento de diálogo. Aquel tipo era uno de ellos. Sin hacer caso de mis advertencias se puso de pie una vez más, no sin trabajo, y embistió de nuevo. Embestir parecía ser su especialidad.

Pero para entonces ya estaba muy estropeado y había perdido toda su eficacia, si es que alguna vez la tuvo. Si; ha de haberla tenido: un tipo grande, fuerte y violento siempre resulta más o menos eficaz si de maltratar al prójimo se trata. Con las fuerzas disminuidas por todos los contratiempos que había sufrido ya era otra cosa; no tuve dificultad alguna en esquivar su arremetida moviéndome hacia la izquierda, a tiempo que le lanzaba un golpe a la corva derecha con la parte plana del utensilio de cocina.

Y otra vez las cosas me salieron mal, Seguramente por su culpa; algún movimiento que hizo tratando de agarrarme provocó que la maza, en lugar de pegarle en la corva, fuera a tropezar con su rodilla. Se oyó un ruido muy feo y el gigante fué a dar de nuevo al piso. Cuando uno no está en su día nada sale bien. Nada.

Sus gritos partían el alma, y yo, digan lo que digan, no soy un hombre malo. Soy muy sentimental y lloro con facilidad, al menos cuando estoy solo: aunque, pensándolo bien, Pancho Villa también era sentimental y llorón, y mató más gente que la malaria. Pero dejémonos de disquisiciones que a nada conducen. Lo cierto es que me compadecí de sus malandanzas y le pregunté: con toda la dulzura de que soy capaz, que no es poca:

—¿Te lastimé?

Nunca debí hacerlo, pues aquel hombre, de veras endiablado y descomunal, no sabía apreciar la solidaridad ni la compasión, y lo demostró enseguida: se acomodó en el suelo lo mejor que pudo e introdujo su mano derecha entre el cuerpo y la chaqueta. Hasta ese momento había confiado en su fuerza, pero ya tenía motivos para pensar que ésta no le sería de provecho; asi pues. supongo que con cierta humillación, recurría a su *última ratio*. Cuando su mano derecha estuvo de nuevo a la vista, en ella había una pistola Makárov de veinte tiros.

Yo no contaba con que estuviese armado, pero el gesto había sido tan inequívoco que no tuve necesidad de pensar lo que debía hacer. La mano con la pistola aún no se separaba del cuerpo y ya estaba yo en movimiento. Le lancé una patada que machacó sus nudillos contra el acero del arma; la dejó caer justo delante suyo, y antes que intentara siquiera recuperarla le amagué otra patada, esta vez con el pie izquierdo; cuando se echó hacia atrás, encogido en un gesto instintivo de defensa, avancé el pie derecho y empujé el arma lejos de él. Un segundo después era mía.

Describo esto con tanta minuciosidad porque temo haber dado la impresión de ser alguien sumamente torpe. Y no es así. Soy muy hábil, rápido y eficiente. Si todo me salió mal es porque aquél no era mi día.

Por un momento tuve la esperanza de que la lucha hubiera terminado, pero aquel hombre, con todos sus defectos y limitaciones; era, sin duda, un valiente, y como tal se portó entonces. Se arrastró hacia el piano, tras el cual asomaban el pelo corto y rizo, y los grandes ojos asustados de Begoña, y no sé cómo logró levantarse apoyándose en la pierna sana. Se detuvo un momento a tomar aliento y luego se lanzó contra mi saltando sobre un solo pie, como en una grotesca parodia de algún juego infantil.

Había que poner fin a aquello, así que tomé una decisión que entonces me pareció buena: le dispararía y lo enviaría al hospital de una maldita vez. Retrocedí dos pasos mientras montaba el arma, separé los pies al ancho de los hombros y flexioné ligeramente las rodillas; levanté la Makárov, enorme y ligera al mismo tiempo, y la llevé a la altura de los ojos sosteniéndola con las dos manos. Luego apunté con sumo cuidado a un punto entre su hombro derecho y su cuello, más abajo de la clavícula, donde ningún órgano vital podía ser tocado por el proyectil: y apreté suavemente el gatillo.

En fin, creo que ya lo he repetido demasiado, pero es algo que me viene a la mente una y otra vez aquél no era mi día. Y éste parece que tampoco lo es. El juicio acaba de quedar concluso para sentencia y el fiscal pidió la pena de muerte por el asesinato con agravantes: la tortura incluída, del oficial de la Seguridad del Estado Manuel Méndez Cabezón, todo ello como parte de un nuevo plan terrorista de la CIA.

Para Begoña pidió diez años, según dijo, por complicidad.

# JOSÉ ANTONIO MADRIGAL

*Nació en Ciego de Ávila, Camagüey, en 1945. Hizo sus estudios primarios y secundarios en dicha ciudad y en Cienfuegos (Las Villas). Salió al exilio en 1961 y se radicó en los Estados Unidos. Continuó sus estudios en la Universidad estatal de Michigan, donde obtuvo su Maestría (1968). En 1973 se doctoró en Letras en la Universidad de Kentucky. Ha sido profesor en la Universidad de Colgate y en la Universidad de Colorado. Ha escrito extensamente sobre literatura española del Siglo de Oro y sobre letras cubanas. Desde 1970 es Catedrático de Auburn University, en Alabama.*

## EL UNO Y EL OTRO

Allá por el año 1851, momentos malos para Cuba a causa de la represión colonial de España, y por la misma fecha en que Joaquín de Agüero y otros cincuenta patriotas dan el grito de independencia en San Francisco del Juracal, nacen en Ciego de Avila José Meneses y Antonio Saiz. Nacieron la misma noche oscura y en la misma calle, a eso de las diez de la noche. Ya muchachos, uno pensaba y era muy serio; otro actuaba y era medio loco. Uno era ávido lector, el otro un gran jodedor. Se conocieron desde recién nacidos y llegaron con el paso de los años a respetarse mucho, a pesar de que a veces se odiaban.

Ambos, aunque por razones distintas, se unieron a la guerra que comenzó en el 1868. El primero llegó a ser el asesor principal del gobierno civil en armas, y cuando se lo permitía el quehacer diario de sus funciones oficiales leía ávidamente a Saco, a Arango y Parreño, a Heredia, a José Joaquín Palma, a Enrique José Varona y a otros muchos intelectuales de su época. No dejaba sin leer lo que le cayera en sus manos. Sin embargo, su más preciada lectura era una carta de Félix Varela que escribió antes de morir, titulada "Yo soy mi mundo, mi corazón es mi amigo y Dios mi esperanza," que ya él ni siquiera sabía cómo había ido a parar a sus manos. La epístola, ya amarillenta y rota de tanto leerla y doblarla, estaba bastante mal trecha...pero era su guía en los momentos más difíciles y de menos esperanza, y por eso la cuidaba con esmero y con gran sigilio. En realidad, nunca me explicó por qué yo era el único que conocía su existencia. Me lo explicaba atribuyéndoselo a otra de las exentricidades de Pepe y no le daba mucha importancia.

Yo, el gran jodedor, estaba por encima de esas tonterías. Yo no creía en nada, sólo matar españoles, comer bien cuando pudiera puesto que la mayoría de las veces era difícil conseguir algo bueno de comer y otras veces la jodidas yucas que encontrábamos podían hasta envenenarte y, sobre todo, acostarme con todas las buenas hembras que me encontrara y me aceptaran en la cama. A veces parecía, me decía Maceo, que yo era peor que los españoles...a lo cual le respondía que me dejara tranquilo ya que yo era capaz de limpiarme el culo con el papel en que estaba escrita "La Bayamesa," con todo respeto a Perucho... El general se reía, y gracias a Dios ya que no tenía gran sentido del humor. Dentro de sí estaba convencido de que podía contar conmigo para lo que fuese y que lo ejecutaría a pesar del miedo que a veces me cundía hasta el mismo momento del hecho.

Cuando veía a Pepe le ocultaba mi miedo y siempre lo molestaba llamándola pendejo y otras cosas no muy agradables. —Pendejo coge el rifle, —maricón cuando vas a matar un gallego apestoso, —hijo de puta te vas a pasar la guerra sin disparar un tiro... Me cansaba de insultarlo y sólo se reía y me contestaba que algún día iba a necesitar de sus conocimientos, que algún día iba a conocer a Dios.

La guerra, sin embargo, era lo que me sostenía. No era hombre de paz. Pedía siempre lo más peligroso. Me gustaba pasearme vestido de guajiro por Holguín y por Bayamo, era como un deseo de suicida. Maceo a veces no sabía qué hacer conmigo...hasta que un buen día decidió que si yo podía disfrazarme tan genialmente que me fuera a la Habana, a esa provincia cobarde, como la llamaba él, y hablara con Rafaél María de Mendive para convencerlo a escribir una obra patriótica y exhibirla en el popular teatro Villanueva con el propósito de incitar a los habaneros a rebelarse. Maceo estaba desesperado ya que casi nadie al oeste de Camagüey había tomado las armas.

Esto fue a finales del año 1869, corrían ya los últimos días del año y la frustración de no poder tomar completamente Holguín, gracias a la valerosa resistencia de Francisco Camps quien se había fortificado en la Periquera, y de no poder resistir en Bayamo era grande. Fue entonces que se decidió quemar Bayamo para darle al hijo de puta de Valmaseda su propia Numancia, y crear en la Habana un incidente de bienvenida al general Domingo Dulce que venía a Cuba con la creencia errónea de que los cubanos querían reformas y no independencia.

Mientras qué este enviaba comisiones de paz a Céspedes yo me dirigí a la Habana a ver a Mendive. El viaje me fue fácil a pesar de que por poco me cogen preso en Bemba al tratar de enamorar una deliciosa jabá que resultó ser la novia de un guerrillero. Nunca corrí tanto como esa noche y por mucho que me escondía, el jodido negro me olía. Al fin pude escurrirme gracias a una viejita llamada Mónica que me metió en su casa, y a quien le recordaba un nieto que estaba en Oriente con las tropas de Grave de Peralta. Decía que nos parecíamos y que debíamos ser de la misma edad. Se llamaba Diego Caraballé y hacía un año que no lo veía. Yo le prometí que si lo veía le diría que ella estaba bien. Al otro día, no de día sino de noche, salí rumbo a la Habana a done llegué el ocho de enero, y donde nadie me esperaba, puesto que mi visita era secreta y nuestra guerra apenas empezaba. Desconcertado ante la belleza y la inmensidad de la ciudad, me costó un poco de trabajo llegar a mi destino el cual me vislumbró por su belleza y por ser invitado a sentarme a cenar en la mesa del conocido patriota y literato Mendive que ese día tenía dos invitados que resultaron ser Juan Francisco Valerio y José Martí, un joven patriota de fino y elocuente verbo.

Después de satisfacer las curiosidades sobre el rumbo de la guerra y el estado de las tropas, con mucho nerviosismo expuse la razón de mi viaje a la capital. Traté lo mejor que puede de convencer a Mendive de la necesidad de poner una obra de teatro que incitara al público a rebelarse ya que mientras la Habana estuviese tranquila, el gobierno español podía concentrar sus fuerzas en las dos provincias orientales. Cuando terminé mi nerviosa exposición los tres quedaron en silencio y medio atónitos ante la propuesta, donde ya se habían fundido las ideas de Maceo con las mías. Mendive dijo que él nunca había escrito teatro, Martí sonreía pero no decía nada quizás esperando a que su maestro terminara de hablar y Valerio se sonreía con gran satisfacción sin que yo comprendiera el por qué. Por fin, este último irrumpió con un ¡qué casualidad que ya tengo escrita la obra perfecta para producir esta explosión popular! La obrita, nos dijo unos momentos después, se llamaba "Perro huevero aunque le quemen el hocico" y pertenecía al género bufo. En aquel momento ni siquiera pregunté qué era el teatro bufo no sólo por la alegría de ver que mi misión iba cobrando vida, sino también porque no quería revelar mi ignorancia y mi falta de cultura. La reunión duró tres horas y no se habló de otra cosa que la obra y de la independencia de Cuba. Yo hablé poco y escuché mucho, sobre todo aquel José Martí que hablaba con un optimismo increíble y que usaba palabras que nunca había oído pero que seguro se encontraba en los libros que Pepe leía.

Por más de una semana no vi ni a Valerio ni a Mendive quien me había dado instrucciones de no salir de la casa de un tal Antonio Bachiller y Morales a quien consideraban también un gran patriota. La semana que estuve en aquella casa de pisos de mármol, jardines llenos de flores y llena de libros de todo tipo fue alucinante. En todo momento me acordaba de Pepe y cómo debía haber sido él escogido para esta misión que tenía que ver con gente tan inteligente y culta. Sin embargo, me había escogido a mí la fortuna y no a él. Me preguntaba una y otra vez por qué y no acertaba respuesta alguna.

Por fin el día 20 de enero, ya desesperado de tanto encierro pero empezando a apreciar el mundo de las letras en que Pepe vivía, me vino a buscar Mendive y me informó de los planes que habían hecho para esa noche en el Teatro Villanueva. Había grandes esperanzas de que la actuación de los caricatos, otra palabra que no entendí, provocara una revuelta. Mi papel era gritar a menudo "¡Viva Cuba libre!" y aunque pensé que era un papel menor, no protesté. Ya me estaba acostumbrando a obedecer y a aceptar las órdenes de aquellos hombres que sabían tanto. Me dije —¡si Maceo me viera no me conocería!

Llegó el día de la representación y se llenó el teatro. Yo me sentía listo para la misión, sin embargo, no pude gritar muchas veces lo acordado, a veces porque no encajaba y otras por miedo o por prudencia. La frustración me llenaba y no podía comprender el por qué. Estaba medio cambiado. Me preguntaba qué le había pasado a aquel jodedor, descarado, irrespetuoso y osado Antonio...mis pensamientos retornaban cada vez más a la imagen de Pepe. Ya no lo creía tan pendejo, tan medio cobardón y lo respetaba cada vez más.

Después del fracaso del día 20 —así consideraba yo aquella noche— empezó a regarse como la pólvora en la Habana el acto de desacato y el atrevimiento de mis dos o tres gritos y de las canciones hirientes a la metrópolis. También se rumoraba que los fondos que se recaudaran eran para beneficio de Céspedes y de sus insurrectos. También se repitió incesantemente que había que apoyar la guerra y de esa forma demostrar el desagrado hacia las noticias que llegaban sobre las atrocidades de Valmaseda. A casa de Bachiller y Morales, donde yo seguía medio escondido, llegaron hombres y mujeres nerviosos y comentaban que esa noche sí habría jaleo y se formaría la gorda. Yo escuchaba callado y por dentro empezaba a sentir la emoción del momento y de poder hacer algo otra vez.

Los rumores resultaron ser verdad, el teatro estaba desbordado de gente y sobre todo de mujeres vestidas con batas azul y blanco y el pelo suelto, signos de rebeldía y de cubanía. Las autoridades, que también habían oído los rumores, habían enviado a algunos policías y a muchos voluntarios, a aquellos seres despreciables que servían a España y quienes al poco tiempo de empezar la función empezaron a disparar sobre la muchedumbre. Yo, que me veía en medio de la batalla y sin armas, empecé a gritar desaforadamente ¡Viva Cuba libre! Sin embargo, al cuarto grito sentí algo frío en el pecho y caí al suelo. Una mujer al verme caer se lanzó sobre mí para ayudarme y al ver que estaba herido empezó a buscar en mis bolsillos un pañuelo para detener la sangre. Al encontrarlo, venía en él un papel viejo y medio roto que inmediatamente reconocí. Era la inseparable carta de Félix Varela que Pepe me la debió haber colocado dentro del pañuelo antes de salir. No la había visto antes y ahora no podía leerla... ya que los ojos se me nublaban cada vez más. En aquel momento comprendí lo mucho que me quería Pepe y lo sutilmente que había actuado para acercarme a la verdadera amistad y al amor de Dios. Pero todo iba a quedar incompleto y me iba a morir sin poder leer aquella carta que él seguramente se sabía de memoria... Los ojos se me cerraron y...

Semanas después llegaba la noticia a los campos de batalla de lo ocurrido y de cómo Antonio había muerto valientemente. Pepe quedó desolado, había perdido a su mejor amigo y no sabía el destino de su posesión más valiosa. Los días pasaban y su melancolía crecía. Ya no encontraba satisfacción en sus tareas burocráticas, no tenía deseos de leer, su desasociego se estaba convirtiendo en beligerancia. Habló con sus superiores y les pidió que lo enviaran a la manigua, lo cual rehusaron. Un día, bien temprano, abandonó el campamento del estado mayor y fue a unirse a Maceo quien lo aceptó a regañadientes. Pepe peleó valientemente otros ocho años al lado de Maceo, alcanzando el grado de general, hasta el Pacto de El Sanjón el cual no firmó.

A los pocos meses salió de Cuba, camino a Estados Unidos. Su decepción y tristeza lo ahogaban. Trató de rehacer su vida y no pudo. Antonio nunca abandonaba sus pensamientos. Rondó de país en país llegándose a establecer en la República Dominicana, hasta que Martí lo atrajo al Partido Revolucionario Cubano a mediados del 94. Al año siguiente al comenzar la guerra, lleno de ilusiones con la esperanza de una Cuba Libre, ayudó al apóstol y a Máximo Gómez a redactar el Manifiesto de Montecristi que lanzaron al mundo el 25 de mayo. En ese momento se sentía feliz otra vez: Había vuelto a las letras, su verdadera vocación, y pronto irá a Cuba a pelear, tal como Antonio lo había querido y hecho.

El día 11 de abril, con una alegría que inundaba todo su ser, desembarcó en Playitas con el Apóstol, con el Generalísimo y con otros patriotras. La alegría fue todavía más grande al encontrarse en la Mejorana con sus antiguo general y amigo, Maceo. Sin embargo, su euforia duró poco al ver el trato que recibió Martí en esta reunión. Cundido por el desengaño se lanzó al suicidio con el apóstol y murió a su lado en Dos Ríos a manos de un vil guerrillero cubano. Sus últimas palabras, —"Maestro, hasta que las armas y la letras no sean una, Cuba no será libre," el viento las llevó a oídos de algunos de los presentes y sobre todo al alcance de Martí a quienes fueron dirigidas.

Pepe y Antonio yacen hoy en tumbas olvidadas, uno en la Habana y el otro en Santiago, en ambos extremos de Cuba a pesar de haber nacido en el centro. El uno y el otro, quienes dieron sin egoísmo la vida por Cuba, hoy son mártires olvidados por el tiempo y por la historia, y las palabras de Pepe siguen rondando en el espacio sin hallar tierra fértil donde germinar.

# *RAFAEL R. MARTEL*

*Nació en Cárdenas, en 1958. Emigró a España y posteriormente a los Estados Unidos, donde reside desde 1973. Estudió Literatura en Jersey City State College donde completó su bachillerato en 1990. Ha ganado premios en concursos poéticos y fue finalista del premio Letras de Oro en 1987 con su poemario* Bajo el rugir de la sombra. *También ha publicado el poemario* Barlow Avenue *(1991) y ha sido editor de la revista* Popol Vuh *y* Leiram.

## EL ESCAPE

El frío desaparece entre las sábanas, la calefacción y la franca sonrisa de los niños. Para mí no existe. Porque entre las tensas sonrisas y los "te quiero" estoy perdido, atrapado en un callejón sin salida. Hoy será diferente, hoy descubriré lo realmente fascinante en este concierto que parece nunca acabar. ¿Cómo comenzar este viaje, este conjunto de sueños rotos que me estremecen? En realidad nada hay que el tiempo no devoró. Todo comienza en el principio, en la "escoba nueva", por un beso que ya raspado por uno cadena de horas hiere o quizá se pierde en un amargo laberinto, así vegeta, así vomita un barril de impurezas engendradas en este vaivén de rutinas. "Todo bien"—me dices y sonríes y acaricias, agotada, con palabras que desentierran un temblor encarnizado, un desfile horroroso de sandeces. También la casa se fué invadiendo de cosas extrañas, objetos anónimos que nunca han significado y viven esclavos a tus caprichos, quizá por eso nunca cambian de expresión, como las plantas y los niños, que están siempre esperando que termines de hablar. Hablar, hablar, hablar, en inglés, en español, por teléfono, cinco horas, diez horas, todo el día. Ni siquiera paras de hablar cuando te rindes ante esas terribles telenovelas, pero eso sí, sólo tú puedes hablar— "Ahora Jorge Hermoso dejará a Alma Blanca porque Rubén Gallardo está enamorado de Lupita Inocencia", mientras yo, parado frente a todos, pensaba decir algo que nunca dije. El perro, el ser más inteligente de la casa, me mira y sacude el rabo, él es el único que no has adoctrinado, él sí es libre y me ha dicho en muchas ocasiones que tampoco aguantará mucho más.

El otro día en una de sus furiosas escapadas me pareció verle conversando con algunos amigos secretos que tiene en la cuadra, no sé, pero me parece que él también se va, me parece que a él también le sucede un grito que más bien es una bomba de tiempo. Dia tras día, año tras año, siglos para mí que camino en este rectángulo de leyes, en una fina cuerda floja. "Tenemos que hablar de los niños," y de nuevo me muestras tus dientes que se me hacen mohosos, a veces afilados como estiletes, entonces veo ese familiar color verde en tus ojos, esa manera vulpina de explotarlos, sólo te miro;—sí—contesto—sí, sí siempre sí, siempre programado, ahogado en tu mundo, arrodillado ante el altar de tu repulsiva imagen, sin prorrumpir lanzando patadas y puños, sin meter tu cabeza en la olla y contemplarte lentamente agonizar. Después cortarte en pequeños trozos, lentamente, metódicamente, hasta llenar de tus desperdicios un gigante cartucho y después enterrarte solemnemente en un galón de gasolina y un fósforo. Lo peor es que ni así pararías de perseguirme mordiéndome la conciencia, rastreando en mis entrañas el eco de tu perenne voz, que chocaría en las paredes de cualquier lugar.

Hoy después de desayunar, como siempre escuchando tus planes, sin vacilaciones, sin pensar en aquellos días que tu voz fue cuerda viva, tu cintura y tus labios una especie de fuego alimenticio, aquel tiempo que destrozaste a manera de ácido, porque hoy eres un ácido inextinguible y hay sólo una salida. Por eso hoy no trabajaré, ni comeré tus horribles recetas y al fin podré excusarme a mi manera, con una amplia sonrisa que sangra, después de todo, no es tan horrible. Sólo el seco golpe del plomo en mi sién, después un tumultuoso correr de confusas arterias, un vacío, un glorioso escape. La más elocuente forma de expresarte mi silencio, mi más firme protesta sin palabras.

# RITA MARTÍN

*Nació en La Habana, en 1963. Allí cursó estudios primarios y secundario, y estudió Técnica Periodística. Luego, en 1986, obtuvo su licenciatura en Filología, en la Facultad de Artes y Letras de la Universidad de La Habana. Por varios años trabajó como investigadora literaria en el Instituto de Literatura y Lingüística de la Academia de Ciencias y también como profesora Adjunta de Literatura Cubana de la Facultad de Artes y Letras, hasta 1992 cuando fue despedida por pertenecer al Movimiento Armonía de Derechos Humanos. Ha publicado* En el cuerpo de su ausencia *(1991), y* Estación en el mar *(1992). Muchas de sus creaciones y ensayos han aparecido en revistas y antologías de Cuba y del extranjero. Actualmente reside en Miami.*

## EL AMIGO

Transcurridos ya algunos años de esos días alegremente verdes en los cuales el mar agitaba en un murmullo los poemas recién nacidos de sus manos, ofrecidos siempre a aquel amigo tan semejante en su ansiedad a otro cercanísimo y amado nombre, decidió que no debía esperar más para la búsqueda. La visita sería breve, como siempre y como ese día después de siempre, ¿el sentir infinito? Tendría, no obstante, que aguardar hasta el amanecer. Recordaba las avenidas quietas e inmensas que la guiarían a esa vivienda aparentemente apartada donde el bullicio y la algarabía tenía una hora exacta para comenzar y luego desaparecer. En los bajos de aquel apartamento una heladería en la que desde el primer instante sintió como una especie de conocimiento anterior, sobre todo por aquellas líneas que marcaban el techo y que incitaban a guardar papeles secretos, recubiertos de un amarillento y casi calcinado espesor. Tras los mostradores, unas antiguas y desconocidas empleadas que, cómplices, sonreían al amigo. Arriba, el sitio desvencijado y pequeño donde se reunían en un constante entra-y-sale los más disímiles vecinos y familiares que escudriñaban el sobrio librero dentro del cual más tarde Quirós introducía una dirección y un teléfono que tal vez no usaría nunca pero de imprescindible certeza. Como entrara la primera luz del día, la joven sin apenas peinarse y solamente mejorando en algo la arruga de sus ropas, salió a la calle que en esos momentos semejaba indiferencia. Caminando por las blancas aceras topó, por sorpresa, con el campo enorme y devastado que le sugería el antiguo sendero usado por ellos, cuando, tomados de las manos, reían pensando en lo que supondrían por tan simple apariencia sus respectivos amantes:

—Amante, amado, amad — dijo Quirós con malicia infantil y preguntó—: ¿No es cierto que los rusos son celosos?

—Aunque no lo parezcan, sí, lo son— respondió la muchacha a quien le habían propuesto la eternidad y la distancia más sobrecogedora de la forma más natural y espontánea y por la cual había entregado fresco y sano su más cálido sentimiento. Estaban ambos justo en el medio de aquella enmarcación cuando Quirós, soltándole la mano le expresó:

—Alemania, año cero.

Lo vio solo, como un niño abandonado que empieza a conocer, pues lo ha comprendido todo. Pero ahora estaba absolutamente sola en la explanada que le ofrecía la imagen, allá a lo lejos de una biblioteca cuadrada en la que las circunvalaciones de las escaleras de caracol se imponían en la arquitectura de puro cristal por el que se reflejaba Quirós, motivo que la hizo apresurarse para llegar a la inmensa entrada que un bien cortado césped, engalanado de hermosísimas flores, delimitaba. En el primer escalón Quirós, sumamente delgado, la recibía, rogaba lo esperara unos minutos. Qué gran biblioteca, iba a decir cuando, al mirar a su derecha, vio una piscina gigantesca donde los más diversos bañistas realizaban acrobacias en el agua. Los más perezosos solamente nadaban hacia los tragos que tenían como metas. Hombres, mujeres y niños sentados sobre las capas de las sombrillas y, enlazados por sus manos, se traicionaban unos a otros haciéndose caer en un estruendo hacia el agua. — ¿Dónde está Quirós? — preguntó la joven tocándoles los músculos, pero, sumidos en una gran indiferencia, nada respondían. A la derecha, lavanderas, cocineros, friegaplatos y comilones rechonchos y grasientos, le recibían—. ¿Dónde esta Quirós? — preguntó la joven. Pero estos sólo le brindaban, con una risa tartajeante, pedazos de alimentos crudos. Hacia el centro del edificio la joven divisó, al fin, la escalera que, sabía, la llevaría a la biblioteca donde su amigo se afanaba en descubrir aquellas fórmulas nuevas y reconocidas en otros tiempos, de tan importante utilización para un nuevo quehacer o para una reconstrucción rápida de cuanta cosa destruida. A punto de levantar su pie derecho, la escalera desapareció, y, ante su vista, estaban allí, ciertos y palpables, seres reconcentrados en sí mismos que le gritaban con todas sus fuerzas: "Súmate a nosotros, vamos, ríe. Otros: "Entra en el juego. ¿No sabes jugar? Otros: "Uno más uno, dos; dos más dos, cuatro; cuatro más cuatro, ocho; ¿sumas o restas?" Otros: "Tercer inning, jonrón, ao ... ¡Coñó!, se ponchó!

—¿Dónde está Quirós? — preguntó la joven.

—¿Quirós? Mira, aquí — le dijeron mostrándole una pelota que la muchacha recogió acariciando y dejó caer para que rodara nuevamente. Pronto, justo al centro divisó a un mago:

—¿Qué buscas, jovencita?

—A Quirós.

—Has llegado al lugar preciso. ¿Ves esta caja? Aquí está Quirós. Pero tendrás que ayudarme. Mientras yo la toco con esta vara mágica, tú has de introducir esas espadas.

—No, eso no.

—Tonta, esto es un juego. ¿No quieres jugar? ¿Con el diablo? ¿Tampoco con Dios?

Dando tumbos, la joven logró zafarse de la manta del mago. Extenuada llegó a una colina donde un hombre muy negro y muy brujo la saludaba:

—Salve, salve, ¿a qué has venido?

—Busco a Quirós.

—¿Quirós? ¿Ves ese árbol? Allí está Quirós.

Ella se acercó lenta y con esperanza. En la rama superior un pájaro azulado. Volviéndose hacia el brujo, preguntó con sus mudos ojos en el segundo en que el animal alzaba el vuelo.

— Bueno — sentenció el brujo —, estaba allí, pero no creo que estés preparada para encontrarlo.

La joven suspiró. Tenía que hallarle. Sabía que él no podía encontrarse en otro lugar. Lo había visto y se habían reconocido mutuamente. Más ¿dónde? Quirós, Dios mio, reaparece. Necesito encontrar los pergaminos. También te necesito a ti...

Ante su deseo, la escalera del recinto soñado se impuso dentro de la frágil cristalería. Ella corrió con prisa, una vez arriba encontró una habitación inmensa donde los muebles tapizados de rojo se disponían por sí mismos alrededor de las luces que colgaban del techo. A la derecha una puerta cerrada por la que se figuró la presencia del amigo, con precipitación la abrió: frente a ella una mujer desnuda la preguntó de inmediato:

—¿Quieres hacer el amor?

—No, gracias, busco a Quirós.

—Ah, qué aburrido — dijo la otra. Dos puertas más se abrían en el interior de ese baño. En una halló a dos hombres besándose. En la otra, contempló dos mujeres abrazadas. En una tercera puerta que no había logrado ver antes, encontró a un hombre y una mujer, absolutamente cansados. No, Quirós no estaba aquí, pensó. Ya de retirada y apoyándose en una mesa, le pareció que la figura del centro era su amigo. La puerta de atrás se abrió, entrando unos niños que con uno taco tiraron al piso la porcelana.

—¿Ustedes han visto a Quirós?

—¿Quirós? Es uno de nosotros. Ven, vamos a buscarles. Vamos. Un bosquecillo frío se abría. Las plantas eran azules y amarillas, las flores verdes. Durante un largo rato tuvo que hacer las veces de perro, gato y caballo. Los niños la jineteaban, Finalmente se quedó mirando muy fija al sol y a través de su calor descendió, de nuevo, a la entrada del edificio para realizar su pregunta.

# *LUIS MARTÍNEZ FERNÁNDEZ*

Nació en 1915, en la ciudad de Camagüey, donde realizó sus estudios primarios y secundarios. En 1941 obtuvo su doctorado en Leyes de la Universidad de La Habana y en 1948 el título de Doctor en Filosofía y Letras de esa misma Universidad. También es graduado de la Escuela de Periodismo Manuel Márquez Sterling (1945). Ha dedicado su vida a la docencia. Fue profesor del Instituto de Camagüey y de la Universidad Ignacio Agramonte de la propia ciudad. Salió al exilio y se radicó en Puerto Rico, donde fue profesor de la Universidad Católica, y de la Universidad de Puerto Rico (Ponce). Ha publicado poemas y artículos en revistas de dicha isla, de España y los Estados Unidos. En 1987 publicó su libro de relatos titulado Historia de un oscuro amor y otros cuentos.

## LA HORA

Maria Viviana marcó el número del teléfono con fruición. Introdujo su pequeño índice en el disco con expresión jubilosa. Se repitió a sí misma como un retornelo: 843-8484, 843-8484. Cuando oyó al locutor dar la hora se estremeció. El timbre de su voz la cautivaba. La dejaba en suspenso como si le robase todas las potencias del cuerpo y del alma. Era un gozo que iba más allá de las palabras, Se apretó el auricular contra el pabellón de la oreja para escuchar mejor. No quería perder ni siquiera una sílaba. Marcó de nuevo el número: 843-8484 y lo repitió gozosa: 843-8484, 843-8484. Volvió a oir la voz aterciopelada del animador que informaba la hora. Había pasado un minuto. Pero ella había vivido una eternidad.

Maria Viviana tenía la obsesión del tiempo. A cada instante miraba su reloj de pulsera para corroborar la hora. Era algo que iba más allá de su voluntad. Su preocupación temporal podía más que ella misma. La dominaba y la vencía.

Siempre había sido así. Desde niña vivió pendiente del reloj. Creció con esta preocupación. Quería saber, en cada instante, qué minuto vivía. Lo mismo en sus momentos de dolor que de alegría. La hora era para ella una obsesión. A medianoche, cuando despertaba, lo primero que hacía era mirar un gran cronómetro lumínico que tenía muy cerca de la cama. Después que sabía la hora respiraba hondo. Se sentía más dueña de sí misma.

María Viviana era fea. Tenía una cara larga, afilada, la boca siempre entreabierta como una tonta, y unos pies enormes. En cambio el cuerpecito era menudo y frágil como el de una muñequita de biscuit. Al mirarse al espejo se sentía desgraciada. Se veía su figura delgada, lacia, desmirriada, rematada —en la parte superior— por una carona que parecía una máscara cómica y, en la inferior, por unos pies largos y anchotes. Nunca había tenido novio. Frisaba en los cuarenta y había pasado, hasta esa fecha, inadvertida para los hombres. Era una solterona empedernida. Se sentía sola. Tenía una amiga inseparable mayor que ella. Pero no llenaba su vida espiritual. Se sabía incomunicada, aislada, dentro de su concha de aparente indiferencia. Intimamente sentía la necesidad de querer y ser querida. Hasta ahora el amor había sido para ella una palabra sin sentido.

Volvió a marcar el número 843-8484. Lo repitió en voz baja: 843-8484, 843-8484. Se pegó el auricular al oído como si quisiera incrustarlo en su carne. La voz del locutor —vibrante, melodiosa, como hecha de terciopelo y de cristal— se le metió dentro del cuerpo como un dardo. Era maravillosa la sensación que sentía. Le decía la hora y además la penetraba como si la poseyese toda a través de la palabra. Cada palabra suya era como una saeta que la atravesaba y la hacía estremecer.

Se quedó como en éxtasis y lo vio: Moreno, alto, dominador, con su piel de canela y de rosa; ojos negros, brillantes, con una mirada pícara y acariciadora y un cabello endrino que le revoloteaba en ondas sobre la frente como una aureola.

—Ejerces sobre mí una especial fascinación...
—Gracias.
—Tu voz me penetra. Me siento poseída por ti cada vez que te escucho. Tu palabra tiene un poder mágico para mí. Me transporta. Oyéndote soy otra persona. Me siento nueva, distinta, como si nunca hubiese sido quien soy.
—¿Me amas?
—No lo sé...
—Lo adivino...
—No sé si te amo... Sólo sé que me estremeces... Despiertas en mí

sensaciones extrañas... Me siento mujer, oyéndote... Te necesito y te deseo...

—También yo quisiera estar contigo...

—¿No te importan mis cuarenta años, mi cara fea y mis pies grandotes?

—No te avergüences de ti misma. Tienes talento. Hablas bonito... Y eso vale tanto como un rostro de madona y unos pies de muñeca...

—Me gustaría besarte...

—Hazlo... Mis labios están abiertos para ti...

María Viviana apretó el auricular contra su oído fuertemente. El locutor daba en ese instante las doce de la noche... Pero ella no podía dormir. Su carne de doncella reclamaba un hombre. Su apartamento solitario —en que se movía como una sombra— exigía una presencia masculina. Sólo tenía su voz. ¡Pero qué atracción ejercía sobre ella! Cada vez que daba la hora exacta la poseía como un sátiro insaciable y hambriento.

Dio una vuelta por su habitación. La noche tibia se asomaba a través de los cristales de la ventana. A lo lejos, la ciudad dormitaba entre luces y sombras. Pero nada le importaba. Sólo le cantaba adentro la voz de su amado, el locutor desconocido que había despertado en ella sus ansias secretas de mujer.

Volvió al teléfono. Marcó otra vez el número 843-8484. De nuevo escuchó la palabra cariciosa del hombre. Anunciaba las doce y quince minutos de la madrugada, Pensó, con dolor, que otras mujeres como ella lo llamarían también. Y él, con su voz de barítono, de hombre másculo, les regalaría el oído con su acento. Se sintió celosa:

—No quisiera que le dieras la hora a nadie... ¡Nada más que a mí!

—¡María Viviana!

—Te quiero y anhelo que seas mío... ¡No puedo compartirte con otras mujeres!

—¡Estás loca! Mi trabajo es anunciar la hora para todos. Soy un locutor...

—Te quiero sólo para mí. Te necesito. Quiero ser tuya. No me basta tu voz... Anhelo tu cuerpo, tus manos, tus ojos, tus labios, tus besos...

—Eres absorbente...

—Estoy celosa... Tengo celos de todos y de todas... ¡Hasta de los hombres que te escuchan!

Y rompió a llorar como nunca antes lo había hecho. Sintió que dentro de su corazón se rompía el dique que se había fabricado con esfuerzo y tesón. Apretó el auricular contra su pecho. Lo besó con pasión. Le parecía que el teléfono formaba parte de él mismo, que era una continuación de su cuerpo. Hubiera querido fundirse con el aparato dulce y secretamente.

Volvió a marcar el número con fruición: 843-8484, 843-8484. Tenía la boca fría y el sudor le bañaba la frente. El locutor dio la una de la mañana. Su voz la penetró toda. Era suya a través de la palabra. Jamás se había entregado a un hombre. Y, ahora, en la soledad de su apartamento, se daba por entero al desconocido que anunciaba la hora con un tono aterciopelado y dulce que le acariciaba el oído.

—Mi amor, escúchame...
—¡María Viviana!
—Es que no sé ni siquiera tu nombre... No sé quién eres... Sin embargo, te amo... Te amo más allá de mí misma, con desesperación, con locura... ¡Ven! ¡Ven!
—¡María Viviana!
—No me oyes... Yo te escucho... Me das la hora... Pero dime una palabra de amor... Dime que me deseas... Quiero ser tuya enteramente... ¡Ya lo soy! ¡Tú me has poseído muchas veces a través de tu voz!
—María Viviana...
—¡Ven! ¡Ven que te necesito! ¡Te amo! ¡Ven! ¡No puedo más! ¡Tu silencio me ahoga!

Y apretó el teléfono nuevamente contra su cuerpo.

Colocó el auricular sobre su pecho. Lo estrujó. Lo besó. Sollozaba. Jadeaba como una perra herida.

—¡Ven! ¿No me oyes?
—Las dos de la mañana...
—¡Ven! ¡Te necesito! ¿Por qué no me escuchas? ¡Ingrato! ¿No me ves que estoy desesperada?

Tomó el aparato y lo tiró contra el suelo con rabia, con furia incontenida... Rompió a llorar como una niña. Se arrodilló y fue recogiendo del piso los pedazos del teléfono que se habían desparramado por la alfombra. Los besó entre sollozos. Y, vencida, rota, sin voluntad para vivir, gritó enloquecida.

—¡He matado al amor! ¡He matado al amor!

# ALBERTO MARTÍNEZ HERRERA

*Nació en Cienfuegos, en 1923, pero inició su labor periodística en La Habana, después de haberse graduado en la Escuela de Periodismo. Tiene publicados varios libros: uno de cuentos, Los Coleccionistas (1957) y De Golpe y Porrazo (1964), de ensayos, ambos publicados en Cuba. En 1994 apareció otro volumen de relatos Retahíla. Emigró a los Estados Unidos en el año 1980. Actualmente reside en Newark, New Jersey.*

## NADINA

A Rosa Martínez y Teresa Sansirene

Fuiste mi última secretaria en Cuba. Y mi último amor. No era, como siempre pensaste, una costumbre en mis trajines de jefe. Dentro de la revolución se permanecía en un puesto durante un período muy corto, debido a los inspirados discursos de Castro, que desviaban el curso de la estrategia política, conjuntamente con la elección del hombre que más le encajaba en su nueva posición.

Cuando te conocí yo era tu jefe de Personal del Poder Popular en el pueblo de Guanabo. Pero el único poder que yo ejercía era no descontarte tu salario los días que faltabas al trabajo (el jefe los justificaba con las frecuentes reuniones con niveles superiores), por nuestras citas amorosas... Mis otros poderes consistían en enviar cuantiosos informes mensuales, para solamente cubrir un requisito burocrático con un solo destino: el archivo. Hubiera llegado a la panadería la misma ración de pan, de no haberlos revisado y firmado. Y como eras una encantadora "gusanita" me lo destacabas constantemente:

-Pero, querido, ya estoy aburrida de escribir lo mismo y siempre le tocan a mis hijos dos juguetes a cada uno el 26 de julio, por el día de los reyes... Sin que tú lo notaras me sonreía interiormente (¡exteriorizar a nadie!), pero te argumentaba que nuestro desarrollo económico tenía la misma dimensión que los grandes pasos que daba

Alejandro Anreus

Fidel cuando caminaba. Entonces tu carcajada era tan abierta como mi imaginación con tu boca al observarla, rememorando... Y terminábamos cerrando la puerta, con algunas precauciones, de la oficina; el tiempo suficiente para reconciliarnos políticamente. Pero nunca haciéndote concesiones fundamentales y comprometedoras. Era mi último puesto en Cuba, después de haber ocupado numerosas posiciones, nunca de categoría importante, de acuerdo a la influencia revolucionaria del círculo de mis amistades. Mi íntima y vieja amistad con el disidente más popular de Cuba, Heberto Padilla, me había relegado y quería conservar este reducto hasta mi salida del país. Tu no sabías nada de mis correrías revolucionarias, solamente de nuestros encuentros semanales y de nuestras caminatas por la Habana Vieja...

Pero ambos empezamos a indagar sobre nuestras vidas, cuando ya el recuerdo de aquel instante increíble que estalló en nuestros destinos, dejó de regodearnos intensamente, por haberlo reproducido en cada momento feliz que nos deparaba el amor: veraz y generoso...

—Este beso no te compromete a nada. Te dije al primer día que estuvimos en el bar "23 de abril", como lo bautizamos.

—Mi divorcio no te compromete a nada. Me repetiste la misma frase, dos meses después...

--¡Me parece un sueño! Exclamé al despedirnos. Pensando en tus ventiocho años contra mis cincuenta y dos.

--¿No estás soñando! Respondiste, para liberarme de mi realidad.

¿Qué otra cosa podía hacer esa noche que embriagarme también de alcohol? Porque nunca lo imaginaste; cada vez que nos separábamos, después de hacer el amor, y se desvanecía mi desdoblamiento, en mi primera copa ya estaba evocando a Mary, mi esposa, por su reclusión en un asilo de dementes incurables...

Mi primo Hubert me estimulaba a seguir viviendo, con su resonante voz y sus juicios sin apelaciones:

--Nadina te salvará.

Y el poeta Padilla, nos consagraba vaticinando:

—Será un bello amor.

Nos nutríamos de estas aseveraciones, de las estimaciones ajenas que apostaban por nosotros, de las desesperadas y ridículas maniobras de tu exmarido para reconquistarte y hasta de la gente que no concebía nuestro amor, argumentando con el refrito complejo de Electra, freudiano, que tu sufrías. Pero nosotros sólo nos interesaba hurgar en nuestro pasado, como premisas del futuro.

—¡Diez años casados! ¿Nunca lo quisiste?

--¡Nunca me entregué a él! ¡sólo he sido plena contigo!

A través del tiempo me fui acostumbrando a sus frases breves y cortantes.

--¿Y tu primer amor?

—Empezó a besarme como tú, tiernamente...

--¿Algunos más?

--Sí, con besos machistas...

—¿Por qué no te casaste con el primero?

Y la anécdota de trayectoria amorosa, no sólo me conmovió sino que la concebí como un cuento fantástico de la revolución.

Tu novio trabajaba en la Seguridad del Estado, a punto de casarte lo enviaron a una misión en el extranjero. Al cabo de seis meses, sin ninguna noticia de su paradero (que lo admitías, emocionalmente, como un sacrificio por la revolución), le notificaron a su padres que su hijo había muerto "en defensa de la patria"...

Y como era de esperarse, tú también te enteraste de su acto valeroso.

--¿Y fue por ése motivo que te becaste en Minas del Frío, para hacerte maestra?

Sí, para huir de nuestro escenario abandoné La Habana y me interné en el campo.

—¿Te gustaba tu vida en el campamento, en las montañas de Oriente?

—No tenía otra opción para ser maestra, era obligatorio estudiar y trabajar en el campo, dos años.

—¿Te seguía también gustando la revolución?

--Estaba algo resentida, pero me encantaban los niños.

--¿Y por qué no seguiste ejerciendo tu profesión?

— Cuando tuve mis dos hijos no pude resistir el aula; los más pequeños se enfermaron de los nervios.

—Pronto olvidaste a tu novio...

--Encontré la protección, no el amor... Era mayor que yo.

--¿Cuántos?

—Diez años.

--¡Yo también te protejo?

--Sí, y te amo...

—¿Después de casada apareció tu novio?

--Sí, nos engañaron a todos, para crearle una "cobertura".

—Y te hiciste "gusana".

--Sí, y estuve a punto de divorciarme, me contuvieron mis hijos.

El mismo obstáculo que originó nuestra separación: tus hijos...

Mi esposa había fallecido y no existía ningún impedimento para casarnos. Padilla y Hubert, en el cementerio, coincidieron en el comentario: "Nadina fue el parachoque" del suicidio de Alberto...

Exactamente un mes después de morir Mary empezaron tus recelos.

—Desde que murió Mary no me haces una carta.

Yo había pedido mi traslado (por tu reputación) para la ciudad de La Habana, y te enviaba una carta semanal, en los días que sólo nos separaba la distancia...

Nuestro empeño por lograr un apartamento, permutando el mío (vivía conmigo una hija con su esposo), por dos más pequeños, era una tarea milagrosa. Tu casita de Guanabo tenías que compartirla con el cínico padre de tus hijos (carencia de vivienda y situaciones insólitas eran partes del desastre revolucionario), aunque lo dividiste con una pared, que él juró destruirla algún día.

En Guanabo, casi todos los días dormía en la oficina, después de salir embriagado del bar "El Cuanda". Y tú me preguntabas:

—¿Hoy verás al Dr. Cuanda? Así bautizaste a mi bar preferido. Y agregabas:

—No me importa que bebas, lo que temo es un encuentro con él.

Ya se había originado y tú no lo sabías, pero sólo para rogarme que abandonaras el apartamento que compartían, porque no podía soportar tu regreso tan feliz lleno de suspiros de satisfacción, a través de las paredes que lo separaban...

—Yo, cruelmente, sólo le contesté:

—¿Todavía no se ha muerto ningún pecesito?

Antes de amarnos, yo había visitado tu casa y tu marido me ponderó su pecera inmortal, diciéndome:

—¡No se ha muerto ninguno!

Fue el día que te extrañaste, en víspera de divorciarte, relatándome que tu enfurecido esposo había destrozado la pecera pisoteando a los tiernos pecesitos. Fué su único acto agresivo hacia mi persona...

—No será maricón? Me sugirió Hubert.

—No lo creo. Está intimidado con mi jefatura, y mi inconsciencia del peligro.

En el Parque Maceo eran nuestras citas, en pos del subhogar (no la denominábamos posada), y por el camino me preguntabas:

—Ya tomaste?

—Para esperarte bien...

Los demás días, en tu ausencia, ya intuías mis escapismos alcohólicos. Tu padre, de mi misma edad, no te hablaba. Y tu lo admirabas profundamente, para confirmar las especulaciones de tu complejo de Electra... Dispuesta a perdonarte, tu exmarido, te insinuaba, por los hijos, el complaciente triángulo amoroso, hasta que te decepcionaras de tu infantil capricho. Claro, él era revolucionario...

—Ya no es como antes... Me dijiste por teléfono.

Al día siguiente te cité en Santa Clara, al bar del hotel Alántico, en donde siempre dialogábamos) (y nos besábamos) sobre nuestras cuitas amorosas. Y te entregué la clásica despechada carta de despedida. Cuando la leíste, susurraste:

—¿Te hice mucho daño?

—Todavía no lo sé...

Y nos besamos, a pesar de tus lágrimas, frenéticamente, y de tu aparente rechazo.

—¡Los que tienen hijos no pueden amar! Y tu frase lastimera lo justificó todo...

Tu sacrificio no se limitó, te faltaba la humillación de retornar al padre de tus hijos.

Pero el padrecito solamente destruyó la adúltera pared, te humilló en la cama, te golpeó (como solía hacerlo antes, y que tú nunca lo denunciaste, por temor a que tu padre lo matara), y te abandonó.

Tenía razón Hubert: era maricón...

Sé que de nuevo te casaste: la soledad es para la gente que no sabe amar. Seis meses de amor, no los puede valorar el tiempo...

# G. E. MARTÍNEZ-SOLANAS

*Nació en La Habana, en 1940. Se graduó de Bachiller en Ciencias y Letras en el Instituto de Segunda Enseñanza de esa ciudad. Salió al exilio en 1961 y se radicó en Nueva York, donde continuó sus estudios en la Universidad de la Ciudad (CUNY) y obtuvo un B.A. en Ciencias Políticas y una Maestría en Economía. Entre sus publicaciones se cuenta el volumen* Dos cuentos y dos leyendas *(1964). Tiene inédito otro volumen de relatos titulado* Omega. *Es funcionario de la O.N.U. y reside en Nueva Jersey.*

## LEYENDA DEL SOLDADO DESCONOCIDO*

### Un comentario preliminar...

La guerra es el suicidio colectivo de los pueblos. Sus glorias son efímeras y artificiales porque se basan en el dolor y en la miseria humanas. A ella nos arrastran nuestras pasiones y las ambiciones y la crueldad de unos cuantos.

Buscar la gloria por ese sendero de muerte es negativo y perverso. A ésta sólo puede hallársela en la meta de los más puros ideales humanos.

Por eso, la tumba del Soldado Desconocido no se erigió a la gloria de un hombre, sino que fue el postrer homenaje de los pueblos de la tierra a todos los héroes anónimos que no querían morir, que nunca ambicionaron la guerra, y que, sin embargo, supieron ofrendar dignamente sus vidas, alta la frente y limpio el corazón.

El autor

\* \* \*

John Smith era un hijo de Norteamérica; hijo de un pueblecito olvidado en la selva de ciudades estadounidenses. Sin embargo, la

---

*Inspirado en la poesía "La balada de John Smith", de José Angel Buesa

guerra moderna, que llega a los más recónditos parajes sin importarle razón ni lugar, había llegado también hasta él. Junto a la juventud del mundo entero marchaba John Smith hacia el frente... rumbo al épico teatro de la muerte.

La mirada de miles de ojos era entonces opaca y triste... temerosa... a veces cruel. Pero su mirada era radiante y segura; ¡él era feliz! El día que la luz rasgó sus ojos por vez primera, una gitana, ese ser errante que sin meta ni rumbo marcha indefinidamente por los senderos de la humanidad, había dejado su tienda y visitado su casa. Leyendo las líneas de sus manos, una sentencia con sabor de siglos cobró en sus labios un eco de profecía: "Veo un desfile de pabellones y miles de hombres que marchan ante tí. Generales y emperadores se descubren con respeto en tu presencia al tiempo que retumban los tambores y suena glorioso un clarín. Veo... un monumento a tu gloria en el confín de tu vida... ¡Hallarás la gloria en la guerra, John Smith!".

No obstante, en este siglo XX, siglo de ciencia y de progreso en espirales de ascenso, la superstición ha dado paso a un realismo práctico rayano en puro materialismo. No faltaría quien esbozara una sonrisa al escuchar las solemnes palabras, ni tampoco prestaría nadie atención al hecho de que el pequeño Johnny contestase desenfadadamente a ellas con un largo gimoteo de recién nacido.

Sin embargo, veinte años más tarde, cuando las nuevas de la guerra atravesaron el país, cuando cien millones de madres en todo el mundo oraban trémulas invocando la misericordia de Dios, sólo una entre ellas no sintió el miedo atenazarle el corazón. Cuando diez mil hombres nuevos y vigorosos abandonaron aquel pueblo para ir a combatir, sólo una madre entre diez mil sonreía... En sus recuerdos vibraban las palabras que había pronunciado la gitana muchos años atrás: "¡Hallarás la gloria en la guerra, John Smith!".

El mundo se conmovió consternado ante un panorama de muerte y horror. La flor de los pueblos de la tierra se sacrificaba en holocausto al dios de la guerra. Odios y pasiones desmedidos habían desencadenado una tormenta de destrucción.

Un regimiento de hombres, chapoteando en el barro, avanzaba sin quererlo hacia donde se escuchaba, lejana, la voz del cañón. Entre ellos, alto, flaco, pecoso, avanzaba John Smith. Diez mil bocas temblorosas parecían decir ¡NO!, mientras que una sola entre ellas decía ¡SI! Veinte mil manos se crispaban anhelantes sujetando el fusil; sólo un par entre ellas lo acariciaban con ansiedad. Veinte mil piernas vacilaban negándose a avanzar; sólo dos entre ellas se movían con firmeza y seguridad. Sólo un hombre escuchaba en sus oídos un eco de aliento... "¡Hallarás la gloria en la guerra, John Smith!".

Y en el momento decisivo —cuando todos abandonan la trinchera al toque del clarín—, sólo un hombre no sentía miedo... ¡era el soldado John Smith!

Es el único que sonríe. Entre diez mil miradas cargadas de valiente heroísmo, sólo la suya refleja una alegría salvaje y suicida. Es el primero en lanzarse al ataque... el primero en enfrentarse a su destino... Mas, su sonrisa queda trunca y un abismo de asombro dilata sus pupilas...

¡Con un agujero en el pecho cae a tierra John Smith!

Y, junto a él, caen Pedro, Vladimir, André, Gino, Hans y Chan-Li; cayeron millones que no querían morir...

Y a la voz de los sargentos: "¡Cavad aquí!", innumerables fosas se abrieron para cubrir los cuerpos de los que no querían morir...

Una mañana de abril descubrieron un cuerpo con un agujero en el pecho abrazado a un oxidado fusil.

Fue colocado en un fastuoso ataúd remachado con plata y adornado en marfil, y llevado por las calles de París entre repiques de tambor y toques de clarín.

Situado en un monumento de mármol rosa y piedra gris, se descubren ante él hombres y mujeres, niños y adultos, generales y ministros, reyes y embajadores, al tiempo que resuenan marciales las botas de los regimientos que saludan al pasar...

¡En la Tumba del Soldado Desconocido descansa en paz el soldado John Smith!

Y dicen que algunas noches se escucha en el rumor del viento una voz que, con un eco de siglos, exclama: "¡Hallarás la gloria en la guerra, John Smith!".

# *FAUSTO MASÓ*

*Nació en 1934, en la ciudad de Camagüey, donde hizo sus primeros estudios. Se graduó de Ciencias Sociales en la Universidad de La Habana y fue, por un tiempo, Jefe de la Sección de Publicaciones de la UNESCO. Junto con Antón Arrufat fundó Casa de las Américas. Sus creaciones literarias han aparecido, entre otras, en las revistas* Mundo Nuevo, Orígenes, *y* Lunes de Revolución. *Salió al exilio en 1961, y desde hace años reside en Caracas, Venezuela. Entre sus publicaciones se cuenta la novela* Desnudo en Caracas *(1975)*

## MUERE CONFUCIO

Un domingo por la tarde supe qué haría con mi vecina.

A más adolecentes violan los domingos por la tarde que en el resto de la semana. A esa hora se aplica la solución más cristiana: la del mal menor. El séptimo día trabaja la venganza. El tedio borra cualquier falsa piedad.

Un domingo a las cuadro y media de la tarde cuando el sol golpea con más fuerza y hierven las blancas paredes, decidí matar a mi anciana vecina. Esa noche mi decisión aumentó, cuando, impulsada por enérgicos escobazos, el agua sucia de su patio pasó al mío, trayendo el olor de sus canarios que defecaban continuamente. Hoy pienso que por ese incidente no la perdoné, como me sugerían mis sentimientos cristianos y mi dignidad de pintor ingenuo.

Viviendo en mi casa se entendería mi rabia. La anciana amanecía fizgoneando. Salía temprano vestida de negro, agitando estampitas, amuletos y medallitas. Al almuerzo la sentía oculta detrás de su ventana. Cumplía metódica su faena diaria. Se quejaba a la policía de las fiestas que se organizaban. Enviaba anónimos al marido engañado de la cuadra. Comentaba con las comadres del barrio si yo volvía borracho. Denunciaba a los que arrojaban basuras a un solar yermo. Chantajeaba con su vejez, destruía la intimidad, envenenaba viejas amistades, abusaba de la compasión. En el teléfono catalogaba nuestros vicios. Faltaba poco para que imprimiera un diario. Me acusaba de prestar a elevado interés ¿qué quería? ¿prestar gratis? —Juraba que mi otra vecina abortaba todos los años. Recorría el vecindario acariciando niños y sembrando chismes. Excelente amiga de sirvientas y mensajeros todo lo sabía. Nos ahogaba con sus arrugas, sus piernas hinchadas, sus manos huesudas. ¡Qué vitalidad tenía!

Ella asistía a todos los entierros menos al suyo. Sus hijos la mantenían para tenerla lejos, los curas la soportaban por ser la beata más antigua, los demás la respetaban por la superstición de la vejez.

Yo, su vecino, sufría sus canalladas. Me criticaba por inmoral, grosero y usurero. Se levantaba a las tres y media de la mañana, a las cuatro el inodoro se atragantaba, a las cuatro y diez oía sus malditas chancletas de madera y un ruido brutal, —la vieja empujando con el peso de su cuerpo el destupidor— seguido del sonido majestuoso de una catarata y un pequeño grito de triunfo. A la muy canalla nunca se le ocurrió arreglar la poceta.

Hecha mi decisión la traté con más amabilidad que nunca. Comenté con sus conocidos su pobre vida, como soportaba su calvario. Había que fabricar una coartada. Hasta le regalé una marina del puerto de La Guaira; que colocó donde el sol, el calor y la humedad la arruinasen rápidamente. La invité especialmente a la exposición que tan desastrosamente me lanzó al mercado, vendí dos cuadros. Pasaba los días sin realizar mis planes. Podía matarla una noche de un simple martillazo, envenenarla con un pastel relleno de vidrio molido, ahogarla en el mar. ¿Y las investigaciones después? Además yo soy un artista...

Ya desesperado, cuando sus propios canarios me dieron la solución. Un lunes recorrí las tiendas de pájaros de Caracas buscando un canario semisalvaje, resentido, maloliente y bribón. Un canario descastado... En Catia me lo vendió un comerciante creyendo que me estafaba con un pájaro tan ruin, hubiera pagado diez veces lo que pidió. Lo traje a la casa en una bolsa de papel, y esa misma noche comencé a afilarle las uñas y le arqueé el pico con un destornillador. El pajarito se resintió más cuando lo hice ayunar dos días seguidos; Hambriento rondaba por la jaula; tampoco dormía con un bombillo de 100 watios encendido por las noches. Le saqué una pluma da cada cinco y entonces le arrojé otro canario dentro la jaula. El nuevo huesped sonrió estupidamente, creía en la hipócrita cortesía de los canarios. Hubo un pequeño revoloteo de plumas, un pico trazó una parábola perfecta en el aire, la sangre salpicó los barrotes. Solo quedaron unos huesitos.....

Mi pajarito había aprendido. Tranquilamente durmió su siesta — le apagué la luz, lo creí fatigado. Por precaución le arrojé otros canarios con resultado más rápidos. Perfeccionaba el picotazo parabólico; agachaba el pico en un gesto cariñoso y destrozaba el bajo vientre del visitante, para devorarle las entrañas. Mi pajarito engordaba...

Tres semanas observé el ritual de la matanza. Mi pajarito miraba indiferente al huésped de turno, con una simpatía oculta.

La víctima avanzaba unos pasos, Mi pajarito se acercaba cariñoso sexualmente, y de un picotazo lo tronchaba. La víctima caía con los ojos desorbitados, pidiendo una última clemencia. Vi entrar canarios cantando que morían entre aullidos. Otros fallecieron franciscanamente, ahogados en su propia sangre. Los pocos que se defendieron aumentaron su ridículo frente a la eficiencia de un profesional.

Pasado el aprendizaje le regalé mi pajarito a mi vecina que lo aceptó complacida. Al dejar su casa me señaló la conducta inmoral de la hija de los nuevos vecinos, una adolescente de dieciocho años que daba buen uso a lo que la naturaleza le había obsequiado.

Al poco rato escuché unos ruidos bruscos. Supe lo ocurrido cuando encontré en el latón de basura de la vieja los restos destripados de un canario. Mi pajarito, planificaba sus muertes, no se hartaba, calculadoramente alargaba su banquete.

La mano de la vieja, medio ciega y casi sorda, tropezaba cada mañana con una masa sanguinolenta al limpiar la jaula. El veterinario le recomendó más higiene para salvar a los otros pajaritos. Su último recuerdo de los canarios fué acariciarlos antes de botarlos. Desesperada compró una docena más que le duró nueve días. Los últimos cuatro aterrados por las terribles escenas de la jaula, convertida en matadero, murieron desfallecidos. Mi pajarito por compasión los remató.

La vieja misma mató de un manotazo a mi pobre pajarito, por último huésped de la enorme jaula, cuando éste enloquecido por el hambre —rechazaba el alpiste— confundió su mano con otro canario. La vieja enfermó ante la muerte de sus canarios. Su horario se volvía irregular, yo no escuchaba la catarata de la madrugada. En la soledad la vieja hallaba fuerzas en sus creencias religiosas. Imaginó que un día desde el Paraíso vería a todos quemándonos en el infierno. Esa visión futura le animaba a no darnos la satisfacción de su propio entierro. Rezaba con energía pidiendo el castigo de los malvados... ¿Me ensañaba?

Yo soy bondadoso. Pinto después de visitar la exposición de un amigo que vendió Bs. 20.000,00 en cuadros. Yo también soy un ingenuo. No abrigo malos sentimientos, amo a los niños y lo que me convirtió en un paraíso la escuela de retardados mentales donde trabajé seis meses.

Por suerte mi amistad con personas cultas, amantes de la pintura me salvó de la cárcel. No se precipite, amigo lector. Por qué juzgarme con una moral caduca que condena cualquier manifestación sexual?

Pero me tocaba ser el brazo ejecutor del barrio, el brazo de Dios. Para finalizar mi obra debía desesperar a la vieja. Envié solicitudes de productos que se vendía por correo a su nombre. La vieja recibió prospectos para levantadores de pesos, productos contra la calvicie, ofertas de viajes al Japón, recostituyentes sexuales, drogas para adelgazar, folletos sobre desodorantes vaginales,.... Mandé a imprimir falsas hojas parroquiales anunciado la disolución de la iglesia, la excomunión de viejas mayores de 60 años. Le escribí una carta de la Liga de Ateos Venezolanos, le mande un folleto titulado "987 IGLESIAS Y NINGUNA VERDADERA".

Personalmente, le conté cómo un sacerdote había atacado a una anciana. La vieja desconfiaba; creía en las grandes calumnias, dudaba unicamente de las pequeñas murmuraciones, algo la impulsaba hacia la monstruosidades. Sus visitas a la iglesia se espaciaron....

Me contaba que en su época nada semejante ocurría. Le insinuaba que sus hijos querían deshacerse de ella. ¿Cuántas cosas se comprarían con el dinero que le enviaban? Me creía.

Venían días de bullicio. Miles de personas acudían a la playa, desde nuestras casas se veían los automóviles; escuchaba el viernes santo la música de los que bailaban. Así celebran en nuestra patria la muerte del Salvador, repetía con la vieja. Un día paseé con ella en mi carro por Macuto. Me contó porqué vivia en La Guaira; detestaba el ruido, le gustaban las casas de colores llamativos, los balcones y las rejas de madera, los patios coloniales. Adolescente soñó con poseer una casa con un enorme patio lleno de matas y jaulas de canarios. Detestaba los apartamentos modernos. Me sorprendió su erudición. Había leido La Vorágine y recitaba de memoria versos de Machado. Compraba los periódicos con suplementos culturales.

Los días pasaban. Se conmovía La Guaira con una manifestación; se escuchaban disparos, la policía a la caza de estudiantes; y otra vez volvía la paz a nuestras callejuelas, y a las casas mezcladas de verdor de montaña.

El gato que compró, Confucio, alargó la vida de la vieja. Confucio reemplazó a los canarios y a la Religión. La figura negra del gato era como si el diablo hubiera bajado de los cielos, para consolar a la anciana.

Por las tardes paseaba con Confucio del brazo y se mecía acariciándolo en su regazo. Adivinaba una sonrisa de triunfo en Confucio. Ella me contó que había encontrado al compañero de su vida. Ese gato aristocrático, de andar sexual y naturaleza religiosa, le ayudaba a vencer la soledad. El calor de Confucio en sus senos la reanimaba. El gato brotó de lo profundo de la tierra, del propio mar, para llegar a La Guaira como los bárbaros piratas de otra época.

El gato negro desafiaba la ética y su paso seguro reanimaba a la vieja. Me dolía enfrentarme con Confucio, sabía cuantos siglos de civilización oculta cada gato. Hubiera preferido tropezarme con esos repugnantes perros lamedores. Fatalmente Confucio había escogido el bando equivocado. La misma vieja me contó sobrecogida cómo entró una tarde en su casa, rechazando el plato de leche que ella le ofrecía. El gato siempre se preocupó él mismo su alimento; emprendía largas expediciones; una vez lo ví corriendo a campo traviesa por Naiguatá. Lo admiraba, pero su temeridad al visitar mi casa le costó la vida. Una tarde tapándole la boca lo introduje en un saco. La vieja registró toda La Guaira gritando "Confucio.... Confucio..." Hurgaba los latones, entraba en las casas, se asomaba a los vestíbulos de los cines, se mojaba los pies a la orilla del mar, como si su gato fuera a aparecer bruscamente dentro de una ola.

A la noche siguiente le saqué los ojos. Qué día más terrible para mí. Ver un animal tan digno reducido a la miseria. Confucio en silencio escuchaba cómo yo le explicaba que era la vida. Le hablaba con pasión, quería que entendiera la necesidad de la muerte de la vieja.

Deseaba justificarme, pero Confucio, fiel me respondió con el desprecio. Confucio no pactaba, prefería la rapiña a que lo alimentasen de la mano. A la hora en que la vieja se levantaba para ir al baño lo sumergí por la cola en pintura roja fosforescente, lo agité violentamente en el aire antes de arrojarlo como una piedra al patio de la vecina. La vieja vió venir a Confucio maullando y brillando en la oscuridad. No pudo más y con el corazón desgarrado gritó: "Belcebú... Belcebú..." tropezó con una banqueta y se fracturó el cráneo.

pobre Clodomira...!
¿Me arrepiento ahora?
No creo...
No creo...

# JULIO MATAS

*Nació en La Habana, en 1931, en cuya Universidad obtuvo el título de Doctor en Derecho (1955). Desde joven se dedicó a la creación literaria y al teatro. Fue director de escena del Teatro Nacional de Cuba (1960-1965). Sus creaciones han aparecido en diversos diarios y revistas cubanas como* Lunes de Revolución *y* Ciclón. *El 1965 salió al exilio, graduándose de Doctor en Letras en la Universidad de Harvard (1970). Fue profesor de literatura en la Universidad de Pittsburgh por muchos años, de donde se jubiló como Profesor Emérito. Entre sus publicaciones debemos mencionar sus libros de relatos,* Catálogo de imprevistos *(1962) y* Erinia *(1971) Actualmente reside en Miami.*

## APOCALÍPTICA

Uno tiene todo blanco, pelo, cara, barba. El otro es colorado. El tercero, moreno azuloso. No hago más que cerrar los ojos y ahí están, esperándome. Me hacen gestos, tratan de explicarme algo, pero nunca hablan. Parece que no pueden abrir la boca. A mí el insomnio no me importa, la verdad es que no quiero dormir, porque entonces los veo todo el tiempo. La inyección que usted me puso era únicamente para hacerme hablar y no para dormirme, ¿no me engañó?... ¿no? No temo otros sueños. Al principio me preocupaba no entender lo que quieren decirme. Ahora lo que deseo es librarme de ellos. ¿Cree que con este viaje me han dejado en paz? No me atrevo a hacer la prueba. Me siguen a todas partes. Están sentados a una mesa cubierta de cal y herramientas de albañilería y al fondo hay una pared desportillada, con unos clavos enormes, de los que ya no existen. Una vez me pareció que se acercaba alguien por detrás, pero era solo una sombra, quiere decir que ellos están en la luz, aunque es una luz sin sol y tampoco es luz artificial. Se ve todo lechoso, como en el cuarto que nunca se abría de tío el cura, que se pasaba allí las horas porque decía que le daba la idea de la eternidad.

No, por favor, no me obligue a cerrar los ojos para ver qué sucede. No podría soportarlo. Llevo ya diez días sin dormir con tal de no verlos. Diez días y cuatro países. Estoy saturado de imágenes como me recomendó el doctor Dobricki: veinticinco catedrales, dieciocho castillos, treinta hoteles, cincuenta y dos vistas espectaculares. Sospecho que están ahí, como siempre, acechando. Qué razón tenía Fifina Rubal, la amiga de mi madre, cuando hablaba de otro mundo al cual ella cruzaba a cada rato como por encanto. Fifina estaba de visita, interrumpía la conversación y se ponía a hacer señas y muecas. (La tenían por chiflada, pero muy sabios consejo que la oí dar a mi madre.) Fifina decía que había hecho grandes amistades en ese mundo, gente elegantísima que se divertía de lo lindo, bailando y jugando sin molestarse nunca unos a otros. El reverso de lo que ella conocía en este mundo. Pero, fíjese, en mi caso es todo lo contrario. Veo esos seres horribles. ¿Que querrán de mí?

Francamente, pienso que intentan hacerme daño. El accidente en que casi perdí la vida ocurrió por culpa de ellos. Es verdad que el sueño me tumbaba y que se me cerraron los ojos. Entonces ellos empezaron a indicarme a la izquierda y poco a poco me desvié hacia allá. Así fue como choqué. Y aquí me ve, cruzado de brazos. Sin brazos, debería decir. Usted se preguntará por qué tuve que obedecer. Pues esa es la clave. *No pude resistir*. Lo más increíble es que ha sido la única vez que creí entenderlos. Imagínese lo que sería de mí si los hubiera entendido antes o después. Ahora, que si se han propuesto destruirme, no sé por qué no acabarán de hacerlo sin tanto susto y tanto rodeo. A menos que el objetivo sea nada más que la tortura.

De todos modos, ¿qué hago aquí? No vine por mi propia voluntad. Ni usted mi nadie es capaz de engañarme. Yo estaba en Parma, cn casa de la De Brescia, con Toto Saint-Flour, Hans Gottlieb y Sofia y después de la comida decidimos tomar el tren para Lourdes, donde me prometían una cura milagrosa. Le exijo una respuesta. ¿O es que no tiene autoridad para dármela? Estoy en Suiza, ¿verdad? Con mi desgracia he desarrollado un sexto sentido. De poco me ha servido, ¿eh? Guárdese la miradita irónica, por favor.

¿Cómo llegué aquí? ¿Quien me trajo? Siempre desconfié de ese Toto Saint-Flour que me recomendaron ver en Aquisgrán. Tiene cara de jesuita, de espía internacional. Y tampoco me gustó la De Brescia, con los ojos fanáticos de su antepasado el dc la Ordcn dcl Apocalipsis.* Esto es una tenebrosa intriga en que yo soy la víctima.

---

*Alude sin duda a Gabrino de Brescia, cuyo retrato vería en el museo de Parma. Por lo que se infiere del resto del discurso, el nombre del "Príncipe de Número Septenario", fundador de los Caballeros del Apocalipsis (víctima del manicomio en 1694), no penetró entonces en su conciencia.

Si me han escogido para algún experimento, le juro que ha sido contra mi voluntad. Aunque usted es quizás uno de ellos, así que mejor no hablar, pero no puedo dejar de hablar y además ahora empiezo a ver claro. Porque todo empezó aquella noche en la fiesta del consulado de Andorra. El hombre se me sentó al lado y me empezó a hablar del Anticristo y de que la hora de la lucha había llegado y como yo había bebido más de la cuenta le dije que sí, que me gustaría participar en la Cruzada. Dos días después, cuando ya ni me acordaba, recibí una llamada citándome a las siete para una reunión en el Floridita. No sé todavía cómo me comprometí. De todos modos les dije que no podía hacer mucho porque sufría desde niño un trastorno de nervios que estaba peor últimamente por lo que estaba ocurriendo. Recuerdo que se miraron con caras largas y pensé en ese momento que se habían arrepentido. Pero el hombre del consulado me dió unas palmaditas en la espalda y me dijo que ellos se encargarían de mandarme fuera para ponerme un tratamiento.

En Washington me atendía un equipo de médicos en una clínica particular. Me sentaban en el centro de un cuarto oscuro y me hablaban del mundo en una forma que yo no comprendía y que me daba a la vez miedo y felicidad. Yo no podía verles las caras y los uniformes blancos en la sombra me hacían pensar en una compañía de espectros y en el velorio de mi tío el cura que pidió antes de morir que lo tendieran en su cuarto sin encender la luz y rodeado de hermanas de la Caridad.

En Washington asistí también a las mejores fiestas. Como yo no tenía un centavo, pues lo había perdido todo en la última intervención, las cuentas las pagaba el del consulado, que se llamaba Gabrino. Al mes de estar allí vi por primera vez a los monstruos. Estaba en una recepción de embajada hablando con el nuncio papal y cerré los ojos para evocar mejor un pueblo donde él había parado hacía años. Yo conocía bien el lugar porque estaba cerca de la finca de mi familia y cerré los ojos, como digo, y ahí estaban. Uno de ellos levantó la mano con el índice hacia arriba y dejé al nuncio boquiabierto y sin buscar el abrigo siquiera salí al vuelo de allí. Gabrino fue a mi apartamento a la otra tarde y me preguntó cómo me sentía porque tenía una misión que encomendarme. Le conté lo que había pasado, se rió y me dijo que aquello era un buen síntoma. Su actitud no me gustó nada, así que decidí jugarme el todo por el todo, alejarme de esa gente y ganarme la vida de otra manera. Con el dinerito que me quedaba de gastos menores me compré un pasaje a Nueva York.

Conseguí trabajo en una maderera en Brooklyn. El trabajo era de mucha atención y como apenas dormía porque los monstruos se me aparecían cada vez con más frecuencia y yo me empeñaba en no verlos, estaba metiendo siempre la pata. El jefe me llamó un día y yo le expliqué que padecía de insomnio y que iba a tener que consultar a un médico. El jefe se portó muy bien, me dio unos días de descanso y él mismo me llevó al Dr. Dobricki. Pienso ahora si Dobricki estaría también en el ajo (posible, probable) porque a los pocos días de la consulta Gabrino se presentó en el tugurio donde yo vivía y me dijo que parecía mentira que los hubiera abandonado así, que el momento estaba maduro, y que la misión que yo realizaría me iba a hacer tanto bien que me curaría de golpe. Me miraba con ojos atravesados. Yo le planteé que tenía un nuevo tratamiento y que el Dr. Dobricki me recomendaba viajar, ver muchos sitios y que tan pronto tuviera suficiente plata ahorrada pediría permiso en el trabajo. Gabrino me reprochó mi falta de confianza y se comprometió a sufragar los gastos del viaje, rogándome que no los traicionara (¿o amenazándome?) porque ellos necesitaban mis servicios. El se ocuparía de todo para que yo no encontrara la menor dificultad. Le dije que lo pensaría. Entonces tuve el accidente. Las piezas se van armando, ¿eh? Tuve que aceptar la propuesta de Gabrino, que me dió una lista de personas que me atenderían durante el viaje: Toto, De Brescia, Hans, Sofía. Agentes, bien lo veo.

Usted está de acuerdo con ellos, no lo niegue. Pero si quiere saber la verdad; la conjura ha fracasado. No van a sacar nada de mí. El propósito era que los monstruos me dieran las altas instrucciones. Y si esos monstruos son, como presumo, los arcángeles, más vale que empiecen a cambiar imágenes en iglesias y breviarios. Porque si esos son Miguel, Gabriel y Rafael, entiendo que se considere bello al demonio. Tal vez lo que veía Fifina era el infierno. Bueno, pues lo prefiero. Vengan íncubos y súcubos, reniego de este *brainwash* celestial. Que arrase el Anticristo con todo, no acepto el papel de cruzado ni de víctima ¿Por qué no lucha solo Gabrino? ¿Por qué tengo que pagar yo el pato? ¿Porque soy bobo de cuna, pobre de espíritu, ¿no? Pues se acabó, me rebelo ya. No me ponga esa inyección, por caridad, abusan de un impedido y luego dirán que es misericordia. Esa es para dormirme. Me hablarán al fin.

# *MANUEL MATÍAS SERPA*

*Nació en 1941, en La Habana. De origen campesino, la única enseñanza formal que completó fue la primaria: se trata de un autodidacto. Durante los años sesenta publicó en Cuba algunos cuentos en revistas. En 1980 se unió al éxodo por el Mariel para refugiarse en EE.UU. Actualmente reside en Miami, donde se gana la vida como caricaturista. Su obra* Día de yo y noches de vino y rosas *ganó el premio "Letras de Oro" (1987-88) en el género de cuentos.*

## EL CUENTO SUBVERSIVO

I

Estábamos, la clase de química de la Universidad, en una sesión práctica con nuestro profesor. El laboratorio es pobre, pero éramos una colmena de afanados estudiantes trabajando en sendas filas de microscopios. El país es pobre, pero nuestra clase era un hervidero de ideas revolucionarias.

Cuando llegaron los miembros del Ministerio del Interior nuestro profesor intentó una quijotesca interpelación. Fue cómicamente empujado de vuelta al sentido común.

"Tenemos confidencias" dijo el oficial que comandaba la jauría, "de que aquí tienen lugar actividades clandestinas."

Registraban sin encontrar. A pesar de que parecían guiados por una denuncia al parecer informada, ya casi desistían. Yo me mantenía muy quieto junto a mi microscopio.

"Nunca he mirado por uno de esos."

El esbirro se dirigía a mí. Maldita suerte.

"No hay nada que ver; no entenderías. Estudio las enfermedades del banano..." Trate usted de vencer la curiosidad de un energúmeno. Al gorila me apartó sonriendo y acercó al lente un ojo inyectado en sangre. La sonrisa se le convirtió en mueca.

"Capitán, ¡venga a ver esto!"

El oficial se asomó al microscopio. Su grito fue una mezcla de terror y triunfo.

"¡Una célula clandestina!"

## II

Los primeros interrogatorios fueron correctos, casi amistosos. Luego comenzó la violencia. No resistí mucho. La célula había sido desbaratada y, después de todo, la mejor victoria contra una dictadura es sobrevivir. Los interrogatorios regresaron a su delicadeza anterior. El oficial que "atendía mi caso," un esbirro culto, me retenía quizás por matar el tiempo, mientras me gastaba bromas sobre el número de años de trabajo forzado que me cargarían. También jugábamos a las damas.

Hace unos meses me regresaban bajo custodia de otra tanda de preguntas, humor macabro y jugadas en el tablero rojo y negro, cuando vi lo que los opresores no hubieran querido que viera y que me apresuro a anotar aquí.

Me escoltaban sin violencias por el lóbrego pasillo. De pronto el guardia me dio un empellón contra la pared. Ello, como adiviné enseguida, significaba solamente que traían a otro prisionero a interrogatorio. No quieren que uno vea; no quieren que uno sepa.

Cuando mi custodio se puso a protestar a gritos la confusión de turnos que producía errores así, aproveché para ver cómo dos corpulentos gorilas llevaban con mil forcejeo un puñado de cuartillas mecanografiadas. Otro empellón de mi carcelero me puso de nuevo en marcha.

Aproveché mi próximo interrogatorio para interrumpir la partida de damas e inquirir con el oficial que me atendía.

"¡Las preguntas aquí las hacemos nosotros!" ladró enérgico. Pero enseguida sonrió. "En fin... Esos guardias traían a interrogatorio un cuento. Hace días un ciudadano consciente descubrió ese puñado de cuartillas en el último asiento de un autobús. Una simple lectura del manuscrito reveló que se trataba de un cuento subversivo, que atacaba nuestro progresivo régimen y se burlaba desvergonzadamente de nuestro máximo líder. ¡Y a nuestro líder no hay quien le haga un cuento! La obra no estaba firmada y el maldito relato no quiere decirnos quién es su autor... ¡Y ya te he dicho más de la cuenta! Juegan las negras..." Moví uno de mis peones avanzados. Una corona me ayudaría a equilibrar la partida. Mi interrogador respondió forzándome a comerle un peón y me comió él enseguida tres, entrando en corona. No sé cómo en este país ganan siempre las rojas.

III

Todas las celdas aquí son individuales. Cuando me trajeron no tenía vecinos, pero hace un par de semanas me vi soñando con paisajes de mi infancia, llenos de luz y de esperanza, y en los que aún cantaba alegre una negra rumbera que hace años está exiliada. Me desperté llorando y maldiciendo los sueños felices de un pasado que no nos deja sufrir el presente en paz.

Pero la cristalina voz de la negra sensual persistía su guaracha interminable. La pared a la izquierda de mi lecho vibraba con los ritmos tropicales. Que hubieran apresado a la negra fugitiva era improbable; que la hubieran echado en la celda contigua con toda una orquesta era imposible.

A mi frenético golpear con la cuchara en la pared respondió una voz timbrada como de locutor.

"Soy un aparato de radio. Me detuvieron por sintonizar emisoras extranjeras." Estúpidos esbirros. Le arrancaron el cable al radio y olvidaron ver si tenía baterías. Por este vecino inesperado supe algo sensacional. El cuento subversivo escapó hace poco cuando lo conducían a la Unión Nacional de Escritores y Artistas para ser sometido a juicio literario. Una ráfaga de viento voló el puñado de hojas que fueron a parar todas al patio de una embajada latinoamericana. El embajador, un digno representante, de la gallarda tradición de nuestro calumniado continente, le dio prontamente asilo político y salvoconducto al subversivo cuento.

Ayer —¡A Dios gracias se colman nuestras cárceles!—, ayer mismo, hubo un estrépito en la celda a mi derecha. Se oyó un ruido de metales golpeando el piso de piedra. Al mismo tiempo sentí el claro timbre de una campanilla.

Tarde en la noche escuché un tecleo muy suave. No necesito explicar cómo funciona el código de comunicación de los presos en todas partes. Como va el mundo actual se diría que muy pronto la mitad de la población lo sabrá, mientras que la otra mitad tratará de impedir el que funcione.

"Soy una Underwood" decían las teclas. "Modelo 1949. Estoy aquí acusada de haber escrito un cuento subversivo."

"Tu cuento" le respondí alegremente con mi cuchara, "escapó de la cárcel y del país."

Esta mañana sacaron a interrogatorio la maquina de escribir. Por la forma en que la tiraron contra el piso de su celda, por lo débil que le sonaban las teclas cuando me respondió, me di cuenta de que la habían tratado muy rudamente.

¡Pero las noticias que le tenía eran demasiado buenas como para demorarlas!

"Nuestro vecino de la izquierda sintonizó una emisora extranjera y escuchó que tu cuento está en Europa denunciando las violaciones de los derechos humanos en nuestro país ante una reunión de Amnistía Internacional."

...Nunca había oído nuestro Himno Nacional en un solo de campanilla de máquina de escribir Underwood modelo 1949.

# MARICEL MAYOR MARSÁN

*Nació en Santiago de Cuba, en 1954. Desde su salida de Cuba reside en Miami. Hizo estudios en el Miami Dade Community College (1974) y en la Universidad Internacional de la Florida, donde completó su Bachillerato (1976) y obtuvo una maestría en Administración Pública (1977). Entre sus publicaciones se cuenta el poemario Lágrimas de papel (1975). Actualmente reside en Miami y es administradora de una oficina en el Departamento de Servicios Sociales.*

## JESÚS

Jorge, Ramiro y Jesús me habían ido a recibir al aeropuerto en el Mercedes Benz de este último. Después de siete horas de vuelo, media hora de papeleos y dos horas en espera de que mi equipaje fuese inspeccionado, pude respirar la humedad del ambiente y encontrarme con ellos.

El deseo manifiesto de ver a mis viejos compañeros del College y la idea de visitar el Perú en vacaciones me habían hecho disfrutar de una alegría casi mística durante los dos meses que precedieron al viaje. Mas, no sé si por cansancio o por el choque de ambientes experimentado a mi llegada, me sentí rara, triste y despojada de ánimos.

Mis amigos, felices al verme, preguntaban y hablaban ininterrumpidamente. Yo conversaba y respondía, pero mi mente se dejaba envolver en otro mundo. Era un mundo gris, de sol en ausencia, de tierra roja y mojada, de lluvia fría e hiriente, de casas amontonadas una encima de otra, mal hechas, de calles sin pavimento, llenas de tierra y de huecos, de niños con semblantes sucios, de mujeres fatigadas que vendían frituras en las esquinas, de hombres apesadumbrados, desempleados, friolentos. Con este manto de nubes, pobreza y hambre, me salió al paso Lima.

—¡Mira!, a la derecha, esa es la universidad de San Marcos, señalaba Jesús.

Al voltear mi cabeza, cual no sería mi decepción al encontrarme con que el origen de la famosa y admirada universidad se reducía a un edificio arruinado por los años, la falta de cuidado y los ataques militares. En un intento casi inconsciente de salvaguardar aquel precinto de historia y sabiduría, los estudiantes habían empapelado las paredes exteriores con todo tipo de propaganda y letreros políticos. Por si fuera poco, esa mañana había una demostración política y como baldosas del saber se apoyaban los estudiantes a sus muros centenarios para evitar el desplome final.

Jorge, Ramiro y Jesús se esforzaban en explicarme los cambios sucedidos desde la caída de Velasco Alvarado. Según ellos, la situación estaba mejor desde que el General Morales Bermúdez estaba en el poder, pues decían que este último si favorecía al pueblo y no le traicionaría como el anterior. Jesús ponía un énfasis especial en defender al nuevo gobierno, por lo cual no me extrañó descubrir días más tardes de que su hermana mayor estaba casada con un pariente cercano del General.

Después de un largo trayecto a través de la Lima Colonial y Miraflores, llegamos a la zona residencial de San Isidro; la diferencia era abismal. A contraste con la imágen percibida un rato antes, desde el concepto de urbanización hasta la limpieza de las calles era diferente. No obstante, ese mundo gris de humedad y pesar que me recibió llorando en sus brazos, nos perseguía. El manto era uno sólo y cubría toda la ciudad pese a sus diferencias físicas y económicas.

Como había planeado de antemano, pensaba hospedarme en casa de Joanna, la prima de Ramiro. Aunque no la conocía tanto como a Ramiro, nuestra breve relación y los encuentros esporádicos en años pasados habían sentado las bases de una sincera amistad. Joanna me abrió las puertas de su casa con afecto y desde entonces hasta el día de mi partida me hizo considerarla como mía.

Durante los días que se sucedieron, visité cada rincón de Lima y sus alrededores, me inunde de poesía en la Costa Verde, me saturé de historias en sus museos y reliquias, me adentré en la hermosura de lo indio y me frustré hasta el cansancio allá en el puerto del Callao, en Los Chorrillos y en cualquier parte donde los niños no tenían otro medio donde jugar que en el lodo.

Durante las noches me reunía con mis amistades, íbamos a comer a alguna Chifa de Moda, al teatro o a cualquier sitio que no estuviese lejos de San Isidro para poder regresar antes del Toque de Queda sin tener que desperdiciar mucho tiempo. Antes de viajar al Perú me habían advertido del Toque de Queda. Sabía que no se podía estar en la calle durante el horario comprendido entre la medianoche y las cinco de la madrugada, pero nunca me imaginé el patetismo que implicaba vivir bajo tales restricciones. A las doce y diez de la noche, casi regularmente, comenzaban las ráfagas de ametralladora. Desde mi cama o desde el sitio donde estuviese, mi oido se agudizaba y descubría en el aire aquellas ondas sonoras que los demás preferían ignorar.

   Una noche nos sorprendió la hora cenicienta en casa de unos amigos de Jesús. Estabamos en una especie de velada social donde la comida, la buena conversación y el baile se juntaron dejando pasar sin darnos cuenta las horas e imposibilitandonos la salida de aquel lugar. Después de las doce de la noche, casi por acuerdo invisible, se tornó la reunión en una descarga pseudo intelectual que se sucedió hasta el amanecer. Los presentes, en su mayoría hijos de militares de alto rango, estudiantes de la Universidad Católica de Lima, ricos, y sobretodo amantes de la política, empezaron a esbozar sus pensamientos. Una guitarra salió de un rincón y se dejó apresar por varios brazos que la toquetearon sucesivamente y sin parar. Canciones de compromiso, baladas ligeras y alguno que otro poema recitado como intermedio. Jesús, sin perder oportunidad, extrajo un papelito del bolsillo trasero de sus jeans y dejó saber a todas las personas que se encontraban en el salón que iba a leer la versión inédita del Padre Nuestro, escrito por miembros del PODER JOVEN. Algunos empezaron a protestar, otros pedían el retorno de la música americana en el tocadiscos y alguien me susurró al oido que Jesús pertenecía al grupo de estudiantes de izquierda de la RFA que radica en la universidad Católica. También me dejaron saber que había varios allí del mismo grupo.

   —Silencio absoluto, clamó Jesús y empezó a teatralizar la ocasión.

      —Padre NUESTRO CAPITAL que está en Occidente
Amortizados sean tus INVASIONES
Vengan a nos tus GANANCIAS
Crezcan tus UTILIDADES
Asi en WALL STREET como en EUROPA
El sobregiro de cada día dánoslo hoy
Y aumenta nuestros CREDITOS
Asi como nosotros los aumentamos a nuestros deudores.
No nos lleves a la BANCARROTA
Y líbranos de los sindicatos
Porque tuya es la culpa de la mitad del mundo.

El poder y la riqueza
Por los dos últimos siglos

MAMMON.

Hubo risas contenidas, caras serias y cierta indignidad. Se pasó el papel de mano en mano y un grupo que estaba sentado en el rincón de la antesala lo volvió a leer entre risotadas y marihuana. Joanna murmuraba soñolienta:
—Les conozco a todos desde pequeños, fuimos a la escuela juntos, nuestras familias se conocen de generaciones y hasta en el extranjero hemos coincidido, pero jamás soñé tanta lisura y cinismo. ¡Qué más da Alvarado o Bermúdez! Lo único que les diferencia es que han robado en épocas distintas. Los cholos siguen siendo cholos, los ricos siguen siendo igual o menos ricos, y los militares con el escudo del pueblo se aprovechan para subir sus cuentas bancarias en Suiza o en los E. U...

Continuaban hablando recostada cada vez más a un cojín y su metal de voz bajaba en proporción a la caída de sus pestañas. En un momento dado, no supe si estaba hablando quedamente con los ojos cerrados o si simplemente balbuceaba sus sueños.

Dos días después Jesús me vino a buscar para llevarme a presenciar el cambio de Guardia en el Palacio de Gobierno. Mientras el auto se desplazaba hacia el centro de la ciudad, la presencia de los militares se tornaba sobrecogedora y en cada esquina, dos o tres de ellos armados hasta los dientes se paseaban ansiosos. En la Plaza Mayor, cuatro tanques blindados mantenían una estrecha vigilancia, dando la impresión de que estábamos en plena guerra y en estado de alerta. Los tanques rompían la belleza colonial de la plaza con su anacronismo metálico y su terror desbordante.

—Debo decirte que este espectáculo que vas a ver es muy especial. Nuestro cambio de Guardia se asemeja mucho al del Palacio de Buckingham en Londres e inclusive muchas personas lo prefieren al de los ingleses.

Yo no podía aguantar más mi desconcierto y le pregunté a Jesús el por qué de tanto pánico por parte de los militares, a lo cual me respondió:

—El pueblo no entiende todo lo que se está haciendo por ellos y la reacción se aprovecha de esa situación para usarlo contra el gobierno. Hay que estar preparado.

—¿Qué es lo que está haciendo el gobierno por el pueblo? pregunté escépticamente.

Se encogió de hombros y sólo supo decirme:

—Muchas, muchas cosas que tu no entenderías porque eres extranjera y no puedes apreciar tan fácilmente los cambios.
—Y los estudiantes, ¿Por qué hacen manifestaciones?, ¿Por qué protestan?, yo no creo que ellos se dejen utilizar por la reacción.
—¡Ah! Esos, esos de San Marcos y otras instituciones públicas no son estudiantes sino vagabundos, cholos de mierda y toda clase de elementos que lo menos que quieren es estudiar. Ya ves, en nuestra universidad nunca hay problemas y estamos...
—Pero esos, así como los llamas, esos son los pobres, los desempleados, los sin futuro, esos son el pueblo, le interrumpí.
—Un pueblo que está equivocado.
—Entonces, ¿Quién tiene la solución? Tú y tu grupo de burgueses con inclinaciones izquierdistas por conveniencia.
Me miró incrédulo de mis palabras y sólo acertó a decirme:
—¡Estás exagerando! No he querido decir que seamos los únicos portavoces de la razón, ni tampoco creo que me merezca todos los insultos que me has dirigido.
—Quizás he sido muy fuerte contigo y espero que me disculpes pero dudo de tus convicciones.
—Yo te puedo probar...
—¡No!, le ataje, no hace falta. Cada cual se prueba a si mismo y no a los demás. Además, tu te probarás a tu tiempo y a tu manera.
Preferí cortar el diálogo y olvidarme del incidente. Al regreso, Jesús mantuvo un silencio casi sepulcral, venía pensativo y medio enajenado del tráfico. Llegamos a la casa y se despidió de mi con un fuerte abrazo y un beso en cada mejilla. Nunca más le he vuelto a ver, no sé si estará disgustado conmigo o si sus ocupaciones personales le impidieron despedirse de mí. De vez en cuando sé que pregunta por mí y me envía saludos con Joanna, pero siempre en el recuerdo, su amistad y su persona siguen siendo un enigma.

## OTILIO MESA SANABRIA

Nació en 1902 en Jaruco, La Habana, donde hizo sus primeros estudios. Se doctoró en Medicina Veterinaria en la Universidad de La Habana. Desde joven cultivó la narrativa breve y uno de sus relatos fue incluído en la Antología de Federico de Ibarzábal, en 1937. Salió al exilio en 1962. Ha residido en Miami, donde falleció hace algunos años. Entre sus libros debe mencionarse La encrucijada, publicado en Cuba en 1946.

## EL SABLISTA

Así, a la primera mirada, se le notaba cierta elegancia y educación. Mas, observado, le aparecían ciertas rarezas. Cultivaba amistades, pero pronto se echaba de ver que no lo movía la cordialidad, ni siquiera la sociabilidad; más observado aún, se corrían el velo: se movía entre gentes evidentemente acomodadas, con la misma meticulosidad que puede emplear un pescador profesional en la búsqueda de buenos pesqueros. Sin duda estaba bien armado; usaba con habilidad toda una serie de historias interesantes y chistes, que aun siendo de dudosa originalidad, él les imprimía un colorido especial que si no los hacía nuevos, les daba un toque personal interesante. Sólo los que habían entrado en continuados contactos con él sabían de lo que vivía; y cómo pagaba los hoteles y restaurantes bien, donde hacía su vida diaria. Sencillamente, nuestro hombre era lo que en todas partes se conoce como un sablista. Cuando lograba envolver a algún incauto en sus redes, ya difícilmente lo soltaba. No se ocultaba, no eludía encuentros personales que pudieran exigirle el cumplimiento de compromisos adquiridos. Por el contrario, las víctimas eran las que mostraban mayor interés en eludirlo en evitación de mayores pérdidas.

Un día me lo presentó un amigo buscando el medio de evadirlo; el último recurso que le quedaba era escudarse en mi función de autoridad. Pensaba mi amigo que mi uniforme de teniente le impondría al sablista cierto respeto.

—Mira— me dijo mi amigo—, no sé cómo he caído en esto, ni como las cosas han llegado tan adelante; comencé mi amistad con él con la mayor satisfacción, y hasta me sentí complacido de prestarle un pequeño servicio. No pareció pedirme nada; hizo lo preciso para que yo advirtiera su necesidad, y se hizo de rogar. Ese fué el comienzo. Luego, ante la continuada solicitud ya abierta, comencé a enterarme de lo que se trataba. Tuvimos escenas penosas; primero de derrames sentimentales, después de exigencias más desnudas; al cabo llegó lo que evidentemente era puro chantaje. Como al comienzo de nuestra amistad, en la intimidad cordial, le hice algunas confidencias imprudentes en relación con líos de mujeres; acabó amenazándome con hablarlo todo si no lo sacaba de apuros. Yo tenía dos caminos: o la tremenda—de la que no me han faltado ganas— o usar de propios métodos. Pensé en tí y tengo la seguridad que como hombre que vive fuera de la vida normal, tus galones le producirán cierto temor y me dejará tranquilo.

—Déjalo de mi cuenta— le contesté a mi inquieto amigo. Haré una cita con él y espero darle un susto que arregle las cosas.....

El mismo día de mi cita con él, tenía yo en puertas una aventura por la que había suspirado algún tiempo. Me había vestido con mi uniforme de gala que me disimulaba a medias los años y le daban cierto interés a mis canas. Llegué con ánimo de acabar pronto con aquel lío y dedicarme de lleno a lo mío. Nos habíamos citado en Prado y Neptuno. Cuando entré en el Miami, con la cara amarrada, de circunstancias, vi a mi hombre sentado ante una copa de aperitivo. al verme se puso súbitamente en pie y exclamó con un tono cantarín que halagó todo mi ser:

—"Pero, Teniente;... —Si no parece el mismo!— Tengo la seguridad que hasta el mayor amador de la historia, el noble Casanova, se sentiría traspasado de envidia al verlo. Esa prestancia suya ya no es la de los hombres de hoy... Siéntese, siéntese, anime su mágica prestancia con un buen aperitivo.....

Confieso que quedé desarmado. Andaba ya en la curva donde el sentido y aún la personalidad depende de un toque de cosas externas. Me guardé mi discurso premeditado y puse oídos a aquel fluir inagotable de graciosas alabanzas. Sus palabras me anticipaban el encuentro que dentro de poco iba a realizar.... Casanova...... Prestancia.... De reojo le eché una mirada a los grandes espejos del "Miami". "Todos tenemos nuestras dificultades" —pensé— mientras apuraba el aperitivo y escuchaba lo que ya tenía en aquel momento por opinión sincera.

El era el dueño de la situación. Sabía bien de lo que se trataba y como siempre, no había tratado de eludir la cuestión, sino sacarle provecho... Empezó con las anécdotas y chistes cada uno de los cuales me animaba y me prometía mayor felicidad.... Después del trago vino la comida.... Ya al final, en plena cordialidad, exclamó mi hombre: ¡—Mozo!— y volviéndose a mí— Como miembro de las fuerzas armadas usted cubrirá los gastos de la guerra.

Y tras una pausa.....

—Tengo un terrible problema......

No voy a seguir contando lo ocurrido; lo cierto fué que lo pagué todo, y aún me sobró halago y buena voluntad,.,. Para el préstamo que solicitaba, le pedí un plazo. Quedamos citados para la noche siguiente en la Acera del Louvre..... Parece que no me dió muy buena suerte. Aquella tarde no resulté el Casanova que el halagador sablista había supuesto. Cuando me quité el uniforme parece que mi aspecto era el de un pollo mojado. Como es natural, mi reacción se volvió contra el sablista, aunque toda mi acción se redujo a dejarlo esperando frente a la estatua del Apóstol.

Fué entonces que llegó la debacle; los rojos se nos habían metido en casa y todo rodaba por el suelo, todo salpicado de miseria y de sangre. Yo quedé en condición de retiro y en arreglo de los papeles para sacar de Cuba a mi familia. Muchas amistades habían desaparecido. El amigo que me había prestado al sablista estaba preso en la Cabaña; decían que acudido por uno que él había favorecido en muchas ocasiones.

Al sablista parecía que se lo había tragado la vorágine. Cada día se oscurecía la situación del país y yo apremiaba mis gestiones para exilarme con mi familia......

Por fin, llegó el día que iba a recoger los últimos documentos. Entré en las oficinas de la policía y me mezclé con todo aquel montón de seres palpitantes que se afanaban por la huída. De pronto, ví en la gran mesa del despacho, a alguien que creía reconocer.... Siempre he tenido suerte. Soy hombre de servicios y en todas partes suelo tener un amigo....!

¡"Ese hombre, ese hombre", De dónde lo recuerdo?" Todo en él me era familiar.... pero "esa barba....." Y si era nueva....." De pronto se hizo la luz: "Allí estaba el sablista". "El sablista convertido en Capitán". "Funcionario Rojo"...! ¡Dios mío, y yo que lo había dejado esperando"! Mi primera intención fué escapar. Ya estaba decidido, cuando mi imaginación me prestó su habitual auxilio.

Cuando llegó mi turno, me enfrenté con mi hombre mostrando la mayor indiferencia. el exclamó:

Vaya, vaya... Usted aquí... Y sin arreos....! Cómo se han caído arbolitos!

Yo seguía mostrando extrañeza.

—¿Y su uniforme de teniente....?

—Ha! —dije al fin—. La confusión de siempre, capitán.... Usted me confunde con mi hermano gemelo, el teniente del Senado.....

—¿Teniente del Senado?.... ¿Y dónde anda ahora ese gemelo suyo?

—Me extraña que usted no lo conozca, Capitán... Si ha bajado de la Sierra como Comandante.

La reacción fué inmediata. Súbitamente surgió el halagador que había en él...

—¡No me diga conque Comandante....! Un gran amigo mío! Siempre comíamos juntos en el "Miami", y me prestó muy buenos servicios durante la revolución.....

Todo empezó a funcionar. Mis papeles quedaron arreglados al momento y el nuevo funcionario me acompañó hasta la puerta. Ya allí, en la despedida cordial, apartándose y hablándome confidencialmente, me susurró:

—¿Dónde nos podremos ver esta noche....? Tengo un importante asunto económico que quisiera tratar con usted, el hermano gemelo de mi viejo amigo. Espero esta vez no quedar esperando......

Y qué iba a hacer yo sino asistir a la cita cuando aún me quedaban dos o más semanas en la Habana... y cuando no estaba muy cierto, ni yo ni él, de la existencia de aquel hermano gemelo........

## *ANA MARÍA MIRANDA DE AZA*

*Nació en 1940, en La Habana, ciudad donde estudió la primaria en el Colegio del Sagrado Corazón. Sus estudios secundarios los hizo en Tampa, Florida. Biznieta del gran patriota Calixto García Iñiguez y nieta del general Carlos García Vélez, desde niña tuvo vocación por las letras. Actualmente reside en Miami y prepara su primer volumen de relatos.*

## UNA TRENZA... DOCE PELOS... CUATRO Y CUATRO Y CUATRO... ¡A PULGADA POR FLOR¡

El hombre era ancho y cómodo como una inmensa sabana y en los ojos llevaba el color de la tierra recién llovida y de la tristeza... Sus brazos parecían dos troncos enormes capaces de abarcarla toda, aún sin querer... Tenía, además, una barba cuajada de nidos con olor a mar y algas...

La barba era suave. Tan suave que provocaba acariciarla; ordenarla en trenzas bien educadas... Adornarla y salpicarla de grandes girasoles amarillos, o de olorosas gardenias, o de embelesos azules... Pero ¡NO¡ —pensó para sí Serafina, mientras miraba la hermosura salvaje de la barba del hombre—. ¡Sólo de rosadas picualas podía ser adornada tan regia barba...!

No era mujer, esta Serafina, de entregarse a una pasión, así por que sí. Nunca antes lo había hecho. Pero tampoco, nunca antes había deseado, tan vehementemente, ser de nadie...

Sin rodeos, le ofreció darse toda. Dar, además, la curvatura azul del horizonte y la desgajada dulzura de una penca seca de palma real. Toda ella. ¡TODO por una noche de amor...

Él, ancho y cómodo como una inmensa sabana, la miró desde la profundidad de la tristeza de sus ojos recién llovidos, y le dijo: Tengo un pacto con la gaviota amarilla... Mi palabra está dada.

> Ronda, Serafina, ronda
> al dueño de tus desvelos...
> Ofrécele más, mil cielos,
> un manantial amarillo
> para imitar el "tonillo"
> de su gaviota de luz...

Serafina insistió y el hombre quiso quererla. No tanto por la curvatura azul del horizonte que ella le ofrecía (aunque bien que le vendría a su gaviota, tan cansada de volar en línea recta...), ni por la desgajada dulzura de la penca seca de palma real (porque, después de todo, apenas si recordaba el color que tenían: dulzura y palma —hacía tanto que carecía de ambas...), ni siquiera lo movió a quererla, el manantial amarillo que, además de hacer juego con el color de su gaviota, apaciguaría su sed; sólo pensó que nadie nunca había querido tejer girasoles en su barba, ni olorosas gardenias, ni embelesos azules, ni siquiera, rosadas picualas... Ni aún su gaviota amarilla, a quien había dado palabra; ni el olor de mar y algas que llevaba tan dentro que le consumía las entrañas integrándose a su soledad, ni ¡nadie¡ ¡NAdie ¡NADIE...! Y por ésto; sólo por ésto se dejó querer...

Esa noche, Serafina, vestida sólo con su amor y sus manos, tejió cuidadosamente y ordenó, educando cada crespo de la barba del hombre. Una trenza... Doce pelos... Cuatro y cuatro y cuatro... ¡A pulgada por flor...; primorosamente, entretejió de flores y tejió y tejió toda la noche. Con el alba llegó la gaviota amarilla. No se supo si fue el cansancio —pués venía de tan lejos— o los celos lo que la mató, pero cayó muerta sobre el colchón de trenzas y flores... Y así, quedaron rotas, sin sentido, todas las palabras... todas las promesas... y Serafina, vestida sólo con su amor y sus manos, se abrió, por primera vez, al amor de un hombre. A la luz del día. Al cruce de todos los caminos...

## *BERTA G. MONTALVO*

*Nació en 1919, en La Habana, donde hizo estudios de Derecho Público, Civil, Diplomático, y de Ciencias Sociales en la Universidad de esa ciudad. Salió al exilio en 1962, después que su hijo mayor fue libertado como prisionero de Playa Girón. Se radicó en Miami, ciudad donde reside actualmente. Sus creaciones poéticas y narrativas han aparecido en diversas publicaciones del exilio. Entre sus libros publicados se cuentan: Para mi gaveta (1989), y Miniaturas (Haikus) (1990. Tiene inéditos varios poemarios y otras obras literarias.*

## LA TACITA DE CAFÉ

Lo despertó la primera tos de la mañana, o más bien de la madrugada. Después que se le pasó el espasmo bronquial, alargó la mano para coger la caja de cigarrillos y los fósforos que permanecían en la mesa de noche esperando el ansia incontrolable de su dueño. Calmadamente, como siempre hacía, con un gesto que se repetía en cadena a lo largo del día y de la noche también —sólo no fumaba cuando estaba dormido— encendió el cigarrillo, aspiró el humo con deleite y lo dejó escapar, lentamente, perdiéndose su mirada en las espirales que ascendían hasta el techo. Allí se quedó clavada su atención por largo rato hasta que la urgencia de tomar café lo hizo salir de la cama. Se puso un pantalón y calzó las chancletas con las que andaba siempre por la casa y, aún oscuro, cuando todavía el sol se acurrucaba en su sueño nocturno fue, como siempre, en busca de la media para colar esa estimulante bebida, azucarada, caliente y espumosa de la cual no podía prescindir. Era también el primer café que, junto con los cigarrillos, se entrelazaban encadenados con el latir de sus horas. Trató de encender el reverbero de alcohol para calentar el agua. Mientras el pabilo, casi seco, se resistía al fósforo por falta de lubricante, comprendió que si no llenaba el reverbero de alcohol se quedaría sin café. Medio dormido aún, con el cigarro casi quemándole los dedos, se dio a la tarea de buscar el recipiente que contenía el combustible: una lata oxidada que siempre le rellenaban en la bodega.

Protestando, mascullando palabrotas, registraba a tontas y a locas, poniendo más desorden en el cuartucho. Así fue como se encontró con una pipa de marfil incrustada en ébano que le regalaron cuando había sido corresponsal en Angola de una revista editada en México que se dedicaba a política internacional, durante la guerra con Sud-Africa. Fue como destapar una caja de Pandora. Los recuerdos se atropellaron en su mente. Se vio vigoroso, usando ropa deportiva, de calidad, viajando a menudo de Angola a Namibia, de ahí a la Costa de Marfil, a Portugal, a México, a España y, además, recordaba sus conquistas, una a una, de las que siempre alardeó. Una sonrisa picaresca le iluminó la cara sombría y sin afeitar. y entonces se le borraba la memoria y volvía a buscar la lata de alcohol mientras encendía un cigarrillo tras otro. Se moría por una tacita de café pero su voluntad y su mirada se habían entrelazado con la pipa de marfil. Tenía un diseño que lo fascinó desde la primera vez que la vio, poco usual pero... ¿quién se la regaló? ¿En qué país? ¿Qué personaje? ¿Por qué?

Su atención fue acaparada por la figura de una pantera en actitud de salto, incrustada en ébano en el lado derecho de la pipa. En el lado izquierdo dos lanzas cruzadas —en ébano también— adornadas con una especie de cintas y sogas que, dando la vuelta, se enroscaban en el cuello de la pantera.

Era aquella leyenda que alguien le contó una noche de muchos tragos y poco sueño cuando la batalla de Cuito Cuanavale tuvo lugar. Estaba al Sur de Angola donde se combatía fieramente mientras la luna trataba de esconderse tras nubes grises, abochornada del espectáculo.

Ese maldito alcohol no aparecía pero las cucarachas sí...

En medio del campo arrasado apareció una figura intrigante, alta y erguida, en uniforme de batalla y un Garand en la mano derecha. Saludó con la izquierda en son de paz. Su cabeza canosa le daba cierto aire de realeza y distinción como la persona acostumbrada a dar órdenes y ser obedecida. Su origen parecía estar incrustado en lo más profundo de Africa. Algo en su actitud y su color así lo insinuaban. Venía huyendo de un cerco apretado y ya bastante cerrado. Había perdido su brigada. Fue entonces cuando se le ocurrió protegerlo, en parte con deseos de burlarse de los cubanos que operaban en esa zona. Su carnet de corresponsal mexicano le abría caminos y puertas. Montó en el jeep al guerrero que se había mantenido derecho, valiente, en actitud de espera pero dispuesto a disparar.

Y ahora se le estaban acabando los cigarrillos también. Esa maldita lata tenía que estar ahí, debajo de algún libro, de cualquier papel, revista o fotografía.

Atravesaron las postas sin novedad. Su carnet lo amparaba y el guerrillero llevaba los papeles y documentos de identidad de su fotógrafo a quien una bala perdida había matado hacía sólo dos días. Ahora daba gracias a Dios por haber obtenido esa ciudadanía después de su exilio.

Se echó toda la ceniza encima y una chispa le abrió un hueco a la camiseta mugrienta que llevaba.

Lo dejó a salvo en una cueva que había descubierto esa mañana. Fue entonces, ahora se acordaba, que el hombre sacó la pipa de un saquito de cuero que llevaba colgado del pecho y, en acción de gracias, se la ofreció.

Mira, la muy hija de puta donde estaba. Escondida en este rincón detrás de la pata de la mesa. Llenó el reverbero de alcohol que de paso derramó en varios lugares. Puso un jarro de agua a calentar, sacó la media de una gaveta y se sentó a esperar que hirviera.

Los fósforos aparecían regados en distintas direcciones. Con el café en una mano, la cuchara en la otra y el cigarrillo entre los dientes, colocó la media en su trípode y la llenó de café, y un jarrito vacío debajo de la media. Al fin el agua hirvió y la echó sobre el café. Mientras observaba cómo colaba acercó, de nuevo, la lata de alcohol para tenerla a la vista. Cogió otro cigarrillo y lo llevó a sus labios. Aún las manos estaban húmedas de alcohol. Encendió un fósforo, el último de la cajetilla que los contenía.

Nunca supo si el alcohol se derramó, si una chispa del cigarrillo desató aquel infierno, si explotó el reverbero, si encendió un fósforo antes de que se derramara el alcohol... o después.

Fue su último cigarrillo, sin la última tacita de café.

En el suelo yacía, sin dueño, con un aspecto de desolación, abandono, sin destino ya, roto su embrujo original, una pipa de marfil con una figura de pantera incrustada en ébano.

## CARLOS ALBERTO MONTANER

*Nació en La Habana, en 1943. Completó su educación secundaria en el Instituto del Vedado en dicha ciudad. Salió al exilio y en la Universidad de Miami obtuvo una Maestría en Artes. Se trasladó a Puerto Rico y ejerció la docencia en la Universidad Interamericana de 1966 a 1970, año en que se trasladó a España para desarrollar su carrera de periodista y corresponsal extranjero, y fundar la Editorial Playor. Su obra literaria y ensayística es extensa. Entre sus libros deben mencionarse* Póker de brujas y otros cuentos *(1968),* Instantáneas al borde del abismo *(1970), la novela* Perromundo *(1972),* Informe secreto sobre la Revolución cubana *(1976),* 200 años de gringos *(1976), y* Fidel Castro y la Revolución cubana *(1983). Actualmente reside en Madrid.*

## CONFESIONES DE UN TERRORISTA

Las manos y los sobacos se te empapan de sudor. El pecho redobla con los trotes de la víscera. Ya no es cordial el músculo. Ya es un amasijo fibrilante que se contrae enloquecido. Te vuelves más locuaz que de costumbre. Los testículos ascienden, el escroto se arruga y el pene disminuye de tamaño. Crece la presión en la vejiga y aumenta el peristaltismo intestinal. Los esfínteres se contraen para evitarte una escena penosa. Las suprarrenales descargan un fuetazo de adrenalina. Es la gloria biológica: fuerza física, sensación de poder, lucidez mental. La droga natural. Una droga, como todas, que requiere adiestramiento. Al principio las reacciones físicas se te antojan desagradables, pero luego te habitúas a ellas. Y te habitúas tanto que llegas a necesitarlas. En ese instante ya eres un adicto al miedo. Porque el miedo es la más intensa y entrañable sensación que le es dable al hombre. Después del acceso, cuando ya la bomba ha estallado, o cuando el secuestro ha tenido éxito, o cuando has visto saltar al policía por los impactos de tus balas, cuando sobreviene la calma, sientes que algo se te rompe en el alma y quedas exánime, agotado física y mentalmente, sumido en un absoluto estado de abandono, de paz espiritual, casi sin fuerzas para la sospechosa tarea de seguir vivo, y sólo a la espera de redimirte con otro tenso trallazo vital.

Al principio yo me creía patriota, me creía nacionalista. Me figuraba, entonces, que el terrorismo sólo era el instrumento de estos altísimos fines. Pero luego me di cuenta —y a nadie, hasta ahora, se lo he dicho— que el terrorismo era, al principio, un dilema ético, luego una aventura, y más tarde un modo espectacular de disfrutar de mi íntima humanidad. Antes de ser liberado por la organización, cuando trabajaba en el banco, cuando me moría de aburrimiento revisando papeles absurdos, no podía imaginarme que la vida pudiera cobrar tan profundo significado. No sabía entonces que vivir podía ser mucho más que ver transcurrir pastosamente los minutos, las horas y los días.

¡Qué infinita distancia separan los catorce minutos que aguardé el estallido de la bomba aquel restaurant, a catorce vulgares minutos transcurridos en la espesa burocracia bancaria! Los catorce minutos que precedieron al estallido, como al personaje de Ambrose Bierce, me sirvieron para recordar mi vida, para revisar mentalmente mis próximos pasos y para enjugarme preventivamente mi conciencia de las inevitables salpicaduras del baño de sangre. Para esos ajustes de la tabla de valores tengo a la patria y a la nación o a la causa. No es cinismo, es lucidez. O tal vez el cinismo siempre sea una forma dolorosa de la lucidez. Lamento ser demasiado lúcido (o demasiado cínico, ya he dicho que es igual). Lamento comprender que patria, nación o causa son sólo las coartadas de mi extraño hedonismo, pero las terribles consecuencias de mis actos no me quitan el sueño. ¿Que morirán inocentes? Siempre mueren inocentes. O peor aún: no existen inocentes. Todos somos culpables. ¿Que no están claros los propósitos de estos actos brutales? Puedo alegar que pretendo desestabilizar al estado, provocar sus furias y dar paso a la contrarreacción popular. Pero es posible que esto no sea más que retórica, en cuyo caso tendré que revelar mis íntima y última razón: la acción. Yo soy un hombre de acción. O sea, un valiente. O sea, un adicto al miedo. O sea, un ser humano negado a la horrenda parsimonia de la civilización. Un sujeto que se rebela contra la abulia bovina de los ciudadanos "honrados". En otros tiempos tal vez hubiera cazado leones. O en otra guerra tal vez hubiera sido zapador, lancero o espadachín. O en otras circunstancias tal vez hubiera sido ratero, saltamuros o espía. Pero mi circunstancia, mi aquí y mi ahora, sólo me permite la coartada del patriotismo nacionalista para mantener funcionando a toda intensidad mi demandante máquina de vivir.

Cuando me percaté del cambio de mis hábitos vitales, cuando me di cuenta que la acción revolucionaria terrorista no era para mí solamente un medio de transformar la sociedad, sino un fin personalísimo, autogratificante, el hallazgo me confundió durante cierto tiempo. Primero achaqué la responsabilidad de mis actos a mi tristísima niñez, (después me di cuenta que la niñez siempre es triste), a las fricciones con mis padres, a Edipo, a Eros y a Tanatos y a toda la sórdida cafila freudiana. Pero lo deseché enseguida. No resisto la incoherencia entre mis actos y mis creencias. No admito —creo que así se llama— ninguna bastarda *disonancia cognoscitiva*. Más tarde quise depositar la culpa de mis actos en la imperfecta sociedad en que me ha tocado vivir, pero tampoco me sirvió la excusa. Tengo demasiada información para ignorar que si nuestra causa triunfa construiremos una sociedad por lo menos tan imperfecta como ésta. Me repugnan las utopías. No entiendo cómo nadie puede dedicar su vida al desarrollo de un proyecto inevitablemente utópico. Carecía, pues, de una excusa moral para justificar con ella mis actos. Entonces me di cuenta que esa ratonera ética me condenaba a una brutal neurosis de la que sólo me podría evadir construyendo una escala de valores exclusivamente referida a mi complacencia personal, perfectamente adaptada a mi conducta. Lo hice, y pronto reduje el andamiaje teórico a una transparente sentencia: Bueno es lo que me beneficia y *malo* lo que me perjudica. Yo ni tengo ni admito otras responsabilidades colectivas, que aquellas que me proporcionan un bien o un placer temporal. No existe fuera de la moral convencional —que rechazo de plano— ninguna razón que me conmine al sentimiento de culpa por haber hecho saltar por los aires a diez, doce, o catorce personas. Ese episodio, a corto plazo queda justificado por las necesidades de la lucha política, pero su última y abismal justificación puedo buscarla en el innegable axioma de que la culpa, la moral y los esquemas axiológicos son meras convenciones temporales. ¿Es peor mi bomba que los sacrificos rituales de los aztecas? ¿Es peor mi atentado que la justicia inquisitorial? ¿Es peor mi secuestro que el napalm? ¿Son peores mis desnudos actos de terror que los escapes radiactivos de las plantas atómicas? ¿que los gases venenosos que arrasaron el norte de Italia? ¿que la cacería de indios que acompañó a la carretera transamazónica brasileña? ¿que la destrucción de alimentos para sostener los precios? ¿Por qué en un mundo lleno de crímenes y de criminales yo he de privarme de ejercer mi violencia? No se busque en mis actos recónditas motiva-ciones. Mato porque matar me resulta biológicamente remunerador y políticamente justificable. Pongo bombas porque me gusta sentir las hondas sensaciones del miedo. Y si todo lo arropo en argucias ideológicas, es porque en mi particular circunstancia he tenido la suerte de hallar coartadas inteligibles. Eso no es siempre posible. Ahí esta el "sobrino de Sam" con sus docenas de inexplicables muertes, torturando la frágil conciencia de la ciudadanía pacata, tontamente penetrada por la mitología psicoanalista, buscándole al joven asesino justificaciones que ni necesita, ni sospecha. Si no le tuviera cierto horror a la cursilería me gustaría decir que el "sobrino de Sam" es mi alma gemela. Que Jack el Destripador es mi alma gemela. Que todo hombre secretamente urgido de la acción brutal, desesperadamente necesitado de temblar de miedo, de orinarse de terror, de equilibrar la tensión de su organismo con una explosión, con un navajazo, con el descuartizamiento de una víctima casual, todo hombre prisionero del miedo es mi alma gemela. Jack mataba putas como yo defiendo a mi patria. El sobrino de Sam cumplía con misteriosas órdenes, como yo cumplo con los oscuros mandatos de la nación. Siempre hay y habrá una débil o "evidente" justificación conceptual a nuestras secretas demandas biológicas tan poco comprendidas por los infelices que no las padecen.

II

No me engaño: tengo de mí mismo un nítido perfil. Con cierta curiosidad y trabajo he logrado levantar mi mapa interior. De acuerdo con la valoración convencional estoy dispuesto a ser llamado asesino o criminal. Para otras personas, sin embargo, soy un héroe. En rigor, la valoración convencional no me afecta. Esa valoración ha sido concebida por un sistema al cual he renunciado. Mi grupo se rige por una escala ética totalmente diferente. Ahí soy un héroe, y eso, francamente, me gusta. Las muchachas del grupo me admiran. Tengo, a veces, mi pequeña recompensa sexual, que no sólo cobro en cópulas realizadas, sino en saberme atractivo por las hembras que comparten nuestros ideales. Ser "valiente", o ser capaz de provocar y controlar el miedo (que es lo mismo) excita la imaginación de las hembras del grupo. Los compañeros tampoco son inmunes al prestigio del macho heroico. Sé que me admiran, aunque mezclan la admiración con cierta envidia. Lo sé y lo disfruto intensamente. Yo mismo, que soy capaz de la más cruda introspección, no puedo evadirme del mismo sentimiento frente a los otros compañeros terroristas. Ante sus actos temerarios también se desborda mi admiración y también existe un componente de envidia. Y es que entre nosotros la valentía, la temeridad, la resistencia al miedo, es el principal rasero para medir nuestra estructura jerárquica. Es la intensidad del acto heroico lo que determina la dirección de nuestra dinámica interna. Por eso nuestro grupo terrorista, por eso todos los grupos de acción, se mueven en la dirección del incremento del ejercicio de la violencia. Nuestras periódicas reuniones son una patente muestra de cuanto digo. Siempre se impondrá la voz más radical. El grupo siempre acabará por desplazarse tras la propuesta más temeraria.

Negarse a la acción, enarbolar la prudencia, es una forma de desprestigiarse, o de desjerarquizarse dentro de la propia estructura del grupo. El mecanismo dialéctico de la escalada terrorista es diabólicamente sencillo: la jefatura (el poder) se gana por la acción. El que más poder acumula es el que más acción es capaz de ejercer. Hoy me parecen remotos los tiempos en que me creía un héroe por correr delante de la policía en una juvenil algarada. Después creció mi amor propio cuando me vi repartiendo papeles en la Facultad. Más adelante vigilé los pasos de aquel odiado coronel y no tardé en aprender a disparar. Poco después se me enseñó el mecanismo de las bombas de tiempo. Cada paso que daba era una reafirmación de mi personalidad dentro del grupo y un señalamiento del valor de mi individualidad. Pero a cada paso que daba debía enfrentarme al simbólico reto de otro acto aún más heroico al que debía superar. A mi se me hacia clarísima la dinámica del poder y las jerarquías dentro del grupo, pero entender el sutil mecanismo no me autorizaba a desecharlo. Estaba y estoy fatalmente condenado a ser un héroe. Es curioso como la policía no se da cuenta que nuestra guerra es fundamentalmente psicológica. Si ellos supieran la extraña mecánica que rige en nuestro universo síquico no utilizarían comisarios para perseguirnos, sino expertos en guerras sicológicas. No se trata de capturarnos, sino de destruir nuestra imagen. Volar en pedazos la autopercepción del grupo para dejar libres las fuerzas disolventes. Pero la policía nunca entenderá sutilezas. seria pedirle peras al olmo.

### III

No me es dificil predecir el fin de mi vida. Es probable que en algún momento nos detengan. Hay indicios de que agentes de la policía han logrado infiltrarse en la organización. Pero también los síntomas pueden ser falsos. (Ninguno de nosotros puede escapar a cierto estado paranoico). Si es verdad que la policía se acerca, presiento que no me detendrán. Me tienen por peligroso. Seguramente pensarán que es preferible volarme la cabeza o tal vez lo hagan parecer como el estallido de una de mis propias bombas. (Supongo que esto fue lo que le ocurrió a Feltrinelli). En realidad no los culpo. La piedad en medio de la lucha revolucionaria es un sentimiento absurdo. Yo tampoco la tendría con ellos, a no ser que triunfemos. En ese caso no me sería difícil ser bondadoso. No hay diversión alguna en el fusilamiento de los derrotados. Esa sucia labor, como siempre, quedará para los que no tuvieron valor de participar de las ejecuciones riesgosas. Dirigir un pelotón de fusilamiento es sólo un trámite burocrático muy cercanamente emparentado con mi antiguo oficio de empleado bancario. Lo difícil, lo grandioso, lo heroico es matar desde un automóvil en marcha, o desde una moto, o agazapado en una azotea. Gritar "preparen, apunten, fuego" es un acto ritual y cobarde al que no pienso entregarme. La victoria —si llega— no me seduce. ¿Qué puede hacer un hombre de acción dentro de la placidez burocrática de *otra clase* de poder? ¿Qué ocupación puede brindarme los benéficos sobresaltos de la lucha revolucionaria? ¿Acaso dirigir un ministerio? ¿Tal vez dictar cartas a una secretaria atribulada? ¿Intercambiar papeles con otros compañeros? ¿Cómo recuperar los violentos latidos del corazón? ¿Cómo acelerar mi pulso? ¿Cómo sentir la presión de la vejiga, los sudores, el parpadeo involuntario? Los burgueses franceses no entendían por qué muchos de los héroes de la Resistencia pasaron a engrosar las filas de la Maffia. "La corrupción del dinero" dijeron. ¡Imbéciles! No es el dinero. Es la acción. Antes tampoco luchaban por odio a los nazis. Era la acción. ¿Qué puede hacer un hombre de acción en una sociedad manejada por códigos legales, por disposiciones administrativas, por normas? ¿Qué puede hacer un hombre de acción en un medio soñoliento y cansino en el que todo está previsto y resuelto? Sólo la delincuencia nos proporciona una forma de escape. Matar para robar o matar para fundar una patria: da lo mismo. Lo importante es que el pecho reviente de emoción. Los móviles acaban por ser secundarios. Los móviles son coartadas, son simples e intercambiables textos dramáticos que se recitan sin talento. Tengo la melancólica convicción de que soy y seré esclavo del síndrome del héroe. No me preocupa. Prefiero vivir esta intensa vida que otra clase cualquiera de vida. Ni siquiera me preocupa cuánto puede durar. Tal vez, Montaner, cuando usted apague la grabadora decida delatarme. O tal vez se conforme con reproducir mis palabras en alguna revista. Cualquiera de las dos posibilidades me tienen sin cuidado.

# CARLOS MONTENEGRO

*Nació en una aldea de Galicia, España, en 1900. Llegó a Cuba de niño con sus padres, quienes eran cubanos. Su educación primaria la recibió en Buenos Aires, Argentina, adonde se había trasladado la familia después de pasar algún tiempo en Cuba. También vivió en México y los Estados Unidos. Durante su juventud desempeñó varios oficios: minero, trabajador en una fábrica de armamentos y pasó algunos años como grumete y marino en un buque de carga. Un trágico hecho de sangre en Cuba lo llevó por varios años a la cárcel, donde escribió sus primeros relatos. Gracias a la gestión de un grupo distinguido de escritores cubanos consiguió el indulto. A su salida de presidio se dedicó totalmente a la creación literaria y al periodismo. Durante la guerra civil española fue corresponsal en el frente. Por su narrativa corta obtuvo el Premio Hernández Catá en 1944. En La Habana fue redactor del diario* Hoy *y de las revistas* Tiempo en Cuba *y* Gente. *A su salida al exilio se radicó en Miami, donde falleció en 1981.*

## VENGANZA

> "Deliberadamente, excluimos de este manual las leyendas sobre transformaciones del ser humano.
> Jorge Luis Borges, en ZOOLOGÍA FANTÁSTICA.

En alta mar al amanecer.

En cubierta, a solas y en silencio, eludido, apoyado en la regala de amura, estoy renaciendo sin dolor advertido, en la atracción neutra del pleno mar en reposo.

Es la hora, al toque de alba, que repite mi niñez en la mano-regazo materna. El mar yace en una inmensa onda inmóvil de superficie sólida que es hendida por el salto combado y continuado en series de los delfines azul-acero, talla en cristal de rosa, ellos también mar.

Mar matinal, violado por la saca del barco de hierro en parejos rieles que se abren en abanico al pasado. A vista, al ámbito cercado de curvas que lo ilimita, el mar duerme inmovilizado, grávido de plomo, en alta extensión incontaminada. Página virgen para fijar unidos el recuerdo y el olvido. En esta soledad y paz tornamos a reunirnos como éramos y nos reconocemos, como éramos, antes del llanto, en el llanto.

Rasante, una golondrina turba la profundidad del éxtasis del pez volador que viene a vivir su agonía en el imbornal, debatiéndose a mis pies. Lo abandono y muere.

Así evado cotidianamente mi realidad cotidiana. La evado hasta que el grito, "¡Heee, tú!", me apresa.

El reclamo y látigo. He devenido criado, de serviles, sin opción a sueños.

El grito quiebra el amanecer, resquebraja la onda en multitudinarias partículas, estrangula el reencuentro con el olvido, y me lleva, presa de forjas de muñecas, a los pasillos alfombrados de los camarotes donde el desconocido ha dejado sus botines que debo lustrar después de "hacer" su cama que aún conserva el olor a estupro.

La domesticidad es naturaleza andrógina que fecunda la propina. En mí es sanción: he sido echado de la carbonera por mi impotencia para abastecer de carbón-piedra al monstruo dragón—salamandra: el fogonero.

Recuso el mito. Soy su testigo.

Mitos, artificios; el horno, la caldera, el vapor de agua, el árbol de eje, el cigüeñal, la hélice, incluso la velocidad y aún la ruta las que sólo existen en y por la realidad del monstruo convertido en mito: hecho de muchos. De mujer. De noble vientre de mujer. Pulula en el suburbio que huele a marisma, cópula del mar. Es infamia que el hombre-ciencia pudo excusar inventándolo también de acero inoxidable. ¿Para qué si estaba ahí, parido? La crueldad se eludía atribuyéndole la inmortalidad. Su número, en multiplicación, garantizaba la sustitución imperceptible: siempre sería uno y el mismo, sin más identificación precaria que la huellas digitales chamuscadas.

Además, se dice: "los muertos, si muchos, mito", método, sistema, régimen, guerra, con cuáles se coexiste o parlamenta; todo menos crimen a sancionar. Real: uno sólo. El mío.

(La leyenda del mar fue ahogada, en el mar, por el gesticulante hombre-Lloyd's). A la necesidad llamó progreso. Es. Pero la leyenda se convirtió en ficción literaria. Al alcohol o el black-jack era pretexto de marinero harto de tierra. Nunca se les vio refugiarse sino en la barra que propiciaba su "secuestro". El héroe en andas, como tiene que ir aunque sea al infierno; y en el zafarrancho de lava, a cubierta, a ascender mástiles en barcos de árbol, a largar paños o aferrarlos en la borrasca. La suma de riesgos restan la domesticidad. Esclavo pero no servil. El fiel de su balanza sancionadora se fijaba en la antena del *mayor*...) Después, flotó el hierro.

Soy testigo de cargos, contra la ciencia inhumana. Fui su esclavo solidario del dragón; su proveedor de carbón-piedra que debía consumirse con él en la llama. Con sus manos privadas de tacto, con el mismo afán del ojo privado de vista, abría, al tacto, a ciegas, el cerrojo candente del horno. El rostro cubierto con la felpa empapada en agua helada, que hervía. Lenguas de fuego lamiéndolo, cegándolo, petrificando sus riñones y generando el cáncer de vientre para ultimar su anónima ficción. Afuera, en la cola, los repuestos. En cadena, creando el mito de la inmortalidad, los eslabones sucesivos.

(Lobos de mar, fantasmas, surgen del abismo del náufrago y cuelgan en la antena del *mayor* al demiurgo hombre-Lloyd's!)

Insisto: soy testigo a favor de la bestia. Fui su ineluctante víctima, su palero. El, el más vulnerable, sobrevivía en el acto brutal. Yo lo proveía de carbón y de objeto a su iracundia irracional. Apostrofaba con palabras, con el puño y al cabo con la contera de sus zapatos. No el golpe doméstico, en lugar elegido, sino donde cuadrase.

La contera contra mi ijar.

Su ansiedad gritaba: ¡carbón!" y mi demora se la perduraba. Lo ardía yo, el débil eslabón de la cadena sinfín.

Aquel día me echó.

La carbonera es el templo de la misa negra. Vientre y mina del hierro transformado en barco. Sombría. Sectariamente cruel. Horror como dominio del apresado monstruo inmortal. Lazo solidario entre sus oficiantes. No humilla. Ruda y franca, golpea y mata. Honra. Es lo que la batalla al soldado; oscuro sustituto del mástil que conducía a lo alto, a la luz, al cielo y a la muerte.

La carbonera fue mi alternativa, mi dilema y quise permanecerle obstinadamente fiel, sin desertar, añadido el golpe en el ijar, tan fatal como el latigazo imprevisto de un cabo de escota en el tope de un mastelero. Fue mi elegida porque en ninguno de sus altares, como idolillos, esperaban los botines del desconocido, ni en los cálices las heces de sus estupros. Mi disyuntiva: destino elegido o servidumbre, que no es destino propio sino de otros. Para mi no hubo duda en la elección.

Y él, pateándome, me echó de su dominio.

Está amaneciendo. Hoy espero algo distinto, turbio, en mi rincón de la amura. Rechazo todo hábito, los tiernos fantasmas del pasado que intentan aplasarme. Y él llega.

No me pasó al alcance, orillándome. Se allegó a mí, echándose sobre la borda, a mi lado; y se me acerca en acto imprevisto. Debía pasar de largo como solía, privado de fuerzas quemadas en la llama. Como solía, colérico e indefenso.

Había pegado fuerte en mi ijar. Me dejó inconsciente sobre la volcada carretilla del carbón cuando me echó como si yo no perteneciera, más aún por no poder, a la carbonera, designado por mi elegido azar a ser su palero y presunto sustituto. Rompió el solidario destino común. Si no ¿Por qué el ijar? ¿Por qué en el ijar? ¿Por qué no en el culo, como a algo indigno al sacrificio?

Era su solidario, implicado en la batalla contra el fuego e implicado así mismo en su cerebro distorsionado por la llama que le ardía la justicia y la comprensión. Me echó cuando afuera donde, ignorado no él sino como mito no existía; y donde no existiría yo sino agonizando en el imbornal o, ya corrompido en la domesticidad, en la propina.

Como estaba previsto debió pasar a mi alcance, cansado e indefenso como cruzada cada cuatro de doce horas a echarse en su camastro negro para alargar un poco más su capilla; y en cambio, allí se estaba, a mi contacto, manchado de las cenizas del carbón y de las propias; a cuello la toalla reseca, atributo de su ficción. Allí estaba tal que si quisiera hacerme el don de su fatiga o, acaso sabía —tenebroso el hombre—, del residuo de su vida.

Mudo. No me miró siquiera: fundido en mí por todo alegato. Su flanco ofrecido al tope de mi resentimiento.

¡Su ijar! ¿Su ijar? ¿Y lo que estaba ocurriendo desde que llegó? Del mar dormido llegaba un rumor descifrable: "Te pude haber matado",,, —y muy bajo como resaca que lamiese una playa lejana— mi "palero".

Abatí el rostro sobre el madero duro de la regala para que no viera sus rasgos diluyéndose. Así como no pudo advertir que el roto eslabón se había soldado.

Marchó tan silenciosamente como había llegado. Fue entonces que eché al agua el cuchillo que había robado de la cocina para vengar las... De la herida del mar salto un delfín en comba paralela al firmamento y el ámbito se colmó del Deo gracias de una Epifanía, coceado por todos mis fantasmas.

Por años pude dolerme de no haberle mostrado cuando el mar se licuaba en mis ojos.

Aquel día no esperé el grito. Corrí a los pasillos alfombrados, recogí los botines del desconocido que olían a vetiver, los lustré hasta el espejo y se los arrojé alegremente a los delfines.

### ANTECEDENTES

Hace mucho tiempo caminaba yo por el suburbio marinero de la Habana Vieja cuando al llegar a la altura del café "Universo", lugar de reunión de la "gente de mar", reconocí, aunque estaba de espaldas, al fogonero con el que inicié unos meses antes mi aprendizaje de labores de palero. Las condiciones del trabajo nos llevaron al rompimiento y al fin, a la reconciliación conmovedora en él; honda pero no expresada, en mí. Al verlo en esa ocasión quise serle grato sorprendiéndolo y lo estreché por los costados con alguna fuerza. Advertí angustiado que comprimía un montón de huesos; más afectado aún cuando volvió un rostro agonizante y barbotó: "¡Estúpido!". No me reconoció o estaba más allá de todo. Como me sentía en deuda con él quise insistir a pesar de que mostraba una violencia creciente, cuando alguien me asió con fuerza por un brazo: "Déjalo en paz. Vino solo a decirle adiós al barrio". Por segunda vez fallaba en expresarle mi reconocimiento. Días después ni acompañé su entierro. A través de años y accidentes le he recordado con desesperanzado adeudo.

Leyendo a Jorge Luis Borges, por asociación, me sugirió, escribir la "Venganza", no ya por mi deuda insatisfecha y con tantos intereses acumulados, sino porque aún hay muchos barcos, sobre todo en los países pobres, que queman carbón en esas "salas" de hornos devoradores de seres humanos. Asunto que el mar o él me dio un mensaje que debí transmitir. Aun no siendo así agradezco a Borges la oportunidad de arrojar una vez más mi cuchillo al mar y a los delfines los botines lustrados del desconocido.

# *MATÍAS MONTES HUIDOBRO*

*Nació en Sagua la Grande, Las Villas, en 1931. Hizo su bachillerato en el Instituto de La Habana. En 1952 se doctoró en Pedagogía en la universidad de esa ciudad, y ejerció la docencia hasta 1961, cuando salió al exilio y se radicó en Pennsylvania, dedicado a la enseñanza. Desde 1964 es profesor de la Universidad de Hawaii. Su extensa labor creativa y crítica ha aparecido en diversas revistas especializadas nacionales y extranjeras. Entre sus publicaciones deben mencionarse:* La anunciación y otros cuentos cubanos *(1967),* Bibliografía crítica de la poesía cubana *(1972),* Persona, vida y máscara en el teatro cubano *(1973),* Desterrados al fuego *(1975), y* Segar a los muertos *(1981).*

## TIEMPO DE SIEGA

Las hijas estaban hablando en medio del patio. Ya habían pasado los años. Isabel, la mayor, ya hasta tenía un hijo miliciano. Se habían mudado las tres del antiguo barrio, pero no podían, del todo, escapar del apellido. Mesa-Blanco no era exactamente un apellido como otro cualquiera y de vez en cuando aparecía en Bohemia. Por lo menos cuando se cumplía el aniversario de aquella *limpieza de sangre.*

Al principio la cosa fue particularmente difícil. Algunos perdonaban y eran condescendientes. Después de todo, ellas no eran culpables. Pero otros laceraban, afilados. Isabel, la mayor, se defendía a su modo. El hijo, que ya era miliciano y no recordaba al abuelo, salvo por el segundo apellido que llevaba como un largo pendón innecesario, y ella misma, haciendo guardia todas las noches, borraban el pasado. Claro que algunos la señalaban con el dedo, precisamente por el *honor inmerecido del ancestro*. Esto a veces le daba su poco de escalofrío, y finamente pensaba "Es como la espada de Damocles", si es que se decía así. Pero los malos eran, después de todo, los enemigos de la revolución redentora. Los otros, en general, admiraban su esfuerzo, y no faltaba alguno que llevando las cosas a extremos había considerado darle alguna *medalla al mérito*.

La menor, Ana, era muy pequeña cuando ocurrió *aquella mancha*. Tenía vagas nociones, ideas lejanas que a veces lograban lastimarla; pero quedaban allá, muy lejos, enterradas en murmullos remotos, voces confusas del recuerdo; sombras, boca entre rejas. Huía de todo aquel pasado incierto para ella, y evadía la cuestión cuando Teresa e Isabel se enfrascaban inútilmente en el asunto.

Porque Teresa hablaba. Era otra cosa. Teresa siempre quería hablar del *pasado criminal*, como si no pudiera deshacerse de él. Isabel se lo decía con aquella fraseología confusamente dialéctica. Pero para Teresa el asunto estaba encadenado a ella y parecía que no la dejaba vivir, que agonizaba entre rejas. Isabel la sacudía con violencia (temerosa de que alzara la voz), le hacía ver que por la otra, la más joven, no debían hablar de su padre; ni por ellas mismas tampoco —y sobre todo por la *revolución redentora* (adjetivaba como siempre), naturalmente.

—Pero es nuestro padre, Isabel.

—Mamá está muerta y nunca hablamos de ella. Haz lo mismo con papá. Déjalo en paz. Yo no quiero saber nada. Bastante hemos sabido ya.

Era Teresa la que siempre le llevaba flores al cementerio. Ana no decía nada. Tenía miedo.

—Habla de papá—, le dijo Ana a Isabel un día, sin que Teresa supiera nada del caso. —Habla de papá a todas horas y no cesa de hacerlo... Si le gustaba este plato... Si acostumbraba a tomar esta cerveza... Si a tal hora tomaba su tacita de café... Si por las tardes se sentaba en el sillón del portal... Si le gustaba sembrar hortalizas en el patio...

—Yo le hablaré, no te asustes. Yo me encargo de ello—, le contestó Isabel con aquella voz que parecía haber salido de la clase de adoctrinamiento.

Cuando Isabel llegó para hablarle, ya Teresa sabía lo que venía a decirle: no tenía que agregar nada para comunicar aquel juego de contrarios. Venía con su uniforme de miliciana; el que se ponía para hacer guardia por la noche: sólo le faltaba la correspondiente metralleta.

—No es justo que envuelvas a Ana en estos asuntos. Cuando él estaba haciendo lo que hacía y cuando lo condenaron por lo que había hecho —soslayaba lo concreto y se movía en el vacío, temerosa a su vez de enfrentarse cara a cara con la verdad—, bien sabes que Ana apenas tenía cinco años. ¿Por qué la haces sufrir? No tienes derecho a no dejarla vivir con la *revolución justiciera y benigna*. Tú puedes escoger otro camino, pero a ella debes dejarla en paz.

—Pero es hija de él. Uno no escoge el padre; lo tiene. Somos hijas de él; lo tenemos. También ella lo tendrá escondido por la sangre.

Isabel la miró con aquella costumbre del odio, cada vez más suya:

—No somos hijas de nadie. Somos hijas de la *Patria irredenta*. Ese hombre está muerto.

—Yo soy la que en verdad lo odio—, le contestó Teresa con aquella dulzura de odio escondido y subterráneo que la hería tanto.— Yo, mucho más que tú, que tienes otro modo. Porque eres tú la que lo llevas en las venas.

Había penetrado tan hondo que Isabel perdió las composiciones usuales de su melodramática dialéctica. Amenazó con austera sencillez.

—Esto te va a costar caro.

—Eso es lo que quiero. Acabarás probándolo.

Teresa se dejaba arrastrar. Todas las noches creía ver al padre que volvía. No se podía librar de su sombra. Ella sabía perfectamente bien que él había sido culpable: sólo una fracción había sido inventada por el paredón. Odiaba inevitablemente a sus dos hermanas. A la misma Ana, por su inocencia, porque ella había logrado escapar de su propio origen. Pero ella no. Mucho menos Isabel. Isabel creía librarse del padre haciendo aquella vida ridícula de miliciana, repitiendo "paredón, paredón" con absoluta desvergüenza y hundiéndose al mismo tiempo en aquella eternidad, pasado, presente y futuro, que formaba la larga cadena de sus muertos.

Ana estudiaba los libros de historia. Aprendía los nombres de los nuevos héroes. Pero a la verdad, no tenía entusiasmo. Lo hacía maquinalmente, como ejercicio oral. Teresa sabía que de algún modo estaba minada su conciencia. Una vez, no había podido evitarlo, y con el dedo sobre un borroso grabado, agregó el pie del mismo:

—Esos héroes muertos en las mazmorras, en las cárceles, querida Ana, son las víctimas de papá.

Era terrible vivir así, asediada desde adentro por la voz del padre, por aquella prisión de crímenes constantes que ni siquiera habían muerto con él, que se habían eternizado con la presencia de otros cadáveres más recientes: la sangre se la llevaba a ella mientras quería arrastrar a Ana —en el vórtice ya estaba Isabel. Por eso se decía que lo de Isabel era una vergüenza, un descaro histórico, aquel desmedido afán de negar su origen mientras lo reafirmaba con sus actos. Además, transitando por caminos que en su forma concreta, específica, pertenecían al enemigo. Si ambos caminos estaban llenos de sangre, por lo menos el del padre era el suyo, el de ellas tres.

—La sangre corre por nuestras venas, Ana. Atiende, oirás lo que te dice. ¿Qué más quisiera yo que se callara para siempre? Pero no, está ahí, hablándome a todas horas. Hay que escucharla. Y este pan-nuestro-de-la-muerte-en-el-paredón me lo recuerda cada día, mucho más. La gran traición la ha cometido Isabel; pero algún día no podrá más y llegará a perderse de forma definitiva, dentro de ella misma, dentro de él, bajo el pretexto de lo que no ama.

Ella tenía una memoria absoluta: todo lo recordaba: se había enlazado eternamente a la memoria: era como si los muertos fueran todos suyos y nadie pudiera quitárselos.

Quizás Isabel...

—No hay derecho a querer a los héroes. Lo odio a El porque tengo que quererlo a El. Es un deber. Por algo somos hijas del Padre.

Se volvió a Ana, haciéndole una pregunta que ella, Ana o Isabel, no podían responder.

—¿Tú crees que Isabel me libere?

La muerte estaba dentro de su corazón y era un cadáver que pesaba más y más a medida que iba descomponiéndose.

—¡Basta, basta, yo no quiero saber!—, y salió corriendo Ana, desesperada por la conciencia, posiblemente buscando el consuelo dialéctico de Isabel.

Implacable, allí estaba Isabel. Estaba vestida para la ocasión, con su capucha negra que le daba aquellos atributos fantásticos del verdugo. Era una acumulación de la sabiduría eterna de los tribunales del crimen. Venía con las largas tenazas del padre, encendidas en rojo, conservadas con amor en los museos de la revolución que lo había redimido todo. Se las había pedido al comisario. Le había hablado del caso. No, no estaría de más un escarmiento. Eran las mismas tenazas que habían utilizado antes para segar a los muertos. Teresa no se movió, porque se sentía liberada en el sacrificio. La hija, la verdadera hija, iba a ser Isabel. Ella era la que llevaba todo aquello en las venas de su sangre. Ahora, en nombre de la nueva ley, la segaría para siempre, de igual forma que él había segado.

—¿Me segarás, Isabel?

Pero Isabel no tenía nada que responder: el crimen sería suyo para siempre.

—Gracias, Isabel, gracias, Isabel.

La hija, la verdadera hija, era Isabel.

## *ROLANDO D. H. MORELLI*

*Nació en Horsens, Dinamarca, en 1953. Creció e hizo sus primeros estudios en Camagüey, Cuba, adonde fue llevado a los seis años de edad. Más tarde fue miembro de los talleres literarios y de la Brigada de los Hnos. Saíz de Escritores y Artistas Jóvenes, hasta su separación en 1978. También fue profesor de lengua española y literaturas cubana e hispanoamericana del Instituto de Superación Nacional. En 1980 salió de Cuba por el puerto del Mariel con rumbo a los Estados Unidos, y se radicó en Filadelfia, donde completó sus estudios superiores y obtuvo un doctorado de Temple University, en 1987. Actualmente está dedicado a la enseñanza y a la creación literaria. Es autor de varios libros, entre ellos:* Leve para el viento *(1971),* Poesía Ingrima *(1975),* Varios personajes en busca de Pinocho *(Teatro Infantil, 1975), y* Algo está pasando *(1992).*

## EL OJO DEL AMO

Juntando el cabo de muchas ganas, que habían quedado sueltas, y tirando de ellas con esfuerzo, consiguió al fin incorporarse a medias. Ya creían que no despertaría, cuando abrió los ojos. Gimió, para decirnos que aún le quedaba vida, no porque de momento le doliera nada, y se dejo inyectar sin resistencia. Su cuerpo le parecía ajeno, como si en cualquier momento fueran a arrebatárselo. Lo decía su mirada, pero solo yo debí entender lo que decía. Al encontrarse con los míos, los ojos le brillaron fugazmente. Luego, como si intentara sonreírme, enseñó sus dientes, grandes y amarillos. Yo también le sonreí, al concebir la posibilidad de que hubiéramos acabado pareciéndonos el uno al otro, del modo en que dicen que terminan pareciéndose el hombre y el perro, después de una larga convivencia. Sin dejar de sonreírme, gruñó ahora, para ocultar que le enternecía la escena, y seguro de que yo no habría de entenderlo, me dijo entonces:

—Arreglado vas a estar sin mí, viejo. ¿Qué va a ser de ti? ¿Eh?

Estas palabras me conmovieron. No voy a negarlo. Un hombre tierno suele decir a su perro, las cosas que no se atrevería a decirle de saber que éste las comprende, y un perro responde en estos casos con un lenguaje primitivo que el hombre en su desinhibición entiende. Arrimándose a él, gime lastimeramente, y se frota contra su pierna. Luego lo contempla con ojos lacrimosos y profundamente tristes. A veces, el hombre retribuye con un hueso tal muestra de cariño, atribuyéndonos a los perros una inclinación por el calcio, que es uno de tantos estereotipos. Lo bueno de ser perro en ese instante consiste en no tener uno que ocultar su apego a la mano familiar del amo; lo malo, consiste en no poder expresarse si no en este lenguaje rudimentario, accesible al hombre. La convivencia ha terminado por imponernos a los perros, este género de sacrificios. Esta vez sin embargo, no había hueso esperándome al final de su gesto. El cuerpo había vuelto a caer sobre el lecho, y con él la mano, como una rama muerta al lado del cuerpo. Allí permaneció, recuperándose de su inercia, antes de animarse a hacerme esa caricia intentada un poco antes.

La habitación era oscura a pesar de las velas que nos alumbraban, y se oía, muy apagado, el murmullo de los rezos de las mujeres en un rincón, semejante a una corriente de agua que brotara muy cerca en la oscuridad, o a una colmena que construyera su panal en la oquedad de un tronco.

Decidí no esperar más tiempo, por la caricia encomendada a la desobediencia de la mano. De un salto estuve sobre la cama en la que él volvía a yacer, cuidando de no caer sobre su cuerpo. El, me sonrió entonces, y pude constatar con satisfacción, que volvía a obedecerle la amplia sonrisa, que antes solía iluminar su rostro. Anticipándome, a quienes tratarían de impedírmelo, pasé repetidas veces mi lengua sobre una de sus mejillas. El sintió en ellas, de inmediato, el frescor de la saliva como un ungüento. Esta vez, en respuesta a su demanda la mano trazó un movimiento que terminaba en mi cabeza. El suyo, detuvo el gesto con el que intentaban echarme de la habitación los que nos rodeaban. Agradecí pues su protección con un sometimiento indecible, que solamente un perro es capaz de consentir. Su mano, inerte, quedó sobre mi cabeza como pudiera posarse sobre un mueble. Bajo su mano, de dedos largos y nudosos, se rezagaron aun más los murmullos que alcanzaban a tocar la habitación, y la oscuridad fue completa. No sé cuánto tiempo transcurrió. Los perros tenemos un sentido muy general del tiempo, que se divide en días y noches. Tal vez pasaran días, de aquella noche cerrada y sin luna. Súbitamente comencé a sentir hambre, y sed, y un apremiante deseo de satisfacerlos, pero su mano se había detenido sobre mi cabeza, y obstinadamente descansaba allí. Renunciando al apremio de mis apetitos, terminé por quedarme dormido con el hocico sobre su mejilla, abrasada por la fiebre. La punzada de un instinto ajeno al olfato, me alertó de la presencia, y alcancé a ver el rostro del desconocido, inclinado ligeramente sobre nuestras cabezas. Era alto, huesudo, de pómulos salientes como los de mi amo, y manos también huesudas y filosas y de grandes gestos circulares. Su atuendo era el de un monje y llevaba cubierta la cabeza con una caperuza carmelita del mismo color del hábito. Aunque de momento no consiguiera reconocerlo estaba seguro de haberlo visto antes. (Se trataba, tal vez, de algún pariente llegado de muy lejos). Su cercanía infundía de repente una tranquilidad incomparable que, no obstante, también parecía una sensación ya conocida. Sin decir palabra, el desconocido se inclinó aun más sobre mi amo, y pareció echarle en la cara su aliento. Luego me hizo una caricia, al retirar la mano que había quedado sobre mi cabeza. Mi amo entreabrió ligeramente los ojos en este momento, y se asomó a la semipenumbra de la habitación por ese resquicio. Lo primero que vió, naturalmente, fue la cara del recién llegado muy cerca de la suya, infundiéndole confianza con su mirar penetrante. Mi amo lo reconoció en el acto. Lo vi sonreírle, como si le diera las gracias por haber venido. No era sólo gratitud, estaba contento. La habitación fue llenándose de luz, como si de repente comenzara a amanecer y fuera ya la hora de levantarse. Confundido por estas señales, fui el primero en saltar de la cama, seguido por mi amo. Ambos nos pusimos en camino en seguimiento del recién llegado, que debería saber su camino. Hacía tanto que no le veía con tan buena disposición, que comencé a ir y venir de un lado para el otro, sin poder contenerme de gozo. Los otros, sin embargo, parecían no darse cuenta de nada, y permanecieron con los ojos fijos en el hueco dejado sobre la cama por el cuerpo del moribundo.

Me desperté ahora, sobresaltado por el olor a descomposición que de repente se iniciaba, imperceptible aun para el resto, mas no para mi olfato. Lo percibía tan cercano, que era como el olor de mi propia carroña. Gemí lastimera, largamente, sin poder contenerme. Temerosos de un augurio, los que nos rodeaban me expulsaron de la habitación con un movimiento general que ni siquiera él habría podido impedir. Al acercarse, sin embargo, alguno creyó constatar el anuncio. Otro de los hombres se aproximó entonces, alumbrándose con una de las velas, y acercando la llama al rostro del enfermo comprobó que ésta no se movía. Como los ojos aun estaban abiertos, el hombre los cerró con la mano que tenía libre, y se volvió a los otros para anunciarles que había muerto.

Desde entonces he vagado sin rumbo, procurándome algún bocado en los latones de desechos, el que debo arrancar a la voracidad de las ratas, o a la codicia de hombres y mujeres, viejos y chiquillos por igual. Todos hambrientos como yo, y dispuestos a echarse sobre mí, con una peculiar fiereza. A veces, en medio de esta vida, consigo detenerme y dormir un poco. Siempre el mismo sueño estragado y frugal, que me permita reponer un poco de mis fuerzas, para seguir girando, girando. A bordo de este carrusel de feria, que es la vida del perro sin amo. Y a veces, en el sueño, trato de recordar cómo era aquella sensación de paz incomparable, que experimenté fugazmente en el lecho de enfermo de mi amo, ante la presencia —entonces irreconocible—, de la muerte.

# ANGEL MANUEL MORENO

*Nació en Sagua la Grande, las Villas, en 1938. Salió al exilio en 1960. Se radicó en Miami desde 1970, donde actualmente reside, dedicado a la informática. Desde joven sintió afición por las letras y la pintura. Muestras de su labor literaria se encuentran en las revistas* El Alacrán Azul *y* Palenque.

## EL SÉPTIMO SELLO

"Y cuando hubo abierto el quinto sello, vi debajo del sepulcro las almas de los que fueron muertos por la palabra de Dios, y clamaban a grandes voces diciendo: ¿Hasta cuándo, Señor, difieres hacer justicia, y vengar nuestra sangre contra los que habitan en la tierra?"

Hace frío. Por el ulular del viento entre los árboles y por el crujir de las ramas sé que hace frío, no porque lo sienta en mi cuerpo desnudo. Es tan difícil oír el frío sin sentirlo que a veces me pregunto si no es acaso la tierra que me cobija la que me resguarda del viento que desgaja las ramas lejanas de los árboles. La tierra que me cubre, oprimiéndome blandamente, abrazándome; que me protege de la lluvia que choca con fuerza contra el suelo, disolviéndola en tenues hijos de agua y filtrándola entre sus poros para brindarme la fresca canela que humedece mis huesos. Hace mucho tiempo que encuentro en la tierra, tan próxima, mi única compañía. Fuera de ella, todos me han abandonado. Hasta las ropas que cubrían mi cuerpo me han sido arrebatadas. Y ahora sólo tengo un alambre frío y cortante retorcido en torno al cuello por única vestimenta. Cortante y frío como el puñal de un carnicero.

Tanto tiempo ha pasado, que trabajo me cuesta creer que mi cuerpo no fuera siempre lo que es hoy, un aposento de crujidos misteriosos, de gases y podredumbre, de burbujas palpitantes. Una vejiga hinchada y deforme con una gran herida roja que abre su espanto y su dolor en una gruta de membranas desgarradas.

Amiens

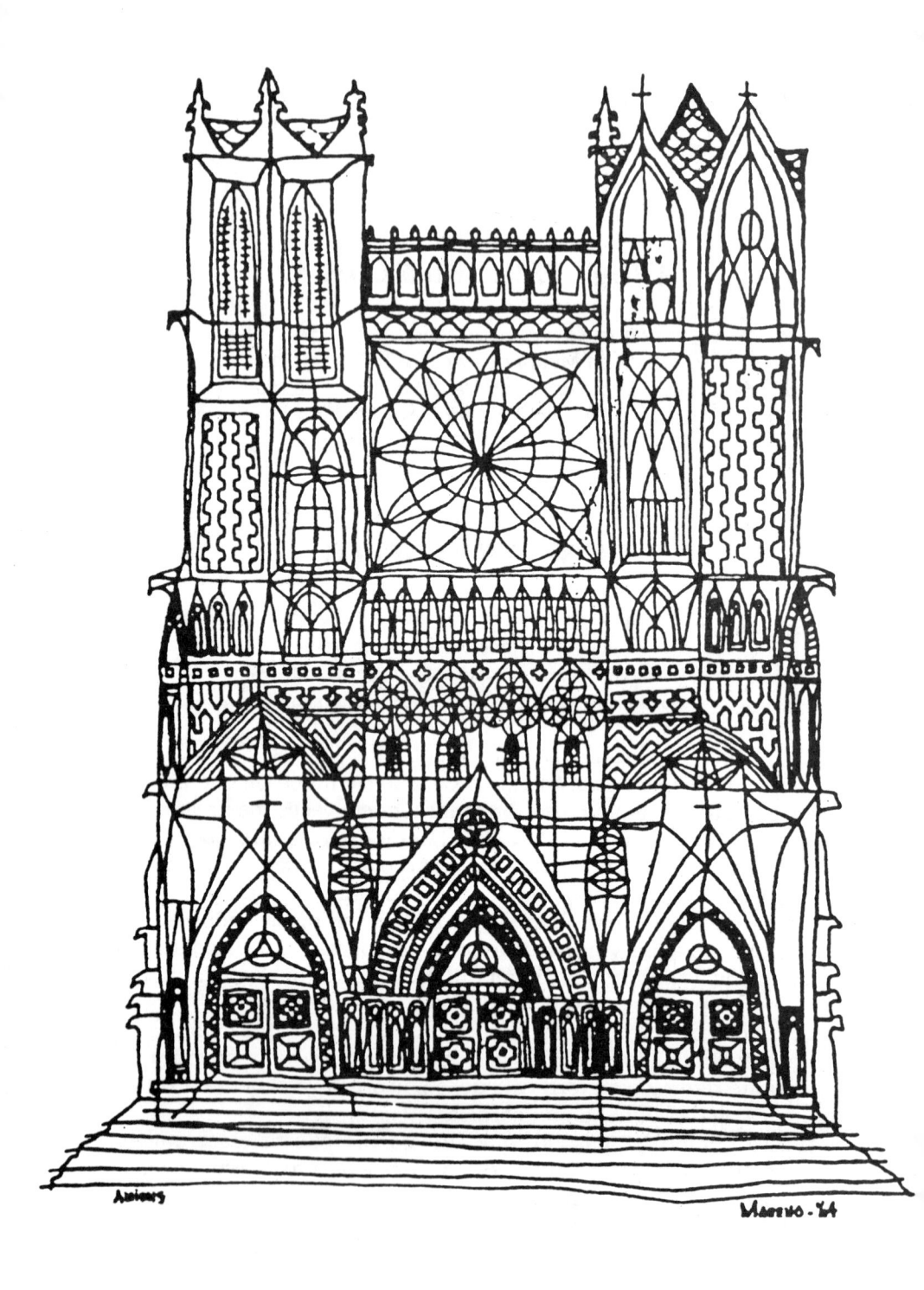

¿Cómo recordar que una vez, hace ya tanto tiempo, este cuerpo se irguió lleno de vida, con la cabeza en alto y el pecho colmado de ilusiones? De pie, las piernas firmes como árboles, sosteniéndole sin un temblor sobre la tierra henchida. No me lo recuerda mi cuello. Mi cuello tan fuerte y tan altivo, que ahora ha perdido la rigidez de sus vertebras y con su alambre enroscado apretándole la garganta ha quedado quebrado e inmóvil como el cuello desgajado de una muñeca de juguete. No me lo recuerda mi pecho, donde anidaban esperanzas jóvenes, porque mi pecho está desgarrado y abierto y de él se han escapado mis quietas ambiciones de juventud, dejando mi corazón exangüe convertido en un trasto inútil, vacío de sangre y vacío de ilusiones como un frasco roto que ha derramado por tierra su perfume. No me lo recuerdan mis manos ni mis pies. Mis manos nuevas de estudiante hoy viejas y arrugadas, conservando todavía la huella supurante de la soga que las unió en oración. Los dedos, que fueran ágiles e inquietos, hoy crispados en un puño, con las uñas azuladas y llenas de tierra clavadas en la carne blanda. Mis pies, que si un día me sostuvieron en mis primeros pasos de niño o corrieron rápidos en juegos de colegial, o fueron cómplices de callados secretos pisando quedos en la oscuridad de la casa dormida, hoy están sucios por el polvo del camino. Oprimidos al final de las piernas porque la tierra avara no quiso cederles más espacio.

Menos aún me lo recuerdan mis ojos donde hubiera podido atesorar las bellezas del mundo, porque mis ojos, tan blandos y tan débiles, fueron los primeros en dejarme. Se disolvieron de tristeza en la oscuridad y resbalaron por mis mejillas marchitas como dos lágrimas. Dejando detrás dos agujeros solitarios, dos cuencas negras y profundas como los tormentos que me han hecho padecer. Recintos donde guardo las últimas visiones horribles, las únicas que el tiempo no me ha permitido olvidar. Desde su fondo oscuro miro sin ver, aunque a veces me parece percibir, veladas por una cortina de sangre, memorias del mundo anterior. Sé que era joven y virgen y que guardaba la pureza de mi corazón como un tesoro para ofrendarlo a la compañera de mi vida. Mi pobre corazón de adolescente apenas llegado al umbral de un horizonte pleno de sentimientos misteriosos y atrayentes. Mi pobre corazón, que antes de poder llenarse de ternura por el amor que anhelaba, sintió primero la mordida quemante del metal. Mordida brutal, que vació para siempre la fuente de mi savia.

Estoy sólo. Terriblemente sólo. Espantosamente sólo. En mi soledad he llevado sobre mis espaldas un peso muy grande. Tan grande como el mundo. Tan grande como la esperanza. Sobre mis hombros he cargado mi vida y las vidas de otros. Sobre ellos he soportado la responsabilidad del pasado, que era una carga dulce porque iba aliviada por las añoranzas del futuro. Y cuando el peso fue muy grande, descargué mi vida y la ofrendé porque era mía para dar, para que hubiera sitio en que seguir sosteniendo las otras vidas que no eran mías. Dejé tronchar mis amores, mis ilusiones y mis esperanzas para que otros alcancen la felicidad que no ha de ser mía y puedan llegar al final del camino que yo con ellos no he de recorrer.

Por un momento creí que todo había terminado. Debo confesarlo así. Cuando mi cuerpo inerte cayó en grotesca postura al fondo del agujero abierto, cuando la boca monstruosa cerro sus labios sobre mí y me rodeó la oscuridad, todo el caudal de mi fé no alcanzó para acallar la duda extenuante que se apoderó de mi alma. El último grito de angustia de la carne maltrecha ante la amarga ironía de la vida perdida en un sacrificio inútil. El frío estremecimiento ante el terror de que la noche fuera eterna.

Mas he aquí ha hace apenas unos días algo sucedió que trajo a mi universo de penumbra, un rayo de esperanza. Desde las ramas de los árboles que se alzan sobre la tierra removida llegó hasta mí un sonido que no era ni el rumor de la lluvia ni el murmullo de las hojas movidas por la brisa. Estaba tan habituado a la soledad de mi encierro que solo con gran esfuerzo pude identificarlo. Era el ruido de las alas y el canto de un pájaro revoloteando sobre las ramas. Hubiera querido incorporarme y levantándome hasta él tomarlo entre mis manos muertas y acariciar la suavidad de sus plumas y sentirlo agitarse tembloroso junto a mi mejillas resecas. Fue sólo un momento lo que permaneció aleteando sobre las copas de los árboles, pero al alejarse, de entre su plumaje una semilla se desprendió y cayó al suelo sobre mí. Sé que fue una semilla y no un guijarro porque ayer empezaron las lluvias y el agua, penetrando por los laberintos subterráneos la arrastró con ella haciéndola rodar despacio, cada vez más profunda, acercándola cada vez mas a mí. Y ahora descansa aquí, sobre mi pecho.

Siento palpitar la vida en su interior. Sé que con el tiempo se abrirá en ella una grieta y surgirá una raicilla que se nutrirá de mis órganos y beberá de mi sangre. Yo la cobijaré en mi pecho abierto y la protegeré con mis tejidos deshechos. La sentiré moverse y crecer. Adivinaré el momento en que rompiendo su prisión, asome el débil tallo blanquecino y temeroso. Y después me abrazarán sus raíces y mis entrañas acabadas le comunicarán vida.

Y creceré con ella. Y con ella, en la primavera, veré la luz.

## ALBERTO MULLER

*Nació en 1939, en La Habana, donde terminó su educación secundaria en 1958. Ese año ingresó en la Escuela de Derecho de la universidad de dicha ciudad, pero no pudo completar su carrera, ya que en 1961 se alzó en armas contra el gobierno castrista; fue hecho prisionero y condenado a muerte. Gracias a una enorme presión internacional le conmutaron la sentencia y sirvió 15 años en presidio. Salió de Cuba en 1980 hacia Caracas. Desde hace varios años radica en Miami. Entre sus libros deben mencionarse:* USA, tierra condenada *(1980),* Todos heridos por el Norte y por el Sur *(1981) ,* Cuba entre dos extremos *(1983) y* Tierra metalizada *(1985).*

## POLIMITAS
A los niños

Es un día lluvioso de Agosto. El tópico ríe en una tarde melancólica. Sobre las rocas, el mar rompe nerviosamente. La brisa desbocada despeina las palmas, alborota la arena de las playas, enloquece el polvo del camino. Un molino gira desesperadamente.

No muy lejos, junto a una colina, nace un río que muere impaciente sobre la costa. Un bohío lo acompaña. Sus guanos y cujes ríen también en la tarde melancólica.

Las gaviotas se confunden con las nubes. Las auras buscan su presa putrefacta Al pie de las palmas, dos palomas se acarician en silencio. Sobre la arena, las palomitas reinan sus vistosos colores. Los cangrejos mudos y torpes se mueven agitados.

Plash...Plash...Plash...Plash... Los remos de una pequeña embarcación van cortando rigurosamente las aguas tranquilas del río, después de un día de jornada sobre el mar. Una ensarta de roncos y rabirrubias duermen en la popa. En el fondo del bote, las pitas, anzuelos y restos de carnada descansan satisfechos.'

Plash...Plash... Las manos del pescador han dado los últimos remazos del día.

En el bohío una mujer zurce sentada en un viejo taburete en espera de su esposo. Junto a ella, su hija de diez años. Los misterios de la vida hicieron que naciera ciega.

Es un día churriosos de Agosto. El trópico ríe en una tarde melancólica.

La niña con sus ágiles manos, ayuda a su madre, está cortando el tomate en lascas.

Durante el camino, con sus peces y pitas a cuestas, el pescador se detiene en ocasiones recogiendo las polimitas más bonitas para regalárselas a su pequeña hija Lourdes. Prosigue lentamente su camino... Entre su mano enmorecida por el sacrificio, aprisiona con violencia los coloreados y chiquitos caracoles.

Prosigue con ansiedad su camino; como el que quisiera llegar y no llega. Unas lágrimas asoman a sus mejillas cuarteadas por el sol. Su pensamiento agotado tropieza con la brisa.

¿"Cuándo mi Lourdes podrá ver estos caracoles...?"

Y los aprisiona más y más.

¿"Cuándo el inmenso mar me dará lo necesario para operarla?"

Y con lentitud se va acercando al bohío como el que quisiera llegar y no llegar.

La tarde ya dejando atrás su melancolía. La noche va arribando a las palmas despeinadas, a la arena de las playas, al bohío con sus cujes y sus guanos y su típico aroma de café guajiro.

La temprana noche va cubriendo el eco de la vida. Las palomas buscan su nido para descansar tranquilas.

Lourdes ya se acerca a su padre.

¡Papá!...¡Papá!.

La noche va arribando al bohío. El guajiro besa la frente de su hija y la estrecha entre sus brazos. Y los besos se confundieron con la noche y se reflejaron en la luna.

Colocó en las manos de su hija los caracoles sin colores. Y besó a su esposa mientras unas lágrimas volvían a asomar sus mejillas cuarteadas por el sol.

De momento un sonido brusco rajó la serenidad de la noche. Rajó los aires. Es un avión que se dirige hacia la capital. Va desbordando las estrellas y las nubes y la luna.

Sus reflectores se pasean orgullosos como látigo en la noche. Su indiferencia es ciega. Su meta es la pista hambrienta de sus pisadas mecánicas.

El sonido se aleja, como se aleja los placeres. La noche va cubriendo el eco de la vida. Las palomas ya se acurrucan en su nido. Los cangrejos se esconden en sus cuevas.

Convirtiendo sus gruesos dedos en alma, el guajiro rasga su guitarra.

"Guajira mía, te beso y más yo te quiero..."

Como cantándole a la noche sus penas y dolores. Como acercándose a la vida para reñir sus misterios.

Como buscando de las palmas un alivio. Y de la tierra una sonrisa.

"Papá, ¿por qué los aviones me asustan con sus ruidos?"

Pues porque van muy cargados, mi hija".

"Pero es que si cargan niñas y hombres y sus mujeres, como tú y mamá, no deberían asustarme.

"Papá, ¿Cuando pueda ver me seguiré asustando?"

"No, mi hija, tú veras que nó".

"Papá, qué bueno tú eres. Me siento contenta.

Y sus gruesos dedos volvieron a brillar sobre las cuerdas de su vieja guitarra.

A lo lejos... La pista recibía la opresión e indiferencia ciega de unas pisadas mecánicas.

## MERCEDES MURIEDAS

Nació en Santa Clara, Las Villas, en 1922. Desde niña vivió en *Guanabacoa, donde hizo sus estudios primarios y secundarios. Se graduó de Pedagogía en la Universidad de La Habana, y de Periodismo. Fue secretaria de Lydia Cabrera. Trabajó como investigadora en la Biblioteca Nacional José Martí y en la de la Sociedad Económica de Amigos del País, e hizo crítica de cine. En 1980 salió de Cuba vía España. Fue coeditora en Cuba de varias obras, entre ellas: los volúmenes de las* Obras Completas de Julián del Casal: Poesía y Prosa, y Bibliografía de la Literatura Infantil de Cuba, Siglo XIX. *Desde hace varios años reside en Miami, donde publicó, en 1993, un libro de relatos* Años de Ofún.

## LA HERMOSA TRASMIERA

Sus ojos azules brillaban cuando la nombraba. Era como un conjuro. Las palabras parecían extrañas. Comenzaba el viejo relato: La Hermosa Trasmiera... Cuarenta y dos días navegando en un barco de velas...

Así llegó el Abuelo a Cuba. Dieciséis años tenía cuando emigró a América. Abandonó La Pedriza —la casa solariega en Ojébar, la aldea montañesa con su plaza y su fuente; con La bien Aparecida, la Virgen Tutelar del pueblo, que permanecían en las frases llenas de emoción— y se instaló en Villaclara donde comenzó su vida en la Isla, lejos del terruño tan querido.

El tiempo no altera su memoria. Su acento castellano no se perdió y las suaves "ces" y "zetas" fascinaban a la pequeña, que sentada a su lado, quería saber más y más de aquella tierra donde había rebaños de ovejas y de cabras, donde el lobo amenazaba, aquella tierra tan distante que ella quería conocer con el Abuelo. Le enseñó a rezar en la mañana una oración de su infancia, dando gracias por el nuevo día: "Gracias Señor por haberme sacado de las tinieblas de la noche a la luz del día. Haced que lo gaste en obras en vuestro santo servicio, por Jesucristo Nuestro Señor. Amén. El lenguaje era bien ajeno a la expresión criolla, pero lo fue haciendo suyo hasta que lo sintió como su propio en cada despertar.

El Abuelo era viejo, muy viejo, cuando caminaba con la nieta por el reparto Almendares. Ella con sus patines y él con su bastón y el retrato de Alfonso XIII en sus manos para mostrárselo a sus paisanos. Dedicado por el Rey "a su leal súbdito". Ya la República esta instaurada en España, pero el Abuelo seguía siendo súbdito español, monárquico y católico.

La nieta lo seguía en sus andanzas y ambos se aventuraban por las calles del Reparto alejándose de la casa por buscar a un amigo al que debía visitar.

Exitía una complicidad entre ellos. El regaño era compartido. Recordaba la sonrisa traviesa bajo el espeso bigote.

La vida del Abuelo fue un ejemplo del emigrante que se enraíza en la nueva tierra. Pero ninguna gloria de España le era extraña. Con sombrero de fieltro y bastón abordó el guadaño para llegar hasta el buque escuela "Juan Sebastián de Elcano" anclado en la bahía de La Habana; desde luego que recibió en la Colonia Española a los aviadores Barberán y Collar, orgulloso de la hazaña transoceánica del "Cuatro Vientos? y al aeropuesto de Columbia se fue a conocer a La Cierva y a su autogiro. Su mayor ilusión: aquella promesa de Alfonso XIII, hecha en su propia voz, en grabación dedicada a las naciones de Hispanoamérica a las que anunciaba su visita. El advenimiento de la República hizo imposible el encuentro.

Las banderas de la Colonia Española a media asta saludaron al Abuelo al pasar hacia el viejo cementerio de Santa Clara, la ciudad que supo de su amor por la tierra que hizo suya —y donde pidió descansar— la tierra marcada por su andar. "Al andar se hace camino/ y al volver la vista atrás/ se ve la senda que nunca/ se ha de volver a pisar?./

Las luces se encendieron y los letreros ordenaban ponerse el cinturón. El Iberia iba a aterrizar, pasados tantos años llega a España ¡en ocho horas!. Cuarenta y dos días en la Hermosa Trasmiera... El avión era tan sugestivo como la embarcación de velas.

Arribaba a España con el recuerdo del Abuelo hecho presencia.

Así no se sintió exiliada. Era un reencontrarse con la tierra que le pertenecía desde la infancia. Estaba muy cerca de sus gentes y cuando caminaba, confundida con ese pueblo al que amaba desde siempre, creía no andar sola. El Abuelo marchaba a su lado, sonriéndole a la Cibeles. Y con un reproche por la aldea alcanzada.

Y ahora de nuevo hacia América —extrañas rutas que marcan los poderes—. Otra vez cruzar el Atlántico, sólo en unas horas, no el navegar incesante de cuarenta y dos días. Pero al igual que el Abuelo, también iba a recomenzar la vida en un país extranjero y sintió toda la tristeza, toda la nostalgia del emigrante.

El exilio es duro. El perfil del paisaje plantaba su sello indescifrable. Ciudad de concreto y sol, trazada rectamente, sin la estrechez de la calles habaneras, sin sus cinco esquinas del Angel. Guarda el recuerdo de la Villa de La Asunción, añoranza de campanarios y conventos, tradiciones conservadas, hornacinas en los altos muros que evocan los antiguos nombres que marcaban la ruta del Padre Santo en el Rosario de cada tarde.

Siempre había comprendido, sin saber cómo, a todos los que vivían lejos de su patria. En Cuba cabían todos bajo su cielo azul. Al igual que en esta ciudad que se ha abierto para los que buscan un lugar donde respirar libremente. Pero el precio del exilio es alto. El desarraigo es mortal si no se trasciende la hora de la angustia para dar alcance a la esperanza.

Ya sabía por qué el Abuelo repetía sus historias: por que la aldea volvía a ser real en su palabra y luchaba por recobrarla cada día. Nunca hubo retorno para él, sólo soñaba con el viaje que no era imposible. Pero el exiliado no tiene regreso. Salió quizás para siempre con su vivencias, con su pasado encerrados en sus veintidós kilos de equipaje.

Así se trajo al Abuelo, con sus botines, su saco y chaleco cruzado por la leontina, su sombrero y su bastón, silbando La Marcha Real o El Barbero de Sevilla si estaba enojado. Necesitaba un escudo para enfrentarse a la nueva realidad, pero ¿qué pueden hacer unas cabras triscando en la montaña contra el acero y el concreto?

La nueva realidad la trituró y cayó en un abismo donde no había asideros posibles. Se hundió en él sin remedio. Como tantos otros conoció la inseguridad de la vida del exiliado.

Y sólo la Fe —que pudo pasar en los 22 kilos de equipaje y que fueron incapaces de pesar los funcionarios comunistas— trenzada con el tiempo formaron la cuerda por la que fue subiendo el fondo del abismo "a la luz del día".

Otra vez la vida recomenzaba. Se iba aferrando a ella con toda su fuerza para vencer el aislamiento, para salir de la depresión profunda.

Acaso, finalmente, el recuerdo del Abuelo convertido en la mejor terapia, le dio el coraje para asumir el presente y lograr un equilibrio de supervivencia concedido por la gracia de Dios.

# *LINO NOVÁS CALVO*

*Nació en Galicia, España, en 1905, pero desde niño vivió en Cuba, a cuya cultura y literatura se integró. Colaboró en la Revista de Avance. De 1931 a 1939 actuó como corresponsal en España de la revista* Orbe. *Volvió a Cuba en 1940, obtuvo el título de Periodista y trabajó como editor de la revista* Ultra. *En 1942 ganó el Premio Hernández Catá y en 1944 el Premio Nacional de Cuento. También fue profesor de francés de la Escuela Normal de La Habana de 1947 a 1960, año en que salió al exilio. Se radicó en Nueva York, donde trabajó en las revistas* Bohemia Libre *y* Vanidades. *En 1967 fue nombrado profesor de la Universidad de Siracusa (NY), cargo que ocupó hasta su jubilación en 1974. Se le considera uno de los iniciadores en Hispanoamérica de la tendencia estética del "realismo mágico". Su obra de ficción está concentrada en* La luna nona y otros cuentos *(1942),* No sé quién soy *(1945),* Cayo Canas *(1946),* En los traspatios *(1946),* Maneras de contar *(1970) y su afamada novela* El negrero *(1933). Falleció en Nueva York en 1983.*

## EN COPEYABAJO

CopeyAbajo quedaba algo apartado del ramal que unía a CopeyArriba con la carretera. Era poco más que una siticría.

En otro tiempo se había pensado en hacer pasar por allí un tren de caña, del que ahora, 1º. de enero de 1959—quedaba sólo una zanja y algunas traviesas cubiertas de maleza.

CopeyAbajo se quedó acurrucado en un bajío. Parecía avergonzado. Hasta una casa que iba a ser grande y de vivienda paró en cimientos y algunas columnas, casi truncas, apuntando hacia el cielo.

En CopeyAbajo la gente cultivaba frutos menores, plantaba frutales, criaba pollos y puercos que llevaba a vender a CopeyArriba. Ya no era tan pobre aquella gente. Hasta la Rural había puesto su cuartelillo en CopeyAbajo.

Cuando se interrumpió el tren de caña, y con él la casa grande, Gabino Silvera quedó allí varado y sin trabajo. Era maestro de obras. Empezó por hacerse un bohío: luego se puso a sembrar arroz al borde de una ciénaga. Era una idea loca; el arroz no rendía. Así que también Gabino Silvera se puso a cultivar yucas, boniatos, malangas y ñames, para vender y dar de comer a la familia. También criaba pollos, puercos e hijos. Su mujer, Mariluz Cabrera, le mandaba uno por año, por lo menos. Todos eran aún pequeños.

Consigo tenía Gabino Silvera un sobrino huérfano llamado Lalo que ya pasaba de los veinte cuando por CopeyAbajo y de noche empezaron a pasar alzados que iban a la Sierra o de ella venían.

Lalo era un gran ayuda para Gabino. Enteco y fuerte, apenas hablaba; miraba a la gente con una extraña dureza. Su padre había sido rural allá por Oriente y lo habían matado en un encuentro.

Lalo y Gabino eran montunos que se habían cujeado en los pueblos, pero no habían perdido su silencio y su cautela. Eran hombres duros, de recia cepa isleña. El español de la tienda mixta en CopeyArriba les llamaba Los Silvera y decía que había que tenerles mucho respeto. Andaban siempre pareados de modo que parecían uno doble.

CopeyAbajo era lugar de paso apropiado y frecuente para los alzados. Durante muchos meses éstos habían estado pasando en horas de la noche arrastrándose por el monte como majaes. Se escurrían. Algunos paraban unos minutos para pedir tasajo o bacalao o café, si los había. Lo hacían por sorpresa en callados asaltos. Muy pocos eran apresados por los rurales. Tal vez ninguno. Como llevaban armas temibles, los sitieros les daban lo que pedían y se quedaban pensando en lo que los alzados les decían: "Cuidado, compañeros, ni pío: somos patriotas."

De vez en cuando los rurales interrogaban a la gente, pero sin mayor aprieto. Y si mataban algún alzado, nadie había visto al muerto. Los guajiros pensaban que los alzados eran como los mambises; no entendían otra cosa.

Por el bohío, ahora muy ampliado, de los Silvera pasaban a menudo los alzados, porque tenía cuartos añadidos por detrás y se recostaba contra un monte quebrado. Llamaban bajito, tomaban mansamente lo que les daban y se escurrían. Nunca se olvidaban de advertir: "Cuidado, compañero..." dejando ver las cananas y las ametralladoras de mano. Era jóvenes y barbudos.

Los Silvera cabeceaban un poco. No les gustaban mucho los alzados, porque se llevaban lo que ellos trabajaban, pero callaban lo mismo que los otros. Si un rural venía a preguntar decían: "Sí, por aquí pasaron, pero era de noche y no les vimos las caras."

Aunque le faltaba poco, aún no había llegado a la electricidad a CopeyAbajo. Todavía la gente se alumbraba con luz brillante. La electricidad se había detenido en CopeyArriba.

Un teniente de apellido Flores mandaba el cuartelillo. Era pequeño, rechoncho y letrado. Pocas veces se le veía llevando revólver. Era sonriente y persuasivo. Todo esto a los guajiros le parecía bien extraño. Le llamaban, por lo bajo, El Doctor. No permitía que ningún guardia se llevara nada sin pagar. También eso era bien raro.

Si algún alzado detenía, Flores lo mandaba en seguida a la capital de la Provincia. Nunca los retenía más de unas horas en el cuartelillo. Y cadáveres, nadie los había visto.

Asi pasaban los meses y los meses en CopeyAbajo y CopeyArriba. Corrían, sin embargo, rumores. Algunos suponían que en el monte pudieran estarse pudriendo algunos muertos. Uno nunca sabe. Pero al composanto que mediaba entre los dos Copeyes, nadie los había traído.

Los Silvera eran la gente más hermética de CopeyAbajo. Ya no vivían tan mal, aunque no hubiera obras de hacer. El bohío se había convertido casi en casa de viviendo. Lalo y Gabino siempre tenían algo que ir a vender a CopeyArriba, y de regreso traían novedades de la Tienda Mixta. Cosas como radios de pila para ellos y otros sitieros.

Gabino veía a Lalo como una extensión de sí mismo. Lo malo es que algún día tendría que casarse. Entonces Gabino tendría que adiestrar al macho, Demetrio, que no llegaba aún a los once años. Y Mariluz seguía partiendo, y pariendo.

Gabino y Lalo no descansaban. Además de un poco de arroz, los frutos y las frutas y las crías, tenían muchas matas del palo llamado Ramón. Ese palo era misterioso y alguien (quién sabe quién) había plantado muchos en el terreno comprado por los Silvera.

Palo Ramón era mágico. Decían algunos negros viejos que esos palos hablaban y se entendían entre sí en un lenguaje tan bajo que no percibían los oídos humanos. Se decían secretos: biss biss biss.

Además de eso, todo el mundo en el campo sabía que Palo Ramón menstrúa como las mujeres, y que da leche en creciente. Algunas mujeres en lactancia venían a comprar aquella leche para seguir lactando hasta tres años. Gabino y Lalo ordeñaban con cuidado los Palos Ramón, pues daban algún dinero.

Pero había que tener cuidado de no decir ningún secreto al alcance de sus oídos, pues Palo Ramón tiene oídos muy finos, y con sus camaradas es muy chismoso. Era posible incluso que adivinara el pensamiento de las personas.

También había que cuidar de no decir ni hacer nada que los molestara, pues entonces despedían fluidos imperceptibles que pudieran ser muy dañinos.

Otros decían que había personas con el don mágico de entenderse con esos palos, y que éstos les comunicaban sus secretos.

Como albañil, después de que CopeyAbajo había quedado en engendra, Gabino Silvera tenía poco que hacer. Un varaentierra lo levantaba cualquiera. Si acaso una reparación de buena vecindad. Pero guardaba con amor sus herramientas de albañil. La última obra de mampostería que había hecho era un cuarto añadido al cuartelillo por orden del teniente Flores.

Ahora las noticias de los alzados llegaban a gritos por los radios de pila. Esos radios se habían extendido como la verdolaga. Como una plaga de bibijaguas. Los hombres más acomodados iban hasta La Habana a comprar radios de onda corta con que captar las emisoras rebeldes. Toda la gente del campo estaba alborotada por aquellas voces entrelazadas.

Poco a poco los rurales habían ido saliendo de su sopor. Iban pro las sitierías, hacían preguntas, advertían que no se debían escuchar aquellas emisoras. Pero no detenían a nadie, y los guajiros ocultaban sus aparatos en cuevas, troncos de árboles y bajo pencas de guano, en el monte.

La desgana de los rurales del teniente Flores desconcertaba un poco a los guajiros. Pasaban de pasada por los bohíos como si nada pasara. Difícil saber a qué atenerse. A lo mejor algunos simpatizaban con los alzados, que parecían mambises. Desde luego, la pendencia se decidiría en La Habana, y al fin todo pasaría, como los ciclones. Eso pensaban los guajiros. Mejor esperar y agachar la cabeza.

Al mismo tiempo era curioso que casi todos fueran viviendo mejor. Los radios ayudaban a matar las horas muertas, y aun activaban la labor, en días tan calurosos; eran como lectores de tabaquería.

También los niños iban aprendiendo a hablar bien escuchando los radios. Lo que más le gustaban eran los cantos y los gritos. Los fascinaban. Los oyentes ansiaban más y más, vivían en suspenso, como con las novelas por entregas. Pensaban algunos que los radios retendrían a los jóvenes en el campo, pero no era así. Los jóvenes se agitaban y todos querían ir a alguna parte. Lo malo en aquella tierra fértil era que daba muchos hijos.

Lalo Silvera no daba nunca muestras de querer salir de la sitiería. Veía, oía y callaba. Seguía a Gabino lo mismo a la labor de la tierra que a la venta y compra en CopeyArriba. Tenían buenos caballos.

Los Silvera siempre habían sido discretos. De tanto callar, casi se habían quedado sin palabras. Pero escuchaban lo que decían las radios de onda larga y lo que decían los vecinos que las tenían de onda corta. Con todos se llevaban bien. Hasta los rurales los invitaban a café con ron cuando trabajaban en la obra de ensanche del cuartelillo.

Ocurrió entonces algo que parecía raro: el teniente Flores fue trasladado —dijeron— a otro pueblo, y en su lugar apareció otro bien diferente. Se llamaba Carmona. Tenía algo de jutía. Era narigón y de cara afilada. Y éste sí que llevaba bien visible el Colt a la cintura.

Hasta ver, todos los que tenían radios prohibidos los escondieron. Carmona recorría las sitierías, saludaba secamente, hacía de pasada algunas preguntas capciosas como: ¿Y qué paso por aquí el día...? Nombraba un día en que a lo mejor no había pasado nada. Con quienes pareció entenderse mejor fue con los Silvera. También él los convidaba a café con ron, y a veces iba a su casa a tomar el café carretero que hacía Mariluz Cabrera.

Una noche vino Carmona a sentarse al portalillo de los Silvera. Conversaron pero no se mencionó a los alzados. A punto de retirarse, Carmona preguntó a Gabino:

—¿Y cómo fue que no terminó usted aquella casona?

—Los dueños cambiaron de idea —dijo Gabino—. La compañía se extendió hacia el otro lado.

Ni en CopeyAbajo ni en CopeyArriba les veía nunca nadie los dientes al teniente Carmona. Si preguntaba, nadie sabía. Los únicos que pudieran saber algo eran los Palos Ramón, pero sólo los brujos los entendían.

Aquella noche el teniente Carmona dijo, para dentro y como en un aparte: "Un buen escarmiento, dado a tiempo, puede ahorrar mucho trabajo."

Gabino no le encontró pies ni cabeza a aquella frase.

El siguiente temblor vino a comienzos de 1958. Las emisoras rebeldes comenzaron a aullar triunfalmente.

Y lo casi increíble: el teniente Carmona desapareció misteriosamente, y el Sargento Mayor, Cantibia, tomó el mando del cuartelillo.

Pero ningún otro suceso por el momento en CopeyAbajo, salvo la noticia de que todas las serranías estaban cundidas de rebeldes y que éstos estaban bajando. Acaso algunos estuvieran llegando ya a La Habana. Dondequiera la gente se les sumaba o se apartaba para dejarles paso.

Aquellas nubes, escuálidas al principio, iban siendo engrosadas a su paso por villas, pueblos y sitierías. Millares se les sumaban y se dejaban crecer las barbas.

CopeyAbajo quedaba al margen, pero de todo se enteraba por la plaga de radios de pila.

Como siempre, aunque también alterados, los Silvera continuaron pacientemente su trabajo.

La primera presencia corporal de la avalancha fue la de un breve grupo de milicianos de CopeyArriba que habían empezado a dejarse crecer las barbas y vestían ya de kepis y verdeolivo. Algunos, ya con pistola.

Lo primero fue apoderarse del cuartelillo, y mandar los guardias, con su sargento mayor, a la capital de la Provincia. Un tal Filiberto Castalia venía al mando de la milicia. Era como una copia corporal de Carmona, pero se hacía llamar compañero. Todo el mundo aplaudía.

Ahora no tardaron las pesquisas. Pronto empezaron a crecer y multiplicarse las milicias.

Pero ni en CopeyAbajo ni en CopeyArriba se había visto a nadie escapando. No había por qué. Si había habido algún muerto, sería hacia las lomas, y nadie sabía.

Milicias iban y milicias venían, sin embargo. proliferaban como los radios. Pululaban, con las barbas crecidas o a medio crecer.

Los radios voceaban ahora a todo volumen lo que les mandaban. Algunos vecinos de CopeyAbajo iban a CopeyArriba a ver un televisor que habían instalado de noche en la Plaza. Poco después el teniente Filiberto Castalia trajo también un televisor a CopeyAbajo, donde los guajiros podían ver desfiles y concentraciones, escuchar discursos, y presenciar juicios y fusilamientos. De éstos, el más famoso fue el de Jesús Sosa Blanco.

Otro escalofrío fue causado por la noticia de que el ex-teniente Flores había sido fusilado en el Oriente Bravo. También las milicias habían descubierto tres cadáveres en la falda de una loma. Los habían retratado y habían vuelto a echarles tierra. Eso dio lugar a nuevos interrogatorios.

Al mismo tiempo, el nuevo jefe, teniente Filiberto Castalia, lanzó una proclama. En ella decía que allí ningún inocente tenía nada que temer —y fue por eso por lo que todos empezaron a temer. Los juicios dados por televisión cautivaban y a la vez erizaban a la gente.

Como los anteriores, el nuevo jefe invitó una noche a Lalo y Gabino al cuartelillo a tomar café. Les hizo muchas preguntas cuyo sentido no entendieron. Preguntas como ésta: ¿Y qué pasó con aquellos compañeros que durmieron en el traspatio de su casa el día...? Los Silvera no recordaban nada. Sin duda el teniente Castalia sabía más que ellos.

Al despedirse, Castalia dijo a Gabino que tenía el propósito de terminar la construcción interrumpida de la casona, y que ellos, Gabino y Lalo, se encargarían de la obra. Por de pronto, quería que levantaran la pared que debía dar hacia el pueblo. Mandaría traer materiales.

Inmediatamente empezaron, los Silvera a levantar aquella pared. En menos de cinco días estaba a la altura de las dos columnas más próximas. La gente pasaba mirando con extrañeza aquel trabajo. Ni Gabino ni Lalo podían dar explicaciones. Los nuevos amos tenían ideas muy extrañas.

Un nuevo rumor empezó a correr entonces entre muchos otros. Se decía que el teniente Carmona, que meses antes había desaparecido, se había pasado a los alzados. Pero, de cierto, nadie sabía. También se hablaba de que Carmona iba de pueblo en pueblo con un piquete de fusilamiento, haciendo justicia, dando escarmientos. Gabino Silvera recordó entonces haberle oído una vez aquella palabra.

Al quinto día —era un viernes— Gabino y Lalo fueron al cuartelillo a preguntar al teniente Castalia si le parecía bien la obra terminada.

—Como no— dijo Castalia— Sólo tendrán que repellar un poco, darle lechada y algunos retoques.

Una hoja impresa por un solo lado en CopeyArriba venía ahora echando candela. Se titulaba "Sierra". "Sierra" hacía mucho hincapié en la necesidad de la justicia revolucionaria.

Todavía en CopeyAbajo no se había detenido a nadie. En CopeyArriba, solamente se habían llevado algunos hombres.

Aquel domingo, por la mañana, se repartieron multitud de hojas "Sierra". En ellas se convocaba a todos los sitieros a un acto que tendría lugar en la explanada frente a la casa de construcción. Gabino y su sobrino estaban repellando la pared que habían levantado cuando empezaron a llegar los primeros campesinos. Una herradura de milicianos armados de mosquetes los mantenían a cierta distancia mientras Lalo y Gabino seguían repellando.

Ni Lalo ni Gabino habían leído la hoja del día. Se habían levantado al canto del gallo, porque Castalia les había mandado a decir que fueran a dar los últimos retoques. Algunos pensaron que la pared sería usada como pantalla para proyectar una película.

A la salida del sol (que se levantaba mirando a la pared) había ya un nutrido gentío a espaldas de la herradura de milicianos.

De aquella herradura se desprendió entonces un piquete armado de máuseres. Se adelantó un poco hacia Lalo y su tío y se detuvo.

Detrás del piquete venía el teniente Castalia, y detrás de Castalia venía el teniente Carmona, ahora de kepis y verdeolivo.

Castalia, dando un paso al frente, ordenó a Lalo y Gabino: —¡Cuádrense!

Lalo y Gabino obedecieron. Era como si alguien fuera a hacerles un retrato.

Lalo y Gabino tenían aún las llanas en la mano. No parecían entender nada de lo que sucedía, pero no dijeron palabra.

El hombre que venía detrás de Castalia fue entonces fácilmente reconocido, pues se volvió de cara al sol para que le vieran bien la cara.

Castalia retrocedió un poco, y levantando el brazo izquierdo (el derecho lo traía en cabestrillo), ordenó:

—¡Preparen...!

La descarga fue cerrada. Lalo y Gabino, todavía con las llanas en las manos, tardaron unos segundos en doblarse. Entonces se desplomaron juntos y de frente y al mismo tiempo.

El gentío parecía ahora una masa sólida e inerte, fascinada, mientras el teniente Carmona se adelantaba desenfundando la pistola para dar los tiros de gracia.

## *ANA ROSA NÚÑEZ*

*Nació en 1926, en La Habana. Allí hizo sus estudios en la Academia Baldor, donde terminó el Bachillerato en 1945. Se doctoró en Filosofía y Letras en 1954 y también se recibió de Bibliotecaria en la universidad de esa ciudad (1955). Trabajó como Bibliotecaria del Tribunal de Cuentas hasta 1961, año en que renunció a dicho cargo. En 1965 salió al exilio y desde 1966 se radicó en Miami, donde hasta 1995 fue Bibliotecaria de la Universidad de Miami Ha recibido diversos premios en reconocimiento a su labor de creación literaria y de divulgación cultural. Entre sus libros deben mencionarse:* Gabriela Mistral: El amor que hirió *(1961),* Las siete lunas de enero *(1967),* La Florida de Juan Ramón Jiménez *(1968),* Loores a la palma real *(1968),* Poesía en éxodo *(1970),* Escamas de Caribe *(1971),* Los oficialeros *(1973),* Verde sobre azul *(1987),* Uno y veinte golpes por América *(1992) y* Sol de un solo día *(1993).*

## MARY WILSON

Las sombras estaban mojadas. Los adoquines de las calles cercanas —como dientes que la tierra robara al mar— brillaban a la cándida luz de llamas en velones y faroles que se empeñaban en vivir retando con temblores el fuerte aire con que el Caribe tiene acostumbrado a los hijos de sus ciclones. En una rápida conversación se desató de nuevo la tempestad. Dos hombres, destinados a las heridas de un rocío que no tendrían al amanecer, sentados en una rústica mesa de buena madera de tierra dentro, de esa madera que no conoce otro oleaje que el de la brisa entre sus ramas, cuando fueron árboles, se miraban con ojos huracanados. Ajenas la luz y la madera a la tempestad eran el verdadero ojo del ciclón. Los mudos y sólidos testigos de una conversación tan rápida y tajante como el huracán que por unos momentos olvidaba costas y tierras, cosechas destruidas y frutos malogrados.

—Por ella, sí, por ella, has podido perder la vida. ¿Crees tú que alguien merece esta intrepidez?

—¿Y tus hijos, y tu mujer, y tu familia toda?

—Ella merece eso y mucho más si es un hombre de verdad quien se encarga de su problema.

Me haces preguntas para las que tú mismo tienes respuestas.

—Yo no tengo más respuesta que la vida de los míos.

—Pues la vida de ella es también la vida de los míos. Mary nació para el mar, su tierra era el mar, ¿me entiendes?

—Pues que se atenga a, las consecuencias o es que no supo que el viento corta como aleta de tiburón, que no se puede ser obstinada y que estaba advertida.

—Estas cosas son así, se tiene confianza y fe en el derecho que se tiene a vivir; como en el derecho que se tiene a morir.

—Eres un filósofo extraño, lo que se impone es vivir.

—Por eso arriesgué— como tú dices— mi vida.

—La muerte rondaba la vida de la Wilson desde que nació, dejarla morir cuando le llega su hora es cumplir también con el destino. No por eso se es menos hombre.

—¿Se es menos hombre? ¿Pero sabes tú acaso lo que se le impone a un hombre como yo o como tú, responsables de toda una ciudad, de una fortaleza, de un juramento.....?

—¿Y quién en estos momentos hubiera sabido que Mary Wilson en sus andanzas pereciera.—?

—Es que ella también tiene su deber que cumplir y si la atmósfera, le fue fatal ¿por qué tu complicidad en la aventura, o es que ella significa más para ti que tu propia vida!

—Mi vida, la razón de mi vida, aunque no fuera quien soy es servir y ser fiel a quienes sirvo.

—A tus amigos.

—No hay amigos ni enemigos cuando de salvar vidas se trata. Tomé la decisión como acepté mi destino al abandonar Méjico.

—Eso, Méjico, Seguro que ahora serías el hombre de confianza de Iturbide; pero no, otra vez te llamó la Corona que llevas entronizada en tu conciencia.

—Eso, hubiera sido traición.

—Y que te recompensó tu quijotada— Amadeo de Saboya.

—Vivir en paz, dormir tranquilo, comer pan y vivir sin angustias.

—Sabes, no quiero que me creas un Sancho cualquiera, pero ni Méjico, ni Mary Wilson te merecen.

—¿Estás seguro?

—Segurísimo hombre, —de haber sido yo— Ni agua salada, ni hambre.

—¿Y qué hay de malo en el hambre, o el bautismo del agua salada?
—Que perdiste tu reino, amigo.
—¿Reino?
—Sí, fama, dinero, poder, autoridad y quizás hasta un título nobiliario.
—Por una vez y para siempre te diré que mi fama radica en el sueño de mi noche, mi dinero en el alba y el crepúsculo que son míos desde esta torre, desde esta colina, mi poder — hacer el bien, fiel con Dios y mi prójimo, y mi título nobiliario — el de simplemente Hombre Honesto
—¿Y crees tú que la Reina va ha ser distinta que Amadeo de Saboya?
—La Reina, es reina.

Tres meses después y secas ya las sombras, con ojos huracanados leyó la carta: Decía:

Distinguido Gobernador:

Le agradezco el haberle salvado la vida a mi súbdita Mary Wilson. Comuníqueme sus honorarios.

Su Majestad.

El sello real volvió a ser el vórtice del huracán. Como quien agarra un relámpago entre los dedos escribió a pluma de ganso la respuesta.

Majestad:

Mi honor no está en venta y mi deber no tiene precio.

El Gobernador.

—Lleva esta carta a ser despachada.
—¿Se puede saber a quien escribió que así de roja tiene la vista?
—A una Reina que no sabe ser Reina.—
El sol brilló sobre la Bahía con la misma intensidad del suelo Virgen....

Seis meses después

Cuando la bahía esperaba la luna llena el Gobernador del Morro de La Habana recibía una condecoración. La Medalla Especial de Oro por Real Orden de Su Majestad La Reina de Inglaterra. Once medallas más de plata le eran otorgadas al resto de los oficiales que conjuntamente con él habían salvado a la tripulación de la Fragata inglesa Mary Wilson que naufrago a la entrada del Puerto de la Habana a causas de una tormenta tropical conocida por los cubanos como Ciclón.

El Gobernador al paso del tiempo murió pobre y la medalla más tarde apagó el hambre de su propia familia.

## GINA OBRADOR

*(Seudónimo: Georgina Obrador de Hernández)*

*Nació en Camagüey, ciudad donde realizó sus primeros estudios y los secundarios hasta graduarse de Bachiller en Ciencias y Letras, y de Maestra Normal. En la Universidad de La Habana se graduó de Doctora en Pedagogía. Obtuvo título de Maestría en Artes en la SUNY University (Albany, Estado de Nueva York). Ha publicado* Humo del tiempo *(Poemas), La Habana (1960) y* Cuadrángulos *(Novela), Barcelona, España (1978). Actualmente reside en Miami.*

## AQUÍ SIEMPRE ES VEINTISÉIS

Y que yo no sé qué se traen. Con ese rebumbio ya no sé ni dónde estoy sentada. Porque ya ni decir puedo "dónde estoy parada". Aquí, meciéndome y meciéndome en esta *comadrita*. Que ésa sí que no me la pueden quitar. ¡Y qué sé yo! "Y que ésa está vieja, que ya está ocamba, y que aquí no queremos viejos, que para lo que sirven, y que ésa es de las de antes"... ¿Qué más dicen? Ya ni sé. Y luego este silloncito con la pata desencolada con esa cantaleta: "¡Aquí siempre es ventiséis!" "¡Aquí siempre es ventiséis!" Y si no me mezo me aburro. Ya ni tejer ni bordar... ¿Con qué? Del sillón a la ventana. De la ventana al sillón. Y cómo me gustaba a mí ir hasta allá, hasta el malecón. Y ahora ¿qué?... Y, ¿ahora?. ahora ese sonsonete que se ha metido en la pata de la *comadrita*. Si encontrara cola le taparía la boca. Pero sí... cola hay y mucha. Pero, ¡qué cola ni qué caray! Ni ganas de comer. Y lo más bonito: ni ganas de comer teniendo hambre. Para lo que dan...

Ya casi ni los pies me acompañan. Y ni sobrinas ni parientes. Ni un muchacho que le haga a una un mandadito. Sólo Micaela. Pero ya ni oye. Ni siquiera cuando le digo: "Oye, oye lo que repite la *comadrita*", Antes lo oía. Pero ya no; ya no lo oye. "Me he acostumbrado; me he acostumbrado"... Y de ahí no sale.

# Aquí Siempre es Veintiseis

Y ahora ¿qué? Esa fanfarria. Y toda esa gente. Y todo ese banderío. Y esa empujadera en las colas. Y, ¿para qué? Para tres onzas de carne por persona cada nueve o doce días. Y una bolsa de leche en polvo, qué sé yo cuándo... Miseria, miseria.

Se mecía, se mecía rabiosamente. "¡Aquí siempre es veintiséis!" "¡Aquí siempre es veintiséis!" "¡Aquí siempre es veintiséis!" ¡Qué rabia! ¡Y todo aquello que aprendimos! Y todo aquello de que hablaban mis padres y los padres de nuestros amigos... Y que fueron mambises. Y de los buenos. De los que dieron su dinero. Y todo... para nosotros ver esto ahora. Y toda la historia que aprendimos. Y aquella larga guerra que duró diez años. Y todos los... "¡Aquí siempre es veintiséis!" "¡Aquí siempre es veintiséis!""¡Aquí siempre es veintiséis!" "¡Vieja loca! ¡Solterona! ¡Vieja loca! ¡Señorona! ¡Ocamba!" Sí, sí, Y el Grito de Baire. Y la Guerra Chiquita... ¿Es que se puede borrar así la historia? ¿Así porque sí? "¡Aquí siempre es vcintiséis!" "¡Aquí siempre es veintiséis!" Yo saldría y les gritaría, ¡y el 10 de octubre? ¿Y el 24 de febrero? ¿Y el 28 de enero? ¿Y el 7 de diciembre? ¿Y el 19 de mayo? ¿Y el 20 de mayo? Sí, hasta el 4 de septiembre. Aunque yo de esta fecha no me cuido mucho, pero ni en esa época se olvidaron de la celebración de las fechas verdad, de las de la otra historia. No esto de ahora. Ni Navidades ni Reyes Magos... Ni Semana Santa... Pero, ¿que se han figurado? ¿Que no tenemos memoria? "¡Aquí siempre es veintiséis!" "¡Aquí siempre es veintiséis!"

Lo que pasa es que ni se puede hablar. Ni queda el recurso de tirar una trompetilla como decía aquel humorista... Y, ¡cómo me hacía reír... y pensar! ¡Trompetilla! ¡Cualquiera se atreve a tirarle una trompetilla a uno de ésos! Y no es que falten ganas. Se la tiraría así, así: ¡Bruu...!, desde aquí, desde la ventana. "¡Vieja señorona!" "¡Ocamba! ¿Qué haces aquí? ¿Por qué no te fuiste?" "¡Vieja! ¡Vieja! ¡Señorona!" Sí, pero fui joven. Ya serán viejos y sabrán... Fui joven y bien que recuerdo. Los carnavales que se remataban con aquellas congas que hasta a mí se me iban los pies. Aquellos carnavales del Paseo del Padro, con su glorieta al final y del Malecón... Y los bailes del Casino Español. Y los del Centro de Dependientes. Y las fiestas familiares de la Víbora y de Santos Suárez y del Vedado. Y ahora, ¿qué? Milicianos y milicianas y colas. Y gente que ni se sabe de dónde ha venido.

¡Ah, y el Instituto y la Universidad...! ¡Mis amigos de la Universidad! Aquí ya quedan pocos o ninguno; ni sé. Y yo que ni terminé mis estudios. Y todo por enamorarme. Y nada, para ni casarme. ¡Ni chicha ni limonada! Y tener que estar aquí, esperando. Un entierro gratis, gratis. Todo gratis. Pero ¿qué? ¿Quién puede mudarse? ¿Quién puede moverse, de aquí para allá, de allá para acá, como antes? En tranvía o en ómnibus. ¿Quién? Ellos, ellos. Sí, ya sé, pata coja: ¡Aquí siempre es veintiséis!... ¿quién te puede desmentir?

Me asomo a la ventana y se me encoge el corazón. Ya ni a quién visitar. Y Micaela, cada vez más sorda. ¡No, que se hace la sorda! Ahorita se hará la ciega y hasta tendré que bañarla. Esto, los días que corra el agua. Ya me duelen los oídos de escuchar. "¡Ahorre agua!" "¡Ahorre agua!". NI leer ni leer. ¿Qué vamos a leer?. Un solo periódico. ¿Y qué y qué? Nada. Y con estos apagones ni ganas de nada, de nada.

Ya hasta temo persignarme cuando paso frente a la iglesia. Y pensar que me emocioné tanto, que me corrieron las lágrimas, cuando esta gente llegó a La Habana cantando: "¡Adelante, cubano!..." Si se hubiera sabido, si se hubiera sabido... Tal vez hubiéramos podido irnos, irnos... Pero ahora, dos viejas solteronas, solteronas. ¿Quién nos reclama? ¡Ah, qué daría ahora por una tacita de café bien caliente! Y ese almanaque ahí. Si me dan ganas de sacarle la lengua. Para lo que sirve... Lo mismo es ahora que ayer; que hace quince años; que mañana...¿Mañana? ¿A quién enterrarán primero? ¿A Micaela o a mí?. A mí, a mí; porque oigo, oigo, veo, ¡estoy viva! Y ella está muerta y anda. La enterrarán cuando ya apeste...

## SILVIA EUGENIA ODIO

*Nació en La Habana, en 1937. Llevó a cabo estudios de Filosofía y Letras, y Derecho Civil y Diplomático en la Universidad de Santo Tomás de Villanueva, en esa ciudad. Salió de Cuba en 1960 hacia los Estados Unidos. Ha residido también en Puerto Rico y Miami. Cultiva la poesía y la narrativa, y sus creaciones han aparecido en diversas revistas literarias. Entre sus publicaciones deben mencionarse los poemarios titulados:* He dejado atrás la ciudad fantástica; Un grito largo y viejo que no se apaga en mis oídos; Como quiero estrechar el espacio en mis brazos; *y* Esta única soledad con piel de lluvia. *Tiene un libro de cuentos titulado* No regresaron y otros cuentos, *y una novela corta,* Tú, Máximo.

## COSAS DE NEGROS MI NIÑA

Chico, mejó tú no hablá. Tú no sabé ná de esta negra vieja que es como el monte duro y cimarrón —repleto de sombras y de yerba, de yerba buena y mala—. Porque a esta negra le caminan muchas cosas por dentro y guarda muchas cicatrices pegá al pellejo. Si aveces tú me vé callaíta es porque no queré pensá más porque el cerebro se gasta y después no le queda a uno ná que contá ni qué decí.

Y si me paso toíto el tiempo mirando pa arriba es porque me gusta ver el cielo pintao de azul. Tú no creé ná péro alla arribita están los ojitos de mi niña mirandome y resguardándome tó el tiempo. Sus ojitos, que a veces ponían encandilados de tanto llorá, y a veces oscuros como si tuvieran criando un diablito allá dentro.

Fue culpa de él, que la hizo ser así. Mi niña siempre fue buena y reía mucho. Cuando era una criaturita, así no más corría a jugar a los bolos con los negritos del batey, y cuando venía el chino Chon, compraba caprichitos de ajonjolí pa tó aquella muchachería. Ella siempre quiso a los negros, siempre; en aquel lugá nunca se castigaba a naide por más metida de pata que diera, porque mis amos eran requetebuenos y querían a tó el mundo contento.

Después mi amita se fue poniendo linda y más linda y, claro está, vinieron los componedores de matrimonio, porque el amo tenía muchos centenes y había que casar bien a la niña. Llegó Don Rodrigo, que pa mí siempre fue un endoqui colorao y como era blanco y rubio y tenía sangre azul (aunque después yo la ve tan morá como la de los negros) la casaron con él. Ese era un aprovechao, a mí nunca me engañó. Como le gustaba hacer el paripé de gran señó con su sombrero de jipijapa y su dril. Pasaba en su volanta sin mirá ni pa aquí ni pa allá con ese calesero dulón que parecía un señorito negro incrustao de sol y de tanta argolla dorá.

Eso fue al principito cuando todavía enamorisqueaba a mi amita. Después se la llevó a su ingenio en Los Rosales y que jiña le cogí cuando le dijo a mi niña que me tenía que quedá. Pero yo le dice: no señó, a mi amita nunca la he dejao sola, si la crié yo, y la vi crecé: Y pa allá me fui aunque me odiara, porque él odiaba a tós los negros.

Nos llamaba mala sangre, surrupieros y veinte cosas má, y cuando ordenabá dar cuero era con látigo de cáñamo que era templao como el hierro, y ¡cómo gozaba! cuando el apapipio del mayoral encerraba a uno de los nuestros en el cepo y allí se podrían en esos huecos mes tras mes. Ese era un diente de perro sinvergüenza que pa que naide lo viera —pues presumía con los amos de buena agente— se colaba en los barracones de otros ingenios y despué de arreglá cuenta y sonaá duro con oro al guardiero, ese guatacón le traía negras y de las buenas...

Pero aquella casa de Los Rosales estaba maliciada. Al segundo día yo llamá a mi comadre y le dice: esta casa está maliciá, hay que hacé limpieza. Un día cuando el amo arrancó pa el trapiche, entre Ma'Conga y yo cogimos una lata grande de aceite de carbón y allí metimos albahaca, apasote y un piñón de botija, y encorriendito la regamos por tós los rincones. Pero que va, naide nos quitaba de la cabeza que allí había algún judío pegao, pero bien pegao, porque se sentía de noche ronda que ronda. Con el amo yo me hacía la embobá pero en lo oscuro había un judío suelto y esta negra conoce mucho de estas cosas.

Y mi niña inocente sin sabé ná, tan ilusona, tan suavecita, con sus sayas de olán almidoná a no dar má, y sus encajes y sus bucles que parecían girasoles.

Se levantaba tempranito para ir a desayuná con el amo. Le gustaba su café de pilón y su dulce de boniato. Pero ese sólo quería comida de ciudad y un día botó el platico de boniatillo al suelo porque decía que le dábamos a mi niña comida de cochinatos. Y mi amito tóa hecha un manojo de nervios se encerró en su cuarto a llorá.

Cada vez que hacía alguna de estas malicias yo me sentía como si me estuviera hinchando por dentro, tan abarrotá estaba de tanta rabia acumulá. Otro día cuando él se ausentó a la capitá en cosa de negocios, los negros que no estaban en faina le pegaron candela a un Juá, y toitico el mundo juró que era la misma estampa del amo. "Casualidades", dijo mi niña no má, cuando el mayorá se fue de bemba y quiso entrarle de lleno a los castigos. Pero tós nos hicimos los majás, naide sabía ná.

Después de un tiempo ya no llegó más ni pa cená. En el barracón se chismeaba que se había echao una cachanchana, jabaíta ella, medio lucumí, medio gallega y pa mí que esa le hizo algún preparao porque lucía embelesao. Y mi niña dejó de comer tóas las cositas ricas que le hacíamos Ma'Domitila y yo. Totá que allí sobre la mesa las dejaba enfriá pa después echársela a los perros. Día tras día sin ninguna nutricia. Se me fue poniendo calladita y cuando se quedó en los huesitos, ya no sonrió más. Yo me atemoraba de que mi amita se me fuera a morir y tó por ese hijo de la mala sangre que pa lo único que servía era pa la cogioca de las negras, pues ni trabajaba siquiera.

Yo le suplicaba y le hacía cuento y más cuento, pero ella sólo me miraba como un animalito raro. No quiso más las batas lindas de olán ni sus sayuelas de tira bordá. Hubo que coserle en un santiamén unos delantales de tela de rusia igualito al de nosotras y muy tempranito, al toque de la jila, a eso de las seis, agarraba el caminito de la enfermería ya allí se pasaba tó el día bañando y perfumando a esos renacuajos prietos. Le peinaba las pasa y le mandó hacer trajecitos blancos a tós. Parecía que jugaba otra vez con sus muñecas. Y nosotros preocúpa y preocúpa. Ni un hijo le daba ese sinvergüenza. Pero como tó el mundo daba la vida por ella, un buen día que una negra remeniona y zalamera se le acerca al amo así y asáo, la fajatiña que se armó fue tan tremenda que a esa no le quedó ni el pellejo pa contarlo. Es que mi niña no estaba acostumbrá a tanta porquería que hacen los hombres. Pa ella todo tenía que ser bonito. Había que verla cantándole cosas dulces a tós aquellos criollitos, hasta que los embobecía. Al amo naide le decía ni pitoche, porque si se enteraba que se pasaba el día con los negros me la mata. Una vez a mi niña le dio por aquello de los cumpleaños -porque en verdad, ¿quién se acordaba cuando había nacio ni el uno ni el otro, si pa nosotros tós los días eran iguá-. Entonces se aparecía allí cargada de pañuelos color punzó y cuando llegaba el agualojero tomábamos agualoja hasta jartarnos.

Mandó a pintá los barracones de amarillo, porque tenía una cosa especiá por ese coló y abrió huecos como ventanas pa que los negritos tuvieran siempre calienticos y llenos de luz. No quedaron ni pulgas ni niguas pa hacé fiesta con tanta carne negra.

Pa mí que ella le ponía mucho oído a las cosas que se decían del amo porque se me había ido encogiendo como una ciruela pasa de tanto sufrimiento. Pasaron dos años y ná y ná, nanina de niños y esto pa mí que era muy raro (y como yo mandá a Petrona a husmeá por ahí) ésta me contó que a la cachanchana tampoco la había preñao... ni la una ni la otra. Allí había alguna blandunguería o algún resguardo que no lo dejaba funcioná.

Un día me dijo mi amita. Andata Ma'Assinta, ven conmigo. Y yo no dije ná, ni ná. ¡Porque tenía un no se qué en los ojos! Y pensé pa dentro, ésta se traé algún jaleo. Pero esta negra gambá cerró su bembo y allí fui detrás de mi niña que ese día estaba linda, linda, sin tanta arruga en la frente ni tanta tristeza ni ná. Y cogimos el camino de las guásimas, donde siempre había a tanto ahorco y me dije: ¡ave maría!, porque por ahí andaban de seguro los güijes escondíos, y a esas cabezas de rana aplastá sí que me ponían el corazón apretao. Y yo le dije, pero mi amita, si por aquí vive el viejo congo palero. Y ella no contesta nada, naidita. Por fin llegamos al bohío del negro congo y allí mismitico en el centro hay una cazuela azobándose y me acuerdo como si fuera hoy que la luna de tanto hincharse parecía que se iba a caé en la cazuela también. Y mi niña se acerca, y echa la tierra de las huellas del amo que yo con mis ojos la había visto recogé esa misma mañana. Pero yo callá y callá. Porque ese brujo, cuántos líos no había armao con sus brujerías y no quería que me fuera echá un maléficio. Y la prenda está allí preparándose y mi niña tiembla de miedo cuando el brujo la mira fijo y le aprieta las manos y después se queda tranquilita y esta negra oye cuando hace el juramento. Y cuando le va a pagá al, palero, éste dice: yo no quere na, yo sólo queré lo que tú quiere

Y mi amita se levantó un día contenta y ya no la vi más triste, ni llorosa siquiera. Empieza a comé y a comé y a ganar en carnita pero seguía con ese no sé qué en los ojos. Se sentaba bajo el caimito en un balance de varilla y mécete que mécete. Llegaban los negritos a echarle fresco y a epantarle las mosca de junio y ella tomaba ponche de huevo y ron. Yo extrañá que cuando llegaba el amo oliendo a mujé a ella no le importaba ná.

Ensúcedió que otro día me llama y me dice Ma'Asunta pon tu mano aquí. Y esta negra pone su mano en la pipa de su amita y se echa a llora, porque algo-algo como una palomita alborotá se mueve allá dentro. Entonces me mira con sus ojos azules como el cielo y se echa a reír al ver mi cara de tonta. Pa yá me fui corriendo pa el barracón sin importarme el toque del Silencio, y en contra del pesao del contramayoral que no era más, que un guataca del amo, empiezo a gritar a tutipleni que mi niña está preñá. Y sin importarnos los cuerazos armamos un jaleo tremendo, brincando pa aquí, pa allá, colgando yerbas y pintarrajeando las paredes con círculos de carbón y yeso blanco.

Lo mejó, lo mejó de tó fue cuando el amo se enteró. Y qué cosa rara que no se podía explicá. En vez de está contento, está como asombrao... ¡sí! muy asombrao. Pero cuando se le acerca a la niña pa ve si es verdá —porque el muy interesao ahora sí quería arrimo— ella lo mira de frente y le hace burla. Y a este le da tanta roña esa zoquetería especiá de mi amita que la quiere soná.

Contamos siete lunas más. Una tarde el batey entero se puso de carreras. Allá llegó corriendito mi comadre y preparamos juntas tós los andariveles y bien poquito que sufrió mi niña porque ese renacuajito salió pegando chillidos como si lo estuvieran matando. La niña había pedío mucha oscuridá, y aunque teníamos chimbas prendidas no veíamos ná. Yo sentí al amo pasearse impaciente. Después que la hizo sufrí tanto ahora quería al crío pa estirá la raza, porque no había más naide en la familia que tuviera los apellidos y, ninguna mujer le había podido dá un hijo.

Mi niña sonreía con su crío entre los brazos y él se acerca a la cama con muchas ganas de ver a su hijo. Y ella me dice, acércate tú también Ma'Asunta, tú también.

Entonces fue que abrió ese envoltorio de encajes y ¡dios mío santo! tós los que estábamos allí nos espeluznamos. Aquel niño era un totí negro, negrito, entoitico lleno de pasas, como si lo hubiera parido esta negra. Y aquel hombre pierde la cabeza y encomienza a dar gritos y más gritos y saltos por el cuarto y lo oímos tós cuando huye por el monte al trote como hombre que se lo lleva el diablo.

"Mira, Ma'Asunta ¿no es lindo mi hijo? ¿no tiene los ojitos más azules que el cielo? Pero tóas allí lo seguimos viendo oscuro, oscuro, prieto como el carbón y entonces figuramos que la amita se ha vuelto loca....

Pero de pronto aquel crío empieza a moverse y saltar, le va entrando un tembleque como si estuviera poseído por un santo, y brinca que brinca, y por último ya suelta un grito despavorío largo muy largo... corremos tóas, Ma'Domitilia lo agarra... me lo pasa corriendo y yo lo aprieto en mis brazos porque el crío se nos muere... y quedamos tóas como hipnotizá, porque allí mismito delante de estos ojos de negra que no mienten aquel negrito se fue poniendo blanco, blanco y abre los ojos que parecen pintá. por un ángel del cielo, y nos mira y sonríe al igual que mi amita al igual que ella suavecito, suavecito.

　　Justo a la caída del sol lo encontró el mayoral atravesao con un puñal de jique... Entodavía dicen que fue un negro cimarrón que lo mató de pura rabia pero yo me pregunto y me pregunto...

## YOLANDA ORTAL MIRANDA

*Nació en Encrucijada, las Villas. Se graduó de Filosofía y Letras en la Universidad de La Habana, en 1960. Salió al exilio en 1962 y radicó en Nueva York, donde se dedicó a la docencia. Obtuvo una Maestría en la Universidad Estatal de Nueva York (Albany) en 1967. Desde 1964 ha sido catedrática de lengua y literatura hispánica en el College of St. Rose en Albany, N.Y. Sus creaciones líricas y narrativas han sido publicadas en diversas revistas internacionales. También se ha dedicado al teatro como directora. Entre sus publicaciones han que mencionar* Poemas de angustia. *Actualmente vive en Miami.*

## AL FILO DEL SILENCIO

*A Manolín Guillot, fusilado en Cuba el 30 de agosto de 1962.*

Trató de imaginar la noche, sin conseguirlo. La luz de la bombilla relumbraba obsesionante, pegada al techo como una verruga candente.

Trató entonces de imaginar, en un anhelo de refrescarse el alma, la brisa suave del mediodía peinando el verdor de las palmas. Pero una total ausencia de aire fresco lo llenaba todo, de un denso olor a humedad saturada con el hedor de excremento y orine estancado.

Oyó un quejido lejano, apagado por las enormes piedras de la fortaleza colonial, que por siglos guardó en sus entrañas a otros hombres como él, y se le estremeció la carne dolorida y torturada hasta el grito.

Estaba solo allí, con sus veinticinco años, sus ideales, sus convicciones y lealtades, su hambre de justicia, su mirada transparente y su alma recta, frente a la noche que no era noche, mientras se le escapaban entre los dedos inmóviles, los granos de arena del reloj de su tiempo.

Los ruidos, lejanos y conocidos, tenían ahora un perfil definido, claro, concreto. Sin embargo, encerraban una serie infinita de posibilidades interminables que le angustiaban.

Por semanas había estado sometido a noches como aquella en que la luz, que nunca se apagaba, le negaba el sueño y el refugio grato de las sombras sobre los párpados cansados, secos, arenosos.

Se dormía o se sumergía apenas en un sopor en que se mezclaban el sueño y el delirio y de repente despertaba, vapuleado como un trapo al aire. Unas manos fuertes y ásperas le arrastraban entonces a la horrible cámara sin ventanas, la cámara de las preguntas interminables y el sorbo de agua arrebatada antes de que lograra aliviar la sed. La cámara de las bofetadas y los electrodos, donde lo dejaban finalmente solo, sufriendo extremos de temperaturas que oscilaban entre un frío insoportable que le azulaba los labios y un calor sofocante, que le ponía los nervios como cuerdas tensas que iban rompiéndosele una a una, debajo de la piel bañada en un sudor pegajoso, maloliente, humillante, que no parecía suyo.

Había perdido totalmente la capacidad de orientarse. Solamente sabía, que sobre él —sepultado en el laberinto subterráneo de aquella galería aplastante— había vida. Como un eco de sus pensamientos, sus labios formaron con raro deleite la palabra como besándola: *vida*.

Tuvo, quizás por primera vez, la percepción exacta del contenido de esa palabra. el había vivido solamente veinticinco años. Sus mejores años los había dedicado enteramente a convertirse en herramienta de sus ideas y sentimientos más nobles. No se arrepentía. Le había tocado vivir en un tiempo cruel.

De repente oyó un sonido conocido y concreto. Chirrió la enorme reja al final de aquel túnel, largo, sofocante, apestoso, en que estaba la mazmorra que era después de todo su único refugio. Cada poro, cada pedacito de piel adolorida y magullada se le recogió ante la posibilidad de otra sesión interminable de preguntas y torturas.

Sintió acercarse las pisadas sin vacilaciones, de alguien que sabía perfectamente adonde iba. Ni una vez se detuvo, por error, ante otra reja tapiada.

Miró por debajo de la suya y vió un par de botas toscas. Era todo lo que podía ver del exterior, a menos que abrieran la reja cubierta de una plancha de metal.

Trató de reconocer el olor de aquel mejunje irreconocible que a veces le traían. Pero no apareció por debajo de la puerta el jarro de hojalata aboyado y manchado en que se lo servían como desayuno. Entonces supo que venían a buscarlo.

La puerta se abrió enmarcando la figura de un hombre.
—Vamos.

Se levantó del camastro sin prisa. Sabía que sólo dos posibilidades se presentaban ante él: o la cámara de las bofetadas y los electrodos torturantes o la plazoleta. Deseó con toda el alma que fuera la plazoleta.

Caminaron por el largo pasillo y pasaron por delante de la puerta de la cámara de torturas. Se sintió enormemente aliviado. No apresuró el paso para que el otro no sintiera su alivio.

La puerta al final del túnel se abrió. Salió a la plazoleta. El aire purísimo de la madrugada le despertó los músculos entumecidos por las interminables horas en el camastro.

La mañana, crecía a toda prisa como una adolescente impaciente y él sintió el deleite de aquella hermosa luz que iba inundándolo todo y al hacerlo le bañaba el alma y le ardía en los ojos resecos y ávidos.

Un vuelo de golondrinas se desprendió de una de las almejas y cruzó el cielo hacia el mar. El friecillo mañanero le dijo que se acercaba septiembre, quizás octubre.

Buscó en la distancia pretendiendo ver las paredes queridas y añejas de los edificios de la Universidad, bastión de luchas y protestas en el pasado y ahora sometida y amordazada. El silencio, un silencio enfermizo y cargado de amenazas, le dolió dentro como guijarros en una herida abierta. Respiró hondo y se llenó los pulmones de aire limpio.

El perfil hermoso y vibrante de la ciudad se recortaba contra el cielo.

Entonces, como de repente, percibió la presencia de los otros hombres. Fumaban. Hablaban entre sí aún soñolientos, como suelen hacer los obreros en algún patio o plazoleta, antes de que suene la sirena de alguna fábrica llamando al trabajo. Se movían sonambúlicamente, rutinariamente, sin curiosidad, ni entusiasmo, ni anticipación ante la labor que realizarían.

Otra puerta se abrió a la plazuela y por ella salió el hombrecillo raquítico y amarillento que desde hacía meses, persistente y laboriosamente, le hacía preguntas y ordenaba torturas, proponiéndole tratados y recompensas sordidas que él siempre declinaba.

Al ver al hombrecillo, los hombres apagaron los cigarrillos y se pusieron en fila. Junto a cada hombre, la culata apoyada en el empedrado de la plaza, los largos fusiles donde el sol ponía ahora un reflejo exacto en el metal frío por el aire de la reciente madrugada. Hombres y fusiles parecían salidos del pincel de Siqueiros, pero había algo innoble en sus actitudes.

Él, como un actor que ha hecho muchas veces el mismo papel, se encaminó a su sitio, colocándose de espaldas al paredón desconchado y manchado contra el que le habían puesto en otras ocasiones.

En un ritual exacto y frío, con la precisión que da la rutina, alguien le ofreció la venda que él de nuevo rechazó. Levantó la cabeza y dejó que los ojos se le llenaran de la belleza que le rodeaba, buscándola más allá de los hombres de facciones duras y gestos precisos, en aquel firmamento ya vibrante de luz.

El Teniente se acercó al hombrecito raquítico. Hablaron brevemente en voz baja. El Teniente entonces asumió su puesto junto al pelotón.

—¡Atención!

Le pidió a Dios con toda el alma que esta vez fuera de veras, que las armas estuvieran cargadas.

—¡Apunten!

Miró a la lejanía y se llenó los ojos del verdor exuberante de las palmas y del brillo deslumbrante del sol en el mar de un azul intenso. Su mirada se posó finalmente en la aguja de piedra, alargada y esbelta, de una catedral gótica que sobresalía del perfil de la ciudad lejana. Imaginó oír el sonido hondo de la campana llamando a los fieles.

—¡Fuego!

Una descarga cerrada desgarró la quietud, pero esta vez él no oyó su eco rebotando contra las piedras de la fortaleza prisión. El silencio, como una colcha tibia, lo había envuelto de pronto.

Un pájaro aterrado lanzó un grito y voló hacia el borde plateado de una nube deslumbrante.

## OSCAR F. ORTIZ

Nació en Matanzas, en 1959. Emigró con sus padres a Estados Unidos en 1971, donde cursó sus estudios. Es graduado de Dibujo Comercial, Desktop Publishing Media, y estudió Humanidades, Dibujo de Figuras y Pintura en el Miami Dade Community College (North Campus). Durante los últimos años, Ortiz ha trabajado en el giro del diseño artístico para la industria serigráfica del sur de la Florida. En la actualidad es director de arte de una empresa de Miami. Es el autor del libro Perro guerrero, y su última obra, hasta la fecha, se titula: El santo culto.

## LA ÚLTIMA CARTA

Yo sabía que mi esposa me engañaba desde hacía un algún tiempo. ¿Cómo lo averigué?, no importa; de hecho, creo que más bien lo presentí. Lo fui notando en su manera de comportarse; es decir, en la forma en que su caracter —hosco por naturaleza— fue permutando gradualmente hasta quedar convertida en una alegre mariposa que pasaba gran parte del día revoloteando felizmente, de un lugar para otro, en nuestra mansión de Coral Gables. Inclusive cambió conmigo, a quien desde hace ya algunos años venía tratando como si fuera el más despreciable de los seres humanos. Sobre todo, cuando llegaba la hora de presionarla para que se acostara conmigo... porque tenía que presionarla, seamos sinceros, por iniciativa suya jamás lo hacíamos. Sin embargo, a pesar de esa forma tan despectiva en que me trataba, yo vivía adorando a aquel cuerpo estatuario que tantas bajas pasiones me arrancaba, aun en los momentos más insólitos.

Debo reconocer que soy ya un hombre mayor, tengo sesenta y tres años, y ella era una mujer joven, acabó de cumplir los veintisiete en la primavera del corriente. Pero jamás se había quejado de mi edad, ni de mi aspecto físico; en realidad, lo que no soportaba —según Michelle— era la forma tan primitiva en que hago el sexo.

Quizás Michelle tuviera razón, pero nunca tuve tiempo de aprender a hacer el amor. Cuando tenía la edad perfecta para haberlo hecho, me encontraba sirviendo en el Ejército Americano durante la guerra de Corea, y sólo conocí prostitutas que me apremiaban cada vez más para que eyaculara de una buena vez y les pagara...

Pero, volviendo a nuestra historia, lo peor del caso es que mi mujer no me engañaba con un solo hombre. No. Aquella hija de Eros se había conseguido toda una legión de amantes, a los cuales no complacía más que en una o dos ocasiones respectivamente y después desechaba como se bota un trozo de papel higiénico en la basura, después de ser usado.

Todo esto lo fui averiguando a través de las semanas, haciendo acopio de todas mis reservas de paciencia y de las técnicas de investigación que desarrollé durante la guerra, como oficial de la rama de Inteligencia del Ejército. Descubrí que se carteaba con sus amantes y a través del correo jugaban a excitarse mutuamente, enviándose manuscritos lujuriosos, para finalmente darse cita en donde estimaran conveniente y así consumar el acto proscrito.

Fue por eso que aquella misma tarde, en que la vi salir al portal de nuestra villa a esperar al cartero ansiosamente y al fin sonreír al separar uno de los sobres arribados, que después ocultó sigilosamente entre sus ropas, que confirmé lo que —desde hacía algún tiempo— había venido sospechando.

\* \* \*

Coloqué el frasco de Brandy sobre la mesa de noche, después de echarme un generoso trago al gaznate, y apagué la coqueta lamparilla que desacansaba a su lado. La habitación quedó sumida en la penumbra y sólo mi respiración era audible en aquel silencio sordo que inundaba el inmueble. Entonces se acallaron las pisadas y se dejaron oír los tres golpes de nudillos en la puerta de entrada.

—Adelante, está abierta —dije forzando la voz a sonar distintita.

La persona penetró rápidamente y volvió a cerrar la puerta tras de sí. Mi mano ascendió para alcanzar la lámpara nuevamente la activé.

—¡¿Tú?! exclamó Michelle al enfrentarme y poder darse cuenta de que el hombre que la había citado en aquella *suite* del hotel *The Colomnade* no era otro que su marido: el engañado.

—¡No es posible!... —murmuró y se dejó caer pesadamente sobre el lecho. Temblaba descontroladamente; tenía el rostro desencajado y ya no parecía tan atractiva como otras veces.

—Calmate, Michelle. Toma, bebe un trago.

Le alcancé el frasco de Brandy, se lo pegué a los carnosos labios y la obligué a beber un largo trago.

Después le puse una mano sobre su nuca frágil y blanca, y gentilmente la forcé a ponerse de pie y volverse de espaldas hacia mí. —Relájate, amor mío —le dije con ternura, empleando el tono más gentil de que fui capaz en aquellos instantes—. Vamos a pretender que soy ese extraño al que venías a ver, ¿entiendes?

—No sé si pueda, Harold... tú ya lo sabes todo...

—Podrás, querida, podrás. A ver...

Comencé a acariciarle la espalda suavemente, muy despacio, manteniendo sólo las yemas de mis dedos en contacto con su cuerpo. Poco a poco la fui despojando de sus ropas, como se pela a una fruta madura antes de engullirla. Después, continué acariciándole sus caderas desnudas, y luego las nalgas... Al cabo de un rato la volteé y comencé a besarle los pechos con mucha delicadeza, como jamás lo había hecho, y con la punta caliente de mi lengua jugueteé con aquellos pezones grandes y rosados, hasta que despertaron a la vida.

—Oh, Harold... no pareces el mismo... —suspiró Michelle.

—No lo soy, cariño... —murmuré, y acercándome a su oído le susurré-. Desnúdame.

Lo hizo rápidanente, como si su vida dependiera de ello, y cuando mis pantalones cayeron al suelo se escuchó el ruido seco de algo duro y pesado al golpear la alfombra.

—¿Qué fue eso? —inquirió mi esposa, inquietándose.

—No te preocupes ahora, ven... vamos al lecho... -le dije, interponiendo mi cuerpo desnudo y ardiente entre ella y mis ropas—. Así...

La volví acariciar, como nunca antes. Las prostitutas de Seúl hubieran muerto de rabia, de haberme podido observar en aquellos momentos. La amé, como jamás he amado a mujer alguna en mi larga vida. La penetré con toda la delicadeza de que un hombre puede ser capaz, y cuando hube logrado elevar su conciencia a los más altos niveles del coito (segundos antes de que alcanzara el clímax), alargué la diestra para tomar la navaja de entre mis ropas olvidadas y la degollé.

# ESTEBAN J. PALACIOS HOYOS

*Nació en Los Arabos, Matanzas, en 1928. Allí hizo estudios primarios y secundarios. En 1955 se graduó de doctor en Medicina en la Universidad de La Habana. Salió al exilio en 1963, después de casi un año de estar asilado en la Embajada del Ecuador. Entre sus varias publicaciones narrativas hay que mencionar* Yo vengo de Los Arabos *(1986). Actualmente reside en Tennessee.*

## LÁGRIMAS POR UN PUEBLO

El claro día de verano en mi pueblito, —aplastado hoy por simbolismos políticos—, concluía con lamentaciones de juventud perdida y con memorias de los tiempos viejos, aquellos en que los rosales nos regalaban sus blancas rosas. Los dorados rayos del sol poniente, iluminaban la tarde triste y soñolienta de aquel verano. Caravanas de tristeza surcaban el silencio de la tarde agonizante, sin que fuesen percibidas por los personeros de los nuevos rumbos.

Las calles, polvorientas y agujereadas, se estremecen con el ruido solitario de los pasos de un hombre de rostro triste y abatido. La espuela sonora de sus pasos, rebota en las carcomidas paredes de los viejos caserones, que como el rostro del hombre, exhiben las marcas de los años de crueldad y abandono. El rostro sombrío del caminante refleja las huellas de veinte años de encierro en las ergástulas del régimen; su carnes flacas, cubiertas con la pobreza de una camisa descolorida y de un pantalón mal entallado, de esos que se ganan, cuando se pierde la libertad. Su escuálida figura parecía inclinarse hacia adelante, como alguien que evitara mirar a lugares que traen a su alma más tristeza de la que ella podía soportar.

Un año atrás había regresado a Los Arabos, después de un prolongado encarcelamiento. Con sus esposa, fue a vivir en el desvencijado bohío en que nació, situado muy cerca del cementerio de la comarca, donde estaban sepultados sus padres. Los recuerdos martirizaban su pobre corazón. Las escenas del primer día de su regreso, las sentía como alfilerazos en su pecho. Fue un día preñado de una infinita tristeza, tanto como la experimentada en su calabozo. ¡El pueblo había cambiado tanto, que era difícil reconocerlo! Las casas destruídas por un incendio, permanecían ausentes. Al lugar llamaban hoy la plaza roja. El hotelito de Olimpio, tan fresco y acogedor desapareció, sin dejar rastros. La ferretería de Benjamín y Antonio y la botica de Ramos, —con su banco acogedor, donde la gente se congregaba a conversar—, habían desaparecido. Regresó al pueblo un día miércoles en la mañana y las calles de su villa, —de antaño tan llenitas de gente y de vehículos—, estaban desiertas.

El hombre continuó su camino, con su fardo doloroso. Iba calle Real arriba, al tiempo comenzó a llover. Corrió a guarecerse en uno de los desiertos portales. La lluvia trajo olor a tierra mojada, que como el cielo azul sobrevivían en el pueblo solitario. Los signos geográficos resistían el asalto despiadado, no así la historia, tradiciones y el alma de su pueblito, que habían muerto. ¡La nacionalidad cubana estaba envilecida! Un dolor grande se le clavó en medio del pecho. Su corazón parecía estallar en mil pedazos. La lluvia continuaba con intensidad creciente. El viento producía un agudo silbido al pasar entre las ramas de los árboles. La obscuridad de la noche se le echaba encima al pueblo. El hombre creyó escuchar lejanos sonidos mezclados con los rumores de la lluvia. Cantos de viejas cadencias con voces infantiles. Extendió su mirada y sólo vió la soledad de la calle empapada por la lluvia. Se apoderó de él un cansancio muy profundo. Se sentó en el suelo polvoriento del portal, recostándose a una de las grandes puertas de madera que cerraban el paso a lo que antes fue una de las bodegas arabenses. Ante sus ojos, desfilaron episodios inexistentes de una blanca juventud no vivida. La lluvia cesó, sin que él se percatara de ello. Su respiración se hacía cada vez más trabajosa. En el cielo comenzaban a fulgar estrellas diamantinas. La luz de la luna se derramaba sobre su rostro, a la par que los latidos de su corazón iban apagándose, hasta que fueron nunca más. Sus ojos abiertos e inexpresivos, muertos como aquella tarde del viejo verano, se iluminaron con dos lágrimas que rodando por sus mejillas, lloraban la muerte de su vida truncada y la tristeza de su pueblo marchito.

## LUIS DE LA PAZ

*Nació en La Habana, en 1956. Llegó a Estados Unidos por el puente marítimo Mariel-Cayo Hueso, en 1980. Fue uno de los editores de la revista* Mariel. *Ha publicado cuentos y poesías. Reside en Miami, donde ha escrito* Un verano incesante *(cuentos) y* El otro lado *(novela).*

## OTRA FORMA EN EL TIEMPO

Si no hubiera sido porque el 10 de octubre del año en que cumplí los 23, me la encontré en un restaurante de segunda categoría en Hialeah, a donde había ido algo impulsado por el instinto, más que por el deseo, y por esa vieja, pero no extraña costumbre de comer pizzas, estoy seguro que nunca me hubiera acordado con tanta nitidez de ciertos momentos de mi vida, de mi adolescencia, que ahora, desde el mismo instante en que la vi, han comenzado a ocupar espacios de la memoria.

Ella estaba allí, diría que como esperándome desde hacía mucho tiempo. En principio no pude determinar si se encontraba acompañada o no, tampoco era mi intención averiguarlo. Sin embargo, más tarde pude descubrir que mientras ella tomaba una cerveza en el bar, intercambiaba palabras y gestos, con dos hombres bastante jóvenes, uno de ellos con la camisa abierta, y el otro ostensiblemente borracho, que jugaban en una mesa de billar.

Yo había ido a la barra a comprar una cajetilla de cigarros, y de regreso pude verla mirándome con marcada insistencia. Mi primera reacción fue la de hacer como que no la había reconocido. No tenía deseos de hablar y mucho menos de verme obligado a compartir con sus acompañantes, sobre todo con el borracho. Si ella hubiese estado sola hubiera sido distinto. Al avistarla se desataron en mí una infinidad de reacciones encontradas. A los pocos minutos de haber regresado a la mesa, pude contar en el cenicero 5 colillas; demasiadas para mi costumbre de fumador, y sobre todo en un restaurante.

Desde que me senté, no hacía otra cosa que echar humo, Y recordar con detalles, que alcanzan más allá de lo que uno se cree capaz de poder almacenar en el cerebro, todo aquel tiempo —podría llamarlo algo fabuloso— que duraron nuestras relaciones.

Pensé abandonar el lugar y olvidar la orden pedida, para evadir así un casi inevitable encuentro, pero se me antojó un acto de cobardía innecesaria, y sobre todo inútil. Lo que pudiera desatarse entre nosotros, resultaría insignificante, ante lo que ya había comenzado en mí. Yo estaba muy lejos de tener un verdadero control de la situación y sobre todo de mí mismo, aunque lo disimulaba muy bien. No dejaba de sentirme incómodo. Comía con normalidad, pero me costaba trabajo tragar. Miraba con apatía hacia otras mesas, pero en realidad no dejaba de observar la puerta que conducía al bar. Ella de repente apareció frente a mí, sonriente.

Su valentía me desconcertó en extremo, me turbó su desafío. Me resultó muy extraño que abandonara a sus acompañantes, si es que en definitiva estaba allí con ellos, para acercarse a mi mesa. Algo inexplicable ocurría en ella, más después de haberme rehuido tantas veces. Llegué a pensar que había notado mi nerviosismo y que por eso se envalentonaba; pero dudaba, no la creía capaz de percibir mi descontrol interno, que yo procuraba no exteriorizar.

Sus ojos habían perdido la expresividad que le había atribuido durante años, una expresión de azoro, de búsqueda. El pelo le caía a la espalda más largo que en el recuerdo y le quedaba bien así. Estaba ojerosa, un diente parecía ennegrecido por una carie. También lucía gorda. Aunque ella era bastante mayor que yo, su actual estado físico la envejecía, le agregaba años que no tenía.

Pensé invitarla a comer, o si lo prefería, a tomarse una cerveza más, pero me abstuve, pues tal vez lo interpretaría como un intento por romper el silencio que nos separaba; además, no quería ser yo el primero en hablar y tampoco tenía nada que decirle.

Durante el último año en la escuela surgieron nuestras salidas, las visitas al cine, sus deseos, y mis respuestas a esos deseos. Cuando terminaron las clases nos vimos unas pocas veces más, hasta que se aburrió. Además la directora de la escuela primaria me prohibió volver. Sin embargo, yo la buscaba, dejaba de asistir a clases para encontrarme con ella, inventaba pretextos para subir a su aula. Para deshacerse de mí inventó una historia que me desequilibró, que me espantó y me hizo temer encontrarme de nuevo con ella.

Mientras la miraba, después de tantos años, comencé a recordar cosas que hicimos, o mejor que ella hizo conmigo. Yo todavía salía saltando de la escuela, subía al muro que la rodeaba e iba haciendo equilibrio por todo su estrecho borde. Pero ya para esas horas de la tarde había experimentado placeres enormes: ella le había suministrado caricias a todo mi cuerpo, y también yo había puesto mis manos donde ella me había pedido.

Si no fuera por esa estupidez mía de sentir pena por las personas, aun por aquellas que con sus acciones y miserias me han dañado, sobre todo con las que jamás esperé que me dañaran, estoy seguro que la hubiera sacado de mi mesa. Pero una vez más sentí una gran lástima. Recordaba que mi pasado con ella, no había sido enteramente desagradable. Sin embargo me sentía turbado, su presencia me molestaba, nuestro último día juntos pasaba por mi mente como lo que fue, algo desgarrador, pero los momentos anteriores me invitaban a tenerla cerca.

Por ella jamás sentí otra cosa que no fuera curiosidad, y, por otra parte, desde una perspectiva infantil, era una persona utilizable, pues gracias a ella (y esto yo lo consideraba una gran ventaja) podía entrar a los cines, donde las películas eran restringidas para menores de 12 años. Cuando comenzamos, su comportamiento era nuevo para mí, pero lo aceptaba. Creo que mi timidez no me hubiera permitido rechazarla. Tampoco creo que ese hubiera sido mi deseo.

Nada me pedía, no exigía nada, tan sólo un silencio total, una complicidad por algo que yo consideraba normal, una fuente de orgullo, de hombría prematura. Me pedía una discreción que yo no entendía, pero que tampoco me aventuraba a cuestionar. Ella me amenazaba con abandonarme si no la complacía en ese sentido. Y yo, desde luego, la complacía. No puedo negar que con ella descubrí la profundidad de un cuerpo, el olor de un sexo de mujer, la dilatación de los pezones por el tacto. Y esos son recuerdos claros y únicos, hermosos e inolvidables.

Cuando uno menos lo desea los recuerdos se agudizan. Mientras la miraba pensaba en el verano, en el atardecer de un verano en la escuela a finales del curso. Nosotros dos nos habíamos quedado en el colegio, con el pretexto de acondicionar el aula para la fiesta. Primero me pidió que me quitara la camisa, alegando que iba a sudar mucho. Sus manos acariciaron mi pecho mientras me ayudaba a deshacerme de la ropa. De esa tarde tengo el más viejo recuerdo de mi sexo deslizándose dentro de una mujer. Es un recuerdo vago, y tal vez hasta algo falso, pero lo he guardado como si respondiera a una realidad. Ella tomó mi mano y la llevó hacia su sexo para que yo lo acariciara. Sentí algo tibio. Recuerdo su mirada, sus labios algo abultados. Sus ojos entrecerrados por unos instantes. Su expresión me daba miedo; no sabía qué hacer. Escuché un jadeo que yo confundí con un quejido de dolor y retiré mi mano. Ella me miró con unos ojos grandes, muy expresivos, y me preguntó si no me gustaba tocarla ahí.

Nuestros encuentros anteriores habían sido menos significativos, se limitaban a dejar que sus manos entraran por la portañuela del pantalón del uniforme escolar. Mi mayor participación había sido besarle los senos, unos pechos enormes y deliciosos. No creo que supiera esto hace tantos años, pero sí sé que yo los buscaba todos los días. Recuerdo con exactitud que era lo primero que me brindaba cuando yo entraba en su aula, durante la hora de almuerzo. De repente sin que me diera casi cuenta quedé desnudo delante de ella; mis ropas habían desaparecido entre sus manos. Ella aprovechó ese día único para saciar todos sus deseos reprimidos; reprimidos por la urgencia del tiempo, por el temor a que alguien apareciera de improviso, no porque fuera capaz de inhibirse por mi edad o mi físico. Sus ropas también estaban sobre una mesa, y su cuerpo enorme me hizo temblar de placer y de miedo.

Todo lo demás se interrumpe en el orden de este recuerdo. No tengo consciencia de lo que ocurrió después, hasta que resurge de nuevo en el momento en que me hundí en ella; creo que me hundí. Me había acostado sobre una mesa, luego me haló por los pies hacia ella. Mis piernas quedaron colgando, mis nalgas casi no lograban sostenerse en el borde de la mesa. Después se subió sobre una pequeña silla y acercó su gigantesca figura hacia mí. Fue una sensación nueva, que nunca más he vuelto a experimentar como aquella vez. Si la considero tan especial es porque no es un recuerdo del todo erótico, más bien es un mezcla de placer y descubrimiento infantil. Yo no profundizaba en ella era ella la que me succionaba. Puedo recordar con una exactitud que hace imposible la realidad, que yo me deslizaba hacia su interior fuera de todo control.

En el restaurante todo parecía normal, pero yo la miraba con furia. ¿Por qué con furia? Yo había disfrutado todo aquello, pero a su vez sentía que hubiera querido rechazarlo. Sin preguntárselo me dijo que su marido era el muchacho de la camisa abierta. No había hablado antes, sus primeras palabras fueron para anunciarme que no estaba sola, que se había casado. Una intuición me había avisado que alguno de aquellos hombres era su amante; tal vez la extrema juventud de uno de ellos, 10 o 19 años. Su predilección por los niños, o por los muchachos como los del billar que aparentaban menos años de los que debían tener, era muy bien conocida por mí.

Desde que me mencionó al muchacho que vivía con ella, no dejó de conversar sobre él, agregando con toda intención detalles íntimos que no venían al caso. Ella estaba procurando el tema *de nosotros*, y, aparentemente, ese joven era el medio para lograrlo. Era más bien un monólogo, pues yo apenas me limitaba a responder con monosílabos, con alguna que otra nota irónica. Pero a qué se debía todo aquello, por qué estaba aceptando no sólo su tema de conversación, sino hasta su tono, sus miradas inquisitivas, su presencia que no deseaba del todo.

No sé si espontáneamente ella decidió hablar, o si fui yo el que cometió alguna imprudencia involuntaria, que le dio pie para no cesar de soltar palabras, de explicar la razón de sus preferencias sexuales. Me hizo una increíble historia de su pasado infantil, para llegar luego a detallarme su predilección por los niños en tránsito hacia la adolescencia. Tal vez intentaba justificarse conmigo; incluso llegó a decirme que allá me tenía miedo, que por esa razón luego se escabullía cuando yo estaba cerca. *Eras tan niño* —me dijo, y agregó:— pero un niño tan lindo. Su sinceridad me turbaba a la vez que me hacía revivir momentos precisos, no de temor y huida, sino de placer y regocijo. Tomó un poco de cerveza e hizo un largo silencio, que yo acepté.

Sus manos estaban sudorosas. De vez en cuando se volteaba a mirar hacia la entrada del bar, donde los dos hombres continuaban en su juego sin notar la ausencia de la mujer. Entre ella y yo acabamos la caja de cigarros recién comprada. Tras la larga pausa, que ocupamos en tragar humo y sorbos de cerveza, ella volvió al tema de los adolescentes, con más desenfado, con mayor sinceridad. Sin mirarme, sin apartar sus ojos del vaso que tenía entre sus manos, recalcó: *Pero me gustan.* Cuando habló de esos muchachos lampiños, de piel suave, sus ojos se volvían lujuriosos, su voz entrecortada. El tema era escabroso, y si lo conversaba conmigo era porque yo había sido una de sus "víctimas", o más bien de sus "cómplices".

Ella sabía que su mundo no era desconocido para mí. Yo me había limitado prácticamente a escucharla, nada más interrumpía su descarga en los momentos que la notaba indecisa. Una morbosidad inexplicable me mantenía atento a cada una de sus palabras. Las cervezas continuaban llegando a nuestra mesa, el cenicero era sustituido constantemente por una camarera, que no sé por qué me pareció conocida.

Para ella un joven de 11 a 13 años era la razón de su satisfacción. Dijo que cuando *estuvo conmigo* ya yo estaba interesado en el sexo. No le respondí, pero no creo que fuera cierto. Su voz se tornó grave, y agregó, con cierta ironía, *ya tú te venías.* Tampoco lo recuerdo. Lo que sí puedo precisar con exactitud es que desde que se alejó de mí, comencé a juguetear con mi sexo cada noche. Tengo la certeza que ella disfrutaba de mi timidez —aquellas tardes en el aula—, mientras me proporcionaba momentos desconocidos.

Hubiera querido permanecer callado, pero algo se desató en mí, no fue furia, ni rencor. Tan sólo sentí la necesidad ineludible de decirle aquello, de dejarle saber qué pensaba. Ella estuvo de acuerdo conmigo, y se justificó alegando que era también muy joven. Sentí pena, no por lo que hizo, y seguramente seguirá haciendo, sino por sus dudas, por su necesidad de conversar, por su evidente inquietud en indagar qué pasa después, años después. La conversación tomaba matices insospechados. Llegué a comprobar que ella era mucho más inteligente de lo que había imaginado, más curiosa, y que sabía llevar una conversación tan escabrosa por un camino mutuamente justo. Hoy creo que en sus actos de antaño no había maldad, ni siquiera intención de hacer daño. Ella tan sólo buscaba placer, saciar y saciarse. Y fue justamente eso lo que me dijo cuando le pregunté.

Los niños de la escuela hacían chistes con relación a la maestra. Algunos, cuando me hablaban de ella, se referían a *tu novia*. Yo me sentía satisfecho de ser el hombre del colegio. Pero negaba que fuera mi novia, y lo hacía porque de niño casi todo se niega, porque no lo era en verdad y sobre todo porque le había prometido silencio. A la maestra le empezaron a preocupar los comentarios, temía ser descubierta, y en realidad no sé cómo no lo fue. Ella sabía que sería expulsada y hasta encarcelada por sus actos. No me caben dudas que la directora de la escuela lo sabía, o al menos lo sospechaba. La reacción de la maestra ante los comentarios, fue pedirme que no fuera más a su aula; a cambio, nos veríamos para ir al cine.

La sobremesa era demasiado larga, al igual que el juego de sus acompañantes. Su acercamiento tenía la intención de averiguar detalles, quería saber mi posición respecto a lo que hicimos durante casi todo un curso escolar. Yo no quería engañarla haciéndole una larga historia de traumas insuperables, cuando en realidad no me creía afectado, pero tampoco deseaba llenarla de elogios por su comportamiento. Después de todo, el estar juntos comiendo y bebiendo, era una prueba irrefutable de que nada especial había pasado en mí, o todo lo contrario. Conversar con ella, sentarla a mi mesa, era algo que todavía me mantenía confuso.

Ya llevábamos mucho tiempo allí; incluso yo, con mis comentarios, había contribuido a que la conversación se prolongara. Inicialmente me propuse no hablar, tan sólo dar respuestas breves, secas, incluso pensé que no iba a poder soportar un recorrido por esos años, por ese año específico que compartí con ella. De cualquier manera, al verla, yo sabía que resultaría inevitable hacer un recuento de ese curso escolar, pero quería realizarlo yo solo, a mi manera, y no inducido por una conversación, donde podrían, y así ocurrió, salir a relucir detalles que yo desconocía, que no tenía interés en conocer, y sobre todo que pudieran enturbiar, aún más, la forma en que he visto el pasado.

Como ya estábamos próximos a marcharnos y quería evitar una despedida donde pudiera haber alguna palabra mal empleada, alguna agresión final, opté por desviar la conversación hacia el presente inmediato; pero ella insistía en lo mismo. La invité a hacer el amor, utilicé ese término por costumbre, pero sencillamente la estaba invitando a acostarse conmigo, de una forma diferente, es decir como dos adultos, en un sitio apropiado y no sobre una mesa, en un aula de una escuela primaria. Su respuesta ya la esperaba, un no rotundo, seco, no ausente de malicia, donde no cabía pedir razones. No insistí en mi proposición y confieso que me hubiera visto en una situación nada agradable de haber aceptado.

La miré con deseos de tenerla, pero también de que desapareciera. El único tema no tratado por ella, era el que a mí más me había impactado en aquel entonces. No sé cuánto hubo de cierto, ni siquiera si fue la excusa perfecta para alejarse, para atemorizarme. *Vamos al cine esta noche que tengo que decirte algo importante* -así comenzó nuestro último encuentro allá.

Me dijo lo del niño. Aunque sentía un tremendo miedo, me pasaba los días preguntándome cómo sería, si hembra o varón. Le inventé un rostro, le di nombres. Decidí que tenía que ser una niña. La hice crecer, la imaginaba más allá de toda realidad. Recuerdo que después de la fiesta de fin de curso, de la cita en el cine, pasaba por la escuela a la hora de la salida, para verla bajar acompañando a sus alumnos hasta la puerta. Ella me rehuia. Yo tampoco hacía nada por acercármele. Sólo la miraba. Le observaba su vientre que no crecía.

Después de todo no hablamos de eso, y yo tampoco quise llevarla a ese tema. Ya no me importaba. Nuestros minutos finales en la mesa fueron tensos. Ella intentaba justificarse, y yo disfrutaba de una mezcla de satisfacción y confusión. Se levantó lentamente y me dijo que iba al baño, pero yo sabía muy bien que no regresaría.

Al alejarse de la mesa había numerosas botellas de cerveza, una cuenta sustanciosa y varias cajas de cigarros vacías. Sentí deseos de fumar, pero no me atreví a regresar al bar. Después de la conversación tuve la sensación de haber cumplido 50 ó 60 años. Pero aquel 10 de octubre cumplí 23, nada más que 23.

## JORGE ALBERTO PEDRAZA

*Nació en Santa Clara, en 1925. Desde pequeño se trasladó con su familia a La Habana, donde hizo sus estudios. Reside en la ciudad de Miami desde 1954, dedicado a sus labores en el giro de carga aérea. Es aficionado a volar en avionetas y a escribir narraciones cortas. Ha publicado* Estampillas de colores *(1986).*

## LA HISTORIA DE LAS PALOMAS BLANCAS

"Sólo la política divide a los pueblos. Los cabildos y los consejos. Algún día el eje del universo será una canción". *Walt Whitman.*

Y por esas razones hace muchos años que no veo a mi hermano José Manuel. Pero lo recuerdo muy bien. De los tres hermanos él era el más fuerte, y en el barrio de Lawton, donde vivimos por mucho tiempo, adquirió justificada fama de hombre valiente y justiciero. Era hábil en todos los juegos en que los muchachos entretienen sus horas libres y, además, era amante de los animales de todo tipo, especialmente de las palomas, y en el techo de nuestra casa hallaron albergue docenas de ellas que José cuidaba amorosamente, alimentándolas, cuidándoles las heridas, vigilando que los pichones crecieran saludables. Un verdadero San Francisco guajiro.

A veces vendía los pichones para que los enfermos se repusieran con una buena sopa, y también vendía ocasionalmente las palomas blancas para trabajos de brujería de la gente humilde del barrio que, agobiada por los problemas, les hacían esta ofrenda a los santos. La paloma blanca se alejaba en rápido vuelo con una cinta roja amarrada a una pata que supuestamente se llevaba con ella todas las penas, y dejaba en su lugar alivio y paz mental.

Muchas veces sucedía que la paloma regresaba a nuestra casa, y José la volvía a vender.

Durante los años de mi historia, la miseria fue siempre nuestra compañera. Algo encontró la miseria en Lawton que le agradó, y se repartía entre los vecinos, aunque por nosotros sentía una especial atracción, ya que se pasaba largas temporadas en casa y muy de tarde en tarde nos dejaba por unos días. Era una miseria con el más alto grado militar: miseria general, y aunque "el Viejo y la Vieja" inventaban toda clase de recursos y ardides, la miseria siempre ganaba... "El que nace para real..." decía mi vieja.

Un día de aquéllos de gran necesidad, José Manuel se llenó de valor y colocó una docena de palomas en una cesta de mimbre y se dirigió lentamente hacia El Lucero, donde unos señores que no conocían la miseria se entretenían en la práctica del tiro de pichón.

José Manuel llevaba dibujadas en el rostro mil batallas terribles e iba avanzando con paso grave, lento, con su cesta al hombro y el "currucucú" de las palomas que se movían inquietas en su diminuta prisión, como presintiendo algo terrible.

Yo, que era el único testigo del drama cuyas implicaciones no acertaba a comprender totalmente, lo seguía de lejos.

Llegamos al fin al portón grande...El camino de piedras... La oficina... y la pregunta en voz baja como para que ellas no la escucharan... "¿Quiere alguien comprarme unas palomas?..." y la esperanza de que alguien dijera que sí, y la esperanza mayor de que dijeran que no.

El empleado llamó a un hombre enano y rechoncho enfundado en una amplia guayabera blanca, pantalones y zapatos blancos y una gorra de visera verde.

"Doctor, estos muchachos quieren vender unas palomas".

El enano rechoncho se acercó, les echó una rápida mirada a las palomas que lucían... tan pequeñitas y tímidas arrimaditas las unas a las otras, y dijo que sí.

Y por un fenómeno de la naturaleza que jamás he logrado comprender, la temperatura descendió en ese instante un montón de grados tantos que José Manuel y yo nos erizamos y durante varios segundos la sangre se negó a circular por nuestras venas.

Pero al fin, con la ayuda de un empujoncito que nos dio la miseria que invadía nuestros estómagos, logramos que nuestras piernas se dirigieran lentamente hacia el campo de tiro. El enano gondinflón colocó unos billetes en la mano de José Manuel, el empleado se llevó la cesta hasta la gatera, allá lejos, y regresó con ella vacía.

El tipejo agarró la escopeta, más grande que él, se ajustó la gorra, se plantó firmemente, inclinó la cabeza hasta que su "cachetazo" se aplastó contra la escopeta... Cerró un ojo... (nosotros cerramos los dos)... gritó una orden, y una de las palomas levantó el vuelo... ¡y estalló el mundo entero!... ¡Y la gracia del vuelo reventó en sangre...! y una muñeca ensangrentada y deshecha cayó al suelo... y cayeron también... dos lágrimas.

La escena se repitió muchas veces, con la única variante de que algunas de las palomas escaparon intactas de la lluvia de metralla. Otras, dejaban algunas de sus plumas en el aire, y heridas, continuaban su vuelo. La mayoría se desplomaba, produciendo un ruido perfectamente serio al chocar con la tierra.

Iniciamos el regreso. José Manuel iba al frente con su gran dolor, su cesta vacía, sus lágrimas... Inexplicablemente, la vida debía continuar.

De pronto, la esperanza de que algunas palomas hubieran escapado... Sí, había que apurarse. Y corrimos de regreso y llegamos jadeantes, y José se dedicó a curar sus heridas de inmediato...

Aquella tarde todos comimos caliente, como hacía tiempo que no comíamos... Sólo que... todo sabía tan amargo. ¿Y para qué tanta comida... con tan poca hambre?

# *HUMBERTO J. PEÑA*

*Nació en La Habana, en 1928. Allí hizo sus estudios primarios y secundarios, y se graduó. de Derecho en la Universidad, en 1951. En dicha ciudad ejerció como abogado y fue profesor de la Universidad de la Salle, entre 1955 y 1959. Salió al exilio en 1961 y se radicó en Miami hasta 1965. Ese año se trasladó a West Virginia y enseñó en el West Virginia State College hasta 1986. Ha obtenido varios premios literarios. Entre sus publicaciones se cuentan dos libros de relatos:* Ya no habrá domingos *(1971) y* Espinas al viento *(1983); y las novelas tituladas* El viaje más largo *(1974),* La libertad es ajena *(1980) y* El hijo del hijo. *Actualmente reside en Miami.*

## EL HOTEL

Creía haber hecho una buena elección, mejor, y para ser honesto, había hecho una buena elección y me sentía feliz, muy feliz. Hoy sería la boda y después de la boda a esperar con ella a que los años pasaran por nosotros, compartiendo alegrías y penas y viendo como nuestros hijos se hacían hombres y mujeres.

La luna de miel sería única, en un hotel cerrado hace más de cincuenta años porque al estar situado en una ciudad incompleta decadencia, no acudía nadie al mismo. Sin embargo mi familia no se deshacía de él para utilizarlo en triquiñuelas fiscales.

Mi tía había acondicionado la vieja suite del hotel con un nuevo refrigerador y una pequeña cocina para nosotros pasar allí una semana completamente apartados del mundo.

—Llevo dos horas manejando. Nunca pensé que el hotel estuviera tan lejos.

—Creía que habías estado en el hotel antes.

—Sí, estuve una vez con papá, pero era muy niño y no me acuerdo de nada.

Cuando llegamos, cosa rara o que yo interpreté como rara, ella se quedó encantada con el hotel, se quedó ensimismada contemplando el vetusto vestíbulo, los muebles todos de un barroquismo exquisito, las fotografías en las paredes de las distintas personalidades que se habían hospedado en el hotel, fotografías en las que siempre aparecía alguno de mis ascendientes al que yo reconocía por otras fotografías que había visto de ellos en casa. De algunos sabía el nombre y se lo decía. Esto me impresionó, normalmente no me interesaban mis antepasados hoteleros y mucho menos sus nombres. Prácticamente la tuve que arrancar de allí. No era noche para la familia.

Cuando me desperté el sol brillaba con toda su fuerza, serían las doce más o menos. No podía saber con exactitud la hora, había dejado mi reloj en la cómoda, lejos, y una extraña modorra se había apoderado de mí; después de todo, qué importaba la hora que fuera. Ella dormía a mi lado. El sol la cubría. No tardaría en despertarse. No sé por qué me levanté y cerré las cortinas. Eran las doce y media. Bajé al vestíbulo. Estaba obscuro y había un fuerte olor a humedad. Al accionar el interruptor eléctrico sólo se encendió la araña central. Recordé los cuentos que había oído sobre ella. Era una lámpara de bacará, que había sido traída de Francia por unos de mis antepasados, lo codiciada que había sido y que era y que sin embargo no podía quitarse del vestíbulo" por una disposición testamentaria que estipulaba que sólo podía ser instalada en ese vestíbulo y en caso de desaparecer el hotel, tendría que ser destruida. A pesar de la poca luz que daba, pude apreciar su espléndida belleza. Comprendí que aunque, algún día se apagaran sus agobiadas bujías, ella seguiría alumbrando el pasado de aquel hotel. Fui a la carpeta con inesperados deseos de husmear en el pasado del hotel que a la vez era el de mi familia y por ende el mío. Abrí varias gavetas encontrando sólo antiguos recibos con fechas hasta de 1850, un revólver viejo con sus balas mohosas, y varias novelas de Dostoyeski y Hugo. Seguí buscando afanosamente hasta qué encontré algo que me interesó; eran las fotografías de las fiestas de fin de año que había habido en el hotel. Era tradición familiar que ésta se reuniera a esperar el año en el hotel, no siendo admitido a tales celebraciones nadie que no fuera miembro de la familia.

Eran varias las fotografías y en su reverso tenían puesta la fecha en que habían sido tomadas. Las puse en orden. En todas se podía ver perfectamente la lámpara. Me acordé que siempre había alguien que le decía al fotógrafo que pusiera especial empeño en incluir la lámpara y después me miraba. Era la esposa de un primo algo tontuelo que se había casado con una mujer hermosísima. Nunca los veía a excepción del 31 de diciembre. Llegaba al hotel ese mismo día por la tarde; además de vivir lejos, tenía que hacer tres cambios de trenes, no me interesaba compartir con mi familia más de lo estrictamente necesario.

El hotel era parte mío y en unos de mis viajes a Francia había comprado la lámpara de bacará que adorna el majestuoso vestíbulo que era la que la esposa de mi primo siempre mostraba especial interés en que apareciera en las fotografías. Este año, mientras posábamos no me quitaba la vista de encima. Preocupado, miré a mi primo y me di cuenta que en esos momentos sólo, tenía una preocupación; Quedar bien en la fotografía.

Una vez tomada la fotografía, mi prima política vino hasta mi y me dijo:

—Desde la primera vez que vine a esta reunión familiar he querido hablar con Ud. Mi esposo me habla mucho de Ud. y de sus viajes. Sin embargo a él no le interesa viajar. ¡Con lo que me gusta a mí! El único viaje que hace en todo el año es este a la reunión familiar.

En ese momento llegó mamá y después de disculparse con mi prima me hizo seguirla hasta el portal que rodeaba al hotel. Hacía frío, los dos estábamos sin abrigos pero no hice por buscarlos, sabía que ella quería hablarme de algo que le inquietaba. El frío la hizo hablar sin rodeos como, además, era su costumbre. Me dijo que estaba preocupada y temerosa porque hacía una semana había tenido un sueño muy vívido en el que me veía vestido con ropas extrañas; pantalones ajustados, camisa de mangas cortas y sin barba, matar a una mujer. Me reí diciéndole que eso nunca podría pasar, pues no estaba en mis planes el afeitarme la barba ni el vestirme con tal ridículo atuendo. Se tranquilizó y cuando entramos al hotel, lucía nuevamente su hermosa sonrisa.

A las once nos sentamos a la mesa. Como todos los años la cena no dejó nada que desear. Mi madre y mis tías trabajaban a la par de la servidumbre para que todo quedara perfecto. Lo que fue diferente desde el principio, fue la actitud de la esposa de mi primo, no dejaba de mirarme y se reía de mis chistes más que nadie. Me preocupaba que su conducta fuera notada, pero a ella esto parecía importarle poco. Terminada la cena se acercó a mi, y me dijo que quería hablar conmigo, que par favor la siguiera. Fue directo a su cuarto. Una vez dentro, me invitó a que entrara. Miré a todas partes y con la seguridad que nadie me veía, entré.

Se estaba zafando el pelo, le llegaba a los hombros. Sin preámbulos me dijo que estaba harta de mi primo, de sus delirios de grandeza, de sus preocupaciones literarias y sobre todo de su abandono total. Pasaban semanas sin que tan siquiera la mirara. Mientras hablaba decidí no correr este riesgo de un escándalo familiar sin precedentes, al sólo objeto-de escuchar quejas sobre las inquietudes literarias de mi primo o sobre su impotencia, que por otro lado la había sospechado desde que éramos muchachos. Me acerqué a ella y sin mediar palabras la empecé a desnudar. No bajó la vista como esperaba. Me miraba a los ojos. Cuando terminamos me sentía culpable. Era la esposa de mi primo, tonto, pero así y todo mi primo. Ahora mi gran preocupación era que mamá que no tenía un pelo de boba, se hubiera dado cuenta. Le dije a mi prima que se vistiera. Me preguntó que si ella no me gustaba y se enredó en mi cuerpo. Forcejé para quitármela de arriba y mientras luchábamos, la deseé y la tuve otra vez.

Ahora sentí asco por ella y por mi. Me vino a la mente aquel verano que mi primo y yo habíamos pasado juntos en la finca el año en que murió su padre. Cuando se despidió de mi ya en el coche, sus grandes ojos azules sólo expresaban un intenso agradecimiento por el hecho que yo, el más popular de la clase, el que más amigos tenía, hubiera compartido con él todo un verano. Ya los caballos andando me dio una cajita larga y fina diciéndome "Es un estilete. Guárdalo, era de papá". me senté en la cama y le dije que se vistiera que mi primo podía llegar. Se rió diciéndome que que me importaba a mí mi primo, que sólo lo veía una vez al año. No le contesté nada. Empecé a vestirme.

La puerta fue abriéndose lentamente. Seguramente mi primo, la hacía dormida y no quería despertarla. Una risotada de ella lo hizo entrar rápidamente. La vió a élla desnuda y a mí a medio vestir. Sólo atinaba a pasarse la mano por la frente. Ella seguía riéndose a carcajadas. Terminé de vestirme e iba a salir cuando él se interpuso y cogiéndome por las solapas del saco y llorando de rabia me empujó hacia la cama. Ella se rió más estruendósamente. El me gritó que esto se convertiría en un escándalo familiar. Se fue tirando la puerta. Ella continuaba riéndose como una estúpida. La cogí por los hombros y le grité que parara de reirse. Se rió más alto. Entre carcajadas me insultaba a mí y a mi primo. Sin poderme contener le di una bofetada con toda mi alma. Sin parar de reírse me dijo que yo era tan pusilánime como mi primo y que lo único que yo temía era que mamá se enterara. Esto me violentó más y le pegué otra vez ahora con el puño cerrado. La sangre que derramaba me enardeció más y le pegue más violentamente. La muy cretina continuaba riéndose.

Volví en mí en medio de un charco de sangre aguantado por dos primos míos. Uno de ellos, médico, la reconoció y declaró muerta. Hablaron que todo tenía que quedar en familia, que había que evitar que los mayores se enteraran; él diría que ella lo había abandonado y que no sabía de ella. Naturalmente se le aumentaría su porción de acciones en los negocios familiares. Determinaron que había que enterrarla en el sótano del hotel y que entre los cuatro cavaríamos la tumba. El 2 de enero me despedí de mamá, todavía no comprendía cómo mi primo se había ido en la madrugada del día primero sin despedirse de nadie. La oí bajar las escaleras, venía hacia la carpeta riéndose. La miré, tenía el mismo vestido que aquella noche de la cena. Me dijo: "Mira el vestido que encontré en un armario, ¿verdad que me queda bien?" Seguramente ella me estaba juzgando por un momento de debilidad y pensaba que volvería a traicionar a mi primo. Se paró debajo de la lámpara. Su cuerpo se dividía reflejándose en partes en las lagrimas de la lámpara. Instintivamente abrí la gaveta donde estaba el revólver. Ella se reía desafiante. Fue como en las fotografías, un relámpago de luz y después un fuerte estruendo.

## O. PEÑA DE LA PRESA

*Nació en La Habana, en 1925. En esa ciudad terminó sus estudios de bachillerato, en 1943. Comenzó a estudiar Leyes en la Universidad, pero después del primer año interrumpió sus estudios. Más tarde estudió música en el Conservatorio de La Habana. Salió al exilio y por muchos años residió en New Orleans, donde trabajó como locutor de radio y haciendo arreglos musicales. Actualmente enseña música y literatura en una escuela para adultos de México.*

### EL REGRESO

Los treinta años que habían golpeado el pueblecito de mi infancia rompían el hermoseado orden cuyo retrato se conservaba, aunque empolvado, intacto en mi memoria. El tiempo había esparcido gentes que yo había imaginado con raíces de árboles, cambiado la fisonomía de los edificios, abatido otros, y encima de los cadáveres de aquellas casas abuelas, habían nacido presuntuosos hijos o nietos de diez pisos.

La calle principal, único río de huellas de aquel tiempo, ahora estaba bifurcado en nuevas avenidas del andar, y por ellas entraban y salían advenedizos que me miraban como si yo lo fuera, y no ellos.

De todos los amigos de la escuela sólo pude localizar a Fernando. Cuando lo vi debajo de los portales del Palacio de Gobierno y me aseguraron que era la persona por quien yo preguntaba, tuve que pugnar por convencerme que aquel hombre de piel ennegrecida y aguados ojos y el chico tirador de piedras y peleador del cuarto grado, eran el mismo.

—¡Fernando Aguilar!, dije al verlo, tratando de integrar el nombre separado del sujeto en mi mente.

No sé por qué milagro él me reconoció: Las treinta uñas de aquellos años también habían enterrado en mi cara su honda caligrafía.

—¡Has vuelto! ¡Tánto me alegra volver a verte!

Se me quedó mirando penetrantemente... Sentí que me arrebataba su reavivada imaginación a los lugares de nuestros juegos, aventuras y riñas. Una sonrisa lenta fue llenando su boca. Era bocado de un dulce manjar viejo.

No quise interrumpir su viaje por los años, y lo acompañé sin fuerza por los surcos sembrados de nuestros pasos. Campos paridos de jugosos racimos, aún dulces como dátiles secos.

—¿Te acuerdas la vez que nos sorprendieron en la cinta del Juez robando mangos?

—¡Y vaya que me acuerdo! ¡Buen aprieto que pasamos!

—Y la vez que la maestra te registró el pupitre y encontró la carta que habías escrito enamorando a Marta Linares! Yo nunca te había visto antes, ni te vi después cambiar de colores como aquella vez! Un arcoiris de agonía te pasaba por la cara: Del rojo, al amarillo, al verde...

—Y Marta que ya me quería se puso tan nerviosa, la pobre, que se enfermó del estómago!

—La indignación de la Maestra se engrandecia en su respetable soledad de solterona. Tú te acuerdas, Martínez el conserje la quería, y a ella él parecía gustarle, pero aquel tiempo había trazado su solida frontera de las categorías, y ambos se contemplaban desde dos islotes distantes.

—Fernando: ¿Te casaste al fin con la hija del Médico?

—Cuando pude, no quise. Pensé que era muy temprano. Estaba joven... lo temía todo. Cuando lo quise, se había hecho tarde. Me quedé como semilla rezagada en el morral del sembrador. ¿Y tú?

Tampoco; Nunca he podido echar raíces para dar frutos. De tanto andar caminos he mareado mi sombra. Además mi siempre estrecha economía no me ha dejado más que engendrar los personajes de mis novelas y cuentos, que son hijos que nacen viejos y se mantienen bien de tinta y papel.

¿Y qué ha sido de tu familia?, le pregunté a mi amigo. Tus padres, tíos y tías...

—Se han ido poco a poco. Mi tía Joanna, hermana de mi padre, era lo último que me quedaba y murió hace tres años. Al morir ella, quedé único heredero de unos terrenos baldíos, los que fueron los antiguos arrozales donde íbamos a matar pájaros con tira-flechas ¿te acuerdas? y que al secarse la laguna jamás volvieron a sembrarse. La Quinta Azul que la tengo arrendada para pastar reses y una pequeña casa donde vivo aquí en la ciudad.

¿Y el castillo de la Quinta Azul donde vivía el Licenciado La Guardia, hermano de tu madre? El que decían que había sido

Alcalde cuando los habitantes del pueblo eran cuatro: El, que era el Alcalde, el jefe de Policía y el jefe de bomberos que era el único que tenía mujer, y por cuya causa estuvo a punto de estallar la guerra civil!

—No me hagas reír...! ja, ja, ja, ja!

Mi tío no soportaba esa broma. Había prometido hacerle pagar con sangre al insolente que se atreviera! ...No sé si sería porque una vez en verdad él fue Alcalde y en ese tiempo estuvo envuelto en un lío con un Capitán de bomberos por una mujer.

El castillo está abandonado desde que el murió. La superstición de mi madre impidió que mi padre lo remodelara. Las comadres decían que en las noches se paseaba por allí el fantasma del ahorcado y otras simplezas por el estilo. Hoy me costaría lo que no tengo, hacerlo habitable.

—¿Recuerdas, Fernando? En el tiempo de la siega, cuando los gorriones, sinsontes, canarios y azulejos alternaban con el desacreditado totí, robando todos por igual el grano, era cuando nosotros hacíamos mejor trabajo con, los tira-flechas que los tranquilos espantapájaros, a quienes los pájaros habían perdido el respeto.

Cuando tú no venías a la cacería, escondido entre las espigas del arroz, yo imaginaba, ser el castillo, que ya tenía su aspecto lúgubre, la posesión de un malvado rey. Los pájaros eran sus alados soldados a los que yo perseguía y mataba, para libertar cien doncellas que tu tío el rey tenía cautivas, y a quienes yo tomaría después por esposas.

—Vaya, ya veo que siempre tuviste tus afinidades con el Rey Salomón, pero de las cien, te quedaste sin ninguna! No fuiste tan dichoso que digamos, ja, ja, ja, ja!

—Me gustaría ver el castillo antes de continuar mi viaje...

—Pero, ¡cómo! ¿No viniste a quedarte?

—¡Qué habría de hacer aquí? No conozco a nadie excepto a ti...

—Verdad, a menos que te convirtieras como yo en una piedra gris.

Acordamos reunirnos al día siguiente en la mañana para ir juntos a ver el castillo y resucitar los recuerdos de nuestra infancia, muertos mansamente sobre el pasto.

Me encaminé hacia El Central, pequeño hotelito que había sido el mayor del pueblo, ahora humillado entre altos edificios. Al mirar a través de la ventana de mi cuarto hacia la calle, una sensación de confusión se apoderó de mí. La pujante realidad arrollaba y desalojaba mis recuerdos en fuga. El tráfico motorizado espantaba los carros de caballos de mis visiones. El zapatero no silbaba canciones, mientras martillaba alegres ritmos... La confitería, la herrería y el Bazar eran cadáveres inexhumables. Habían sido torturados y aplastados por toneladas de progreso.

Cerré los ojos para encontrar la visión amada en las adoquinadas callejuelas de mi ayer.

Con un caramelo de menta verde y blanco en los labios de la mente, me quedé dormido, oyendo cantar y martillar al zapatero.

Se abrió con trabajo la herrosa verja... cruzamos el jardín devorado de malezas y penetramos al hambriento estómago del abandonado castillo con digeridos pasos.

Los ojos bizcos de las rotas ventanas nos miraron sorprendidos.

Las paredes quisieron sonreírnos con sus trescientas bocas sin dientes de grietas abiertas.

Las puertas que no se habían abierto en cinco mil días, agradecieron nuestra llegada, pero su voz de visagras fue una malvenida de quejas.

Adentro se celebraba un festín de murciélagos y arañas.

Todo el edificio se dolía.

Se había paralizado el corazón del reloj que cantaba las horas. Su cara de números marcaba las tres y media, hora de su muerte.

—No vale la pena que hayas venido a ver estas ruinas, me dijo Fernando paladeando amargura.

—Si fuere posible me gustaría presenciar hasta mi misma muerte. Y esto no te lo digo en broma. ¿No crees que sería maravilloso poder mirar y aun más, penetrar en los sentimientos que provocamos en otros con nuestra muerte? Piensa en lo que sería mirar como entre brumas a través del cristal del féretro... o agazapados en un rincón de triste sonrisa, mientras otros quizás lloran, riendo.

—Los poetas son casi todos medio locos. Y cuánto más loco está, mejor es el poeta. Tú has de ser de los buenos poetas...., me dijo burlón mi amigo, y añadió:

—Yo me he disciplinado a no interesarme por las cosas que no puedo alcanzar.

Frente a una escalera, la cara del tío sonreía impasivo desde un cuadro precariamente, colgado una sonrisa empolvada.

Subimos a las recámaras. Al entrar en una, tropecé con una mujer que había roto contra el piso su desnudez de yeso.

Mire dentro de un cántaro de agua, ahora de polvo, decorado de frescas doncellas que tomaban el baño en un arroyo. Las mozas estaban manchadas: el polvo había inundado las aguas.

Los murciélagos velaban una pregunta trazada de locos aleteos.

Al vernos, las arañas interrumpieron su labor de tejedoras.

Empujé una puerta y se desprendió de las visagras: Una nube de palomas me aleteo en cara su protesta.

Intentamos subir al mirador para refrescarnos desde allí con la vastedad del paisaje, pero las lluvias habían penetrado sus pacientes ríos entre grietas. El ascenso era arriesgado.

Casi todos los pasillos estaban intransitables. Objetos de toda suerte, deshechas esculturas, cansados sillones, canelones y brazos de cristal de lámparas que habían sostenido la luz, bloqueaban el paso.

Sonreímos con esfuerzo.

Entre tropezones y nubes de polvo salimos del castillo y nos encaminamos hacia la laguna, donde los blancos cisnes habían nadado su indiferente aristocracia. Allí sólo vimos un hueco chato que había olvidado su pasado líquido.

A lo lejos se alzaba la cúpula de una moderna catedral de abundantes piedras y escasa fe, y las torres de nuevos edificios que reclamaban su derecho de altura.

Nos dirigimos a la ciudad disimulando la derrota entre bromas.

Frente al humillado hotelito nos dimos un abrazo y prometimos escribirnos.

Subí a mi habitación, arreglé la maleta y salí, caminando hacia la Estación del tren, que estaba cerca. Allí me senté en la única banca desocupada al lado de un viejo de mil años, que tenía una sonrisa recién nacida.

Para mí, los viejos que sonríen así son muy bondadosos, o han perdido la memoria, o la cabeza.

Estaba vestido al estilo de su tiempo, pulcramente y con cierta coquetona elegancia. Realzaba su figura una airosa barbilla blanca.

Su cara me decía algo cercano y quise reconstruir un nombre de letras, dispersas para nombrarlo.

Miró su reloj de leontina de oro y ondeó su sonrisilla que triunfaba del tiempo.

Tenía algo en su mano, pero una y otra vez lo ocultó de mi indiscreción.

—¿A qué hora pasa el tren?, le pregunté para asomarme a un milenio contento. Con voz que sonaba a canción nueva hecha de ritmos viejos, me dijo:

—Exactamente a las once y cuarenta y seis minutos, si no hay contratiempos.

—¿Va Ud. de viaje?, volví a preguntarle.

Se sonrió nervioso y movió, negando, la cabeza de nieve.

Había algo de chiquillería envejecida en su nerviosismo, que tropezaba con su cara sembrada de caminos.

Cuando sonó el silbato del tren en la distancia y el trepidar anunció su cercanía, el viejo se levantó animoso, ajustó la corbata al cuello duro y se sacudió un invisible polvillo del gabán.

Yo estaba intrigado, y aunque me impulsaba el deseo de escaparme de aquel rincón dolorido, no quería abordar el tren sin darle el pan a mi curiosidad. ¿A quién, o qué esperaba este viejo que debía haber llegado ya a todas partes?

Tosiendo entre sofocada humareda y con ruidosas articulaciones de hierro el tren se detuvo, y bajaron al andén los pasajeros. Entre éstos vi unos ojos inolvidables que apresaban un pedazo de aquel viejo cielo de mi infancia! La reconocí a pesar del afán de los años por esconderla: ¡Era mi maestra!

Hacia ella caminó decidido el viejo, y haciendo una inclinación distinguida aunque trabajosa le ofreció lo que había estado ocultando a mi curiosidad: Un ramillete de rosas blancas.

El era Martínez el conserje que seguía soñando, volando con su último tenaz aleteo reumático.

El andarín tiempo, tal vez cansado, se había detenido en su ventana.

## *HILDA PERERA*

*Nació en La Habana, en 1926, donde hizo sus estudios primarios y secundarios. Obtuvo su B.A. en los Estados Unidos, en Western College for Women (1948) y se doctoró en Filosofía y Letras en la Universidad de La Habana (1951). De 1948 a 1960 fue Directora del Departamento de Español de la Academia Ruston. Más tarde, fue designada Consejera de la Biblioteca Nacional José Martí y de Asuntos Educacionales (1960-1962). Desde su llegada al exilio se radicó en Miami, donde fue editora de las revistas* Buen Hogar *y* Romances. *Obtuvo una Maestría en la Universidad de Miami (1970). Se ha dedicado intensamente a su labor narrativa y ha obtenido premios internacionales por sus novelas y otras creaciones literarias, especialmente las de literatura infantil. Algunas de sus publicaciones más destacadas son las siguientes:* Cuentos de Apolo 3a. edición *(1975),* El sitio de nadie *(1972),* Felices Pascuas *(1975),* Cuentos para chicos y grandes *(1975),* La pata pita *(1979),* Plantado *(1981),* Mai *(1983),* Kike *(1984), y* Los Robledal *(1987).*

## LA PROSTITUTA

La verdad es que había razón de sobra para pensar mal. Siempre he desconfiado de toda mujer que pasados los cincuenta se deja el pelo suelto y teñido de rojo a la altura del hombro. Cuando la vi llegar me pareció una nota discordante. Aquí somos un grupo de gente, como dice el dicho, "pobre, pero honrada". O sea, que una mujer de buena figura, vestida con lujo venido a menos y uñas pintadas color orquídea, ¡orquídea, válgame Dios!, era por lo menos una anomalía y objeto de comentario seguro entre los que formábamos el viejo clan.

Lo primero, como es lógico, fue pensar que madama o prostituta antigua. Todo parecía indicarlo. No hizo más que mudarse y ya pintó el apartamento de colores vivos. En vez de sofá-cama de uso, flores artificiales, la oración de San Francisco de Asís, y mesita con cachivaches—lo que tenemos todos—se apareció con una gran cama de ésas que llaman *king size*, un espejo con marco dorado y una mesa camilla de pana verde. Además, salía al pasillo con una bata de casa de floripones rojos sobre fondo negro, sospechosamente de seda natural.

También la denunciaba lo melosa. A todo el que pasara por varón lo trataba de "mi vida" y "mi cielo", siempre de tú. En cambio, a Fredesvinda y a mí, que mal me está el decirlo, pero somos las que dirigimos esto, nos saludaba cortante, casi con desprecio. Además, si bien nadie, por mucha cortina que descorriera discretamente, la vio entrar acompañada ni recibir visitas, había mucho detalle sospechoso.

Desde que ocupó el treinta, rayando las siete, Conchita, (que así dijo llamarse, aunque a mí más bien me sonó a *nom de guer* ponía el radio o el tocadiscos a todo dar. Y era obvio que no lo escuchaba sola. Se oía el trajinar de pasos siguiendo los ritmos de pasodobles o boleros de Los Pancho, a los que ella misma le hacía un falsete alto, de opereta.

A decir verdad, lo que nos decidió a tomar cartas en el asunto fue que Engracia Virgilio dijo haber visto en el bulto de ropa sucia que Conchita llevaba a la lavandería, camisas, medias, camisetas y, para que no cupiera duda, ¡calzoncillos de hombre!

Otro detalle: mientras los demás nos arreglábamos haciendo maravilla y media para estirar el presupuesto, ella recibía paellas y bocadillos finos en unas cajas de cartón blanco. Hasta champán le mandaron una vez.

Teobaldo, el juez, pensó si traficaría en drogas. Emeterio, el pobre, como tiene esa fijación desde la guerra, la acusaba de ser agente comunista. Yo, francamente, me circunscribía a lo que dictaban las apariencias. Es decir: p-5-t-l.

Euclides siempre la defendía, diciendo que "nos unía el lazo de la desesperanza". Ojalá lo hubiéramos oído y no andaríamos ahora con tanto remordimiento. El caso fue que nos decidimos a averiguar lo que había en el asunto y, llegado el momento, tomar las medidas necesarias.

Con el pretexto de su santo próximo, y siguiendo lo que ya es costumbre entre nosotros, quedamos en organizarle un motivito. Yo prepararía el pastel; Fredesvinda, los bocaditos; Teobaldo, el ponche, que siempre sale más barato. Cuando más fuerte fuera el ruido de la música y mejor se oyeran las risas y el trajín de pasos, nos presentaríamos a la puerta de su apartamento con el pretexto de felicitarla. Conchita nos abriría y la cogeríamos como se dice *in fragante*.

Todo marchó a pedir de boca. Nos reunimos en mi piso a las cuatro y media en punto. Cada cual se puso lo mejor que tenía. Fredesvinda, hasta su cadena de oro. Euclides completó un traje con pantalón viejo y chaqueta nueva.

A las cinco, justo cuando empezó el "¡Que viva España!", tocamos a la puerta. Por cierto, que oí clarito cuando dijo: "Vete al cuarto, mi amor. Seguimos luego." A ver si no era para decir: dos y dos son cuatro. (Francamente, yo sentí cierto gusto, porque me produce satisfacción saber el ojillo que tengo para juzgar a la gente.) Tanto, que dije: "¿Ven?"

Teobaldo volvió a tocar y nos colocamos detrás de él, cuidando de mantener la vista libre para mirar lo que hubiera dentro.

¿Conchita?

Conchita ocupó el rectángulo de la puerta apoyando una mano alzada en el marco. Llevaba la bata negra de flores rojas abierta casi hasta la cintura. Le faltaba el aliento. En sus ojos hubo asombro mientras sonreía desconcertada.

—¡Felicidades! se adelantó Fredesvinda. Aquí venimos a celebrarle el santo. Entre nosotros es una costumbre. El santo, no el cumpleaños, porque es más discreto; digo, entre los que ya pasamos de los quince..

Conchita se cerró el escote con una mano, mientras con la otra hacía un amplio gesto de bienvenida.

—¡Pasen, pasen!

Enseguida se dirigió al comedor mínimo:

—Carlitos, mira: estos señores han venido a celebrarte el cumpleaños. Ven, hijito, no tengas miedo, ven.

Y ahí fue cuando nos quedamos de una pieza. De la habitación vino hacia nosotros, balanceándose como un títere grotesco, un muchachón de veinte años, de ojos idiotas. Un hilo de baba caía lentamente de su sonrisa a la camiseta blanca donde se leía la promesa incumplida: Oxford, 1988.

# NICOLÁS PÉREZ DÍEZ-ARGÜELLES

*Nació en 1941, en Cárdenas, ciudad donde hizo sus estudios. Fue director en la clandestinidad del periódico* Trinchera, *del Directorio Revolucionario Estudiantil. Preso en Cuba por varios años por sus actividades anticastristas, sale al exilio y se radica en Miami, donde reside actualmente. Es co-autor del libro de testimonio,* Después del silencio, *y recientemente ha publicado una novela titulada* Pajarito Castaño.

## LA VIUDA

Leonarda Valmaseda era de oficio viuda. Aquella mañana rigurosamente vestida de negro entró en la iglesia parroquial, dejando tras sí, en el centro posterior del dobladillo de su vestido, aroma a limón y desespero. Tan cerrado era su luto como abierto su escote, y en el ocaso de su vida era una mujer rotundamente bella. Fue hasta la pila de agua bendita y se santiguó. Luego con esa majestad que pueden conservar pocas personas mientras caminan con la frente baja se dirigió al confesionario. Frente a él se arrodillo con languidez y fue el suyo un desmayo de anticipado arrepentimiento.

— Ave María Purísima — dijo
— Sin pecado concebida — le respondieron tras la rejilla de metal.
— A ver hija, cuéntame tus pecadillos.

Aunque algunos lo acusaban de ser estricto en sus sermones prefería confesarse con el padre Secundino Calatrava que con cualquier otro sacerdote porque Leonarda aunque viuda era también mujer. Le gustaba sentirse admirada. Y sin ser dueña de una certeza, tenía la sospecha de que en las fantasías sexuales de Secundino Calatrava, ella tenía cierta presencia viva.

— Mis pecadillos son los de siempre padre — dijo con voz aniñada y gangosa.
— ¿Aquél hombre sigue molestándote?
— Todas las noches llega de madrugada y me pide que le abra la

puerta. Me suplica que le permita pasar la noche conmigo. Y empieza a decir obscenidades, lo que más trabajo me cuesta son oír sus obscenidades... ¡maldito sea! — casi gritó dando un fuerte golpe con el puño cerrado en la rejilla de metal.

— Calma hija, no maldigas en el confesionario. ¿Por qué estás tan afectada?, ¿qué tipo de barbaridades te dice?

— Dejemos eso, padre.

— A ver, estás con un sacerdote, hablas con Dios. Necesito saber cuáles son esas obscenidades porque...

— ¡Ay padre!, él me describe con detalles lo que me va a hacer cuando estemos juntos.

— ¡Y qué te va a hacer?

— Todo, padre.

— Eso es grave.

— ¿Me lo va a decir a mí? Cuando oigo esos horrores me quedo en la cama quietecita Apenas. Apenas respiro. Por nada del mundo soy capaz de levantarme y responderle.

— ¿Por qué causa, hija? ¿por qué no lo insultas?, ¿por qué no lo enfrentas? Leonarda guardó silencio durante breves segundos al fin dijo:

— Temo abrir la puerta.

— Estás blasfemando — dijo Secundino con indignación —, estás insultando a Dios. Nuestro Señor y a la Santísima Virgen.

— Perdóneme padre, pero soy de carne y hueso.

— Pero hecha a imagen y semejanza Dios. Debes hacer acopio de fuerzas y resistir la tentación. Frente a la ventana de tu habitación Satanás te ronda de madrugada para que complazcas tu cuerpo, y te pierdas.

— Lo sé.

— Leonarda, siempre has sido una mansa cordera de Dios y una mujer fuerte, ¿qué te pasa?

— La soledad me ha calado los huesos.

— Te puedes casar de nuevo.

— Para eso es tarde.

— ¿No sabes quién es el hombre que te acosa?

— No tengo idea, solo oigo su voz.

— ¿Tampoco sospechas de nadie?

— Le juro que no padre.

— Hija, llevas confesándote conmigo hace doce años y siempre te he puesto como penitencia un Ave María. Hoy quiero que reces diez Padrenuestros, y que Dios te libre de todo mal.

— Amén, padre — dijo Leonarda con amargura.

Después de cumplir mecánicamente con la penitencia se fue a su casa. Antes se detuvo en la carnicería de Lilo e hizo su compra semanal. Lilo había estado durante todo el tiempo mirando descaradamente su escote. Siempre la misma gracia, ¿sería él? También había sorprendido al hijo del jardinero hacía unos meses espiándola trepado en un pino mientras ella se daba una ducha y se había hecho la desentendida. Incluso tras descubrir la violación de su privacidad, para castigar al mirón, se había secado muy despacio frente a la ventana en toda su mórbida desnudez. ¿Uno u otro?, cualquiera daba igual.

Envuelta en un aire de hastío entró en su casa y guardó de inmediato la carne en la nevera. Hizo la señal de la Cruz y sintió la presencia de otro ser humano bajo su techo. No se sorprendió porque temporadas desde hacía meses la atacaba este inofensivo delirio. Y es que no le hubiese importado descubrir en su casa al menos un ladrón. Un vistazo le bastó para admitir que no había nadie en el saguán y echó a andar hasta detenerse desafiante, con las manos en la cintura, en el umbral del pasillo. Respiró hondo. Su casa olía a coco fresco y escaramujo soleado.

Eso la animó. Subió con premura las escaleras castigadas por el salitre hasta que crujieron de indignación los peldaños. Hizo una parada en el primer cuarto, frente al tic-tac del reloj de palisandro que le había comprado su esposo el difunto Clodomiro Ruano por los años veinte en París durante aquél asombroso viaje de luna de miel. Recorrió de un tirón las otras cinco habitaciones. Bajo a la sala y lanzó una mirada crucial.

Pues sí, estaba sola. Como desguarnecida mojarra en cumpleaños de barracudas, y sus carnes del lama eran blandas, y el desamparo humano tenía afilados dientes.

— ¿Qué le pasa Leonarda?

Era el loro Heriberto, ave de mirada inteligente y aguda. Verde como todos los loros pero con la punta de la cola blanca. Ahora fuertemente sujeto a los barrotes de su jaula escudriñada hacia todos los puntos cardinales.

— ¿Qué le pasa? — repitió Heriberto al no obtener respuesta de su ama.

— Nada, pensé que había alguien dentro de la casa — dijo al fin la viuda.

— Cada cierto tiempo le dan estas alucinaciones — dijo Heriberto molesto.

— Es la luna — dijo ella.

— Peor, es la borraja del aislamiento.

Recibió la bofetada en pleno rostro. A veces lamentaba haber convertido a Heriberto en su confidente porque el loro era capaz de ser muy hiriente.

— Eres un loro venenoso— dijo molesta.

Salió por la puerta posterior de la terraza dando un portazo y se sentó en un viejo sillón de mimbre con la mente en blanco. Contempló la playa de Varadero. Aquellos colores por sí solos eran capaces de tomar el ánimo de la mano y arrastrarlo de la indefensión de la ira a la confianza. Se serenó de un golpe de rojiazules y es que atardecía. El sol bajaba precipitadamente y Leonarda vigiló en busca del rayo verde para pedir un deseo. No vió nada. Y de repente se sintió niña y comenzó a jugar a las nubes. Puso atención al paisaje y no le costó trabajo descubrir en el cielo un conejo hacia el Este y a la derecha del conejo un sonriente payaso. Soplaba un débil vientecillo y dos nubes se fundieron en una y formaron el torso de un hombre desnudo, y a Leonarda la sacudió un escalofrío.

— Es el frío de la noche — dijo en voz alta.

Era de día y reinaba el calor seco de las tardes de Abril. La viuda prosiguió con la vista clavada en la nube y sintió una cosquilla en las entrañas.

— Hora de entrar — admitió juiciosa.

Ya dentro caminó hasta el espejo biselado de la sombrerera inglesa del saguán y allí contempló de cuerpo entero sus firmes cincuenta y siete años y sonrió satisfecha. Seguidamente, con el dedo índice acarició con ternura capaz de convertirse en abismo el paraguas negro de su difunto esposo.

— ¡Suelte Leonarda, no juegue con fuego! — gritó el loro desde la sala.

Apartó la mano del paraguas asustada y echó a andar hacia la jaula.

— Eres terrible Heriberto — dijo severa.

Pero inmediatamente sonrió. El no era malo sino ocurrente. Y se necesitaban. La viuda le daba pan a la cotica, y la cotica compañía a la viuda.

— Tengo sed — gritó Heriberto.

— ¿Te falta algo mas?

— De comida estoy bien, pero cámbieme el agua.

Lo obedeció. Seguidamente se preparó en la cocina un café con leche y tostadas. Comió de prisa, lo cual era síntoma de nerviosismo. Estuvo un rato en la sala pegándole los botones a un viejo vestido y en dos ocasiones se pinchó con la aguja. Ojeó una revista del corazón y leyó con fingido interés los amores de la princesa Margarita de Inglaterra con un plebeyo.

De pronto se puso de pié y tiró la revista contra el piso con furia.

No debía seguir engañándose. Tenía que ser fuerte y enfrentar el intruso. Gritar auxilio. Llamar a la policía. Dar fin aquella pesadilla. Tenía que finalizar en la cárcel el desconocido que le estaba haciendo la vida miserable. Durante instantes vaciló. ¿Ella no había estado a punto de ceder?, ¿debía provocar el encarcelamiento de un hombre cuyo único crimen era amarla? Amar, amando, amor, amada... ¡qué gracia!... ¿y por qué no? Fuese quien fuese era un grosero. Y no le había escrito ni siquiera una carta de amor. Ni había descubierto un ramo de rosas al pie de la ventana. El intruso solo le ofrecía amor carnal amparado en las sombras de la noche. Fue hasta la cocina atropelladamente y buscó una botella de ron o de algún otro de esos brebajes infernales. Se sirvió lo primero que encontró en la alacena, una copa de tequila el Cuervo, y como había vista hacer en las películas del Oeste, se lo bebió de un trago. Hizo una ligera arqueada, sabía a rayos. Fue hasta su cuarto y apenas tuvo tiempo de desnudarse, la decisión de defender una actitud honesta habían relajado sus nervios. Cayó en la cama redonda como una piedra.

Largo rato después despertó sobresaltada. Encendió la luz de su lámpara de noche con ojos somnolientos y miró el reloj tres de la mañana.

— "Levántate ya, amada mía — decía abajo una voz —, hermoso mía, y ven".

Inmediatamente identificó el lenguaje. Su lectura bíblica favorita. El Cantar de los Cantares.

— "Tus dos pechos son mellizos de gacela/ que triscan entre azucenas".

Su primera intención fue permanecer en la cama, sufrir sin hacer caso, morderse la lengua y no responder.

— "Miel destilan tus labios/ miel y leche hay bajo la lengua/ y el perfume de tus vestidos/ es como el aroma del incienso?.

Decidió que lo único que podía hacer era rezar: Dios te salve María llena eres de gracia, bendita Tú eres entre todas las mujeres, y bendito es el fruto...

— "Mi amado metió su mano por el agujero/ y mis entrañas se extremecieron por él".

— ... Amén.

Así no se comportaban los caballeros. Jamás su esposo Clodomiro hubiera hecho algo así. En aquél acoso no había honra, ni belleza, ni compasión.

— "Tu ombligo es un ánfora/ en que no falta el vino;/ tu vientre acervo de trigo/ rodeado de azuzenas".

Aquél no era un hombre sino un mequetrefe. Se levantó ardiendo de indignación, se echó encima una bata y partió hacia la escalera como una exhalación y en el primer escalón se desprendió de la bata porque le quemaba en el cuerpo. Ya en la planta baja corrió hacia el teléfono. Llamar a la policía, ¿por qué no? Descolgó.

— "Yo me dije: voy a subir a la palmera/ a tomar sus racimos;/ sean tus pechos racimos para mí./ El perfume de tu aliento es como el de las manzanas".

Colgó sin marcar ningún número. Dió dos pasos vacilantes hacia la puerta y de pronto fue como si se le hubiese quebrado algo dentro. Y se cayó en cuenta que no había nacido para santa o heroína, era simplemente una mujer. Destrozó su viejo ropón con rabia y quedó desnuda. Al paso lento, como avanza hacia el altar una novia o una niña que va a recibir su primera comunión, se acercó a la puerta. Estuvo allí unos segundos conteniendo el aliento.

— "Os conjuro hijas de Jerusalem (por las gacelas y ciervas),/ que no desperteis ni inquieteis a mi amada/ hasta que a ella le plazca".

Esta última frase caló hondo en Leonarda. Entonces abrió y no vió a ningún hombre, sólo al loro Heriberto con sus pezuñas clavadas en la baranda y los ojos enloquecidos.

— "Yo te desperté debajo del manzano, — prosiguió el loro su letanía—/ allí donde te concibió tu madre,/ donde te concibió la que te engendró".

Y entonces la viuda rompió a llorar con desesperación. Porque a aquella altura de su vida, ningún hombre volvería a tocar su puerta a altas horas de la noche.

Al día siguiente Leonarda se levantó temprano y partió rumbo a la bodega de Epifanio. La bodega estaba a tres cuadras de su casa y recorrió el trayecto a paso lento, como si no quisiese llegar nunca. El establecimiento estaba mortalmente vacio.

— Hoy aquí no hay ni moscas, Epifanio — comentó con dureza.

— Las moscas no llegan nunca antes de las diez, a la hora que calienta el sol señora Leonarda — le respondió el bodeguero atento.

— ¿Tiene usted una libra de perejil? — preguntó la viuda tratando de terminar aquel drama de una vez.

— Eso es mucho perejil, pero lo tengo. Llegó ayer y está fresco.

De regreso, empuñando el cartucho en sus manos lleno de perejil, Leonarda Valmaseda se sentía segura del terreno que pisaba. Ojo por ojo y diente por diente. Para hacer justicia tenía que envenenar al loro Heriberto. Esto estaba claro. Lo confuso, y que ni siquiera ella sospechaba, es que en aquellos instantes acababa de iniciar un viaje: el de un leve gesto hacia el suicidio inevitable.

## ENRIQUETA DEL PINO

*Nació en La Habana, donde terminó los estudios de Pedagogía en la Universidad de esa ciudad, en 1941. Trabajó como maestra en Cuba hasta 1961, cuando salió al exilio y se radicó, primero en Miami y más tarde en Los Angeles, California. Allí obtuvo una Maestría en Español en el St. Mary's College, en 1973. Ejerció la docencia en California por más de dos décadas, hasta su regreso a Miami, donde reside actualmente.*

## "20 DE MAYO DE 1902"

Corría el año de 1902, la guerra que asoló la isla durante 15 años había terminado.

Nuestro hermoso caimán verde yacía allí en medio del mar Caribe casi destruido, arrasado y desangrado, pero aún vivo y con fuerzas suficientes para volver a levantarse airoso en medio de tanto dolor y miseria.

Después de una corta intervención americana en la isla, el primer presidente constitucional de la república naciente iba a tomar el poder. Las fuerzas americanas se retiraban, y el 20 de mayo de 1902 el general Wood gobernador nombrado por los Estados Unidos cedería el mando de la isla a Don Tomás Estrada Palma, quien había sido presidente de la República en Armas en la guerra de los Diez Años, Embajador en Washington durante la Guerra de Independencia, sucesor de Martí como jefe del partido Revolucionario a la muerte del Apóstol y ahora presidente de la república por la voluntad del pueblo cubano.

La capital de la isla ardía con un fervor patriótico inaudito ante el hecho que se disponía a presenciar. La bandera de la estrella solitaria tanto tiempo escondida en el fondo de arcas y baúles de los ojos del enemigo flotaría airosa y triunfal, sus colores blanco y azul y su triángulo rojo se confundirían con el cielo infinito, como dando gracias al Creador por dejarla ondear en una tierra que había sido esclava por más de cuatro siglos y que ahora, enloquecida, entonaba los patrióticos sones de nuestro Himno Nacional y vitoreaba el alborear de una vida libre e independiente.

Las gentes se agrupaban cuerpo a cuerpo, cerca del viejo palacio de los capitanes generales donde tendría lugar el cambio de poderes.

Mi familia se trasladó a la capital, no podían perderse aquel hermoso acto, eran cinco hermanas, el padre y los dos muchachos más pequeños. Fueron a parar a casa de unos familiares, los que poseían algunas comodidades, por lo menos una mansión grande, donde alojar a sus parientes. Las muchachas trajeron sus mejores galas para el acto patriótico, los niños sus ropas preparadas exprofeso para lucirlas en aquel hermoso día de primavera.

Pero.... coincidencias de la vida, Bernardo, el mayor de los varones no se sentía bien, estaba febril tenía dolor de garganta, la cara infla-mada su temperamento usualmente activo y alegre estaba controlado por la fiebre y por un gran malestar físico. Al día siguiente sería el gran día 20 de mayo de 1902.

Todos en la casa se levantaron temprano, la mañana era hermosa, la naturaleza también quería celebrar aquel acto inolvidable, habían pasado muchos años de represión y de limitaciones, casi todas las familias lloraban a sus muertos, algunas veces padres, hijos, hermanos perdidos para siempre.

Acicalados todos y listos para unirse al desfile y a presenciar la subida de la bandera de la estrella solitaria en el asta principal de la vieja fortaleza de "El Morro", hablaron a Bernardo y expusieron las razones para que él se quedara en la casa, no podía salir, tenía paperas y no debía exponerse a la intemperie con esa enfermedad que para él resultaba ridícula y estúpida.

Partieron todos, desde su cuarto el muchacho oía la alegría general que era contagiosa y que llenaba frenéticamente las calles y plazas — "¿Qué hacer?" "¿Cómo podía permanecer estático ante un hecho tan grandioso y ansiado?"

Se consiguió unas pañoletas de las primas que encontró en unos baúles, se las apretó contra sus inflamadas quijadas, se puso su chambrita de fiesta y allá se fue.

La multitud en la calle lo empujó, lo envolvió en aquella ola humana que se apiñaba en todas partes y casi sin poner los pies en el suelo lo llevó hasta el malecón habanero desde donde sería presenciado con desbordado frenesí la sustitución de la bandera americana por el glorioso pabellón que representaba la libertad.

Siendo las doce horas y veinte minutos y después de una salva de 45 cañonazos allá en la distancia, donde la fortaleza de "El Morro" permanecía como un eterno vigilante a la entrada del puerto de La Habana, en el asta mayor se arrió la bandera de Estados Unidos y en su lugar, acariciada por la brisa marina se izó nuestra enseña blanca y azul con su estrella en el triángulo rojo.

Gritos, llantos, besos, y aplausos se confundieron con los acordes del *Himno Nacional*. Era la expresión de loco entusiasmo de todo un pueblo que había roto las cadenas y que a un precio muy alto había logrado su libertad.

Bernardo estaba aturdido, confuso ¿qué le pasaba? También el estaba llorando, las lágrimas le inundaban el rostro sin poderlas refrenar.

En medio de aquel la contagiosa mezcla de expresiones distintas, lágrimas, alegría, aplausos y vivas, una señora vestida de negro, con el retrato de un joven mambí muerto en campaña, prendido a su pecho, se le acercó y lo besó con un beso dulce y maternal como hacía dos años desde que había perdido a su madre, él no había sentido.

Al fin, sus ojos se secaron, su corazón latía aceleradamente cuántas emociones para un niño pequeño y enfermo!. Alguien al pasar puso en sus manos una banderita cubana la que él agitó con todas sus fuerzas en aquella inolvidable e histórica mañana de mayo que le hizo olvidar que le habían prohibido salir y que estaba enfermo con paperas......

Miró al horizonte, hacia el mar infinito, la brisa marina refrescó su cara encendida aún por la fiebre y en su imaginación sintió que al romper olas encaracoladas contra el vetusto muro del malecón, entonaban un himno de loa a la patria liberada.

## *JUANA ROSA PITA*

*Nació en La Habana, en 1939. Allí estudió primaria y secundaria, y en la Universidad comenzó estudios de Filosofía y Letras, los que no pudo terminar. Salió al exilio en 1961, vía España. En los Estados Unidos fundó Ediciones Solar. Obtuvo su Maestría en George Mason University (1975). Ha recibido varios premios internacionales por su labor poética, que ha sido traducida a varios idiomas e incluida en varias antologías. Ha contribuido con poemas y ensayos a varias revistas internacionales. Entre sus publicaciones deben mencionarse:* Pan de sol *(1976),* Las cartas y las horas *(1977),* Mar entre rejas *(1977),* El arco de los sueños *(1978),* Manual de magia *(1979),* Viajes de Penélope *(1980),* Homenaje a Angel Cuadra *(1981), y* Crónicas del Caribe *(1983). Actualmente reside en Miami.*

## CONFESIONES DE UN INMORTAL

El rostro que me miraba desde el agua debía de ser mi imagen, como es de rigor, sólo que se trataba de un espejo al revés. Era la hora mágica cuando el sol, ya depuesta su furia democrática, abandona unas cosas y a otras las envuelve en un líquido de extraña luminosidad. Supongo que por eso no me sorprendió cuando, al voltear la cabeza, lo vi de cuerpo entero al brocal de la fuente.

—¿Quién eres? — tomó las riendas de inmediato como si yo fuera la aparecida.

—¿Yo?... pues no lo sé, eso es precisamente lo que iba a preguntarte cuando estabas ahí — señalé el agua oscureciente, que en aquel momento se ondulaba como si mi voz tuviera peso —. Me llamo Juana Rosa. ¿Y tú?

—Yo soy... y nada más. Llámame como quieras.

—Bueno. Pero ¿de dónde vienes? De algún lugar vendrás.

—Ni vengo ni voy: estoy en tu territorio. Eres tú la que entras y sales de vez en cuando, cuando te lo permite tu nombre.

—Qué gracioso eres. ¿Cómo va a ser?Si no me he movido de aquí — y diciéndolo me senté un escalón más arriba en la escalinata de la fuente. Pero me da mucho gusto verte. Te llamarás Gustavo.

—Bueno, seré Gustavo mientras tú no te vayas. ¿Quién te dijo que hacía falta moverse para entrar o salir? ¿No has ido al cine a ver los muñequitos, o cartones animados, como se dice? —asentí evocando mis favoritos—. Pues eso es todo lo que hay que hacer: animarse. La gente que nunca se quita el nombre son cartones sin animar: sin magia, sin vida. El nombre es como los zapatos: te lo pones, te lo quitas, te lo cambias... te lo vuelves a poner, y eso es lo que va animando los cartones. ¿Comprendes? Imagínate lo que sería vivir toda la vida sin quitarse los zapatos, y sin cambiárselos.

—Qué cosas tan horribles se te ocurren. ¿Quiéres decir: acurrucarse, chiquearse, dormir, soñar, todas esas cosas que se hacen en la cama, hacerlas con zapatos? Sería espantoso.

—Lo es. Y lo peor es que muchísima gente, creída de que se protege los piés, se condenan, como quien dice, a zapato perpetuo.

—Pero si a los pies les encanta el aire, las sábanas y el agua — añadí chapoteando con incontrolable entusiasmo.

—Claro, y además lo necesitan; si no se pudren, se deforman, y hay que terminar brotándolos con los zapatos. No queda otro remedio.

—Y tú, dime Gustavo, ¿tienes o no tienes zapatos?

—Pues ahora tengo los que tú me has dado para caminar contigo. Son suavecitos. Pero he tenido miles y millones.

—Pues yo, la verdad, nunca me he cambiado el nombre. Y ¿qué sabes tú, niña — me miraba con ojos antiquísimos, como si fuera mayor que yo—. Tonta no eres, pero todavía tienes mucho que aprender. Porque no creerás que era Juan Rosa la que se miraba en la fuente. En ese momento tenías otro nombre.

—¿Ah sí, pues que nombre me puse?

—Narciso te llamabas: nar... ci... so...

—Qué cosas se te ocurren. Si ni siquiera conozco ese nombre y además me parece feísimo. No me lo pondría por nada.

—¿Y quién te dijo que hay que conocer un nombre para ponérselo, bebita. ¿Sabes tú algo de esa sandalia: quién la hizo, con qué, cuándo etc.? Te calzas y sales andando, ¿no? Y poco a poco tu pie le va dando su forma. Eso es todo.

—Pues entonces pienso ponerme muchos nombres en mi vida. Me los iré cambiando a medida que crezca. Y cuando sea grande...

ya podré ponerme cualquier nombre que quiera, y ninguno se me quedará grande o estrecho. ¿No me crees?
—Totalmente. Quedamos en que entonces tú también eres.
—¿Soy qué? — le pregunté como si no las tuviera todas conmigo.
—Eso, que eres... el acabóse.

Justo o en ese instante se oyó la voz de Monguita: "Pupita, a comer, que se te enfría la malanga". Y no sé si fue la irrupción del nombrete o mi distracción momentánea, pero el caso es que cuando volví los ojos ya Gustavo no estaba. Me miré en el espejo de la fuente por ver si lo encontraba. Pero sólo vi mi carita indagadora parapetada en el agua cada vez más oscura. De pronto era de noche.

Fue el primer inmortal que conocí. La experiencia me ha dicho que, por lo general, los inmortales no tienden a hablar tanto. Pero aquél... se llamaba Gustavo.

Pasaron 30 años antes de que yo comenzara a practicar el cambio de nombres tal y como él me lo enseñara —tortuguísima en mi quehacer— aquella tarde a orillas de la fuente. Desde entonces, he podido comprobar ampliamente que soy y que puedo dar vida a infinidad de pieles. Y no sólo eso, sino que puedo rebautizar a quien yo amo con sólo deslizarme en el nombre correcto.

## *ALICIA E. PORTUONDO*

*Nació en Santiago de Cuba, donde hizo sus estudios. En la Universidad de Oriente obtuvo sus Licenciaturas en Filosofía y Letras, y en Derecho. Fue profesora de esa misma Universidad. En 1961 salió al exilio y se radicó en Nueva Jersey. En los Estados Unidos obtuvo una Maestría en Rutgers University y un Doctorado en New York University. Desde 1961 es profesora y coordinadora del Departamento de Lenguas Extranjeras de Monmouth College, en New Jersey. Ha publicado artículos de crítica literaria y cuentos cortos en diversas revistas literarias.*

## EL CINTURÓN

La mujer caminaba nerviosa de un lado a otro de la pequeña sala. En su rostro, un poco ajado ya por los años, se observaban las huellas de la preocupación. Una y otra vez se asomaba al balcón y miraba calle arriba y calle abajo, para volver a entrar más nerviosa que antes.

Por fin decidió sentarse, y entonces su ansiedad se manifestaba en un volver la cabeza del balcón a la puerta da la calle y otra vez al balcón. En las manos tenía un rosario, cuyas cuentas pasaba automáticamente, Se oyó el ruido de una llave en la puerta, y ésta se abrió. La mujer corrió hacia ella, y al ver entrar al hombre, le dijo:

—¿Pudiste verlo?

Y este antes de contestar, le pregunta en voz muy baja: ¿Dónde está Julio?

—No ha regresado todavía.

El hombre, después de mirar hacia los cuartos, convencido de que no estaba aquél por quien había preguntado, contestó:

—No, mujer, te dije que sería difícil.

—Pero, habrás averiguado algo, ¿no?

—Lo de siempre, que es cuestión de esperar; lo mismo puede llegar hoy que mañana, el mes que viene o tal vez nunca...

El hombre no era muy viejo, pero en su cara se observaban arrugas prematuras, tal vez producto de años de privaciones y angustias.

Los dos se miraron sin decir palabra, y ella volvió con paso lento a los quehaceres de la casa, mientras él se sentaba a leer el periódico.

"Mentiras, mentiras", se le oía decir de vez en cuando, La esposa seguía en sus obligaciones sin preguntar el motivo de esas exclamaciones, tal vez porque ya estaba acostumbrada a ellas, o porque sin leer el periódico sabía lo que en él se decía.

La casa era modesta, pero limpia y ordenada, aunque ya se notaba que los esfuerzos de la dueña no eran suficientes para ocultar el paso del tiempos sobre los muebles y cortinas, que hacía ya varios años debieron haberse cambiado.

De pronto, como recordando algo muy importante, la mujer se acercó al marido, y casi al oído, temiendo que aun las paredes pudieran oírla, le dijo:

—Esta tarde tienes que ir a la zapatería de Pedro.

—Ya lo sé, eso no se me olvida.

—¿Crees tú que él es realmente hombre de confianza?

—Seguro, sería capaz de dejarse matar antes de decir ni una palabra sobre eso.

La mujer pareció tranquilizarse, pero en seguida agregó:

—Tengo miedo de que Julio sospeche algo.

Imposible, Tú sabes que los únicos que estamos en el secreto somos Pedro, tú y yo. Y Pedro es de los nuestros.

—Tienes razón, pero es que estas cosas son muy peligrosas, ¿sabes?

Los dos se sentaron a la mesa, y comenzaron a comer en silencio los escasos alimentos que ella había podido conseguir.

Se oyó un ruido de llaves en la puerta, y ellos se miraron tratando de ocultar sus propios pensamientos. A la pequeña sala-comedor entró un joven de unos veinte años, vestido con el uniforme de la milicia. Era alto, delgado, de mirada inquisitiva y un tanto misteriosa. Entró sin decir nada, y después de desaparecer por unos minutos en las habitaciones, regresó para sentarse a la mesa.

—Julio, hijo, ¿por qué has llegado tan tarde a almorzar? Creí que hoy no tenías que hacer guardia.

—Si, es cierto, pero necesitaban a uno para ayudar en la oficina, y me ofrecí, tú sabes que hay que ayudar a la Revolución.

La madre no contestó; bajó la cabeza y, tragándose las lágrimas, siguió comiendo aquella comida que ahora le parecía peor que nunca.

Terminado el almuerzo, se separaron como tres extraños: la madre volvió a sus quehaceres, el hijo salió con el mismo mutismo con que había entrado, y el padre se sentó para continuar la lectura del periódico, la cual interrumpía constantemente para mirar la hora.

De pronto se levantó y dirigiéndose a la mujer, le dijo:

—Me voy a lo de Pedro, Vengo en seguida.

—Por favor, cuídate, Te estaré esperando.

El hombre desapareció por la puerta y con paso rápido cruzó la calle, casi desierta a esa hora, para perderse en la esquina próxima.

Los minutos se prolongaban y las horas le parecían interminables. Por la mente de la mujer pasaban mil pensamientos sombríos: ¿regresaría él sin contratiempos? ¿Se daría cuenta alguien?

Y mientras trataba de darles respuestas a sus preguntas no dejaba de mirar al gran reloj de su abuelo que parecía dominar la pequeña sala. Cuántas horas pasaron, ella no lo sabía, pero pronto sus preguntas parecieron tener respuesta: allí estaba Ramón, su marido, pálido, pero con una especie de sonrisa en los labios, como la del que logra ver realizado por fin algo planeado por largo tiempo.

—Julio no ha llegado, se adelantó a decirle su mujer.

Y él, con mucho cuidado, sacó de dentro de su chaqueta un paquetico pequeño, que ella tomó y abrió con gran rapidez.

Era un cinturón de cuero, que a primera vista no parecía diferente a los demás, Sin embargo, al virarlo al revés, se notaba un forro cuyo extremo superior tenía una parte pequeña que no estaba cosido a la delantera.

—Carmen, ¿Te parece bien?

—Sí, está perfecto, Ahora mismo lo voy a preparar, antes de que llegue Julio.

Ella entró en su cuarto y de un cofrecito escondido en lo último de su escaparate sacó unos billetes de banco norteamericanos. Eran varios, de diferentes denominaciones, fue sumaban unos dos mil dólares. Dinero guardado y ahorrado por el matrimonio Cruzata desde hacía algunos años. Dinero honrado que él había ganado con su trabajo en la Compañía de Teléfonos, y que había cambiado por dólares hacia tiempo, esperando poder salir de aquel infierno algún día.

Los colocó cuidadosamente dentro del cinturón y luego cosió las dos partes, De debajo de la cama de su cuarto sacó una maleta pequeña, y allí lo escondió entre la ropa.

Ahora lo único que podía hacer era esperar...esperar ese telegrama que tal vez algún día les daría la salida del país. Minutos que parecen días; días que se prolongan como semanas, y meses que parecen años. Tiempo monótono que parecía paralizarse como la vida del matrimonio Cruzata.

¿Fue milagro? ¿Fue la suerte? Ellos no quisieron averiguarlo, pero un día, cuando la esperanza estaba casi perdida, llegó aquel papel tan esperado. Saldrían al día siguiente.

Carmela estaba segura de que Julio no sabía nada. El era un buen muchacho-pensaba su madre-pero le han puesto ideas absurdas en la cabeza ahora. Julio no era el mismo de antes; su carácter jovial se había convertido en hosco y taciturno. Hacía días que salía poco, y cuando Carmela tenía que salir a hacer las colas para la comida, él se quedaba leyendo aquellos libros que la madre hubiera quemado con gusto, porque ellos habían contribuido al cambio de su hijo. Pero, "él es un buen chico", se repetía la madre. "El pobre, él no es el culpable, lo han engañado."

Al día siguiente, Julio salió muy temprano y, como siempre, ni se despidió de su madre.

Ella le vio partir, sabiendo que no lo volvería a ver jamás, y su corazón lloraba de angustia.

Rápidamente el matrimonio Cruzata sacó la maleta de debajo de la cama, Ramón se puso el cinturón y en pocos minutos y sólo con lo indispensable, subieron a un taxi y se dirigieron al aeropuerto.

Allí estaba el avión que los conduciría a tierras de libertad, pero antes debían pasar por el consabido registro. No llevaban nada que llamara la atención, y su secreto sólo lo sabían ellos y Pedro.

Por fin, después de varias horas de espera, se vieron sentados en el avión. Todos los que allí iban se miraban sin hablar. Algunos tenían lágrimas en los ojos; otros miraban por la ventanilla para darle un silencioso adiós a aquella isla una vez bendita que ahora se había convertido en un infierno.

El avión se demoraba en salir; los pasajeros se miraban los unos a los otros sin atreverse a preguntar. Algunos milicianos entraban y salían del avión. Hablaban entre sí y miraban la lista de pasajeros.

El nerviosismo aumentaba por segundos. Un miliciano que estaba en puerta del avión leía y releía la lista, y dos o tres hablaban con éste en voz baja. De pronto, uno de ellos, en voz alta, gritó:

—Ramón Cruzata.

Ramón se levantó, mientras pensaba ¿qué querría este hombre?

—¿Eres tú?

—Si, soy yo.

—Acércate.

Ramón se acercó Carmela se levantó del asiento y temblorosa miraba la escena. Algunos pasajeros se levantaron para ver lo que ocurría; otros permanecieron casi escondidos en sus asientos.

Ramón llegó frente al hombre, y éste le dijo:

—Dame tu cinturón.

Ramón no podía creerlo. Se lo quitó y el hombre, como sabiendo lo que buscaba, descosió las puntadas que Carmela había dado, y los billetes comenzaron a salir uno a uno.

—Ven conmigo, gusano, y tu mujer también.

Carmela se abrazó a su marido. Ambos estaban pálidos, y ella parecía que iba a desmayarse.

Ramón, dirigiéndose al miliciano, le dijo:

—Sólo quiero que me digas quién me denunció.

—Tu hijo Julio, respondió, y casi a empujones los hizo bajar del avión.

El grupo desapareció por la puerta del aeropuerto, mientras el avión levantaba vuelo hacia tierras de libertad.

## *PURA DEL PRADO*

*Nació en 1931, en Santiago de Cuba. En 1951 se graduó en la Escuela Normal para Maestros de esa ciudad y en 1956 obtuvo el doctorado en Pedagogía de la Universidad de La Habana. También realizó estudios de periodismo y teatro, y participó en multitud de actividades literarias y culturales, además de colaborar en muchas revistas y diarios cubanos. En 1958 se trasladó con su familia a los Estados Unidos. Ha recibido valiosos premios en certámenes literarios y su poesía ha sido recogida en muchas antologías. Entres sus libros deben mencionarse los siguientes:* La otra orilla *(1972),* Color de Orisha *(1973),* Otoño enamorado *(1973) e* Idilio del girasol *(1975). Actualmente reside en Miami.*

## REMINISCENCIAS...
### (Fragmento)

La casa de mi infancia era muy pobre, de estilo español, pintada de azul claro, con pisos de madera, tres cuartos y muchas matas al fondo. Del patio me llegaba un olor profundo a verdolaga, albahaca y yerbabuena, entremezclado con el aroma de los jazmines y las gardenias. Estaba en una callecita de tierra blanca muy pendiente, que parecía acabarse en una esquina donde torcía bruscamente y de la que sólo se columbraba la reverberación del techo de zinc del ventorrillo. La otra esquina se interrumpía una colina redonda llena de palmas. Se oía el rumor de un cercano arroyuelo de Yarayó, sobre el cual se reflejaban polícromas chiringas, papalotes, catanas y papagayos que colgaban de los cables eléctricos. Había unos chinos en el barrio que hacían cometas de papel de seda y güin para vendérselos al de la tienda, que se los daba de ñapa a los niños. Y siempre morían volando, atrapadas por una cuchilla en el tendido de la luz.

Mi universo estaba poblado por animales familiares: iguanas y lagartos dorados y rojos, cocuyos de tenue luz verde que yo encerraba en frascos para usarlos de farol en la oscuridad, gallinas anaranjadas, gallos negros y polluelos de oro tibio y suave. Baja la mata de güira había instalado un palomar hasta que a Manuela se le ocurrió echar a sus vecinas a volar porque "traían mala suerte."

Todas las casas del barrio eran mías. Entraba y salía de ellas a cualquier hora. Sus habitantes humildes me adoraban. Acá me dejaban trepar al tamarindo, allá recoger marañones rojos o amarillos que eran el terror de Diosdada, porque manchaban la ropa. La morena Ramona se divertía cuando venía el otoño y se caían las frutillas de almendrón, porque me vigilaba cuando yo trepaba su tablado para robarme las semillas. Era su oportunidad de darme un buen regaño y luego asomarse por las rendijas a verme correr hasta la acera de enfrente y sentarme a partirlas con una piedra para coger la almendra. Para mí no existían los días, sino la luz y la sombra, las temporadas del caimito y los nísperos, de los mangos y las cañandongas. Todas las noches pasaban carretas por mi calle, con los frutos de las estación derramando sus aromas deleitosos. ¡Había que ver esos mazos enormes de mamoncillo que daban por un centavo! ¡Cuántas horas de felicidad pelando frutas, y qué barato ¡Amelia, siempre con temor a que me tragara los cuescos y me ahogara, llenaba unos vasos de cristal grueso con la pulpa de los mamoncillos y les vertía agua de azúcar. Pero yo prefería lo que me estaba prohibido a pesar del regusto amargo de la blanca leche de los cuescos.

Mis gozos eran sencillos y animales. Mi vida de criatura fue fecunda bajo los árboles, cegada y enrojecida por el sol, casi desnuda, completamente ignorante de que era pobre porque mis anhelos de niña estaban colmados por la tierra. Mi lujo eran las flores entre la yerba, las amapolas de mi ventana, la lámpara de cristales en hilillos que hacían música con el viento, las cortinas estampadas de mi cuarto, el claro amarillo húmedo del suelo, las cintas de tafetán. Hasta la lluvia con sol me sorprendía como señal de opulencia.

Casi nunca enfermé. Sólo recuerdo la tosferina, que mucho me hizo sufrir, y las paperas. Nunca estuve nerviosa ni tímida. Tenía el alma feliz y libre como las chivas que me gustaba seguir saltando zanjas. Podía correr durante horas con la cabeza llameante de luz, subir a las copas de los cocoteros y al tope de las casas. Crecí robusta, ancha, poderosa. Dondequiera me recibían con esa alegría encantadora que despiertan los niños sanos y ágiles. No sabía mentir ni decir primores, pero tenía la cortesía espontánea y fresca del que ama las gentes y las cosas, del que se maravilla por lo más insignificante de cada cual. ¡Qué lejanas me parecen aquellas tardes de intenso azul en que no limitaban mi infinito más que las paredes de mampostería de la casa, patria de los dulces, los granos de maíz y los claveles: Entre lampos y rosas moradas la pequeña que fui aparece en mis recuerdos embobándose con las nubes y dejando cantar a su alma.

Pronto pensó Pedro Manuel, el marido de Leonor, viejo Noel que me traía de su puesto en el mercado las más hermosas naranjas de China y los más suave guineos, que yo debía ir a la escuela. Se le ocurrió viéndome leer lo que decían las postales de Barcelona que su mujer —que era veterana de la Guerra de Independencia— había traído de su exilio en España. Yo misma no sé cómo aprendí a leer, es como si hubiera nacido con esa facultad.

Recuerdo que era de mañanita y hacía frío. Leonor lavaba frente a la cocina haciendo un ruidito caprichoso, envuelta en humo y olor a café. Amelia molía ajonjolí al pié de la mesa de comer, recogiendo la leche en una cazuela de esmalte. El viejo, con su inevitable camisa amarillo oscuro, pelaba con su navaja un limón.

—Me parece que ya es hora de que esta bichita vaya a la escuela.

Yo solté el espejito de nácar de Manuela con el que me entretenía y me llené de júbilo y sobresalto. Amelia detuvo su labor, me miró y repuso:

—Es muy chiquita todavía.

—Pero ya sabe leer.

—¿Cómo?

—Sí, la ví registrando el baúl de Leonor. Y recitando los versos de las postales.

Leonor acabó de tender una sábana de hilo, con muchos bordados, y se acercó.

—Es verdad lo que dicen los dos. Debe ir a la escuela y es muy piquinina. La pondremos en casa de Juaniquita. A la noche se lo diré a su mamá. ¡Esta niña va a ser algo grande!

—¡Por favor, vieja, déjate de esas cosas, no debes decirlas, y menos delante de ella!

—Pero es verdad. Yo voy a estar muerta para entonces, pero las hormigas me lo contarán.

—Yo quiero ir a la escuela.

—Bueno, vamos a ver qué dice tu mamá.

Me compraron una maleta de cartón, libretas, un lápiz, una goma, una cartilla, una pizarra y un pizarrín, lápices de colorear de cera y de tiza, un banquito de madera pintado de azul. Estaba eufórica, orgullosa. Juaniquita vivía enfrente y cobraba un real a la semana por enseñar las tablas y la cartilla. Pronto leí de corrido y con énfasis, supe las cuatro reglas y no tuve nada más que aprender allí. Empecé a aburrirme y a "comerme la guásima". Con cualquier pretexto estaba en mi casa o en el traspatio de la escuela, haciendo pompas de jabón con tallos de higuereta o durmiendo la siesta bajo la mata de hipomea, llena de flores blancas, como un traje de bodas de encaje.

En esas escapadas aprendía otro género de cosas, sobre todo a observar a los demás sin que repararan en ello. Veía a Amelia en su quehacer. Picaba los plátanos verdes en pequeñas rodajas redondas y las ponía sobre el techito de la cocina para que les diera el sol. Por las noches, Leonor retiraba la bandeja del techo y la guardaba en la alacena. Por la mañanita la sacaba de nuevo y la exponía al sol naciente. Así hasta que al cuarto día alguna de las mujeres de la casa molía el plátano seco y de su harina, mezclada con leche y sal, salía la bananina. La vertían sobre un tazón de loza y la batían. Luego la echaban en el biberón y yo me la bebía con deleite. Me sabía a tierra, a viento soleado, a vuelo de pájaros, a canto de gallo, a perfume de plantas, a ternura. No tenía nada de la noche, la cuidaban aquellas mujeres del sereno y la oscuridad, del brillo frío de los astros. Disponían que no me alimentara nada secreto y lúgubre. Querían que sólo construyera mi cuerpo algo diurno y alegre. Tenían la oculta voluntad de hacerme un ser feliz desde el mismo crecimiento, solar y lleno de vida.

Una vez al volver me encontré a mi madre llorando. Un médico me había prescrito no sé qué medicina que ella iba a comprar siempre a una botica en la calle Corona, frenta a una avenida grande y polvorienta, con olor a cagajón de caballo y frutos podridos del trópico. Pero esta vez faltó el dinero y ella le pidió crédito al farmacéutico, un taciturno mulato descendiente de haitianos, y éste le negó el fiado. Fué ese día de farmacia en farmacia y nadie le dió confianza. Volvió humillada y preocupada por mí. Ese día fué que empecé a amar a mi madre.

## *ULISES PRIETO*

*Nació en La Habana, en 1916, ciudad donde terminó sus estudios de bachillerato. En su universidad se doctoró en Ciencias Físico-Químicas. Fue propietario de una curtiduría hasta su salida al exilio en 1960. Se radicó en Miami, donde se dedicó a actividades en el giro del calzado y elaboración del cuero. En 1978 publicó un poemario titulado* Los mascarones de oliva. *Falleció hace varios años en Miami.*

## CARAPACHIBEY

Nunca antes había oído hablar de Carapachibey. Cuando me lo mencionaron, lo busqué en vano en el mapa. Pero desde la época de este relato sí supe dónde estaba, y jamás olvidé su nombre.

Yo era el último en el escalafón, y el más joven en la compañía de ingenieros para la que yo trabajaba. Es probable que mi poca experiencia, o quizás el temor a perder mi trabajo, influyeran para que yo aceptara mi traslado a Carapachibey. La compañía tenía un importante contrato para la exportación de maderas en esa área y necesitaba activar los trabajos antes de que llegaran las lluvias.

Carapachibey está situado al sur de Isla de Pinos. En esa fecha era una rica zona maderera. Inhóspita, solitaria, sin comunicaciones, poblada con densos bosques de cedros y caobas, sólidos e imponentes como falanges romanas.

Allí conocí a Pedro Pontel y siempre recordé su nombre. Era un hombre alto, fornido, con hombros y espaldas de una solidez excepcional. De tarde en tarde, sus rasgos toscos quedaban suavizados con una sonrisa sincera, casi tímida.

Mis primeras semanas en Carapachibey fueron fatigosas. Tuvimos que alterar los trazados iniciales. Las trochas abiertas a filo de hacha y dinamita, a través de los bosques, tuvieron que ampliarse. Mejoramos los caminos arruinados por las lluvias y las pesadas máquinas.

Recuerdo una tarde que uno de los tractores, bastante deteriorado por las condiciones del terreno, quedó atascado. Estaba en una hondonada llena de lodo y la oruga de una de las partes traseras se había enterrado en la blanda arcilla del camino. Cuando llegué allí varios hombres se esforzaban en sacar la máquina, pero la mole de hierro semejaba una montaña clavada en medio del sendero. Pedimos refuerzos y del grupo de hombres que llegó, uno se adelantó con un pesado madero sobre sus hombros. Afincó el madero debajo de la oruga y palanqueó. En su primer empeño la máquina no se movió. Después, para sorpresa mía, el hombre manejó el madero con poderoso esfuerzo y la máquina se alzó, y luego, poco a poco, salió de su trampa roncando ruidosamente.

Me quedé mirando al hombre. Estaba desnudo de la cintura para arriba. Tenía los músculos de un gladiador y su tórax y hombros eran de dimensiones respetables.

Me acerqué y le di las gracias. Hizo como un mohín, y su cara, tosca y grande, se llenó de luz con una sonrisa humilde. Pregunté:

¿Cómo te llamas?

—Pedro Pontel, me dijo. Jamás se me borró este nombre en mi memoria. Las cosas fueron mejorando. Se pudo incrementar la tala y el transporte. Trabajábamos duro, toda la semana, con excepción del domingo. Habíamos preparado un campamento provisional construyendo unas barracas, teníamos un buen pozo, cocina y servicios generales. Yo disponía de una pequeña cabaña. Allí vivíamos todos, soportando de día el calor y la humedad. De noche, combatíamos los mosquitos, que, cuando la brisa amainaba, atacaban en bandadas, con una ferocidad propia de pirañas volantes.

Una noche yo estaba sentado en mi viejo taburete, frente a la cabaña, fumando mi pipa. Cerca manteníamos una fogata. La noche era caliente, pero al caer la tarde, siempre se apilaba leña resinosa y se le daba fuego. El humo ahuyentaba los mosquitos.

De pronto, al reflejo de las llamas, vi una figura que se acercaba. Me pareció gigantesca. Miré con atención y reconocí a Pedro Pontel.

—Quiero hablarle, ingeniero, me dijo.

—Siéntate, Pedro.

Con temor, con una actitud casi infantil, se sentó sobre un pedazo de piedra de mármol que había cerca. Fué breve. Hablaba en voz baja. Su conversación lucia como cortada en bloques. Me explicó que tenía su casita en la isla, en un lugar distante. Los sábados por la tarde, después del cobro, se marchaba a su casa. Caminaba toda la noche, entre abrojos, bosques y lodazales. Una hora antes del alba llegaba a la casa. Reunido con su mujer y tres hijos compartia el domingo. Antes del anochecer tomaba el camino de regreso, llegando al campamento al romper el día, un rato antes de iniciarse las labores del lunes.

—Pedro, le dije, sorprendido. Tú no puedes ir todas las semanas. Es una jornada agotadora. La distancia es grande y necesitas descanso.

Me dedicó una de sus sonrisas más conmovedoras, y me dijo, suavemente:

—Tengo que ir. Aquéllo es todo para mí. Mi mujer y mis hijos son mi única felicidad.

—Bien, le dije. ¿Entonces, qué quieres?

—Sólo quiero que me deje ir los viernes. Así podré estar más tiempo con la familia y descansaré en casa una noche completa.

Comprendí, pero no debía autorizarlo. Mi decisión provocaría descontento en el personal. Otros pedirían lo mismo, y era preciso impulsar los trabajos. La temporada de las lluvias se acercaba. Guardé silencio y me quedé pensativo. Pedro, sobre su asiento de piedra, me observaba como una sombra, sin hacer un gesto. Lo miré de soslayo y me sentí conmovido. Pensé que estaba en mis manos ayudarle, y por otra parte, me dije, si se lo niego, eventualmente se irá y perderé un buen hombre.

Sin pensarlo más, me puse en pie. Pedro, como un resorte, se levantó también. Le dije:

—Puedes irte a tu casa todos los viernes.

Su cara se llenó de gozo. Descubrí, en medio de la penumbra de la noche, rota a veces por las llamas agonizantes de la fogata, esa humilde sonrisa que me había cautivado desde el primer momento.

El viernes siguiente di la orden que le pagaran a Pedro la semana completa. Lo vi partir, ligero, casi saltando, como un muchacho grande. Sobre sus robustas espaldas cargaba un abultado jolongo. Desde mi taburete, con reprimida emoción, lo vi alejarse. Su figura recia se iba perdiendo entre las débiles luces de la tarde, a lo largo de aquel camino cerrado de cedros espigados, arrogantes, como caciques escapados de una leyenda india.

Me sentí feliz. De un tirón dormí toda la noche. El sábado transcurrió tranquilo, con las peripecias regulares de la jornada que cerraba la semana.

El domingo me desperté temprano. No sentí los mosquitos durante la noche y el molesto y tedioso zumbido de los grillos no interrumpió mi sueño. Tomé dos buenas tazas de café caliente y me senté en el taburete a fumar la pipa. La temprana brisa, fina y vivificadora, llenó mis pulmones. El día ya estaba rompiendo, alegre y limpio. Pensé que nunca antes había advertido, como en esa mañana, tan bello regalo de la naturaleza. Me sentía bien. Era mi mejor día desde que había llegado a Carapachibey.

Estaba encendiendo la pipa, cuando distraídamente alcé la vista. Me pareció ver un hombre que caminaba hacia el campamento. Ya más cerca, y con las primeras claridades, me percaté que el hombre que se acercaba era Pedro Pontel. No caminaba ligero, seguro, como lo vi partir el viernes. Sus pasos eran lentos, más bien torpes. Llevaba el jolongo, pero sus hombros estaban caídos, como si hubieran perdido dimensión.

Me levanté bruscamente y la pipa cayó al suelo. Pedro Pontel ya estaba llegando. Todo sorprendido, pregunté

—¿Qué ocurre? ¡Te esperaba mañana¡

Me clavó una mirada triste, lejana, como ausente. No mencionó una palabra. Se le veía fatigado y la cara pálida.

—Pedro, pregunté de nuevo, -¿Qué te pasa? ¿Ocurre algo?

—No, me dijo y su voz era ronca y sus palabras lentas. —No volveré. Me quedaré aquí. Otro estaba con ella.

## SEVERINO C. PUENTE DÍAZ

*Nació en Pinar del Río, en 1930. Hizo sus estudios de bachillerato en el Instituto de la Víbora, en La Habana. En esa ciudad también estudió Artes Plásticas en la Escuela de San Alejandro, y Artes Dramáticas en la Universidad. Desde 1951 fue miembro de la Asociación de Artistas y del Colegio Nacional de Locutores. Fue uno de los pioneros en la televisión cubana y laboró en ella como actor, locutor, productor y director por más de 30 años, hasta 1979, cuando fue separado de su cargo. Llegó a los Estados Unidos en 1988 y desde entonces desarrolló algunas actividades en la radio y la televisión hispanas. También se ha dedicado a cultivar la narrativa corta y uno de sus cuentos recibió el Premio Enrique Labrador Ruiz. Actualmente reside en Newark, N.J.*

## EL CONTAGIO

Teófilo Azcuy, médico rural de muchos años, alzó la cabeza un instante para mirar por la ventana y volvió a llegarle el olor a yerba mojada. Observó, a través de la llovizna, como se reflejaban a lo lejos las grietas arcillosas de la loma Pica Pica, levantó suavemente los hombros y continuó sentado, disponiendo montoncitos de monedas de plata sobre la mesita metálica de su consultorio. Aquel lugar, un pueblecito enclavado en la falda de la cordillera de Los Órganos, había sido para él un verdadero paraíso desde que comenzó a ejercer la medicina. Iba un par de veces al año a la ciudad cercana, para abastecerse de vinos, embutidos y latería, y al pagar las compras en el mercado tenía la costumbre de conseguir tres o cuatro pesos machos. Más de ochenta había coleccionado ya.

—Es la segunda vez que llueve esta mañana, Abuela, y sigue habiendo sol —oyó decir en la cocina a su nietecita.

—La hija del diablo se está casando —contestó la abuela.

—¿Y cómo se llama la hija del diablo?

—Yo qué sé, niña. Con cinco años haces cada pregunta.

Teófilo sonrió balanceando la cabeza grisácea, se ajustó los lentes con un ligero golpecito sobre la nariz, y reanudó su paciente labor, repetida cada mañana sabatina, de amontonar las monedas o pulirlas con una bayeta. Cuando escuchó toques afuera y vio pasar a su mujer por el pasillito que habla que atravesar para llegar a la puerta de la calle, siguió en lo suyo tranquilamente.

"Mil novecientos diez, cará. Ese año pasó el cometa Halley y estalló la dinamita en el cuartel grande del pueblo", pensó, contemplando una de las monedas acuñada veinte años atrás.

—¡Teofito! —dijo su mujer en la puerta del pasillo.
—¿Quééé? —dijo él sin levantar la cabeza.
—Ahí están los Hernández.
—¿Quiénes?
—Los de la finca Frijolillos. El viejo está enfermo.
—Son las diez de la mañana. La consulta es por la tarde, a las tres —protestó él.
—Dicen que es urgente —aclaró la mujer.

Teófilo volvió a protestar con un gesto, abrió la papelera de la mesita, colocó la bayeta en el fondo y echó las monedas sin hacer ruido. Después cerró la gaveta cuidadosamente.

—Está bien, que pasen —dijo al fin.

Al momento aparecieron los Hernández, ambos con la expresión de quien se dispone a decir algo extraordinario.

—Pasen —invitó Teófilo.
—¡Mi esposo está mal, doctor! —gimió casi la mujer (una cincuentona regordeta) sacudiéndose nerviosamente las últimas gotas de lluvia.
—Pues no lo parece —dijo calmadamente Teófilo tomando el pulso del anciano; un vejete giboso, veinte o treinta años mayor que su esposa.
—Todo empezó con bolitas en la piel —dijo ella atropelladamente como sarpullido, pero verde.
—No hay motivos para alarmarse, su esposo tiene el pulso perfecto —comentó Teófilo sin escucharla—. ¿Se siente usted mal, señor Hernández?

El viejo negó sin mucha convicción.

—Doctor —dijo ella gravemente —, el problema de mi marido es serio.
—Bien, que me explique los síntomas.
—Mejor se los explico yo: al principio fue una erupción...
—Eso pudo decírmelo él —refunfuñó el médico.
—Él no se la vió —argumentó ella.
—¿No?

—Claro que no; la erupción comenzó aquí, en el mismo lugar donde termina la columna.
—Ah, vamos —dijo Teófilo—. ¿Y le pica?
El viejo volvió a negar tímidamente.
—No le pica —afirmó la mujer—, pero empezaron a salirle vellos, y después pelos largos y duros. Y luego un tendón gordo, como un rabo verde de gato.
Teófilo se puso pálido. Nunca había oído semejante cosa. Giró sin decir palabra y fue a meterse en un cuartucho aledaño al consultorio. En seguida se escuchó un chorro de agua. Cuando reapareció, se secaba las manos con una toalla desteñida.
—¡Bájese los pantalones! —ordenó agriamente.
El señor Hernández hizo un ademán huidizo, pero la mujer lo agarró con fuerza. En un instante estuvo el viejo frente al médico, desnudo de la cintura hacia abajo.
—Vuélvase —dijo suavemente Teófilo ajustándose los lentes con un toquecito sobre la nariz.
Tuvo que volverlo la mujer.
—¡Coño! —gritó el médico, y se inclinó sin pedir excusas por la palabrota.
—¿Ve que es como un rabo de gato, doctor? —dijo ella al borde del llanto.
—No se altere, señora —dijo Teófilo apaciguador, buscando papel y lápiz.
—¿Qué explicación puede tener esto? —volvió a gemir ella.
—Todo en el mundo puede explicarse, por muy fuera de lo común que parezca —aclaró Teófilo—. Si ustedes me ayudan, sabremos de qué se trata. A ver, cuéntenmelo todo.
—¿Qué más vamos a decirle? Primero fueron unas ronchas; le salieron exactamente...el miércoles.
—¿Cómo lo sabe?
Los miércoles son los días que lo baño.
El viejo sonrió ruborizado.
—Lo descubrió el miércoles —susurró Teófilo anotando en una libreta—. ¿Y los pelos? ¿Cuándo salieron los pelos?
— Bueno, anoche empezaron a salirle vellos, ya le dije; así, como pelusa. Pero de anoche para acá, fíjese: se le fueron haciendo gordos y duros, hasta formársele el rabo.
"Setenta y dos horas de incubación", escribió Teófilo, y miró de soslayo aquella cosa verde.
—¿Es grave, doctor? —preguntó ella.
—¿Ha tenido fiebre? —fue la respuesta del médico dirigiéndose al anciano.

El viejo negó con la cabeza.

—¿Dolores?

Volvió a negar.

—¿El contagio con la ropa le molesta?

—No, pero...

—Pero qué? —indagó el médico.

—Doctor —intervino ella —, él está hace más de una semana...Vaya, que tiene deseos de ...Que se comporta como si fuera más joven.

—¡Comprendo! —dijo Téofilo anotando, se inclinó, agarró la pelambre colgante y dio un tironcito.

—¿Duele? —preguntó.

— No, no —contestó el viejo.

El médico se incorporó alzando mucho las cejas, permaneció algunos instantes pensativo, y se dirigió hacia un aparador lleno de instrumentos y pomos esmaltados. Cuando regresó, endiabladamente inexpresivo, traía en las manos un tijera y una fuentecilla tapada.

—¿Le va a cortar el rabo, doctor? —preguntó ella espantada.

—Voy a cortarle un pelo, para enviarlo al laboratorio —dijo el médico buscando su tono más amable.

—¿Al laboratorio?

—Ninguna otra cosa puedo hacer. Tendré que ir a la ciudad hoy mismo..., si encuentro transporte.

—Pero, ¿y el rabo? Pudiera crecerle más mientras analizan "eso" —advirtió la mujer.

Cuando Teófilo se agachó para cortar el pelo, pensó que, efectivamente, aquel colgajo podía haber crecido un poco desde que lo observó por primera vez.

—Yo no lo vi tan mal —dijo la esposa del médico, asomándose a la puerta del pasillo un minuto después de haberse marchado los Hernández.

—No y sí —contestó él reflexivo, y colocó la fuentecilla sobre la mesa.

—¿Cómo se entiende eso?

Teófilo se disponía a explicarle cuando se escucharon nuevos golpes en la puerta de la calle. Miró por la ventana, comprobó que había escampado, y con un movimiento de la barbilla ordenó a su mujer que fuera a abrir. Para sorpresa suya ella regresó acompañada por el cura Anselmo.

—¿Qué se le ofrece, padre? —dijo Teófilo, invitándole a sentarse con otro gesto.

— Un asunto engorroso, hijo mío —respondió el sacerdote, y en su cara redonda se reflejó una angustia indescriptible.

La mujer se deslizó discretamente hacia la cocina y el médico cerró la puerta. Cuando estuvieron sentados, el padre Anselmo pareció encogerse bajo la sotana.

Querido, doctor Azcuy, no quiero alarmarlo, pero debo hablarle sin rodeos —dijo pasándose las manos por las mejillas —: usted y yo tenemos muchas cosas en común, y usted y yo debemos conocer los hechos.

— Estoy a su disposición, padre. ¿Qué ocurre?

—Desde hace pocos días algunos de mis feligreses; mejor aún: de mis feligresas, me han confesado algo inaudito, diabólico. Y además de saberlo yo, tiene que saberlo usted.

—¡Explíquese, padre Anselmo, por Dios! —balbuceó Teófilo agarrándose a la silla. El religioso se inclinó hacia delante y bajó mucho el tono:

— Desde hace cuatro o cinco días varias ancianas de mi iglesia — seis por mi cuenta— me han venido confesando que les han salido rabos verdes.

Teófilo abrió la boca como buscando aire.

—Primero me hablaron de ronchas verdosas —prosiguió el cura luego de pelos y después de rabos. Es lógico que, por lógica, yo no las creyera, pero una de las ancianas —cuyo nombre naturalmente me reservo— decidió mostrarme el "fenómeno"... Y, en efecto, tenía un rabo verde que le llegaba hasta las corvas, con pelos como púas.

—Entonces es contagioso —afirmó Teófilo con un hilillo de voz.

—¿Conocía usted el asunto? —preguntó Anselmo sorprendido.

El médico alargó una mano, cogió la fuentecilla y le quitó la tapa.

—¿Eran pelos como éste? —preguntó.

—¡Exactos! —gritó el cura poniéndose de pie.

—Pertenecen al rabo de un anciano, cuyo nombre naturalmente me reservo —dijo el médico casi sin aliento.

—¿Será algo que comen? indagó Anselmo.

—No lo sé, padre, pero sospecho lo peor. Desgraciadamente no puedo hacer otra cosa que llevar este pelo al laboratorio.

—Me parece lo más prudente —dijo el cura.

Teófilo alzó la libreta que estaba sobre la mesita y comenzó a leer:

"Al principio una especie de sarpullido verde sobre el coxis, sin picazón, sin dolores, sin fiebre. Después vellos y más tarde pelos duros y una protuberancia en forma de rabo. Setenta y dos horas de incubación. El paciente mostró, en los días anteriores a la erupción, apetitos sexuales poco acordes con su edad..."

—¡Concupiscencia también! —exclamó el cura.

—A veces es una condición biológica razonable —opinó Teófilo.

—Digo que "concupiscencia también" hubo en los casos que acabo de referirle.

—¿Quiere decir que sus feligresas también sintieron deseos de..., antes de...? —indagó el médico, más con gestos que con palabras.

—Sí, hijo mío, sí. Una verdadera tragedia que pueden estar ocultando sabe Dios cuántos vecinos. Hoy mismo acudiré a mis superiores y le aconsejo que acuda usted a los suyos.

—El telégrafo podría servirnos, padre.

—¡Noo! —aulló Anselmo—. Se enterarían todos, cundiría el pánico, aquí, y en todo el país. ¿No se da cuenta de que los contagiados, tal vez por pudor, sólo han contado sus problemas a usted y a mí?. Nuestro deber es asesorarnos correctamente de lo que debemos hacer.

—Le propongo una cosa: dentro de media hora pasaré a buscarlo por la iglesia. Me las arreglaré para hallar un transporte —dijo el médico. El cura asintió varias veces con la cabeza.

— Lo único que me alivia un poco —dijo— es que el contagio parece producirse sólo entre ancianos —y se dio cuenta, de pronto, de que no hubiera querido expresar esto. Ambos hombres se estudiaron profundamente.

—¡Dios nos bendiga! —masculló al fin el sacerdote, y se dirigió a la puerta. El médico quedó inmóvil, observando la raya verde en el fondo de la fuentecilla.

— ¡Mira, Abuela, está lloviendo otra vez con sol! —escuchó que decía su nietecita en la cocina.

—Se está casando la otra hija del diablo —comentó la abuela echándose a reír.

Teófilo dejó la fuentecilla sobre la mesa y miró por la ventana. Tras las cortinas de gotas seguían brillando en la lejanía las grietas arcillosas de la loma Pica. Al bajar la mirada hacia la calle y observar que ya el padre Anselmo doblaba por la esquina, rumbo a la iglesia, palpándose insistentemente la sotana a nivel del coxis, un súbito arranque lo impulsó a descolgar un espejo pequeño de la pared. Lo calzó con un libro sobre la mesita metálica, se bajó los pantalones y, con los glúteos frente a la lunita de cristal, trató de mirarse nerviosamente. No pudo lograrlo. Terminó llamando a su mujer, con voz que alcanzó hasta más allá del patio. Cuando ella apareció en la puerta del pasillo traía un rostro rígido, que se le dulcificó por completo al ver la posición de su marido.

—¿Otra vez, Teofito? —dijo mimosa—. ¿Te has creído que tienes veinte años?

—¡Qué veinte años ni veinte años! —rugió él—. Mírame ahí atrás, en el coxis, a ver qué ves.

—¿Dónde? —preguntó ella.
— En el coxis, mujer.
—¿Dónde? —volvió a preguntar ella.
— ¡En el huesito arriba del culo! —gritó Teófilo alteradísimo.
La mujer se inclinó presurosa.
— Ay, Teofito —dijo confundida —, te ha salido sarpullido en la puntica. Pero, qué cosa tan rara, las ampollitas son veeerdes.

## MARCOS ANTONIO RAMOS

*Nació en Colón, Matanzas, en 1944. Se educó en el Colegio de los Padres Canadienses de esa ciudad y en el Instituto Pre-Universitario de Matanzas. También hizo estudios en el Edison College de Princeton, N.J. y en el Instituto de Filología Hispánica, entre otras instituciones de altos estudios. En 1966 se licenció como ministro bautista y fue ordenado como presbítero en 1971. Desde ese año ejerce el pastorado en una iglesia de Miami. También es profesor de Historia del Miami Christian College. Sus artículos y ensayos han aparecido en el Diario Las Américas y otras publicaciones del exilio. Ha recibido diversas distinciones por sus actividades religiosas y académicas. Es miembro de la Academia Norteamericana de la Lengua Española.*

## LA CALLE VIEJA

Tener pocos años y tiempo para leer, el único material es una revista Bohemia y las aguas que caen sin cesar impiden buscar otra cosa. El contenido es interesante, historias de la crónica roja, algo de política y deportes, juegos en los cuales nunca se va a participar, el agua que cae con fuerza, los truenos hacen que se pierda el sentido y la hilación, pero al menos hay tiempo para leer. Desde la acera de enfrente en otro portal, le habla el viejo amigo Agustín, el buen chino carpintero. Ya le dice al lector "No leas mucho". Algo así como: ¡Ya tendrás tiempo para leer! Ayer le dió unos trozos de madera para que se entretuviera y ni eso había servido de nada, hoy sólo la lluvia y la lectura le atraen mientras sus padres llegan de Morón donde asisten a un funeral, quedan la revista y el agua que no deja de caer.

El techo de la casa donde vive su tía es de tejas y las goteras sirven como monótona recordación de la pobreza, pero el patio es grande, si no lloviera ¡cuántas cosas se podrían hacer! Bueno, después de todo es mejor así, la lluvia atrae con su misterio de truenos y relámpagos. ¿Para qué pedir otra cosa? No se podría apreciar la música si se escuchara, pero sí el sonido que invita a mirar hacia arriba, hacia un cielo oscuro que ya siempre podría atraerle aunque no estuviera sentado en aquel portal en la calle vieja, calle San José, entre Mesa y Diago.

Si no estuviera "feo" el día una visita al parque seria más entretenedora tal vez, al menos ver de nuevo los leones del monumento a Colón en ese parque, cuyo nombre no era más que un símbolo extraño: "La Libertad"? Si Belarmino trabajaba ese día, llegaría hasta la peletería para divertirse un poco con los viejos cuentos de España que el tío le contaba, eso si no le enviaba a dar una vuelta para ver las carteleras del Teatro Canal, tomaría un helado en "El Confite" o compraría un "muñequito" de Tarzán. Por el momento bastaba con la lluvia y se olvidaba el parque, de vez en cuando miraba la Bohemia que no le exigía salir, ¡si!, salir de la calle vieja, con sus grandes piedras y lagunas, calle de pueblo que se convierte en ciudad, que hoy sigue siendo lo que era ayer.

El día anterior fue de gran actividad, Gustavo y "El Tite" hacían de alemanes y él se imaginaba inglés como "El Chiche". Sería por el Sherlock Holmes de los libros del tío Angelito, los vecinos toleraban la bulla, no había otra cosa que hacer y en definitiva los "tiros" no molestaban a nadie, lo único que los gritos a veces se escuchaban en la otra esquina.

La cerca del patio no oculta nada, casas viejas y el templo bautista con los árboles del patio del pastor. Casi que olvidaba "Los Tres Villalobos" y correr hacia el radio era casi una invitación a otra caída, después de todo tendría que esperar hasta la tarde para "El Capitán Marcos de la patrulla del espacio", a la noche: "Leonardo Moncada" y hasta "La novela del Aire" de la tía Concha que desde la muerte de tío Marcos vivía sola en la calle vieja donde le visitaba el joven lector de la revista Bohemia que también gustaba de oir cuentos, los del abuelo saliendo de Galicia para no ir a Marruecos, tan real como "Sandokan" a quien en definitiva nunca había conocido, aparte de las lecturas de aquellos libros del padre Rolando, pero eso sí, también creía en Sandokan y en cualquier cosa, hasta Verne era infalible para él, lo decía la prima Marta: "para leer con lo de la escuela basta", "pero mamá y tía Tellin leen a Corín Tellado y papá no se pierde una película de vaqueros o de Humphrey Bogart, déjame leer'. No estaba solo en el mundo de las letras, en definitiva Rafles" el de las manos de seda, parece que leía mucho también así como los que recibían las cartas que traía Monzón el cartero. Por eso para leer, no hay calle como la calle vieja, donde vive la tía Concha, calle de pueblo que se convierte en ciudad, dando brincos hasta la casona, pasando por el paseo de Diago que así, dando brinquitos, no luce tan largo y donde se puede escuchar el carro con altoparlantes del famoso "Pachiro" que anuncia todas las causas, habidas y por haber, y que ahora dice: "La Casa Grande", "La Casa Prado" Liquidaciones", "Batista presidente, Colacho senador y Noly Martínez, alcalde de Colón", "`Escuche a Radio Menocal". Había corrido tanto que hasta se había olvidado de Ciro el barbero junto al Hotel Caridad, en casa eran estrictos en eso del pelado y habría que volver pronto para el corte "a lo alemán". Mientras tanto ya en la calle vieja jugaría haciéndose la idea de que era simplemente otro soldado inglés, después visitaría a la abuela María.

Recordar había sido bueno, pero en otras cosas debía pensar, al otro día vendría el padre a buscarle, en su camión Fargo o en el viejo Ford, mamá como Concha daría siempre permiso para ir a casa de Averhoff, tal vez habría llegado algo nuevo, historietas del Pato Donald o un nuevo episodio en la vida de "Supermán", estas cosas daban cultura, por ejemplo, conocer el planeta "Kripton" de donde vino Clark Kent. ¡Oiga Averhoff! "¿Cuánto vale ese libro que se llama "El Vicario de Wakefield?. . ¡Eso es muy profundo, no se lee a los nueve años! Nueve años con la calle vieja llena de pasquines, "Juan González de concejal", otro que dice: "La Cubanidad es Amor, el autenticismo es sacrificio" y hasta uno que no parece de ahora, es algo más viejo, dice así como "Partido Socialista Popular", al lado hay un anuncio de Colgate y otro de una película de Jorge Negrete, de esas que ponen en el Teatro Colón, cerca de la iglesia episcopal, con su campana de sonido suave. ¡Qué bueno!, creo que mamá me dejará ver pronto una película en tercera dimensión, mamá nunca dice que no y papá siempre afirma: "Pregúntale a tu mamá" y si la madre no encuentra quien le acompañe siempre está Julián, le dicen "Pata de Plancha" tampoco sabe decir que no, ¡lleva el muchacho al cine! y él siempre ¡Qué bueno, así tendré algo que contar! Aunque después de todo, está Miguelito que le gusta la matinée, con veinte centavos o treinta, todo está resuelto.

El agua sigue cayendo y la Bohemia vuelve a recibir atención, ya pasaron los recuerdos, todo tiene que pasar, ahora un artículo sobre arquitectura en Haití, la fortaleza construida en el siglo XIX, influencias de aquí y de allá, pasa la página, "forman otro partido político"¿Cuántos tendremos ya?, la vida de un patriota, "declaraciones a la opinión pública", algo más y ya salpica el agua, humedece la revista en una especie de crítica literaria al natural que obliga a cerrar sus páginas y volver al refugio que siempre ofrece el descanso, mientras afuera corre el agua, resuena el trueno y se inunda la calle vieja.

Al pueblo lo atraviesa el ferrocarril y algunos le dicen: "pueblo que se inunda cuando llueve", todo preferible al nombre del arroyo cercano, "El Río Cochinos". Ya no está en la calle vieja sino que va dejando el pueblo que ahora sí es ciudad, su colegio queda a la derecha y ya va pasando la famosa curva, los pensamientos no tienen que ver con la caída del agua sino que son como los siguientes: "el vuelo en Pan American", "una vida nueva e incierta", "el nuevo país", pero estos se van muy rápidamente y son sustituidos por los rostros de los amigos, Carlos, Daniel, Raúl que lo despidieron en la calle Real, Juan José en Ricardo Trujillo, los consejos del pastor metodista, su primo Juanito y el tío Oscar en la plaza frente a la casa de Travieso, el último paso frente a la librería, ya abrieron otra de la cual sale el ayudante de la tía maestra, Isora que dice: "cuando vuelvas ya Oscarito y Teresita no te podrán reconocer" y casi que podría haber añadido "ni a Tonono ni a Estercita"; de Ranulfo y de Puro no se pudo despedir.

La ciudad no tiene necesidad de ferrocarril, no es como el pueblo de la calle vieja, pero donde hay una entrada hacia el "subway", agua que inundó la calle y los rostros de los amigos son simplemente un recurdo como Ferito con el misal bajo el brazo, el tiempo sigue transcurriendo, ahora no alcanza para leer, no tiene ya la Bohemia sino algo distinto al que le llaman "El Times", pero todo se repite, ya sea en sueños o en pesadillas. El viaje aquel ha sido sustituido por muchos otros, el último fue el de la experiencia con aquella persona que reconocía su acento español o cubano y que le decía al compañero: "este no nació aquí". Una noche en el aeropuerto en Baltimore y al otro día en New York caminando frente a una oficina de correos donde no trabajaban ni Cheo ni Martori, pero sí alguien de apellido Wilson y otro llamado Mr. Smith, gente que no se detiene por nada a la hora del subway cuando despierta la ciudad, rostros llenos de tensiones pero que como humanos al fin albergan las mismas esperanzas, "este parece irlandés y a lo mejor es gallego" me recuerda a Juan Ramón: "no te preocupes muchacho, aprobarás la educación física aunque no sabes ningún deporte", es casualidad que en el avión confundió a un pasajero con José Antonio y resultó ser un pelotero.

Muchas personas, al parecer inmigrantes, salen de "San Patricio", de nuevo "Los Viajes de Gulliver", no estarán allí ni Conrado ni el Padre Marcel, ni siquiera alguien que recuerde a Aleido, pero el cielo está oscuro, misterio suficiente para sentir de nuevo fuerzas y ánimo como en la calle vieja. Estaciones y salidas, una iglesia y otra más, un hombre tan alto como Kiko y otro bajito como Alfredo, ¿Qué diría de esto el tío José? Un anuncio: "De que le vale al hombre si gana el mundo pero pierde su alma", esto también es un templo aunque parece una tienda, buena es la paradoja pues se trata de una capillita hispana. Una pregunta: "¿Leerán este anuncio?" son miles los púlpitos y parece que nada sucede, en definitiva: "muchos los llamados y pocos los escogidos" siente deseos de predicar pero le interrumpe el sonido de un carro que se detiene, sale un policía, empieza a correr, es un caso frecuente, alguien atropellaba a una anciana y esta vez la policía responde, ¿Qué habrá perdido la viejecita? tal vez un anillo, un retrato, un recuerdo, un poquito más de dolor desde ahora. . .

Ya cae el agua, no será mucha pero al menos refresca, es verano, sigue caminando, ¿Algún portal? Ni intentarlo, lo echan a uno a la calle, ¿una tienda? aprovecharán para vender cualquier cosa, ¿una iglesia? sí, hay una muy cerca, abierta para la oración, parece construida por ingleses, se nota en los bancos y en los vitrales, dos personas que oran, el libro de visitantes, ¿lugar de procedencia? bueno, habría que pensarlo, querrán decir el último lugar donde se ha vivido, "La Iglesia Viviente", noticias internacionales: "visita Edinburgo el Arzobispo de Canterbury" y más abajo: "celebración ecuménica del nacimiento de Buda. ¿A dónde hemos llegado? esas cosas ni las enseñaba el maestro Ojeda ni Célida Pujol, tampoco Margot la hija de Modesto, el de la bodega de la esquina en la calle San José, pero hay otra noticia que parece la esta explicando Lacorra: "Su Majestad la Reina, como cabeza de la Iglesia Anglicana en Inglaterra y de la Presbiteriana en Escocia no ha tenido en poco visitar a los bautistas en Londres, los católicos en Irlanda y los metodistas en Gales".

Baja la cabeza, buena forma de empezar a orar, manera que tienen los hombres de decir que lo son, al menos Dios siempre escucha y siempre responde. Al salir, ya la lluvia era débil aunque estaban húmedas las escaleras, la calle sin ninguna concurrencia apreciable, parece que ahora no hay asfalto, sólo piedras y agua, calle de pueblo que se convierte en ciudad, desaparece la metrópolis, al menos de la mente, casas, ¡sí!, casas de madera, con goteras que recuerdan la pobreza, de nuevo la calle San José, entre Mesa y Diago, la calle vieja.....

## *RAFAEL RASCO*

*Nació en Sagua la Grande, Las Villas, en 1917. Hizo su educación primaria y secundaria en La Habana. Estudió en los colegios de La Salle y Belén, y más tarde cursó estudios en los Estados Unidos. Es Licenciado en Derecho Diplomático y Consular (1947) y Doctor en Derecho (1949) de la Universidad de la Habana. Fue Letrado del Instituto Cubano de Estabilización del Azúcar hasta 1960, fecha en que salió al exilio como asilado político. Se radicó en Nueva York y desde 1963 ejerció como profesor de lengua y literatura española en el C. W. Post College de Long Island University, de donde ha sido también Jefe del Departamento. Entre sus publicaciones se cuenta el libro de relatos y leyendas titulado,* De Guacamaya a la Sierra *(1972). Actualmente reside en Bohemia, New York.*

## EL SOLITARIO DE GUASIMALES

Llovía torrencialmente, la calle se llenaba de charcos y los portales de gente empapada hasta los huesos. Eran las seis de la tarde y ya parecía de noche a causa de la oscuridad producida por aquellas nubes, bajas y plomizas, que arrastraban su penumbra por las calles inundadas.

Lo recuerdo bien, como si lo estuviera viendo, como si lo viviera de nuevo, aquel momento fugaz, porque fue cosa de un instante, en que nos cruzamos al entrar en aquel café de la esquina adonde iba a tomar algo caliente.

Al entrar nos cruzamos, aquellos ojos negros inolvidables y yo. Aquellos ojos que me eran tan conocidos, que había visto antes, sin que pudiera recordar entonces dónde ni cuándo.

Entré en el café, me senté a una mesa y no fue hasta un poco más tarde que tuve el pensamiento, ya entonces inútil, de seguirla. Seguramente ya se habría perdido de vista.

Mientras me tomaba el café y sacaba del bolsillo una carta que había recibido de Camagüey y la leía otra vez, mi mente volvía a aquellos ojos, aquellos ojos negros que tanto conocía, que al cruzarnos al entrar me produjeron una sensación de algo familiar, de alguien a quien me había vuelto a encontrar.

De eso estaba seguro, los había visto antes. ¿En realidad?... ¿En sueños?... ¿En sueños o soñando despierto?... No podía saberlo.

Me sentía lleno de curiosidad, de dudas, y me dejaba arrastrar agradablemente por el misterio que encerraba el hecho, porque realmente el impacto de aquel encuentro era algo imposible de olvidarse; pero, ¿cuándo y dónde los había visto antes?... No podía recordarlo.

En fin, pasó aquella tarde como todo pasa en la vida, dejando en mi mente la impresión de ese algo rodeado del misterio que arrastran las cosas que no podemos explicarnos porque pertenecen a la otra parte de nuestra vida, la que está fuera de nuestro alcance, o sea, más allá del normal entendimiento de nuestra existencia mortal. Y así quedó aquello... hasta que reapareció de nuevo, como llamándome.

Dos meses después de lo que acabo de contar, me encontraba en la estación terminal de los trenes que salen de La Habana para el interior, ya que iba a pasarme días de vacaciones en la finca de mi tía en Camagüey, adonde había ido muchas veces de muchacho.

Estaba en mi asiento esperando la salida del tren, observando distraídamente a los que transitaban por el andén.

No podía pensar entonces —porque no había ninguna razón que me hiciera recordarlo— que allí en aquella mañana, al momento de salir el tren, fuera a tener otra fugaz aparición del mismo inexplicable fenómeno. Pero así fue.

Entre el ruido del tren que se ponía en movimiento, las voces de despedida de los que se iban y de los que se quedaban, de los vendedores de dulces, refrescos, revistas, periódicos y billetes, allí estaba yo, en medio de todo aquello, como sumido en un mundo distinto y distante, hasta que la aparición inesperada que tuvo lugar entonces me despertó.

Al final del andén, perfilada su silueta por el sol de la mañana y como envuelta por la neblina de esa hora temprana, estaba una mujer de mediana estatura, cuya cara me fue imposible ver al principio por estar de espaldas, pero que la vi así que el tren empezó a andar. Sus ojos eran los inolvidables ojos negros que me habían metido en el alma aquel desasosiego inexplicable, que me perturbaban y ante cuya presencia todo los demás pasaba a un plano secundario.

Allí estaban los ojos negros, que se clavaron en los míos, que me hechizaron de nuevo, que seguí viendo con la mente durante un largo rato cuando ya el tren había salido de la estación. Entonces reaccioné, me di cuenta de que la visión —ya desaparecida— quedaba atrás. Brillaba un instante y se apagaba de nuevo, como la vez anterior.

Y volví a mis dudas... ¿la había visto antes o la había soñado?... ¿Eran los mismos ojos negros o simplemente eran otros ojos que mi imaginación se empeñaba en reconocer cuando quizás nunca antes los había visto?... No lo sé. Lo único que sí recuerdo es que el brillo de esa mirada que me envolvía como en un hechizo imposible de explicar, pero que lo sentía como una fuerza poderosa que me arrastraba, me acompañó durante todo el viaje y que con sólo recostar la cabeza en el respaldo de mi asiento, cerrando los ojos, volvía a verlos de nuevo, cada vez más convencido de que me eran bien conocidos, que formaban parte de mi existencia o quizás que mi vida les pertenecía como yo entonces no sospechaba todavía.

Y así el tren siguió su marcha hacia la gran sabana camagüeyana sin que el recuerdo de aquellos ojos negros me abandonara un solo momento.

Al llegar a Palo Seco me esperaba mi primo Alberto en la estación para llevarme a la finca, que quedaba cerca de Guáimaro, donde vería a mi tía Paquita, que hacía años me insistía fuera a verla y a recordar los buenos tiempos que pasé allí de niño cuando mi tío vivía.

La finca quedaba no muy lejos de la ciudad; yo la recordaba como un inmenso mundo con grandes potreros de guinea donde entonces paseábamos a caballo acompañados por un montero llamado Lorenzo. Llegaba hasta el río Jobabo y a todo lo largo de uno de sus linderos tenía la llamada San Marcos, de la familia Sánchez Amézaga, donde también transcurrió parte de esta niñez que ahora, poco a poco, se iba aclarando en mi memoria como una película que estando fuera de foco va lentamente perfilando los detalles.

Mi tía se emocionó:

—Caramba!... Cómo te pareces a tu padre!— me dijo al verme.

Luego, después de comer, tomando el sabroso café que ella hacía, me dijo algo que esa noche al dormirme todavía me daba vueltas en la cabeza:

—Te ha tomado años decidirte a volver, pero espero que será para quedarte; si no ahora mismo, tan pronto arregles tus asuntos pendientes en La Habana.

Y volviéndose para mi primo, continuó diciéndole, refiriéndose a mí:

—Total, ni se ha casado. Cualquiera diría que había dejado una novia en Camagüey, aunque tenía que haber sido, en tal caso, una de las muchachitas con las que ustedes jugaban a los noviecitos entonces.

Todo aquel mundo de mi niñez olvidada volvía lentamente a mí. Empecé a recordar detalles que venían envueltos en la bruma de las cosas lejanas que como fantasmas se nos aparecen algunas veces sin que sepamos por qué.

Mi tía me recordó algo que yo casi tenía olvidado: que parte de aquella finca inmensa era también de mi padre, y que yo debía compartir con Alberto la tarea de llevarla adelante, al igual que antes lo hiciera mi padre con mi tío. Esto, le dejé allá, a mi partida, muchos años atrás cuando me fui para La Habana porque soñaba con otros horizontes y veía el salir del campo—que embrutecía, según yo pensaba entonces— como un modo de liberarme, incluso de mí mismo. Eso pensaba; y ahora, muchos años después, al recordarlo me hizo sonreir.

A la mañana siguiente Alberto y yo nos levantamos temprano, y después de desayunar salimos a recorrer aquel mar de yerba de guinea, inmenso y majestuoso, poblado de ganado, de aquel ganado cebú que casi se había borrado de mi mente, pero que poco a poco, al paso lento de su marcha volvía a entrar en mi mundo como si lo fuera encerrando en el corral donde estaba apartando mis animales.

En aquel recorrido a caballo, en aquel regreso al pasado, a mi niñez, a mi vida anterior, nos acompañó Lorenzo, el mismo montero con quien andábamos de muchachos.

Me sentía viejo, pero él estaba allí inmutable, sin que el paso de los años pareciera haberlo afectado.

Me contó muchas anécdotas y pequeños detalles de mi propia vida que yo no recordaba. Se entusiasmó mucho hablando; pero de pronto, al mencionar el río Jobabo, se quedó callado con un silencio peculiar.

No pude entenderlo entonces; y en ese momento sentí algo extraño, como la presencia de un ser que no podemos ver aunque lo tengamos al lado, pero que por otros medios nos damos cuenta que nos acompaña.

También me quedé silencioso y sólo oía el sonido de la marcha de las bestias—como Lorenzo le decía a los caballos—. los sentía caminar... y reparé en algo que no sé si era ilusión de mi mente. sentí la marcha de tres caballos, el sonido que producían al atravesar aquel mar de yerba, cuando sólo eran dos; ya que Alberto, preocupado en examinar algunos animales que habían sido marcados el día anterior a mi llegada, iba bastante lejos y se paraba constantemente, mientras nosotros continuábamos sin detenernos.

Nada le dije a Lorenzo de esto, porque pensé que creería que yo estaba loco y se reiría de mí, pero noté que él no continuó con sus cuentos sobre mi infancia, pues al mencionar el río había enmudecido.

Volvimos a la casa y allí me enteré que teníamos una invitación para el día siguiente. La familia Sánchez Amézaga nos convidaba a almorzar en San Marcos; y otra bruma de mi pasado empezaba a disiparse y a dar paso a otro con quienes compartí aquellos años que lentamente iban volviendo.

También aquella familia había cambiado. Raúl, a la muerte del viejo, era quien administraba la finca. Los hermanos menores estaban en La Habana; las hermanas —que eran cuatro— se habían casado o se habían ido. Allí con Raúl estaban su mujer y dos hijos, además de la madre con quien mi tía Paquita seguía manteniendo la misma vieja amistad de antes.

Allá nos fuimos los tres aquella mañana para almorzar, sin poder sospechar siquiera lo que me esperaba.

Como algo más que tenía que pasarme, allí en la sala, al sentarme acabado de llegar, sucedió lo que menos podía esperar: tuve otra experiencia del mismo tipo de las anteriores, pero que fue la definitiva.

En aquella casa de la finca San Marcos me topé cara a cara con los ojos negros que me perseguían. Allí estaba, ella estaba allí mirándome fijamente, sin quitarme los ojos de encima; y yo la miraba anonado, sin poder evitarlo, sin saber lo que contestaba a las preguntas de la conversación de los presentes.

Ella me miraba, y aunque era sólo una fotografía que en un bello marco adornaba una de las paredes de la sala, su mirada tenía el calor y la fuerza penetrante de las cosas vivas.

Quizás fuera mi imaginación de nuevo —eso pensé entonces— pero la sentía viva, que me miraba con la misma expresión de las dos veces anteriores.

¿Quién era? —me preguntaba. Yo no recordaba haber visto esa cara, aunque los ojos eran los mismos que ya conocía. No se parecía a nadie de aquella familia. Tampoco podía ser ninguna de las muchachitas, ya que dejé de verlas cuando eran niñas y aquélla de la fotografía parecía tener unos veinte años. ¿Quién sería?... ¿Dónde la había visto antes?... Es decir, ¿dónde la había visto antes de la tarde del café y de la mañana del tren?... Porque en esas dos ocasiones la reconocí; luego, ya nos habíamos encontrado en una etapa anterior, pero, ¿cuándo?... ¿dónde?... ¿Allí en San Marcos?...

Respondiendo a mi pregunta, la madre de Raúl, excitándose mucho al hacerlo, ya que parecía no gustarle evocar el recuerdo de la tragedia, me dijo que aquella muchacha de los ojos negras era María Elena, su hija, que se había ahogado en el Jobabo cuando una crecida del río hacía unos años.

Yo la había conocido de niña, pero entonces no se parecía en nada a la bella muchacha de los ojos negros; por lo tanto, pensé que era imposible el haberla reconocido de mujer, ya que en esa época de su vida nunca la había visto; y por otra parte, la niña, la que había sido, la había olvidado por completo.

Con sorpresa oí de labios de la madre —que a no haberse suscitado este tema nunca me lo hubiera contado— que María Elena, la niña, siempre decía que yo era su novio; luego, ya crecida, la mujer, siguió manteniendo la broma de que ella estaba comprometida conmigo. Así pasaron los años, continuó explicándome la madre acongojada, hasta que llegó el día de la tragedia en el río al regreso de uno de sus solitarios paseos a caballo.

Si lo que hasta entonces me había pasado era sorprendente, aquello, el encuentro cara a cara con ella sabiendo al fin quién era, colmaba todo lo inexplicable e incomprensible que yo podía esperar de estos hechos que venían encadenándose unos con otros desde hacía algún tiempo.

Al regreso a la casa en el automóvil, mi tía añadió algo más a todo esto que ya formaba como un mundo en el que me hallaba prisionero.

—No pensaba contártelo— me dijo —porque a mí tampoco me gusta hablar del trágico fin de la pobre María Elena, pero poco antes del hecho, recuerdo que un día en que yo bromeaba con ella acerca de los novios y el matrimonio, después de repetirme que estaba comprometida con alguien que estaba en La Habana, es decir, contigo, insistió en una actitud que parecía seria, diciéndome:

—Yo tengo mucha paciencia y lo esperaré; pero el día que decida buscarlo, iré a La Habana, y lo traeré para acá... y entonces se quedará aquí para siempre.

—Sin prestarle mayor atención a sus palabras— continuó mi tía —le repliqué que no dejara de hacerlo cuanto antes porque yo quería verte de vuelta en Camagüey en el lugar que te correspondía, con tu primo, al frente de la finca que también había sido de tu padre.

Dormí mal aquella noche, me levanté varias veces, pensé mucho en todos estos hechos que se tejían a mi derredor como algo planeado ante de mi llegada sin que yo tuviera parte alguna que decidir en ellos.

No sé por qué la tarde siguiente en que daba la casualidad que Alberto había ido a Guáimaro a buscar algo, se me ocurrió dar un paseo. Lorenzo me ensilló el caballo sin hacer mención a su silencio repentino de la vez anterior. Realmente hoy también estaba muy callado.

Salí en mi paseo sin tener idea de a donde ir. Quería caminar, despejar mi mente, estar solo. Y así llegué hasta el fondo de la finca, hasta la orilla del río.

Allí me detuve. Miré la corriente e inevitablemente evoqué el recuerdo de la muchacha de los ojos negros, de María Elena, que en aquel mismo río —ahora tan apacible— se había ahogado.

Me acordé de lo que me contara mi tía y pensé que realmente ella no había podido cumplir lo dicho, el ir a buscarme. Pensé un poco más sobre esto y me asaltó una duda. Si no había podido, ¿por qué estaba allí?... ¿Quién me había impulsado a venir?... ¿No fue acaso la tarde del café en que por una incomprensible asociación de ideas, después de cruzarme con aquellos ojos negros, leí de nuevo la carta de mi tía y empecé a considerar el ir a verla?... ¿No estaba ella en la estación del tren al momento de mi salida?.

Todo lo que me rodeaba, lo que hacía, lo que pensaba, todo parecía algo sin sentido, loco; no comprendía lo que me pasaba... y sin saber por qué me bajé del caballo y me senté en lo alto, en una roca con los pies colgando sobre el abismo para contemplar desde allí el río que le sirviera de lecho de muerte a la que decía que estaba comprometida conmigo.

Posiblemente estuve en el lugar un largo rato, pues noté que el día se oscurecía. Sentí en mis oídos una dulce voz —la de ella— y en mis manos la presión de las suyas. Tuve una sensación extraña, como si no tuviera peso. Veía el cielo azul que iba oscureciéndose, con luces raras que se me antojaban estrellas, y todo empezó —al par que se ennegrecía más y más— a darme vueltas alrededor. Giraba, giraba y oía su voz.. la voz de ella que me decía en un suspiro:

—Sí, yo te he traído; te he hecho venir a mí porque este es tu mundo... aquí conmigo. Y ya no volverás a irte.

Lo oí realmente?... ¿Lo soñé?... No lo sé.

Tuve una impresión peculiar de vacío, luego sentí como un golpe muy fuerte; y un rato después una mano que gradualmente se iba poniendo más fría, que ella me pasaba por la cabeza.

Luego abrí los ojos, volví a la realidad y allí estaba Lorenzo poniéndome un pañuelo húmedo en la frente. Me explicó que me encontró muy raro aquella tarde y decidió seguirme. Por él supe que me había caído de la roca en que estaba sentado al borde del río; cuando llegó yo me encontraba abajo, a la orilla del agua.

Lorenzo parecía muy preocupado. Al fin se atrevió y me dijo:

—Desde el otro día cuando andábamos a caballo y que yo iba contándole cosas de cuando usted estaba por acá de muchacho, me di cuenta que algo iba a pasar.

—Noté— le repuse —que a sola mención del río te quedaste mudo.

—Es que no me atreví a seguir hablando— me confesó el montero —no sabía si a ella iba a gustarle que yo le contara a usted lo del río; tampoco sabía si usted conocía el caso.

—¿De quién hablas tú, Lorenzo?

—De María Elena, que en paz descanse, la que decía que era su novia.

—No comprendo del todo tus temores— le insistí queriendo una explicación.

Lorenzo vaciló de nuevo. Se quedó en la actitud del que va a revelar algo pero que no se atreve; y quizás pensando que debía decirme la verdad, con toda la sinceridad de que era capaz su alma ruda pero sencilla, me dijo:

—No sé si usted reparó que el día del potrero no éramos tres sino cuatro.

Ante mi asentimiento silencioso, terminó aclarándome:

—Por eso no hablé del río, porque ella estaba allí, oyéndolo... Por eso lo seguí hoy a usted a caballo, porque sabía que ella lo encontraría en cuanto usted estuviera solo, que se reuniría con usted; porque ella lo dijo muchas veces y lo ha cumplido.

—¿Qué cosa, Lorenzo?— le pregunté mirándolo fijamente.

El montero, trayéndome el caballo para que montara porque ya regresábamos a la casa, me dio esta explicación final, para él la verdadera:

—Que el día que lo trajera a usted de vuelta a la finca sería para siempre.. para quedarse aquí con ella.

Han pasado muchos años, los años que todo lo curan, que mitigan las penas, el tiempo que todo lo mata; y sin embargo, en aquella finca cerca de Guáimaro sigue viviendo un viejo, fiel al recuerdo, enamorado de una ilusión, de una mujer. Sigue allí solo, en la parte de la finca que le tocó después de la muerte de su tía Paquita y del matrimonio de Alberto, en la porción de la misma que llaman Gausimales. Sigue allí solo, porque Lorenzo, el montero, hace ya varios años que fué enterrado.

Allí sigue viviendo, sin haber vuelto a salir del monte —que él pensaba antes que embrutecía— aquél que vino un día de la Habana a pasarse quince días en la finca de su tía.

Allí vive —solamente acompañado por un muchacho que lo ayuda con el ganado y una de esas viejas del campo que le cocina— rodeado de sus libros, sus recuerdos y sus quimeras, el que volviendo a su vida anterior, a su pasado —que él había olvidado— se encontró a sí mismo en medio del monte, con la mujer capaz de llenar esa vida —para él tan feliz— y que antes hubiera tachado de absurdo e incomprensible.

El culto a la mujer de los ojos negros sigue siendo la razón de su vida. Su retrato —que Raúl le dio a la muerte de su madre— está en el lugar preferente de aquella casa, que no es otra cosa que un santuario a la memoria sublime de una mujer que —después de muerta— fue capaz de llenar plenamente la vida de un hombre.

Y así, el regreso al pasado, a su propia vida, lo llevó a encontrar su extraña felicidad y a dar nacimiento a una leyenda, la leyenda del solitario de Guasimales.

Los que viven por aquellos lugares y que conocen esta historia, cuando lo ven salir por la tarde, según es su costumbre, a dar su habitual paseo a caballo hasta que oscurece, no lo molestan, porque saben que ella lo acompaña, que van hasta el lindero del río Jabobo y luego regresan por el de San Marcos... y que les gusta estar solos como a todos los enamorados.

## *ROSARIO REXACH*

(Seudónimo: Margarita del Rosal)

*Nació en La Habana, en 1912, donde hizo sus primeros estudios. En la Universidad de esa ciudad se doctoró en Pedagogía (1937) y en Filosofía y Letras (1944). Ejerció la docencia en la Escuela Normal de La Habana. Más tarde fue profesora de Psicología de la Escuela de Educación de la Universidad de La Habana; Ayudante de la Cátedra de Filosofía y Auxiliar de la de Sociología de esa propia universidad. Salió al exilio en 1960 y se radicó en Nueva York, donde por breve tiempo enseñó a Hunter College (CUNY) y en Adelphi University, hasta 1969. Es miembro de número de la Academia Norteamericana de la Lengua Española y ha sido Presidenta del Círculo de Cultura Panamericano. Ha publicado ensayos y artículos en revistas literarias nacionales y extranjeras. Además de sus publicaciones en Cuba, ha dado a las prensas, en el exilio, entre otras obras, la novela* Rumbo al punto cierto *(1979). y* Dos Figuras Cubanas y una Sola Actitud *(1992) y la edición a su cargo de* La crisis de la alta cultura en Cuba e Indagación del choteo, *de Jorge Mañach (1993). Actualmente reside en Nueva York.*

## EL HOMBRE QUE PERDIÓ SU NOMBRE

Se había adueñado del poder de una gran compañía internacional de inversiones por pura casualidad. El jefe ejecutivo de la empresa —creyéndose omnipotente— había quebrantado la ley fundamental de la institución. A consecuencia de ello un estado de rebeldía se originó entre todos los empleados de menor categoría. Pero como algunos jefes en altas posiciones veían la posibilidad de obtener grandes ventajas económicas y de importancia en los mercados internacionales, no se atrevieron a contradecir la decisión adoptada ni a oponerse a su política.

Con esto el descontento crecía y la presión no sólo de los empleados sino de los usufructuarios comenzó a alcanzar altos niveles. Hasta que un día un empleado atrevido y sin escrúpulos, con una secreta historia de errores y de negocios sucios —que bien había sabido ocultar— se erigió en líder de los rebeldes y poco a poco fue convenciendo a la mayoría de los accionistas, aun a los más poderosos, de que debían despojar al jefe no sólo de su cargo sino de su participación —esta vez legítima— en el negocio. Y la destitución se produjo súbita y escandalosamente. Y aquel hombre de prestigio internacional cayó del sumo poder que tenía por exceso de osadía y, quizás, de soberbia.

Los demás, embriagados por el triunfo que representaba haber podido destronar aquel hombre se adhirieron ciegamente —con más pasión que razón— a lo que deseaba el líder rebelde que los había aglutinado para la destitución. Y lo elevaron —sin buena o legítima experiencia o historial— a sustituir al ejecutivo tan notoriamente desplazado. Fue una transferencia de poder. El nuevo líder era muy listo. Sabía que su posición peligraría si desde el principio ejercía todo el poder que le había caído en las manos. Por lo mismo comenzó por atacar sólo a los que desde sus altas posiciones habían cooperado con el antiguo jefe. Y los destituyó. El resentimiento que siempre anida en las capas inferiores de cualquier comunidad o institución hizo que la mayoría de los empleados se sumasen a la activa campaña de desprestigio y deposición de los despedidos. Con esto el poder del nuevo jefe se consolidaba. Y pronto se reveló que no sólo pretendía sustituir a los antiguos ejecutivos sino modificar estructuralmente las bases de la organización acumulando más poder y capacidad ejecutiva en sus manos. Mientras, por otro lado, aducía argumentos para una hipotética y más justa distribución de las riquezas de la compañía. Las medidas que trataba de implementar no parecían muy atinadas o sensatas a los encendidos. Pero callaban frente a la suspicacia que el nuevo líder había sabido inculcar en todos sus subordinados.

Con el nuevo poder adquirido y las nuevas tácticas empleadas por el nuevo jefe pronto la empresa que había gozado de gran crédito internacional comenzó a sufrir grandes reveses. Ante ellos el jefe argumentaba que era porque su política innovadora hacía peligrar las demás compañías rivales. Y la gran masa de la organización lo aprobaba, ciega frente a sus procedimientos, y dando rienda suelta a los deseos de revancha contra los anteriores jefes que, poco a poco, habían sido desplazados para ser sustituidos por gente incapaz y resentida que —so pena de perder las posiciones conquistadas sin mérito suficiente a través de su adhesión incondicional— apenas se atrevían a chistar. Mientras, el líder usó todos los medios a su alcance — radio, televisión, prensa, letreros en las calles, carteles— para repetir su nombre y hacer: eco de su poder a fin de lograr fama internacional.

Sin embargo, fue tan osado en las medidas que impuso y se rodeó de tanta incapacidad y adulonería que, en pocos años, lo que había sido un gran emporio se transformó en una organización en ruina que apenas encontraba vías para su salvación. Para entonces, consolidado en un poder absoluto y con su nombre siempre en alto para satisfacer su vanidad, los empleados —antes tan aquiescentes— comenzaron a sentir las dificultades a todos los niveles. Los salarios se recortaron al extremo, las actividades mercantiles se redujeron, el poderío de la antigua empresa se vino abajo y la desesperanza cundió en toda la institución. Mas, nadie podía protestar. Una protesta cualquiera que fuese— implicaba inmediato despido y pérdida total de todos los beneficios. En tanto, el jefe máximo se empeñaba en hacer resonar o imprimir su nombre en todas partes a través de asalariados de diverso tipo.

Pero, según dice la frase popular, "la justicia tarda pero llega". Y el hombre fuerte comenzó a debilitarse. A la adhesión y aprobación masiva de los inicios sucedió una atmósfera de desconfianza y de odio velado. Su poder —si bien omnímodo todavía— se resquebrajaba por día y sólo una política de terror mantenía a duras penas la vida de la organización. Finalmente hubo que rendirse a la evidencia. El experimento de aquel hombre infatuado con el poder había sido un rotundo fracaso. El proceso no fue fácil. Por fin, por la fuerza legal se le destituyó, después de muchos años de desastre y pérdida de todo control.

Cuando se hubo logrado finalmente salir de aquel hombre había que juzgarlo. Y castigarlo. Las opiniones se dividían. Los daños causados eran tantos y tan graves que podía juzgársele criminalmente. Y se discutía el castigo que se le impondría. En la discusión; un hombre muy mayor que había sido un alto ejecutivo de la empresa en su época de esplendor logró hacerse oir. Esta fue su sugerencia. Despojarlo de toda la riqueza tortuosamente acumulada y de todo poder posible en el futuro. Y algo más profundo, que se haría saber a todos los organismos internacionales, a todos los medios de comunicación y aun a todos los pueblos. Y lo que se dictaminaría sería que aquel hombre por creerse casi Dios sería despojado del derecho a tener un nombre. Se borraría para siempre el que había tenido, de todos los registros y archivos, de todas los medios de comunicación y aun oralmente estaría prohibido pronunciarlo.

Cuando el interesado lo supo se rió. Pero la risa no duró. Al cabo de un tiempo nadie lo recordaba, nadie lo nombraba. Y sólo algunos decían al referirse a él. ¡Ah, el que enloqueció de poder! Su cólera entonces no tuvo límites. Y murió de un ataque de rabia "el hombre que perdió su nombre".

# CARLOS RIPOLL

*Nació en La Habana, en 1922. Estudió en el Colegio de Belén, donde hizo el bachillerato. Se graduó de Ingeniero Agrónomo en la Universidad de La Habana, en 1944. Salió al exilio en 1960 y obtuvo en 1962 una Maestría en Artes de la Universidad de Miami. Se doctoró en 1964 en la Universidad de Nueva York y desde ese año fue catedrático de Literatura Española e Hispanoamericana en Queens College (CUNY), hasta su jubilación como Profesor Emérito, en 1989. Se ha dedicado con devoción especial al estudio de la obra de José Martí y sus trabajos son indispensables para todo estudioso martiano. Entre sus muchos libros deben mencionarse:* La generación del 23 en Cuba y otros apuntes sobre el vanguardismo *(1968)*, "La Celestina" a través del Decálogo y otras notas sobre la literatura de la edad de Oro *(1969)*, Indice de la Revista de Avance *(1969)*, Julián Pérez, cuento por Benjamín Castillo *(1969)*, Indice universal de la obra de José Martí *(1971)*, "Patria": el periódico de José Martí; registro general (1892-1895) *(1971). Actualmente reside en Miami.*

## JULIÁN PÉREZ
(Fragmento)

Las gotas de lluvia se habían hinchado y reventaban contra el ventanal. Fidel, desde una silla del centro, atendía al crecimiento de aquella tormenta que sólo tenía minutos de nacida. Cuando el ruido del trueno anunció toda su fuerza, se levantó para servirse un vaso de bebida que tragó hasta el fondo. Se quedó pensativo. Rompió el vaso y hubo otra mancha en la pared y más cristales en el suelo. Regresó al asiento como para reanudar su contemplación. Mientras estiraba el cuerpo y se le cerraban los ojos, empezó a escuchar voces que gritaban a una: "¡Julián, Julián, Julián!" Sin cambiar de posición balbuceó con voz de borracho: "¡Está bueno ya, está bueno ..."

Pero los gritos siguieron: "¡Julián, Julián!" Hizo un esfuerzo logró levantarse; entonces chilló: "¡Está bueno ya, coño, está bueno ya!" Las voces le respondieron con mayor fuerza: "¡Julián, Julián!" Tambaleándose buscó su ametralladora y disparó contra los muebles y el techo que conservaban huellas de igual castigo. Sintió silencio. Fue a la botella con el arma en los brazos, y la bebida le mojó las barbas y el Pecho al Precipitarse sin caber toda en su boca abierta. Eructó. Mirando los impactos de su última ráfaga, secó el rostro en la manga. Con dos manotazos barrió los objetos de la mesa y en ella se arrojó a dormir.

—Ya son las dos. Hace diez horas que está ahí sin moverse —dijo uno de los ayudantes que contemplaba a Fidel.

—No puede seguir tomando así —añadió otro de barbita recortada—. La bebida lo pone peor.

—Lo de esta noche ha sido horrible comentó un tercero, pálido y lampiño, mirando en derredor—. Ha gritado como un loco mientras dormía ...

—Esa gente debe estar al llegar y la bronca va a ser segura —agregó el que había hablado primero. Voy a despertarlo aunque me insulte ... ¡Fidel, Fidel! — llamó sacudiéndole el brazo.

Sólo después de mucha insistencia empezó a salir del sueño.

—¡Fidel, despierta ya, haz un esfuerzo!

Sin levantar la cabeza ni abrir los ojos, preguntó casi dormido: ¿Qué carajo pasa?

—La comisión viene ahora, Fidel, tienes que cooperar; contrólate. ¡No podemos seguir así ...

¡Váyanse al carajo y déjenme dormir!

¡Fidel, esa gente ha estado en Oriente y vienen sólo para ...

—¡Que se vayan también al carajo, chico! —interrumpió incorporándose violento ante la insistencia— ¡Ya me tienen muy jodido con tanta bobería!

Todos enmudecieron. Fidel bostezó mientras apretaba con las manos su dolor de cabeza. Se quejó un momento antes de recostar la frente sobre las rodillas. Con tono distinto del anterior, casi en voz baja, preguntó: "¿Ya lo mataron?"

Ninguno se atrevió a contestar pero movieron la cabeza y se miraron con agotada esperanza en los ojos. Fidel insistió en seguida:

—He preguntado que si ya lo mataron. —Ahora marcaba las sílabas—. ¿Me oyen?

—¿A quién, Fidel? preguntó uno con voz de cansancio y miedo.

—A quién va a ser, imbécil, a ése, a Julián Pérez ¿Lo mataron anoche?

—Ayer no hubo fusilamientos, Fidel —dijo el de la barbita—. Ayer fue 19 de mayo y se suspendieron las ejecuciones para tranquilizar a la gente ...

—¿19 de mayo? —rugió tirándose de la mesa— ¿Cómo no me lo avisaron? ¿Para qué sirven ustedes? ¿No ven que hicimos mal en fusilarlo ese día?

—Fidel —repitió el otro. Te digo que ayer no hubo fusilamientos ...

—Pero yo lo mandé a matar, yo firmé la sentencia y nadie me advirtió de la fecha ...

Deliraba. Otra vez volvía a su obsesión de Julián Pérez. Algunas semanas antes habían empezado a notarle síntomas extraños: se abstraía y hablaba de un personaje llamado Julián Pérez al que atribuía la insurrección contra el gobierno; después reanudaba sus actividades y parecía normal. Pero en los últimos días las crisis se hicieron más frecuentes y no salía de aquel salón ni recibía a nadie. Dejaron de contar con él para aplastar a los enemigos de la revolución.

Cien veces había ordenado que se registrara una casa con el número 115 de la calle Industria, que arrestaran a todos sus ocupantes y que de ellos se averiguara el paradero de su jefe. La última salida de Fidel había sido, precisamente, a ese lugar, pues quiso dirigir en persona una investigación. Fue empeño inútil: sólo se logró terrible castigo para los asustados vecinos que nada sabían de aquello. Ni señal de Julián Pérez. "¡Ese miserable tiene la culpa de todo!" insistía entonces en violento acceso. "¡El ha agitado al pueblo y ha hecho que la gente se rebele contra mí! ¡Todo lo que dicen, los que nos combaten, y todo lo que hacen, se lo enseñó él! ¡Hay que matarlo antes de que sea tarde!" En otra ocasión, agobiado por la impotencia y para lograr su propósito, ordenó a sus mejores hombres: "¡Búsquenlo en la universidad, en los institutos y en las escuelas; él es amigo de los estudiantes!" En otra: "¡Búsquenlo en el campo, él es amigo de los campesinos!" Y cuando se le ocurrió que podría esconderse entre los obreros, quiso matar a todos los que se apellidaban Pérez en las industrias del país.

Lo cierto era que había estallado una rebelión popular. Sin saberse cómo, en focos días se formaron grupos de insurrección que fueron aumentando en fuerza y número. Contra ellos se ensayaron todas las medidas: al principio, la propaganda, las promesas; luego la represión brutal, el terror; pero aumentaban los sabotajes, los incendios en los almacenes, en las escuelas, en los cañaverales. Buena parte del mismo ejército del régimen, y de las milicias, ayudaban la contrarrevolución que cundía por todos lados. La situación era muy difícil para el gobierno y Fidel la achacaba a Julián Pérez.

Sus más allegados trataron de convencerlo de que no había nadie entre los jefes de la insurrección que se llamara así, que era incierto que ese Julián Pérez hubiera hablado en un mitin de la Universidad, que nada se sabía de sus prédicas, ni de su ejecución, ni de la carta, que según él, había dejado antes de morir y circulaba por el pueblo. Pero Fidel hablaba convencido de que era verdad todo lo que su imaginación enferma le había dictado. Y cuando notaba que nadie creía la extravagante historia, su desesperación crecía, disparaba la metralleta y se emborrachaba hasta caer exhausto. Ante la imposibilidad de hacerlo volver a su juicio, alguno de los más impacientes pensó en matarlo: "No tiene remedio, está loco, cada día está peor"; y con su muerte lograrían conmover al pueblo y explicar su ausencia del escenario público ... Pero nadie se atrevía: "¡Hay que esperar!" aconsejaban los más prudentes.

Poco tiempo antes uno de sus ministros se atrevió a decirle que había realizado un estudio del levantamiento en el país, y que podía asegurarle que los rebeldes no sabían nada de Julián Pérez, que se movían por un hambre inexplicable de libertad; y cuando añadió que el nuevo espíritu de lucha le recordaba el que ellos mismos tuvieron contra Batista, Fidel sacó la pistola y la descargó sobre el imprudente. Por eso los ayudantes que habían ido a despertar a Fidel aquella tarde del 20 de mayo, temblaban ante la posibilidad de un nuevo arrebato de locura.

—Díganle a esa gente que no venga a verme sin haber confirmado lo que les he dicho de Julián Pérez, porque los voy a matar en cuanto entren por esa puerta. ¡Estoy cansado de que me crean loco y no acaben con las ideas de ese hombre! ¡Estúpidos, yo solo tuve que hacer la revolución y ahora soy el único que puede ver cómo se va a destruir! ¡Están ciegos! No saben hablar más que de la CIA, de infiltrados y gusanos, y no se dan cuenta de dónde viene ahora el mal. ¡Julián Pérez nos acaba y nadie lo ve, ni saben que existe! ¡Y es él, es él quien ha armado todo esto!

Se alejó hasta un rincón y siguió hablando consigo mismo.

—¡Comunistas, teorizantes, cretinos, que lo saben todo, que se creen que tienen a Dios cogido por los tarros ... Y no saben nada; yo digo que no saben nada. Mucha teoría y palos; así es como gobiernan, pero cuando viene un poeta y le habla de libertad al pueblo, nadie les hace más caso. —Y en medio de una carcajada gritó ¡Los van a barrer como si fueran basura!

—Entonces se volvió hacia los ayudantes que lo escuchaban atónitos sin saber qué hacer, y les dijo con ironía:

—¡Díganles a los señores del Comité Central que nos den la solución para este enredo, que nos digan cómo se les mete en la cabeza ahora, a la gente, sus dogmas, la economía dirigida, las comunas y sus planes ridículos que hasta yo había creído, cómo los convencemos para que depongan sus armas y vuelvan a sernos fieles! ¡Que vayan al campo y les digan sus discursos a los campesinos para que vean cómo les cortan el pescuezo en cuanto los vean!

Y después de meditar un minuto, volviendo sobre sí mismo, añadió:

—¡Qué lástima que cuando me di cuenta ya era demasiado tarde! La culpa la tengo yo por haberles hecho caso a los "sabios" que me rodearon al principio; al Ché, sobre todos, que hablaba mucho de teoría marxista pero que nunca comprendió al pueblo. Me decía que Cuba se iba a convertir en un modelo de países socialistas, que tuviera fe porque todo iba a salir bien; y mira la mierda que hemos hecho, que un hombre, un solo hombre, se sale de la tumba y nos organiza una guerra delante de las narices y no lo podemos vencer. Y ¿qué les promete ese hombre, qué les ofrece? ¡Nada, sólo les exige obediencia a una torpe doctrina de amor! Les predica una guerra contra nosotros, y se lanzan a la muerte sin importarles el sacrificio. Y mueren porque se afixian sin libertad, esa estúpida libertad que condena al hombre a la esclavitud; pero quieren hablar de lo que les da la gana y pensar según su capricho; quieren tener el derecho a equivocarse, a ser oprimidos. ¡Están condenados a ser libres! ¡Malditos sean! ¡Y que no puedan soportar nuestras reglas por el prurito imbécil de decir sus cuatro tonterías y decidir con sus estúpidos cerebros lo que es mejor para sus vidas! ¡Y nosotros se lo hemos dado todo, todo; les hemos abierto las puertas de la vida, los hemos hecho hombres cuando eran esclavos, y ahora quieren volver a esa especie de albedrío ingenuo que les satisface su vanidad ¡Nosotros tenemos la razón! ¿Qué pueden tener ellos que nos vencen? Y alzando los brazos gritó- ¡Ay, Julián Pérez, Julián Pérez, eres el ser más mentiroso de la tierra, el más embustero que ha aparecido jamás en la Historia, ya que nadie sabrá descubrir tus falsedades porque están hechas de pedazos de hombre, del hombre que es miserable, cobarde y débil!

Fidel quedó callado un rato sin percatarse de la desesperación y el temor de sus ayudantes. De pronto empezó a escuchar de nuevo la multitud que gritaba: "¡Julián, Julián!" Abrió los ojos con espanto y cargó la ametralladora. Las voces parecían acercarse, suspendió la respiración y disparó contra el ventanal. Sus ayudantes huyeron espantados y cerraron con llave la puerta desde el exterior. Fidel no logró acallar los gritos. Le sonaron más cerca y volvió a disparar entre los vidrios rotos.

¡Imbéciles! —chilló entonces— ¡Julián Pérez es un hijo de puta, los lleva al infierno aquel de ... ¡Guardias, compañeros, disuelvan esa manifestación; arresten a su dirigente; maten a Julián Pérez! — Pero ni su guardia ni la multitud podían oírle. De momento se hizo silencio. Miró todas partes con ojos asustados que iban en distinta dirección que la cara. Dio unos pasos hacia atrás, hasta refugiarse en una esquina. Volvieron los gritos. Él volvió a disparar.

—¡Me quieren matar! ¡JU-LIAN, JU-LIAN! *el suelo triste en que se siembran lágrimas* ¡Paredón para los traidores! ¡JU-LIAN, JU-LIAN! *dará árboles de lágrimas* ¡Patria o muerte! ¡JU-LIAN, JU-LIAN! en un pueblo no perdura sino lo que nace de él ¡Patria o muerte, venceremos! ¡JU-LIAN, JU-LIAN! *y no lo que se importa de otro pueblo* ¡Que me matan, traidores! ¡JU-LIAN, JU-LIAN!

Corrió hacia la silla en el centro del salón pero tropezó en el camino. Las voces callaron. No se atrevió a levantar todo el cuerpo que había caído contra el vientre. Ayudándose con las manos y las rodillas recorrió el trecho que le faltaba. Al llegar se sentó en el suelo y empezó a gemir como niño espantado. Pasaron unos minutos y se puso a canturrear una canción de cuna mientras se mecía cuidando la ventana por la que entraba el miedo.

Por eso no pudo darse cuenta cuando una docena de hombres forzaron la puerta, lo sorprendieron de espaldas y vaciaron sus armas sobre él. Cayó de bruces sin tiempo para volverse. Cuando cesó el fuego, uno de ellos, el que parecía jefe, se adelantó hacia el cadáver y ordenó:

—Avisen a todos que el compañero Fidel ha muerto a manos de los agentes del imperialismo yanqui y combatiendo a los enemigos de la revolución. Preparen los funerales más grandes que ha conocido Cuba. Ahora es un mártir. Mañana empezamos a ganar la guerra.

## FRANK RIVERA

*Nació en Vertientes, Camagüey, en 1938, donde se graduó de bachillerato (1955). Comenzó estudios de periodismo en 1959 y se trasladó en 1961, a Munich, República Federal de Alemania, al obtener una Beca de Estudios. En esa ciudad permaneció hasta obtener la Licenciatura en Filología Española y Germánica, en 1967. Al año siguiente se trasladó a Nueva York, ciudad donde reside y labora en una agencia de prensa. Fue ganador de la Beca Cintas en 1980. Sus relatos han aparecido en importantes revistas y antologías literarias de Cuba e internacionales. Entre sus libros, deben mencionarse: la novela,* Las sabanas y el tiempo *(1980), y el volumen de relatos,* Cuentos cubanos *(1992).*

## LUCHO EN EL BALCÓN

Claro que yo no se lo creo, pero si usted insiste en que no conoce el béisbol, se lo puedo explicar todo fácilmente. El bateador trata de pegarle a la bola para mandarla lo más lejos que pueda. ¿Comprende? Y mientras tanto, los corredores tratan de anotar. ¡Es todo tan simple!

Y sin embargo, cada tarde me encuentro con el mismo problema. Yo quiero jugar al béisbol y mi madre me lo impide. Usted no puede imaginarse lo que es eso. Yo tengo un récord tremendo al bate; he conseguido anotar y empujar más carreras que nadie en mi escuela. Pero a mi madre nada de eso le importa. Lo único que me permite hacer, cada tarde, es sentarme en este balcón, entre las seis y las siete, para que pueda descansar de las clases antes de entrar de nuevo a la casa para comer.

¿Qué haría usted si tuviera sólo una hora libre cada día, una hora en que no pudiera salir ni entrar, pensar ni escribir, sino solo estar en el balcón de su casa?

Lo que yo he hecho es estudiar a la gente que pasa por debajo de mi balcón, que se distinguen bastante bien desde este segundo piso.

He hallado que pasan obreros, oficinistas, secretarias y otros tipos diversos. Hay algunos que pasan una vez a la semana y otros que aparecen apenas una vez al mes.

¿Sabe usted? La cuestión es que mi mamá no quiere que baje a jugar con los muchachos del barrio, como hacen mis primitos... ¡Qué cosas se le ocurren! Que si debo estar en casa, que si esos juegos son demasiado violentos, que si no está bien... En realidad, si fuera mayor, ya me habría rebelado y habría salido a cualquier hora y me hubiera juntado con quien me diese la gana. ¡Quiénes son las madres para decirnos lo que debemos hacer o no hacer! Después de todo, ellas pertenecen a una generación anterior, anticuada, no sé como decirlo, a una generación que no tiene nada que ver con nuestra época y nuestra manera de ser.

Sé que usted me comprende.

Pero yo tengo que permanecer aquí, en este balcón, y mirar cómo pasa la vida por debajo, y pensar qué hermoso sería irse a ver el atardecer al Malecón, o al último piso del Hilton. También he pensado muchas veces que podría irme hasta la plaza de la Catedral y mirar la gente que viene de todas partes a ver esos edificios. ¿Usted no los ha visto? No se parecen en nada a esta casa ni a este balcón. Son muy extraños, como si los hubiesen construido para otro tipo de gente, no para nosotros.

Pero en fin, para qué hablar. Yo tengo que seguir aquí, esperando que mi madre me mande a entrar cuando la cena esté servida.

Creo que esta sociedad es un poco injusta con la gente como yo. Después de todo, a los catorce años se pudiera tener un poco más de libertad, ¿no le parece? Mire usted el caso de mis primitos: andan por donde se les da la gana, llegan a su casa a la hora que se les ocurre, y nadie les dice nada. ¡Juegan a la pelota todas las tardes! Es un caso increíble. No el mío, por supuesto, sino el de mi mamá. Tengo que estar en casa a más tardar media hora después de que termine en el colegio. Apenas me da tiempo a llegar corriendo de las clases, cambiarme y sentarme en este lugar. Creo que mi mamá es tremendamente injusta conmigo.

De todos modos, lo que hago es dedicarme a observar a la gente que pasa diariamente bajo mi balcón. He logrado convertir esta cárcel abierta en un observatorio: desde aquí tengo una visón perfecta de lo que ocurre en mi barrio. Nadie sabe tanto acerca de mi barrio como yo.

He visto, por ejemplo, que en la casa de al lado reciben cada tarde a un joven de ropas arrugadas, que lleva un bolso de lona. Por supuesto, llevar un bolso de lona no significa nada. Pero cuando sale, ese bolsó está repleto hasta casi reventar. Alguien, en esa casa, llena ese bolso de comestibles: lo sé, porque a veces han quedado en la escalera restos de vegetales, e incluso una vez se le saltó en los escalones de la entrada una bolsita de arroz.

Ahora dígame usted: ¿Cómo es posible que, habiendo tantas bodegas por todas partes, este joven venga todas las tardes a la casa de mi vecino a buscar comestibles? Nunca me lo he podido explicar.

También he visto a una muchacha de pelo rubio que sube al piso de enfrente casi todas las tardes. Lleva siempre una cartera de charol, y al subir la abre — yo la veo a través de las ventanas de cristal — y le entrega dinero a unos muchachos que al parecer viven ahí. Yo nunca los había visto antes, pero ahí viven.

Luego la muchacha baja y sigue por la calle hasta el final.

Una vez dejó caer un papel, y uno de mis primitos lo encontró y se lo trajo a mi madre. Era un talón rojo y negro, con una cifra marcada en el reverso.

— ¡Son bonos! — dijo mi madre —. Ella vende bonos.

Nunca supe lo que fue.

Mi madre me prohibió que me acercara siquiera a la muchacha que visitaba el apartamento de enfrente.

Al otro lado de la calle, unos tipos extraños pedían idenficaciones a veces a la gente que pasaba por la acera. Una vez, y esto lo recuerdo bien, pararon al joven de ropa arrugada que llevaba el bolso de lona. Lo hicieron subir a un primer piso y encendieron las luces en un apartmento que quedaba justamente frente a mi balcón. No quiero siquiera recordar lo que vi esa tarde.

En definitiva, que mi balcón ha sido hasta ahora un magnífico lugar para descubrir lo que ocurre en mi barrio.

Si alquien quisiera saber todo lo que yo sé acerca de mis vecinos, podría vendérselo al mejor postor.

E incluso podría contarle, si usted me dejara, la historia de esa vecina de los bajos, que se viste tan modosa, pero que cada tarde recibe a un señor gordo. Bueno, y usted me dirá, ¿qué hay de malo en recibir a un señor gordo? Nada, por supuesto. Pero después de cada visita, esa vecina exhibe una nueva cartera, o una estola de piel, o unas zapatos de charol recién comprados. Y ahora yo le pregunto, ¿cree usted que esa señora de los bajos, ya un poco entrada en años, incluso entrada en carnes, puede pagarse semejantes lujos? No, por favor. Ni siquiera yo a mi edad creería semejante cosa.

Ahora bien: mi problema es mi madre. Mi madre, que odia a mis primitos, y que no me deja bajar a jugar con ellos en la calle. Todo el mundo cree que me debe proteger, porque tengo apenas catorce años y no debo saber nada de nada. Bueno: que ellos se lo crean si quieren.

Entretanto, yo sigo aquí en mi balcón, observando lo que ocurre en todo el barrio. Y le aseguro que conozco mi barrio mejor que nadie.

— ¡Mariluz!

Perdón, son las siete y no me había dado cuenta. Mi madre me llama.

— Mariluz, ¿quieres entrar de una vez?

Le aseguro que nunca odio tanto mi nombre como cuando lo pronuncia mi madre.

Mis primos y mis amigos en la escuela me llaman Lucho. Claro que es un simple mote, pero yo lo prefiero. ¿No es horrible llamarse Mariluz?

— Vamos niña, adentro, adentro. Tu cena está preparada y tus muñecas te esperan en el dormitorio.

Ahora entro a comer. Pero lo único que le pido es que si escribe algo acerca de lo que le he contado no lo titule Mariluz en el balcón. Sería un título horrible, ¿no es cierto?

¿Qué tal le parece Lucho en el balcón?

## *ANDRÉS RIVERO COLLADO*

*Nació en La Habana, en 1936. Terminó el bachillerato en el colegio Trelles de esa ciudad. En 1958 se doctoró en leyes en la Universidad de Villanueva. En Cuba fue director de la revista* Criterios *y colaboró en la revista* Gente *y en los periódicos* Réplica *y* Tiempo. *Salió al exilio en 1959 y se radicó en los Estados Unidos, donde cursó estudios en Wesley College, de Delaware, y en la Universidad de Furman, Carolina del Sur. Ha ejercido la docencia y dirigido la revista* Spanish Today, *desde 1968 a 1985. Ha cultivado la narrativa y publicado varios libros, entre ellos, la novela* Enterrado vivo *(1960), y los libros de relatos* Rojo y negro *(1964)* Cuentos para entender *(1979),* 49 cuentos mínimos y una triste leyenda *(1979)* Recuerdos *(1980),* Sorpresivamente *(1981) y* Somos como somos *(1982). Actualmente reside en Miami.*

## **RECUERDOS**

—¿Quieres que ponga el canal 23, creo que hay un programa de cuando Celia Cruz vino a Miami?

—Me da lo mismo —se alisó el pelo negro desgreñado. Con el índice se encaramó los espejuelos al tope de la nariz. José lucía mas viejo que sus 43 años. Estaba flaco, desencajado. Traté de convencerlo:

—Celia Cruz canta bien...

José me miró tristemente. Dijo:

—Si... bueno, si quieres ponla.

—¿O prefieres la televisión americana?—vacilé.

—Si me das a escoger —José sonrió— prefiero volver a Cuba.

—¡Quién no! —exclamé.

—¡Pero es que la extraño tanto! —enfatizó él.

—¡Quién no! —repetí.

—Pero es que recuerdo... —y sin dejarme interrumpir, José entornó la cabeza y dijo quedamente:

—Tenía yo diez años. Qué edad aquella ¡Quién pudiera desandar lo andado Estaba en mi cuarto grado de la Academia Católica. Nunca olvidaré el uniforme de pantalones caqui, *camisa blanca y corbata azul añil ni la fila interminable que me recogía en la puerta de mi casa Márquez González arriba hacia Carlos Tercero y de allí al amplio edificio de la academia a corretear un rato antes de empezar las clases bajo la ceiba colonial del inmenso patio bicentenario. ¡Cómo recuerdo aquellos días maravillosos!*

Miré la pantalla apagada del televisor y después a José. Éste, como transportado, con los ojos fijos al techo, sólo había hecho una pausa, para continuar:

—*Lo único malo era aquella disciplina férrea que los religiosos pretendían injertar a nuestras mentes tiernas aquella rigidez mística, doctrinaria, fanática, que ellos mismos vivían. Era algo feroz. Nunca se me olvidará el día que dos niños se enredaron a trompadas por cuestión de un libro o algo así. En un segundo aquello se convirtió en un ring de boxeo; alebestrados, nosotros coreábamos cada piñazo, cada mordida, cada bofetada; era un espectáculo excitante, desorbitado, hasta que apareció allí el Hermano Manuel, con sus penetrantes ojos grises, corpulento, fuerte a pesar de su avanzada edad. Para todos fue como si la tierra se detuviera de pronto y todo quedase inmóvil Para mí—recuerdo— fue eso y aún más. Yo era bastante tímido, tú sabes...*

—Si lo sé —repliqué y añadí— y lo sigues siendo.

José hizo intención de sonreír:

—*Pues los pendencieros, por supuesto, se separaron, uno sangrando por la nariz, los dos abollados, y casi dócilmente agarraron cada uno las manos inmensas que el Hermano Manuel les extendía resueltamente. Los tres entraron en la Rectoría, y nosotros quedamos por allí, revoloteando en silencio, como almas en pena. Yo sentía el corazón palpitarme desenfrenadamente y pensé verlo salírseme por la boca y caer al suelo. Al rato los dos estudiantes regresaron al patio callados, sin color en los rostros, sin querer mirar a nadie de frente. Atrás el Hermano Manuel blandía en la mano derecha una gruesa regla de metal. No tuvimos tiempo de interrogar a los castigados. Sonó el timbre y entramos a clases.*

—¿Pero nunca supiste cómo fue el castigo? —pregunté.

—*No* —replicó José— *debe haber sido un gran castigo. La severidad de los Hermanos era bien conocida por todos. Especialmente la del Hermano Manuel que enseñaba Catecismo...*

*Yo daba clases con él antes del almuerzo, y aunque me gustaba la* asignatura me pasaba el tiempo sufriendo porque ya a esa hora, por lo regular, sentía ganas de orinar...

-¿Pero no ibas al baño durante el recreo? —inquirí.

—Nada —replicó José rascándose la cabeza— tú sabes como son los muchachos, se me olvidaba y ya cuando llegaba la clase del Hermano Manuel me estaba reventando. Nunca se me olvidará la primera vez que levanté la mano para pedir permiso de ir al baño. El Hermano Manuel me miró fijamente con ira en los ojos y vociferó:

"¡Ahora no! No interrumpas la clase! Espérate a salir al almuerzo!"

Y por su puesto yo ni me atreví a argumentar. Me callé, tranqué las piernas y me quedé allí aguantando resignadamente las ganas irresistibles y contando los minutos que me faltaban para ir a almorzar. Que como te podrás imaginar, parecían una eternidad...

Íbamos a la casa a almorzar, ¿te acuerdas que así era? y llegaba con mucho dolor en la vejiga, trancado sin poder orinar...

Mi abuela presurosa ante mis quejidos me acostaba le gritaba a mi madre que me diera masajes suaves por la vejiga y corría a la cocina a despeluzar algunas mazorcas de maíz para con las pelusas hacer una poción que afirmaba ella "se usaba en España para desatrancar el caño".

—¿Y te curaba? —pregunté.

—Sí, si tu supieras que sí. La bebida sabía a rayos, era la verdad, jamás he tomado nada tan malo como eso pero me calmaba el dolor, como que me daba un sueñecito sabroso y al poco rato ya me mejoraba y podía orinar. Y no sé, por dentro sentía así que aunque tuviera nada más diez años y fuera tímido le había ganado una nueva batalla al intolerable Hermano Manuel porque tu sabes la cosa me pasaba a cada rato.

—Pero, ¿y tus padres no se quejaban a la dirección del colegio?

Sí, una vez mi madre se fue a quejar a la oficina de la escuela. Pero la respuesta del Rector fue característica: "La disciplina, señora, es esencial en un buen católico. No se puede permitir que el niño haga lo que le plazca. Hay que saber aguantar. Todo tiene su hora. Además, el Hermano Manuel es uno de nuestros más viejos maestros. Ha estado lidiando con niños por cinco décadas". El sabe cómo tratarlos... él sabe..."

Y aunque mi madre discutió con apasionamiento materno el Rector, fríamente de pie, sólo supo recomendar que me llevaran a un médico a ver si yo tenía algún problema renal.

—¿Y te llevaron?

—Sí. Me llevaron a la clínica, pero ya tú sabes, después de oírme describir al Hermano Manuel como un ogro de siete cabezas, el médico todo lo que me mandaba era un jarabe para los nervios. Y te podrás imaginar, ya después de aquello nunca más ni siquiera pude levantar la mano en la clase del Hermano Manuel y seguí sufriendo los dolores de vejiga, las trancaderas y las pociones de mi abuela.

José calló. Se quitó los espejuelos y con una esquina de la sábana que lo cubría comenzó a limpiarlos.

Yo lo miré con pena. Pregunté una vez más:

—¿Quieres que ponga la televisión?

José no me contestó. Los ojos le brillaban. Entró una enfermera al cuarto y le puso a José un termómetro en la boca e hizo como que arreglaba la cama. Yo me paré, fui hasta la ventana y me quedé mirando abajo el inmenso estacionamiento de autos y cómo la gente entraba y salía del hospital. Cuando la enfermera se marchó me volví y pregunté:

—¿Qué te ha dicho el doctor?

—Nada. Me va a operar pasado mañana. A lo mejor me tiene que sacar el riñón ¿Quién sabe? Bueno tu sabes que los médicos te explican poco y hacen de todo un misterio. Lo que si me ha dicho claramente es que la operación es seria y el riesgo grande...

—¿Le contaste lo qué te pasaba de niño en la escuela? —pregunté.

—No, si tu supieras he estado por hacerlo pero el médico me ha dicho más de una vez que me nota alterado y que necesito estar en buenas condiciones física y mental para la operación. Fíjate que me ha recomendado que relaje la mente que no me preocupe mucho, que trate de distraerme y descansar...

—Bueno, entonces me voy para que descanses —dije.

—No. Eso no es —replicó José— aunque no quiera me atormento. Tengo que recordar. ¿Qué puedo hacer? Yo quisiera olvidarme de todo como me dice el médico, pero chico, en estos días, contra, como me acuerdo de mi abuela, Dios la tenga en la gloria, y del Hermano Manuel...

## *FÉLIX RIZO MORGAN*

*Nació en 1952, en Jovellanos, Matanzas. Llegó a los Estados Unidos en su adolescencia. Aquí completó sus estudios secundarios y obtuvo una Maestría en Educación y Ciencias, en el St. Peter's College de Jersey City, Nueva Jersey. Sus poesías y cuentos han aparecido en revistas y periódicos nacionales y extranjeros. Ha publicado un libro de relatos titulado* De mujeres y perros *(1990). Actualmente trabaja en una novela sobre la problemática humana de la soledad.*

## EL LAMENTABLE CABALLO DE LOS SUEÑOS

> "A dream itself is but a shadow."
> Hamlet. II, 2

(A Félix Cancio)

Se registró los bolsillos en el mismo momento en que salía de su casa. ¡Bah, le faltaban los cigarrillos! Los habría dejado sobre la cómoda. Se sentía con un impulso muy reciente, algo vital que le había comenzado más o menos una media hora antes, exactamente cuando estaba tomando una ducha esa mañana. Porque antes a esto, se había levantado de la cama agotadísimo. Un sueño largo revestido de intrigas lo había acechado toda la noche lanzándole fantasmas en suspenso por recovecos enigmáticos algo así, ya que no recordaba con claridad lo que aquel sueño precario quería cumplir en él o en el tiempo distante de una noche perpleja.

Había hablado por teléfono con su madre el día anterior y le había dicho que esta vez sí lo esperaran. Su madre le había hecho jugar y prometer que no habría cambio de planes como siempre lo hacía a la hora planeada. Esto quería decir que se vería obligado por la culpa.

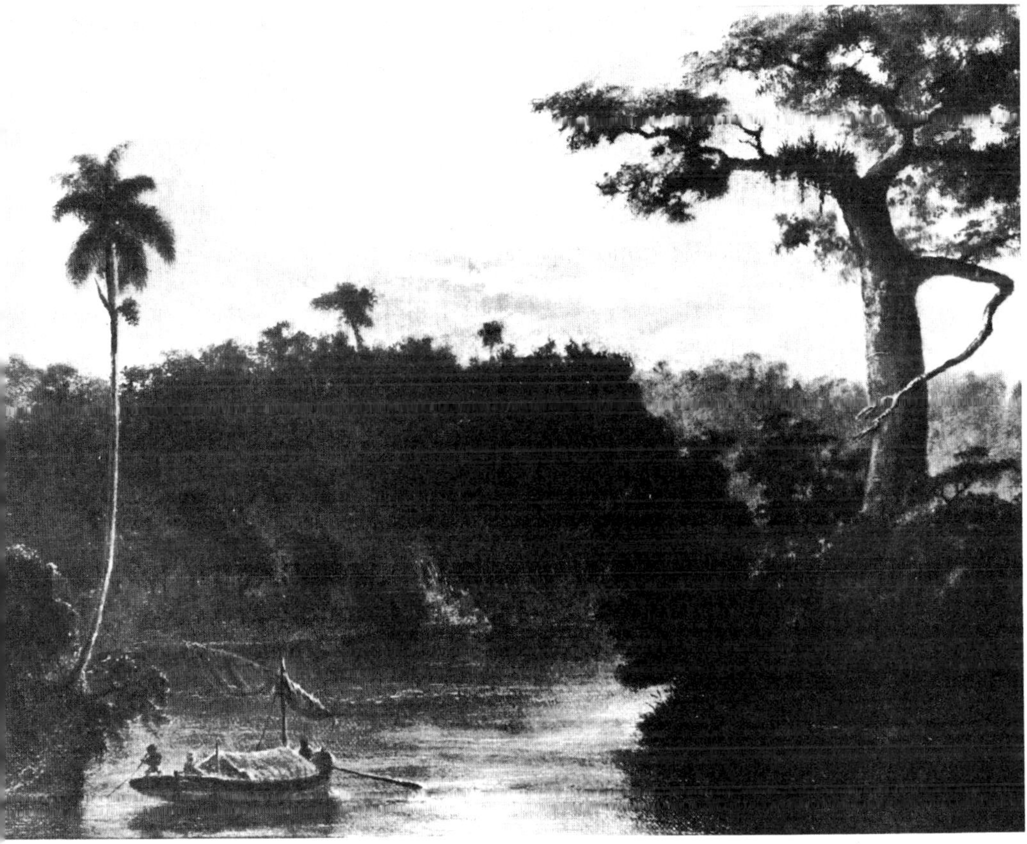

Había estado haciendo planes de visitar a sus padres por muchos meses y todos habían palidecido bajo las imprevistas responsabilidades que volaban de un segundo a otro, trayendo, sobre otras miles de tareas a efectuar, muchas más metas que manipular, imágenes de un mundo que siempre en espera exigía de su propio espacio para controlar el atenuante espectro de una metrópolis que se alejaba y se acercaba a la cima de la supervivencia con un compás irremisible de efectos causales que, a mirar desde el fondo de sus deberes evolutivos, encontrarían en él una bien templada solución. Por eso era uno de los más respetados abogados del consorcio, con sólo veinticinco años ya tenía su propia oficina, su secretaria, y un asistente para investigaciones. Un logro perfecto: paramétrico y absoluto en el laberinto del cosmos difidente de los negocios, que con esa frialdad equidistante hace de la humanidad el consuelo último de la idealizada competencia. Había aceptado este empleo en la capital hacia exactamente diez meses y en este tiempo no había podido ir a pueblo natal a visitar a sus padres. Se le habían ido enredando los días a virtud de un desconocimiento ulterior a sus condiciones alternas y ahora, su madre lo culpaba no sólo de abandono, sino de incomprensión filial.

Sin embargo, una visita a sus progenitories quería decir en moneda de tiempo un viaje que tardaría siete horas, y que para él desde luego, representaría un infinito. El tiempo lo llevaba sujeto a una línea blanca de preponderancias relativas y por eso, aunque en efecto, su madre argüía que él podía hacer ese viaje en un santiamén, éstas eran siete horas interminables en su conciencia.

No obstante, le había prometido a ambos que iría en el primer fin de semana de abril. Durante ese tiempo su padre cumplía años, por lo que la visita le añadiría otra dimensión a su estancia. En la conversación telefónica les había dicho que se dispusieran a esperarlo cerca de las ocho de la noche del sábado. Él saldría ese mismo día sobre las once de la mañana. Quitando y poniendo un par de horas para almorzar, abastecerse de gasolina y contar con tiempo para otros pormenores impredecibles: unas nueve horas francas.

Antes de ducharse se había quedado en la cama mirando al techo y por un instante, sintió como un calambre frío le empezaba a correr de prisa por toda la cabeza. Se había descubierto el cuerpo de las sábanas y desnudo se sintió momentáneamente movible, como si algo le empujara a confiar su más estrecho perímetro entre un rodeo simple de sus brazos. Después, contempló su desnudez con la barbilla apoyada en el pecho, los ojos abiertos como los sapos, muy quedo aún sobre la cama destendida por la mala noche, porque había sido una mala noche: veía las múltiples arrugas en las sábanas y los empellones de las almohadas denotando unos sueños tensos. Sin embargo, por más que trataba de recordar se tupía su memoria entre las paredes del cuarto y el sudor letargoso de la mañana. Culpó a sus nervios, sabía que el viaje, o todos los viajes lo hacen a uno distinto, ¿cuán distinto? Distinto, otro. Cuando hacía viajes a ver a clientes al otro lado de la ciudad también se sentía distinto, aun cuando estos eran viajes de unos minutos. Viajar equivalía a separación inmediata, parte de un total en oposición hacia una incontrolable manifestación de seguridad, o era seguridad? Quizás hubiese sido mejor pensar que era la falta del absoluto que siempre encuentra la mente humana al racionalizar todo pensamiento de algo que no se quiere hacer. Pero, por más que trataba de pensar el sueño se le había borrado, totalmente, ¡parrampán. Así no más. Dió dos vueltas completas sobre la cama. Volvió a mirar a una distancia opuesta, y creyó que el techo se turbaba de un negro gris. A lo mejor no había soñado nada.

Se lanzó al piso. Gateó buscando sus zapatillas por los alrededores de la cama. No las encontró. Fue hasta la cocina a calentar agua para hacer un café. Le seguía el color mórbido de una posible pesadilla, pero se echó a reír frente al reloj de la cocina al darse cuenta que eran pasadas las diez de la mañana. Conocía muy bien la aptitud renuncia de su madre y su expresión de desamparo si no llegaba a la hora decidida. Corrió a la ducha y se metió en ella. Una vez debajo del agua una sensación de experiencia mayor le quito los olores de la noche anterior y se dejó auscultar por la quietud del sonido introvertido del agua en su travesía por grifos y tragaderos.

Tomó del closet lo necesario, eso básico que se tiene en consideración cuando se está apurado, lo puso todo en una pequeña maleta de cuero negro y cerrando la puerta del apartamento detrás de él respiró el establecido aire de la mañana de abril. Se había prácticamente atragantado el buche de café, por eso le urgía un cigarrillo. No los encontró en sus bolsillos. Los había olvidado. Se paró un instante como el que medita un extravío o tal vez una discrepancia. Notó que estaba abierta una taverna frente a su edificio y cruzando la avenida compro sus cigarrillos.

Salió del establecimiento elevándose por las huellas del humo hacia la destemplanza de la mañana, entonces pensó en su carro. Anoche al llegar lo había dejado en el aparcamiento del edificio. Dió una vuelta completa y miró al cielo. No sabía por qué miraba al cielo y al mirarlo ahora le parecía que el cielo era un horrible amarillo decrépito. Olió otros humos, no los del cigarrillo, éstos eran humos sin cuerpos, vio una manada de colores invisibles que le halaban las pupilas en son de respuestas. Le pesaba algo en la cabeza tanto como se le desprendía apoyo desde la memoria. Entonces de cuajo, le cayó sobre su conciencia el sueño de la noche anterior.

En efecto, allí lo tenía parado a las afueras de la taberna junto a él un sueño que se le venía arriba poco a poco como desplazado de materia, para así desustanciarle su olvido. No había nadie en la calle por lo que el universo parecía una pantalla gigante de cine sólo para él. Las piezas de un juego siniestro se le fueron almacenando junto al movimiento de los ojos y pudo verse íntegramente metido dentro de un marco trágico de una visión anterior a sus vivencias. Observaba un carro envuelto en llamas, este ardía con una fuerza metálica brillosa, lascas de un silencio fatídico parecían querer acechar sobre su recuerdo un maleficio de consecuencias insólitas, ya que por más que trataba de ver quién iba en el carro, no veía a nadie detrás del volante en llamas. La pintura de la carrocería había sido consumida totalmente por el fuego.

Fue entonces que se lanzó a buscar: inspeccionaba, rastreaba el escenario impacientemente, coordinó una búsqueda por los alrededores de una yerba alta que también ardía con los colores destellantes de unas llamas amarillo-cadmio. Le molestaba un poco el calor intenso que se vertía de lleno sobre su derredor. Se asomó con mucho cuidado a una de las ventanas. Pudo ver su pequeña maleta de cuero negro en el asiento trasero. Era su carro, no había dudas. Su mismo carro, pero sin chofer. Se había volcado, o quizás habría golpeado de frente un árbol cuyo tronco medio gacho tenía ahora a unos tres metros de él. Seguía buscando, seguía encontrando pedazos inútiles de una visión amarga que no le quería pertenecer, pero hasta los olores a goma quemada y a tierra chamuscada por el fuego le llegaban con tal autenticidad que se creyó necesariamente divido en un antes y un antes anterior. Y le dolía no encontrarse, le dolía el rojo bermejo esculpido por los sablazos del calor pírico. Las verdolagas se apretaban desmadejadas junto a la carrocería desecha, la luz rucia de la tarde se apaciguaba por detrás de una línea azul de fantasmas sin salida. Apuró, el paso, tenía que encontrar una señal; o quizás, era que alguien le habría robado el carro del aparcamiento y por eso no se encontraba él mismo y desde luego, esto presagiaba una consecuencia menos funesta? Pero, dónde estaba el alguien, entonces? Se le seguían abriendo trozos pálidos de aquel mundo interno, pero ahora un poco más distantes, porque ya la escena se empieza a levantar con levedad de los esquemas de su conciencia. Decidió apresurar más el paso correría hasta más allá del árbol que implicaba acercarse en la lejanía de la conciencia a su subconciencia, la cual le mostraría, sin duda alguna, una probable realidad: realidad primera o realidad última de esas otras realidades que todos desconocen ya sea madre, padre, amigos o compañeros de trabajo y que nadie nunca llegaría a comprender, aún cuando el estuviera siempre dispuesto a contemplarlas delante de toda la humanidad.

Algo le tomó ahora la mano con firmeza, su mano en su mano porque tenía que llegar a algún sitio. Había abandonado el carro ardiendo en un circulo cerrado, había pasado el árbol con el tronco gacho y ahora se abría delante de él un camino. Los pies se le iban, se le amoldaban a una búsqueda, se deslizaban fuera de él ¿qué era aquella mancha que tenía en este instante delante de sus ojos; un lindero o una carretera? Era una carretera, y allá, bien cerca de la lejanía, esa primera en la gama de las resoluciones: un cuerpo sobre el asfalto. Vió un carro aparcado al lado, no su carro, ¡no!, su carro ardía por detrás del sueño. Éste era otro: blanco, descapotable, a un lado del cuerpo o el cuerpo al lado de éste. Pensó en correr, se sujetó a un borde en desequilibrio para acercarse en su ansiedad al cuerpo lejano y pudo hacerlo. En su acecho comprendió que este llevaba la misma camisa gris de él, y los mismos pantalones blancos de él, y sus zapatos mocasines. ¿Sería él? Pero, ¿qué hacía allí?. No podía verle bien la cara, porque la tenía hacia el lado opuesto. Una sensación de conjuntos elementales le apretó la garganta. Sudaba bajo el sol calinoso de abril. No podía esperar más. Sin pensarlo se lanzó ciegamente a buscarse él mismo en el hilo agonizante de su conclusión. Entonces se escuchó el golpe seco de un carro sobre la carne humana que lo acarreaba, o sondeaba, lo arrojaba lejos en medio de un polvo de aire y el chillido de gomas refrenadas, muy lejos aún, de toda confusión y sigilo, y que lo tiraba sin vida, sobre el asfalto de la avenida frente a la taberna.

## MIREYA ROBLES

*Nació en 1934, en Guantánamo, Oriente, donde terminó sus estudios de bachillerato en el Instituto de esa ciudad. Se trasladó a los Estados Unidos en 1957, donde continuó sus estudios y obtuvo un Bachelor of Arts en Russell Sage College (1966), una Maestría en SUNY (Albany) en 1971 y un doctorado en SUNY (Stony Brook), en 1975. Ejerció la docencia en Russell Sage College (1963-1973) y en Briarcliff College (1973-1977). A partir de 1985 se trasladó a Sudáfrica, donde enseña en la Universidad de Natal, en Durban. Ha publicados poemas, cuentos y ensayos en revistas de EE.UU. y del extranjero, y ha recibido premios literarios por sus creaciones. Entres sus libros deben mencionarse:* Petit Poemes *(1969),* Tiempo artesano *(1973),* En esta aurora *(1976), y la novela* Hagiografia de Narcisa la Bella *(1984).*

## LA TIERRA DEL HUMO

Salón grande. Humo. Sonrisas abiertas. Ambiente de música al empezar. Faldas, orquídeas, mitones, brillantes, boquillas. Perfume de uniforme limpio. Oficialidad. Sonrisas de evasión, galanteos de evasión, intentos de evasión. Música pronta a estallar. Allí está ella, jugando su papel. ¿Vino conmigo? ¿Se irá conmigo? No lo sé. Allí está, encajando aparentemente en el engranaje de evasión. Un vaso de cerveza, sidra, champán. Humo. Conversaciones, voces. Conversaciones en voces que no parecen ser las del hablante. Que salen resonando como de una caja hueca. Como si los que hablan trataran de escapar de sí mismos en las resonancias de las cuerdas vocales. Humo, voces, elegancia hecha telas. Resplandor de brillantes, amplitud de sonrisas. Masa que lentamente se hace etérea, amorfa y comienza a confundirse con el humo. Masa que elegantemente, amablemente, juguetonamente parece aglobarse a mi alrededor. Se me aprieta el pecho, se me hace densa la víscera del corazón. Debo deslizarme hacia afuera. Fuera de aquella masa que cargada de indiferencia y de falta de intención, parece estrangularme.

Me encuentro en un salón familiar. En un salón donde se mira la televisión sin escucharla, donde se lee un libro sin que se asimile el contenido. Un sofá cama, una televisión, una pared de cristal, dos cómodas sillas. Salón limpio. Ambiente artificial. Ambiente de hojas, guirnaldas y flores plásticas. Sin pensarlo, me acerqué a la vegetación artificial y traté de inhalar el perfume ausente. Por asociación de ideas, me vino a la conciencia una escena hundida en el Tiempo, en una tierra de nieves y nevadas y temperaturas de subcero. El humo de una taza de café me acariciaba los labios. Cafetería, barra, bar de decoración española. A la derecha de mi mesa, un murillo de madera cargando macetas de flores, hojas y guirnaldas artificiales. Mi acompañante se acercó a la vegetación plástica y trató de absorber el perfume ausente. Dándome una explicación que no le pedí, me dijo: "Con cuánto ahínco trata el ser humano de soñar. En esta tierra árida, de hielo, conserva el verdor de una planta que no existe." Sentí una inmensa compasión hacia el ser humano. Hacia el ser humano que reviste de un verde sin perfumes, su destino. El recuerdo de esta escena se me desvaneció de la mente, pero me dejó un sabor extraño en los labios; una rara sensación en el pecho.

A la derecha del salón artificial, el boquete de una puerta. Una puerta que da al dormitorio principal. En el umbral se amontona un grupillo de tres mujeres. Una de avanzada edad; otra joven en la que, sin saber cómo, reconozco o presiento a la anfitriona. Una tercera cuyo contorno se me escapa del plano de la realidad. Una tercera a quien no puedo definir. La voz anciana pide permiso para ir al baño y se pierde en el boquete que conduce a la alcoba principal. Me quedo sentada en el sofá, esperando que el grupo pase por mi lado, indiferente, y me deje en el tranquilo desasosiego de esta ausencia total de todo, menos de mí misma. Espero el momento en que me quedaré a solas con el fluir de mi sangre, con los latidos de mi corazón, con mi mundo pensante. La anfitriona toma un libro. De pie, a mi lado, comienza a leer. De cuando en cuando me mira y yo asiento con la cabeza como queriéndole decir: "He asimilado todo". ¿Por qué me lee? ¿Considera que es su deber el distraerme? Toda mi consciencia se concentra en el ambiente de la alcoba principal. ¡Qué atracción irresistible! ¿Cómo explicarle a los demás? ¿Cómo explicarme a mí misma esta atracción irrefrenable por aquella alcoba? Impaciente porque la anciana no acababa de salir, ensayo un chiste: ¿Se habrá ido esa señora por el hueco?" Las risas que esperaba nunca sonaron. Las dos que estaban delante de mí no parecieron enterarse de mi esfuerzo de buen humor. La que leía me interrumpió bruscamente y me señaló una palabra: *HORDA*, Pronunciándola en alta voz me dijo: "¿Sabes lo que significa?" No sé, contesté: "No sé lo que significa cuando se pronuncia de ese modo. No sé lo que significa cuando se escribe con esa H que apenas reconozco". Significa —tomé nota— la relación de una palabra con otra". Mientras aceptaba y anotaba aquel disparate, sentí vergüenza de mí misma.

La voz anciana paso por nuestro lado y mostrando un desinterés absoluto por aquella lectura, se alejó desapareciendo en el salón de evasión. Me dije a mí misma que un ardor quemante me trozaba la vejiga. Interrumpiendo firme y resignadamente aquella lectura, dije: "Debo ir al baño". La anfitriona cerró el libro. Dibujó una sonrisa. Sin mirar la silueta de la otra, de la imprecisa que siempre iba a su lado, abandoné el sofá y me dirigí con paso lento a la alcoba. Alfombra azul prusia, mullida. Muebles mediterráneos, madera oscura. Sobrecama de tafetán. Listas azules y lilas. Cama camera, cama de matrimonio. ¡Cuánta intimidad! ¡Cuánto misterio! De pie, recorriéndolo todo con la vista. Queriendo arrancarle al silencio, el sonido de voces enronquecidas. Queriendo arrancarle al vacío, el sabor palpitante de besos. Hurgar, hurgar, buscar la huella del grito que se escapa de entre manos crispadas, El ropero... La ropa nos acerca a las vivencias. Me encaminé hacia él. En el suelo, unas medias largas de nylon, una faja y una sayuela de jersey. Sin tocar la puerta entreabierta del armario, me asomo para ver la ropa. Faldas, blusas, abrigos, vestidos.

El ruido de un tiroteo de ametralladoras me sacó de aquel ensimismamiento. Salí de la alcoba. La anfitriona, sin pedirme pareceres, me tomó fuertemente del brazo y echó a correr conmigo, saliendo de la casa. La imprecisa nos seguía. Trate de pensar y no logré coordinar mis ideas. Se me ocurrió que *ella* quedaba atrás. Allá, en el salón de evasión, Mi intención se quedó aprisionada en el fuerte hierro de la realidad. Uniformes, ametralladoras un jeep. Guerra. Chinos, chinos, chinos. Uniformes. Balas, balacera, ametralladoras. Una fachada blanca. Casa de mampostería. La anfitriona pide auxilio. Sale una china señalándonos con el índice. Nos denuncia. La anfitriona, dirigiéndose al oficial del jeep, trata de imitar los monosílabos nasales. Escudo de aceptación o integración fingida que puede salvarnos la vida. La ametralladora apunta. La anfitriona echa a correr seguida de la imprecisa. Me quedo petrificada un instante. Trato de seguirlas. Ruido. El pecho abierto, me sangra. *Ella* se ha quedado en el salón de evasión y yo... yo debo de seguir y perderme en la bruma.

# JORGE J. RODRÍGUEZ FLORIDO

*Nació en 1943, en Manzanillo, Oriente. En Cuba hizo sus estudios primarios y secundarios, y fue maestro entre 1960 y 1962, año éste en que salió para los Estados Unidos. En 1966 obtuvo el Bachelor of Arts en Español y Matemáticas en la Universidad de Miami, y una Maestría en Literatura Española (1967), y un Doctorado (1975) en Literatura Hispanoamericana de la Universidad de Wisconsin. Ha publicado poemas, cuentos y ensayos críticos en varias revistas literarias nacionales y extranjeras. Ha ejercido la docencia en la Universidad de Illinois (1970-1978), y desde 1978 es profesor de la Universidad Estatal de Chicago. Entre sus libros deben mencionarse:* El lenguaje en la obra literaria *(1977) y el poemario* Visiones de ventana *(1986).*

## EL VIAJE

Desde hacia diez años mi padre quería visitar su patria. La había abandonado para, como decía él, dejar sus huesos aquí. No estaba saludable y el médico le había diagnosticado cáncer. Se lo ocultamos, para no hacerlo sufrir. Pero él, mas listo que nosotros, lo sabía todo. Jugábamos al no saber para hacernos la vida más fácil.

En casa vivíamos cuatro: mis padres, mi hermana y yo. Nos llevamos bastante bien. Yo vine de Cuba en el 62, engañada y pesimista. Sabía que mi viaje no era de ida y vuelta. Estaba resignada a no ver más a mis padres, a los tíos, a los primos, a la tierra que me vio nacer.

Los primos para mí eran como hermanos. Algunos vivieron en mi casa, otros pasaban conmigo las vacaciones en el hogar de mi abuela. (Espabílate chica y hazte revolucionaria para que puedas hacer carrera). Otras también siguieron la ruta de Nueva York, Miami, Los Angeles y Chicago. Muchos primos y muchos años sin ver a Cuba. (Alicia, ¡cómo han pasado los años. ¡Alicia, estás igualita!).

Mis padres fueron profesionales. En mi casa quien no escribía a máquina, tocaba el piano o enseñaba una materia en la escuela. No teníamos coche pero sí una motoneta que hacía mucho ruido. Los vecinos se quejaban del ruido de la motoneta de nuestros juegos infantiles y de las discusiones familiares. Siempre teníamos huéspedes. (oye, ¡que rico está el arroz con pollo! ¿Quieres una cerveza? ¿Por qué no duermes la siesta? Te ves muy cansado). Los vecinos nos tenían envidia porque íbamos a la escuela y estábamos progresando. Las vecinos siempre le tienen envidia a alguien por el motivo que sea.

En Los Ángeles, adonde habían venido un año después de lo del Mariel, vivían mis padres conmigo. Seguían a mi hermana, que se había asilado en la embajada del Perú. Primero heroína y luego escoria. Pero Los Angeles, por muy bonito que sea, no es Cuba. Y siempre mis padres le echaban de menos a mis dos hermanos que se quedaron allá. Mi madre, que no estaba enferma, Se murió cualquier día. La encontramos en un sofá, sin aliento. Aquí cuando la gente se muere, dicen que dejan de respirar. (Clavelitos, a quien le traen claveles...). Mi padre, además de tener cáncer, se quedó sin esposa. Viudo y dos veces solo. (Cuando salí de Cuba, dejé mi vida, dejé mi amor). Mi madre estaría en el cielo, mirando a todos mis primos del lado de allá y del lado de acá. Cuando la gente deja de respirar no tiene más enemigos (¡Qué buena era! ¡Qué madre modelo! ¡Qué esposa ejemplar!). (¿Sería medio chivata? Le gustaba aquello. ¿No formaba parte del CDR? ¿Quién no ha sido cederista o de la Federación?). (Cabo de la guardia que siento un tiro. ¡¡Ay!!.¡Que estoy herido!)

Que buena noticia de que se puede viajar a Cuba por la Cruz Roja. Mi padre, con cáncer y todo no cabía de contento. Empezamos a hacer las gestiones. Resulta que tengo una prima en Miami que me quería mucho. Se llama Carmela. (Es alta, lomúa, fea y, de contra, chismosa). Allá vive, fregando platos, la pobre. Tiene cuatro hijos, la pobre. Domina al marido, ¿la pobre? El papá de Carmela es el hermano de mi papá. Vive en Cuba y también tiene cáncer. Quién no habrá de tener cáncer? El que más y el que menos. Mi tío Pancho está enferma desde hace muchos años pero no se acaba de morir. No sé porqué no. Pero ahí estará y seguirá estando. Será que su esposa y sus hijos de allá lo miman mucho.

Mi tío Pancho y mi papá (Q.E.D. mi mamá) no se llevaban muy bien. En los últimos años no se hablaban. Se habían enojado por una discusión sobre un terreno. (Que si era mío. Que si era tuyo>. Pero el cáncer los unía, la sangre los unía, la distancia los unía. Y, ¿qué mejor excusa para ir a Cuba que decirle a la Cruz Roja que su hermano tiene cáncer? (Pobrecito. Que se muere dentro de poco. Pobrecito). La Sección de Intereses tramita y resuelve los casos "de humanidad" Y mi padre, en un dos por tres, estaba en Miami con todas los documentos habidos y por haber, rodeado de mis primos. Que Mari Tere. Que Andrés. Que Jacinto. Que Pedro y que Carmela.

Carmela era, de todas las primas, la más cercana. Había vivido en mi casa un par de años con el pretexto de estudiar. Estudió lo que pudo, saco un título y ahora esta en Miami fregando platos. Los años no le pasan pero la lengua y la mente están más afiladas. Carmela sospechaba algo. Mi padre no le había contado que la razón oficial de ir a Cuba era por lo de tío Pancho. Le dijo, más bien, que era una viaje "de humanidad", sin más explicaciones. Pero todo era una mentira. Y grande. Es decir, desde el punto de vista oficial, la salud de mi padre no venía al caso. En la Sección de Intereses creyeron que era cuestión de un hermano enfermo en Cuba. Ellos no investigan los motivos y las intenciones. ¿Había cáncer y familiares de por medio? ¡Había viaje!

Todos los primos que pudieron fueron al aeropuerto a despedirse de papá. Yo, por ahorrar, no estaba allí. En el aeropuerto de Miami se entrecruza lo mejor con lo peor. Yo una vez pasé por allí y alguien me tomó por prostituta. En otra ocasión me pidieron que vendiera drogas. Pero qué buenos fueron mis primos. Carmela, Mari Tere, Jacinto y Pedro no faltaron a la cita. Mientras esperaban la salida del avión preguntaban por mí y por mis hermanos. Le recordaban al viejo que entregaran los paquetes a los familiares tan pronto como pudiera. Parece que la gente va a Cuba y viene de ella por los paquetes. Carmela, por su parte, había entregado un paquete que contenía medicinas para tío Pancho. Estas medicinas debían ser enviadas por correo a Camagüey. Ella estaba contenta de ver a papá, pero una mortal sospecha le invadía su rostro: ¿viaje "de humanidad", para ver a unos hijos que estaban saludables e integrados?

Las canas, la gordura, el cáncer y los años despegaban del aeropuerto y todos los primos regresaban a sus casas o a sus trabajos. Agradecidos por ver a su tío. Contentos de cambiar de ambiente. El tiempo pasa y es bueno ver a los de uno. Carmela, que es una ardilla, llegó a su casa con un humor violento. Discutía por cualquier cosa. Apenas se encontró sola le echó las manos al teléfono y llamó a la agencia de pasajes. (Quiero saber si un pasajero denominado Pedro González ha partido para Cuba en el vuelo 95. ¿Sí? ¿Cuál era el motivo de su viaje "de humanidad?" ¿Para ver a un hermano enfermo en Camagüey? ¡Mentira! ¡Mentira!)

Carmela no durmió en toda la noche. Sus hijos y el esposo no sabían lo que le pasaba. Al día siguiente no fue al trabajo. Se pasó horas y horas hablando con todos los primos sobre el viaje de papá.

En Miami la gente vive del chisme. Y, cuando no hay nada de que chismear, se inventa algo. (Que fue a costa de mi papá. Que le pudo mandar medicinas. Que se lo ocultó. Que ellos no se llevaban bien. Que nosotros éramos la oveja negra de la familia. Que debieran de ponerlo preso a él y a todos los que se prestaron a la componenda).

Yo estaba muy contenta de que mi padre pudiera al fin regresar a Cuba, aunque fuera por una semana. Sabía que mis hermanos lo atenderían bien. Que visitaría a otros familiares, excepto a mi tío Pancho, que vivía en Camagüey. Que vendría más optimista, que vería al océano y quizás iría hasta la playa. ¡Cuántos cuentos nos contaría de Cuba, de cómo estarían los familiares, de las colas, de los hoteles, de los milicianos!

(Aló, aló. Sí, mi querida prima, soy Alicia. ¿Que? ¿cómo? Yo no sabía que no te había dicha nada. Sí, yo sabía que él y tío Pancho no se llevaban bien, pero el tiempo lima las asperezas. ¿Qué no quieres saber más de nosotros? Pero yo no tengo la culpa. Fue un viaje hecho con las mejores intenciones. ¿No te alegra que haya podido ir después de tantos años? Que se van a morir los dos. Que todos nos tenemos que morir. Que es verdad que los dos tienen cáncer. A lo mejor tú y yo tenemos cáncer también. ¡No! ¡No! ¡No! ¡No van a poner preso a nadie! Fue un viaje legal. ¿Y qué, si fue a costa de mi tío? ¿Qué importa?. ¿Aló? ¿Aló).

# MANUEL RODRÍGUEZ MANCEBO

*Nació en 1916, en Los Abreus, Las Villas, donde hizo sus estudios primarios. En Cienfuegos terminó el bachillerato en el Colegio Champagnat (H. II. Maristas). Desde temprano sintió vocación por las letras y en dicha ciudad formó parte del grupo literario "Signo". Su primer cuento apareció en la revista* Orígenes. *En Cuba publicó dos libros de relatos:* La Cara, *y* La corbata púrpura. *En el exilio dio a las prensas dos libros: un volumen de relatos titulado* Selima y otros cuentos *(1976), y una novela policial,* El dominó azul *(1982). Falleció en Miami hace varios años.*

## EL PRECIPICIO

Tanto he gritado que mi garganta se niega a articular más palabras. Presiento que no hay esperanzas de salvación para mí. Estoy perdido y tengo que hacerle frente a esa dolorosa realidad.

No sé cuantas horas llevo en una inmovilidad casi absoluta, en este saliente de roca en forma de pequeña meseta, de apenas tres metros de circunferencia.

Abajo, a noventa metros, los rocosos acantilados de la costa, erizados como puntas de cuchillos. Allá arriba, imposible de alcanzar, el agudo trozo de tierra por el que resbalé al pisar en falso.

El golpe en la cabeza me hizo perder la noción del tiempo. Mi magullado cuerpo apenas puede moverse en tan reducido espacio. Mis manos están ensangrentadas debido a mis estériles esfuerzos por trepar. He gritado mucho, tanto como mis fuerzas lo han permitido, pero nadie me escucha. Estoy en uno de los más apartados rincones del pueblo. Es un paraje desolado, muy poco frecuentado; por ese motivo no debo esperar ayuda de nadie, porque nadie ha de venir a este paraje. He sido el único visitante en largo tiempo, según he podido comprobarlo.

La única esperanza de una posible salvación consiste en que, al notar las gentes del pueblo mi prolongada ausencia, vengan a buscarme. Pero, ¿vendrán, realmente? Es probable que no. Llegué inadvertidamente y muy pocos se percataron de mi presencia aquí. He querido aislarme tanto, que subí a este lugar, pero con tan mala suerte, que al inclinarme hacia adelante en esta punta de tierra para mirar hacia abajo, resbalé.

Me aterroriza el desmedido silencio que me circunda, interrumpido, a veces, por el graznar de algunas aves marinas, mis únicas compañeras.

La primera vez que miré al abismo, experimenté un gran vértigo y tuve que echarme hacia atrás rápidamente, so pena de caer en él por la irresistible atracción que ejerce sobre mí. Es algo que me eriza el cabello. No he vuelto a mirarlo y trataré de no hacerlo. cuán peligroso es. Sería una muerte horrible.

Observo los límites del horizonte. Está muy tranquilo el mar. No veo en él ni siquiera una mísera barquichuela de pescadores. Sí, es un lugar desolado, como los neblinosos páramos que he atravesado, huyendo. El mismo silencio, en tierra y en mar.

¿Será posible que no pueda salvarme? ¿Por qué no presté atención a las informaciones obtenidas al acaso por los habitantes de la aldea? Ellos lo dijeron claramente, al amor de la hoguera, frente a la posada del poblado: "ese lugar a donde piensa ir el extranjero, es peligroso." Otro añadió: "nadie se ha atrevido a visitar la meseta desde que Marino se mató..."

Luego supe, por el muchachito que me sirvió de guía, que Marino era un habitante de la aldea, cuyo cuerpo recogieron destrozado en los acantilados. Pero era necesario huir; huir, simplemente y ocultarme de aquellos hombres que me persiguen incansablemente. En mi desesperado afán de poner la mayor distancia posible entre ellos y yo, he buscado este refugio —lejano y solitario— jamás vislumbré la posibilidad de una caída. Sí, estoy perdido. Y ahora, en mi espantosa soledad, pienso en lo que he hecho. A solas con mi conciencia, lucho por alejar de mi mente tan horrible recuerdo. Debí haber pensado unos minutos antes de obedecer a aquel impulso ciego que me convirtió en ejecutor; pero considero que ya es demasiado tarde para lamentarme Fue un acto irreflexivo. Lo sé y lo admito. Mas, ¿por qué lo hice? ¿Por qué? Esta pregunta me la he formulado muchas veces y no puedo contestarla satisfactoriamente.

Vine a esta aldea confiado, con el pretexto de realizar una excursión de curioso turismo. No he despertado sospechas entre estas sencillas gentes. Nadie vendrá a buscarme aquí. (Mentí hábilmente, para que los aldeanos no recelasen).

Pero ahora me encuentro sin esperanzas de salvación. Empiezo a comprender que la Providencia me envía su castigo, porque pereceré en la más cruenta agonía. Casi era mejor haber entregado mi cuello al lazo del verdugo; así me hubiera ahorrado horas interminables de tortura. Pero el instinto de conservación ha podido más. Por eso huí tan pronto como cometí mi delito. Cierto que para aquel vil hombre había llegado la hora justiciera y debía morir, más no era yo el encargado de ejecutarlo. Era cuestión de horas, de horas nada más y hubiese expiado su crimen. ¿Por qué me adelanté? ¿Por qué...?

Sé que me persiguen sin tregua, y que no cejarán en su empeño hasta atraparme. Después... la horca.

Vivo momentos difíciles. No quiero morir; no en esta forma tan horrible. A veces detengo la respiración, creyendo percibir algún rumor que me señale presencia humana, pero el silencio que me circunda es verdaderamente aterrador. No he comido ni dormido durante muchas horas. No traje reserva de comida porque pensaba regresar pronto a la aldea. Me siento débil. No sé qué tiempo más pueda resistir en esta inmovilidad torturante.

Trato nuevamente de trepar por las paredes de las rocas, pero están tan resbaladizas por el limo, que no puedo ascender ni una pulgada. Imposible llegar a lo alto. Muchos metros me separan de la meseta donde caí. No hay salientes donde pueda asirme.

Si al menos el chico de la aldea que me acompañó hasta cerca de este lugar, se percatara de mi prolongada ausencia y viniera en mi socorro, acaso pudiera alentar esperanzas, pero no creo que venga. Es casi seguro que ni me recuerda, aunque tiene derecho a no olvidarme, puesto que le narré, durante el corto trayecto, historietas que le deleitaron. Prometí contarle más cuando volviese a su casa.

Debo resignarme a mi suerte. Las horas lentas, tediosas, transcurren. Se aproxima otra noche que pasaré en vela, como la anterior.

Vuelvo a gritar, pero son inútiles mis esfuerzos por demandar una ayuda que no llegará jamás.

La luna brilla, iluminando un paisaje maravilloso, pero no tengo ánimo para contemplarlo. Trato de dormir en mi duro lecho de roca y humedad, mas la obsesión del recuerdo me mantiene estúpidamente despierto. Miro el cielo. Algunas estrellas aparecen. Oteo el mar, la misma desolación.

Hasta mí llega, con desesperante ritmo, el rumor de las olas rompiendo bravías en los acantilados. Siento que mis nervios van a estallar. Un síntoma extraño comienzo a experimentar. No sé lo que es.

Lanzo una carcajada que el eco repite, y me asombro. Es el único sonido humano que he oído en muchas horas.

Estoy boca arriba. Miro el cielo de nuevo. Está lleno de serenidad, en contraste con la inquietud de mi atormentado espíritu. Una especie de sopor me envuelve, como si hubiera fumado opio. Ensueño, embriagado...

De pronto mis ojos... pero no; debe ser producto de mi fatigada mente. Es imposible y sin embargo, con los ojos bien abiertos, miro, fijo, hacia "aquello" que viene descendiendo lentamente hacia mí... Está sobre mi cabeza. ¿Qué es? ¡He estado soñando, Santo Dios!... ¡Sí, y despierto ahora, sé lo que es! ¡Entonces no he escapado, puesto que lo que desciende sobre mi cabeza es un lazo! ¡Sí, un lazo con nudo corredizo! ¡Es el lazo del verdugo! ¡Ya me oprime el cuello!

Lanzo un grito ahogado...y no sé más de mí.

¿Qué ha ocurrido? ... No sé. Me siento tan débil que no tengo noción del pasado.

Algunos hombres me rodean, pero no sé quienes son. Sólo observo que me miran curiosamente.

Me recobro poco a poco. Siento fuertes dolores en el cuerpo. Hablo en voz muy baja—como en un suspiro—pero los hombres, que me miran fijos, con el índice en los labios me imponen silencio.

Muy cerca de mí está un chico —mi guía. También él me mira con asombrados-ojos. En su rostro infantil y dulce está impresa la misma interrogación que en la de aquellos hombres graves y sencillos. El chico está atento a mis movimientos.

Una anciana de arrugado rostro, con un pañuelo atado en la cabeza, se acerca a mi lecho. (Ahora me doy cuenta, por la posición de mi adolorido cuerpo, que estoy acostado en una cama). Trae en sus manos un tazón de algo humeante y oloroso dentro.

Uno de los hombres lo toma y me lo ofrece solícito. Otro sostiene mi cabeza en posición adecuada para que pueda ingerir más comodamente el alimento.

Todos, incluso el chico, permanecen en absoluto silencio.

"¿Qué ha ocurrido?" Es la primera pregunta que acude a mis labios tan pronto me recobro.

—"Habló mucho, señor," me dice uno de los aldeanos. Dijo cosas que no entendimos... Pero lo importante es que ya está restablecido."

—"Estoy en vuestra casa, ¿verdad?"

—"Sí, señor. Y nada tema. Lo salvamos cuando usted estaba casi muerto en aquella roca..."

—"¿Quién ...?" indago con débil voz, pero la fatiga me obliga a truncar la ansiosa pregunta.

—"Fue David, el niño. El nos avisó. El se atrevió a bajar por la soga hasta la mitad del precipicio. Le amarró el lazo por debajo de los brazos. Nosotros lo subimos halando con cuidado."

Mi mano se extiende lentamente y busca la cabeza de mi pequeño salvador. Le acaricio los cabellos.

—"Gracias, David, gracias. Eres todo un hombre," atino a decir en un susurro. Luego mis ojos buscan sus ojos. Lo miro con gratitud y simpatía.

El me mira también y en sus labios aparece la tímida sonrisa de un héroe humilde.

—"Me alegro de que se haya salvado, señor," me dice después. Ahora puede seguir con sus amigos excursionistas..."

—"¿Amigos ... excursionistas?" interrogo. Y una sospecha me hiere como un latigazo.

—"Sí. Lo han estado buscando durante muchas horas. Cuando me vieron, se acercaron a mí haciéndome preguntas. Ellos me dijeron que eran sus amigos, y que usted se había extraviado... Por eso lo buscan tanto. Me dieron las gracias cuando les dije que usted estaba vivo, aquí. Se ve que lo quieren mucho, señor, pues se alegraron con la noticia. Me regalaron puñados de dinero... Los vi en la posada que está al final de la calle. Prometieron venir a reunirse con usted para seguir viaje... Mire, ahí están ellos..."

## *ARIEL RODRÍGUEZ MERALLO*

*Nació en La Habana, en 1947. Desde 1960 reside en los EE.UU. Se graduó de Rutgers College en 1970 con un B.A. en Literatura Inglesa. En 1973 recibió el título de Juris Doctor de Rutgers-Camden School of Law. Su traducción al inglés de la constitución de Guinea Ecuatorial forma parte del compendio* Constituciones del Mundo, *publicado en N.Y.C., en 1971. Formó parte de la Junta de Consultores del Diccionario Bilingue de Terminología Penal, publicado en N.Y., en 1991. Ejerce como abogado en New Jersey, desde 1973.*

## DESENCANTO

Mis padres nunca se enteraron de la carrera de caballos. Menos mal, si no este incidente hubiera sido un agravante más en contra de mi primo Antonio y definitivamente hubiera terminado su estadía en mi casa. Corría el año 1958. Tony tenia entonces 19 años. Mi tia lo mandó a vivir con nosotros por unas semanas "hasta que las cosas se enfríen un poco". Tony estaba "conspirando" contra Batista. La confabulación no había ido más allá de intercambiar panfletos y consignas en la última fila de la guagua del colegio Baldor. Esto, unido al incidente en el estadio del Cerro, hizo que mi tía se convenciera de que "el coronel Ventura va a prender a Tony y luego lo va a torturar hasta la agonía". En el estadio, la policía detuvo por varias horas a Tony y a otros muchachos por "jeringar" durante el juego de pelota. Tony contribuía al temor de su madre vociferando a voz en cuello por el pasillo de la casa, "pronto le pondremos una bomba en palacio y van a volar Batista y Marta y todos ellos como un volador de a peso". Mi tia corría a callarlo diciendo, "silencio, mentecato, que te va a oír Lola". Esa era la vecina de al lado, a cuyo hijo Raulito se le oía frecuentemente decir las mismas cosas desde el otro lado del muro que dividía los dos pasillos. Raulito era el líder de los conspiradores de la guagua de Baldor.

En fin, mi tía mando a Tony a pasarse un tiempo en nuestra casa en un reparto en las afueras de La Habana. Esto, a pesar de que sólo faltaba un mes y medio de clases para terminar el curso. Así se salvó Tony de la paliza que le iba a propinar el coronel Ventura. Dicha suerte no se extendió a Raulito, quien fue detenido con un grupito (no los de Baldor) por poner una bombita de peste en el Cine Cuatro Caminos. Raul llegó a su casa tres días después hinchado y lleno de moretones. No pudo asistir a clases por el resto del año, en parte por los golpes, pero principalmente por el ataque de nervios que abatió a Lola por varias semanas y agotó el inventario de tilo en la botica de Fabián.

Yo estaba encantado de que Tony viniera a estar con nosotros. Era mi primo favorito y, a pesar de que sólo me llevaba ocho años, también era mi padrino. El fue quien me explicó exactamente que es lo que pasa en la noche de bodas, cómo inhalar el humo del cigarro sin toser, cómo declarársele a una "jevita" y muchos otros enigmas de mi adolescencia. Con frecuencia Tony me añadía que "el que sabe todavía más que yo de ésto es Raulito". Mi tía y Lola, viudas las dos, habían sido vecinas por mucho tiempo y los dos muchachos habían sido amigos inseparables desde la niñez.

En seguida que Tony vino para mi casa empezaron los líos y dolores de cabeza. El primero fue la compra de la yegüita Paloma. Cerca del reparto había varias finquitas que circundaban una vaquería y una modesta planta de pasteurización de leche. Tony me convenció (no le costó mucho trabajo) para que fuéramos a merodear por las fincas. Pronto nos hicimos amigos del arrendatario de una de ellas, un guajiro llamado Nené que vivía con su madre Basilisia. Como éramos muchachos de ciudad, estábamos fascinados con las vacas, los chivos, y especialmente los caballos. El potrero se convirtió en nuestro parque. Jugábamos a los escondidos entre las hileras de un minúsculo cañaveral. A Nené no parecía importarle esta intrusión. Era muy chismoso y mentiroso. Nosotros le oíamos y creíamos todos sus cuentos. Por ejemplo, en la finca había un gato muy blanco que tenía un ojo verde y el otro azul. Nené decía que al gato le había caído un chorrito de guarapo en un ojo y este se tornó de azul a verde. (Muchos años después, en la universidad, aprendí que esta anomalía siempre ocurre en los gatos que son totalmente blancos, ya que son en realidad albinos). Basilisia tenía una cara muy dulce. Había tenido varios hijos, de los cuales Nené era el más chiquito y el único que no se había casado. Me recordaba a mi abuela, y siempre tuvo hacia mí expresiones de cariño, "ven mijito, quieres que te de un poquito de agua con azúcar?" Un día Nené nos dijo que el conocía a un guajiro que estaba vendiendo una yegua y que si nosotros la comprábamos, el nos la cuidaba "por tres pesos a la quincena". Tony enseguida le cayó arriba a papá. "Sí, tío, cómprala, cómprala. La están vendiendo nada más que por quince pesos. Nosotros la cuidamos. Sí, sí, es muy mansa. Se puede montar sin miedo. Sí, tío, sí." Mi padre, quizás acordándose de su niñez en el campo, se dejó embullar. El razonaba que, al fin y al cabo, una bicicleta costaba más; todo parecía sencillo. Por lo menos, Tony se entretendría y estaría tranquilo. Mientras tanto, en la Habana Vieja, Raulito, sin tener otra diversión, empezó a tirar panfletos contra Batista por toda la Calle Belascoaín después que oscurecía. Lola no sabía ésto. Pensaba que iba al cine.

Paloma no era una yegua, sino una mula enjuta y raquítica. Pero Tony y yo la describíamos como un pony. "Ni el caballo blanco de Maceo tuvo tanto brío como tiene Paloma", proclamábamos por todo el reparto. Todos mis amiguitos me envidiaban. Por rebijía que fuera Paloma, ellos no tenían un juguete igual. Tony estaba arrebatado con Paloma. A él siempre le gustaron los animales, pero vivia en un apartamento en la Habana Vieja. El me decía y repetía que Paloma "era un sueño hecho realidad". Yo, esa frase no a compartia ni la comprendía. Para mí, convertir un sueño en realidad era destruirlo. Era el desencanto de suplantar la fantasía por la realidad. Los sueños no debían convertirse en nada, sino seguir siendo ilusión. Pero para Tony, y al parecer para el resto del mundo, la dicha consistía en hacer palpable lo que se sueña. Ese era el caso de Raulito. El mejor dia de su vida fue aquél en que alcanzó el sueño de poseer una pistola. Se la compró a un amigo de Fabián el boticario, quien decía ser íntimo amigo de los líderes del Directorio Estudiantil. Raulito escondía la pistola detrás del refrigerador. Un dia la criada se la encontró. Lola, colérica, le gritaba "Muchacho, ¿tú estas loco? Tú quieres que yo me vuelva loca? Déjate de esas verraquerías, que tú no eres ni guapo, ni revolucionario, ni ná". Entonces Lola fue a la botica, y le dijo a Fabián que por favor, se deshiciera de la pistola por cualquier medio. Por la tarde, ya Raulito había recuperado el arma. Desde ese día, la escondió en el nicho que había en la pared de la azotea, detrás de la llave de paso. A diario soñaba con hacer uso heroico de esa arma y lograr un puesto en el panteón de mitos nacionales que se edificaba todos los Viernes Martianos en el colegio.

Como yo me lo había imaginado, mi hermana no tardó mucho en antojarse también de un caballo. Maritza me llevaba cuatro años. Era dominante. No le agradaba la visita de Tony, ya que eso la privaba de la ascendencia que tenía sobre mí. A ella le estorbaba la interferencia protectora que Tony ejercía sobre su dominio de hermana mayor. Se fue sola un día a la finca de Nené. Se presentó a si misma y con un aire muy resuelto, le informó que ella también estaba buscando un caballo para comprar. Nené pensó en voz alta que "a estos niños de casa particular los padres los tienen muy consentidos". Sin embargo, se brindó a servir de intermediario. Al otro dia mismo, Maritza se presentó en la finca para examinar una posible adquisición. Era una yegua de verdad. Fuerte y saludable. El lomo y las patas eran musculosos. Tenia un pelo color canela con mucho lustre y una crin espesa carmelita oscuro. El dueño quería cuarenta pesos por la yegua, que se llamaba Niña, aunque luego se transó por treinta. Esta vez fue más dificil convencer a papá. Maritza argüia que "tuú lo prefieres a el. Si el tiene un caballito ¿por que yo no?" Yo estaba en contra de la compra. No quería que hubiera un segundo caballo en la familia. Ya veia venir la competencia: "tu mula es chiquita, fea y bruta. Mi yegua es hermosa; es la envidia de todo el reparto". Tony, esperanzado con la idea de tener otro animal en su establo, muy deslealmente me abandonó y tomó partido con mi hermana. Si, tío, sí; esta sí que es una buena compra. Es mansa y saludable. Nené dice que el dueño tiene necesidad de venderla y hay que arrancarle el brazo. Vale la pena comprarla. Sí, tío, si, sí". En fin, se compró a Niña. Casi desde el momento de la compra, Nené y aun Basilisia, empezaron a comentar que Niña tenia condiciones para echar carreras. Decian "si, señor, esa yegua le ganaría a todos los otros caballos de por inclusive a El Careto". Asi se sembró el germen de echar a correr a Niña en el fértil entusiasmo de mi primo. Nené se ofreció para hacer los arreglos: "si ustedes quieren, la carrera se puede hacer aqui en la finca, usando la vereda que lleva a la lecheria. El termino puede ser desde la talanquera hasta el potrero de atrás". "Tú me das quince pesos" le decía a Tony, "y yo consigo un jinete, hablo con el dueño de El Careto y me encargo de las apuestas". Aunque Tony no tenía el dinero, enseguida accedió. Mi hermana, muy oronda, dio su beneplácito de dueña a la empresa, y contribuyó tres pesos. Engatusado por toda esta algarabía, yo di cinco pesos de mi alcancía. Tony completó el dinero pidiéndole prestado a Felina la criada y malversando lo que estaba destinado para pagar la estancia de los animales en la quincena entrante. Hasta llegó a llamar por teléfono a Raulito que era muy ahorrativo. Este le contestó con un tono seco y pedante, "yo utilizo mi dinero para cosas serias, como derrocar la tirania". A la pobre Lola se le paraba el corazón cuando oia esas conversaciones.

    El día de la carrera, la finca de Nene parecía un hervidero de gente. Un grupo grande de guajiros se congregó al lado de la vereda. Todos los muchachos del reparto, a escondidas de sus padres, estaban allí también. Habían traído sus dineritos, porque sabían de antemano que se iba a apostar. Nené hacia de banco, aceptando el dinero y anotando las apuestas. Hasta Basilisia apostó ese día. Tony, Maritza y yo, cumplíamos nuestro papel de propietarios de Niña. La gente venia a saludarnos y desearnos suerte. Algunos nos aseguraban que "esa yegua se lleva al Careto fácil, fácil". La atmósfera era de verbena de pueblo. El jinete que consiguió Nené era un joven menudito con cara de amargura, a quien le decían Pichinchi. Pidió conversar a solas con Tony. Le exigió cinco pesos más. Como ya no se podía echar la cosa para atrás hubo que dárselos. La anticipación a la carrera creó en mi un estado apoteósico. Nunca había estado tan contento con la visita de Tony. Sin él, no hubiera habido ni Paloma, ni Niña, ni carrera. Aún ahora, que han pasado treinta años, cuando veo el Kentucky Derby o el Preakness por televisión, me estremezco con el recuerdo de aquella tarde. Cuando la carrera empezó, Niña inmediatamente cogió la delantera. Llegó a tener medio cuerpo de ventaja al pasar por la mata de guayaba. Ya abordando la entrada del primer potrero estaban parejos. El Careto llegó a la meta con dos cuerpos de ventaja. ¡Niña había perdido! Enseguida empezó el alboroto. Los ganadores exigían su dinero. Los perdedores estaban asombrados. Nosotros estábamos atónitos. No estábamos preparados para perder. Sentí que mi sueño de triunfo se convertía en la realidad de la derrota. Pichinchi no parecía ni triste ni contento. Su cara sin expresión, Lucia simplemente amarga. Nos fuimos rápido de allí. Tony llevó a Niña al potrero y fuimos directo a casa. Las apuestas fueron saldadas en nuestra ausencia. Maritza acusó a Tony de haber sido el culpable de que Niña perdiera. "Tú no sabes nada de caballos y te metiste en camisa de once varas" decía en tono acusatorio. Tony no contestó. Todos los muchachos del reparto se fueron con nosotros, preguntándose a si mismos como le iban a explicar a sus padres la perdida de sus dineritos. Al dia siguiente, Tony no quiso ir a la finca. Estaba tan defraudado, que ya quería regresar a su casa. Pero yo sí fui. Solo. Quería consolarme jugando con el gato blanco y con Paloma. También pensé que Niña necesitaría consuelo. Quizás Basilisia me daría agua con azúcar y me haría olvidar. Cuando pasé por el patio de la casita (más bien un pequeño barracón), oí la conversación entre Basilisia y Nené. Entonces me enteré que habían apostado en contra de Niña! Decían que la yegua nunca había tenido el más mínimo chance de ganar. Pichinchi era primo segundo de Nené y estaba en la jugada. Se habían burlado de nosotros, de los "chiquillos del reparto". Hasta la vieja Basilisia, una anciana casi, nos había timado! Me fui corriendo. Nunca le dije nada a nadie. Me daba rabia y vergüenza que nos hubieran engañado, sobre todo a mi primo. De todas formas, Tony regresó a su casa dos días después. Se encontró con que a Raulito le habían tumbado quince "cocos". Había donado el dinero a través del amigo de Fabián (el mismo que le vendió la pistola) "para ayudar a la gente en la Sierra Maestra". Luego él y todo el barrio se enteraron que el dinero se utilizó para apuntar unos terminales. A Lola le dio pena por el muchacho, pero también se alegró. Pensó que este escarmiento le abriría los ojos a Raúl.

Unos meses después, cayó Batista y subió Fidel. El sueño de muchos — la democracia, el fin de la corrupción, un gobierno honesto — se convirtió en la realidad del comunismo, los privilegios para los integrados, un gobierno de represión. Yo me fui de Cuba con mis padres y hermanas. Dejé atrás el colegio, el reparto, mi bicicleta. Paloma y Niña fueron cedidas como pago al hombre que ayudó a mudar los muebles para casa de mis abuelos. Tony y su mamá se fueron a Miami y luego a Nueva York. Nosotros también nos mudamos a Nueva York. No para un reparto, sino para una calle sucia y gris. Ya no volví a confiar en la dulzura de otras personas como lo había hecho con Basilisia; y dejé de creer en cuentos, como lo había hecho con los de Nené. Hoy Tony vende "real estate" y es el padrino del mayor de mis hijos. Fabián es dueño de un "discount" en Brooklyn. A Raulito lo fusiló Fidel. Lola se volvió loca en la Habana Vieja.

## OSCAR RODRÍGUEZ ORGALLEZ

*Nació en 1941, en La Habana, donde hizo sus estudios primarios y secundarios, y se graduó de Ciencias Biológicas y Lenguas Extranjeras en su Universidad. Salió de Cuba en 1980 y se radicó en Miami, donde ha colaborado permanentemente en diversas publicaciones en español, así como en programas de televisión de la cadena Univisión. Es traductor de diversas lenguas modernas y estudioso de Sánscrito. Es conferenciante de temas filosóficos y religiosos. En Cuba publicó un libro para niños titulado* Germancito y la cueva (1968). *Actualmente reside en Miami.*

## LA CANCIÓN DE LOS MARIELES

La noticia de la muerte de Beba me llegó esta mañana tres días después del entierro. Ella, siempre soñando con viajar y recreando en quimeras imposibles sus ilusiones de exilio donde pudiera tener un par de zapatos cómodos. Ella siempre viviendo en una casona enorme de la calle San Francisco, con su hijo que lee a Kaffka, Moricz y Soloviev en el original, y que una vez, hace quince años, cuando todos éramos muy jóvenes, intentó sembrarse debajo de una mata de manto —la mata del Man Go— porque "era preferible trasmutarse en un vegetal que continuar viviendo entre aquellos seres humanos". La noticia me ha golpeado en la distancia por todo lo que tiene de terrible esta intemporalidad en que vivimos. Vestido de cuello y corbata he llegado a la editorial y apago el motor. Desde la ventana de mi auto estacionado a un costado del edificio de Miami donde trabajo contemplo unos árboles. Son las dos menos cinco de la tarde. Aún me quedan unos minutos para escuchar Yamashta en el estéreo antes de subir a la oficina. Los árboles no han cambiado, siguen como siempre han sido. Los árboles no están de moda ya más. Ahora la gente los corta o hacen parques de cemento donde no pueden vivir. Pero los árboles no quieren replegarse y cambiar su

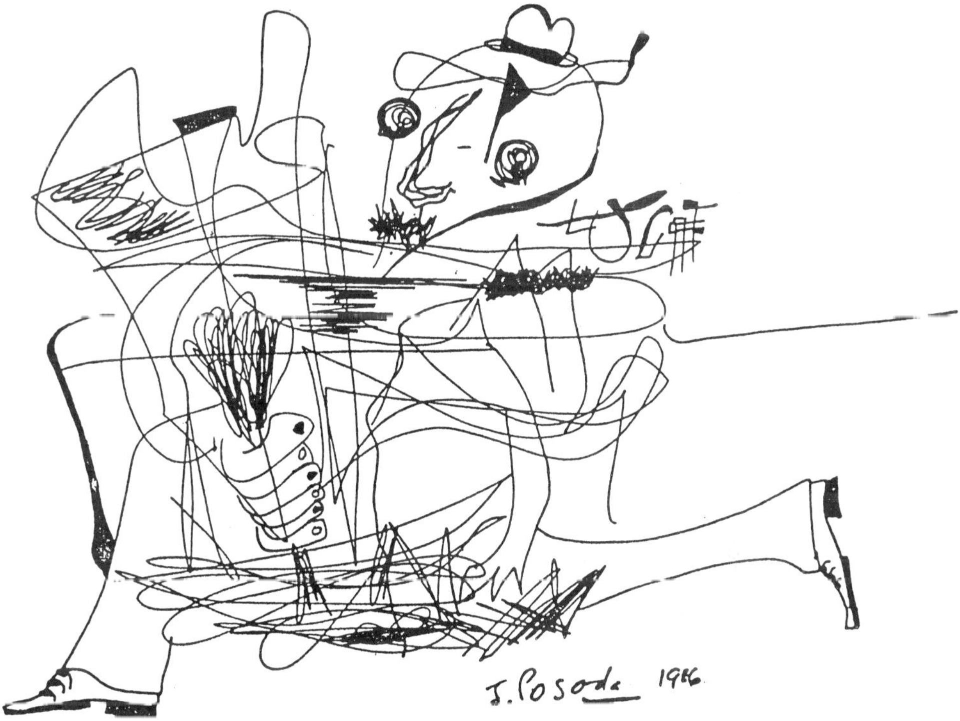
J. Posada 1986

estilo y siguen creciendo hacia arriba, con hojas como pulmones y frutos que sirven de simiente a otros árboles. Me vienen a la mente aquellos abanicos rotos de Dadá que leí por primera vez cuando Eleuterio me mostró su "Verano de Archimboldo" que fue rechazado en la Casa de las Américas porque no tenía un contenido político... "los cocodrilos de hoy día, ya no son cocodrilos... ¿dónde están aquellos...?" Entonces todos éramos surrealistas y aunque vivíamos en Cuba y estábamos atravesando los años 60, encontrábamos fuerza en nuestra juventud para reunirnos y escribir nuestros poemas, que era nuestra forma de protesta, y éramos hippies a nuestro modo, ya que era una manera original de ser hippie. Y mientras en este mismo Miami donde hoy me siento a escribir estas líneas los exiliados cubanos luchaban por su supervivencia, nosotros también luchábamos por la nuestra porque no queríamos que nos robaran nuestros sueños, que era un poco como quitarnos la juventud, y por eso escuchábamos a los Beatles en los campamentos de estudiantes, casi a escondidas, como si fuera un pecado nefando. Y aprendimos a amar a Janis Joplins, y a Jimmy Hendrix, y oíamos Beaker Street de noche en nuestros radios, y hacíamos fiestas los sábados con discos y cassettes que alguien había logrado conseguir a través de una amistad extranjera o un marino griego, y era todos Aguas Claras y Led Zeppelin y Iron Butterfly y In-A-Da-Da-Da-Vida, y la Era de Acuario y la Era de Acuario y los Quinta dimensión, y América, y Who y Rolling Stones y Boston, y nos dejábamos crecer los pelos de la barba y de la cabeza y eran tan fuertes como las ideas que parecían llegar al cielo, y Bob Dylan y Joan Baez eran parte de nosotros mismos porque también éramos nosotros con ellos y con San Francisco y Liverpool y Woodstock y "make love not war", aunque no les gustase a los comunistas. Y estaba Orlando que parecía un árabe, siempre sonriente y plácido, pintando y soñando (¿qué hará hoy 20 de febrero de 1985), y María haciendo versos (hoy es enfermera y vive en Tampa), y su boda simbólica con Félix en presencia de una rara sacerdotisa oriental, y Willie y su casa de la playa de Guanabo donde íbamos casi todas la noches, donde Rosita conoció el amor, donde Frencys y Anita se amaron, donde salimos una noche de Halloween de año 1970 disfrazados de mil maneras distintas en una gigantesca procesión hacia el mar y los vecinos se escandalizaron tanto que llamaron a la policía, pero nos pudimos escapar corriendo entre las matas de aroma y las casaurinas y montándonos atropelladamente en una ruta 62. Y eran los tiempos en que Reinaldo escribía Celestino antes del Alba y preparaba su destierro al Mundo Alucinante, e iba a bañarse por las tardes al Patricio Lumumba que era el nuevo nombre que tenía la playa que estaba detrás de la casa de su tía que le odiaba, y allí conoció a Rulfo luego lo llevó a mi casa y yo también conocí a Rulfo y Sara, y fuí padrino de su boda, y todos fuimos muy felices. Y estaba el cine de Tomás y la Quijostesca y Daniel el astrólogo, que en esa época ya era Sagitario, como lo ha seguido siendo hasta ahora, y eran los años en que salíamos de noche desde la azotea de La Habana vieja donde vivía María, hasta la Plaza de la Catedral para poder tomarnos un té frente a la iglesia, o caminábamos por el malecón y veíamos a lo lejos las luces de los barcos y soñábamos, con viajar, y salir de aquella isla que tanto amábamos, pero nos asfixiaba porque no permitía que nos realizáramos, y entonces ignorábamos que si hubiésemos estado fuera de Cuba durante todos esos años quizás hoy no habríamos aprendido a leer saltando capítulos como el juego de la Rayuela, y en vez de Cronopios hubiéramos sido Famas en el mundo de Cortázar. Y leíamos a Elouard y a Valéry, y a Allen Gingsberg y Allan Watts, y a Khrisnamurti y a Madame Blavatsky, y como no podíamos hacer otra cosa nos dábamos besos, y nos regalábamos esperanzas, nos poníamos un jean desteñido y caminábamos por La Rampa buscando una croqueta para comerla con pan, y esa noche íbamos a ver a Raquel Revuelta en Teatro Estudio, o a Alicia Alonso en el Teatro Nacional, o a un director de orquesta europeo en la Sinfónica del Teatro Amadeo Roldán, o al Guiñol del Focsa, y alguien traía un libro antiguo con La Leyenda. de Gilgamesh, o algo subversivo como el Archipiélago Gulag, y nos decía... "lo conseguí en casa de Fortún...", y había toda una red de lectores clandestinos donde se podía conseguir de todo, y en medio de ella Mario, conociendo a todo el mundo y viviendo un sueño de amor irrealizable con una mujer extraordinaria que leía a Goethe en el original y nunca había salido de Cuba.

Y como de política estábamos hartos porque la teníamos impuesta en nuestra vida cotidiana la rechazábamos de lleno y no queríamos escuchar en la radio nada que fuera un mensaje político o una propaganda oficial porque estábamos ahitos, y pensábamos con nostalgia en Miami, y nos decíamos que aquí la vida sería diferente, y que la gente no hablaría tanto de política porque el tiempo no marcha atrás, y eso lo sabíamos muy bien nosotros que habíamos sufrido mucho... aquellos que estaban en las cárceles del Morro y los que estábamos en el morro de las cárceles. Pero en medio de tantos dolores habíamos aprendido a vivir alegremente y soñar mucho, Europa iba muy lejos y nos recreábamos pensando en un Miami lleno de gentes parecidas a nosotros, que caminaban de noche por los bulevares y estaban llenos de ideas progresivas y modernas. Creíamos entonces que la alegría del Carnaval se había mudado al

Norte. Eran los tiempos en que leíamos a Sartre o a Marcuse y soñábamos un poco con Cernuda o Vallejo mientras nos zampaban dentro de un camión atestado de gentes como nosotros, con mochilas, machetes y sombreros e íbamos a cortar caña o abrir agujeros para sembrar café porque no había otra alternativa. Y hablábamos de libertad sin saber qué era y alguien ponía como ejemplo lo que había leído una vez en Selecciones... como en los Estados Unidos se podía ser hasta maoísta si uno quería leer a Marx o Lenín y que nadie tenía problemas por eso, y pensábamos que era hermosa la libertad de expresión, y que sería agradable llegar a Miami y decir cualquier disparate solamente para hacer el chiste y ver que no pasaba nada porque estábamos en una democracia. Y soñábamos con saborear esa libertad que nos permitía leer lo que quisiéramos y actuar como quisiéramos sin que nadie nos amenazara con que iban a despedirnos de una empresa, o sencillamente porque no era conveniente. Y de noche aún, en medio de aquellas privaciones y represiones también tratábamos de ser felices, y lo lográbamos. Y cuando alguien recibía una carta del Norte la leíamos con desesperación aunque algunas veces nos desencantaba porque parecía como si aquellos que una vez soñaban las tardes con nosotros estuvieran envejeciendo, y ya no hablaban del Pequeño Principe, ni de la belleza que tenía compartir una salchicha con alguien amado, y se la estaba olvidando descifrar el lenguaje silencioso de los peces, y en sus cartas se hablaba de cosas que nosotros no entendíamos, de créditos y bancos, de income tax y de mucho, de mucho dinero. A veces escuchábamos Cita con Cuba en la Voz de las Américas, pero apagábamos la radio porque no decía lo que queríamos oír, y no íbamos a arriesgar nuestra precaria libertad existencial por escuchar algo que solamente imbuía en nosotros el deseo de salir, de viajar y conocer el mundo porque en el fondo eso era lo que todos anhelábamos y necesitábamos, y por eso muchos jóvenes se inscribían como voluntarios para alfabetizar o servir de maestro en Africa en Asia o en el mismísimo Polo... ¡eran tantas las ganas de huir de aquello para poder vivir en el mundo! Recorrer Europa en auto-stop, salir con una bolsa al hombro y disfrutar ese soplo breve llamado vida porque no queríamos que nos tomara la vejez sin haber pasado hambre en Atenas durmiendo en una columna medio caída del Partenón, o haber resbalado en una vieja calle de Venecia, o habernos perdido en un mercado de Estambul y haber vivido en una ashram de Benarés. Y ninguno de nosotros era empresario, ni ejecutivo; ni hombre de negocios, ni queríamos serlo. Y cuando a nuestros padres le preguntaban qué querían para sus hijos, ellos contestaban ineluctablemente: que sean felices. Y aprendimos entonces que la felicidad es una cuestión personal, como todos los valores y las pasiones que tenemos en nuestra vida, y que un montañés jamás podría ser feliz viviendo en un pent-house de la Quinta Avenida de Nueva York porque siempre añoraría sus arroyos y sus amaneceres, y que la medida de mi felicidad no era la de otros. Aprendimos a ser consecuentes y tolerantes y a respetar profundamente las opiniones ajenas porque... ¡deseábamos tanto que se respetasen las nuestras! Y en nuestra mesa se sentaban los hombres y las mujeres, y los hombres que eran hombres y amaban a otros hombres, y las mujeres que eran mujeres y amaban a otras mujeres, y los hombres y las mujeres que amaban a hombres y mujeres. Y nunca supimos quién era negro, o blanco, o rubio, o chino, o persa, o cristiano, o judío, o musulmán porque para todos nosotros sólo existía una raza de hombres y mujeres que llevábamos a Martí en nuestros corazones, al Martí de la Niña de Guatemala y Los Dos Príncipes, de Nuestra América y la Rosa Blanca, a Walt Whitman y a Gandhi. Y todos los temas eran permitidos entre nosotros y no había nada tabú, y así crecimos como nenúfares en medio de la inmundicia, y respetábamos los criterios rebatiendo los argumentos con argumentos y nunca con insultos o invectivas. Y en medio de tanta consigna enajenante y tanto grito de guerra supimos mantener nuestra naturaleza y hacer más bello el mundo en que vivíamos. Y sembramos árboles que es como sembrar vida, y escuchábamos a los cantantes de la Nueva Trova, y queríamos leer entre líneas lo que querían decir en sus canciones. Y como se nos había dicho que no podríamos salir jamás a recorrer el mundo comenzamos a desear con todo el corazón que la isla se soltara de sus amarras y se largara a pasear por el Atlántico como una gran nave maravillosa donde todos pudiéramos vivir en paz con todos los hombres de la Tierra. Y soñábamos con que se abrieran las puertas de las cárceles de par en par y pudiéramos abrazar a todos los presos, y besarlos a todos, y cantar con ellos una canción a la vida. Y así se nos iban los años 60, y llegaban los 70 y los jóvenes hippies de La Habana se reunían en los jardines del Hotel Nacional, y luego vendría la policía y los recogería a todos y llenaría las granjas con sus cantos y sus melenas, y Silvia se moría y yo componía un poema que leíamos en silencio en nuestras tertulias prohibidas. Y un día se abrieron nuevamente las puertas de la isla y llegaron los barcos, y se abrieron las puertas de las cárceles para los buenos y para los malos también para nosotros que tanto necesitábamos el mar, y nos montamos en un bote... o en un avión, y llegamos a Miami y fuimos... los marielitos.

Y ahora, mirando nuevamente el árbol a través de la ventana de mi auto (que nunca tuve en Cuba), cargado de deudas y lleno de incertidumbres con respecto a mi presente y mi futuro, me pregunto... ¿habrá aún alguien a quien pueda interesarle legítimamente Joyce, o Kaffka, o Proust, o Spinoza, o Ibn Khaldun? Quizás a Mayito Betancourt, pero él ya no está en la casa de San Francisco 70 porque la casa dejó de existir, y Beba no puede salir a la Torre de noche porque está muerta, y no hay nada, ni casa, ni jicotea, ni mata de mango en aquel patio donde una vez soñamos tanto y jugábamos a ser muy felices mientras Mayito, lentamente, se convertía en un vegetal.

# ORLANDO RODRÍGUEZ SARDIÑAS
*(Seudónimo: Orlando Rossardi)*

Nació en La Habana, en 1938. Hizo sus estudios de bachillerato en la Academia Valmaña de esa ciudad. No pudo continuar sus estudios en la Universidad, pues en 1960 salió al exilio, vía Madrid. En 1961 vino a residir a los Estados Unidos y continuó sus estudios en la Universidad de New Hampshire, donde obtuvo su grado de Bachelor of Arts (1964). Posteriormente obtuvo una Maestría (1966) y un Doctorado (1970) en Lengua y Literaturas Hispánicas en la Universidad de Texas, Austin. Ha enseñado en diversas instituciones académicas norteamericanas. Ha desarrollado una amplia labor editorial; sus poemas, obras dramáticas y textos críticos han aparecido en revistas literarias nacionales y extranjeras, y en varias antologías. Entre sus libros deben mencionarse los poemarios: El diámetro y lo estero *(1964)*, Que voy de vuelo *(1970)*. También deben citarse: Teatro Selecto Contemporáneo Hispanoamericano *(1971)*, Recursos rítmicos en la poesía de León de Greiff *(1972)*, La última poesía cubana: antología reunida 1959-1973 *(1973)* León de Greiff: una poética de vanguardia *(1974)* e Historia de la literatura Hispanoamericana, 6 vols. *(1976)*.

## EL CUENTO CORTO

Había puesto punto final con la misma energía con que había escrito la última palabra, la sobresaliente, el meollo de lo ya tan masticado. Pudo componerse, tirarse el pelo a la derecha y salir a disfrutar — ¿a disfrutar dijo?— de los charcos. Eso mismo; eso mismo, le impidió dar un paso: los charcos, tantos, tan atestados, tan repetidos... de todas maneras no podría; el reloj acababa de dar ocho martillazos secos que hicieron llenar la casa de un subido olor a café. ¡Siempre a las ocho!, ¡Siempre!; ni que con esa peste tranquila, casi madre, amaneciera, pendiente de la borra que subía por todo el charco de café negro, hervido tres veces con azúcar del país. De todos modos no podría. ¡Ni esto de salir, ni aquello de estarse quieto esperando el nuevo campanazo!

—Don Marcelo, el desayuno esta servido!...

¡No, no podía! Había terminado con su obra maestra, lo mejor que pudo habérsele ocurrido, y ahora daba vueltas cercando la idea de todo aquello que rodeaba el aposento, aquel cuartucho desordenado con veinte clavos a la altura de la nariz y tres espejos, para verse por la espalda, a la vez —su omoplato torcido—, de frente y de costado. Dije que daba vueltas, que se golpeaba las manos haciendo puño con la una y dejando los cinco dedos en cuna para recibir el sablazo de la otra; se frotaba el pantalón, se picoteaba las uñas e iba abriendo todos los cajones por encontrar un último resuello de tabaco, quizá tirado en alguna esquina, a medio prender o nuevo del todo, que disfrutar -¿disfrutar dijo?.

¿Ahora, que haría? Estaba tan orgulloso de aquel relato! Lo había concebido todo de un tirón, como quién apura un trago seco de ron, al ras, y luego lo devora el fuego de lo bebido. ¡Qué hallazgo! ¡Sólo él podía explicárselo todo: todo tan logrado, tan a tiempo, con tanto cuidado y tanto tino! ¿Quién podría permitirse ahora no quitarse el sombrero a su paso, inclinar el testuz rosado hasta el tobillo?, y él el suyo, con la misma sonrisa con que le ceremoniaban; pero...si no usaba sombrero, si su cabeza había permanecido rasa desde que nació, el mismo Marcelo, el mismo tirarse el pelo a la derecha, ahora lacio y seco de tanto invierno. ¡Qué ocurrencia!

—Don Marcelo, el desayuno...

Ante todo habría que darle una cubierta, el papel podría romperse al frotar de los dedos —¿dije de los dedos?—. No cabía discusión, había que buscarle un forro, un cuerpo, algo a la altura del acontecimiento, y allí estaba: aquel lomo de metal dorado con los remaches de dragón que había caído en sus manos en no se sabe qué redada de los prostíbulos chinos del barrio aledaño. Luego el legalizarle, valga el respeto; la propiedad, un número, la contraseña del portero, el ama, que tenía prohibido dar la llave de su armario a ninguna persona, y él, que sería el arca de toda discreción!

Cerró el postigo que daba al zaguán de los negros y bajó las escaleras mordisqueándose la punta de los dedos. El señor de Ibarribarri, la cantinera, el ulcerado babeando el pan de siempre, esperándole...descubriéndole la buena nueva, saludando el trabajo de todo aquel aquello, de toda aquella fatiga creadora, de aquella ruidosa noche en vela!

—¡Buenos días!

No cabía duda, le sonreían. Ibarribarri había vuelto la hoja de "El País", chupando un queso, y le miraba de reojo, mientras terminaba su tira, pormenorizando, sin compartir su tiempo con la taza de café, de repente mirándole, comiéndole con la vista. ¡No cabía duda!, si al levantarse y darle una última mirada parecía decirle:

—¿Con que esas tenemos?; ¡vaya, vaya..., Don Marcelo!...

Y Leonor, la cantinera: —¿Un cuento corto, Don Marcelo, y que es eso que no sea una novela larga o un relato corto, o un cuento largo o una narración cortada?, y el ulcerado:— ... Vaya, vaya —babeándole con los desperdicios de su pan mojado—, un cuentista en la casa!...

—¡Un cuentista corto!

—¿Un novelista largo?

¡Y quién lo diría! ¡De corto o de largo seguiría vistiéndose así aunque pasaran quinientos años!

—No cabía duda —¿dijo duda?— Y sentía un placer inexplicable entre pudor y roña, de que todos los supieran.

Cuando abrió el paraguas un perro salió aullando por debajo de los automóviles, y sintió vergüenza de haberlo visto, seguido con la mirada, sobre todo, de haberlo pensado todo tan extensamente, de haberlo visto todo tan largo. Echaba de menos aquella mesura, aquel concretar de su obra maestra, de aquel restringir la idea hasta lo infinito con que había hecho realidad —¿realidad?— su relato. Eficacia suprema capaz de minimizar el acontecimiento humano, de encoger el verbo y robarle al hijo de Dios tiempo del decir.

Como la mañana estaba fresca decidió dar la vuelta a la manzana, mientras aplazaba el pensar por no darle rienda suelta a una imaginación no adiestrada a los devaneos. Fue en busca de tabaco —¿tabaco dijo?—, mientras se olvidaba, como de costumbre que el retiro de flautista le alcanzaba a penas para malpagarse una pensión barata: "La Cabriola", como hacía constar en el fichero, más arriba de donde especificaba "Hoy no fío, mañana sí", que había pegado la dueña después de perder a su tercer marido. Eso era estrujar, volver al lugar de siempre, después de un parco viaje alrededor de la manzana; y pensar —minimizando—, lo que se hubiera podido hacer en caso de haber llegado hasta el Paseo, o si se hubiera seguido al perro por debajo de todos los coches, cruzando los jardines, meándose en los postes del tendido y en las aceras, tratando de morder los neumáticos de los autobúses, recibiendo pedradas de los chiquillos cuando trataba de olfatear el trasero de cualquier "poudle" sarnoso...eso no, muy largo, muy pensado, habría que extenderse —¿extenderse dijo?— hasta topar con la brisa del malecón

—no muy lejos— donde el mar estaría esperándole igual, con la ventisca semejante de aquella mañana de forzosa llovizna.

Y todos parecían saberlo. —Buenos días, Don Marcelo. El señor de enfrente lo sabía, y lo sabían las nietas de Ibarribarri, que a pesar de estar enfrente no le dejaban visitarles mucho, y el conserje del colegio número cuatro, que le dispensaba una sonrisa abierta cada día y que con la idea de ella se iba a la cama, soñándole al pobre diablo todo dientes, abrillantado por la luna, con un cuatro en cada oreja y que pensaba era todo lo que de aquel buen hombre conocía; y lo sabía el cartero que le había gritado de lejos, con todas sus fuerzas:

—Carta y timbre, Don Marcelo... ¡importante se ve!

No era, sin embargo, cuestión de apurarlo todo. La lentitud, mejor, la parquedad le era cómoda, le venía bien, y se repetía,— *"Il vous va très bien!, Marcel, petit ..."* mientras se las ingeniaba para abrir aquel sobre sin magullar su contenido, como un sobre debe ser abierto, por el lado, para abreviar la espera y evitar la posibilidad de destrozar los bordes de la estampilla.

—¿Y si fuera posible esperar? Hacerlo todo más detenido, minimizando!

—Y qué, importante ¿eh?...

El mismo perro le miraba, oliendo verticalmente el paraguas, sin ninguna otra intención aparente que la del cumplido diario, deber del mejor amigo del hombre. Y parecía decirle: —¿Conque esas tenemos, Marcelo?.

—¡"Claro —creyó oírle masticar al cartero—, su obra no debe quedar en la nada. Felicitaciones! El Ateneo es una gran cosa, allí discursan los que como usted, saben... Felicitaciones" ... Mientras se perdía, seguido por una cuitada que nunca recibía una letra de alguien a quien suponía lejos y llamaba Juan.

—Y, ¿quién le había hablado de aquello a aquel silbatero? Claro, a no darle vueltas, era materia común y propiedad de todos, lo importante era el criterio en primer plano, luego el darle forma. Hasta allí había llegado. Volvió a repasar las conclusiones del día anterior mientras se acercaba a la esquina. ¡Aquello era la clave! No habría ese festejo universal de no haberlo; —¿universal, dijo?— de no haberse dado el descubrimiento de esa raíz, de esa cortedad suprema que era "nada": del latín resnato, con nada al final y la vaca que va al frente confundiéndolo todo, y que de allí le venía aquello de *"Marcel, petit ... de rien madame"* aprendido no hace mucho a fuerza de los flirteos con la francesa del seis, a la que debía un cuento, y que ahora podría pagar si conociera el paradero de aquella, de aquella risa sin yeso, de aquella boca pintarrajeada, de aquel contoneo!...

¡No, no, muy largo; muy extendido! ¡No cabe en la narración! Sólo él sabía lo que habría logrado, lo que dijo al restringir la idea, al reducir el pensamiento de manera que el saldo fuese apropiado a su última expresión. Y se mordisqueaba un pellejo corto del dedo índice que le hizo soltar un hilillo estrecho de sangre contenida alrededor de la uña; y subió a su "cuchitril" tratando de emparejar con el mismo dedo una magulladura que le había dejado, con la impaciencia, —¿impaciencia, tan larga?— el sello de la Inauguración!

Digo que anduvo sigiloso, ocultando un subido contento que le hacía sentir mozo, al apretar el sobre aquel contra el pecho, en su bolsillo más conveniente. Al llegar al quinto peldaño ya casi imaginó lo sucedido:

—¡El postigo!

Un negro había escalado como un gato el aljibe, luego el balcón donde tendía la francesa y de allí era muy fácil, piampianito, bordear el escalón que da a su ventana.

—¡Buen pájaro tenemos!. Oyó gritar a la matrona en la cocina y se escabulló hasta la escalera del segundo. No cabía duda, aquello era por él. Sólo un gorrión de sus alas —¿gorrión dijo?— pudo ser llamado así; y en su estupidez, la buena ama, comprendía que sólo él, Marcelo Zagarra López, podía volar tan alto. ¡El Ateneo!, ¡El Ateneo!, soñaba, mientras se deslizaba por debajo de la puerta de la cocina una pluma de gallo hervido, mustia y fresa, brevemente.

Al oir el "batacazo" de las siete comprendió que no le quedaba mucho tiempo. Casi al unísono una voz tuerta y pía, le soltaba un grito aterrador desde lo más profundo de la cocina: —¡La cena Don Marcelo, se enfría!

Se había adormilado con la comodidad que producía el tufo de las tres y el haberse sacado la caja superior de dientes, que le dejaba en la boca un vacío plácido, lleno de esperanzas. Se engomó un poco el pelo tirado a la derecha, se ensalibó las escasas cejas y se derramó por los hombros y por el cuello un poco de aquella colonia, de aquel *"mélange noir, fine et discrète, extra-vieille ... selon la formule datant de 1806"* y que tanto le había recomendado la francesa, a la que quisiera pagar —¿pagar dijo?— ahora que podía, si conociera su paradero.

—¡Don Marcelooo.

Un saludo demasiado afectuoso le hizo tropezar casi, sin darse cuenta. Todos parecían comerle con la vista el "cartucho" que traía bajo el brazo, como si vieran a trasluz el lomo de oro aquel y los dragoncejos de las esquinas, con sus fauces abiertas sosteniendo los tornillos rombos, y lo que es peor, deslizando sus miradas a la obra maestra, leyendo el texto y el contexto, de punta a rabo —¿rabo del contexto dijo?— cobrándose en la línea lo mucho que le conocían, como queriendo felicitarse ellos mismos, todos a una, por ajuella concisión, aquel precisar, aquella parquedad ya notoria (culpa del negro escalador) que le había costado sangre del sueño y que le mantuvo en vela una noche y tres horas precisas. Al salir, vió manos, que atropellándose, unas a las otras, le despedían con un "Viva", y otras con pañuelos granates y rosas y hasta un sombrero que alguno lanzó por la azotea, de enhorabuena, por el "pase", y que asustó al perro, que le miraba sin atreverse a dirigirle la palabra con la mirada corta y gruña de todo vagabundo.

Prefirió andar hasta el lugar. El Ateneo, bien mirado, no quedaba lejos; y como había escampado, el paseíllo le vendría de perillas y le calmaría la impaciencia, la desazón —¿impaciencia?, ¿desazón?— Sentía lo esperado como un golpe en el pecho que se apretaba y resumía. Todos habían apreciado el trabajo aquel, sabían que el cuento suyo era un obra justa, contemporánea, exacta! Relato que contenía las palabras precisas —¿palabras?— Ni un solo desgaste, ni una sola concesión a la mente, a los sentimientos torpes que hacen hablar al mejor artista hasta por los codos. Ni una flor de más ni un cerillo de menos, lo necesario. Nada más unido, más cargado de repercusión; la ley de la palabra que cae de su peso como una catarata —¿catarata dijo?—, de un solo hilo, de un chorro certero y nada más: como la nada es eso, la "nada" misma sin más ajuste, sin otra explicación!... pero, ¿qué dirían?, pensarían bien?, ¿lo comprenderían? Era el Ateneo ¡no faltaba más!, sin embargo temblaba, presumía y, tuvo que comprar tabaco. Dos eran suficientes; ¡uno antes del parto y otro después del parto! Al salir tropezó con la señora de negro que le había vendido. Se disculpó. La vieja le insultó por lo bajo, mientras él, todo preocupación latente, pensaba en voz alta: —¡Le di! ¡De torpe, y con toda intención!.... —Disculpe. ¡Soy así! No comprenden. Ella lo sabe y me insulta. ¡Lo merezco!, por caballo. ¿Cómo voy a extenderlo todo? Sin embargo le dí, adrede, con todas mis ganas... ¡la mataría! No, muy largo. La narración cortada, el detalle a la mitad, el sentimiento mínimo, restringido! No hay espacio para una patada. Y, no obstante, me insultó, lo oí! Habrá leído el acontecimiento en El País, como Ibarribarri lo ha leído y la cantinera, que no lee de noche. Sobre todo ellos diré que no hay dilema, que el nudo se esfuma, que no existe el desenredo y luego la calma del saber muerto al héroe en el consuelo de que, el pobre, no sufra. ¡Ella lo sabe y el tabaco es paja! ¡Bah... quiso prevenirme: a la mierda!... y se quedó aplastando con la lengua las últimas consonantes. ¡A propósito fue! No me resigno —¿resigno dijo?— a la incomprensión. Ellos comprenderán la magnitud del hecho, ¿n'est-ce *pas?*: *C'est la même chose*, y así le pagaría al mismo tiempo que engendraba la obra suprema, la cortedad personificada!.

Lentamente escaló los amplios peldaños del caserón. Una enorme araña (mejor tarántula) pendía del techo. Se topó de frente con un gigantesco cuadro de Morgallo de la Oza, e, instintivamente, apretó contra su pecho el lomo de metal con los cuatro dragones. Aquel Don le miraba con cara de suevo apurado, con los bigotes al aire, como separado de ellos por la dimensión de las arrugas empolvadas a lo Louis XIV, brilloso como lago el venerable teztus que reflejaba, de rechazo una pareja de brazos y un perro enano con una ventana a la izquierda, todo como en un cuadro pormenorizado de Van Eyck. Allí se repetían los grandes marcos, los enormes corredores, los amplios salones con él dentro, que apretaba "el fardo" hasta hacerle rechinar la chapa a la cabeza de una de las bestias.

Un señor alto también de bigotes, le mostró con un largo dedo apuntador el salón de conferencias. Otro le abrió la gigantesca puerta amedallonada, por la que vió correr desesperada una cucaracha blanca, de biblioteca. En el espacioso salón los comentarios silbaban en el aire al compás de las eses repetidas. Todos le escrutaban.

—De haber seguido a esa cucarachita, —pensó— hubiera podido hacer otro cuento corto, cortísimo, como éste! Pero no, aquello no podía darse dos veces! Era su obra maestra. Todos lo sabían. Aquello era lo breve, lo detenido en lo necesario, la precisión misma: ¡lo exacto!

Y todo aquello era un solo oído mayusculado, receptor, que se aplastaba para escucharle al bueno su piedra angular, lo breve confesado, en la acústica del bicentenario salón.

—Claro, que si hubiera seguido a esa cucarachita!...

Lo cumbre. Al fin todos conocerían —¿conocer dicen?— lo que era escribir. El, Marcelo a secas, con su tirar del pelo a la derecha, con su misma gana: ¡la obra suprema aquella! Abrió el lomo del que se desprendió un dragón, cesaron los aplausos, tosió —ya estaba viejo— y lo pronunció de un salto: —¡"Nada"!! ... era todo: lo exacto, aquel concretar; eso "nada". Su cuento corto, cortísimo; ya estaba dicho!

## *JORGE LUIS ROMEU*
(Seudónimo: Beltrán de Quirós)

Nació en La Habana, en 1945. Hizo sus estudios primarios y secundarios en esa ciudad. Después de ser depurado de la Universidad de la Habana en 1965 y sufrir años de ostracismo y prisión, pudo matricularse de nuevo en la universidad y obtener su título de Matemático-Estadístico, en 1973. Durante esos años cultivó la narrativa corta y pudo sacar subrepticiamente de la isla y publicar en Miami, en 1971, bajo el seudónimo de Beltrán de Quirós, un volumen de relatos titulados Los unos, los otros y el seibo. En 1978 abandonó Cuba y se radicó en el estado de Nueva York. Actualmente enseña Estadística en Cortland College y escribe en inglés y español para varios periódicos y revistas norteamericanos. Su último libro de relatos titulado La otra cara de la moneda (1984), se publicó en Miami y contiene muchas de sus vivencias de esos años en Cuba.

## El INFILTRADO

Lo que diferencia la guerra civil de nuestra ya tradicional pugna por el Poder es el grado de apasionamiento y la calidad humana de los oponentes. Esto se pude ver fácilmente, por ejemplo, con los in-filtrados. En la primera situación, son heroicos agentes secretos; en la segunda, indignos traidores a sueldo.

Ignacio Hernández, del Departamento de Seguridad Nacional, acababa de terminar una peligrosa misión. Durante cinco años había funcionado con un grupo anti-gubernamental dentro y fuera del país, alcanzando en él posiciones claves. Ahora, con todos los hilos del movimiento en la mano, la seguridad lo había desmantelado, apresando a todos, e Ignacio podía, al fin, regresar a su hogar.

En esto iba pensando mientras recorría los últimos metros frente a su casa, ahora obscura, triste, descuidada, donde se veía que desde hacía tiempo faltaba el hombre. Abrió.

Era tarde; como dormían, atravesó la sala entre sombras. Nada quedaba de los alegres adornos de antes. Ni radio; ni televisión. No tenía que preguntar qué se habían hecho: se los habían comido!

Entró, sigiloso, hasta el cuarto. Allí, sola, dormía ella tranquila. Había sido una buena compañera, paciente y fuerte. El lo sabía, como sabía todo lo que había pasado en estos largos años. El Departamento había velado y supervisado silenciosamente a su familia durante todo el tiempo. Y a su regreso lo habían puesto al tanto de todo.

Se sentó suavemente en la cama.

Ella se incorporó despavorida. Iba a gritar, pero él la contuvo. Forcejearon. Ella empujó entonces la mesa de noche, que cayó estrepitósamente rompiendo todo por el suelo.

Ignacito, despierto por el estruendo, se abalanzó sobre él y lo tumbó al suelo. Lo agarró frenéticamente por el cuello mientras su madre, muda de miedo, reculaba en la cama.

"Soy yo, Elena; soy yo!" gritó Ignacio al fin, medio ahogado.

Madre e hijo se quedaron petrificados al oir aquella voz ronca, conocida. Elena se acercó y lo miró en la penumbra. Le tocó la cara incrédulamente.

"Ignacio!" Rompió a llorar y se abrazó a su marido.

Ignacito, boquiabierto, sentado en la cama, solo alcanzó a decir: "Papá!"

"Y ahora que todo ha quedado descubierto y que todos los encartados en la conspiración han sido detenidos, puedo volver a recuperar mi verdadera personalidad."

Así terminaba Ignacio su relato mientras su familia escuchaba, maravillada, aquella increíble historia."

Elena lo abrazó nuevamente, y lo besó. "Cómo te he extrañado. Cómo te hemos necesitado!"

Ignacito, que oía sin perder palabra, sólo miraba azorado a su padre.

Ignacio le pasó el brazo por encima.

"Eres muy valiente, y muy fuerte... Has defendido a tu madre igual o mejor que yo. Ya eres todo un hombre: quince años!"

"Papá, ¿por qué no dijiste nada? ¿Por qué no avisaste?"

"Hijo, el trabajo que hice es sumamente peligroso. Si ellos hubieran sabido que yo trabajaba para Seguridad me habrían matado. Pero Uds. estaban atendidos. Indirectamente..."

"Pues mamá tuvo que lavar mucha ropa p'a la calle y hacer muchos dulces, y coser p'a fuera!"

"Ignacito dejó el colegio el año pasado..." explicó Elena suavemente. "Y se colocó de aprendiz en un taller. Para ayudarme... Es muy bueno, y muy serio."

"Lo sé; pero no podía hacer otra cosa," explicó Ignacio nuevamente. "Si les hubieran pasado un subsidio, ellos se habrían enterado y habrían sospechado enseguida. La familia de un conspirador no recibe ayuda del gobierno!"

Y levantándole la cara a Ignacito con la mano:

"Pero Uds. la recibieron de cierta manera. Las 'colectas' de Avilés no provenían de recogidas de dinero. El también trabaja en el Departamento y estaba siempre al tanto de Uds. Y si los veían muy apretados, les hacía una `colecta'..."

Madre e hijo se miraron.

"Además," preguntó a su mujer, "no te pareció nunca extraño que con la carestía que hay de todo, encontraras siempre a alguien que te vendiera telas y materiales para tu costura y harina y maicena para tus dulces?"

"Es cierto" afirmó ella. "Y siempre a bajo precio. Yo pensaba que era por simpatía o hasta por lástima!"

"Pues era el Departamento!"

Y con más calma añadió:

"Y la vez que te enfermaste y te ingresaron enseguida; era el Departamento. Y el negocio del contrabando de frijoles, te lo propició el Departamento. Y la plaza de ayudante de Ignacito; la consiguió el Departamento!"

El muchacho lo miraba asombrado. Todo había sido como su padre iba diciendo!

"Así que, como ven, siempre hubo quién, desde al anonimato, veló que Uds. Y si yo hubiese muerto, entonces todo se habría aclarado oficialmente para Uds. y habrían recibido el Seguro y la pensión de Oficial del Departamento de Seguridad!"

Al decir ésto, Elena se le abrazó fuertemente y se le llenaron los ojos de lágrimas. Ignacio apretó contra sí a su hijo inmóvil.

"Ya pasó todo. Ahora pueden estar orgullosos de mí y decirlo públicamente, porque ya no hay peligro para mi vida. Ahora estaré yo con Uds. para echar p'alante, para que tú no tengas que seguir matándote e Ignacito pueda continuar sus estudios."

Y mirando a su hijo terminó:

"Y tú, ya no tienes por qué seguir hablando bajito de tu padre, como abochornado, pues tu padre se jugó la vida cumpliendo con su deber y luchando por sus ideales!"

"¿Qué te pasa, Ignacio? Te has pasado la tarde sentado aquí, en el portal, sin hablar con nadie." Así le preguntó, cariñosamente, Elena mientras le daba su tacita de café.

El la tomó. Luego se quedó mirando el fondo de la taza, como queriendo leer en ella la respuesta del problema. Al cabo dijo:

"Este muchacho me tiene conseguido!"

"Dale tiempo. Para él es muy difícil, compréndelo! Yo soy mujer y mi vida eres tú. Al volver tú, mi vida se rehizo de nuevo."

Y acariciándole la cabeza:

"Ignacito es ya un hombre. Ha madurado mucho en estos años. Y de repente ha tenido que cambiarlo todo... Empezar de nuevo..."

El la miró. Ella sonrió, recogió la taza y entró.

Ignacio siguió mirando la calle... pensando... Vió a Ignacito doblar la esquina y acercarse, con paso lento, a la casa. Venía con las manos en los bolsillos, los ojos en el suelo...

"Hola, papá!" dijo cuando lo tenía encima.

Ignacio lo tomó por el brazo. Se miraron.

"Siéntate. Quiero hablar contigo."

El muchacho se sentó.

"¿Qué te pasa, Ignacito?"

"Nada, papá."

Me dijeron que rechazaste la beca que te propusieron."

Ignacito levantó orgulloso la cabeza. "No quiero becarme."

"¿No te gustaría terminar tus estudios?"

"Sí, pero no quiero becarme!"

Hubo una pausa. Ambos se examinaron, para, cada cual, ver por dónde venía el otro.

"Quiero que me hables claro", dijo el padre. "¿Qué te pasa?" ¡Acábalo!"

"No me pasa nada, papá", y bajó nuevamente los ojos.

"¿Crees que tu padre ha actuado mal?" dijo él alzando la voz.

"No es eso, papá."

"Mira", dijo el otro. "Tú sabes, y si no te acuerdas porque eras muy chiquito, pregúntale a tu madre; tu sabes cuánto luché yo porque esto triunfara. Y luego del triunfo, empezamos a tener problemas porque muchos se echaron p'atrás, y otros no les gustaba cómo estábamos llevando las cosas. La gente empezó a conspirar otra vez, pero ahora contra esto."

Sus ojos se volvían rojos y pequeños, y su voz, aunque baja, iba siendo más ronca.

"Y ésto había que defenderlo y mantenerlo; ¿oíste? Y para defenderlo había que terminar con la conspiradera. Y tú nunca has conspirado en tu vida, pero para acabar una conspiración hay que meterse adentro y conocerla toda! Si no, hoy le pones el pié por aquí, y mañana te saca la cabeza por allá. Pero así, metiéndote adentro, la conoces completa y la arrancas de cuajo, y se acabó! ¿Entiendes?"

El muchacho lo miraba con los ojos bien abiertos.

"Y eso hice yo! Y durante cinco años me la estuve jugando día por día, a que me la arrancaran, hasta tener en mi mano todos los hilos de la cosa, para coger a todo el mundo. Cinco años en que dejé trabajo, familia, mujer, hijo, reputación; todo lo que para mí tenía valor. Dejé que me llamaran traidor mis compañeros y compañeros los traidores! Los abandoné a Uds. a su suerte. Todo, porque aquí adentro algo me decía que era la única manera de defender esto!"

Y asentaba el puño fuertemente sobre el pecho, muchas veces, mientras echaba candelas por los ojos.

"Y ahora, vuelvo y me encuentro con que mi propio hijo, a quien pensé ver orgulloso de su padre, se pasa el día callando por los rincones, sin decir ni hacer nada, como si me estuviera recriminando algo o estuviera abochornado de algo!"

Elena, que al oír la voces había salido, había puesto las manos en los hombros de Ignacio, como si con palmotearlo y pegarlo al respaldar del sillón lo fuera a calmar.

El muchacho, que hasta entonces se había mantenido mirándolo y oyéndolo sin hacer un gesto, se echó para adelante en su sillón. Y con voy serena y firme habló:

"Mira, papá, siempre te he querido y admirado como al más grande de los hombres y ni te juzgo ni te juzgaré nunca. Para mí todo lo que tú hagas está bien hecho porque sé que eres un hombre que hace las cosas con el corazón. Pero cuando te viraste contra el gobierno y te tuviste que ir clandestino, luego al monte, y por fin a luchar desde el extranjero, me viraste a mí contigo. Y me viré contra el gobierno porque si mi padre luchaba contra esto era porque esto no servía. Y veía por todos lados cómo se nos daba la espalda y te llamaban traidor los que habían sido tus amigos."

Ignacio y Elena intercambiaron una rápida mirada.

"Por ti me peleé con los compañeros de la escuela, y de tantos problemas que allí tuve la dejé y me puse a trabajar, diciéndole a mamá que quería ayudarla económicamente."

El padre lo miraba azorado; a cada nueva afirmación, alargaba más aún la cara.

"Y ahora," continuó Ignacito, "encuentro de repente que aquéllos que me brindaron su amistad en los momentos en que más la necesitaba, me desprecian. Y aquéllos que me viraron la espalda y a quienes odio, son los que hoy deben ser mis amigos. Que lo que creía malo es bueno, y lo que creía bueno, es malo!"

"Yo no estoy abochornado de ti", concluyó el hijo, "porque sé que lo que hiciste o está bien hecho, o era tu deber."

"No papá" repitió, "estoy abochornado de mí. Tanto, que ya no quiero ni salir a la calle, porque tengo miedo de ver a la gente. Porque ya no tengo amigos ni enemigos, ni sé lo que es bueno o lo que es malo!"

Y levantándose bruscamente, con los ojos llenos de lágrimas y la voz apagada, salió corriendo para la calle repitiendo:

"¿Por qué no me avisaste! Por qué no me avisaste, papá?"

Y aquel hombre, de pie, pálido, perplejo, indeciso por primera vez en su vida, abrazaba a su esposa y veía alejarse calle abajo a su hijo que llevaba la cara entre las manos.

Y sentía, como un martillo en su cabeza, repetir sus últimas palabras:

'¿Por qué no me avisaste, Papá?'

## *OLGA ROSADO MENÉNDEZ*

*Nació en La Habana, en 1926. Terminó el bachillerato en el Instituto de Segunda Enseñanza de esa ciudad. Se hizo técnica de Radiología del Instituto Finlay y trabajó en el Hospital Mercedes. Más tarde, en 1964, se graduó de la Facultad de Ciencias Sociales de la Universidad de La Habana. Siempre ha tenido vocación por la literatura y por la composición de música popular. Llegó a los Estados Unidos vía España, en 1971. Ha publicado los siguientes libros de narrativa:* Sentada sobre una maleta *(1977),* Tres veces amor *(1977),* Donde termina la noche *(1979),* Pecadora *(1983) y el poemario* Tengo prisa *(1978). Actualmente reside en Miami.*

## LA ESPERA

Todo era felicidad en aquella hermosa casa situada en medio de la campiña cubana. Un matrimonio joven, Ana y Emilio, con dos hermosos hijos. Andrés y Ana Teresa, ambos estudiaban en la ciudad. Andrés tenía 17 años, Ana Teresa 16. Venían a la casa los fines de semana, donde compartían toda la alegría que se respiraba en aquel hogar.

Aquel fin de semana los jóvenes no habían regresado como de costumbre; solamente una persona llegaba a la casa para informarles a sus moradores, que los jóvenes; Andrés y Ana Teresa habían muerto en un accidente automovilístico. La felicidad abandonó el hogar para dar paso a la soledad y desesperación.

Ana deambulaba como si su cuerpo no tuviera vida, el padre desatendía su cargo de contador del central azucarero. Un día la desconsolada madre registraba el cuarto de su hijo, tropezándose con un sobre dirigido a ella, que estaba en la gaveta. Esta lo abrió y leía lo escrito por Andrés:

Mamá hace tiempo he tenido sueños y sé que voy a

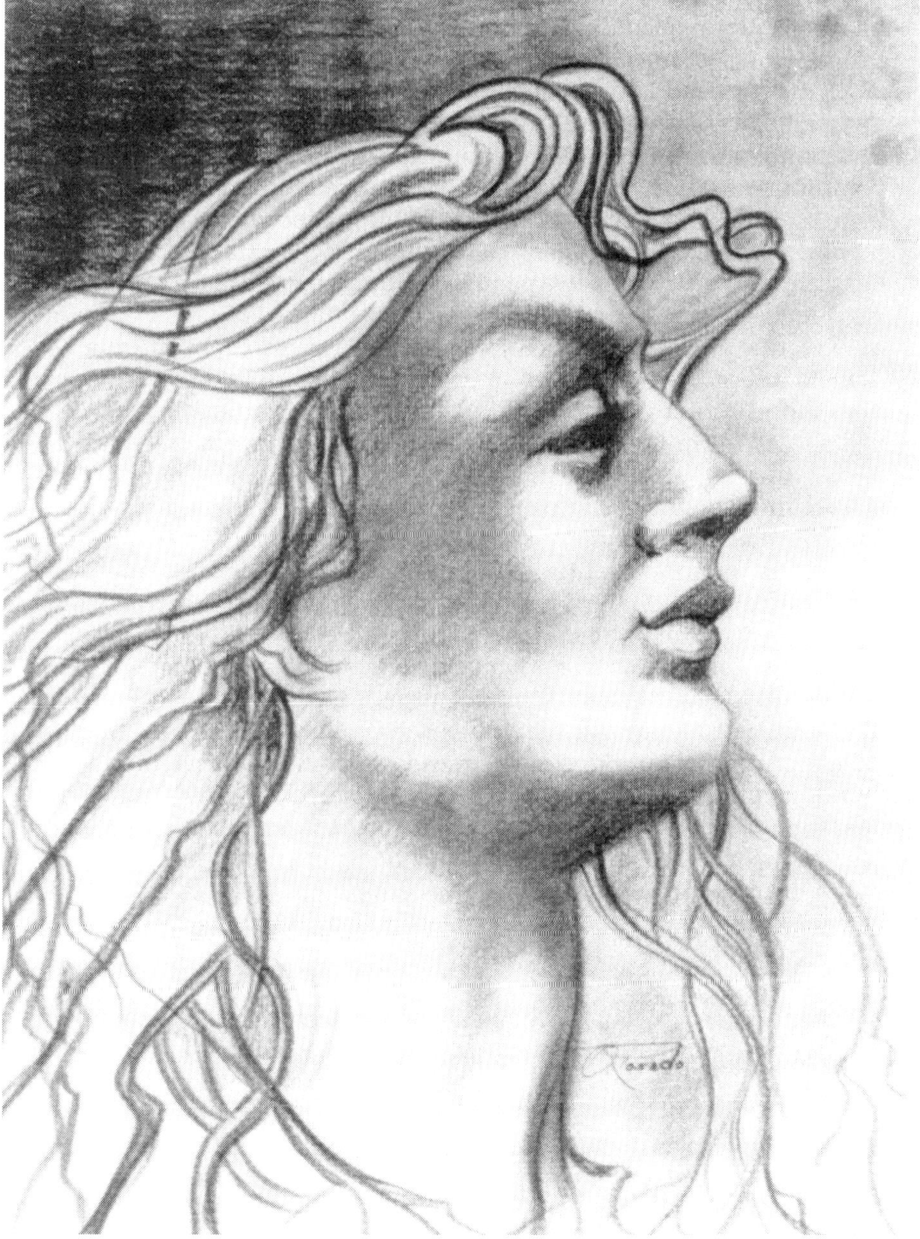

morir, si esto ocurriera, no te angusties pues siempre estaré a tu lado.

La madre lloraba; aquello sería un consuelo para ella, su hijo estaría siempre a su lado.

El matrimonio Montalvo decidió hacer un viaje; necesitaban apartarse de todo aquello que solo recuerdos tristes les traía. Estaban en un parque del pequeño pueblo de aquel país lejano. Los niños jugaban, fue entonces que Ana sacudiendo por el brazo a su marido, le señaló a ese pequeño como de diez años que jugaba con una niña. Es el retrato de Andrés cuando tenía esa edad! Acompañando a los pequeños, llegaron a casa de sus tíos ya que los niños eran huérfanos; el pequeño se llamaba igual que el hijo perdido "Andrés", la niña, "Rosario". La pareja —decidió adoptar a Andrés, pero los tíos, llenos de hijos y muy pobres, no aceptaban si no se llevaban a Rosario también. Y así sucedió, Ana y Emilio regresaban a la finca con sus dos hijos adoptivos.

Los años pasaron y Andrés y Rosario se habían ido de la casa. Rosario casada y Andrés en viajes de negocios. Así pasado el tiempo, la madre se sentía sola y cansada; su querido esposo había muerto y aquella era mucha casa para ella así como muchos los recuerdos jamás borrados y vividos en ella.

Decidió entonces irse a vivir con una tía vieja y comenzó a recogerlo todo. Ya estaba lista para partir. La puerta de la calle se abrió, allí en el umbral estaba Andrés, ella corría a sus brazos llamándolo hijo querido; el sonriendo la tomaba de la mano diciéndole que la venía a buscar pues también su hija la esperaba.

Había pasado una semana; el cartero entregaba las cartas a los vecinos del lugar; pero al no encontrar a Ana en la casa decidió dejarle la carta a la vecina más cercana. Al irse éste, la Sra. a la cual le fue entregado el sobre, sin pensar, lo abrió. La curiosidad era mucha. La carta decía:

Querida mamá, perdóname por no escribirte más a menudo, pero es mucho lo que tengo que luchar con los niños. Mas te prometo ir a verte muy pronto y traerte a casa.
Ahora tengo una mala noticia que espero la recibas con resignación, ya que sé lo fuerte que eres; "Andrés murió en un accidente, hace una semana....".

## *GUILLERMO ROSALES*

Nació en La Habana, en 1946. Allí hizo sus estudios y desde muy joven se desilusionó con el régimen comunista. Salió al exilio en 1979 y se estableció en Miami, donde escribió su novela titulada Boarding Home, ganadora del premio Letras de Oro (1986). Resultado de la grave dolencia mental que padecía y de una sensación de fracaso y aislamiento, puso fin a su vida en 1993. En 1994 apareció publicado póstumamente su volumen de relatos El juego de la viola. Permanece inédito todavía su libro de relatos. El alambique mágico.

## EL DIABLO Y LA MONJA

La llamaban La Baudilia, porque era la copia femenina de su hermano, aquel célebre Baudilio Cartablanca, de larga trayectoria comunista que murió luego en Venezuela, renegado. La misma nariz de piquito, los mismos ojos botados y el mismo hablar parsimonioso y suave que escondía, o trataba de esconder, una ingenua autosuficiencia.

La conocí en casa de los Quintela, en el Reparto Apolo, y entré rápidamente en confianza con ella porque era un espíritu abierto, agresivo y una excelente narradora de historias.

—Una de aquellas historias era su propia vida.

Dijo que había conocido el amor tarde, porque su hermano le espantaba los novios Lo dijo con risa, aunque con un remoto dejo de amargura. El último de sus pretendientes había sido un muchacho de su pueblo, Consolación, que vestía muy elegante y siempre aparecía con una pucha de rosas, oliendo a perfume francés. Parecía un caballero antiguo, y su relación con ella no pasaba de un inofensivo agarrón de manos y un intercambio de canciones en voz muy baja. Este noviazgo duró tres meses, hasta el día en que Baudilio, su hermano feroz, llegó temprano de la reunión del partido y se enfrentó al muchacho con una expresión de sorna.

Era un muchacho fino. Cruzaba las piernas a la inglesa y hablaba con voz de poeta provinciano. Baudilio lo miró bien, se enteró de que era un simple poeta, le tocó los endebles músculos del brazo, y al final dijo con voz burlona:

—Así es que éste es el mariconcito que te has buscado.

Fue el final. El muchacho quiso protestar, pero no pudo. En vez de atinar a responder la insolencia con una palabra fuerte o un buen directo al mentón, salió avergonzado de la casa, con lágrimas en los ojos, y no volvió más.

—Allí decidí meterme a monja.

Lo decidió en silencio, contando con la complicidad de su madre, que era católica, apostólica y romana. Primero estuvo en un convento de la calle 23, en el corazón de La Habana, donde no se podía ver la luz del sol ni oír el canto de las golondrinas.

Hasta allí llegó su hermano Baudilio con cuatro camaradas borrachos para tratar de rescatarla e incorporarla al mundo social. No se le abrieron las puertas; no lo dejaron verla, y todo terminó en que su hermano, ahíto de ron, descargó un peine de ametralladora sobre los viejos muros del convento y se fue, echando pestes de los curas y jurando que un día volvería y la sacaría por la fuerza.

Quizás por esto la superiora del convento decidió mandar a la Baudilia a Madrid, a otro convento de la calle San Cosme y San Damián, donde se trabajaba mucho y se hablaba sólo cosas esenciales. Allí empezó su crisis de conciencia. ¿Por qué estaba allí? ¿Por qué entregarle su vida a Dios de aquella manera tan absurda? Vivió días muy angustiosos a causa de sus inmensas dudas. Dudó de Dios, dudó de los curas y las monjas. Dudó hasta de Santa Teresita, que era su inspiración en las noches oscuras. Una de esas noches no pudo más y fue hasta el altar del convento, decidida a todo.

El altar estaba a oscuras, sólo una pequeña vela a los pies de una Santa Teresita de yeso le daba un poco de claridad al sitio. Allí cayó desesperada frente a Cristo crucificado y dijo:

—Señor, apiádate de mi. Si eres verdad, si existes, revélate ahora mismo y dame fuerzas para seguir este destino.

Pero Dios no se reveló, ni escuchó su voz, ni se dejaron ver luces extrañas.

Entonces se volvió a la parte más oscura de la capilla y habló asi:

—Satanás, no te tengo miedo. Si tú existes de verdad, hazte carne y hueso para que yo te vea y sea tu sierva eternamente.

Pero el diablo tampoco apareció. Nada.

Al día siguiente, hizo sus bártulos, se vistió de calle y salió directamente al aeropuerto para regresar a Cuba, a su hermano, a la revolución. Esa fue su historia.

—Nada existe —nos dijo, por último, recostada a la puerta de la calle—. Dios, el diablo, todo es mentira.

Y salió. Rosa y yo nos asomamos a la ventana para verla alejarse por la calle Mariel. Llevaba una mezclilla de hombre, una camisa de estampas caribeñas que le quedaba ancha, botas de electricista, peinado de chulo francés, y su andar era agresivo y descarado como el de los guapos del barrio de Pogolotti.

Entonces, los Quintela y yo nos miramos las manos en silencio, volvimos a mirarnos las caras en silencio, y comprendimos, en silencio, lo terrible. Lo terrible y lo fino que trabaja el diablo.

## *ROSENDO ROSELL*

*Nació en Placetas, Las Villas, en 1918. Terminó el bachillerato en el Instituto de Santa Clara y cursó estudios en la Universidad de La Habana. Por muchos años trabajó en la radio y la televisión cubanas. Salió de Cuba en 1961 y se radicó en los Estados Unidos, donde ha seguido dedicado a su carrera radial y de televisión. Ha escrito columnas humorísticas en diarios hispanos. Ha publicado los siguientes libros de relatos y estampas humorísticas:* Apuntes con buen humor *(1977) y* Más cuentos picantes *(1979). Actualmente reside en Miami.*

## NAVIDADES ELECTRÓNICAS
(Cuento que debía ser Infantil)

¿Cómo son los niños de ahora? He ahí una pregunta que se las lleva, porque traer, no trae nada nuevo. Los niños de hoy son, físicamente, casi iguales que los de antes de ayer, aunque con la diferencia que los de ahora se pelean con el barbero, cantan baladas de protesta y se estiran con vitaminas. Todo este problema tenía sin problemas a Homobono García, jefe a ratos de una familia que vive en "sáuwest" y trabaja en Hialeah. Homobono no vela nunca, o para ser exactos, casi nunca a sus dos hijos, debido a que se levantaba a las cinco de la madrugada para estar a las siete en su trabajo y, terminaba a las cinco de la tarde para estar de regreso en su casa a las siete de la noche, más cansado que un camello después de 15 días sin beber agua, y caminando en el desierto con un beduino encima.

Al llegar, le esperaba la cantina sobre el fogón y él mismo, con habilidad culinaria y resignación franciscana se servía la tibia comida para deglutirla de memoria: lunes, bisté... martes, carne asada... miércoles, ropa vieja... jueves, espaguetis... viernes, bacalao. sábado, croquetas. (La croqueta es el auxiliar más valioso del cocinero. Viene siendo el compendio mágico de tooooodo lo que sobra...).

Homobono comía casi dormido y apenas terminaba, se enterraba en los abismos de su cama para recomenzar a la mañana siguiente

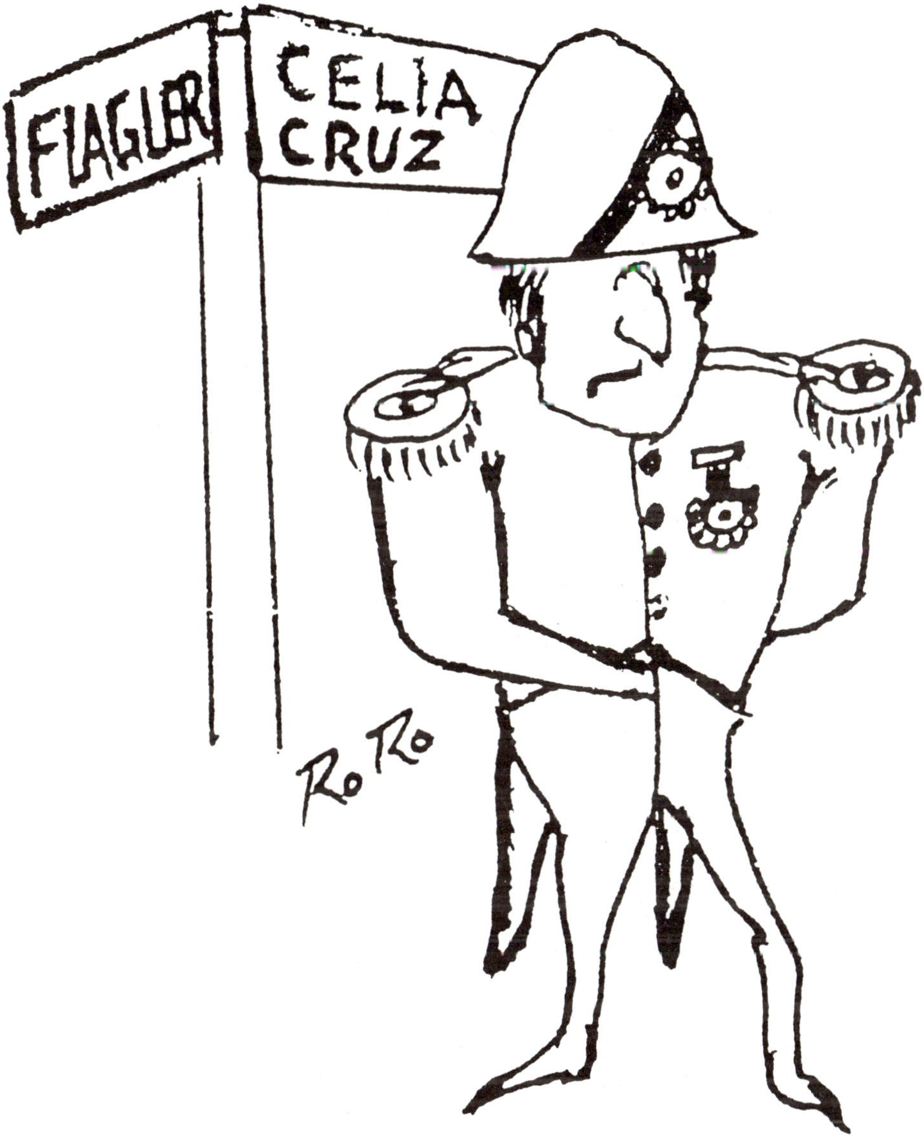
FLAGLER
CELIA
CRUZ
RoRo

un itinerario semejante, que terminaba sieeeeempre en idéntico menú. Su esposa dejaba el trabajo antes que Homobono y, siendo más jóven, tenía superiores energías y más ilusiones. Se bañaba rápidamente, comía alguna cosa y se dirigía al English Center tratando de aprender inglés. Al regresar sólo tropezaba de hito en hito con los ronquidos de su cansado marido. Los domingos, Homobono exigía el lujo de que le llevaran la cantina a la cama...No era extraño que la Cigüeña hacia nueve años que no dejaba ningún encargo para la señora de Homobono.

Durante la semana, Homobono dormía pesadamente por las noches reponiendo fuerzas y durante los domingos las fuerzas no descansaban reponiendo a Homobono... Los hijos hacia nueve y diez años que estaban creciendo, pero en inglés. Que es una forma distinta de crecer, influenciada por chicle y el "jamberguer". En Norteamérica, los niños no crecen, los estiran. Y los hijos de Homobono crecían como la yerba mala. Es decir, con suma rapidez. Ustedes habrán notado el infinito trabajo que cuesta hacer que una matica de claveles crezca. Dejen de cuidarla tres meses, y se extingue, mientras que en tres meses, la yerba mala es capaz de cubrir la casa, sin cuidarla...

Los hijos de Homobono venían siendo más o menos como casi tooooodos los hijos de los matrimonios hispanos que llevan unos cuantos años viviendo en este país: tienen un "deit" y no una cita y van a un "party" y no a una fiesta... considerando que el danzón, la cumbia, el merengue o el tamborito son "antiguallas", "cosas de viejo" y "old fashion". Y lo peor, es que Homobono no saludaba a los hijos en la calle, porque no los conocía embutidos en sus atuendos sicodélicos y enmarañada pelambrera, lo que traía por resultado que tampoco conocía nada de las costumbres e ideas que se iban almacenando en la mente de sus retoños. Taaaaannn despistado estaba Homobono con respecto a su familia, que una madrugada, en medio de la oscuridad reinante, le dió un beso a su esposa y, ya seguía con rumbo a la calle, cuando escuchó que ésta decía: "¿Está tostado o qué rayos le pasa al viejo este...?" ¿Tostado de qué?—respondió Homobono—¿No es lo correcto besar a la esposa cuando uno sale para el trabajo..? Y la voz anterior replicó: "A la esposa, si, pero, a mi no, que soy el lechero!!!

La vida de aquel hombre era como un tío-vivo que da vueltas siempre en el mismo lugar, pero—aqui surge el pero de tooooodos los relatos—hace quince días una plancha de acero le cayó sobre una mano y le hizo una mano de magulladuras tremendas, por lo que hubo que averiguar primero si tenía el Seguro Médico al día, para poder llevarlo al hospital y que lo aceptaran.

Tuvo suerte el infeliz, logrando que lo remendaran y lo mandaran para la casa con medio sueldo, hasta que estuviera en condiciones de montarse de nuevo en el tío-vivo que era su vida. Como no estaba acostumbrado a la inactividad, Homobono quiso emplear el tiempo haciendo algo y comenzó a carenar sus pupilas para emprender el viaje que le llevaría a descubrir su propia familia. Quiso conocer primero el grado de infantilidad de sus herederos, mandando llamar a sus dos crios con el fin de compenetrarse con ellos. En cuanto los tuvo a pie, y no a mano (los tenía parados frente su butaca) les preguntó: "¿Qué programas infantiles ven ustedes?" Los muchachos sacaron los ojos por entre los pelos de sus melenas y se miraron asombrados. El buen padre, volvió a hacerles la misma pregunta, por lo que el más pequeño, que estudia matemáticas elementales, le espetó: "Pero, viejo, ¿tú estás "creisy" o qué te pasa? Yo veo los programas de ciencia-ficción..."

—¿Será posible que ustedes no sintonizan a Walt Disney?

—¿Quién es ése, un cow-boy?

No, hijo, el de Blanca Nieves y los Siete Enanitos, el del Pato Donald, el de...

—Oye, hermano, el viejuco tiene desvaríos de lunático.

—Pero...

—Mira daddy, yo tengo mi mente puesta en las ciencias concretas, que nos enseña las particularidades secundarias y aparentes de la verdad...Yo...

—Yo, nada. Ahora mismo se me van a sentar delante de la mesa y van a escribir un cuento sobre la Navidad. Los niños deben ser niños mientras no le salgan los primeros pelos del bigote. ¡No faltaba más, hombre!

Los dos pequeños diablos se sentaron a la mesa, y escribieron. Escribieron un desconcertante y disparatado "cuento navideño", que transcribimos a continuación:

"Eran las 12 en punto de una noche tenebrosa. Tres sombras iban por una calle oscura. Las sombras, aunque se deslizaban, iban a pie porque les habían robado sus camellos históricos en un "jolop" a mano armada. Sin embargo, en medio de su "tróbel" se pusieron dichosos, debido a que Kojak, el detective pelado del dedito corto, les prometió echar el guante a los asaltantes, por ser ellos turistas, y los asaltos están permitidos para los "citizen" de la "City", pero no para los visitantes...

Kojak "hurry" se puso a buscar los camellos, aunque se le olvidó ponerse el chaleco blindado. Detalle "not important", teniendo en cuenta que a los protagonista de las series nunca los matan, a no ser cuando se les vence el contrato y firman con una cadena rival...

"The "performer" Sean Connery, enterado del "bussiness", se puso el traje de Agente 007 llevando su pistola de aire comprimido ligado con rayos mortales (que son primos de los saltos mortales), mientras que a Angela Lansbury, le prohibieron ponerse el disfraz de Jessica Fletcher para que esa noche no fuera a haber un "Morder She Wrote" (a Jessica le tienen un pánico terrible, porque donde quiera que llega hay, por lo menos, un muerto).

"Los tres kings se atrevieron a cruzar el "down-town" a pie, y otros delincuentes trataron de arrancarles las carteras, pero dio la casualidad que un carro de la "police" pasaba cerca y se armó tremenda rebambaramba al descubrirse que uno de los Kings era un "spy" disfrazado, que traía en el turbante una granada de "hand".

"Por fin, un aviso de la jefatura anunció que una grúa había "tow away" a 3 camellos que estaban mal parqueados, empatando a los dos kings que quedaban, con sus vehículos de cuatro patas. Estos, al ver que sobraba un camello y faltaba un king, le pusieron al camello vacío un letrerito en la joroba, que decía: "Merry Christmas and Happy New Year"..."

Cuando el pobre Homobono leyó aquella sarta de idioteces salida del cacumen de sus trasplantados muchachos, cayó en cama, digo en coma. Una semana después, recobró el conocimiento, pero no ha ido más a la factoría. Ahora, está parqueado en la calle de Flagler, entre Celia Cruz y Luís Sabines, vestido de Napoleón...

## ESPERANZA RUBIDO

*Nació en 1949, en Guanabacoa. Desde 1967 se trasladó con su familia a los Estados Unidos y reside en Miami. Allí completó su educación secundaria; obtuvo su grado de Bachiller en Artes (1983) y su Licenciatura en la Universidad de Miami. Ha contribuido con poemas, cuentos y ensayos a diversas revistas literarias, y ha obtenido menciones honoríficas en concursos literarios. Su poesía ha sido traducida al inglés y al italiano, y ha sido recogida en algunas antologías internacionales. Ha publicado el volumen* Mas allá del azul *(1975) y* En un mundo de nombres *(1987).*

## LA DESPEDIDA.

*No hay cuentos para niños ni niños para cuentos.*
*Solo hay hombres y niños para lo que no es cuento.*

(Para los niños de ahora
y para los niños de antes)

Lejos, en el tiempo, en un lugar que sí quiero recordar, nace el sol. Era un niño grande y juguetón, parecía todo hecho de días hermosos, nacidos de la mala memoria de un huracán. A su paso alegre encontrábase con mundos nuevos y animales enormes. Los árboles, siempre tan generosos le daban la bienvenida en coro haciendo para el una música suave y cariñosa. El Sol corría por todos los caminos sin importarle la lluvia o la tormenta, era valiente y muy dispuesto. Así, entre los días, comenzaba a crecer este niño.

Por aquel entonces, en los ámbitos de la Tierra todas las flores eran blancas y el niño travieso se escondía entre sus pétalos para llenarlas de color y perfume. Acostumbraba a bañarse en las playas y los ríos y al tocar sus manecitas, las aguas, corrientes de colores iban pintando pecesitos y caracoles! ¡El Sol era una acuarela viva! la

Tierra y el Mar se convertían poco a poco en una gran cesta de colores!

Como casi todos los niños, el Sol era un niño bueno y se pasaba largas horas acariciando las espigas del maíz para que más tarde tuviéramos harina. O si no, trabajaba hasta pasadas las horas de la tarde fabricando colores nuevos para las frutas. Al mamey le pintó rojo como el corazón, a la naranja le dió su beso, y al mango lo guardo todo un día en sus bolsillos rotos. Al caimito le dió un pellizco y a los cocos les dejo sus lágrimas bien guardadas. El Sol caminaba sin prisa por los días, conversando con cada pajarito y regalando colores; iba curioseando y aprendiendo mientras se hacía cada vez más fuerte.

Pero también el Sol tenía sueño y dormía como todos los niños y cuando cansado se recostaba en la arena se desvetía de algún que otro color gris, pintando así las primeras sombras de la tarde. Y mas tarde al caer ya rendido cerrando sus ojos, La Noche caminaba por la Tierra. Era entonces cuando dormían las flores, las ranas, los enormes animales y los pajaritos metían su pico bajo el ala mientras los cocuyos, a quienes les había regalado una lucesita para vigilar los cañaverales, permanecían encendidos. Todo estaba muy callado y el sueño del Sol — La Luna— redonda y blanca cruzaba el Cielo despacito.

Cada día crecía y crecía nuestro buen amigo el Sol. Sus manos llegaban sin esfuerzo alguno a las picos de las montañas y un día de un solo salto! hizo con sus huellas un puente (EL ARCOIRIS) para las nubes. Al ser ya sus rayos tan fuertes sin querer varios campos se convirtieron en desiertos. Entonces comprendió que debía marcharse algo más lejos.

Al comenzar a preparar sus maletas lloraba el Sol y sus lágrimas llenaban la noche de punticos de luz temblorosa, (LAS ESTRELLAS) Sus maletas repletas de nubes iban dejando blancos pañuelos por El Mar mientras el emprendía su largo viaje. Ya en la esquina, casi al doblar del horizonte, vio algo que le conmovió profundamente, allá entre las aguas azules, una tierra larga o un cocodrilo, le extendía una mano alta, esbelta, de dedos verdes como gracioso abanico que tiernamente le decía Adiós. Era una Palma Real de las más hermosas!

El Sol, en agradecimiento, le regaló a la tierra de la Palma todos los colores y la alegría de su sonrisa para que fuese "la tierra más hermosa que ojos humanos viesen o el paraíso, o la más fiel" y siguió su camino.

Muchos siglos después Los Indios comenzaron a llamar a aquella tierra de la Palma Real: CUBA.

## *CARLOS RUBIO ALBET*

*Nació en 1944, en la ciudad de Pinar de Río, donde hizo la primaria y comenzó los estudios de bachillerato. En 1961 se trasladó a los Estados Unidos y se estableció en Wilmington, Delaware, donde completó su educación secundaria. Obtuvo el grado de Bachelor of Arts en Concord College (1968) y una Maestría (1972) en la Universidad de West Virginia. En dicho Estado ha ejercido la docencia en sus escuelas públicas, desde 1968. Algunas de sus creaciones narrativas han aparecido en varias revistas literarias y han sido incluidas en antologías. Una de sus novelas,* Quadrivium, *obtuvo el Premio Internacional de* Novela de Nuevo León *(1990). Ha publicado el volumen de relatos titulados* Caleidoscopio *(1980). También escribe en lengua inglesa y trabaja ahora en algunos nuevos textos novelescos.*

## XINEF, EL ETERNO

Hace siglos que vivo en un espejo, rodeado de vendedores mercuriales de mercancías imaginarias, de cartománticas esotéricas, de tragaespadas translúcidos y de enanos milenarios.

Somos conocidos en el mundo entero como LA REAL COMPAÑÍA DE LO NUNCA ANTES VISTO, pues como el nombre lo indica, ofrecemos al público —sobre todo a los incrédulos más recalcitrantes— las maravillas que desafían todas las leyes de la lógica y de la física, para el deleite de una humanidad que cada día es más difícil de complacer.

LA REAL COMPAÑÍA DE LO NUNCA ANTES VISTO fue creada por mí, Xinef, el Eterno, hace cerca de mil años. (Uso este término por falta de otro, pues el tiempo aquí es elástico, relativo, o a veces inexistente.)

El primer siglo lo dediqué solamente a su planeamiento, pues estaba (y estoy) consciente de que sería (y es), una de las tareas más arduas en la historia de la humanidad.

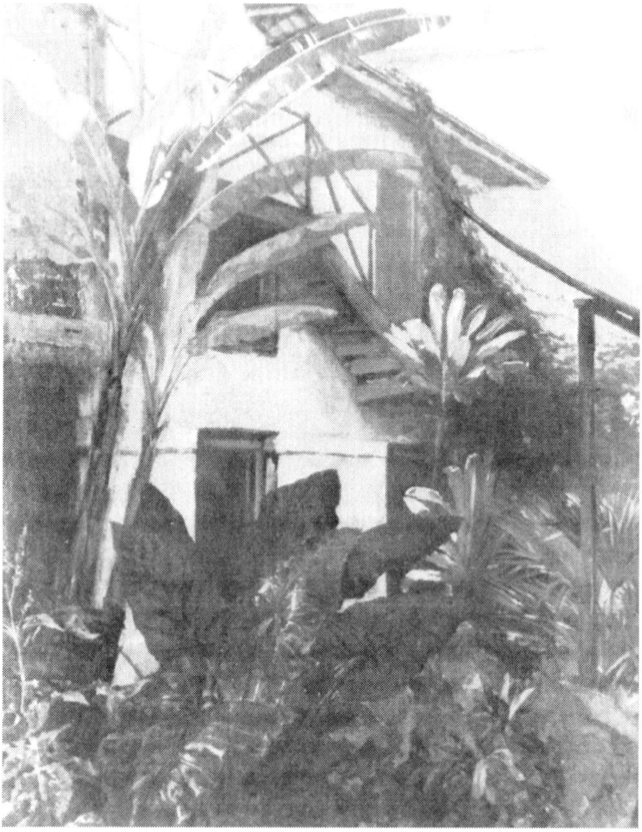

El segundo siglo lo utilicé en la búsqueda de los espectáculos más singulares en la faz del orbe. Recorrí todos los continentes, desde los desiertos africanos hasta las selvas sudamericanas.

Fue durante estos segundos cien años que enlisté la ayuda, entre otros, de los trapecistas subterráneos, de los siameses malabaristas chinos, del manco domador de tigres fosforecentes bengalíes y de un turco inventor de la máquina de movimiento perpétuo inmóvil.

El tercer siglo fue el más arduo. Abrí por primera vez las puertas de LA REAL COMPAÑÍA DE LO NUNCA ANTES VISTO, si mal no recuerdo en la ciudad de Lisboa. Para mi sorpresa, nadie acudió a ver nuestras maravillas.

Se había corrido la voz de que nuestra compañía era la obra del diablo. Estas acusaciones tanto me incomodaron que decidí contratarlo a él también (¡¿Cómo no se me había ocurrido antes?!), para no desilusionar a los fanáticos religiosos que me acusaban.

Me tomó el resto del tercer siglo conseguir una audiencia con él. No lo consideraba, sin embargo, un tiempo malgastado, pues si lograba contratarlo le daría un gran auge a la COMPAÑÍA.

Me recibió por el brevísimo tiempo de diez años (uso de nuevo la palabra en un sentido relativo). Me dijo que se sentía honrado de que hubiera pensado en él, pero que ahora estaba más ocupado que nunca con su propia compañía. Antes de salir tuvo la osadía de decirme que si en algún momento yo deseaba ingresar a la compañía de él, me daría un puesto privilegiado. Le di las gracias y en menos de un año salí de su oficina gaseosa.

Me di cuenta de que tendría que cambiar mi itinerario. Desaparecimos de Europa, que todavía no estaba lista para aceptarnos, y reaparecimos, quince años más tarde, en el Oriente Medio.

Pero allí sufrí otro desengaño. Aquellas gentes estaban ya tan acostumbradas a presenciar lo insólito, lo nunca antes visto, que ignoraron completamente nuesto espectáculo, por ser para ellos parte de su vida cotidiana.

Una vez más empacamos; nuestras carpas de telarañas lunares y decidimos probar fortuna en la tierra nueva que más tarde se llamaria América. Abrimos nuestras puertas en el año 1453 (tiempo convencional).

Nos recibieron con grandes agasajos, como dioses casi. Y no dudo que muchas de las leyendas mitológicas de esos pueblos hayan sido inspiradas por nosotros. Durante ese mismo siglo los europeos cruzaron el océano y comenzaron su tarea de conquista en estas nuevas tierras. Como es natural, al encontrarnos allí, erróneamente supusieron que éramos parte de ese continente. (¡Necios! ¿No se dan cuenta todavía de que Xinef, el Eterno, y su REAL COMPAÑÍA DE

LO NUNCA ANTES VISTO no es de ninguna parte y de todas partes al mismo tiempo?)

En el remolino de la conquista, aquellos hombres audaces nos aceptaron completamente, y las nuevas de nuestra existencia pronto se esparcieron por toda Europa. (Sí, la misma Europa que antes nos rechazó.) Desde entonces no hemos tenido más dificultades —a no ser la de seguir encontrando nuevas maravillas— y nuestro prestigio se ha esparcido por todo el mundo.

Si, señoras y señores, por cuatro reales pueden ustedes pasar a nuestra carpa confeccionada de sombras lunares, donde verán, entre otras cosas, a nuestros payasos invisibles, que tienen la virtud de hacer desaparecer sus cuerpos exceptuando —como es natural— las sonrisas artificiales que ostentan, pues éstas no son de ellos, sino pintadas en sus caras. También podrán consultar a nuestras adivinadoras egipcias, que no sólo les dirán lo que ustedes son —que ya es algo pasado de moda— sino también lo que ustedes pudieron haber sido, que es algo más digno de nuestra COMPAÑÍA única. Serán entretenidos por nuestros famosos equilibristas siderales, que caminan sobre cuerdas flojas de arena.

Y si tienen ustedes suerte y no les importa esperar —por— que aquí el tiempo no significa nada— podrán verse reflejados en este espejo donde vivo, que en realidad no es un espejo para ver, sino para ser, pues reproduce los sueños del que se encuentre delante de él.

Si, señoras y señores, todos tenemos un sueño, algo que se nos ha quedado sin realizar en la vida. Es ahora, por primera vez, que LA REAL COMPAÑÍA DE LO NUNCA ANTES VISTO les ofrece esta oportunidad única, por el módico precio de dos reales —porque no lo hacemos con afán de lucro, sino como servicio a la humanidad— de dar vida a esos anhelos ya casi olvidados.

A ver, si, el señor de los dientes de oro. Pase usted. ¿Cuál es su sueño sin realizar? ¿Que nació usted demasiado tarde y no hay ya tierras por conquistar? Eso se lo resolvemos en un momento.

Inmediatamente creé un continente riquísimo, donde el oro y las piedras preciosas se recogían a flor de tierra. Puse a su disposición un ejército de hombres robustos y expertos en todas las fases de las artes marciales, completamente fieles a él.

Se pusieron en marcha y en dos años tomaron la capital —que estaba edificada sobre un lago— y capturaron al emperador.

Con las riquezas conquistadas construyó palacios de mármol, con docenas de arcadas y terrazas, y cientos de habitaciones, donde sus siervas complacían sus más mínimos caprichos y atendían sus necesidades más insignificantes.

Los jardines eran kilométricos, casi infinitos. Para recorrerlos se hizo construir un carruaje tachonado de rubíes y diamantes, tirado por los corceles más briosos, adornados con cuero repujado y con borlas de la más fina factura.

También se aficionó a la cetrería. Mandó que se le construyera, adyacente al palacio, una halconería de las más nobles y aromáticas maderas, para su uso personal en los días de asueto.

Y así pasó el resto de sus días, gobernando y disfrutando de las tierras que había conquistado mentalmente....

Sí, señoras y señores, todos tenemos un sueño, sin exceptuarme a mí, Xinef. El mío, sin embargo, es un sueño que los abarca todos; es un sueño de sueños. Es simplemente ser Xinef, el Eterno, vendedor de sueños y creador de LA REAL COMPAÑÍA DE LO NUNCA ANTES VISTO.

## MARCELO SALINAS

*Nació en Batabanó, La Habana, en 1889. Tuvo escasa instrucción escolar y de niño aprendió el oficio de tabaquero. Desde muy temprano tuvo inclinaciones literarias y fundó revistas y diarios. Fue activista revolucionario en Cuba y otros países. Por dichas actividades sufrió prisión en varias ocasiones. Fue destacado autor teatral y sus obras dramáticas fueron premiadas en concursos literarios. Salió al exilio y se radicó en Miami, donde continuó escribiendo para diversas publicaciones locales. En esa ciudad falleció hace varios años. Entre sus obras más destacadas hay que mencionar* Alma guajira *(1928) y su novela* Un aprendiz de revolucionario *(1937), así como las zarzuelas* Cimarrón, *con música de Gonzalo Roig, y* La rosa de la vega, *con música de Eliseo Grenet.*

## DOS NOCHEBUENAS

Salió del pueblo poco menos que disfrazado: un pantalón viejo y medio sucio, una guayabera deshilachada, unos zapatones desgastados y un sombrero de guano bastante castigado por la intemperie, formaban su indumentaria. Todo eso y un mocho de machete puesto al cinto, lo hacían un guajiro, aunque lo desmintieran la cara y las manos de piel blanca y fina.

Hasta cosa de un kilómetro fuera de lo urbano, lo acompañó el dueño de la casa donde estuviera oculto los últimos tres o cuatro días. Al llegar allí donde hacía una vuelta el camino y entroncaba a una estrecha serventia, se despidió el práctico, después de darle los últimos consejos y señalarle la ruta a seguir.

Y se vió solo, desamparado y en peligro de que pudieran sorprenderlo, descubrirle su identidad bajo el somero cambio.

Caminaba con paso vivo, gozando el idílico amanecer navideño; batido por el fresco airecillo mañanero, mientras avanzaba por sobre la senda de rojos terrones, a cuyos flancos mostraban su fragante flores, los aguinaldos pascuales. Iba contento, animado por el aspecto aventurero que daban al peligro su fiebre idológica y su entusiasmo juvenil. Comprobaba cada señal, cada indicación recibida. . .: aquí el arroyo, seco en aquella época del año, con su tronco de palma que hacía las veces de puente; más adelante el jagüey frondoso extendido a costa del mundo vegetal cercano; tras subir y bajar una lomita, la portada derruida del que fuera potrero bien poblado; tras una revuelta del rumbo, la poderosa laja vertical, rodeada de verde caisimon y, en seguida: la casa de empinado caballete con su techumbre de guano real que bajaba hasta el portalito sostenido por cuatro horcones sin descortezas. . . ¡Allí, allí era. . .! Allí estaba el posible asilo, la seguridad inmediata y luego: el salto decisivo, a reunirse con los que peleaban en la Sierra, cuyas abruptas alturas se dibujaban en la lejanía.

Estaba ahora junto a la tranquera de cujes, frente a la casa toda cerrada a esa hora temprana, excepto el largo cobertizo donde un hombre medio viejo ordeñaba una vaca amarilla y la cocina de la que escapaba una ligera columna de humo oscuro. Una bandada numerosa de gallinas, picoteaba el maíz que poco antes le fuera arrojado y junto al ordeñador, vuelto contra la tranquera, un perro grandote y flacón asentado al suelo sobre el cuarto trasero.

Un instante permaneció el joven indeciso. En seguida llamó determinado:

— Señor. . . . Señor. . . .

Levantó el campesino la cabeza, volviendo la mirada al sitio desde donde se le llamaba. El perro abandonó su posición tranquila, volviéndose también al extraño, al mismo tiempo que tomaba una actitud amenazadora. . .

Antes de contestar, soltó el hombre el rejo que aprisionaba al ternero, para que éste aprovechara el buche que pudiera quedar en las ubres y vino hacia el visitante, llevando el gran jarro de hojalata colmado de leche:

— Diga. . . Pase, pase. . . No tenga mieo: el perro ladra pero no muerde. . . Y regaño al animal:

— Vamos, Cosaco. . . ¡Pasa!

Insistiendo al desconocido:

— Vamos, hijo. . . dentre. . . Venga. . . Ya le digo: no tenga mieo del perro. . .

Y éste, reconociendo en el extraño gente amiga, se le acercó, olisqueándole las piernas. . .

Y el joven salvó la tranquera, llegando hasta el campesino. Tras el saludo, le informó del por qué de su visita y de quien le mandaba allí: Necesitaba ocultarse aunque fuera por sólo aquella noche, y al siguiente día, le indicaran el camino más corto y seguro para la Sierra, adonde había de marchar. . .

Ante aquella confesión quedó pensativo el guajiro: era arriesgado, muy arriesgado. . . Si las tropas del Gobierno llegaban a saber algo, a sospechar siquiera. . .

— Bueno, hijo: ahora vamos pa dentro, a tomar un poco de café y un vaso de leche. . . Ya, luego, pensaremos qué se hace. . .

Y entraron los dos a la cocina, seguidos del perro.

Hacía un dulce calorcito allí, cerca del fogón donde reposaba la vasija del café sobre las brasas y donde pronto habría de cocerse la leche. . . Permanecieron largo rato en silencio. Sí, el viejo campesino conocía ya el nombre del recomendado y el nombre del amigo que se lo enviaba; pero el asunto no era tan fácil. . . Sirvió la leche, todavía caliente al joven, que esperaba impaciente y un tanto desconfiado. . .:

— ¿Ud. me dijo que se llama. . .?

— Tomás: Tomás Avila. . . para servirle. . .

Dió el hombre las gracias y quedó nuevamente callado, pensativo. . .

De pronto se irguió, tomada una resolución.

— Mira, hijo: no es justo que un hombre se quede hoy, en un día tan grande, escarriao por ahí y expuesto a que lo agarren y lo maten. . . No: usté se queda aquí. . . Luego veremos qué se hace. . . Y en señal de entera admisión, le tendió la diestra:

— Joaquín Ruíz. . . Y como viera en los ojos del muchachón un brillo peculiar, se apresuró a tranquilizarlo:

— Vamos, hijo: no se aflija. . . Aquí estará como en su casa. . . Fue un poco de temor. Tiene que ser. . . Vamos acabe de beber su leche y, cuando se levanten la mujer y las muchachitas, las conoce y luego sale por ahí, por el sitio, a dar una vuelta, pa disimular, si viene alguno. . .

Quedaron en eso; quedaron amigos, más que amigos. A Tomás le enternecía la conducta de Ruíz; éste quiso evitar otras efusiones del muchacho; trató de hallar un pretexto para ofrecerle una ocasión de ser útil:

— Hoy no vamos a trabajar mucho: ahora voy a preparar la barbacoa pa asar el puerco, que está matao desde ayer. . . Vamos, venga pa recoger alguna leña. . .

Salieron, alejándose de la casa e internándose en el reducido espacio que ocupaba un maniguazo de guairajes, , siguas y varias.

¡Buena, buena de verdad, aquella Nochebuena! Nunca esperó Tomás pasarla igual: como uno más de la familia, atendido solícitamente por Doña Amelia, la señora de la casa, tratado con franqueza juvenil por las muchachas así como por los cuatro o cinco convidados que acudieron; identificado por entero a Domingo, el hijo de

Ruíz que llegara de La Habana, donde trabajaba, trayendo el vino y los dulces de la fiesta. . . Cuando, pasada más de la media noche e idos los visitantes fueron él y Domingo a tender sus hamacas a un varaentierra cercano a la casa principal, toda preocupación y todo temor habían desaparecido en el ánimo del futuro guerrillero. Y con toda tranquilidad, ayudado por las porciones de lechón y las copas de vino, se durmió plácidamente, apenas se tiró en la hamaca.

Al siguiente día, con los claros de la mañana, le despertó Domingo:

—Vamos, apúrate a ver si podemos internarnos en el monte, antes de que nos coja la fuerza del sol.

Y salieron, tras beber un sobro de café, sin despertar a nadie. Ni siquiera al *viejo*, rendido por la "batahola" como él decía de la noche anterior.

Unidos en igual propósito y el mismo compromiso, iban rumbo a las estribaciones serranas dispuestos a compartir la campaña, igual que ahora compartían el entusiasmo.

Pasaron los años, pasaron los entusiasmos, las esperanzas y hasta toda posibilidad de ver traducidas a hechos de la vida ciudadana, las promesas que sirvieron para levantar los ánimos; los proyectos aventados por justificación a la rebeldía. . . Pasaron para unos y otros: para los muchachos encendidos en justicieros anhelos, para los veteranos indignados ante la reiteración golpista y dictatorial. La revuelta que, sin alcanzar categoría de revolución pudo conseguir el triunfo merced a la complicidad de quien cumplía sus viejas obligaciones al entregar el Poder a quienes menos lo habían ganado, llegó a Palacio montada en la mentira y, al decir la única verdad de su verdadera naturaleza, sembró la confusión, la sorpresa y la cólera en los corazones. . . El tiempo corrió. Los años han ido resbalando sobre el barrizal de la farza del hambre, de la muerte. . . 1950, 60. . . 1961. . . 1962. . . Tomás Avila es ya capitán del flamante ejército pretoriano; se ha casado con una mujer bonita, vive una buena casa, ha dado dos o tres viajes a los paises hermanos. . . No era, antes lo que es ahora: pero está contento, aunque a veces siente retortijones de conciencia.

Y llega el día 24 de diciembre. No es día de fiesta, porque ya las fiestas religiosas han sido suprimidas; pero no se borran con uno ni con veinte decretos, las tradiciones de siglos y la gente sigue pensando qué ha de hacer para celebrar, en esta noche, el nacimiento de Cristo. Pensando qué ha de hacer y, sobre todo, cómo ha de hacerlo, porque la escasez llega ya al límite de la miseria y ni carne de puerco, ni siquiera una botella de vino, pueden conseguirse. . . Sin embargo, Tomás Avila tiene esas cosas; que por algo es oficial de

Ejército Revolucionario, es uno de los *Mayimbes*, como suelen llamar a los dichosos de la situación las gentes del pueblo.

Y Avila, como su mujer, quiere recordar los tiempos de su primera juventud cuando en la casa paterna, la Nochebuena era ocasión máxima de contento para todos. . . Hablan de acudir a cualquier restaurant de los que aún se abren, a precios astronómicos, para los visitantes invitados por el Gobierno, para los altos funcionarios y para los militares de galones y sus esposas; hablan de viajar hasta alguna de las ciudades del interior, buscando una cena tranquila y bien aderezada. . . No muy poco de eso es posible; cada día las comodidades, las simples alegrías moderadas, se van haciendo más difíciles, se van centrando en la nueva clase. . . No, no irán a parte alguna fuera del hogar, fuera del barrio tranquilo en que viven. . .

De pronto Tomás propone:

¿Y qué te parece si fueras a conocer aquellos guajiros de que te he hablado tanto?, los que me ocultaron cuando iba para la Sierra y con los cuales pasé la mejor Nochebuena de mi vida. . . ¿Qué te parece. . .?

La mujer se anima, se entusiasma:

¡Ay, sí. . .! ¡Cómo no. . .! Vamos. . .

Y ambos se ponen, en seguida a preparar la partida. Van sacando del freezer, carne, turrones, arroz, frijoles. .. cuando creen propio para la cena y en cantidad bastante para cuantos puedan acudir. . . Lo meten apresuradamente en el maletero de la máquina y ya dispuestos (él en su uniforme, ella vestida con sencillez salen a buscar el automóvil, cerrando la puerta tras ellos.

El viaje es rápido. Pasan por el pueblecito donde estuviera oculto Avila. Lo dejan atrás y pronto se hallan en la carretera, y al momento en el entronque de la serventia:

— Ya, casi estamos. . . Buscó inútilmente el jagüey frondoso, la vieja portada medio destruída donde hacían orla los blancos aguinaldos. Hasta le pareció ensanchada la roja serventia. . . Al fin, tras una vuelta, la empinada laja, marca la más cercana. . . Pero ¡qué! NI la tranquera de cujes, ni la casa con su empinado caballete de guano rea. . . ¡nada, como no fuera un montón de pencas molidas por el tiempo y las aguas!; las yerbas creciendo por todo aquello y los bejucos dueños de dos de los horcones, todavía de pie, exhibiendo sus mordidos extremos negruzcos.

Tomás se había bajado del auto. Miraba todo aquello sin explicárselo, sin pensar qué pudiera haber sucedido. La mujer quiso preguntar algo: pero él se adelantó:

— Aquí era, aquí estaba la casa. . .

— ¿Y. . . ahora?

— No sé. . . No me explico.
Subió nuevamente al carro y, sin decir una palabra más lo hizo avanzar, buscando una señal cualquiera, alguien a quien preguntar. . .
Todo, por allí y hasta un poco lejos, estaba desierto, callado: ni personas ni animales. Ni otras plantas que las yerbas silvestres, que los trepadores bejucos del aguinaldo, ostentando su cándida blancura. . .
— No, no estoy equivocado, respondió Avila a su mujer, preocupada al verlo vacilar. No, no estoy equivocado: aquí era. . .
Siguieron adelante, por el mismo camino. Llegaron a las primeras casas del próximo pueblecito y preguntaron a un hombre que pasaba. Este pensó un momento, como haciendo memoria. Luego dijo, señalando hacia más adelante por la misma calle, la única del poblado:
—¡Ah. . .! Ruíz, el viejo Ruíz: a lo último, en una casita de porta. .
Y mientras los forasteros seguían el rumbo que les diera, quedó mirándolos fijamente.
Sí, en efecto: allí estaba la casita de portal, una casita de madera bastante mordida por el tiempo. Desde antes de llegar, pudieron ver a un hombre que de pie junto a la baranda que cerraba el portal, parecía examinarlos:
—¡Es Ruiz. . . Ruiz!
Y Avila abrió la portezuela y se lanzó a tierra:
—¿Que pasa, viejo. . . Ruíz. . .? ¿No me conoce. . .?
El viejo Ruiz, alto cenceño, la boca apretada, los ojos fijos en el que lo saludaba, pudo apenas musitar:
— ¡Ah. . .! Sí: lo conozco, lo conozco. . .
Turbado, no sabía Avila si adelantarse para tenderle la mano. . . Desde su asiento en el auto, la esposa, extrañada, no comprendía lo que pasaba. . .:
— ¿Y qué, Tomás. . .?
Entonces Avila se decidió, dió algunos pasos más y estuvo cerca de Ruiz:
— Bueno, amigo. . . pues, le he contado a mi mujer los favores que Ud. me hizo, la amistad que tengo para ustedes todos y le dije. . . Vamos a pasar esta Nochebuena con la gente aquella, con. . .
Ruiz no le dejó continuar:
— Y Ud. no sabe que nosotros ya no tenemos Nochebuena, ni na. . . ¡que estamos solos, botaos aquí; que la infeliz Amalia está como boba; que de mis hijas una se fue con el marío pal Norte y la otra se casó con uno de. . . bueno, de ustés y ni siquiera viene a vernos. . .!

¿Que a Domingo lo afusilaron hay como dos años! ¿Qué le parece a Ud.?

A Tomás no le parecía cosa alguna. . . No sabía que pensar ni qué decir. Ni siquiera opinar.

Bajó los brazos en gesto desamparado y, al bajarlos, sus manos tropezaron con el mango de la pistola. . . ¡Y sintió, de repente, rabia, vergüenza de sí mismo, de cuanto le tocaba de lejos o de cerca. . .!

¡Vámonos. . . vámonos. . .!

Y partieron como locos, huyendo a la parte de culpa que pudiera tocarles, sin mirar atrás y casi sin mirar adelante, el camino de regreso.

Saliendo del pueblito tomaron la carretera lisa y brillante de negro asfalto. Avila iba abrazado a la rueda del timón, sin mirar la vía, descargando su despecho. La mujer fue a decirle:

— Oye, hijo: no corras como loco. . . ¿Qué te sucede?

Sólo supo contestarle:

¡Fusilado. . . Domingo, fusilado. . . Es terrible. . .!

Tal vez creyó ella, darle un pretexto para consolarse, una razón de asilo y disculpa:

— Bueno, viejo. . . sí es terrible, pero algo haría. . . Tú pensabas como él y a tí. . .

No la miró a la cara. No la quiso mirar ni la dejó que continuara: Apretó aún más el timón y barbotó, sin saberse si lloraba o maldecía:

— ¡Cállate. .. no. . . no. . . Yo no soy como él; no puedo ser como él. . . yo soy un canalla, un cobarde. . . un mierda. . .

Y no pudo decir más: la mujer lanzó un grito penetrante, espantoso. El no pudo gritar: el choque contra un poderoso árbol de la carretera arrancó la rueda al timón y a él le clavó el vástago en medio del pecho.

# ROSA SÁNCHEZ

*Nació en Sancti Spiritus, en 1934. Se graduó de las escuelas de Comercio y de Artes y Oficios. En 1953, la revista* Vanidades *dedicó una página doble a sus versos libres. Ha recibido premios por sus ensayos y obras teatrales, y una de ellas, "Escoria", fue finalista del premio Letras de Oro. Es fundadora del Grupo Teatro Cubano del Club Cultural Cubano. Reside en Los Angeles, California, donde continúa con su labor literaria y teatral.*

## OTRO PAÍS

Llovía a cantaros. El diluvio universal debio haber comenzado así. La humedad le llegaba hasta los huesos. Apretaba fuertemente el rifle, sin saber a ciencia cierta si lo hacía para tratar de protegerlo de la lluvia, para cubrirse el cuerpo con él o para no temblar de pies a cabeza. Las gotas le golpeaban en pleno rostro y empañaban los cristales de sus espejuelos. —¡Maldito tiempo!— pensó —Bien podía el agua haber esperado hasta pasadas las doce cuando entra mi relevo!—
 Sonrió brevemente al pensar en el compañero" que le relevaría. Era un consuelo tonto la idea de que el cielo tenía ese color plomizo que predice lluvia para toda la noche. —¡El otro se va a...Bueno, "el otro" no se va a salvar de lo que le está cayendo a él encima!— Eran las diez y media. Los "goterones" habían comenzado hacía unos veinte minutos. —¡Menos mal que queda sólo una hora y media de guardia! Pero ay del infeliz a quien le toca el turno de doce a seis. ¡Ese sí que sentirá todo el peso del diluvio! ¡Y peor aún si no tiene capa de agua!— Menos mal que él trajo la suya. Instintivamente se metió la mano izquierda en el bolsillo de la capa para asegurarse de que allí tenía la bolsita donde guardaba la capa de nylon gris. ¡Quién aguanta a Josefina si se le pierde!
 Civil de nacimiento, miliciano por fuerza, no había perdido aún las costumbres burguesas de llevar consigo su capa de agua Ameri-

cana durante la época de primavera, o pensar en el café de las tres de la tarde. ¡Cómo se ensartan los pensamientos! Sonrió al pensar que estaba haciendo un collar de cuentas *todas distintas*. ¡Qué curioso que pensara precisamente esas cosas! Sería porque le parecía oír los gemidos de sus únicos zapatos altos pidiendo que les salvara la suela de cartón de la inclemencia del tiempo. Pero ¿por qué no se le ocurría pensar en su cama cómoda, en las sábanas bien almidonadas? Y en el buen colchón que habían comprado apenas un mes antes de la revolución. ¡Ya de esa clase no se consiguen! ¡Habían tenido suerte de comprarlo antes de que escasearan las cosas! —¡Pero diablos! ¿Qué hago yo pensando en todas estas tonterías?— Se recriminó mentalmente. —¡Esta noche es cuando más alerta debo estar!—

Es la primera vez que la mandan hacer guardia fuera de su centro de trabajo. le cuesta mucho el aceptarse a sí mismo como militar. Por eso es que pregunto dos veces: —¿Dónde?— cuando le informaron que tendría que hacer guardia en la sub-planta eléctrica. Es difícil no reaccionar como civil. ¡Hasta saludar militarmente le daba un poco de pena! En el fondo seguía siendo, a pesar de las marchas y las prácticas en las trincheras, sólo un Tenedor de libros que no añoro más que tener una casita propia de la que Josefita estuviera orgullosa. ¡Esa casa propia de la que ella le hablaba tan a menudo! Durante ocho años de matrimonio vivieron en una casa alquilada. Soñaban comprar un solar y fabricar allí la casita. Habían hecho un planito de lo que querían. Dos cuartos con un baño intercalado. Sala, saleta, un comedorcito pequeño y la cocina tal y como la quería Josefita: amplia y clara. Pero en el año 58 cuando los dos mil pesos del solar ya estaban intranquilos en la cuenta de ahorros y habían empezado a buscar el solar, el padre de Josefita enfermó y después de tres meses de cama el pobre murió. Tuvieron que hacerse cargo de todos los gastos de la enfermedad y el entierro. ¡No era que le pesara! Josefita era única hija y ese era su deber. ¡Pero le había dolido ver la libreta de banco con solo 600 pesos después de pasar tantos años midiendo las noches de cine, las salidas y las cervezas del domingo. Todo, para reunir los 2,000 pesos del solar. Y al fin y al cabo el viejo se había muerto de todas formas. ¡Y ahora ya eran "dueños" de la casa que tuvieron alquilada por tanto tiempo! A veces Josefita le decía: —La justicia tarda pero llega— Pero al mismo tiempo eran muchas las veces que protestaba. Ella no soñó jamás con comprar la casa que alquilaban. Esta no era "la de ellos". Solo estaba buena para vivirla alquilada. Al menos eso era lo que Josefita decía. ¡Josefita decía. ¡Para ellos, quería la del baño intercalado y la cocina amplia y clara! La lluvia arreció. —¡Diablos! ¡Y tener que estar fuera! ¡No hay ni un alero donde meterse!— Ya tenía los pies en un charco y a través de "la suela" de cartón de los zapatos altos sentía una humeda pegajosa y fria. —¡Pero es que la Reforma Urbana no nos da otra cosa, Josefita! ¡La cosa no es como tú crees!— Le parecía escucharse a sí mismo contestándole siempre que ella insitía en el tema. ¡Como si fuese culpa de él que hubieran tenido que quedarse en esa casa. Esta mañana a las siete había sido la última discusión sobre el asunto. Tal vez el mal humor de Josefita fuese consecuencia de que él tenía que hacer guardia hasta las doce de la noche. —¡Estas mujeres cuando la cogen con algo! ¡Como si todos no sufrieran contratiempos y más aún en esta época!— Mi reumatismo no me dejará levantarme para ir a trabajar mañana. A menos que a las doce corra para casa y Josefita me friccione las piernas y me ponga un paño caliente en las rodillas.— Sonrió al darse cuenta del cambio radical en sus pensamientos.

—Tal vez son los nervios los que me hacen reaccionar así.— Dicen que esta noche doblaron la guardia porque ayer dejaron clavada en la puerta del Comité de Barrio una nota diciendo que iban a sabotear la planta eléctrica. —¡Tontos contra-revolucionarios! ¿Qué van a sacar con hacerle daño a la planta eléctrica? ¡Y por culpa de la nota aquí estoy yo! ¡A ver si pezco un catarro...o peor...pulmonía!— Es tan monótono hacer guardia. Si siquiera permitieran leer. Pero ¿quien va a leer bajo un aguacero? Un pensamiento viejo, ya casi gastado, le dio vuelta de nuevo en la cabeza como una de esas "matraquillas" de que lo acusaba Josefita todo el tiempo. —¿Pero qué rayos hago yo en una noche así, fuera de mi casa? Si lo único que soy es un Tenedor de Libros. ¡Y mañana a tirarme de la cama a las seis! Bueno...si no pezco esta noche un resfriado. Para qué pensar en eso. ¡De todos modos tengo que ir a trabajar, resfriado o no...pulmonía o no...reumatismo o no! Ya falté hace dos semanas, cuando a Josefita se le presentaron mareos por la infección en el oído. ¡Cuántas carreras tuve que dar para conseguir medio pomito de gotas! Y ahora no conviene dejar de ir al trabajo. A lo mejor no me creen y pienssan que lo hago adrede. ¡Lo único que me faltaría sería que me castigaran por ausentismo!— —Hace días que no veo a mi viejo. Pero es que no tengo tiempo. Josefita me dijo que al fin le mando el arroz que conseguí. ¡Ya el viejo está muy achacoso para ponerse a hacer esas colas!—

Un relámpago cruza el cielo y el trueno traer su sonido desde la distancia. Mira el reloj. —Las once. ¡Una hora más! Ojalá el relevo sea puntual.— Empezo a sentir frío de nuevo. Hubiera querido dar saltos para entrar en calor. Pero si lo veían pensarían que estaba loco. Además sus órdenes eran estrictas: "Alerta constantemente. El rifle listo para disparar. No fumar. No hacer el más mínimo ruido. No distraerse un solo segundo". —¡Total! ¿Tanta orden para qué? En el fondo todos sabían que esas notas no pasaban de ser amenazas. ¿Quién podía hacer algo con tanto miliciano y tantos miembros del comité siempre vigilando?— Se dice que los mismos jefes de las milicias inventan esas amenazas para tener a la gente siempre movilizada. —¡Quién sabe! ¿Qué estará haciendo Josefita?— en otros tiempos, si no tenían sueño se montaban en el "cacharrito" y se iban por la casa del viejo, que jamás perdió la costumbre de dormirse tarde. El viejo siempre ha dicho: "Si me queda poco de vida...¿cómo me van a pedir ustedes que desperdicie tiempo durmiendo?" Josefita y el viejo se tomaban un café con leche y él una Polar y después se iban a dormir. —¡Qué viejo mas duro! Se acuesta tarde. Se levanta al amanecer.— Sonrió al recordar que la otra noche lo había tenido que regañar porque se apareció a la casa en guagua. Fue a llevarle a Josefita una latica de pimientos morrones que había conseguido.

—Las gomas de la máquina están que ya no dan más. Bueno, con gomas o sin gomas esta noche no habríamos podido salir, porque este turno se termina a media noche. Mientras llego a la casa ya serán las doce y media. Y si me pongo fatal con el carburador, a la una. ¿Adónde vamos a ir a esa hora? Y eso es contando con que el relevo llegue a tiempo... ¡Y pensar que a las seis y media tengo que salir para el trabajo! ¡Y en guagua, porque no quiero malgastar la gasolina! Y con el transporte tan lento como está ahora.— Una rana comenzó a croar. Le molestaba el ruido. Teniendo el rifle listo se le ocurrió que hubiera querido buscar la rana y darle un tiro. —¡Pero si me salta arriba, creo que me muero!— Penso en las ancas de rana. —Dicen que son sabrosas. Que saben a pollo.— Estaba seguro de que ni aunque supieran a faisán él las podría pasar. Chirrió algo. —¿La puerta de la cerca metálica? ¿Sería el relevo? ¡Es muy temprano aún! No pueden ser más de las once y cuarto.— Se puso en posición. El rifle listo. Tal vez es uno de los jefes de Grupo que viene a inspeccionar. Hubiera querido mirar el reloj, pero temía cambiar la vista del caminito asfaltado que iba desde la entrada al lugar donde se hallaba de guardia. —¿Por qué no relampaguearía ahora, para ver si al fin y al cabo fue solo su imaginación?— Nadie ha agritado para prevenirle de que se le acerca. Y todos saben de las órdenes de disparar a cualquier extraño rondando el lugar.— ¿Qué tiene alguien que buscar aquí, en la planta eléctrica? ¡Y a estas horas! ¡Como no sean los contra-revolucionarios o los que hacen guardias! Y los que hacen guardia se identifican antes de acercarse.— Le parecía que el corazón le latía en todo el cuerpo y a una velocidad vertiginosa. ¡Hubiera querido llamar a sus compañeros de guardia! No los conocía. —¡Quiénes serían? Ni siquiera les habían presentado. Ni ellos se habían presentado entre sí. —¿Pero para qué los iba a llamar?— Trato de oír por sobre el ruido de las gotas de agua y el croar de la rana. —¡Sí! ¡Son pasos lentos! ¿Pero de dónde? ¡No se ve nada! ¡Y esas condenadas matas! ¡Debieron haberlas cortado si creían que alguien podía atacar! ¡Detrás de ellas cualquiera se esconde!— Estaba como hipnotizado. Siempre sintió el uniforme de miliciano como un disfraz. Nunco pudo sentirse como un soldado. Por eso ahora, en el momento de actuar, tenía miedo. ¡Relampagueo! ¡Sí, es la figura de un hombre! ¡Reaccionó tan rápidamente que antes que la luz del trueno se escapara, ya había apuntado y disparado el rifle! Ni un quejido. Solo el ruido de un cuerpo al caer. —¿Que había pasado?— Todo sucedió con tal rapidez que apenas se dió cuenta. ¡Aún temblaba de pies a cabeza! —¿Qué fue, compañero?— Sintió una mano en el hombro. Se volvió, listo a atacar. Pero el desconocido con mano de hierro lo detuvo. —¡Serénate— Otra voz llegó a él desde un poco más lejos. —Aquí está. Trae acá tu linterna que la mía tiene las pilas flojas— Pensó que no podría caminar. La piernas le temblaban. Pero aún así, sin saber cómo, él también se fue acercando al cuerpo caído, seguido del miliciano que le había quitado el rifle de las manos temblorosas. Era la primera vez que había disparado apuntando a algo vivo. Los focos de las dos linternas se aunaron en la nuca del muerto. Estaba caído a lo largo, boca-abajo, sobre un charco de agua, en el caminito asfaltado. Uno de los milicianos se inclinó y lo viró boca-arriba. Luego, dirigió el foco de su linterna al rostro.

—¡Lo conocen?—

—¡Que carajo haría éste por aquí? No traía armas, ni bomba en las manos! ¡A lo mejor estaba borracho!—

¡No podía hablar! ¡Estaba horrorizado! ¡El viejo, su viejo! ¡Le había disparado a su padre! Uno de los milicianos tocó el cuerpo con la punta del zapato pero el viejo no se movió. Al lado, aquella cafeterita de cuatro tazas que el mismo le había comprado, virada. Era café...¿o sangre? corriendo, haciendo burbujas oscuras con las gotas de lluvia... Sintió algo muy grande clavado en el medio del pecho. ¿Qué le había hecho participar de esta pesadilla? Si era él...el de siempre. Sólo un Tenedor de Libros. ¿Qué hacía aquí, de noche, bajo la lluvia, uniformado de militar? ¡No sabía qué hacer! ¡Sentía un dolor terrible en las sienes. Sus compañeros parecían hablar desde lejos. Desde otra calle...desde otra ciudad...desde otro país...desde otro mundo...¡Y de repente le pareció que ni siquiera hablaban su propio idioma.

# MIGUEL A. SÁNCHEZ ALMIRA

*Nació en La Habana, en 1962. Allí hizo sus estudios y se graduó de Medicina en la Universidad de esa ciudad. Salió de Cuba en 1993 y se radicó en Nueva Jersey, donde reside mientras se prepara para hacer la reválida. Siempre ha tenido afición por la narrativa.*

## LA VELA DE PANCHA

Me acuerdo, porque te digo que a mí no se me olvida nada, nada, que la cosa empezó a ponerse fea; pero fea de verdad, como a las cuatro y pico o cinco de la tarde, y me acuerdo porque a esa hora estaba yo colocando el buchito de café para Elvira que siempre pasa por las tardes a dejarme el pan o cualquier cosa que consiga. Cuando de momento, sin ton ni son aquella luz que me dejó ciega. Misericordia, aveMaríapurísima, magnífica. En toda mi vida he oído un trueno como ése. Se me cayó el colador de la mano y me ericé de pies a cabeza. La difunta Pancha, que en PD, con su vozarrón de mandamás me dijo en el oído izquierdo, que es por donde mejor oigo lo que me llega del mundo; recoge lo que puedas, suelta los animales y le enciendes una vela a la Virgen de la Caridad del Cobre, a Santa Bárbara y a la comisión protectora, pero te apuras porque lo que viene es de ampanga, y mujer, tírale un trapo a los espejos, carajo, el mundo se quiere virar al revés... y ahora me voy, pero no se fue. Dio la vuelta, escupió por una rendija del fregadero, me miró con los ojos chiquiticos y me dijo en el otro oído; por el derecho que es por donde casi no oigo nada, que el rayo había matado a Toribio subiendo por el paso del romance azul. Pero con control nada de pataletas y griterías porque te conozco bien, pero no pude oír a quién habían matado, entonces se me cayó el jarro con el café caliente y el pomo de kresto con azúcar, con el hormiguero que había en esos días y me asomé a la ventana chiquita de la cocina y vi que el cielo estaba cerrado, negro, y que la mata de naranja

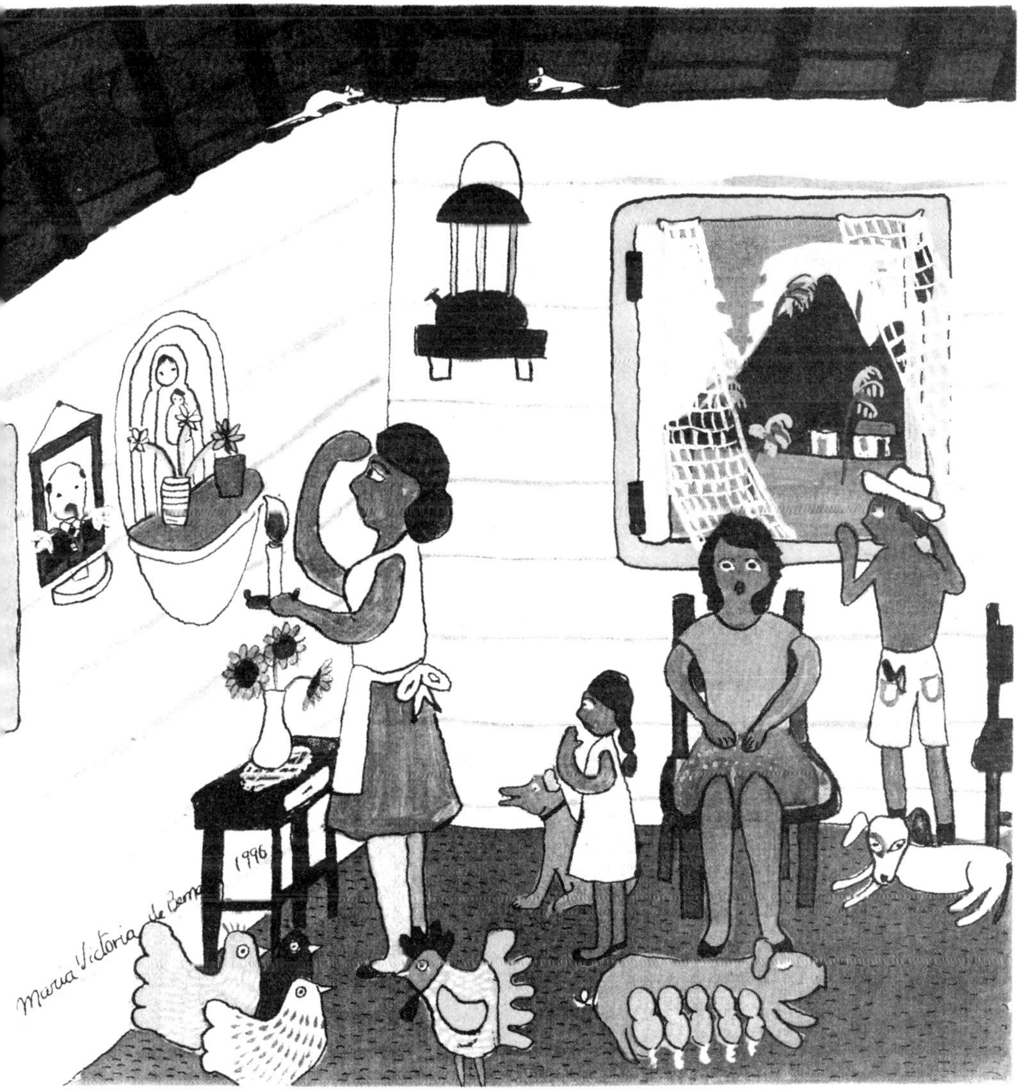
1996
Maria Victoria

agria en la cerca del patio se despeluzaba con la ventolera y Alciviades y Eloy corriendo por lo de al lado de Emilio de donde venía el olor a carne achicharrada y Digna detrás, como una loca con su vestido de ópalo amarillo de por las tardes gritando que cerrara la ventana, que aquello era el armagedón, el fin del mundo y que no se me ocurriera seguir lavando pero todo me entró por un oído y me salió por el otro. Abrí la ventana, la que daba para donde estaba el platanal y entró aquel ventarrón lleno de hojas de mamoncillo, anón y vencedor, polvo del camino real y yerba de pangola seca del potrero de la cooperativa del gobierno. ¡Santísimo Sacramento! en mi vida había visto cosa igual y mira que he visto cosas en esta vida. Todo se iba cayendo; las guásimas y las palmas, las reses, el carretón de Yeyo, mis tendederas con las sábanas blanquitas como un coco; el techo del ranchito para guardar el ajo, la punta de maíz a punto de recogerlo, el palomar llenito de huevos y pichones. Todo se derrumbaba como si el diablo hubiera llegado hasta aquí, como un castigo de la mano divina y aquella tromba entró en mi casa y en un segundo arrancó las pencas del techo y las maderas y retorció mi balance de caoba y llegó al altar donde tengo todos mis santos y los vasos de agua y me puse a rezar un Padrenuestro porque creía que aquella cosa del demonio no podría tirarme al piso a mi viejo Lázaro y llevarme por el cielo lleno de nubes negras a mi San Miguel Arcángel, pero todo se vino abajo; mis amapolas y las azucenas y los tres girasoles, pero cosa de Dios, después que aquella cosa del infierno hubo pasado, la vela que Pancha me dijo que encendiera estaba allí, sin apagarse.

## *JOSÉ SÁNCHEZ BOUDY*

*Nació en La Habana, en 1928. En 1952 se doctoró en Derecho y Ciencias Sociales de la universidad de esa ciudad. También obtuvo allí las licenciaturas en Derecho Diplomático y Consular, y en Derecho Administrativo. Además, es doctor en Filosofía y letras de la Universidad de Madrid. En Cuba fue un destacado abogado criminalista, con una valiente ejecutoria en favor de los detenidos políticos. Se halla en el exilio desde 1961 y fue profesor de la Universidad de Puerto Rico. Desde 1965 es profesor de literatura hispánica en la Universidad de Carolina del Norte, Greensboro. Es uno de los escritores cubanos de obra más prolífica y variada. Ha cultivado todos los géneros literarios, desde la poesía folclórica y la cuentística hasta el ensayo político-jurídico-filosófico, pasando por la novela y la dramaturgia. Algunas de sus creaciones han sido finalistas en afamados premios internacionales y estudiadas por especialistas. Ha publicado no menos de 60 libros, y 300 artículos en revistas y diarios internacionales. Entre sus obras más destacadas hay que mencionar las siguientes:* Cuentos grises *(1966),* Cuentos del hombre *(1969),* Cuentos a luna llena *(1971),* Lilayando *(1971),* Los cruzados de la aurora *(1972),* Orbis Terrarun *(La ciudad de Humánitas) (1974),* El corredor Kresto *(176), y* Cuentos blancos y negros *(1983). Reside actualmente en Carolina del Norte, dedicado a la enseñanza y a su obra literaria.*

## EL PATRONCITO

—¿Está usted seguro que hay una conspiración?
—Pero como no lo voy a estar, jefe. Tengo todos los hilos en la mano. Teodoro, uno de ellos, se ha vendido por treinta pesetas —le gustaba al jefe de la policía repetir citas bíblicas aprendidas en sus años de Pastor protestante—. Se vendió por treinta denarios, para ser más preciso.

El dictador se rascó la cabeza. Estaba vestido de dril cien. En el ojal de la solapa tenía una condecoración extranjera.

—Ven acá, Fernando, dime de nuevo el chiste de anoche. ¿Cómo fue?

Fernando, el jefe de policía, accedió gustoso. El dictador prorrumpió en grandes carcajadas, exclamando: ¡Muy bien! ¡Muy bueno! ¡Formidable! Y con llaneza, puso sus manos sobre los hombros de Fernando.Añadió, ahora en tono serio:

—Ya ves que no me preocupo mucho de esos tontos. Mi obra de gobierno está bien cimentada y la opinión está conmigo. Todo el pueblo sensato aplaude mi gestión, que tiene por lema paz y trabajo. Paz la hay; trabajo nunca falta. El capital gana dinero y el obrero está contento. La educación de primera. Sólo hay duro con esa bandita de tontos. ¿Quién es el jefe?

—Es, mi general, un desconocido. Pero es un fanático, según mis averiguaciones y numerosos datos que de él poseo. Tiene cara de Cristo. Se ha dejado el pelo y la barba como el Salvador y sus seguidores le dicen "el Cristo".

—Bueno, échale mano. Ya se le dará su castigo como Cristo que dice ser. Llámame en cuanto lo tengas.

—Ya están en la comisaría, Jefe. Quería darle la sorpresa. Los muchachos velan por usted día y noche. Jefe, no se olvide de lo último que me prometió.

—Sí lo tengo presente. Así que ¿se parece a Jesús, le dicen Cristo y es un fanático? Ya verás como todo sale bien. Mi lema es convencer y no matar.

\* \* \*

La prisón estaba en lo que había sido antes el matadero municipal de reses. Habían construído otra en diferente lugar y, como las cárceles estaban atestadas, el antiguo matadero se utilizaba también para prisión. En él la falta de higiene era bien manifiesta, hasta el punto de que algunos familiares dejaron de acudir para ver a los presos políticos porque el hedor era insoportable, temiéndose cualquier epidemia.

Se decidieron ir a ver al presidente. Rápidamente se formó una comisión de madres. El secretario de la presidencia los recibió obsequioso: "El Presidente está muy ocupado hoy, podía haberles hecho venir mañana, pero no quiere hacerles perder el día, señoras. Traten de que esos muchachos dejen de conspirar contra el orden y la tranquilidad ciudadana. A ver, ¿de qué se quejan? ¿De las moscas? Se lo comunica al presidente para tomar medidas. ¡Medidas urgentes, pero muy urgentes!

\* \* \*

—Así que moscas. Hay que tomar medidas urgentes, señor secretario.

El soldado levantó el machete y lo dejó caer sobre la oreja del prisionero, que saltó en el aire. La sangre salió de forma de chorro, pero al poco rato se coaguló adoptando un tono oscuro. A la medida hora olía a podrida y ciento de moscas se tiraban sobre la herida tratando de chuparla. El dictador sonreía cuando le contaban las cosas:

—Lo traté como a Cristo, ¿eh?

# TERESA SANSIRENE

*Nació en La Habana, en 1948, donde hizo sus estudios primarios y secundarios. Terminó la carrera de Literatura Hispanoamericana en la Facultad de Letras de la universidad de esa ciudad. En Cuba permaneció hasta 1980, dedicada a la enseñanza, y fue correctora de estilo del Instituto Cubano del Libro por un corto tiempo. Salió al exilio por vía de Costa Rica ese mismo año. En 1981 pasó a los Estados Unidos. Ha publicado sus creaciones líricas y narrativas en revistas y diarios de este país. Actualmente trabaja en el Kean College de New Jersey.*

## LA POMADITA

Érase una vez un barrio chino abandonado. Sólo conservaban dos cines, donde se proyectaban por las tardes películas ya pasadas de moda y de color también. De noche estas salas cobijaban a unos cuantos espectadores no-asiáticos que se atrevían a entrar para ver los estrenos de seis meses atrás que no vienen entonces, y que ahora disfrutaban por la mitad del precio normal. A veces se veían extranjeros satisfechos de penetrar a ese mundo recomendado por amigos que lo habían visitado con anterioridad, encontrándolo muy a tono con sus búsquedas de lugares poco comunes; un mundo donde la ruina y la miseria son la clave de misterios ocultos o de tesoros enterrados. Las proyecciones diurnas tenían un carácter dramático; bien eran historias de amor repletas de llanto o gritos y llanto cargados de historias de amor. Pero en ambos se traslucía el carácter ovalado y pintoresco de los que pertenecen a tan lejano país.

Si se visitaba este barrio durante la mañana se podía adquirir el periódico de dos páginas que se imprimía diariamente, sin anuncios comerciales o caricaturas. Eran sólo letras negras en un papel largo y semi-blanco. Los que lo leían solían sentarse en los quicios de sus casas sin siquiera pestañear o mirar al que pasaba. Esta tradición matinal es obra de los que tienen tiempo para conservarla.

Ya no se veían puestos de frutas o de viandas; pero podía encontrarse con algún vendedor pasajero que susurraba su mercancía por miedo a perderla. Y uno de esos era el que yo buscaba. Se ha hablado de jaqueca en todos los tiempos; ahora se usa el término migraña. Pero lo mio sigue siendo un terrible y lunático dolor de cabeza. Lunático porque empieza y se va cuando menos me lo imagino. Puedo probar estantes de aspirinas, calmantes para los nervios, laxantes, y todo es en vano. Sin embargo sólo una hace el milagro: la pomadita china. Ungüento difícil de conseguir en esa época. Me habló un amigo, experto recorredor de las calles oscuras donde todo se consigue, explicándome que con tacto y paciencia podía obtener un vendedor fiel, capaz de suministrar a un regimiento de dolientes la medicina eficaz que alivia. De dónde lo obtenían aún queda en el misterio. Lo fundamental era que no estaba adulterada para sacar más provecho de ella. Este amigo vivía en el mismo corazón del barrio chino. Eran cuatro de familia y ninguno trabajaba. El se dedicaba a comprar libros usados de personas hastiadas de conservar esos motretos que nunca leían y que eran la única herencia de alguien muerto a deshora; después los vendía a mayor precio a algún estudiante conmovido por páginas rotas y sucias o a otro avido de lecturas no encontradas en las bibliotecas a mano. Quizás otros negocios ilícitos le cayeran de vez en cuando pero no se comentaban. Todo quedaba en familia. La hermana estudiaba. La madre lavaba para la calle y el padre dormía la borrachera de día en día. La casa en que vivían era propia y la cuenta de la luz no llegaba nunca porque se la cortaron hacía años, y un hábil amigo había unido los cables de la caja eléctrica sin avisar a la compañía que, ingenuamente, pensaba que se alumbraban a base de velas o que quizás vivían a oscuras placenteramente. Cocinaban con una cocina de luz brillante y tenían un aparato de un teléfono jamás conectado. Así sobrevivían dentro de la calma que da el sólo tener que buscar el pan de cada día o no tenerlo en la mayoría de los casos.

Mi amigo conocía todo lo que se hacía y no se hacía dentro de un radio no menor de cien kilómetros. Me recomendó pasearme durante tres o cuatro días por las calles más populosas del barrio chino. Que supieran que algo buscaba y que después atacara. Ataqué a uno al segundo día porque el dolor de cabeza me mataba. Necesito pomada china, le dije a un descendiente de Mao, tosco, amarillo y débil a simple vista. No me contestó. Me dejó repitiendo lo mismo como un disco rallado y se perdió en un pasillo que parecía no tener fin. Me senté en el quicio de la acera y bajé los brazos hasta tocar con los codos las rodillas, en un acto de dejadez absoluta. Pero era el dolor que me hacía teatral para muchos y no para mí que lo padecía, en ese momento, a latigazos contínuos. Sentí que me tocaban y me viré. Tenía a un hombre bajito, redondo y calvo que me miraba muy serio. Me extendió un cartuchito sucio con un número escrito en el medio del mismo: 10. Lo abrí y encontré la bendición que buscaba. Un estuche redondito rojo con un olor penetrante y unas letras que aún no entiendo; supe que era esa la milagrosa pomada capaz de aliviar mi terrible dolor. Sólo la había usado una vez; dos dedos amigos untados cuidadosamente de ella y frotados en mis sienes, durante una reunión familiar. Me imagino que el que me la untó esa vez la apreciaba tanto como yo ahora, que la escondo de todos, tanto que a veces no recuerdo dónde. Volví a mirar al portador del cartuchito sucio para reconocerlo en próximas ocasiones. Saqué un billete de diez pesos, lo doblé en dos y se lo extendí; él, a su vez, me alargó el pequeño paquetico sudado y creo me sonrió. Le pregunté si siempre me vendería lo mismo pero no me contestó. En ese momento pensé que sólo hablaba su idioma, pero meses después, habiendo ganado su confianza y llenado su bolsillo de billetes de a diez, me habló en mi lengua, usándola porfectamente, sustituyendo sólo algunos sonidos por otros. Que supiera o no hablar me importaba un comino. Sólo buscaba su mercancía preciada y, por suerte, siempre lo encontraba cuando lo necesitaba. Era como si adivinara el día y la hora que yo iría. Recostado en la puerta de al lado del pasillo donde se perdió la primera vez para después venir con la pomadita. Qué haría y con quién vivía; eran preguntas que me las hice todas las veces que iba a verlo, pero su hermetismo sólo dejaba entablar las palabras necesarias. Un día no lo encontré en su lugar. Entré por el pasillo sin fin. Habían tres puertas a un lado y tres al otro. Toqué en la primera a la derecha. Me abrió una chinita que imagino tendría de nueve a catorce años; nunca he sido buena calculando edades y menos cuando pertenecen a una raza de aspecto tan uniforme. Me explicó que el hombre de la pomadita había muerto hacía dos semanas; se bañó en alcohol y después prendió un fósforo. Yo tenía que saber el porqué de tan terrible decisión. Me pasé días visitando a diario el barrio tan conocido por mí, pero nadie me explicó nada. Sólo me llevé unos cuantos insultos y la dirección de otro vendedor de pomaditas. No quise seguir preguntando para no hacerme sospechosa y perder, para siempre, a los buscados abastecedores. Sabía de muchas muertes parecidas sin que se aclarara nunca el motivo de las mismas; infidelidad, miseria, recuerdos dolorosos, nostalgia o todo al mismo tiempo.

## GLORIA SANTAMARÍA

*Nació en Cuba, donde completó la primera y segunda enseñanza, con especial dedicación a la música y la literatura. Desde su llegada al exilio continuó con su labor literaria y musical, y ha dado a las prensas varios poemarios y una novela. Ha recibido varios premios por sus creaciones literarias. Entre sus obras se destacan* Evangelio poético, 1972, Alguien va a nacer, 1980, La llamada, 1984, *y* Madre dádiva de Dios, 1985. *Actualmente reside en Miami, Florida.*

## JUAN TRISTEZA DE NUEVA YORK

La cárcel es ese lugar donde se muere y se sigue viviendo, donde la gente adocenada purga algún delito. Juan siempre le tuvo miedo; pensaba que los que estaban en ella tenían que sentirse asfixiados; muertos en una existencia negra y estéril, y él había caido ahí. Por mucho que trató de evitarlo estaba encerrado en ese infierno. Una voz lo sacó de su interior:
—Juan —repitió.
—Dígame —contestó secamente.
—Responda con respeto.
—Perdón, señor.
El guarda se suavizó.
—Su comportamiento ha sido bueno, por lo que será puesto en libertad; prepare sus cosas que dentro de una hora vendrán a buscarlo. El guarda salió cerrando tras sí la reja. Juan sintió en el corazón el golpe de hierro contra hierro.

Diez años llevaba "Juan Tristeza" en ese infierno. Diez preciosos años de su vida perdidos, insultado por los compañeros de desgracia que lo llamaban gallina porque no profería amenazas ni soltaba palabrotas cuando el guarda le hablaba con dureza.
Juan había caído en la trampa del mal. ¿Tuvo él la culpa...? Juan

había nacido en Harlem, allí se había criado; allí compartía la calle con los niños de su edad haciendo las diabluras propias del muchacho que no tiene una mano fuerte y amorosa que lo dirija, y allí fue a la escuela... como todos iban. Hizo los primeros años comportándose honorablemente, a pesar de las amenazas de los que llevaban dentro el mal activo y lo atropellaban porque no era uno de ellos. Descaradamente le robaban la merienda y se burlaban de él poniéndole motes. Juan, haciendo de tripas corazón, se dominaba; no quería llegar a la casa con señales de haber peleado para evitar regaños de su madre.

Antes de salir para la escuela Juan se prometía tener paciencia y cerrar los oídos a las vejaciones y amenazas. Comiéndose la ira, entregaba la merienda traída de su casa y el dinerito que le daba su madre, con la advertencia de que no quería pleitos con los otros.

Ese día, como todos, Juan oyó la voz mandona del jefe de la pandilla de desalmados:

—Vamos, Juan, suelta el dinero, ya te he dicho que me lo entregues sin que te lo pida.

Juan sintió algo por dentro; algo que se rebelaba en su interior con una fuerza irresistible y se negó a entregar lo que era suyo. Un golpe en el ojo le hizo ver todo negro, de nuevo la claridad y la voz dura de la maestra:

—Los castigaré para que aprendan disciplina y buenas costumbres. Juan sintió sobre su brazo la mano enérgica de la maestra que lo llevó a un rincón del aula. Allí permaneció de pie toda la mañana junto al jefe canalla de la pandilla.

Juan volvió a su casa. Como de costumbre no había nadie.

A los dos horas la voz de la madre le raspó los oídos:

—Juan, ¿has peleado? ¿No te he dicho que no quiero pleitos con nadie? ¡Toma, para que aprendas!

Juan sintió los puños de la madre sobre su cuerpo.

—Quiero que sepas de una vez que si vuelves golpeado te daré una paliza que no olvidarás mientras vivas.

Ante esos recuerdos "Juan Tristeza" apretó los puños. La presión de las uñas le dibujó hilitos de sangre en las palmas de las manos, y una lágrima de ira y dolor le quemó las mejillas.

—Anda, vete a la calle que voy a preparar la comida. ¿Qué haces ahí parado? ¡Acaba de irte y piérdete hasta la hora de comer! ¡Cómo estorban estos muchachos.

Juan bajó las escaleras desde el piso en que vivía hasta la calle. Se sentó en la acera y con un carbón escribió en el suelo palabras sin sentido.

Si hubiera sentido las manos de la madre acariciarlo, si hubiera recibido un beso.. No quiso culparla, sabía que su madre tenía el alma seca desde que su padre se fue con aquella María saltarina y bribona.

Juan recordó los pleitos en las madrugadas, los gritos, los golpes, las amenazas del padre y la voz dolida y despechada de la madre: —¡Vete, vete de una vez con esa hija de...!

Juan se mordió los labios ante esos recuerdos, se sintió un nudo en la garganta como si una mano invisible lo apretara.

—Juan, ven a comer.

Juan escuchó la voz y entró lentamente a la casa.

—¿Tienes plomos en los pies? ¡Camina aprisa, muchacho! Toma tu plato de comida y acaba rápido que quiero descansar.

Si su madre se hubiera sentado a hablar con él, si él hubiera podido contarle las injusticias de que era objeto... pero, ¿de qué hubiera servido? Su madre no tenía tiempo, ni tampoco entendía.

—Bésame, mamá.

La madre lo besó.

—¿Me quieres, mamá?

—Cuando se ha visto que una madre no quiera a un hijo.

Juan seguía recordando... Recordó el día que su madre llegó con un hombre a la casa.

—Juan, este es Luis, desde hoy será tu padre. Vivirá aquí y compartirá el dormitorio conmigo; tú dormirás en la sala.

—Pero, mamá, ¿quién es Luis?

—No hagas preguntas.

Juan calló. Ya no compartió más la habitación con la madre. Desde entonces durmió en la sala, amarrado a su soledad y a su vida incierta. Se tapaba los oídos para no oír lo que su madre y el hombre se decían... Luego el nacimiento de su hermanita. Sus celos al ver el amor que su madre derramaba en ella. Celos que más tarde se transformaron en amorosa protección. Juan recordó las manos de su hermana en su cara y el camino al colegio con ella.

—Cuídala, Juan —recalcaba la voz de la madre. Claro que él la cuidaba; la protegía con el corazón derramado en ella. Diariamente la dejaba en la escuela primaria y él seguía al "High School".

Juan se demudó ante el recuerdo de su muerte. Nueve años de dulzura asesinados... Fue un anochecer. Ella iba con él por la calle cuando un grupo de mozalbetes enmascarados la arrebataron de su mano y la llevaron al sótano de uno de los tantos edificios abandonados del barrio. Juan luchó hasta la muerte por defenderla. Entre todos lo golpearon hasta dejarlo inconsciente. Luego el llanto de su madre y las frases: —¡Por qué no la defendiste con tu vida! Cómo puedes estar vivo y tu hermana muerta...!

Juan no contestó; un llanto sin lágrima la estrangulaba la garganta.

Juan recordaba, recordó todo; recordó como se le fue endureciendo el corazón. Recordó cuando vio a uno de los asesinos del barrio quitarle la vida a una viejita para robarle su miseria. Juan trató de defenderla y recibió una cuchillada que le marcó la mejilla para siempre. —Toma, para que no te metas en mis asuntos —gritó la voz del asesino.

Juan se hizo fuerte para no ser atropellado. Compró la primera navaja con dinero robado a su madre. Tenía que defenderse, atacar primero. Había que tener dientes y uñas para poder convivir en la selva en que vivía. Juan se dejó crecer las uñas y se afiló los dientes. Desde entonces lo respetaron. Cuando pasaba todos se quedaban quietos y temblaban.

Recordó la causa que lo llevó a la cárcel. Ese día quiso ser honrado; ¿Por qué hacer mal; por qué no portarse como un hermano de todos? Ese día sonrió, iba tranquilo, por primera vez estaba lleno de paz, con el pensamiento blanco, salpicado de bondad; pero esa voz en la noche reclamando dinero, golpeando, amenazando con un arma... Juan se acordó que era león y clavó primero... La policía, las voces: —¡Ese es el asesino, atrápenlo.

Le pareció sentir aún las esposas en sus muñecas, apretando sus manos que no querían matar...

Las frases soeces de los compañeros de cárcel lo trajeron a la realidad: —Hoy se llevan al ángel, se llevan al bueno. ¿Verdad que eres bueno, Juan?

Juan tragó saliva, se mordió la lengua para no contestar. Las voces seguían acuchillándolo, escupiéndole el alma.

—Mira, se ha vuelto mariquita, no te dije que era una gallina, —se decían entre sí—, su madre debe de ser una hija de... Juan no pudo más; levantó el puno; la sangre salpicó la celda...

Volvió el guarda. Los otros acusaron.

—Es posible, Juan, hoy que ibas a salir.

Juan quedó en la prisión. Un día lo dejaron libre. Había cumplido con la "justicia".

"Juan Tristeza" volvió a la cárcel por otros crímenes...
Llevó una vida honorable después de su experiencia...
Se hizo borracho...
Acaba de morir... Y sin embargo "Juan Tristeza sigue viviendo en Nueva York.

# HÉCTOR SANTIAGO

*Nació en La Habana, en 1944. Allí hizo sus estudios primarios y secundarios, e ingresó en la escuela de Filosofía y Letras de la universidad de esa ciudad, de donde fue depurado en 1964. Por un tiempo laboró en distintos grupos de danza y de teatro infantil y de adultos. Después de varios períodos de prisión en 1966, 1970 y 1976, durante los cuales le fueron incautadas sus obras literarias inéditas, logra salir de Cuba en 1979 como ex-preso político, y se radica en Madrid. En 1960 publicó en La Habana su poemario* Hiroshima, *y en 1979, en Madrid, un ensayo sobre Virgilio Piñera y su obra. Desde 1980 reside en Nueva York, dedicado a sus labores literarias, algunas de las cuales han sido galardonadas.*

## VIAJE AL PAÍS DE LAS SAYAS LARGAS

—Las jovencitas están cada día más putas— Dijo la vieja, a la que le quedaba sólo un colmillo izquierdo en toda la boca y que hacía que todos lo notaran, pasándose la lengua por él y una y otra vez hasta dejarle una profunda hendidura a la carne rugosa —¡Dímelo a mí! ¡Requeteputas!— Le respondió la otra, la de la verruga en la nariz de la cual salían tres pelillos encrespados —Ya lo de la juventud es un bayú— Dijo la tercera, la que se hurgaba la oreja con la larga uña y después hacía el recuento de la cerilla lograda —Por eso la revolución tiene que hacer algo compañera Chala— —¡Y lo va a hacer!— Respondió Chala la miliciana, moviendo con autoridad la cartuchera del revolver sobre los muslos rollizos —Aquí lo que hace falta es más moral— A la vieja de la verruga le hubiera gustado añadir: "Como antes". Pero recordó que todas las cosas del pasado estaban prohibidas. Además, se suponía que la inmoralidad existía "antes" y no ahora —Ese atajo de fleteras andan por ahí, de lo más desparpajadas— —y provocando a los hombres, las muy putas— —Compañera Chala: esas pellejas no pueden ser revolucionarias— —¡Qué van a ser revolucionarias!— Saltó la del colmillo —¡Aquí para ser revolucionaria hay que tener conducta impecable y una actitud ejemplar!— Les interrumpió Chala la miradera complacida entre ellas, estirándose la costura del pantalón verde olivo muy estrecho, que se le había colocado entre las nalgas con un malestar tremendo.

Mientras hablaban el lugar seguía llenándose de asistentes. Se oían las sillas que rodaban, saludos, conversaciones estridentes que hacían de todas las voces una sola. En el escenario estaba la foto del Máximo Líder, la bandera roja, una areca media seca que alguien había traído de su casa, el tocadisco que todos sabían que serviría para tocar el disco rayado de siempre, cuando abriera el acto con el Himno Nacional que terminaría irremediablemente por atascarse en: "Que la Patria os contempla orgullosa". Poniéndole los nervios iracibles a todos, hasta que Chala le daba una patada, saltaba la aguja y caía justo en la estrofa final, acortando en algo el acto. Iban a homenajear a la Alumna Destacada del Año. Sería un acto patriótico político, con danzas, poemas del poeta local, canciones revolucionarias, limonadas con croquetas y un baile. Así que unos y otros, por todo ese repertorio de razones, terminaron por llenar el local, mientras Chala y las tres viejas hablaban para combatir el tiempo —Ya esto es una putería abierta.— —¡La revolución tiene que hacer algo!— —Mire compañera Chala: ya es hora de que se le de un escarmiento a este atajo de putas que inunda el pueblo.— —¡No mientras yo sea presidente del Comité de Defensa, Secretaria de la Federación de Mujeres Cubanas, responsable de mi escuadra de milicianas y auxiliar de la policía revolucionaria!— Las tres viejas se miraron satisfechas, sintiéndose respaldadas al lado de tal autoridad. Sabían que habían escogido a la persona exacta para comunicarle sus desvelos —Esos pelitos largos de los hombres. ¡Como si fueran mujeres! —¿Y que me dicen de los pantaloncitos apretados?— La mención hizo que Chala se volviera a sacar de la raja la costura invasora —¿Y esas pirujas con las sayitas cortas enseñándolo todo?— —¡Qué va! ¡Eso se tiene que acabar en este pueblo!— Remató Chala, volviendo a echar el revolver a un lado, ya lista a subir al escenario para comenzar el acto.

Nadie esperaba una noche de gran excitación por este acto, así que las mismas caras inertes escucharon el himno sobre el que le soltó Chala sus patada como todos esperaban. Hizo su discurso sobre los logros de la revolución en la educación. La importancia que tenía para aquel pueblo, que hubiera recaído en él el premio a la Alumna Destacada del Año. súbitamente, sin una previa transición, se le endureció el rostro. Puestas las manos sobre el cinto que aguantaba la cartuchera y las balas, las piernas abiertas en una amenazadora postura, que hizo que la costura se le volviera a meter en la raja. Proyectó una mirada de fuego sobre la audiencia, que tembló, achacándose todos las posibles faltas y esperando el consiguiente castigo. Comenzó un largo discurso lleno de gestos airados, con muchos puñetazos al aire, medidos silencios, contacto de ojos, que recordaban mucho el estilo del Máximo Líder. La boca se le fue llenando de saliva espumosa, el cuerpo le temblaba, saltaba, sudaba: condenaba la corrupción del capitalismo. Anunciaba que había llegado la hora para los corruptos del pueblo. Ni apenas había terminado, cuando en el espanto, silencio, estupefacción de los espectadores, preguntándose a que venía eso en medio del acto, mirándose a ver quién era el culpable, estalló el cerrado aplauso de las tres viejas. Puestas de pie, gritando el nombre de Chala con tal energía que retumbaba en las paredes. Se miraron todos, comprendiendo que era mejor que también se levantaran y aplaudieran, no fuera a ser que se vieran mal interpretados o anotados en la profesional pupila de Chala, que los espiaba a todos mirando las reacciones. Así que la cerrada ovación a Chala le sacó una risa de orgullo y satisfacción , interpretando con eso, que el pueblo la apoyaba en su anunciaba campaña moralista. Se inclinó ligeramente para agradecer y la costura del pantalón volvió a entrar en la raja.

—¡Berenguena López!— Gritó Chala por el micrófono, con el diploma y la medalla en las manos. Todos se volvieron hacia atrás, donde la jovencita se levantaba con una risa tímida, aplaudida por los padres a los que siguieron todos. Menos las tres viejas. Que pálidas, atónicas, contemplaban a la muchacha que venía por el pasillo central —¡Miren pa eso!— —¡Qué descaro! —¡Venir así a buscar el diploma!•— —¡Caballeros: esta juventud de ahora no conoce el respeto!— Asintieron las otras dos, clavando sus ojos de fuego en el escultural cuerpo de la adolescente, los senos firmes que temblaban ligeramente con la caminata, la cintura estrecha que invitaba a cercarla, la cadera redonda lista a ser palpada. Los hombres le miraban el trasero compacto, que se estremecía a cada paso bajo la minifalda, sintiendo el aguijón del deseo entre las piernas. Sabiendo que esa noche con la visión de la Alumna Destacada del Año, se le treparían encima a las gordas esposas, con los senos ajados y los pelos resecos. Apenas le pasó por al lado, las viejas no hicieron nada por contener un rebuzno de descontento, un ceño fruncido, unos rostros arrugados comidos por la ira. La de la verruga vio la mirada licenciosa en los ojos del hombre a su lado y dándole un codazo iracible —¡Mira que yo conozco a tu mujer!— lo redujo a una sombra refugiada en la silla, ojos bajos, orejas calientes.

Cuando la jovencita subió los peldaños de la escalera, uno a uno, con el calculado paso de la corta saya, los hombres inclinaron las cabezas, tratando de mirar entre las entrepiernas, colándosele entre la piel suave de los muslos carnosos, viendo el abultado ajuste de las nalgas que respondían a la subida. Esto sembró un malestar entre las mujeres, que al igual que la vieja de la verruga, repartieron codazos, pellizcaron, amenazaron, prometieron largarse. Logrando que los hombres se pusieran estirados, como si fueran frías estatuas de sí mismos. Chala se había dado cuanta de todo. Ya tenía el ojo entrenado para observar, calar en las cosas que pasaban y poder memorizarlas. Así que ha medida que Berenguena se acercaba al escenario, su ceño fruncido se le hacía una grieta profunda en la frente, el rostro se le iba poniendo rojo, congestionado y su pecho se hinchaba con la violencia de la ira. Y era tal su nerviosismo, malestar, que sin darse cuenta estaba fajada con la costura del pantalón, que inevitablemente terminaba por volver a meterse en su raja, cuando hacía el menor movimiento por la cólera que la atacaba.

—¡Una reverenda puta!— —¡Se le ve todo! —¡Está encuera!— Se iban diciendo las viejas, los ojos clavados en el cuerpo tierno que subía al escenario. A lo primero hablándose al oído, pero ya la ira les alzaba el tono y ahora parecían comentarlo con todo los asistentes. Chala las miró y se callaron momentáneamente, creyendo haber obrado mal, pero vieron su ceño fruncido, la mirada reprobadora que le echaba a los muslos al descubierto: comprendieron —¡Es mejor que hubiera venido encuera!— —¡Provocadoras de hombres!— —¡Qué descaro, mi madre!— Las voces de las viejas se escuchaban desde todos los puntos del lugar. Retumbando como un eco. Al rato se oían voces de otras mujeres, iban estallando de silla en silla, después de haber chequeado si los ojos de sus maridos estaban puestos en el piso.

Berenguena subió al escenario y con un gesto recatado empujó la saya hacia abajo, pues la subida de la escalera le había plegado sobre las caderas redondas, haciéndolas aun más corta, para mayor ira de las tres viejas. Después fue hacia Chala con una sonrisa limpia y fresca, como sólo saben hacer las adolescentes. Chala miraba a los rostros serios entre los asistentes, después miraba aquellos muslos llenos de vida que se le iban acercando. Cuando vio el rostro compungido de los hombres, sintió un tremendo alivio de que aquí no estuviera su marido: ella no se hubiera demorado mucho en darle una patata para llamarlo a contar —¡Una puta!— Ya estallando abiertamente, la vieja del colmillo izquierdo, no había podido controlar su voz, que retumbó en el escenario, corrió entre los asientos. La muchacha se detuvo. Miró hacia el auditorio sin entender. Sólo vio rostros atentos a ella y el silencio. Así que terminó de llegar junto a

Chala. Extendió la mano. En ese momento ya Chala sabía lo que tenía que hacer. Sin proponérselo había llegado el instante que estaba buscando: era la hora de dar un escarmiento revolucionario. En un gesto preciso y clave, puso detrás de su espalda el diploma y con un gesto rudo tiró la medalla lejos de ella, que fue a caer en la mesa, deteniéndose junto a los panfletos con el discurso del Máximo Líder.

—¡Compañeros! ¡Berenguena López! ¡La Alumna Destacada del Año!— Eso es lo que le hubiera tocado decir, abrazándola, extendiéndole el diploma, prendiendo la medalla en la blusa, para después presentarla al público que aplaudiría. Le daría un beso, la felicitaría en nombre del Máximo Líder y haría un discursito proclamando sus virtudes de alumna revolucionaria y el ejemplo que significaba para los jóvenes del pueblo. Pondría el disco de la Internacional para el cierre, repartiría los panfletos y daría la orden para repartir la limonada, croqueta y que comenzara el baile. Pero nada de eso hizo. Reculó hacia atrás, mirando detenidamente la cintura estrecha con rabia —¡Eso es un descaro!— Esta vez fue la de las orejas limpias, de las cuales ahora se arrancaba unos largos pelos. Asintieron las mujeres en la audiencia dándole su apoyo. Chala se llenó de valor y poniendo las manos en el cinto de la cartuchera del revolver le dijo con una voz de trueno —Berenguena... Compañerita... Yo que tú mija, iba pa la casa y me vestía más decente. Entonces, cuando estés más presentable, se me regresa a buscar el premio— Las palabras de Chala fueron aplaudidas por las tres viejas, que nuevamente encontraron eco en dos mujeres, cinco, diez, quince... Hasta que todas aplaudían, mirando con cólera hacia la muchacha, pasando el aplauso solidario al grito —¡Es una inmoral!— —¡Una afrenta a la revolución!— —¡Reputa!— Berenguena miraba con los ojos abiertos aquellos rostros llenos de odio, los brazos con los puños alzados hacia ella, escuchando el estruendo de todas las voces a la una, dentro de las cuales salía a ratos un insulto más alto que los otros —¡Qué ejemplar ni ejemplar!— —¡Sí señor: eso es una inmoralidad!— —¿Quién fue quien votó por esa piruja?— Dijeron las viejas, ya recostadas al escenario, con una expresión tal de cólera en las voces, que Berenguena dio unos pasos hacia atrás, como si las manos huesudas la fueran a agarrar para despedazarla — Mijita vete y cambiate— —¡Sí, sí, ¡Reputa!— Cuando las mujeres se dieron cuenta que los hombres permanecían callados, dejaron de mirar por un momento a la muchacha, desviando sus improperios hacia ellos, culpándolos de lascivos, pecaminosos, degenerados, prometiendo divorcios. Algunos contestaron con insultos, otros escuchaban con enojo. Pero ninguno se unió a los insultos hacia el escenario. Lo que no había pasado desapercibido por el ojo entrenado de Chala. Se acercó al micrófono —¡Compañeros! Esto es un problema de moral revolucionaria. Y aquí el que no esté de acuerdo con esto, no está de acuerdo con la revolución.

Fue Valentiano, al antiguo carretonero que recogía comida para los puercos, del que decían que se acostaba con su mula Severiana, haciéndole el amor como si fuera su esposa y que ahora, acabado el negocio de la cría de puercos, era conserje de la escuela, el que primero se levantó con el rostro endurecido, hablando con un hilito de voz que costaba trabajo escucharle —Pues a la verdad... A mí me parece... —Más alto Valentiano!— —Que yo creo... ¡Que bueno es lo bueno pero no lo demasiado!— —¡Más alto!— —Digo que... —¡Más alto carajo!— —¡QUE YA ESTO ES UNA PUTERIA ABIERTA!— Y como esto sí lo habían escuchado todos, comenzó un hombre a asentir con la cabeza, otro a darle la razón a su mujer y el que se veía observado por Chala terminó por alzar el puño contra el escenario. Al final no había nadie callado. Ni sentado —Mija. ¿Qué espera para irse a quitar esa inmoralidad?— Los pies de Berenguena le pesaban como fueran de hierro. Estaba aterrada. No podía mover el cuerpo que sentía contraido como en un solo músculo sobre el que no tenía control. Tenía un nudo que le apretaba la garganta, la frente perlada de sudor los ojos inmensamente abiertos, las manos aguantándose una a la otra el temblor. Chala acostumbrada a sus rápidas órdenes del pelotón de la milicia, el respeto cuando hacía la ronda con la policía, el miedo de la eficiente guardia de su Comité de Defensa, le incómodo que no se moviera ni le contestara. Se le acercó con grandes zancadas de sus pesadas botas rusas, que hicieron temblar las viejas tablas del escenario —¡Ya esto es un asunto de la revolución!— Abajo, las tres viejas dieron puñetazos sobre las maderas, algunas mujeres se pararon, arrastrando consigo a sus maridos. Seguían a los de alante que se habían unido a las viejas ante el proscenio. Ahora se iba formando un grupo compacto que gritaba, alzaba sus puños hacia ella —¡Puta, puta, puta!— —¡Fletera!— —¡Contrarevolucionaria!—Chala le puso las manos como unos garfios en sus hombros suaves —Ya lo tuyo ciudadana, es un acto de provocación abierta. Te di un chance y te estás riendo de mí. ¡Pero de mí no se ríe nadie en este pueblo. ¡Porque yo estoy aquí para proteger la moral y los logros de la revolución!— Un estruendo de aplausos, vivas y gritos, contestó a sus palabras —¡Chala, Chala, Chala, Chala!— Se viró hacia ellos alzando el cerrado puño izquierdo, sonriendo satisfecha. Sin soltarle un hombro, la empujó hacia adelante con ella —¡Compañeros! ¡Ya esto es un acto de contrarevolución!— —¡Sí, sí!— —¡Gusana!— —¡Contrarevolucionaria!— —¡Imperialista!—Berenguena, con el cuerpo congelado, se hubiera quedado sin moverse, exactamente en el mismo lugar donde la había encontrado su incredulidad, sino es que de la multitud le hubieran tirado un limón, que alguien había cogido de la mesa del banquete. Le dio en pleno rostro. Con el golpe salió de su estado de espanto. Se llevó las manos al rostro, donde la mancha rojiza se extendía sobre su cachete. Miró al piso y vio al limón rodando hacia las botas de Chala, que se agachó, lo tomó con cuidado y lo puso sobre la mesa para hacer la limonada después. Nuevamente se tuvo que sacar la costura de la raja.

Chala le dio otro ligero empujón y la colocó en el proscenio. Vio el rostro de las tres viejas agigantados sobre el escenario, las manos buscando un reborde para escalarlo. A pocas pulgadas de sus tobillos suaves. Las manos huesudas reptaban sobre la tabla en dirección a ella, los dedos torcidos extendidos, palpando cada terreno que ganaban, crispados, alargados, las uñas filosas, cortantes: parecían pulpos inevitables. Supo que pronto las tendría atrapándole las piernas, subiendo sobre su cuerpo, sintiendo la rugosidad de las pieles viejas y resecas, el volumen de los nudillos artríticos. Y detrás vendrían los otros, que ya se encimaban sobre las viejas, tratando de pasarles por encima para ser los primeros en tocarla —¡Puta!— Dio un grito aterrorizado —¡Gusana!—Echó a correr entre las bambalinas buscando la puerta de escenario —¡Que no se escape!— —¡Cójanla!— —¡Agarrenla!— Aún después que Berenguena abrió la puerta, las voces la persiguieron mientras huía por el medio de la calle, el pecho agitado por el llanto, el cuerpo temblando, las manos halando durante todo el tiempo la saya, queriendo estirarla hasta el colmo de lo imposible. Entonces se rompió dejándola con la tela en la mano, el apretado cinto en la cintura y el resto que había quedado en la calle en medio de su carrera —¡Puta, putaputa!— Se podía oír todavía por el eco. Sintió el fresco de la tarde entre los muslos. De algunas casas habían salido alertados por el escándalo del teatro. Sintió los ojos de los hombres posándose en su cuerpo. Vio las miradas de odio de las mujeres que los empujaban hacia adentro. Escuchaba las risas de los jovencitos cuyos dedos la señalaban. Y por más que corría parecía no acabar de llegar a su casa.

Chala regresó al escenario. Lo primero que hizo fue mirar hacia donde habían estado sentada la única pareja que no se levantó: los padres de Berenguena. Comprobó con satisfacción que se habían marchado. Vio los rostros furiosos esperando algo de ella. —Bueno compañeros. Dejemos que la justicia revolucionaria cumpla su cometido. Ya les ajustaremos las cuentas a los inmorales. Ahora vamos a divertirnos.— El cambio fue súbito: inmediatamente surgió la primera risa. Después siguieron los rostros sonrientes, abrazos, chistes. El grupo se fue desparramando por el lugar. Chala le tiró el limón a la mujer que preparaba la limonada. Esta preguntó en voz baja si no había hielo. Le contestó el silencio. Y mirando de reojo a Chala puso cara de alegría y siguió exprimiéndolos. Chala estaba satisfecha. Había cumplido con su cometido. La lengua del pueblo se encargaría de contar lo sucedido y todos los jovencitos sabrían que la guerra contra ellos estaba declarada. Los más apasionados revolucionarios la acompañarían al parque, armados de tijeras, para cortarles los pelos largos. A las tres viejas, siempre dispuestas a cumplir con las tareas de la revolución, les daría las cuchillas para que cortaran los pantalones estrechos y las minifaldas. Esperaba que a Berenguena le bastaría con el escarmiento. Mañana la vigilaría para ver si salía a la calle con una saya larga. Entonces la dejaría tranquila y le daría el diploma y la medalla. Si insistía en su inmoralidad, se la llevaría presa en una de esas recogidas que iba a organizar contra los elementos inmorales.

—¡Bravo, compañera!— —¡Eso es lo que necesita este pueblo!— —¡Ay, compañera Chala: tiene que ingresar en el Partido!— Las tres viejas se le encimaron, dándole golpecitos en el hombro. Se dio cuenta que había bajado el diploma en la mano, que no lo había soltado durante todo el incidente. Lo tiró hacia la mesa y cayó justo junto a la medalla y los discursos del Máximo Líder que recordó debía de repartir —Bueno compañeras. Vamos a divertirnos revolucionariamente.— Le abrieron paso las viejas, mirándola con satisfacción y orgullo. Se llevó las manos al pantalón y volvió a sacarse la costura de la raja.

Al otro día Berenguena no se vistió de corto. O al menos no se le podía ver por el pequeño cristal del ataúd. El rostro amoratado era lo único que se le veía. Y la puntica de la lengua hinchada, que quería asomarse a la fuerza entre sus labios, aunque la quijada la tenía amarrada con una tira apretada. La huella de la soga en el cuello la habían encubierto con un pañuelo improvisado. Nadie que viera el rostro oscuro e hinchado, podía imaginar que más abajo estaban aquellas caderas formidables y los muslos lustrosos, ahora pálidos y fríos. Más de un hombre se encontró en el velorio mirando hacia el ataúd y recreando aquel cuerpo lleno de vida, que subía las escalera con la minifalda. Hasta sintieron el deseo en la portañuela y se levantaron a coger aire fresco, un poco avergonzados de haberse calentado con la muerta. El primer vecino llegó con pasos suaves, como espiando el lugar, catando a ver quiénes estaban y así poder saber si le perjudicaba su estancia o no. Ya todo el pueblo sabía lo que le había pasado a la muerta cuando estaba viva. Era la comidilla del pueblo. Después vino otro, eso sí, dando el pésame desde lejos, sin atreverse a mirar el cuerpo. Todos hacían lo mismo: miraban a los presentes, recordaban el historial revolucionario de todos y entonces, cuando se sentían seguros, entraban. Yendo directo a los grupitos que hablaban por los rincones, a ratos señalando el ataúd que evitaban como si quemara. La vieja de la cerilla fue la primera en entrar. Vaciló, no en entrar, que la curiosidad se la comía, sino porque tuvo intención de persignarse hasta que recordó que eso ya no lo hacían los revolucionarios. Así que fue directo al grupo más cercano, para robarse la conversación con su versión de primera mano. Después llegó la vieja del colmillo. Miró hacia el ataúd con expresión de un dolor tal, que le partió el corazón a todos los que la miraron. Fue hacia el grupo donde aportó más detalles a la historia de la de la cerilla.La de la verruga entró como huyendo, con el rostro mirando al piso. Fue directo al grupo.

—¡Eso fue una exageración!— —A la verdad que sí— —Es esta juventud de ahora que no tiene juicio— —¡Y con el futuro que la revolución les ofrece!— —Mira que hacer esa barbaridad!— —¡La Alumna Destacada del Año!— Asintieron todos, mirando hacia el lejano ataúd, con las dos escasas coronas que le habían tocado por la cuota de la funeraria. La madre, callada, dándose sillón, mientras el marido se levantaba a cada rato para mirar el rostro amoratado. Después miraba al grupo que le rehuía la mirada. Volvía junto a su esposa. Parecían dos estatuas impenetrables. Hacia la tarde, justo cuando las flores comenzaban a exhalar el olor dulzón antes de marchitarse, creando ese inconfundible olor a muerte, se hizo un silencio mortal entre todos los grupos. Todos los ojos estaban posados en la entrada —¡Es la compaompañera Chala!— La mirada saludó a todos con un gesto grave, pero no fue hacia ellos. Siguió a donde estaban los padres. Les tendió la mano en un saludo grave, formal y ceremonioso. La madre hizo como un intento de llanto que no llegó a nada, porque en realidad el dolor le había dejado exhausta. El padre cerró los puños para que la ira se le escapara por algún lado. Después volvieron a ser las estatuas de siempre.

Chala se acercó al ataúd. Se quedó mirando por un largo rato. Después alzó los brazos y todos vieron que traía el diploma y la medalla. Se volvió hacia el salón. Las apretadas nalgas rozaban las agarraderas del ataúd —¡Compañeros! Berenguena hizo lo que hizo, para salvar su honor. Fue un acto en defensa de su moral. Y nosotros, los revolucionarios, estamos aquí para reconocerlo— Las viejas se miraron. Lentamente asintieron con las cabezas —Por eso yo declaro que Berenguena fue un modelo de muchacha revolucionaria. Ella se sacrificó como un ejemplo para las generaciones futuras. Y espero que esa juventud descarriada aprenda de sus sacrificios. Me siento muy orgullosa, de en nombre de la revolución, entregarle su diploma y medalla como la Alumna más Destacada del Año.—

No aplaudieron por la solemnidad del lugar. Pero se miraron, palmearon hombros, sonrieron. La vieja de la verruga fue la primera en ir donde los padres a darles el pésame. Las otras la siguieron. Algunas hasta lucían compungidas, recordando alguna cualidad maravillosa de la difunta. Chala se cuadró militarmente mientras ponía el diploma y la medalla sobre el cristal del ataúd. El grupo se acercó, compacto, todos tratando de mirarla. —¡Parece que está dormida!— Dijo la vieja de la cerilla, omitiendo lo de "¡Tan joven y bonita!— Dijo la de la verruga, sin darse cuenta que parecía una burla hacia el rostro desfigurado —¡Una verdadera revolucionaria!— Dijo la del colmillo izquierdo —Sería bueno ponerle su nombre a la escuela— ¡Vamos a proponérselo al Partido!— Asintió Chala, mientras distribuía a los presentes para la primera guardia de honor. El diploma y la medalla sobre el cristal interrumpían las luces de los candelabros, proyectando una mancha oscura sobre el rostro sin vida de la que fuera la Alumna Destacado del Año: Berenguena López Matute...

# RAMÓN J. SANTOS

*Nació en La Habana, en 1957, donde hizo sus estudios primarios. Salió de Cuba con sus padres en 1971 y se radicó con su familia en Madrid por cerca de tres años. Desde 1974 reside en Miami, ciudad donde estudió Filosofía y Letras en la Universidad Internacional de la Florida. Desde joven sintió la vocación literaria y ha escrito algunos relatos.*

## EL ELEVADOR

El hombre entra por la puerta del edificio donde trabaja y se detiene frente el elevador. Saluda, cortés, a los cuatro hombres que, recostados a la pared, parecen esperar por el elevador. Los hombres no le responden. La indiferencia de estos lo confunde. Rehuye sus inexpresivas miradas. Se fija en la pizarra que indica que el elevador está en el octavo piso. Golpea molesto con el pie derecho el piso y se pone a dar vueltas por la pequeña habitación. Recorre con la vista las verdes paredes pero la monotonía y austeridad de éstas lo fuerzan a fijar su atención en algo diferente. Mira a travéz de la puerta de salida y ve que el día sigue nublado.

Su vista se detiene en la puerta de madera que tiene una ventanilla de cristal a travéz de la cual se ve la escalera (la otra opción que tiene para subir el quinto piso). Piensas que quizá sería mejor tomar la escalera. Después de todo sólo va al quinto piso. Sin embargo, decide esperar. El elevador está para ser usado. Además, su médico le ha recomendado que no se agote. Su corazón no lo resistiría.

Se mueve nervioso de un lado al otro del pequeño recibidor. Los hombres siguen recostados a la pared. Ninguno de ellos lo mira. Se pregunta quiénes serán. Nunca antes los ha visto allí. Deduce, por sus apariencias (visten impecables trajes como él), Que trabajan en una de las muchas oficinas que hay en el edificio pero también podrian ser clientes... La pizarra, que indica que el elevador ha empezado a descender, interrumpe sus reflexiones...7...6...5...4... el elevador se detiene.

Emite un sonido que delata su fastidio. Mira fijamente la lucecita amarilla que indica que el ELEVADOR se ha detenido en el cuarto piso. Muy dado a la especulación, se dedica por unos segundos a pensar en todas las posibles razones por las cuales el elevador se detuvo en el cuarto piso. "Quizá alguien se bajó...quizá alguien subió."

La luz amarilla se apaga y el hombre se acerca a la puerta del elevador esperando que ésta se abra de un momento a otro. Le sorprende ver que está descolorida. En algunas partes la pintura gris ha desaparecido completamente destruída por el óxido, sobre todo en las esquinas. "Que curioso nunca había notado y todos los días monto este elevador."

Sorpresa.

El elevador en vez de descender como era de esperar empieza a ascender nuevamente...5...6...7...8... La lucecita amarilla indica que el ELEVADOR se ha detenido en el octavo piso.

El hombre golpea, malhumorado, el botón de llamada y se vuelve a los hombres quejándose en voz alta de lo malo que está el elevador. Deberían cambiarlo.

Los hombres lo ignoran. Lo miran con reproche.

Se abochorna de haber actuado en forma tan infantil y les de la espalda para ocultar su vergüenza.

Siente ira. El no había apretado el botón de llamada creyendo que ellos lo habían hecho. Sin duda tampoco los hombres habían llamado el elevador. Se le ocurre que no les importa si el ELEVADOR baja o sube porque permanecen, indiferentes, recostados a la pared. Quizá ni siquiera esperan el elevador. Pero entonces... ¿qué hacen allí?

Se acerca a la pizarra y aprieta el botón. "La culpa es mía, esto me pasa por confiar en la gente..."

El elevador desciende nuevamente ...7...6...5...4... "¡Vaya con el cuarto piso!"

El que el ELEVADOR se haya detenido en el cuarto piso lo pone nervioso. Teme que vuelva a suceder lo mismo que la vez anterior. Mira a los hombres para ver si ellos comparten su miedo, pero no descubre en sus caras de cera expresión alguna que delate sus estados de ánimo. No hay duda que a ellos no les importa si el ELEVADOR baja o sube, porque cuando éste empieza a ascender nuevamente ellos no se inmutan.

El hombre, después de dudar por unos segundos, decide tomar la escalera. No soporta más la espera. "Al diablo el corazón..." Le da la espalda, despectivo, al ELEVADOR y se dirige a la puerta que lo comunica con la escalera. Abre la puerta y se detiene. Duda. Presidente que el elevador, que después de su último ascenso se detuvo en el sexto piso, quizá descienda en el próximo minuto. Está en tal estado de excitación que si toma la escalera es muy posible que no llegue al quinto piso. No ha empezado a ascender y ya está sofocado. Se vuelve. El elevador desciende...5...

Desde el umbral de la puerta observa cómo pasa el peligro cuarto piso. Se acerca a la pizarra y aprieta el botón de llamada. Se para militarmente enfrente de la puerta gris ...3...2... el ELEVADOR se detiene.

Miedo. Sudores. Sofocación.

La lucecita amarilla se apaga y ...¡sorpresa!, el ELEVADOR empieza a ascender nuevamente.

El hombre estalla. Empieza a golpear la puerta del ELEVADOR. Blasfema. Los cuatro hombres observan su arrebato impasibles. Solo hay reproche en sus miradas.

El hombres se da cuenta de lo inútil de sus gritos y de lo ridículo de su actitud. Se compone. Se arregla la corbata. Se peina. Clava su mirada desafiante a los hombres y traspasa, con altivez, la puerta que lo lleva a la escalera. Se detiene. Calcula los escalones que ha de subir. Alrededor de 150. ¡Son muchos! Su corazón... Decide subir despacito para no agortarse.

Levanta el pie derecho para iniciar el ascenso, pero lo deja en el aire porque alquien le silba. Se vuelve. Uno de los hombres le señala, a través de la entreabierta puerta, la pizarra del ELEVADOR. Este desciende...7... Conflicto. Decide volver...6... ya ha esperado bastante. Además, el corazón ...5... ¿Por qué no correr el riesgo nuevamente? Quizá la culpa sea suya...4... las otras no veces no apretó bién el botón. Traspasa la puerta y se acerca a la pizarra...3... La mira fijamente...2... el ELEVADOR se detiene. Emite un quejido doloroso. Sus manos buscan con desesperación el botón de llamada. Sus dedos pulgares se aferran al botón No puede permitir que se le escape otra vez.

El ELEVADOR empieza a ascender.

El hombre no soporta más al juego. Empieza a llorar. Se lleva las manos al pecho. Pega sus espaldas a la puerta gris y se deja resbalar lentamente hasta que sus nalgas golpean el piso. Con la corbata se seca las lágrimas. Sigue sollozando. Se queja.

—Yo voy a esperar... de aquí no me mueve. Este elevador no se puede burlar de mí... yo soy un hombre... yo voy a esperar... que venga cuando quiera... ya yo no puedo más...

Los hombres mientras tanto lo miran indiferentes. Sus ojos, inexpresivos, están fijos en la pizarra que indica que EL ELEVADOR, que se había detenido en el sexto piso, ha empezado a descender nuevamente.

# SEVERO SARDUY

*Nació en 1937, en Camagüey, donde completó sus estudios de bachillerato en 1955. Pasó con su familia a La Habana en 1956 y colaboró en la revista Ciclón. Comenzó sus estudios de Medicina en la universidad de dicha ciudad, pero los abandona para dedicarse a la literatura. Con la llegada de la Revolución en 1959 colabora en Lunes de Revolución; más tarde sale becado para Europa y se instala definitivamente en París, donde se dedica a estudiar Arte en la Escuela del Louvre y en la Sorbona. Fue miembro del grupo Tel Quel (1965-1972). Su labor como poeta, novelista, dramaturgo y crítico es muy extensa y le ganó sonados premios. Entre sus novelas deben mencionarse* Gestos *(1963),* De donde son los cantantes *(1967),* Cobra *(1972),* Maitreya *(1978) y* Colibrí *(1984). Entre sus obras de crítica deben mencionarse:* Escrito sobre un cuerpo *(1969),* Barroco *(1974) y* La simulación *(1983). Falleció en París, en 1993.*

## DESCRIPCIÓN DE LA COMPARSA DEL ALACRÁN
(Fragmento de *DE DONDE SON LOS CANTANTES*)

V

La llama central, el doble hexágono de cristales rojos, los flecos de papel de China que terminan en un racimo de cascabeles. La farola ilumina las lenguas bífidas de celofán agitadas por las tenazas del gran alacrán de madera negra. Arriba hay una máscara inflada, esférica, de pómulos amarillo canario y ojos saltones; revueltas cintas de colores brotan de las pupilas. Terminando el conjunto, se empina un gallo real de plumas verde fosforescente, cresta y patas de terciopelo. Hacia los lados otras farolas, otros alacranes. Un oleaje de plumas y cintas.

A lo largo de la avenida se ve formando una cadena de cabezas gigantes y monstruos.

Las tenazas afiladas del primer alacrán atrapan la cabeza llameante que las precede; la cola deja escapar otra cabeza que salta disparada del encierro y vuela girando sobre sí misma hasta que es atrapada por las tenazas del monstruo posterior, el cual libera la mismo tiempo una tercera cabeza. Así uno tras otro, uno tras otro, las alacranes van soltando las cabezas hasta llegar al final de la hilera, donde el proceso comienza a la inversa. La primera cabeza, que está colgada a su alacrán por un muelle liviano, salta disparada unos metros contra el suelo dejando una estela luminosa y regresa luego atraída hasta las tenazas, balanceándose en el aire encendida, irídica, como si el animal vomitara los restos de una ingestión coloreada.

Más tarde alacranes y cabezas van pasando unos bajo los otros; alacranes, cabezas; alacranes, cabezas, unos bajo los otros. Los alacranes se colocan a la derecha, a la izquierda, arman cuadrados, triángulos, círculos, estrellas artrópodas en torno a las farolas. Aún más tarde los alacranes pelearán contra las cabezas, las cruzarán; los gallos finos combatirán desplumándose en el aire.

El gallo se empina sobre la cabeza; un resorte sostiene la cabeza a la cúpula de la farola; de la base cónica de ésta baja un asta niquelada que lleva un muchacho negro. El negro avanza y retrocede en línea recta, midiendo los pasos, hasta que queda colocado entre otros dos que sostienen el alacrán; ahora los tres se agachan y caminan unos pasos, se toman de la mano, se unen y separan a un mismo ritmo formando ruedas, triángulos, estrellas que las astas y los cuerpos repiten. A ambos lados de la cadena el coro sigue los movimientos: las batas de encaje blanco, los espesos pañuelos amarillos amarrados en grandes lazos alrededor de la cabeza forman una marea ondulante que choca contra el público diseminado en las aceras. Un laberinto de metales dorados, de cornetas, trombas y flautas silbantes tiembla alrededor de los tambores. Las largas tumbas cilíndricas rayadas en blanco y negro parecen contraerse y estirarse con los golpes. La batería de bongoses, claves, triángulos, quijadas de vaca, simples botellas y cajones de desordena y cierra tras la cola de la comparsa.

Los músicos y el cortejo que los precede van avanzando hacia la Habana por una de las avenidas del Paseo del Prado, mientras que por la otra las carrozas pesadas regresan de la tribuna del jurado tan alegres como partieron. Las telas desteñidas y los papeles chinos de un rosado que debió ser escarlata cubren las corrozas empañadas y las retorcidas orlas de yeso. El aguacero repentino ha arrancado la pintura lumínica, los esmaltes baratos, el oro demasiado abundante para ser legítimo. La humedad ha ablandado los cartones y los pegamentos. Sobre el trono han caído los angelotes blancos que colgaban, entre bombillos disimulados por estrellas, del techo azul veneciano. Los cisnes de cristal y mimbres se han hundido en un lago de espejos azules, chorreantes y lisiados. Un agua sucia destila de las cintas que bordeaban la platea circular dobladas sobre sí mismas como las inscripciones en latín sobre las vírgenes de las estampas. Las sirenas de aluminio, rotas y desescamadas, han rodado hasta el tractor que conduce "Ensueño de Primavera", la carroza mitológica, el primer premio.

Los autos convertibles, capota en alto, rodean los aparatos decorados y lanzan serpentinas sobre los tronos vacíos, de los que las reinas han huido durante el aguacero. Sobre las plataformas de tabla han quedado los restos de los sandwiches, las cajas vacías, las botellas de Coca-cola, los rollos de serpentina, los maquillajes y todos los implementos con que las reinas, en los momentos más discretos de los largos paseos, siempre con gracia y delicadeza, sin dejar de sonreír ni de saludar al público, tratan de alimentarse o embellecerse, según la hora y la oportunidad, para subsistir dignamente contra las inclemencias de la belleza y el tiempo.

Vienen sobre camiones los disfraces más socorridos de todos los carnavales. Grupos de japoneses, algunos simplificados hasta la guayabera amarilla y la línea negra de la comisura de los ojos; los negritos, en los que la mayor parte de los disfrazados han quedado convertidos sin grandes esfuerzos de pintura, los gallegos, las manolas de falda estrecha y peinetas de material plástico, los niños bomberos, los niños marcianos, los niños policías y los policías. Dando el toque de color los transformistas. Piernas peludas, senos postizos descuidadamente dispuestos, pintarrajeo, voz siempre grave, cartera llevada sin gracia. Frente a ellos los desdisfrazados.

Las callejuelas próximas al paseo están vacías. Los borrachos regresan del desfile, como siempre, abrazados unos a los otros, caminando en zig-zag. Las camisas medio abiertas, las botellas en las manos, las mismas malas palabras, los chistes de siempre, los borrachos cantan la canción de todos los borrachos:

*En el tronco de un árbol una niña*
*gravó su nombre enchida de placer...*

Luego se detienen junto a las ventanas y orinan. Se prenden a los balaustres y se descuelgan tratando de mirar a través de las persianas. Las confesiones íntimas. Las primeras lágrimas. Los llantos. Los borrachos lloran, ríen a carcajadas, lloran. Los quicios se balancean de un lado a otro, de un lado a otro, bajo las luces de los postes que comienzan a moverse.

*Y el árbol conmovido allá en su seno
a la niña una flor dejó caer...*

Un auto. El reflector que se mueve y pasa sobre los ojos. Luz cegadora. Los frenos. El pavimento que resbala. La voz. El techo blanco. La puerta que se abre, sí, pistola en mano, claro, pistola en mano. La policía en el tronco de un árbol. Una niña. Una niña policía. Dejó su nombre...
—¿Mi nombre? ¿Mi nombre? Hinchado de placer...
—¿Dónde vive?
—Vivo... vivo... en el tronco de un árbol: soy una niña.
Déjalos, están borrachos. Asquerosos borrachos.
El auto en marcha. El patinazo en el asfalto, el reflector. La luz roja que se pierde.

*Yo soy el árbol, conmovido y triste,
tú eres la niña que mi tronco hirió.*

—Hijos de puta... ¡asesinos!
A la calle. Siempre cantando. Otra vez los chistes. Los borrachos se detienen junto a las ventanas y orinan. Cantan. Los quicios de un lado a otro.
—Hijos de puta...

*Yo guardo siempre tu querido nombre,
y tú, ¿qué has hecho de mi pobre flor?*

Tratan de sostenerse rectos, en fila. Dan golpes contra las paredes, caen en las puertas, chapalean en el agua de las zanjas y van luego dejando la huella de las pisadas que dibujan una semicircunferencia en torno a los postes.
—Hijos de puta... Nos morimos de hambre. Este carnaval es una mierda.
—¿A dónde vamos?
—A tomar ostiones.
—A comer arroz.
—Frito.
Suben todo Neptuno. Infanta y San Lázaro. Alguien grita la última tirada. Los caballos-mariposa y los peces-piedra fina han centrado la suerte del día. En torno a las vidrieras los versos de la charada

se discuten, se repiten en todos los sentidos, cambiando palabras. Está claro. ¿Cómo no haberlo entendido antes? El verso del muerto ("el que pasea con su casa a cuestas"), había estado todo el día en vitrina y sin embargo nadie pensó en el difunto, sino en el molusco. Otro tanto ha pasado con el pez: "pájaro de agua" hizo pensar en pato. Sólo los banqueros de la bolita comprendieron los peces como voladores en el cielo del agua. Todo el mundo ha perdido. Pero mañana atraparán al gato. ¿Puede haber otra interpretación para "luna que rueda sobre los tejados"? Pero... ¿y el avión...? ¿Y la policía cuando busca ladrones que corre por los tejados con linternas como lunas...? ¿Y la luna misma?

Pero a la policía hay que apuntarla por el doce. ¡Sí, el doce! Uno de los borrachos salta en medio de los conversadores.

—No. ¡Por el cuarenta y siete!

Un contrapunto matemático. Los números y sus símbolos van pasando. Otro apodo salta:

—¡El negro!

—¡No, la negra!

Carcajadas. Golpes de manos sobre espaldas y mostradores. Un cubilete suelta los dados.

—¿Negra de qué? —Ella se ha detenido. Los pies en perpendicular, una mano en la cintura, la otra sosteniendo la pequeña maleta. Desafiante, su mirada busca el dueño de la voz ofensiva. Los rostros sorprendidos van pasando uno a uno. Los borrachos, los conversadores de la bolita han quedado fijos.

—Los negros somos gente como todo el mundo, ¿sabe?, ¿eh?, ¿sabe?

La maleta comienza a balancearse. Un alegato a favor de la "raza de color?, subrayado por insultos y movimientos cada vez más bélicos. Las sonrisas de reconocimiento y simpatía que ponen de manifiesto la burla inintencionada consiguen alterar de un golpe la situación. El primer empujón, el primer maletazo.

Sin que pueda decirse exactamente cómo, desde dónde, por qué motivo, un enredo de golpes ha bloqueado el bar. Un piñazo, un vazo trizado, una silla valorada que rompe los cristales del traganíquel, otra que echa abajo la vidriera. Ella arremete contra todo. Saltan de las vitrinas y se estrellan contra el suelo las botellas de cerveza, caen las cajas de cigarros, los periódicos, las postales. Un teléfono suena. La victrola repite el mismo disco. La gente corre, los autos se detienen; la gente cruza con la luz verde. Se huye sin saber de qué. Ya la esquina es un desorden que crece desde el bar, desde la maleta que da golpes. La palabra "negra" suena ahora con otro tono, dirigida contra ella por el bodeguero que grita la ruina de su "negocito". La bronca, el botellazo, la bofetada, la riña se ha armado. Alguien que huye en el tumulto grita la palabra de gracia:

—¡Una bomba! ¡Una bomba! —repite alguien que corre delante.

El tumulto huye ahora de una bomba que no por imaginaria es menos efectiva.

—¡Otra! ¡Otra! ¡Van a matarnos!

Los pasajeros se lanzan de los ómnibus y claro está, se oye la voz de alarma. La sirena. La luz que se mueve. No estaban lejos como siempre, no estaban lejos.

—¡A correr! ¡La jara! ¡Los azules! ¡La policía!

No estaban lejos y ya han llegado. Los policías saltan sobre los mostradores, entran continuamente por la portezuela tumbando las últimas astillas de vidrio.

¡Mis aspirinas!

La pequeña maleta ha quedado media abierta en uno de los rincones. Borrachos y policías cruzan sobre ella. Un disco ha comenzado, impulsado por algo. Los golpes contra el tocadiscos hacen avanzar la aguja saltando estrías; los versos de la canción van saliendo al azar. Los "queda detenido" interrumpen la música.

—¡Mi cabeza! ¡Qué dolor de cabeza, qué asco de vida, qué mierda.!

Ya en la calle, un balance general. Su cabeza, que hace unos minutos dejaba ver sobre el peinado de elaboradas ondas un diminuto collar de perlas, deja caer los cabellos postizos, las perlas que la ruptura del hilo ha liberado, las peinetas, las cintas, los ganchos: los componentes todos del armamento. la blusa ha quedado rajada a lo largo de la espalda; por la estría salen las pinzas que forman bajo los senos el talle. Caen también el cinto, un bániti, una pulsera, los zapatos.

—¡Mis aspirinas! ¡Doble aspirina! ¡Doble muerte para ese gallego! ¡Ay mi cabeza doble, mi dolor! ¡Qué asco!

Adentro del bar, la policía ha tomado posiciones. Los borrachos tratan de evadirse por una portezuela, por la ventana que no alcanzan. Ya el cerco azul está cerrado. Presos. La "jaula" espera. Los detenidos van saliendo.

El lugar de los hechos ha quedado vacío. Un policía toma la pequeña maleta y la pasa a otro que la coloca sobre el mostrador; otro viene y ordena la apertura, otro la abre y va sacando los objetos, mostrándolos con la seriedad de un mago: un peine, un bániti, un espejo roto, una pieza de música, un libreto de artista que dice" tragedia griega en un acto", una falda negra, una lata de sardinas, una novela, un candado, un abanico, un..., una...

El último de los objetos a nombrar ha quedado sobre el mostrador, en el centro del mostrador. Inanimados, los policías lo contemplan; las bocas abiertas, las sonrisas detenidas en las comisuras, los músculos tensos.

—¡Una bomba!

La última sílaba no ha sonada y ya la carrera ha comenzado. De un soplo, los policías desaparecen; allá abajo, lejos, tres manchas azules.

Sobre La Habana gira la luna roja. La hilera de cabezas se va aproximando. Siempre atrapadas y liberadas, llameantes, se acercan ya están aquí; la primera cabeza gigante es lanzada contra el suelo, choca, vuela, va a las tenazas del monstruo que la vigila. La comparsa, desfallecida, llega a su fin, a su disolución en esta esquina. En esta esquina donde los negros de La Habana se reúnen, de donde parten cuando van a la playa, la comparsa termina. Ellos descuelgan las farolas de los cintos; las mujeres recogen sobre el brazo la cola de la bata, los músicos apoyan en el suelo los tambores, las cornetas; dejan de sonar los triángulos, las guitarras, las quijadas.

## *ELADIO SECADES*

*Nació en La Habana, en 1904. Desde joven se inició en las labores periodísticas y trabajó en el diario* La Lucha, *y más tarde en* El Mundo *y en* Alerta. *Por muchos años fue cronista deportivo del Diario de la Marina. Ganó el premio periodístico Justo de Lara. Sus conocidas "Estampas de la Epoca" aparecían semanalmente en dicho diario. A la llegada de la Revolución marchó al exilio en México y después vino a los Estados Unidos, donde falleció hace algunos años. Entre sus publicaciones deben mencionarse* Las mejores estampas de Secades: la Cuba de antes y la Cuba comunista *(1969) y* Las mejores estampas de Secades: estampas costumbristas cubanas de ayer y de hoy *(1983).*

## UNA VENGANZA EXTRAÑA
(Cuento criollo)

Roberto apoyaba la frente en los dos puños cerrados por la ira. Como hacen los maridos burlados. Y los tenedores de libros cuando no pueden cuadrar el balance. Aquella realidad aún le parecía un sueño. La niña rubia, exangüe, sentimental, espigada y bonita igual que una muñeca de $5.90, le había sido infiel. El la sacó de la casa de sus padres, libertándola de un fin inevitablemente prostituido. Tomar una muchacha inocente de querida, es prostituirla para uso particular. El la enseñó a ponerse vestidos modernos, a esmaltarse las uñas, le pagó un maestro que le abriese los ojos a la enseñanza primaria. Y, por último, le montó un piso con nevera eléctrica, una negra vieja para que no tuviese miedo de quedarse sola por la noche y un radio de doble onda. Lo malo fue el radio de doble onda.

Si la frágil y juvenil amante de Roberto no podía pagarle todo aquello con legítimo amor, al menos que premiara su generosidad y su sacrificio con un poco de gratitud. Roberto recordaba la escena que le angustiaba el alma y que le alteraba la vida y ¡todavía se resistía a creerlo!. . . La había sorprendido rodeando con sus brazos de ninfa el cuello del cantante de moda. El monarca del danzonete.

El tenor de la voz de seda china. El se dejaba querer. Como los cantantes de modo cuando encuentran una tonta. Y ella le hablaba en voz muy dulce y muy baja y en su charla de chiquilla deliciosa, hacía largas pausas para besarle la boca...

Su mente con fiebre de 40 le aislaba de fantasía. Y le presentaba el cuadro desnudo de atenuantes. La traición había sido horrible. Un hombre de vergüenza con aquella desgracia íntima, sólo podía hacer dos cosas. Un crimen. O un tango. Primero advirtió Roberto que ella todas las tardes escuchaba, de tres a cuatro, el programa en que, entre uno y otro danzonete, un locutor de voz de zinc oxidado casi le exigía al público que se siguiera lavando la cara con jabón de Castilla. Después encontró en un rinconcito del armario de Rosa una fotografía del Monarca de las melodías criollas, con el sello en rouge de un beso impreso sobre la nariz retocada del artista. Abiertos los ojos, temblorosas sus manos más de prisa su corazón, volteó la cartulina para ver si la fotografía estaba dedicada. En un rótulo de letra de imprenta se leía:

"Si usted sigue mal del estómago, es porque le da la gana".

Roberto, sin dejar de sentir ira, sintió un poco de asco.

"¡Qué clase de país el nuestro — pensó — que coge al tenor de la voz de seda china para anunciar unas pastillas para el estreñimiento!..."

Pero el descubrimiento de la fotografía maldita avivó sus sospechas. La huella del beso en la nariz retocada del artista. No había duda. Rosa lo engañaba. Por lo menos, Rosa pensaba engañarlo. Sus celos y su cólera aumentaron cuando al responder al teléfono en repetidas ocasiones, una nerviosa voz de hombre le preguntaba si era la bodega de la esquina. Cuando el amante llama por teléfono a la mujer y sale el marido, pregunta siempre si es la bodega de la esquina. Eso no falla. Hago la revelación consciente de que las pecadoras no me lo perdonarán nunca. El descubrimiento podrá tener para algunas señoras el aspecto odioso de una delación. Pero esposa habrá que le conceda la importancia de un elevado sacerdocio.

¿Después?... Roberto no quería recordarlo. Rosa empezó a idear hábiles pretextos de mujer para poder salir por las tardes. No era necesaria una imaginación de Scotland Yard para comprobar que jamás realizaba esas salidas de 3 a 4, cuando el cantante de moda estaba adherido al micrófono transmitiendo los célebres sesenta minutos del jabón de Castilla...

Una tarde Roberto se decidió a violar sus propios escrúpulos y aventuróse a obtener la total confirmación de sus sospechas. Siguió a Rosa, que había salido a cambiar un refajo que le quedaba pequeño. Desconfiad de las mujeres que piden muchos turnos en la peluquería y de las que tienen que volver a la tienda a devolver lo que compraron el día anterior. La vio detenerse en una esquina, acercarse a un joven de peinado Renovación, y penetrar ambos en un automóvil cerrado, que fue engullido por las congestión de tránsito del Día de Reyes. Roberto recordó entonces que era voz popular que el Monarca del danzonete, forzado por su popularidad, había tenido que amueblar una "garconiere". Una especie de dispensario para histéricas. Era un gratísimo refugio contra las multitudes que le asediaban. Allí concedía autógrafos sin el grave inconveniente de los tumultos. El acecho siguiente fue más preciso y fue también más doloroso. A través de la puerta entreabierta de un reservado de restaurante, vio Roberto a Rosa sentada en las rodillas del trovador, haciéndole golosas caricias en el bigote. Un bigote tan curioso, tan menudo, tan bonito, que no parecía arreglado por un barbero, sino obra paciente de los presos. ¡Y no necesito más!. . . Sólo tenía dos caminos: el tango o el crimen. Roberto pudo matarla a ella, asesinarlo a él. Como en los dramas que idealizan y divulgan los repórters de policía. Volviendo luego el arma contra sí. Que es lo que hacen los pobres protagonistas del drama de cada mañana. Pero todo eso le pareció en extremo vulgar. Además le horrorizaba pensar en el suceso del día de la C. M. Q. Unos gritos de mujer, unos disparos, un hipo de muerte, y el frenazo de la perseguidora. Y así se divertiría todo el mundo con lo que significaba la ruina total de su amor y de su vida. Con el corazón hipertrofiado por la traición y la cabeza caída ligeramente sobre el pecho, Roberto se dirigió a la barra más próxima y se reclinó sobre el mostrador y le pidió al cantinero un laguer chico. . .

Padecía en heroico silencio, el desplome del mundo en su alma enferma. El los hubiera matado a los dos y hubiese vuelto el arma contra sí. Pero eso ya lo había hecho mucha gente. Roberto no quería, además, que con su dolor se hiciesen diálogos impresionantes, ni gruesos titulares a ocho columnas. Pero ello no quería decir que renunciase al sagrado derecho a la venganza. A partir de aquel momento fue con Rosa más cariñoso y hasta más consecuente que nunca. No se enfurecía cuando al ponerse un calcetín descubría una perforación a la altura del dedo gordo. Ni cuando al irse a levantar encontraba una chinela junto a la cama y la otra debajo de la mesita de noche. Una tarde, después de depositar un beso cálido en la boca de la niña rubia, exangüe, sentimental, espigada y bonita como la muñeca de $5.90, le dijo:

— Quiero que pruebes una fabada que hacen todos los jueves en un restaurante cerca del muelle. Es la especialidad de la casa.

Rosa protestó, alegando que le agradaba más el puré de judías.

Roberto, que era hijo de un asturiano, se reveló enemigo personal del puré de judías. Por considerarlo una profanación a la fabada. Y fueron al restaurante del muelle. Comieron de modo opíparo, descorcharon el mejor vino tinto, y después fueron al cine de moda. A la salida Roberto se empeñó en que su mujercita probara la calidad y la exquisitez de cierta leche malteada que hacían en un salón de soda de un amigo suyo.

Otro día, simulando la complacencia de un gastrónomo consumado, le dijo a su dulce y rubia compañera:

— Cariño, hoy iremos a comer unos colosales chorizos que han llegado de Pamplona.

El amante parecía haber perdonado y hasta olvidado la traición, abstraído por un extraño afán de estudiar la profunda y moderna ciencia de la vitaminas. Y la capacidad nutritiva de cada alimento. Penetró en todos los misterios científicos de las espinacas. Rosa comenzó a alarmarse cuando comprobó que la ropa interior le iba quedando estrecha. Y, coqueta y egoísta como toda mujer, intentó acudir urgentemente a un plan riguroso, al asegurarle algunas amigas que estaba perdiendo la línea. Habló de hacer calistenia por la mañana. Y de hacer la digestión de pie.

— Yo te compraré —le animaba Roberto— unas cápsulas alemanas que están dando mucho resultado para adelgazar...

Y la engañó con perversidad refinada, haciéndola tomar ciertas tabletas de vitaminas concentradas, aconsejadas por los médicos en los casos de anemia...

Tres mese después Rosa ya no era la sombra de la rubia exangüe, sentimental, espigada y bonita como una muñeca de $5.90. Había aumentado 45 libras y se echaba a llorar cuando se miraba al espejo y veía la cascada de sus senos amplios y pesados y el vientre blando y hemisférico, de una adiposidad ya galopante. Todavía Roberto se atrevió a decirle, mientras tendido en la cama leía un diario de la tarde:

— Hay que convencerse, amor mío, que en ningún restorán hacen las patas a la andaluza como en "El Fornos".

Rosa, comprobando en ese momento que ya no le servían unas ligas de seda con moños azules, reaccionó, enérgica e indignada?

— Yo he cometido muchas tonterías en mi vida, pero ninguna tan grande, ni tan irreparable como la de abandonarme a esta gordura de amazona de circo. Estoy avergonzada.

Y enjugándose los ojos:

— ¿Tú crees que hay derecho a que una muchacha moderna y soltera tenga que usar estos corpiños de monstruo?

Roberto desde la cama, con la mirada perversa de un nuevo

Frankestein, examinaba el cuerpo de su querida, que la gordura había estragado bárbaramente. Las carnes de los muslos formaban bultos enormes. El peso del abdomen la condenaba a movimientos lentos y le iba aplastando los tacones. Y debajo del rostro de rubia exangüe, sentimental, espigada y bonita como una muñeca de $5.90, se destacaba una papada que era la negación de la feminidad y del amor.

Eran exactamente las tres de la tarde. Roberto soltó el periódico, se levantó de la cama y puso el radio. Iban a comenzar los sesenta minutos del jabón Castilla, con el tenor de la voz de seda china.

## *WALDO SERRANO*

Nació en La Habana, en 1948, donde hizo sus primeros estudios. Cursó Periodismo en la universidad de dicha ciudad y en 1969 dió sus primeros pasos como periodista en una revista de ajedrez, actividad que compartió con la literatura durante muchos años. En el año 1980 llegó a los Estados Unidos con la flotilla del Mariel y se radicó en Miami, donde ha colaborado en diferentes publicaciones literarias. Un volumen de sus relatos resultó finalista en el concurso Letras de Oro de la Universidad de Miami. Actualmente es redactor y editor en una casa editorial de la Florida.

## RUTINA PARA ATRAPAR A UN PRÓFUGO MENTAL

Cerca de aquí, en un asilo para enfermos mentales que todos conocen por sus fachadas de blanco y por unos árboles que compiten con el tamaño de sus muros corrugados, ha ocurrido ayer una tragedia. Un paciente se escapó después de una reyerta, aprovechando en desconcierto, y en su fuga hirió de muerte a un guardián que había intentado detenerlo. Dicen que para el crimen fue suficiente una cuchara vieja, afilada en el mango, que quizás se olvidó en algunas ocasión despreocupada. Su rostro ha comenzado a aparecer por todas partes: en los periódicos, en la televisión, y hasta en las bocas de las gentes que lo describen con horror en sus conversaciones y dan la alarma a sus vecinos. Tiene la imagen de un individuo muy extraño, con gesto de extraviado, y el cabello rapado hasta la raíz, como todos los locos de todos los asilos.

Estos son días de gran peligro entre las calles, y un loco ahora, de pronto, no significa una amenaza diferente de las muchas que existen en cada esquina y en cualquier rincón. Hay que andar muy alerta, es un hecho, e informarse de todo lo que ocurre para estar siempre a punto de prevenir lo inesperado que nos acecha en éste mundo tan salvaje.

Hace poco, por ejemplo, un pobre viejo salió de compras al mercado, y en el camino dos jóvenes desarrapados le cerraron el paso y amenazaron con matarlo si no les entregaba su dinero. El viejo buscó ayuda con la vista y sólo encontró siluetas en el horizonte. Intentó resistir, con su bastón indefenso atinó a dar un golpe a uno de los asaltantes. Fue suficiente: el otro le abrió la panza sin remedio con una hoja de oficio, y se fueron de allí con la cantidad que el viejo había calculado suficiente para una lechuga y una lasca de pescado. Alguien abría su ventana y vio el final, pero la alarma llegó tarde y ya los perros hambrientos de la calle acudían en masa atraídos por las entrañas del moribundo.

Ayer, un rato antes de que ese loco se escapara, un hombre horrible siguió a otro hasta su dormitorio. Se conocían, habían conversado muchas veces de diferentes tonterías, de las nubes y del sol, de las sequías y las lluvias. Parece que se cansaron de coincidir en opiniones, como acostumbran a hacer todos los hombres, y comenzaron una banal discusión sobre la altura de los edificios. Se acaloraron hasta la saciedad tratando de imponer cada uno su punto se vista, como si fuera el única en la tierra. Terminaron profundamente disgustados, y al separarse, el más feo acosó al otro hasta su lecho, lo empujó de sorpresa con toda la furia de su enojo, y ya en el suelo, sin haberle ofrecido siquiera la oportunidad de asustarse, le agredió con sus armas naturales, le desgarró las ropas, hizo arado de sus uñas llenándole de surcos el pecho y los costados. Después lo levantó en los aires, igual que a un saco de viandas, y con fuerza sobrehumana lo tiró contra la pared. Fue desagradable, mucho más desagradable que el asunto del loco. Quienes oyeron el escándalo y corrieron hacia allí, huyeron despavoridos; y de éstos apenas publican una nota muy escueta de un periódico local.

Las personas que no quieren ser víctimas de individuos que han perdido el sentido de la vida y de la muerte ya no sabemos qué hacer. Algunos han resuelto permanecer en sus hogares la mayor parte del tiempo con la esperanza de sentir la seguridad que le brindan los techos y las paredes. Instalan rejas en las ventanas para que cuiden de su sueño. Cerrojos diversos abotonan las puertas y confunden las llaves. Se transforman en reclusos voluntarios con carceleros de hierro que no atienden a sus veces, y entonces se tornan indefensos a otro conjunto de calamidades, como los incendios y los ataques al corazón.

El riesgo no nos abandona, y estamos a merced de los peligros imprevisibles. Como ahora, que debo encaminarme a la casa de mi hermana a resolver alimento y me asalta el temor de tantas veces, una escalofriante sensación de convertirme en víctima inocente, en alarido desamparado, en estadística de sociología. Ella es distinta: no tiene miedo a los ladrones, ni a los asaltantes, ni al diablo en persona que se le presenta. Vive sola hace años, desde que enviudó, y en ocasiones pienso que lo que quiere es morirse de una vez para ir a hacerle compañía a su marido.

El valor es una extraña mezcla de anhelos y frustraciones. Para mí, sin embargo, es algo que se adquiere y se rechaza, como un amor extraviado, y que perdí de niño entre estos mismos callejones que bordean los traspatios de los edificios cuando los amigos dejaron de tener rostros identificables y los rincones ya no fueron sitios de juegos al escondite y batallas imaginarias. Ahora echo a caminar por los laberintos conocidos y me asalta la duda de que he debido irme andando por la avenida, a pesar de las calles hoy estarán mejor cuidadas por la persecusión del loco y los delincuentes habrán de reducir su actividad. Ya he divisado un policía en la distancia, en un sitio donde nunca patrulla, y su presencia determina que me sienta más tranquilo y me decida a la aventura por el atajo que conozco como la palma de mi mano. Quiero llegar pronto: tengo hambre.

A medida que avanzo, allá adelante, creo haber visto una figura que parece ocultarse en un recodo de los edificios. Dudo. Se tratará de algún vecino, por supuesto, de ésos que andan y desandan en los traspatios de sus viviendas y acostumbran a tomar este mismo desvío para ganarse tiempo. También pudiera ser una asaltante o el loco de quien hablan, da igual: hay mucha gente nueva en la barriada y cualquier rostro representa una sorpresa para mí. Si es un bandido no tengo escapatoria, tendría que entregarle lo poco que llevo y quizás se fuera satisfecho. El loco es otra cosa: tiene un arma blanca y es un hombre asustado, pero si no se siente acorralado carece de un buen motivo para delatarse. Habría que ver si su locura ha superado al instinto de conservación. Considero que no debo acercarme, sino más bien ser discreto y confirmar si existe el peligro, o si todo es un juego de mi imaginación.

Detengo mi marcha y me registro un bolsillo, fingiendo que he olvidado las llaves o cualquier otro objeto. Tengo miedo. Por vez primera desconozco mi capacidad histriónica, y hago todo el esfuerzo posible por actual natural. Mi vista, torcida, sí ha seguido el camino y registra nerviosa la línea estructural que se abulta cercana al suelo, no muy lejos de mí. Quiero definir el contorno de una cabeza, adivinar los cabellos o la ausencia de cabellos: no necesito nada más. Un ladrón hubiese ya saltado afuera sin escrúpulos, amparado en la sorpresa. Pero hay alguien detrás de esa pared, y yo lo sé.

Para estar bien seguro tendría que acercarme un poco más, y mis nervios me apremian a que haga lo contrario, que me aleje de allí con la mayor presteza por el mismo camino que vine. No obstante, con un esfuerzo sobrehumano doy unos pasos adelante sin saber por qué, empujado misteriosamente hacia un abismo de curiosidad. ¿Será ésto el valor que tanto hablan? ¿Esta lucha interior que desprecia la lógica y la prudencia?

Toda mi historia de temores ahora se concentra en la silueta de un cráneo limpio que apenas sobresale al alcance de un gemido. No hay duda, estoy en lo cierto; allí, detrás de una pared, acechando el camino que muy pocos transitan está el hombre que busca toda una ciudad.

A un gesto que hago, desaparece, y la líneas arquitectónica recupera su perfecta perpendicularidad. No sé qué hacer. Ahora que lo he identificado voy sintiendo una angustia creciente, el vacio que atormenta a todo misterio disipado, y ya no quiero estar aquí. Debo volver unos metros y tomar el sendero transversal. Doy unos pasos hacia atrás, muy cuidadosamente, y sólo cuando me acerco al desvío me doy la vuelta y me apuro. Un ruido se escabulle presuroso a mis espaldas, como un chasquido, una pisada sobre un guijarro o una hoja seca. Entonces soy un indócil reflejo que registra en un giro el rastro silencioso, el camino de tierra estéril y un sol amigo que va cediendo sus dominios a los contrastes de las sombras.

Se me ocurre que puedo ayudar a encerrarlo. Una idea de loco, paradójica. Si lograra acaparar su atención, haría que me siguiese hasta donde están los guardias. O puedo concertar con ellos de antemano para que lo esperen muy cerca de la casa de mi hermana. Todo sería muy simple y sin riesgos: le hago dar un rodeo por entre los callejones, y ya cuando regresemos al camino principal nuestros lugares estarán cambiados.

Me oculto entonces, como él se ha ocultado, y observo con atención tratando de no delatar mi presencia con alguna indiscreción. Nadie aparece en el sendero desierto, ni siquiera uno de los perros vagabundos. Espero unos minutos y todo sigue igual. *Pero está allí, yo lo sé, está allí,* y ha de salir al descubierto para permitirme que yo lo identifique y lo conduzca de nuevo hacia su encierro de donde nunca debió escapar.

Ya salta al exterior: es él. Cree que me he ido por otro rumbo entre los edificios y ahora se siente seguro para continuar su papel de fugitivo. Debo llamar su atención para alentarlo a seguirme hasta un teléfono o hasta los guardias, y no se me ocurre otra cosa que mostrarme de un salto y sin aviso, con el único objetivo de que no tenga tiempo de una reacción. Yo, que ya he planeado fugazmente el paso posterior, aprovecho su sorpresa para desaparecer de nuevo, haciéndole entender por un gesto muy rápido que estoy muy asustado y que ésta confrontación ha sido producto de la casualidad. Los locos son como los niños: se interesan en investigar aquello que ha de planteárles un enigma, y éste no puede ser una excepción. Por eso, al observar otra vez desde mi escondite, ya lo veo venir con un sigilo cuidadoso, y apenas me alcanza el instante para inspeccionarlo de los pies a la cabeza y reconocer que aún va vestido con su uniforme de manicomio, una pijama blanca con veteados oscuros que serán manchas de sangre, las chinelas gastadas, y una mirada rígida concentrada en la mía que no sé si adivina, pero que yo la siento como aspirándome los huesos.

Me invade un miedo repentino, que es el miedo mismo de otras tantas veces, y me asaltan los deseos de echarme a correr, irme corriendo a cualquier sitio, escapar de allí, huir muy lejos adonde no existan la violencia ni las amenazas; pero me contengo, hago acopio de un gran esfuerzo y me contengo, porque ya se me hace necesario cumplir con la tarea propuesta. Por lo tanto corro de todas formas, aunque no para escapar, sino para alcanzar otro escondite y echarle un ojo para ver si aún me sigue, y dejar que me distinga de vez en cuando huyendo de él, como si me estuviera ahogando entre los laberintos y así él continúe este juego de niños y de locos. Y mientras, voy logrando dar una vuelta en redondo y ahora andamos en el sentido de la casa de mi hermana, pero yo voy delante y él viene atrás.

Cruzo frente a la entrada posterior de un resturante inmemorial y recuerdo que allí mismo, sólo de entrar, ha existido por siempre un teléfono público. Si soy capaz de mantener la puerta abierta, puedo extender el cordón y sostener mi llamada sin perder de vista mi retaguardia. Actuó con eficiencia, pido la operadora y me comunican con las autoridades, y en la medida que les informo los detalles de lo que llevo haciendo, y les ofrezco las señas de mi hermana, y les digo que he de encaminarlo hasta allí irremediablemente, distingo su contorno detrás de un contenedor de basuras, dichosos de que yo no lo vea, o que yo me conduzca como que no lo ve.

No quisiera meter a mi hermana en este lío, pero todo ha de salir perfectamente y la pobre mujer no tiene siquiera que enterarse. Ellos aguardarán afuera, y cuando yo penetre en el apartamento, el resto no es de mi incumbencia. Cenaremos, y acaso me quede a dormir allá esta noche, no creo que sea yo capaz de regresar después de tanta agitación física y mental.

Casi en la meta no lo siento a mis espaldas. ¿Qué ha sucedido? ¿Se habrá percatado de la emboscada? Repito algunas trampas del principio y él está ausente de mi mundo. No lo veo. Me resisto a creer en semejante recaída y vuelvo atrás con el ansia de registrar su silueta en algún lado, sin éxito. Ni el rastro. Apenas voy a maldecir la suerte perra cuando descubro que me cierra el paso, en el centro mismo del callejón. Me ha engañado de la misma manera que lo engañé yo a él. Su expresión es imponente, clava en mi vista sus pupilas ausentes y adopta una pose amenazadora. Un objeto se advierte en su mano derecha que alza con la solemnidad conque se iza una bandera para mostrar la hoja que destripó ayer al guardián del manicomio.

Viene hacia mi, arrastrando los pasos, como un toro furioso. Quiero gritar, pero una fuerza poderosa apresa mi garganta y un sabor agrio se contagia del paladar hacia el estómago, ese sabor a miedo que me concentra todos los miedos de mi vida. Soy incapaz de hacer un movimiento, me hallo clavado al suelo sin remedio, indefenso y pasivo ante la embestida, y sólo cuando percibo algo así como un impulso eléctrico que envolviera a mi atacante, y que me llega antes que su persona, doy un salto reflejo hacia un flanco y lo veo pasar por mi lado hecho una mole poderosa que pierde el equilibrio ante lo inesperado y cae al vacío de cabeza. Resbalo en mi desesperación mientras que él se repone y me ataca con vigor renovado que en la siguiente esquiva me alcanza con el filo de su arma en un sitio del brazo. Siento un dolor escurridizo y unas chispas de sangre se calan en mis ropas. He apreciado su aliento de toro enfurecido, cerca, tan cerca, que de repente se me aflojan los músculos y hago galope de mis piernas, echo a correr como un loco más loco que él, desquiciado entre los callejones y sin dejar de oir su jadeo a mis espaldas, siempre muy próximo, mucho más próximo, y más, que ya me es imposible ecelerar en esta carrera por la vida, y empiezan los dolores del abdomen, el aire que no alcanza en los pulmones, me voy a desplomar y rendirme a sus ansias: pero aún sobrevivo porque ya casi alcanzo las escaleras que suben a la cocina de mi hermana. Una dósis extrema de esfuerzo sobrehumano me permiten volar los primeros escalones, y de puro milagro no me detengo a medio camino cuando las piernas pesan como plomos y los peldaños parecen cada vez más altos. Apenas puedo disfrutar la cercana sensación de estar a salvo, ni alcanzo a oir el alboroto abajo, ese instante de loco y de loqueros. Aquí en el tope toda mi humanidad es una mole sin control que se despeña contra la puerta que se abre con dulzura, y a pocos pasos la mujer que me aguarda se asombra de mi indumentaria, del polvo, del sudor y de la sangre. Hace un esfuerzo fugaz por sonreír, para simpatizar con mi momento, más se contiene como si una fuerza exterior se lo impidiera. Quiero abrazarla con la alegría misma que abrazaría a nuestra madre, y es entonces que los otros se me echan encima, salidos de la magia. Son tantos que acorralan todo movimiento, aprietan mis extremidades, me limitan el pecho, sostienen mi cabeza, desatendiendo mis gritos que los alertan del peligro de afuera. Apuran su tarea sin proferir sonidos, me atan en un ritmo implacable de silencio, son una orquesta muda de brazos que suben y que bajan, mientras mi hermana solloza la nota única de esta callada sinfonía; la escucho sollozar junto a sus trastes de cocina, pero me impide una barrera humana que me va alzando en vilo y me conduce amortajado hacia la calle abarrotada de destellos azules que confunden los anuncios lumínicos con los colores del crepúsculo.

Una turba indecente de curiosos se precipitan en el trayecto de la ambulancia que espera, y son blancos y negro, chinos y judíos, hombre y mujeres concentrando en mí sus miradas codiciosas, ignorantes del mundo que desconocen al loco que amenaza la tranquilidad de sus traspatios. Apenas tengo tiempo de advertirle cuando lo veo a *él* entre la multitud, de curioso también, gozando de su victoria con carcajadas cumpulsivas; pero ya los guardias los apartan a todos y mis gritos se disuelven en el murmullo general de quienes nunca habrán de percatarse que entre sus filas se oculta ese rostro burlón de orate vengativo, el último que logro distinguir antes que cierren las puertas del vehículo y nos vayamos andando al amparo de un aullido que rememora las heridas de mi maltrecha ciudad.

# *CARLOS MIGUEL SUÁREZ RADILLO*

*Nació en La Habana, en 1919. Se doctoró en Pedagogía por la universidad de esa ciudad en 1943 y en Nueva York obtuvo una Maestría en Artes por Hunter College (CUNY), en 1947. Su actividades literarias son ricas y variadas como poeta, narrador, profesor y director de escena. Ha recibido importantes premios por su labor de investigación y difusión del teatro hispanoamericano. Entre sus muchos libros deben mencionarse:* Un niño *(1972),* poemas y variaciones en prosa*;* Lo social en el teatro hispanoamericano contemporáneo *(1976);* La caracola y la campana *(1978);* El teatro barroco hispanoamericano *(1981);* El teatro neoclásico y costumbrista hispanoamericano *(1984) y* El teatro romántico hispanoamericano *(1992); la novela* Alguien más en el espejo *(1984) y cuatro libros de recuerdos de viajes y de teatro. Actualmente reside en Madrid.*

## ABDELKRIM, MI AMIGO TETUANÍ

Siendo niño, en La Habana, solía soñar a veces visitar algún día los países árabes, envueltos entonces para mí en una niebla de insalvables distancias a través de la cual los presentía diferentes, en todos sentidos, a la isla de raíz española en la que me había tocado nacer. Pasaron los años y mis sueños permanecían vigentes, alimentados cada vez más por el cine y las lecturas, pero los primeros caminos que logré emprender, através del mar, me llevaron a los Estados Unidos, a Inglaterra y a varios países del continente europeo y, sólo más tarde me traerían a España, donde por fin me sentí cerca, y no sólo físicamente, de aquellos países soñados. Más cerca aún cuando una tarde de enero de 1953, me encontré en Algeciras a punto de tomar un barco hacia Ceuta.

Ceuta, debo confesarlo, me pareció en principio una capital más de provincia española, pero poco a poco descubrí que sólo hasta cierto punto lo era. Más allá del evidente predominio de costumbres españolas dentro del mestizaje cultural que aprecié en sus calles, cafés y comercios, intuí la vigencia de una sensibilidad ajena a ellas que sólo me atrevería a calificar como netamente árabe después de visitar Tetuán. Allí me impresionó fuertemente el contraste entre dos mundos diversos, quizá destinados a asumir destinos diferentes, apenas atravesé el Arco del Comercio, a un costado de la Plaza de España, para entrar al barrio puramente árabe.

Tetuán, en una noche de luna llena que jugaba a iluminar y a dejar en sombra sus callejas, que parecían invitarme a seguir siempre adelante me emocionó con el silencio de sus casas y bazares cerrados, impregnado de deliciosos aromas de pimienta, hierba buena, azahar y mil cosas más. Tetuán, al amanecer del siguiente día, con sus cafetines abiertos, me entusiasmó tan vivamente que durante horas anduve sin rumbo fijo, a veces subiendo y bajando escaleras que discurrían bajo los edificios, deteniéndome frecuentemente ante la sonrisa cordial que se matenía viva, en el rostro de los artesanos, aunque no me decidiera a comprar nada. Y de ellos recuerdo muy en especial, porque llegaría a unirme a él una larga amistad postal, a Ben Abdelkrim Mohamed Gazuani.

Sentado en una sillita baja frente a la mesa en que trabajaba amorosamente el cuero, Abdelkrim— al que calculé unos treinta años —, levantó la vista y me sonrió al notar la atención con que yo observaba los ágiles movimientos de sus manos que manejaban las herramientas con admirable destreza, herramientas que por fin abandonó invitándome con un gesto amistoso a sentarme cerca de él.

Durante unos minutos no hablamos una sola palabra, pareciendo él dudar entre el deseo de continuar su trabajo y el de conversar conmigo, hasta que se decidió por este último y me preguntó si compartiría con él un vaso de té. Yo acepté gustoso su invitación porque esa mañana había saboreado ya el delicioso té marroquí y hasta aprendido, de un gentil camarero, a sostener el vaso sin quemarme con el pulgar en el borde y el meñique en el fondo. Sonriendo enigmáticamente al escucharme hablar por primera vez, Abdelkrim inició con gestos elegantes la preparación del té mientras continuaba charlando conmigo o, más bien, haciéndome charlar. De pronto, ya a punto de servírmelo, me preguntó:

Eres cubano, ¿verdad?

Me sorprendió que un árabe de Tetuán, aunque hablase correctamente el castellano, hubiese reconocido mi acento y le pregunté a mi vez:

—¿Tánto se me nota?

Abdelkrim me extendió el vaso, sonriendo más abiertamente aún al verme tomarlo adecuadamente, y se quedó mirando hacia la calleja pero como sin ver a los que pasaban por ella, sus ojos perdidos más allá.

—Hace unos años estuve a punto de irme a vivir a Cuba, invitado por un primo que lleva mucho tiempo en La Habana y que vino a visitarnos. Pero me pareció que estaba tan lejos — recordé la sensación de distancia que yo experimentaba de niño con respecto a los países árabes —, que fui dejando mi viaje para más adelante una y otra vez. Entonces me enamoré de una prima, hermana de él precisamente, me casé con ella, fueron naciendo mis tres hijos y... Pero háblame de La Habana, mi primo decía que era una ciudad muy hermosa.

Saboreando el té preparado por Abdelkrim — ese té marroquí que siempre he añorado después —, traté de describirle mi ciudad, largamente extendida sobre el mar, alegre y cordialmente ruidosa, mientras él me escuchaba con gran atención. Sobre su mesa de trabajo reposaban sus herramientas, cosa que no parecía preocuparle, y por fin exclamó estusiasmado:

—¿Aceptarías acompañarme a comer en casa? Sé que a mi esposa le encantará conocerte y oírte hablar de la Habana.

Me sorprendió profundamente esa invitación por venir de alguien que acababa de conocer y de quien debían separarme tantas barreras culturales y étnicas, pero pensé inmediatamente que quizá esas barreras eran sólo aparentes y que en la sangre española que corría por mis venas habría más de una gota de sangre árabe. Y acepté ir a comer a casa de Abdelkrim, donde gocé por primera vez de un exquisito menú árabe familiar, servido delicadamente por su esposa, a ratos con dos de sus hijos sentados en mis rodillas y escuchándome atentamente, aunque sólo me comprendieran a medias.

Cuando por fin, después de acompañarle hasta su taller, me despedí de Abdelkrim, experimenté la nostalgia anticipada de un amigo del que quizá nunca volvería a saber. Pero no fue así. Inesperadamente me vi obligado a volver a la Habana, donde de vez en cuando recibía afectuosas cartas suyas. En la última de ellas, mucho más larga, me consultaba sobre su posible traslado allí con su esposa y sus hijos, que eran cinco ya. La situación en Cuba era muy difícil bajo la dictadura de Batista entonces, en 1957, yo estaba a punto de regresar a España, quizá definitivamente... y le aconsejé que no lo hiciera. Pero me traje a España, entre otros propósitos, el de volver a Tetuán a verles, un propósito que he ido aplazando una y otra vez, aunque sin renunciar definitivamente a él. Porque aún quiero creer que algún día gozaré de nuevo de la hospitalidad de ese amigo tetuaní, digno representante de un pueblo amistoso y sincero que sabía sonreír cálidamente y saborear y ofrecer a sus invitados con auténtica elegancia, en su taller de la Calle Babuchero, el té más delicioso del mundo.

## MIQUÉN TAN

*Nació en Bayamo, Oriente, en 1938 y estudió en el Colegio Bautista la enseñanza primaria y la media. Más tarde, hizo estudios en la Escuela del Hogar. En 1970 salió al exilio y realizó estudios en Miami, y de enfermería en Nueva York, ciudad donde reside actualmente. Ha publicado muchas creaciones poéticas y narrativas, entre ellas,* Amor como yo lo siento *(1973),* El ojo de Confucio y Carta a mi padre *(1979),* Horóscopo chino *(1981-1984), y el poemario* Gracias, Señor *(1982).*

## CHRISTIAN Y EL LICEO

Mi vida fue siempre una complicación: los traumas de raza, de pobreza, de religión, de enfermedades, de idiomas. No existe familia que no tenga alguno de estos traumas, pero en la nuestra estaban todos juntos.

Yo nací en Bayamo, y allí todo no fue gloria: allí lloré, sufrí, y me casé. Allí fue expulsada de mi escuela querida. Allí tengo mis raíces y seres entrañables, y las tumbas de mis muertos. En Bayamo aprendí a escribir, a cantar y amar, pero allí también sentí el racismo más asqueroso, que es la falta de respeto. No todo es bello ni lo puedo describir. Bayamo es donde yo nací, y me corresponde enaltecerlo, llenarlo de luces, para que un día se diga que yo también contribuí al engrandecimiento de este pueblo.

Hace poco fui a Bayamo, y vi cosas que me gustan y otras que no me gustan. Comí en el mejor restaurante con mis negros, con la ex-prostituta y con todos mis primos. El pianista era mi profesor de música, en la escuela de la que me botaron, y tocó para mí. "La Bayamesa". Ahora todo el mundo, sea con cola o como sea, se sienta donde le corresponde y no donde quieren.

En esta ciudad existían, frente al parque, tres sociedades grandes: el "Bayamo Social", de negros; el "Liceo," de blancos; y la "Colonia China." Aunque estas organizaciones eran de socios, no era un pecado ver a un blanco, a un mulato o a un rubio sentado en uno de los sillones de los amplios portales que daban vista al parque. Aquello era el centro del pueblo, donde todas las noches la gente se daba cita. Allí estaban los mejores hoteles, la cafetería, los estanquillos de periódicos, los coches, la Iglesia Mayor, el correo y las grandes tiendas de ropas.

Pocos negros vi en el Liceo, nunca vi a un negro sentado en los sillones del Liceo. Pero estoy segura de que si hubiera sido un negro profesional o de mérito, jamás se le hubiera echado de aquel lugar. Nunca supe cómo era el Liceo, nadie me lo enseñó, pero no me cabe duda de que si hubiera entrado me hubieran botado. Pero siempre tuve curiosidad de saber cómo era allí la gente, ésa era una curiosidad mía de niña.

El Bayamo Social, de las personas de color, era, como decimos los cubanos, un arroz con mango: allí sí había gente de todos los colores, pobres, ricos, profesionales, obreros, amas de casa, católicos, masones, comerciantes, espiritistas, y otros más. En mi Colonia China, podían pasar por los portales algunos privilegiados, cuando se les antojaba, pero no podían entrar. Allí se celebraban muchas fiestas, pero la más grande fue cuando finalizó la Segunda Guerra Mundial. Nunca la olvido: yo me aprendí la música y la letra de canciones chinas que me enseñó mi madre. En el Bayamo Social se celebraban dos grandes bailes al año: uno en el verano y otro el Día de Reyes, y para los niños una señora llamada Lily preparaba disfraces infantiles. Mis tías asistían a estos bailes, y peleaban con mi madre porque ella sólo iba a su Colonia China. En una ocasión le dijo mi tía Ediltrudes: "Tú lo que quieres es que nos enamoremos de un chino y seamos piola como tú." Y mi madre les respondía: "Sigan con su Bayamo Social y seguirán peinando pasas con peine caliente." Usted es la responsable de todo esto, por casarse con un hombre más oscuro que usted." Y enseguida añadió mi madre: "Sí, mamasita, usted sabe lo que quiero a mi padre, pero a usted le gustó el negro y las consecuencias son éstas..."

Todos los domingos yo peleaba con mi prima Edubijes, pues en el parque le gritaba: "¡Tú eres mi familia! ¡Tú eres mi prima! Y ella le decía a mi papá que yo la despreciaba, y esa era mentira: yo nunca he despreciado a nadie, y jamás dejé de sentir orgullo por mi familia negra. En mi casa se discutía con frecuencia este asunto, pero en voz baja. Recuerdo una vez que oí sobre el primer novio de mi madre, que murió ahogado. Mi tía Araceli, que era la medium más fuerte y espiritual de la familia, le decía: "Elva, cuando él murió, estaba peleado contigo, y lo tenía todo preparado. El quiere saber "por qué tú lo despreciaste." Y mi madre le contestó sin tener clemencia con el mensaje espiritual: "Dile que yo no quería peinar pasas, ni quería más negro en la familia." Pero después de estas discusiones nunca quedaban rencores, y cuando pasaron los años disfrutábamos mucho con estos cuentos.

Cada vez que voy a Bayamo me siento frente al Liceo. Ahora es un organismo revolucionario. Ya no existen los sillones, y hay un gran mural. Me siento frente a él por más de una hora, en aquel lugar donde di mis primeros pasos, donde escribí mis primeros versos de amor. La última vez que estuve en Bayamo, allí sentada mirando, pensé mucho en Cristián, y me dije: "Si yo fuera la dueña de esa casa pintaría en lugar del mural la cara de angelito mongólico de Cristián." Y me puse a hablar con él: "Todo mi pensamiento más puro es para recordarte, Cristian, cuando tú te sentabas en aquel balance, ahi en el portal del Liceo, te envidiaba, porque quería ser tú. El Liceo era la cosa que más deseé conocer, y no visité antes, ni ahora, ni creo que lo visitaré jamás. No quise preguntar por tí porque temía que me dijeran que te habías muerto, y preferí seguir viajando con tu imagen de aquel niño que nunca crecía." Yo quería ir al baile de disfraz del Bayamo Social, pero mi madre no me dejaba: "Tú tienes tu sociedad china," me decía, y yo le preguntaba: "¿Y cómo Cristián que es loco se cuela en el Liceo?" Y su respuesta siempre era: "Cristián es mongólico." Desde entonces pensé que todos los del Liceo eran de una raza mongólica... "Pero nosotros, Cristián, mi familia, somos una raza universal."

## *RAÚL TÁPANES ESTRELLA*

Nació en Matanzas, en 1938, donde hizo sus estudios y se graduó de Locutor Comercial (1958) y de Contador Comercial (1959) en la Escuela Profesional de Comercio de dicha ciudad. También ha realizado estudios de Ventas y Publicidad, y de Periodismo. Ha residido en Madrid y Nueva York. Colaboró por años con la Agencia Efe, para los servicios especiales para Latinoamérica. Actualmente reside en Miami donde se desenvuelve como locutor radial y periodista. Ha publicado un volumen de cuentos, Enigmas *(1987), y la novela* Traición a la sangre *(1991).*

## EL BRAZO DÉBIL

A los catorce años un hombre es todavía un niño, pero también a esa edad un niño es ya un hombre. Félix no había cumplido los quince, era de alguna forma un niño que comenzaba a dejar de serlo para empezar a representar, en el teatro de la vida, el papel de hombre. Su voz tenía los matices que indicaban el cambio a las claras. Quería la compañía de las jovencitas de su edad, se ponía serio cuando algo no le salía bien, pasaba por su cara la máquina de afeitar para contribuir, en lo que fuera posible, a la presencia de la tan ansiada barba.

Era un buen estudiante, pero a pesar de ello siempre decía que no deseaba estudiar una carrera, sino que más bien le gustaría aprender un oficio que le permitiera ganarse la vida y que a su madre no le faltara nada. Era huérfano de padre. Vivía junto a su mamá, quien estaba siempre muy al tanto de sus cosas y que se daba cuenta de que nunca podría realizar un trabajo fuerte.

Félix era un niño muy delgado y débil; su pelo negro y lacio acariciaba su frente. Tal vez su carácter conservador y su forma consecuente de actuar en discusiones con sus compañeros en la escuela se debía a su físico. Es posible que sintiera que no podía enfrentarse cuerpo a cuerpo con casi ninguno de sus compañeros. Nunca pensó que existían los pedazos de madera o las piedras o que a veces los más débile deben tener la prioridad de dar a traición, cuando se trata de reparar una injusticia. A lo mejor sus pocos años no le permitían el lujo de pensar así.

Había muchos compañeros de estudios que conservaban inmaculado el título de hombre, recién adquirido, pero había otros que desconocían por completo el significado de esa palabra, y mucho menos sabían honrarla. Eran aquellos que trataban a Félix con desprecio, marginándolo de sus conversaciones, aprovechando cuanto oportunidad se presentaba para ridiculizarlo con respecto a su debilidad.

Esta situación fue creando en él una opinión sobre sí mismo que le produjo un sentimiento derrotista. Se miraba al espejo y emitía su veredicto: No existe muchacha que desee mi compañía; en realidad soy distinto a los demás; sencillamente soy inferior.

Aquel desprecio de algunos de sus compañeros, aquellas vejaciones, habían creado en su cerebro una cortina que le impedía ver dentro de sí mismo cuánta grandeza residía en su corazón.

Félix era bueno con su madre, no quería que ella sufriera, y hacía todo lo que le indicaba. Además de estudiar, trabajaba en lo que podía para ayudar a los gastos de la casa.

A veces, cuando llegaba de la calle después de haber sido víctima de algún ultraje, entraba silencioso sin que su madre lo viera, y se encerraba en el baño a llorar de rabia, su ira, su impotencia...

Entre el grupo de jóvenes que expresaba su desprecio a Félix y lo hacía sentirse inferior, estaba Luis Enrique, quien lo envidiaba por su inteligencia. A veces cuando los maestros le hacían una pregunta a Luis Enrique y éste no sabía la respuesta, pasaban la pregunta a Félix quien la contestaba correctamente.

Podía decirse que Luis Enrique había llegado a cometer las máximas vejaciones con el desdichado Félix, quien apenas notaba su presencia en el grupo trataba de escabullirse antes de recibir un insulto o una burla.

En Luis Enrique crecía una desfachatez que no es fácil encontrar; era más alto y grueso que Félix; su cara, de abultadas mejillas y abundante grasa, por dentro y por fuera, causaba una desagradable impresión; su pelo era castaño, rizado y carente de limpieza, casi siempre; su uñas, largas y sucias. Además, su aire de superioridad indicaba a simple vista su gran inferioridad como ser humano.

Se acercaba el fin de curso y Félix ansiaba comparatir durante esa fista con sus compañeros todos, y muy especialmente con Raisa, una bella jovencita que le simpatizaba mucho. Recordaba muy bien las palabras de Luis Enrique, cuando le advirtió que jamás, en su presencia, se atreviera a acercarse a alguna joven. Tenía la idea, sin embargo, de que tal vez Luis Enrique no viniera a la fiesta o que no se acercara a él. Además, ¡deseaba tanto hablar con Raisa...!

El aula principal de la escuela, completamente adornada; música; los alumnos elegantemente vestidos, con sus chistes y risas, haciendo de aquel momento uno de los más alegres de todo el año. Después de todo, esta fiesta, a pesar de ser pequeña, tenía una gran importancia, ya que para algunos de los alumnos ésta era la culminación de su último curso.

Félix se había comprado ropas y zapatos nuevos para acudir a la reunión con sus compañeros, a pesar de que algunos no eran tan buenos con él. Llegaba por fin a la fiesta y a los pocos minutos encontraba a Raisa charlando con otras compañeras. Se dirigió a ellas y ya en un momento formaba parte de aquel animado grupo que reía y comentaba sobre sus planes futuros. Félix se sentía contento.

La presencia grotesca de Luis Enrique, aquella sombra odiosa para Félix, no se hizo esperar. Apenas el infeliz joven lograba verlo, daba una excusa a las jovencitas y se desplazaba hacia el otro extremo del aula, para evitar un encuentro con él, pero Luis Enrique se dirigió a paso rápido hacia Félix, y lo tomó fuertemente por un brazo, a la vez que abrió la puerta del aula que quedaba al lado de ésta donde se desarrollaba la fiesta. Era un lugar vacío en el cual reinaba la semioscuridad. Los dos entraron en la habitación. De un empujón, Luis Enrique lanzó al suelo al pobre Félix. En sus ojos floreció de inmediato el miedo. Estaba seguro de no poder enfrentarse a este despreciable compañero de estudios. No había que ser un experto en lucha libre para saber que tenía todas las posibilidades de perder, en una pelea de cuerpo a cuerpo.

Casi al instante Luis Enrique la emprendió a bofetadas con el infeliz, que trataba, infructuosamente, de tapar su cara para no ser alcanzado por las cochinas manos de aquel despreciable joven. Después de arrastrarlo por el suelo y darle muchas cachetadas, lo sacó por la puerta trasera de escuela. Agarró con su mano derecha, fuertemente, el débil brazo de Félix, que casi no podía sostenerse en pie. Mojó con agua la mano izquierda y la pasó por la tierra hasta crear fango, que después restregó por la cara y la camisa de Felix. Seguidamente Luis Enrique empujó al infeliz muchacho, quien, aterrorizado, cayo al suelo. Todavía le parecía que lo había ofendido poco, y fue hasta él y lo escupió, a la vez que le dijo:

—Eso es para que te acuerdes de mí...

Félix temblaba sin cesar, y su poros lanzaban ese sudor frío, mezcal de miedo y de impotencia que, desgraciadamente, tantos seres humanos han tenido de expeler.

Luis Enrique se marchó, para disfrutar de la fiesta, y Félix quedó allí, sintiendo deseos de morir, por la rabia que le producía no poder dar su merecido a aquel infame.

En aquel amargo momento pensaba que si su padre no hubiera muerto, Luis Enrique lo pasaría muy mal; pero no era así, y él pensaba que no debía decir nada de esto a su madre, ya que la llenaría de sufrimientos. Se veía allí, tirado en el suelo, con un horrible estado de nervios dominando todo su ser. Escuchaba la música, allá dentro dell aula. Allá estaba Raisa, a quien había encontrado hoy tan atractiva. Las lágrimas le brotaron. Aquell era una terrible humillación, y él no imaginaba la forma de enfrentarse a los músculos poderosos, a la fuerza de Luis Enrique.

Quedó en silencio durante largo rato, escuchando en un segundo plano, la música, las risas, los aplausos, el vigor de aquella fiesta para la que tanto se había preparado y que ahora no podía desfrutar.

Se levantó y caminó lentamente por aquellos alrededores, con una idea fija, Encontró al fin un pedazo de hierro largo y delgado. Tomó unas hojas de papel y con ellas confeccionó una especie de mango, que le permitiera dominarlo a su antojo sin que dañara sus manos, y lo empuñó fuertemente. Caminó hacia el aula donde se desarrollaba la fiesta.

Se acercó a la puerta de entrada, que se mantenía cerrada, y su mano derecha acarició el picaporte... En ese momento lo invadió la duda... Pensó en su madre, pensó en lo que sucedería después que realizara su agresión al desvergonzado joven que tanto lo maltrató. Sin embargo, estaba decidido, e hizo girar el picaporte, a la vez que empujó la puerta hasta dejarla entreabierta. La música se agrandó en sus oídos, y pudo ver gran parte del aula repleta de jóvenes que disfrutaban plenamente. Y allá, al centro, pudo vera Luis Enrique. Sintió el impulso de entrar... Pero de nuevo pensó en su madre, la supuso cosiendo algunas ropas de él o haciendo otro trabajo en la casa, y sobre todo muy confiada en que él no haría nada malo. Pensó que esto significaría un gran disgusto para ella... Se dio cuenta de que nadie había notado su presencia, y terminó cerrando de nuevo la puerta y encaminándose hacia su casa, pensando de qué forma entraría, sin que su madre notara lo sucio y desgarrado de sus ropas y las marcas de su cara.

El tiempo destruye circunstancias y caminos, y ya cuando los años han girado sobre el eje de la vida, nos encontramos a Félix más maduro. Estaba tocando los treinta años. Sin embargo, seguía siendo delgado y débil. Así lo había hecho Dios. También lo había dotado de buenos sentimientos y de un gran amor hacia su madre.

Nunca más Félix se había encontraro con Luis Enrique, aquel compañero de estudios que había dejado un terrible recuerdo. Y se alegraba, porque ya siendo un hombres, las cosas serían muy distintas. No podía olvidar aquella vejaciones, y jamás se había recuperado mentalmente de haber crecido sin la protección de un padre. Recordaba claramente, a pesar del tiempo transcurrido, el despreciable timbre de voz de Luis Enrique, su rostro, su mirada...

De todas formas el destino ponía en su camino a aquel despreciable sujeto. Era como si los recodos incomprensibles de la vida conspiran para hacer que Félix se enfrentara a su antiguo enemigo.

Cuando salía de un mercado, donde había adquirido algunos víveres. Félix escuchó aquella voz, y la reconoció. Era la de Luis Enrique, que junto a otros dos hombres tomaba unas cervezas y lanzaba al aire palabrotas en alta voz. Félix ni siquiera miró hacia su lado, pero el insolente, aunque estaba bastante borracho, le grito: ¡Eh...! tí.. ratón.. ¿Qué haces por aquí? Oye... es contigo... no te hagas...

Pero ya Félix se había alejado unos pasos, y en esos momentos el ruido de un enorme camión que pasaba, lo ayudó a disimular, y siguió como si no hubiera escuchado.

El tiempo demolió los días y ya Félix pensaba que jamás se produciría un encuentro entre ellos. Ya casi lo había olvidado, aunque cuando lo recordaba, venía a su mente aquel manojo de sufrimientos que le había regalado Luis Enrique durante su adolescencia.

Era un sabado por la tarde. Félix caminaba por un parque rumbo a su casa. En realidad ya la tarde se desgastaba, y las luces de la ciudad estaban ansiosas por brillar. El invierno dejaba escuchar sus violines. La chaqueta de color oscuro parecía como si quisiera apretarse más y más contra su cuerpo como para protegerlo mejor del moderado invierno, que se dejaba sentir un poco más aquí, en este lugar donde crecían árboles, fuentes, flores, estatuas...

De pronto... surgió una voz que provenía desde el tronco de un gigantesco árbol. Era de nuevo aquel desgradable timbre de voz de Luis Enrique, que junto a otros dos amigotes, vociferó:

—Te estábamos esperando... ratón...

Félix sintió enorme estremecimiento en todo su cuerpo. Miró enseguida y reconoció de inmediato su cara grasienta. Se hizo a un lado y le dijo:

—Luis Enrique, déjame seguir... Ya me has hecho bastate daño...

Ahora es distinto, somos hombres...

—El único que siempre he sido hombre soy yo... Tú siempre fuiste un cobarde... —dijo Luis Enrique y rió sarcásticamente.

De todas formas Félix trató de continuar, pero Luis Enrique le interrumpió el paso, lo agarró fuertemente por el cuello y lo lanzó al tronco del árbol, donde recibió, al caer, un severo golpe en la espalda. Luis Enrique fue de nuevo hacia él, con la intención de pegarle, mientras los otros dos hombres presenciaban la escena con risas y burla en sus despreciables rostros.

—Ahora vas a ver, desgraciado, infeliz... Te vas a dar cuenta de que eres una porquería... —le gritaba Luis Enrique.

Aquellas palabras le bloquearon los sentidos a Félix. En sólo unos instantes pasaron por su mente todas la vejaciones de que fue objeto por parte de aquel hombre corpulento que, ahora desde la posición en que se encontraba, le parecía más grande aún. Recordó los desprecios, los insultos, las burlas, las bofetadas en el rostro, las escupidas.

Pero ante de que Félix tuviera tiempo de reaccionar. Luis Enrique le asestó una patada en la mano derecha dejando sus dedos sangrantes. Su cuerpo adolorido se retorció entre las hojas secas y la tierra. Luis Enrique volvió de nuevo a la lucha. Ahora tenía la intención de tirarlo contra el pavimento y liquidarlo, pero Félix, en un rapido movimiento, y viendo que Luis Enrique se le abalanzaba, presionó el gatillo de un revólver que ocultaba bajo su chaqueta. El disparo desgarró el brazo derecho de Luis Enrique, quien hizo intento de tocarse la herida con la mano izquierda, a la vez que abría los ojos desmesuradamente en un gesto de pavor y asombro. El segundo disparo no se hizo esperar, le atravesó el pecho y lo lanzó hacia atrás... Antes de caer completamente el cuerpo, Félix oprimió de nuevo el gatillo una y otra vez, hasta consumir las cuatro balas que quedaban en su revolver, que hicieron blanco y lo dejaron tendido en el suelo.

Los dos secuaces de Luis Enrique se alejaron precipitadamente del lugar.

A unos pasos del cadáver, estaba Félix: un cuerpo magullado y temboloros, unas manos que sangraban y sostenían un revólver humeante...

## *NIVARIA TEJERA*

*Nació en Cienfuegos, Las Villas, en 1930. Pasó su niñez en las islas Canarias, lugar donde la sorprendió con su familia la guerra civil española. Una vez libertado su padre en 1944 de las prisiones franquistas, regresa a su ciudad natal, donde continúa sus estudios y se gradúa de secretariado en inglés. Después de ejercer la docencia por unos años, se traslada a La Habana y trabaja en la Dirección de Cultura del Ministerio de Educación. En 1954 va a París como funcionaria del consulado cubano. En 1959 regresa a Cuba, para volver a Europa como consejera cultural de la embajada cubana en Roma, funciones que realiza hasta su renuncia, en 1965. Desde entonces reside en París. Ha publicado sus creaciones poéticas y narrativas en Orígenes y Ciclón, al igual que en muchas otras revistas hispanoamericanas y europeas. En 1971 ganó el premio Biblioteca Breve de Barcelona por su novela Sonámbulo de sol. Entre sus otros libros deben mencionarse: las novelas* El barranco *(1958),* Fuir la Spirale *(1987) y el poemario* Rueda del exiliado *(1980).*

## FRENTE A ESA ORILLA

"Pero la otra cosa —casi material— que había en ese ángulo, esos dos seres eran los únicos a percibirla, y parecía que fuera entre ellos como una viga del más duro metal que los mantenía cada uno en su lugar pero liándolos, por muy separado que estuviesen, de un lazo casi tangible".

Musil

IMPOSIBLE Dejar Port Grimaud sin escribir cuanto a lo largo de un mes se ha plantado aquí y sobrevive a la vacación tranquila y tormentosa junto al balcón, dentro de las vigas-columnas que cubren y envuelven este salón haciéndolo oscilar como un barco, en

4

ese balanceo que precede el último equilibrio, el que resiste como un péndulo, inútilmente, al naufragio.

El mar allá es una línea efervescente. Al borde esférico de esa línea veleros y yates descubren en su vaivén un camino. Alrededor las rocas desafian el perseverante frotamiento de las olas, de los vientos mistrales que amenazan desprenderlas del único horizonate ya posible: ese mar imperturbable encharcando el espacio entre sus cambiantes azules, costeándolo. Por sola frontera, su inmensidad.

Por sola orilla, la Nada.

Frente a esa orilla, paralizado en su centro, concéntrico, el cuerpo, la masa compacta de dos cuerpos pulsados a rastras en los altibajos del humor, consumiéndose, aleteando (densa cámara lenta de los cuervos ante la visión de la rapiña) sobre su propio cadáver.

Andadura final del desgarramiento.

Extremo aliento

Se acabó el oxígeno y con él la lámpara votiva. Quedan la horas vaciadas de símbolos y rituales, disonante son fustigando el volumen acompasado, calculado, bien redondo de la vacación: languidez deslizando su tejemaneje a ramalazos hacia el árido linde, ciega fuente al canto que en su fluir cómplice— simula filtrar una laboriosa sustancia de esperanza que el laberinto dador —de cuerpo a cuerpo— ha ido corroyendo. Se oye aún el estertor sibilante de un desecado paladar azuzando los sentidos en eclipse.

En su claroscuro, la sustancia yace podrida.

Todo en agosto corre por zonas escabrosas soteneniendo el horizonte fuera y dentro de su espejo. Dentro de ese espejo, suspendidas unas en las otras, mis lágrimas se suceden como si quisieran dejar sitio a los ojos. Caen como piedras ígneas de un volcán y queman el rostro. Nublan también la intensa luz que desprende ese espacio desnudo que me succiona de pies a cabeza. Los volúmenes aumentan al paso de los gaviotas. Sus espléndidas alas resbalan al posarse en la espuma. Detrás de las vigas en columnas, sobre las que mi cuerpo se reposa a lo largo del día, ¿qué persistente vibración anuncia una caída fatal?

Leyendo "Le Vagabond" en el yate anclado ante el balcón adiviné, al llegar, la presencia ajena que iba a hacerme compañia. Su nombre imponía una rara afinidad con el espejismo del sitio y daba una significación a mi vida.

Vagabundo. Hermosa palabra. Grito sostenido aaauuuoo. No era yo vagabundo al año de edad desde aquella travesía obligada hacia otro país a cumplir un destino de guerra y prisión que harían de mí un niño huraño, un adolescente inestable, un adulto a la búsqueda de lo aleatorio, en fuga siempre?

Vagabundo. Cada despertar esta palabra removía un caudal de energía acumulada, mal conducida pero sin cesar al acecho de algún giro conmutador que encajone tanto vacío en un volumen real.

Un hombre espigado, misterioso, indiferente y atento como los personajes de Bergman, era el único tripulante. Sus atareados iresvenires de la popa a la proa sacudían mi letargo. De vez en cuando sus ojos azulísimos penetraban nuestro gelatinoso abismo. Los míos buscaban en ellos cobija a su miedo mudo.

Al llegar a Port Grimaud la vacación era un amplio terreno que proponía el tiempo (errar de otro modo alrededor y en uno mismo) y el trabajo creador, su plenitud transitoria: acumular y luego plasmar cuando los mirajes logren descargar sensaciones, colmar premoniciones. ¡Ah tiempo tiempo tiempo tiempo!

Sin embargo nada, Niente. El hundimiento, sí, de la pareja en más angulosas arideces, la incomunicación y sus espejos ustorios relegando la astucia sin destronarla, mutilando tactos, silencios, intuiciones que conllevan gestos, actos. Oscuro tránsito de fantasmas en retiro. El único acontecer aquí ha sido el puerto, su sucesión de colores calcándose unos en otros hasta fundirse en los tonos pompeyanos de las casas que los reflejos pasean. Ya la primera vista desde el balcón me había revelado esa dimensión de vigilancia de la naturaleza al desnudo, cuya excesiva claridad cala un vaho de muerte. Este escenario improvisa su doble estrechando una vecindad con el más oculto interior, pues resurge cada amanecer cuando el sol reinventa los contornos afuera para traerlos al salón donde yo vigilo la noche recién absorbida (ya líquida) por el mar.

Entonces los músculos se despertaban al balanceo de El Vagabundo. En ese instante mi pecho era su ancla.

De pronto, en medio de ese tumulto, la Isla reaparece. Ella, la indócil ahora arrasada por quienes la destripan, se tiende cadavérica al rojo vivo, a sangre viva, entre las garras azules. Ofreciendo así su exacto furor avanza entre los mástiles, los saca de su entronque, los lanza a tocar el cielo reflejado que el sol ha hundido. La imagen de una gaviota picotea el cielo (en el reflejo) abajo. Los mástiles se agarran ávidamente (en el reflejo) a las alas de la gaviota que borran el cielo antes de alejarse. En esta suspensión culmina el retorno imposible a la Isla.

¿Qué has venido a buscar sobre las rocas?

El mar sigue ahí mítico, desandador, inventándole otro vaivén a su ruta. Hace horas que tus ojos ahondan ese irvenir erizado que las rocas enlazan, engastan, enmohecen, horas que atisbas su áspero frotamiento esperando dilucidar la soledad de tu cuerpo impregnado de sal, de arena, de mistral, esperando que los recuerdos remuevan en el mar antiguas sensaciones mientras succionas su paladar buche a buche. Y que se deshollinen tus sentidos. Nada, nada se produce. Todo raído, roído. Las olas rugen, golpean las rocas, saltan sobre ellas en torno a tu cuerpo endormido que aguarda. Pero el cuerpo recibe esta embestida como la percusión de un lejano reino vital que intentara sedimentarle sus raíces para mejor arrancarlas. Tú esperas que las olas lo cubran, lo engloben, lo arrastren. pero las rocas lo retienen como otro molusco, como una de sus tantas adherencias.

Como a ellas el roquedal.

Y no saber dar el salto al precipicio, esa pirueta que reclama el otro a fin de reanimar el resorte que hace pender los brazos.

Y que estos se tiendan y reanuden con el tiempo.

Y que el tiempo impulse hacia adelante.

En avant en avant en avant...

POR última vez te asomas al balcón.

Los ojos se fijan al otro lado del puerto buscando una meta detrás de las lomas. Habrá que abandonar allí este cesto lleno de basura, este rostro desencajado que pesa un mundo y echar a andar por un camino que no lleve a otro ni desemboque en el vacío de fuga en fuga.

Razones, sinrazones: fragilidad mental.
La humedad del puerto te traspasa.
El amanecer te borra.

Habrá que alcanzar el límite de la locura prefabricada de este fin de siglo sin dejarse despedazar en esta confrontación con la soledad.

Esta confrontación con las algas podridas.
Esta confrontación con el círculo del pie indeciso.
Con el canto del gallo.
Y su chantaje.

Trazo y retrazo ese cuadro de formas y sonidos que me extasiaba cada día, cada noche: el puerto. Colores y transparencias se mezclan aún suspendiéndolo a la altura del balcón.

Por allá pasa una cabeza de ahogado.
Por ahí flota un delfín muerto.

La última visión que los ojos perciben es mi cuerpo colgado entre los mástiles que lo balancean, la boca abierta, los brazos caídos: un ahorcado.

El Vagabundo leva anclas.
Se apresta a partir.

# *LOURDES TOMÁS*

Nació en La Habana. Escapó de su país en una espectacular fuga, mediante el secuestro de un barco pesquero cubano. En 1971 se radicó en Filadelfia, donde concluyó la segunda enseñanza. Posteriormente realizó estudios universitarios en Madrid y en Nueva York, donde obtuvo su Maestría en Literatura. Ahora estudia para doctorarse en la Universidad de Nueva York. Ha publicado un volumen de cuentos titulado *Las dos caras de "D"*.

## LA TRAICIÓN

Porque él le había enseñado la validez de un ideal, ella lo había abandonado todo. El, como ella, se había criado entre los lujos y los prejuicios de una aristocracia apócrifa. La casa que él ocupaba ahora permanentemente, había sido la que, antaño, utilizara su familia cuando, por razones de ocio o negocio, dejaba los latifundios del nativo Camagüey, para instalarse en La Habana. Ella conservaba algún que otro recuerdo de aquellas temporadas capitalinas en las que los Morales, opulentos terratenientes camagüeyanos, se alojaban con su único hijo y con toda su servidumbre, en la suntuosa residencia aledaña a la suya. Alguna vez ella y aquel niño medio aguajirado que siempre volvía a irse, intercambiaron historias de fantasmas, chismes de criados u opiniones políticas ajenas. Alguna que otra vez, quizá, empinaron juntos un papalote sobre el mar. Pero aquellas eran memorias frívolas e imprecisas. Lo ciertamente inolvidable ocurrió cuando aquel muchacho tímido, transformado ya por la plenitud de los veinticinco años, bajó de la Sierra Maestra, hecho todo un capitán, con un rosario al cuello y un fusil al hombro. Ardía entonces en su mirada el fuego de la justiciera Revolución de 1959. Y poblábale mentón y mejillas aquella obscura y cerrada barba de héroe que arreciaba la hombría de su rostro y confirmaba la virilidad de su fornido pecho. Fue poco después que aquella voz épica, ya firme como una orden, ya acariciante como un verso, comenzó a acendrarle el alma con su carga de ideales; de ideales que ella nunca hubiera comprendido de no habérselos explicado él; porque él, como pocos, poquísimos en este mundo donde el obrar de los hombres rara vez coincide con el obrar de su lenguas, sabía predicar con el ejemplo. Renegando de su clase, él había renunciado a la vida muelle que garantizaba una robusta fortuna, para sumarse en cuerpo y espíritu a los que, sin temor ni vacilaciones, se jugaran la vida sobre la peligrosa carta de una fe en la justicia. "No —le decía—; la justicia social no se logra con la torpe caridad que preconizan en sus fiestas a beneficios de niños pobres, las frívolas damas de una alta sociedad corrompida y explotadora." "Caridad" era una palabra vil e hipócrita; un mero pretexto para lucir trajes y alhajas, boato y soberbia, en el mejor de los casos; o la inicua droga del poderoso para confundir y adormecer al desposeído, en el peor. Porque la verdadera justicia social, la única, se lograba sólo a fuerza de puño y fuego, de matar y de morir. Pero había llegado, por fin, la hora de las masas; la hora de los hambrientos de pan y de libertad, que durante tantos años clamaran por sus derechos sin ser escuchados, y quienes ahora, por vez primera en la historia de la patria, tendrían la legítima oportunidad de conquistar su dignidad, de realizarse como seres humanos. Habría que sacrificarse al principio, pues la construcción de un futuro mejor podría únicamente alcanzarse a través de una entrega incondicional a la causa. Pero la segura justicia del porvenir remuneraría con mucho los padecimientos y privaciones del presente. Y en el sacrificio del hoy se templarían y acrisolarían los espíritus dignos del mañana. ¿Quién podía oponerse a sus razones? ¿Quién podía dudar que un ideal es lo más puro que puede anidar el alma humana, que en su fuerza y en su fuego se alcanzan dimensiones épicas, y que sin él se es sólo fría bazofia de carne sin alma? ¿Quién podía resistirse? Ella lo creyó todo. Como él, también renegó de su clase y hasta de sus padres que, envilecidos por el dinero, optaron por una tierra extranjera. Y, habiendo perdido posición y riquezas, se sumó sin reparos a las filas de los obreros y campesinos; de los que nada tenían que perder sino sus cadenas. Pero él ahora parecía olvidarlo. Y era que, claro, había llegado una mujercita a su vida; una mujercita que se ocultaba tras las puertas y ventanas cerradas de la casona aledaña. Pero a pesar de la clausura, ella sabía que estaba ahí; la velaba, la presentía, la intuía, la imaginaba. Había estado ahí semanas, acaso meses, compartiendo con él techo y, naturalmente, lecho, porque, ¡qué otra cosa podía esperarse? Por las mañanas, él seguramente habría podido resistirse durante un tiempo, a su vulgar exigencia de lujos únicamente ostensibles en una sociedad capitalista: jamón, queso, cocacola, besitos de chocolate, papel higiénico, perfumes, zapatos de no sé cuánto, jabones de no sé qué con sus adjuntas novelitas de televisión: "Vida mía, no habrá fuerza en el mundo capaz de separarnos. Derribaré cuantas barreras sean necesarias. Y, aunque seas pobre, me convertiré en tu mujer ante Dios y los hombres." (Porque eso, eso era lo que querría ella. ¡Qué Mediocridad!) Sí, él se resistiría por las mañanas. Pero de noche... De noche la hembrita se las habría ido arreglando para socavar poco a poco sus convicciones revolucionarias. Y lo había logrado. El héroe se había transformado en el traidor que aceptara una fuga clandestina del país; una fuga que se efectuaría mañana. Sebastían se lo había dicho. Ahora seguramente estarían hablando de la vida que emprenderían ambos en el extranjero. Y casi que podía escuchar lo que probablemente estaría diciendo la mujercita: "Vas a ver lo bien que nos irá, lo felices que seremos sin tenernos que preocupar de libreta de abastecimiento ni de colas de cinco horas para comer la carroña rusa que reparte este podrido gobierno. Nos casaremos. Y nuestros hijos asistirán a escuelas católicas con niños rubios y sanos. No más mulatería pionera gritando en los colegios `Seremos como el Che!' Que nuestros hijos sean como les da la gana. El individuo tiene derecho a ser eso: in-di-vi-duo. Y los niños nacen para ser felices. Así que, que se retraten con Santa Claus y su saco lleno de juguetes; que eso es lo que quieren los niños." ¡Hembra mediocre! ¡Qué sabía ella lo que querían los niños! ¡Podrida ella, no la Revolución! ¿Qué entendia la mujercita esa de ideales, de militancia abnegada en las filas de un pueblo digno que estaba dispuesto al mayor de los sacrificios en aras de una causa, a favor de una sociedad nueva y justa para la generaciones del porvenir? Ella, en cambio, sí comprendía todo eso. Pero como el ideal jamás anida en mujer coqueta, acicalada, amiga de espejos, ella, naturalmente, carecía de lo que le sobraba a la otra: mañas de seducción. Y, ¡menudas mañas aquéllas! Se las traía la hembrita. Se las traía de todas, todas. Hasta Sebastián había caído en sus redes. Y resultaba que ahora también quería irse. El muy tonto le había venido al medio día con la noticia: "Elsa, yo sé que tú ya no estás con el gobierno. Tú te has virado. Lo que sucede es que sigues disimulando porque no te queda otro remedio. Pero tú quieres irte, ¿verdad, Elsa? Tú quieres irte." (Ella había asentido porque sospechaba que en aquello estaba inmiscuida la gente de al lado) "El Capitán Morales tiene programada una fuga para mañana. Ahí al lado hay una muchacha —a propósito muy bonita— que quiere irse; y parece que Morales tiene interés en sacarla. El golpe se dará mañana, porque, como es 26 de Julio, la gente estará entretenida, y no habrá tanta vigilancia. Nos reuniremos con el grupo que quiere fugarse, a la entrada del Club Naútico. Allí nos recogerá un camión a las diez de la mañana, para transportarnos adonde nos espera el barco. Y como hay concentración y molote por las calles, nadie sospechará de nosotros. Yo creo que no correremos tanto peligro porque todo parece estar muy bien planeado. Esta noche me reuniré con Morales para acordar los últimos detalles." Ella le pidió que no enterara ni a Morales ni a nadie de su asentimiento, pues quería pensarlo antes, y podía ocurrir que cambiase de opinión a la última hora. Y Sebastián entonces: "Elsa, ¡por favor!, yo no enteraré a nadie si no quieres. Pero no me digas que tienes miedo. Si te he respetado y admirado siempre es porque tú nunca has sido mujer de miedos ni titubeos. Y no creo tampoco que puedas sentirte aún revolucionaria. Aquí todo el mundo se ha decepcionado. Figúrate que..." Y le dijo nombres de antiguos militantes que, desengañados de la Revolución, habían decidido fugarse. "Y yo, Elsa, y yo —concluyó—. Yo también, como tú, creí en esto. Y a ti te consta; a ti que me viste optar por la Revolución y quedarme aquí contigo, cuando mamá y papá se fueron; a ti que me viste coger una cartilla, cuando la Alfabetización, y un fusil, cuando Playa Girón. Sí a ti, más que a nadie, te consta, Elsa. Pero me viré, hermana, me viré, porque todo fue engaño y traición. Y ahora en lo único que creo es en irme." No, Sebastián. Tú no habías claudicado. Tú no te habías virado, como decías, ni eras un traidor. Eso era lo que le constaba ella. Pero sucedía que la muchacha "a propósito, muy bonita", te había sonsacado. Y tú, de puro ingenuo, no te dabas cuenta de que era la querida de él. Pero ella sí se daba cuenta. Y ella no se había virado. ¡No! Ella no era una traidora, ni una esbirra vende-patria, ni una pancista. Ella era una revolucionaria con fe en el futuro y con plena conciencia del deber que se exigía la causa. Y no podía permitir una traición. Es, ¡nunca!

Miró el reloj: las cinco. La oficina de Seguridad del Estado cerraba tarde, y, de todas formas, siempre se quedaba gente de guardia. Pero ella quería hablar específicamente con Vallejo; y el Comandante se iba generalmente más temprano que el resto del personal. Buscó en su libreta el teléfono: Vallejo, Vallejo, Vallejo..., ahí estaba. Marcó: 2-9-1-2-3-2. Dos timbrazos: "Por favor, compañero, con el Comandante Vallejo, de parte de Elsa Menocal. Es urgente." Esperó. "Comandante...?" Y se lo dijo todo tal y como se lo refiriera su hermano. Puso, sin embargo, muy buen cuidado en reservarse un nombre.

Sebastián llegó de madrugada. Elsa lo sintió subir las escaleras en dirección a la planta de los dormitorios, y se fingió dormida. Sebastián entreabrió la puerta del cuarto de su hermana, pero decidió no despertarla. Elsa se iría. Estaba seguro de que se iría. Unicamente un tonto como el propio Morales podía quedarse. Porque el Capitán sólo quería sacar a la muchacha del país, para salvarla. Pero su hermana sí se iría. La despertaría al amanecer. Y de resistirse, emplearía cuantas razones fueran precisas para convencerla de que ya nada podía esperarse de la Revolución.

Al alba, Sebastián fue a despertar a Elsa, y la halló vestida. Pero notándola ojerosa y preocupada, resolvió emplear unas últimas frases persuasivas.

—Vamos, Elsa. No lo pienses. De la Revolución ya no hay nada que esperar. Entiende de una vez que...

—Sebastián, tú no irás a ningún sitio. Yo denuncié a esa gentuza.

Sebastián palideció:

—¡Cómo! ¡No puede ser! ¡Dime que no es cierto! Tú no...

—Yo sí. Lo hice. Se lo merecían.

—¡No, no! Mi hermana, ¿una traidora, una vulgar chivata?

—Yo soy una revolucionaria. Y tú lo eres también; lo que pasa es que...

—No, Elsa. Yo no sé lo que tú serás, ni qué ascenso o prebendas busques con esta delación. Pero a mí hace tiempo que me decepcionó la Revolución. Sacrificio, privaciones, miseria, encarcelados, ¡paredones que si hablaran...! Pero aquí no sólo callan los paredones; aquí calla todo el mundo, porque la crítica más insignificante resulta pecado mortal. Y todo ¿a nombre de qué?, ¿del Hombre Nuevo?, ¿de Lenin?, ¿del Che Guevara?, ¿de una sociedad futura?, ¿del flamante paraíso de los nuevos siervos y sus nuevos santos? No, Elsa. Ese opio, ¡que se lo den a otro!, porque lo que soy yo, no me lo fumo, ¿entiendes?, ¡no me lo fumo!

—¡Mientes! Tú sí crees en la Revolución. Nunca antes de oí decir semejantes cosas. Lo que sucede es que la mujer esa, la que metió Morales ahí al lado, te sonsacó; y tú querías irte detrás de ella. Pero eres un imbécil, un verdadero imbécil, porque esa mujer es la querida de Morales.

—Ella no es la querida de Morales; es la hermana. Entérate bien: ¡la her-ma-na!

—¿La hermana? ¡Mentira! Yo nunca le conocí una hermana.

—Porque es hija del padre con una guajira de Camagüey. Morales quería sacarla del país para salvarla de una condena de veinte años o hasta sabe Dios si de un paredón, pues la andan persiguiendo por delito de contrarrevolución. Morales será o no será revolucionario, porque él no se iba; pero ha sabido ser hermano.

—Yo no te delaté, Sebastián —dijo ahora sollozando—. Yo no te delaté.
—¡Pues debiste haberlo hecho!
—Sebastián, ¿que vas a hacer?... ¡Sebastián!

Sebastián se había lanzado escalera abajo en dirección a la puerta de la calle. Elsa, al verlo, lo siguió para tratar de impedir que cometiese una locura. Emplearía ruegos, súplicas; se postraría, se dejaría insultar, se culparía mil veces; lo detendría con las uñas, con los dientes; se entregaría ella misma. Pero a su hermano, ¡no! A su hermano, ¡¡no!!

"Sebastián, Sebastián..."

Pero Sebastián, fuera ya de la casa, se confundía, se disipaba entre las filas de milicianos que marchaban por la calle con motivo de la celebración del 26 de Julio. Y ella, fuera y también, abriéndose paso entre la muchedumbre, repetía a gritos el nombre de su hermano, como si su voz hubiera podido detenerlo. Pero su voz se desvanecía ante el estruendo de la potente voz del pueblo que entonaba un himno:

EL DIA QUE EL TRIUNFO ALCANCEMOS... Sebastián...
NI ESCLAVOS NI DUEÑOS HABRÁ ...bastián...
LA TIERRA SERÁ ...tián... EL PARAISO
BELLO DE ...án... LA HUMANIDAD...

# **OMAR TORRES**

*Nació en Victoria de las Tunas (Oriente), en 1945. Desde 1959 reside en Nueva York, donde cursó estudios de literatura y artes plásticas en Queens College (CUNY). Fue co-fundador del Centro Cultural Cubano de Nueva York y director de la revista cultural* Cubanacán. *Ganó la Beca Cintas en 1978. Ha escrito varias obras de teatro que han sido estrenadas en Nueva York. Ha tenido una activa labor artística durante su residencia en esta ciudad. También ha escrito varios libros de poesía y narrativa, entre ellos:* Ecos de un laberinto *(1976),* Tiempo robado *(1978),* De nunca a siempre *(1981),* Apenas un bolero *(1981) y* Al partir *(1986).*

## **AL OTRO LADO DE ESTE LADO**

> *Llevo conmigo todas las heridas*
> *de todas las batallas*
> *que he evitado.*
>
> Fernando Pessoa

Alejandro Caturla perdía la paciencia por minutos; no soportaba los contratiempos, los obstáculos, la incertidumbre. Al perder la paciencia se ponía de mal humor—" le salía lo de gallego", como le decía su madre desde niño—, tornándose algo violento. En tal estado no podía pensar, o trabajar, o llevar a cabo nada productivo, por lo tanto decidió ir a casa de Guido, un viejo poeta amigo de su amigo Dante, quien lo invitó a un café y a ver el cuadro que acababa de terminar.

"Por mí se va a la ciudad doliente, por mí se va al dolor eterno, por mí se va hacia los perdidos. La justicia animó a mi alto creador; me dio sabiduría y el primer amor. Antes de mí no se había creado nada. Ahora que finalmente entras en mi casa, abandona toda esperanza. ¡Bienvenido, cubano¡.

"Entra, no te asustes." Sentí la voz líquida de Dante ofrecerme protección desde algún punto de la casa.

"Todas las tierras son patria para el desterrado—continuó el bigotudo Guido mientras cerraba la puerta tras de mí—, como el mar lo es para los peces. Esta es tu casa. Ponte cómodo. Sírvete vino. ¿Tú crees en Dios?"

"..."

"Mira el regalo que le traje a Guido"—dijo Dante, indicándole un óleo que yacía sobre el sofá—," abstracto, por supuesto. A los poetas no se les puede dar nada realista, se sienten limitados."

"Color y movimientos; así es la vida. Sentimientos y sensaciones. No es como la ciencia, las matemáticas, la exactitud, el orden. ¿Quién encuentra orden un mundo tan caótico? ¿Dónde está la armonía? ¿La justicia? Bueno, no vamos a hablar de justicia, porque entonces sí que no hablaremos más que mierda. Tal fenómeno no ha existido nunca sobre la tierra."

"Cuando muchacho, una noviecita que tenía lo dejó por otro, y desde entonces afirma que no hay justicia sobre la tierra."

"El tipo era un imbécil, pero no sólo eso, era feo a más no dar. Yo estoy ya calvo y barrigón, pero a los treinta era tremendo tipo. Rompí corazones por toda Roma y sus vecindades. Pero no hablo de eso, ni siquiera hablo de la justicia civil: los jueces y los abogados siempre han sido unos hijos de puta en todas partes del mundo. De los políticos no hablo, porque ya eso está más que documentado. Pero cuando hablo de justicia, sírvete *prosciutto* sin pena, me refiero a la justicia mayor. Supuestamente la que viene de arriba. No sé dónde arriba, pero como generalmente así lo denomina todo el mundo, vamos a no ser pedantes."

"El problema de los poetas es que hablan demasiado."

"Instrumentum vocale."

"El problema no es de hablar, sino de sentir."

"Pero tú sientes y hablas."

"No solo de pan vive el hombre."

"Lo que sucede es que hay mucha gente artificial, que nunca dicen lo que sienten; hablan con palabras ajenas y actúan acciones ajenas. *Persona ficta*, pura *persona ficta*. ¿Qué crees tú, cubano?"

"Yo creo que todo movimiento es fálico."

"¿Qué tiene que ver eso con lo que estamos hablando?"

"No, no, yo lo entiendo. Tiene mucha razón; el hombre sabe lo que dice. Mercurio, que para los griegos era Hermes, es falo; es el dios de los caminos, pero también de las entradas y salidas, y todos sabemos lo que eso quiere decir."

"Es el aparecer y desaparecer. El erotismo de la pierna que cruza la frontera. Es la acción."

"Acción es lo que sucede frente a una cámara de televisión o de película, con luces encendidas, mientras que el resto del mundo queda en penumbra. Si no se ve no es acción. Es como un terrorista que necesita de la televisión para que sus acciones sean vistas por millones de personas; sino, no tienen sentido. Matar a una persona puede ser una gran tragedia, pero matarla frente a las cámaras es un evento que trasciende. Lo que se ve se recuerda. Es la vía pública la que lleva a hechos supuestamente heroicos."

"No me vayas a decir que hacer explotar una bomba en un aeropuerto es un hecho heroico."

"No en el sentido homérico. Depende de tu definición del heroísmo. Por ejemplo, el asesinato de árabe la semana pasada en Vía Veneto no habrá sido un hecho heroico, pero sí efectivo."

"Volviendo al tema, lo que sí es una realidad es que la acción en sentido de movimiento es fálica, o al menos sexual. El éxodo, por ejemplo—y con esto tú te puedes identificar, cubano—es una iniciación, un rito de maduración.

"La teoría de la fruta madura; esa es una invención de los americanos para apoderarse de Cuba cuando les diera la gana; mientras tanto se contentaban con que la isla continuara siendo una colonia española, porque sabían que cuando llegara el momento les caería en la manos como la manzana a Issac Newton."

"¡Qué lindo! ¡Bravo! Me encanta oírlos hablar así. Ya vez, pintor de mierda, que las palabras son tan poderosas y tan importantes como las imágenes."

"A picture is worth a thousand words."

"Esa es una americanada. Abre otra botella de vino, anda."

"¿Qué es esa discusión de niños?—dijo un hombre alto y canoso, que salía del interior de la casa con paso lento y elegante, como si disfrutara del vaivén de su cuerpo entre una habitación y la otra."

"¡Mira que tú orinas!"

"No estaba orinando; me entretuve hojeando tus libros."

"Ustedes no se conocen: Alejandro Caturla, cubano-italianizado, gran admirador de la pasta y las italianas; el Padre Ricci, jesuita e historiador."

"Tienes razón, Ricci, somos niños; nunca dejamos de ser niños, sólo que con el crecimiento adquirimos malas costumbres, vicios, grasa mientras que perdemos la moral, la paciencia y la capacidad de tolerancia."

"Hablas de los ángeles caídos."

"Habla de sí mismo."

"No, hombre, no, hablo de todos nosotros. Mírense en un espejo señores. Tú mismo, Guido; eres marxista, fuiste anarquista, seductor y sabe Dios qué más."

"El problema es de comparación; ahí entramos en una cuestión religiosa."

"No me cojan a la religión como excusa por las debilidades de cada cual. Recuerden que Dios nos dio el libre albedrío."

"Yo esto lo hemos hablado mil veces. Dios es como un juguetico al que nos aferramos al crecer. El amor de Dios es una barbarie; por él se deja todo: madre, padre, hermanos, casa; es un abandono del mundo. No me hagan citarles el Nuevo Testamento aquí, que he tomado demasiado vino."

"Es cuestión de fe."

"La fe que tú dices no es más que un sacrificio de toda libertad el orgullo propio; es una mutilación de sí mismo. Donde quiera que hay religión, hay soledad, ayuno y abstinencia sexual, ¿o no?"

"*Lumen de Lumine*. La vida cristiana está dividida en código, credo y culto. Está gobernada y santificada por obligaciones morales organizadas y dirigidas por un código de ley que nos llega de Cristo. Es un credo formulado por ciertas verdades en las cuales hay que creer y con las que hay que vivir. Y es también un culto, una vida de alabanza. Esto es algo que tú no entiendes, pero que debieras de entender, ya que eres lo bastante inteligente para ello; la vida religiosa es un esforzarse por llegar a la perfección a través del ascetismo y la práctica de virtudes morales. En ella se culmina el hecho de que el cristiano está involucrado constantemente en una lucha con el mundo. Es una batalla de vida o muerte; para llegar al triunfo se requiere convertirse en un atleta espiritual. Es decir, hay que subyugarse antes una disciplina estricta de mortificación y renunciamiento, junto a la oración."

"Eso es lo que no entiendo, ¿por qué?"

"Abnegare semetipsum ut sequaur Christum."

"¿Pero, por qué tanta angustia?"

Alejandro Caturla los observaba, reclinado en un sillón, mientras pensaba qué carajo hacía él entre aquel trío de italianos dementes. En fin de cuentas, tan sólo había venido a ver un cuadro.

"El hombre no sabe si ser ángel o ser bestia. En sí, tiene tres caminos a seguir: hacia arriba, hacia el orgullo; hacia abajo, donde está la carne; hacia afuera, donde encontrará el mundo material, que alimenta los otros dos caminos. Somos tentados o por la sensualidad, o por la presunción o la avaricia. Es así que los tres votos religiosos se convierten en el medio a través del cual el atleta espiritual gana la batalla."

"Si te escuchas a ti mismo te darás cuenta de las imágenes que usas: batallas, luchas; la iglesia siempre ha sido un poder guerrero."

"Por el bien del hombre."

"¿Y por qué no de la mujer?"

"De todos."

"Dime la verdad; no me vengas con cuentos porque nos conocemos desde la niñez; crecimos juntos, estudiamos juntos, siempre fuimos como hermanos."

"¡Quién se iba a imaginar que llegaríamos a ser polos opuestos! Tú eres ateo y yo cura."

"Siempre eras medio raro, pero no cambies de tema. Ya después de hombre, ¿no te ha tentado ninguna mujer?"

"Con el voto de castidad no se usa la facultad sexual, pero por eso no dejamos de tener tentaciones. El corazón no pierde nunca el ardor."

"Pero eso es una metáfora que ya no tiene relevancia."

"¿No puedes dejar de pensar por un instante en la gramática?"

"Déjalo que hable, que quiero ver por dónde viene."

"Había épocas en que se creía en el alma, y se quería con el corazón. Pero hoy en día se hacen trasplantes a menudo, hasta de corazones de plástico. No es lo mismo decirle a una persona amada—como se hacía antes—"Te amo con todo el corazón", que decirle, "Te amo con todo el trozo de plástico que tengo dentro del pecho."

"Tú caes en el infierno de lo que no tiene remedio."

"Guido, es como la muchacha aquella que se casó con el bobo, y en la luna de miel, al ver que el tipo no iniciaba nada le dijo: "Cariñito, dame con eso duro que tú tienes al orinar", y el hombre sin vacilación ni timidez, alcanzó el orinal, que estaba debajo de la cama, y le cayó a golpes."

"Espero, señor Caturla, que su amistad con este dúo no sea muy seria, porque nada bueno sacará con ello."

"No le hagas caso, Alejandro, a pesar de que él es cura lo queremos mucho. Es el hermano que nunca tuve."

"Esta es mi cruz."

"Pero yo sigo insistiendo que el éxtasis se logra solamente con una de dos cosas: un poema bien escrito o una mujer hermosa. ¿Qué crees tú, cubano?"

"Bueno, el argumento no deja de tener validez."

"Otro ángel caído."

"Pater noster qui es in caelis, sanctificetur nomen tuum."

"¿Por qué no vamos a comer algo?"

"Eso es lo más sensato que has dicho en todo el día."

"Una buena spaghettata es lo que necesitamos para ver como le resolvemos el problema a un bailarín cubano que quiere asilarse."

"¡No me digas!"

"¿Cómo es eso?"

"Vamos a Otello, la trattoria al doblar de la esquina, y les cuento la historia."

El crepúsculo caía sobre el barroco romano con su ámbar y su violeta como un mítico velo; hora para hallarse en la cima de una de aquellas siete colinas que formaban la antigua ciudad, y dejar que la vista se perdiera sobre los pálidos techos uniformes, en rejuego de ángulos obtusos. Desde allí podía pensar; siempre llegaba con la intención de pensar en el futuro, pero el desarraigo enervante lo trasladaba siempre a su niñez. Todas las tierras son patria para el desterrado, como el mar lo es para los peces, sin embargo...

## *GLADYS TRIANA*

Nació en Camagüey, en 1934, donde realizó sus primeros estudios. Más tarde hizo sus estudios de Educación en la Escuela Normal y en la Universidad de Oriente. En 1972 salió de Cuba para España y estudió la técnica del grabado en la escuela de Bellas Artes de San Fernando, en Madrid. A partir de 1974 se radicó en Nueva York, donde completó estudios en el Mercy College. Además de su vocación literaria es una reconocida pintora y ha tenido multitud de exhibiciones, tanto individuales como de grupo. Sus narraciones han sido publicadas en diferentes diarios y revistas internacionales.

## EL HORNO

Cuando la mano ocupada recordó la definición, "materia orgánica suelta como polvo que forma el suelo o corteza terrestre," las mínimas partículas se adentraron en su piel "cuando la tierra muerde, el hombre muere en su hambre de ella," abrió la mano y se derramó su caridad. Atraída poderosamente por el color rojizo formó la masa con el agua y comenzó el ritual de formas. El rodillo sirvió para esparcir sobre la mesa, a manera de futuro molde. el bloque ya compacto. Envolviéndolo entre los dedos, apartando el informe amasijo, resolvía en caricia de piel no saturada la parte inicial. "Golpea con fuerza en la tabla y elimina el aire interior de la materia-vida para evitar el estallido en la quemada". "Hay que vaciarlo de impurezas y que la certeza nos acompañe". Y entre el ejercicio, el epigrama y las ideas-frases, el barro se desliza suave y la figura emerge, semirostro que marcará con varilla-pincel en hendidura. La labor se extendía en sacudidas nerviosas en el tiempo; al cansancio, el abandono evitado. Reconocía la misma acción en cada gesto y el resultado imprevisto. Ahora la espera, los días de eliminar la humedad, y el fuego petrificado la sólida estructura.

"El fuego," y a la memoria viene la necesidad. Por semanas ha ido aumentando la colección. Del amasijo al golpe, del golpe a la caricia y luego la varilla marcando símbolos. Epitalámico rito mágico y el augurio de la nueva excitación. Sin embargo, el pensamiento obsesivo en círculo dominaba esta espera de la sequedad, la búsqueda del rectángulo plateado.

Una, dos, tres semanas en la misma ansiedad, sostenida como tensa cuerda. Conocía el escondite y su destino de ignorado. Ante los otros la indiferencia la cubría y sólo la mirada-espejo revelaba el objeto.

El grupo pequeño que compartía la misma tarea de idea destino ajeno a su proyecto, realizaba su función con disciplina y grato ambiente. Se pasaba del silencio al sonoro sonido de metales hirientes, ritmo de martillo, sierra lastimera en su trazo de mitades y el cincel eléctrico agudo, penetrante, haciendo lascas de heridas definitivas. Atentos a su propio experimento, la labor se extendía en las horas sin tiempo. Sólo el vino eliminaba la resequez de las paredes internas y palabras deshilvanadas creaban el contacto de identidades.

El hombre-maestro se paseaba a ratos de observación. La ayuda y la esperanza de aprobación en su aguzado análisis de luz-relámpago, envolvía la atmósfera. Con una sonrisa simple y un profundo respeto dialogaba en tono familiar. El grupo, a su paso, respiraba la armonía. Sólo el gordo de las manos-tenazas, sentado en su trono de cartón, solicitaba materiales al alcance, como si su opulenta naturaleza hubiera sembrado el cuerpo. Ella se fijaba un reproche entre los dientes y continuaba con paciencia legendaria el trasiego de gubia y piedras.

"Nadie lo sabría y menos él," se prometía. Ese hombre-niño sin cabeza, con fuerza de gladiador, grotesco, estaba al margen de sus planes. "La ambición y la ignorancia son una temible pareja," repetía de soslayo a la grasa innecesaria. La catástrofe hizo presencia cuando la voz del masa-globo murmuró: "Voy a necesitar quemar mi barro en estos días". Se sintió descubierta, desnuda al sol ante multitud de ojos severos. Una extraña sensación de frialdad recorrió su cuerpo. Como en las novelas de episodio, la frase "estoy perdida" parecía una sentencia irrevocable. No hubo comentario y el sonido natural mantuvo al resto en su inocencia. Abandonó el estudio lentamente. Con aire de premonición miró el rectángulo plateado y decidió, "Irá conmigo".

A partir de ese día los planes comenzaron a surgir. Las llamadas a amigos con transporte disponible. El "no" dicho con serenidad y una creciente desesperación en la ruta de su sueño-realidad, lejano elemento a su cercanía. Sin embargo, en el acecho, concebía el interés. Recordaba los ojos agudos fijos en el objeto, como manzana apetecible. La asaltaba la cabeza calva siempre alerta a cualquier movimiento, a cualquier intento de completar la frase "necesito quemar....."

Cada paso era la temible imposición de hablar a otros. El secreto sería voz de periódico, divulgación que destruiría el fin: y el terror dominaba la posibilidad. Nadie debía saberlo, el maestro sería su único cómplice sin sospecha. Su asentimiento daría al conflicto solución. Como toda sombra es proyectada por la luz, en las noches de desvelos, ganó la confianza necesaria.

Razonable fue la charla aquella tarde de confesiones, entre chirridos y sonrisas. la cooperación inesperada realizó el milagro. Durante el trayecto, la sangre corría apresurada, como carrera a premio sin destino. Con cuidado fue depositado en el elevador, "camino de cinco pisos, viaje a la luna sin sputnik," deliraba en el triunfo. En el rapto como sueño de Medusa, no había concluido, ahora iniciaba el proceso de engranaje en el espacio nuevo y la demanda del alimento. Se sentó a contemplarlo. El plateado embellecía el rectángulo, caja fuerte prometedora, con la capacidad de 11" por 9", pequeña tal vez, pero tan necesitada que pasó su mano por los bordes de la tapa y se inclinó a los ladrillos interiores con los ojos húmedos de satisfacción.

Esa noche el sueño se perdió entre las sábanas y al amanecer se vistió de gala, traje largo blanco, con zapatos y medias destinadas a ocasiones especiales; se cubrió de collares y en la cadena central colgó la llave de la casa con el chal a mano. Comenzó a colocar las seleccionadas piezas de barro dentro del abierto soporte de metal. Cerró la tapa con cuidado. Conectó la temperatura y el calor poco a poco se fue concentrando. Se sentó frente a frente a la armadura brillante cuya luz invadió la habitación.

Mientras la ceremonia se realiza en quietud, el reloj marca las horas, las dos, las tres, las cuatro, las cinco. Ella sentada con un insomnio amainado por los libidinales paraísos del misterio-templo, espera. El refinamiento característico de su espíritu superior mantiene la vigilia silenciosa. La objetivación de los acontecimientos, cerca el desenlace, engendra un nuevo propósito. Expectante, recibe el nuevo día y su promesa. El calor se va perdiendo; es como un escape de fuerza en el vacio. El proceso queda fijo. Ahora se levanta, la dignidad, aureola azul licuada envuelve el rostro. Con singular caricia abre la tapa. Las formas en labrada fragua, muestran su desnudez primitiva, y el interior, eje de las figuras, revela el fondo sensual de lo concreto en la transfiguración del sacrificio. "Al fin el fuego, sí, el fuego, y mi paz".

## *HORTENSIA VALDÉS PERDOMO*

*Nació en La Habana, en 1937. Se graduó de Bachiller en Ciencias, en 1955. A la llegada de la revolución comunista salió con su familia para Barcelona, España, en donde residió e hizo estudios en la universidad de esa ciudad. Allí fue profesora de comercio en una escuela privada. En 1974 se trasladó con su familia a los Estados Unidos, a la ciudad de Las Vegas, Nevada, donde reside actualmente. Desde joven sintió vocación por la letras y ha publicado poemas y cuentos en diversas revistas y diarios de los Estados Unidos y de España. Ha publicado el poemario* Madera de Sándalo *(1991).*

## NOCHE DE MIEDO NEGRO

Ella y su maldito gato. ¿Por qué pensaba en ella hoy? A lo mejor porque el aullido lóbrego del viento y la negrura de la noche sin luna en el DÍA DE LAS BRUJAS, le enviaba escalofríos en el rincón de la mente donde se alojan los miedos primitivos. Suspiró y se subió la vieja manta raída que todavía tenía algo de su olor. De hecho todo en el viejo y destartalado refugio conservaba algo de su presencia, casi se podía tocar y oler su ausencia. No hacía frío, pero últimamente, sobre todo desde que ella se fue, sentía habitualmente frío; un frío que no venía de fuera, que le invadía desde dentro, como si se estuviera acercando a la muerte poco a poco, día a día.

Hoy hacía un año de su muerte. Los vapores del alcohol le hacían difícil el recuerdo, pero la soledad de la noche y del refugio en medio del fin del mundo en que se hallaba, olvidado de todos y obsequiado perennemente con la indiferencia de los otros seres humanos, traían insistentemente a su memoria cómo la había conocido. Ella y su maldito gato. Ella, como él, al fin de su cuerda, perdida toda esperanza, acorralada por la necesidad, abandonada del grupo humano a que una vez, largo, largo tiempo atrás perteneció. Con el alcohol como principal fuente de calorías y de necesario olvido, endureciéndole las arterias, provocándole curiosos corto-circuitos en la parte más saludable de la mente, matándole neuronas y reduciendo así las posibilidades de recuperación. ¿Alzheimer's? ¿No es curioso cómo la gente que tiene todas las necesidades cubiertas cree saber de todo, excepto de cubrir las necesidades de los que no las tienen cubiertas? ¡Bah, bah, bah! No quiero pensar, quiero dormir, quizás quiero morirme.

¿Por qué me dejé enredar por ella? ¡Ella y su maldito gato! Parecía el propio diablo cuando se le erizaba el pelo negro y me miraba con aquellos ojos diagonales amarillos y llenos de odio, enseñándome unos colmillos dispuestos a todo, hasta que de pronto... ¡wham! se lanzaba directo al cuello en menos de un abrir y cerrar de ojos, y ella tenía que llamarlo al orden para desembarazarme de él; y aún me soltaba con pesar, sin apartar sus pupilas carniceras de mis ojos, como diciendo, "¡Cuidado! La próxima vez a lo mejor no lo cuentas!" Y ella, ¡maldita mujer también! se reía, se reía con su boca desdentada y me miraba como si ella también fuera de otro mundo, y se lo traía hacia sí y le acariciaba mientras el aire se llenaba de una electricidad extraña que casi se tocaba...

Me dio lástima, y me di lástima. La ciudad nos había echado del grupo de sus pobladores deseables; no teníamos hogar, no teníamos familia —la última vez que vi a mi hijo, en su carro bien mantenido, se le salía por los poros la vergüenza de tener que llamarme padre—, olíamos a cuerpo humano sin bañarse, a pobreza, a desilusión, a sufrimiento... Ahora pienso si hasta damos miedo porque somos como un espejo de lo que la gente piensa que le puede suceder a ellos, y les da terror. Todo iba bien hasta que le entraba una rabieta; se ponía roja de ira, los ojos se le hinchaban de odio, tiraba todo lo que le venía a las manos contra las paredes, y salía corriendo en estampida, como un elefante herido que ni ve el daño que va y se va ocasionando. Las primeras veces la iba a buscar, después de todo, compartía conmigo todo lo que robaba y encontraba por ahí, era una especie de matrimonio-de-hecho que no se había pronunciado nunca. Invariablemente me la encontraba llorando a moco tendido, arañada y herida en su loca carrera, exhausta ya y como muerta en vida; "¡Tú tienes la culpa de todo! —me escupía a la cara— ¡tú y ellos dos! ¡Idiotas! ¡Ni siquiera pueden mantener a una mujer!" El gato me miraba con rencor, como si compartiera sus sentimientos. Y nunca supe quiénes eran "ellos dos", aunque más de una vez imaginé que serían esposos anteriores o amantes.

Se levantó. Otros dos tragos porque iba a desafiar la noche y su miedo y atreverse a visitar el rincón ignorado de todos donde la había enterrado. El maldito gato se había desaparecido y nunca más lo volvió a ver; no que lo echara de menos, al contrario, le encantaría saber que también estaba muerto; no era de fiar el animalito. ¿Por qué había sucedido? ¿Qué especie de mala pata permanente, de cadena de desgracias ininterrumpida les caía a los desheredados de la fortuna como el los dos, para enredarse cada vez más la situación hasta llegar a un desenlace fatal? Porque una noche malhadada en que ella cogió un ataque de furia, le vino para encima con su botella de whiskey vacía como si se la quisiera romper en la cabeza; él la rechazó entre la neblina de sus sentidos atiborrados de alcohol, se enzarzaron en una lucha cuerpo a cuerpo y de pronto ella cayó hacia atrás... Nunca olvidaría el ruido seco de su cráneo estrellado, ni la expresión asombrada de los ojos vacíos de vida ya.

El gato estaba en una de sus incursiones salvajes en la negrura nocturna y ni apareció aquella noche ni ninguna más, ni de día. Como si se hubiera evaporado. Y él enterró el cuerpo, atontado, sin comprender, sintiendo que el único hilo que lo ataba a su propia vida, había sido estúpidamente cortado, cercenado. A pesar de que fue un accidente, a pesar de que no había traza de ser humano en millas, la luna sorprendió en sus ojos de beodo una mirada de terror, la pérdida de la última esperanza.

Reconoció el lugar. Como era ya viejo y débil para cavar, había buscado una especie de cueva rústica pequeña, y la había tapado luego con tierra, ramas secas, flores, hierba, todo lo que encontró a mano fácil de ser transportado por su insegura pisada. ¡Un año había pasado! Empezó a sudar de puro miedo y una especie de sollozo ronco le abrió el pecho quizás como mudo tributo al sucedáneo de sentimientos positivos que abriga aún un ser humano en el subterráneo de la escala social, o extra-social, pues realmente ya no cabe en el nominativo. La claridad y la conciencia en su mente sufrían los mismos cortocircuitos que una farola de la calle que no está haciendo contacto apropiadamente. Tocó, palpó, y se le erizó el pelo de todo el cuerpo; el corazón le dejó de latir y un bulto imaginario le atenazó la garganta; ¡la cueva estaba vacía! ¡Vacía!

Abrió mucho los ojos como si pudiera así enfocar mejor la total oscuridad de la noche sin luna. El viento aulló lúgubremente afuera como para prestar un mayor aire de irrealidad a la escena. La sensación de ahogo crecía, crecía y se le doblaron las rodillas con debilidad impotente; cayó a tierra en pánico total, perdido el resuello, debatiéndose entre la vida y la muerte, cuando de pronto, como un vendaval de furia y pelo negro, ojos amarillos más oblicuos y llenos de odio que nunca, el gato ¡su maldito gato! se le echó encima sin tocarle, sólo mirándole, mirándole... El último pensamiento consciente que tuvo antes de expirar fue que el maldito animal parecía sonreír con esa felina expresión como cincelada en puro granito.

## *ROBERTO VALERO*

*Nació en 1955, en Matanzas, donde hizo sus primeros estudios. En La Habana estudió Lengua y Literatura Rusa, y obtuvo una Maestría en Filosofía (1980) en la escuela de Letras de la Universidad de esa ciudad. Salió al exilio en 1980 por el puente del Mariel y se radicó en Washington, donde continuó sus estudios y obtuvo un doctorado en la Universidad de Georgetown (1987). En esa ciudad se dedicó a la enseñanza universitaria y a labores de creación literaria y de crítica. Fue co-editor de la revista* Mariel *y ganó la Beca Cintas en 1982; entre sus publicaciones deben mencionarse los poemarios* Desde un oscuro ángulo *(1982),* En fin, la noche *(1984) y* Dharma *(1985) y su libro de crítica* El desamparado humor de Reinaldo Arenas *(1991). Falleció el pasado año, cuando aún mucho se esperaba de su talento literario.*

## LOS MUERTOS SE VAN DE RUMBA

Una vez se organizó una fiesta formidable. Llegó a ser para la mayoría de los dioses La Fiesta, y sin duda que todos —por primera vez en la historia— estuvieron de acuerdo en que eran una de las más colosales que se habían celebrado en El Olimpo. El verdadero Olimpo, claro está, no la montañita ridícula entre Macedonia y Tesalia. Todo comenzó, como casi siempre, con una discusión banal. Algunos dioses se encontraban ligeramente borrachos, pero estaban contentos. Decidieron competir en una categoría que les era bien conocida, el humor. A cada Dios se le daría una semana para presentar, al final de la orgía, su obra escrita o construída en los escasos ratos de sobriedad que la bacanal permitía.

Rieron hasta el vómito con las descabelladas obras, pero por unanimidad el premio le fue entregado a Yavé. Allí estaban las insignificantes figuras adorándolo o negándolo. Se afanaban durante sus vidas hasta caer exhaustas, amaban hasta la locura el vivir, aunque todos sabían que la muerte les esperaba al final del trayecto. Y los dioses se desternillaban de la risa, los pequeños seres aspiran a la paz desde que fueron creados y nunca detienen sus planes bélicos. Ríen y lloran, apenas tienen conceptos definidos, ninguno podría precisar qué es el humor aunque ésta es la sustancia que les dio origen. Tampoco pueden puntualizar qué entienden por vida o cómo es el aliento que los mueve hacia el respiro último.

Los dioses, en medio de risas explosivas, vieron los rostros bravucones con los puños levantados hacia el azul, los vieron afanarse con los hambrientos, comenzaron a pintar sus cuevas y los rascacielos... Un poco de sustancia divina se había escapado con la broma y la ligereza del alcohol.

Cuando consideraron que la orgía había finalizado, ninguno tuvo corazón para borrar la bufonada en aquel minúsculo rincón con mucho mar, un puñadito de estrellas, payasos y pequeños dolores.

## *FRANCISCO A. VALLHONRAT VILLAGELIÚ*

*Nació en 1908, en Santiago de Cuba, ciudad donde hizo sus primeros estudios. Se doctoró en Derecho en la Universidad de La Habana e ingresó en la carrera judicial. Fue Juez en Oriente (Holguín) por muchos años hasta su jubilación. Desde muy joven tuvo también vocación por el periodismo y la literatura creativa. Colaboró con poemas, cuentos y artículos en diversas revistas y diarios importantes de Cuba. Salió al exilio y se radicó en Nueva York, donde reside actualmente. Su creación narrativa más conocida es la novela corta* El Lobezno (1943)

## SIN PALABRAS

La tarde lentamente va desgranando sus pétalos de ensueño en un ambiente de azules tonalidades. El horizonte ríe en una alegría exuberantemente salvaje. Del paisaje difuso que emerge lejano, como fantástica quimera, se ven laderas de altas cimas heridas de luz, con metálicos brillos.

Y algo de esta clara tarde de Primavera alegra una cerrada habitación. Habitación por demás muy bella para decir que es lúgubre. Demasiado silencio, muy serias las caras, para poder ser alegre.

Hasta en el aire parecen flotar misteriosos vestigios de ocultas penas. Es ésta la habitación de un enfermo. Tres seres se encuentran allí: el enfermo, casi moribundo; una mujer, su esposa; un joven, su hijo.

La habitación, amplia, fresca, limpia, elegante, está sencillamente amueblada. A la cabecera de la cama un crucifijo de bellísima cara pierde su mirada vaga en algo invisible.

Pero, contra lo que puede creerse, aquella esposa y aquel hijo no aman al ser que agoniza y, por dos veces en el transcurso de aquel día interminable, dos miradas preñadas de un odio inmenso, infinito, han caído como latigazos sobre el rostro inconsciente.

Laura y Arnoldo, madre e hijo, titánicamente en aquellos supremos instantes, quieren violentar sus sentimientos. Ya que no amar... perdonar... olvidar, intentan al menos no odiar, pero una fuerza terrible empuja, rompe, desborda. Es la fuerza de su odio que imperiosa domina y grita.

¿La causa de aquel odio? ¿De aquel combate sin palabras? Una tragedia vulgar: el ogro y la dulce princesita. El verdugo y las víctimas.

Pero, ¡qué verdugo y qué víctimas! ¡Cuántas lágrimas, cuánto dolor! ¡Cuánta vejación y cuánta ignominia!

Arnoldo mira a su madre, encontrándola bella a pesar de su prematura vejez, y siente una rabia sorda al par que una piedad inmensa al recuerdo de su calvario.

¿Por qué idea extraviada del deber estaban allí? ¿Cómo era posible, se decía Arnoldo, que ellos tuvieran deberes para aquel ser depravado?

Entra Adela, la enfermera miope, silenciosa, tranquila, sin despegar los labios. Con automático paso se acerca al enfermo y toma la medicina que, por gotas, recetara un sabio doctor de vocesilla aflautada, disponiéndose a darla al enfermo.

Súbita palidez invade los rostros de Laura y Arnoldo. Se miran. No se hablan; mas, sin palabras, algo se han dicho que les hace estremecer.

La aguileña nariz de Adela luce como en un gesto de orgullo, involuntariamente dejados los espejuelos en un vulgar caso de olvido.

—Es probable que se salve,—había dicho la vocesilla aflautada,— mas, tened cuidado, tres gotas le salvarán la vida, cuatro lo pondrán en serio peligro, y seis gotas lo matarán indefectiblemente.

¿Por qué había el destino elegido aquellos instantes para que la cegata e imprudente Adela olvidase sus indispensables cristales? ¿Podría aquella miopía extrema calcular el número preciso de gotas? ¿O sería ella el instrumento elegido para...?

Laura y Arnoldo se miran. La tarde serena es un cálido canto de ensueño, pero la borrasca de aquellas atormentadas conciencias es trágica como la queja de sus corazones violados. Madre e hijo rehúyen sus ojos comprendiendo mutuamente que piensan lo mismo, que sienten igual, que ambos desean en aquel instante el hecho liberador.

La enfermera trata de contar... dos... tres. Tres: no ha visto caer más pero hay siete gotas mortales en aquel vaso que es acercado a la boca que agoniza.

Ahora sí se miran fijamente a los ojos madre e hijo. Ambos han contado las gotas, no tienen que hacer nada, sólo dejarse caer en la apatía turbadora de una inconsciencia profunda, seguir sin pronunciar una palabra como hasta este momento. No había sido obra de ellos. Era Dios. Su designio sería que muriese la bestia. Y ellos no deseaban interrumpir su proceso. Dejaron de mirarse.

Pero entonces hubo algo que cruzó ante ellos: un hálito bendito más suave que la caricia del sol, una pura visión de sentires muy nobles, una góndola de oro de ensueños heroicos. Y la madre y el hijo se miraron nuevamente y ambos tenían las pupilas brillantes y húmedas.

El vaso recibía la viscosa caricia del enfermo, mientras un sorbo de agua desaparecía entre sus labios.

Laura llevó la vista a la cabecera de la cama, sobre la que brillaba el Símbolo de la Redención del mundo. Luego miró a su hijo, que tenía los ojos igualmente clavados en la imagen del Crucificado.

Y una vez más se cruzaron sus miradas. En los ojos de ella había una súplica angustiosa.

Arnoldo se levantó.

—Adela,—dijo suavemente a la enfermera,—ha equivocado usted las gotas.

Y quitando el vaso de los labios del enfermo impidió que bebiera un segundo sorbo. Vertió su contenido.

A lo lejos el sol se iba como una quimera azul; la tarde, cálida y bella, desmenuza microscópicos copos de oro. A lo alto, como una libélula invisible, sube, confundiéndose con el crepúsculo infinito, una plegaria.

## *JORGE VALLS ARANGO*

Nació en La Habana, en 1933. Cursó la primera enseñanza en el Cathedral School y el bachillerato en el Instituto del Vedado. Sus estudios universitarios los llevó a cabo en la Escuela de Filosofía y Letras de la Universidad de La Habana. En Cuba fue profesor de inglés. Fue uno de los fundadores del Directorio Revolucionario Estudiantil en su lucha contra el gobierno de Batista, por lo que fue preso en varias ocasiones. Desde joven sintió gran vocación por la literatura creativa y publicó poemas, ensayos y cuentos. Después de la llegada de la Revolución por su postura en defensa de las ideas democráticas y de libertad es condenado a prisión por varios años. Finalmente salió al exilio después de haber sido prisionero de conciencia y como resultado de una gran campaña internacional. Actualmente reside en Miami.

## EL IGUANDRAGO

Y fue la noche. No hubo estrellas, ni luna, ni lámpara, ni faro distante que la alumbrara. Sólo el fucilazo de los relámpagos, los fieros ojos de los vestiglos, la fosforescencia de los monstruos de la muerte, era lo que a ratos la iluminaban. Así, así podían verse pero no como seres de la vida, como rocas o como bestias, —sino como fantasmas, como figura de azogue o incandescencia de azufre. En un tiempo habían sido nombres— Juan, Aurelio, Carlos. . . . . .— Pero ya estas palabras estaban olvidadas, y la voz sin sustantivos afilaba los verbos como cuchillos o las interjecciones. Luego no hubo más que silencio, silencio y los ruidos inarticulados.

Estaba la playa helada. El sábulo azulenco, lívido, áspero siempre al tacto. Las crestas rocallosas de los arrecifes brotaban hirsutas y erizadas entre el agua intranquila siempre y lo quieto. La roca de cortantes rizos ansiosas siempre de un poco de sangre, y el agua desesperadamente rota en espuma inútil e inadvertidos cuarzos rumoreando, rugiendo, gañendo sus inconfesables penas.

No había más allá. Todo estaba ahí, presente, con su desnudez violenta impúdica, sedienta, indomeñable. Como nada era visible sino la inmediatez, todos los horizontes habían sido olvidados. Un vacío negro, negador e intangible, acababa todo intento de perspectiva. Y no había luego, ni ayeres. Todo era como una piel muerta que se desprende insensiblemente de los dedos o como las uñas que se cortan o se muelen para que estén siempre del mismo largo...

Ellos estaban allí aferrados a las rocas para no precipitarse en los abismos, carnirasgados, sin cielo donde mirar ni tierra donde afincar la planta. Siempre; en la playa; entre la roca, el súbulo y el agua.

Eran los que hacían falta para que no fuera la absurdidez de uno solo; algo más que la unicidad que acaba en la desesperación de rascarse el ombligo esperando la muerte, y menos que un macho y una hembra para poblar la tierra con un pueblo nuevo. Eran simplemente las dos voces necesarias para un diálogo. Nada más, solo dos voces que podían haberse hablado.

Después del macho y la hembra que fornicaban furiosamente sin hablarse, sin comprender ni necesitar las palabras, bastándose con gruñidos y jadeos, para llenar la tierra de números, — como los cerdos de cerdos y los únicos de únicos — después de la mudez de la carne, fué la dualidad del idioma. Sobre la tierra estaban ya los que no eran bestias, los que no podrían multiplicarse sin otro sentido que aumentar los números. Estaban los que habían de mirarse y comprenderse porque cada uno estaba en el otro, porque ya eran dos para mirar lo mismo desde puntos diferentes, y para medir el campo y levantar las casas. Así deben de haber sido Caín y Abel, dos que podían haber hablado.

Pero estos no se llamaban Caín y Abel. He dicho que habíanse olvidado los nombres. Y no estaban sobre la greda fértil, sino sobre la playa... No se podía tener rebaños ni sembrar la era. Solamente estaban. Del agua emergían los grandes calamares y echaban su tinta que ennegrecía la espuma. Como otras rocas más, los fósiles de los antiguos mastodontes. Las incansables moscas y abejorros zunliban sus chirridos desconcertantes.

Un día, no sé cuándo — las causas se saben por sus efectos - paró el hechicero del aire, como siempre invisible. A uno lo volvió de piedra, de pedernal que tiene el fuego adentro y que se hace filoso como cuchillo y duro como mortero. Al otro lo volvió un iguandrago, es un animal que no existe, mira con la vidriosa humedad de la mirada esclava; la carne le tiembla, le palpita, se le contrae y se le convulsiona como una gelatina espesa y opaca; las patas y el rabo se arrastran llevándolo sin ninguna querencia; y jadea y bufa un aliento torpe, no de nardos precisamente. Es carne condenada que arrastran el vientre y las excretas, pero lo más terrible es que no existe; es un sortilegio del hechicero del aire, como el hombre de piedra. Por eso se le puso un nombre que no había sido usado por nada ni nadie: iguandrago.

Cuando el primero se volvió de piedra no se asustó ni se turbó. Por el contrario, creyó ir adquiriendo una fuerza y una consistencia defensiva superior. Una piel de piedra era mejor que las escamas de un saurio y verdaderamente no sentía nada. Se fué moviendo muy lentamente como un planeta o eruptando como los volcanes. Cuando las venas se le hicieron de piedra, la sangre ya no fué mas un jugo dulce y fermentoso sino como la lava. Los ojos de piedra eran como cuentas de onix, impasibles. Y cuando el corazón se le petrificó, se le volvió un panal de celdas cristalizadas, un diminuto laberinto en el centro del pecho. El agua y el salitre, el viento furioso de la noche, el golpear con la roca y con el sábulo tallarían su contorno y los relámpagos estallaban en sus facetas formando rayos y chispas deslumbrantes.

Se sintió ... —no, no se sintió—. Estaba libre de todo sentimiento.— No necesitaba ni una chispa de pensamiento interno ni de querencia. Resplandecia del puro reflejo de la noche. Ahora era invulnerable. Todo se estrellaría contra él y no necesitaría ninguna fluencia de su espíritu para permanecer invencible e invicto con su solidez de piedra.

Por el contrario, el iguandrago perdió toda la defensa que como hombre hubiera tenido. Aquella masa gelatinosa que era su carne resultaba irritable hasta por las partículas de polvo. Los guijarros, las aristas de la roca, la lengua salobre del agua, el cierzo nocturno, sus propios esfuerzos por desplazarse o recogerse lo lastimaban como si se moviese en un edredón de espinas y navajas. No sangraba, sólo un jugo viscoso y blancuzco que le daba carácter repugnante al tacto. Era grotesco ver aquellas patas deformes moverse anárquicamente en contracciones elementales, y el esfuerzo desesperado del alma presa, por concertar la aprehensión o la marcha. Aquel cuerpo se hinchaba o relajaba a partes caprichosamente. Las fauces abiertas babeaban y los sonidos salían de la garganta entre temblores y espasmos. Aquellos ojos de bestia inclasificada, como faros enfermos. buscaban y huían, quemaban o imploraban, siempre desacertadamente.

En aquella soledad de la playa sólo la palabra podía haber roto el conjuro. Bastaba haberla querido para que ella se produjera. Pero sólo la palabra de Dios es libre de obrar por ella misma. Los hombres necesitan de la esperanza, quiero decir, de esperar y anhelar y querer que otro diga, y decir porque otro espera, quiere y anhela la palabra. Entonces cada cual dice elementalmente las voces primeras "yo" "tú" "tú" "yo" y se forma la frase liberadora, y uno y otro acaban diciendo "nosotros".

Sobre un pico de roca se sentaba el hombre de piedra. Giraba la cabeza impasible, sin tener necesidad de nada, viendo sin mirar, dejando que el resplandor y el salitre se untaran sobre su figura perfecta e indestructible.

El iguandrago se acercó con sus movimientos absurdos, buscándolo... Quería llamarlo con sus gruñidos ininteligibles.

El hombre de piedra vió aquella masa fofa y la comparó con su corteza de escultura firmísima. La despreció y volvió la cabeza. Arañándose con los festones del arrecife se retiró el iguandrago.

Por segunda vez volvió el animal inexistente. Gimió. Se lo verá exitado, como si le faltase todo. El hombre de roca lo miró con sus ojos de ónix, pero no dijo nada. Con la mirada le exigía: "Vete". Y a rastras se fué el bicho extraño, dando tropiezos, desgarrándose.

El viento frío de la noche interminable soplaba. La sombra y el silencio eran demasiado pesados para la vida.

De nuevo se acercó reptando el iguandrago. Hozaba el sábulo con su hocico húmedo. Escarbaba con sus uñas molidas. El lomo se le erizaba de una humillación abyecta y dolorosa.

El hombre de piedra se irguió lenta y serenamente. Mostró su perfil exacto y sin defecto. Desde arriba miró el retorcimiento de la bestia, y se apartó de ella.

El silencio seguía entre la sombra y la fosforescencia del agua.

La bestia, muerta de sed, se bebía a grandes sorbos el agua salobre que le enfermaba las entrañas y le daba más sed todavía. Entonces, acechando todas las amenazas, esforzándose por sujetar sus patas torpes, se acercaba de nuevo al hombre de roca. El miraba hacia otra parte. La bestia trató de llamar la atención tocándolo con su extremidad innoble. Entonces el hombre de roca retiró el brazo. Inmutable, contempló como la humedad de aquella carne mórbida había afeado la pulida belleza de su superficie. Limpió el lugar y dejó que el aire y el salitre le devolvieran su lisura. Con su fuerte pie de piedra apartó al iguandrago, y se volvió apartándose— Con los afilados salientes de las rocas se corta cien veces el iguandrago en su caída. Retirose y con las mandíbulas tentándoles. roía puñados de sábulo con un hambre horrible.

Sobre el promontorio rocoso se tendía el hombre roca. impávido como si él fuera una cordillera.

Pero el iguandrago estaba loco y reuniendo todos sus esfuerzos volvió a aproximársele. ¿Qué buscaba aquel ser inexistente, borrado de todos los tratados, aquel ser inútil, innecesario, indeseado? Movía las quijadas y la lengua profiriendo sonidos incomprensibles en un afán denodado por hablar, por conseguir el idioma necesario, por comunicarse.

En los oídos del hombre de piedra aquello era apenas un rascado insignificante. Pero aquella presencia floja y glutinosa le era insoportable. Los pedernales de sus ojos chispearon para fulminar al bicho. Toda su esbeltez de estatua exigía silencio. De un bofetón de su mano de piedra derribó al iguandrago y lo arrojó lejos, muy lejos de sí.

El mar enfurecido lavaba con lenguas gigantes el cuerpo de piedra del hombre y lo acariciaba en heladas mantillas de espuma. El mismo mar cubría de sal las llagas del monstruo de carne despedazado que temblaba y palpitaba y soltaba chorritos de sangre invisible que se escurrían por el sábulo y se mezclaba con el agua.

Roto, cien veces rotos fué de nuevo el animal hasta el hombre de roca. A pesar del descontrol de sus miembros se proyectaba hacia el otro en su afán desesperado y horrendo de comunicarse. Aquella garganta desdichada se contraía convulsa en un esfuerzo ingente por traducir palabra.

No pudo más el hombre de piedra y se irguió potente como una montaña que surge, fiero e iracundo como el volcán o el cataclismo, y asiendo en sus manos de roca un pedrusco gigante arrancado del promontorio lo arrojó con todas sus fuerzas contra el iguandrago para aplastarlo, para destruirlo, para desaparecerlo, para borrarlo en su propia inexistencia.

El pedrusco cayó sobre el bicho reventándolo, machacándole la cabeza horrible, triturando sus patas contrahechas, quebrando su espinazo sensible.

Pero entonces, como una explosión de la vida contenida en aquel cuerpo repugnante, saltó la palabra.

¡HERMANO!

Y el sonido fué más fuerte que la noche, que el mar y que toda la soledad desamparada de aquella playa maldita. Atravesó vibrando todos los vacíos y abrió horizontes y rajó lo oscuro, y hubo más que el relámpago o el cabrilleo de la muerte galopando sobre las aguas, porque hubo la esperanza de la aurora.

La sangre invisible salpicó el rostro, el pecho, los brazos y las piernas del hombre de piedra. Un goterón de aquella sangre le cayó en la boca entreabierta y se le fué deslizando cavernos adentro hasta la ergástula del corazón empedernido. Y la piedra empezó a disolverse. Se desmoronaba como un cieno fino. Los ojos de pedernal se hicieron vivos como las medusas trasparentes y por primera vez destilaron un agua nueva, dolorosa y dulcísima llamada lágrimas. Y de aquel lodo blando que caía sobre la peña irsuta convirtiéndola en isla, quedó erguido y caliente, verdaderamente respirando, un hombre de carne, con pecho de carne, con corazón de carne, con mejillas y labios de carne. Y movió la cabeza hacia el oriente, buscando lo más hermoso que tenía que estar en alguna parte. La boca se le abrió como una rosa de fragancia y música, y la voz brotó sonora y franca llamando-eco de aquella voz que atravesara el espacio:

¡HERMANO!

En la claridad que nacía por el horizonte del este el perfil del otro hombre sonreía....

## ENRIQUE J. VENTURA

*Nació en Sagua la Grande, Las Villas, en 1933. Allí hizo sus estudios secundarios, y cursó la carrera de Derecho Diplomático y Consular en la Universidad de La Habana. Salió al exilio en 1960. Entre sus libros publicados deben mencionarse sus poemarios* Veinte cantos y una elegía *(1968),* Raíces en el corazón *(1971),* Canto de libertad para Cuba *(1990), y su libro de cuentos* Pancho Canoa y otros relatos *(1973). Actualmente reside en Miami.*

## ATARDECER EN LAS CATARATAS DEL NIáGARA
(Elegía en prosa de un recuerdo)

I

Cuando el taxi que tomamos frente al hotel nos dejó, en la mañana fría de Toronto, ante la fachada del edificio gris que ocupa el Consulado de los Estados Unidos de América, la impresión fué dramática: docenas de jóvenes, ambos sexos, estaban sentados y acostados en la amplia acera, cubiertos con frazadas unos, otros dentro de "sleeping bags?, en lo que parecía un improvisado campamento de rebeldes, y al pasar entre ellos me lució como si hubieran estado allí durante días, pues algunos hasta calentaban alimentos en pequeñas hornillas, y su aspecto sucio, barbudos, me recordó otra triste etapa que yo había vivido en los días en que mi Patria caía demolida por la furia del caos de las hordas castristas, que bajo una euforia cómplice, se adueñaban, ay, de todo el País. Me repugnó el espectáculo y con tristeza me hice paso, llevando de un brazo el de mi compañera y con la otra mano sosteniendo la de mi hijo mayor, entonces de cinco años. Ya en el Consulado nos enteramos que, efectivamente, habían estado allí desde hacía días, y se turnaban y otro grupo les traía raciones de alimentos, y protestaban contra el gobierno de los Estados Unidos, por algo, no recuerdo, tal vez sería por lo de Vietnam. Protestaban, eso era todo. Por cualquier cosa. Era solo un pretexto, del mucho que se utilizaba para ir minando y socavando la base democrática del Mundo en cualquier parte.

Era una mañana fría del mes de marzo, y dentro de aquel edificio pasamos varias horas entre el papeleo oficial: entrevistas, exámenes médicos, y juramento. todo hasta lograr el objetivo de aquel viaje desde Miami: el de hacernos residentes y cambiar nuestro status de refugiados políticos que ostentábamos desde hacía varios años, para ser exacto, desde la noche aquella del 30 de Octubre de 1960.

Cuando salimos de allí, el aire frío volvió a estremecer nuestros cuerpos, y al pasar de nuevo entre aquella deprimente masa humana, ví cuerpos de jovencitas tapados hasta la cabeza bajo la misma frazada con cuerpos de jóvenes, algunos no ya tan jóvenes, en lo que lucía una complaciente promiscuidad al aire libre, y caminamos media cuadra hasta retornar otra ves en taxi a nuestro Hotel. Ya habíamos planeado salir de inmediato en ómnibus para New York, haciendo una escala en las Cataratas del Niágara.

## II

A través de la ventanilla panorámica del ómnibus, mi mirada se iba bebiendo en silencio el paisaje canadiense, frío y desolado, con vestigio de nieve a todo lo largo de la carretera. Me impresionaron los grandes pinos y los ríos que llevaban en sus aguas como balsas de escarcha congeladas. Saberme recorriendo parte de aquel inmenso territorio me llenaba de un entusiasmo contagioso. Canadá se me había antojado siempre, desde niño, como la vasta tierra que es, como si aun tuviera grandes tramos vírgenes y llena de aventuras y exploradores osados.

De las viviendas emergía en espirales el humo de las chimeneas, y sus techos estaban cubiertos por una espesa capa blanca, se diría, como si hubieran sido cobijados de algodón. En aquel momento, pensé ¡como me gustaría pasar un invierno en una de aquellas cottages que parecían de moradores modestos, trabajadores, y escribir, día y noche, bajo el manto gris del cielo y aquellas llanuras nevadas, como espléndido escenario para un cuadro de tristeza, el poema trágico de mi Patria!

## III

Llegamos a las Cataratas alrededor de las tres de la tarde, y al descender del ómnibus se fue apoderando de mí el sentimiento de un recuerdo que había vivido supultado en mi alma por años. Traté, en lo que pude, hacer de aquella corta permanencia en el famoso salto de agua, una bien agradable y memorable para mi esposa y pequeñuelo.

Descendimos por un elevador hasta los túneles, como galerías de mina, que conducen a las ventanas abiertas que se enfrentan, como ojos eternos, al imponente espectáculo del agua se desparrama, como una cabellera de mujer suelta, hacia el abismo.El ruido era estrepitoso y como estábamos cogidos todavía bajo las alas del invierno, casi todo estaba congelado, no pudiendo divisar más allá de nuestras heladas narices.

Después dimos una vuelta en taxi por los alrededores de las Cataratas, y el joven chofer Pierre, nos confirmó, con su olfato acostumbrado al clima, que tendríamos oportunidad de ver caer sobre nosotros, antes de irnos, lo que le dijimos tanto ansiábamos: ¡nieve!

Cuando regresábamos al centro de atracción de las Cataratas, notamos que, ciertamente, los primeros copos de nieve iban ya en las alas del viento. Al descender del auto nos quedamos por unos minutos a la intemperie, gozando por primera vez, de aquella blanca polvareda que caía suavemente sobre nosotros.

## IV

Ya dentro del edificio, que es como el corazón de célebre lugar, compramos los souvenirs que se adquieren en estas ocasiones. Fué allí, cuando me acerqué a una gran ventana que se proyecta sobre el majestuoso cuadro natural, que sentí un escalofrío sacudirme. La tarde, vencida, empezaba a buscar refugio, como un ave herida, en la lontananza. Las primeras luces iban asomando sus ojos, que parecían parpadear por la nevada que ya lo iba cubriendo todo.

Pegué mi frente al cristal y mi recuerdo voló lejos, años atrás, y me veía en el acogedero ambiente del estudio de un abogado de provincia, rodeado con estantes de libros. En una pared, los de la rama del Derecho, que servían para ir propiciando el sustento; en la otra, y tal vez en mayor cantidad, los de literatura: enciclopedia, diccionarios de todas clases, novelas, poesía, historia, biografías... Y me imaginaba a mi amigo, entonces jefe y maestro, —yo iba por la misma senda para convertirme en aliado de profesión,— dando aquellas charlas sobre Martí, cuya vida y trayectoria conocía con esmero detallado, en aquellas apacibles horas que formábamos como tertulia literaria, y acudian amigos, después de cumplida nuestras respectivas tareas diarias, a disfrutar como de aquel vuelo del espíritu, entre ellos un profesor con cátedra de francés en el Instituto local, que vivía aletargado en los recuerdos de sus años juveniles que pasó como agregado de la Embajada de Cuba en París, y no se cansaba de relatarnos sus días de gloria en los brazos femeninos de Francia, y de las personalidades que había conocido, en su trato culto y elegante, citándose entre ellas el célebre poeta Cocteau. Allí, en aquella atmósfera tranquila y literaria, fué que mi entusiasmo por la poesía se enraizó y creció dentro de mi pecho como una palma.

    Un mundo de sueños y realidades se iba abriendo para mí entre las paredes de aquel como claustro del saber y elegancia en el decir. Allí oí a mi amigo revivir con pasión maravillosa, los discursos famosos del Apóstol; aquel de Alfredo Torroella, era como una cascada que le brotaba del corazón. Allí oí hablarle de Heredia, cuya vida y obra conocía con tanta exactitud como la de Martí. Allí le oí declamar, con sentimiento de poeta, las estrofas inmortales de la célebre Oda:

> "Dadme mi lira, dadmela, que siento
> en mi alma estremecida y agitada
> arder la inspiración. ¡oh! ¡cuánto tiempo
> en tinieblas pasó sin que mi frente
> brillase con su luz...! ¡Niágara undoso
> tu sublime terror solo podría
> tornarme el don divino, que ensañada
> me robó del dolor la mano impía".

    De Heredia me hablaba con frecuencia. Y en su mundo de sueños y planes saltó una tarde la idea de algún día realizar el viaje a los Estados Unidos, tierra que ansiaba conocer, y nos llegaríamos, así me aseguraba con aquel optimismo que hacía lucir más seguro el futuro, hasta las Cataratas del Niágara, y trataría de conseguir antes el asentimiento de la superioridad correspondiente, para llevar en el equipaje, una tarja de recuerdo en homenaje merecido al gran cantor cubano, y entregarla en gesto amistoso a las autoridades canadienses de aquel sitio que tanto admiraba, rindiéndosele así tributo de recordación eterna al que tembló de emoción y poesía frente al torrente espectacular de la naturaleza:

> "Corres sereno y majestuoso, y luego
> en ásperos peñascos quebrantado,
> te abalanzas violento, arrebatado,
> como el destino irresistibles y ciego".

## V

Ahora allí, con mi frente adherida al cristal frío de la ventana, yo contemplaba el Niágara de noche, y recordaba a mi amigo, que salió de Cuba cuando el caos, como caballo desbocado acababa de bajar de la Sierra del Infierno, y se ensañaba destruyendo la cosecha fecunda de los valores de la Nación. Recordaba a mi amigo, y cuando en una noche triste fuí al Aeropuerto a decirle adiós y solo pude, en medio del gentío congregado en la amplia terraza, levantar mi brazo y batir con mi mano el blanco pañuelo en los aires... El salía de Cuba con el corazón rajado como copa de fino cristal y fué a dar a México, y quiso todavía, abrirse paso, y trabajó, y luchó y vivió pensando en la Patria, hasta caer roto de tristeza y hacérsele pedazos la fina copa de su corazón...

Un estremecimiento tremendo de nostalgia y dolor abrió sus alas negras sobre mí en aquel momento y salí y caminé bajo la espesa nevada hacia la baranda que bordea aquel tramo de las Cataratas; el aire frío cortaba mi cara; mis pasos se hundían en aquella blanca y suave alfombra; el sonido de la precipitación del agua se hacía cada vez mas estruendoso... Apoyé mi mano temblorosa sobre la baranda cubierta de hielo, es un gesto simbólico como si quisiera haber empotrado la tarja aquella que él había soñado, y miré al negro precipicio, a las luces lejanas del otro borde donde comienza la tierra del gran Walt Whitman...y me pareció escuchar la voz de mi amigo, ya sin vida, emerger de aquellas profundidades, y crujir los aires, con su tono potente, firme, de orador y poeta, de excelente declamador, diciendo como antes las estrofas imperecederas:

> "¡Niágara poderoso!
> oye mi última voz; en pocos años
> ya devorado habrá la tumba fría
> a tu débil cantor. ¡Duren mis versos
> cual tu gloria inmortal! ¡Pueda piadoso
> viendote algún viajero,
> dar un suspiro a la memoria mía!"

En aquellos minutos de soledad bajo la noche canadiense, de frente al Niágara, empapado del agua de la nieve, teniendo un recuerdo para el amigo caído en México, pensé momentáneamente en toda la triste hecatombe de la desdichada Patria, en las miles de familias que habían buscado refugio como yo con la mía, en la tierra que miraba al otro lado de aquel gran barranco, y en la que yo entraría de nuevo dentro de unas horas, haciéndolo ahora como un inmigrante más...

Pensé en aquel viaje que mi amigo había soñado realizar y en el que yo le acompañaría, y que habría de ser en circunstancias y condiciones muy distintas... Pensé, sí, pensé en aquel futuro que parecía estar asegurado en las horas de quietud de aquellas tardes provincianas, y en todos aquellos sueños de trabajo honesto, de estudios y de realizaciones literarias donde la sed de mi alma sólo parecía encontrar su manantial, y como todo había quedado, ay, arrancado de raíces, como árboles al paso del huracán violento, y una sonrisa amargo quiso asomarse sobre mi labios temblorosos... Y ahora yo me veía allí, por fin, ante el espectáculo atronador, pero, ay, como ciega jugada del destino, estaba triste, sin Patria, sin mi amigo, con aquel pasado dándome aletazos en el corazón, y ante las puertas de un futuro incierto, y sentí un nudo atravesarse en mi garganta y mis ojos se nublaban... Fué entonces cuando aquellas voces distantes me despertaron... ¡Papi!... ¡Paaapi!... ¡Antonio!...y las llamadas volvían a oírse como ecos de campanas lejanas, y miré hacia ellos, allá, en medio de la puerta, sacudiendo como pañuelos las manos, mientras la nieve caía abrumadoramente, y fijé mis ojos por última vez en las Cataratas, dí media vuelta y caminé hacia ellos...

# CARLOS VICTORIA

*Nació en 1950, en Camagüey, donde hizo sus estudios. En 1980 salió de Cuba por el puente marítimo Mariel-Cayo Hueso y se radicó en Miami. Sus relatos han aparecido en revistas y antologías en México, Francia y los Estados Unidos. Una novela suya, "La travesía secreta", quedó finalista en el premio Letras de Oro (199)-1991). Actualmente reside en Miami y labora como redactor en el periódico* The Miami Herald.

## LIBERACIÓN

### (A Gabriel González In memoriam)

Julio. Julio. Su nombre era es de un mes. Envuelto en una sábana, como un aparecido, dormitaba recostado a la espalda maciza de un recluso. En el cañaveral, la neblina del amanecer flotaba sobre los surcos, donde pululaban insectos invisibles. La carreta avanzaba con penuria sobre el camino enlodado.

Anoche había vuelto a soñar con... No, no lo recordaría. Por su culpa, él, Julio, estaba aquí: de soldado a prisionero. Unas frases de amor, unos gestos equívocos, lo habían conducido, primero a un calabozo empotrado en un sótano, luego en una cárcel en lo alto de una loma, y por último a esta granja de barracas cercadas por alambres de púa.

En su niñez, él le había dado de comer a un gato callejero que luego le arañó los brazos y la cara. Era el instinto, le explicó una tía, salpicando las heridas con un líquido oscuro, desmenuzando algodones con la habilidad del que no siente dolor. Julio. Julio. No seas mujercita. Era la voz del primo que, sofocado por una carrera, le calaba la gorra hasta los ojos, interrumpiendo la labor de la improvisada enfermera. Busca al gato y mátalo, le dijo el primo. Y él, por obedecer, lo intentó. Pero el animal evadió las pedradas escondiéndose en las hierbas que crecían junto al arroyo. Más tarde hicieron las paces, Julio y el gato. Al primo le duró más tiempo el odio. El, Julio, no había nacido para guardar rencor.

Afortunadamente. Porque el niño débil se convirtió después en joven afeminado, encontrando a su paso múltiples oportunidades para odiar. Su padre dejó de hablarle. Sus compañeros de escuela lo humillaban. Sus profesores se dirigían a él con una irónica condescendencia. Sus vecinos reían al saludarlo. Un muchacho de rostro afortunado, que provocaba suspiros a su madre y a su tía, cuando ensayaba unos pasos de baile frente al espejo. Alto, buen mozo, un hijo de la isla, con oído para la música, con gracia para el ritmo, de voz aguda y cantarina. El ídolo de su hermana menor. Julito. Córtame el pelo, Julito. Péiname. Píntame las uñas. Enséñame a bailar.

Ahora su hermana era esta jovencita de ojos asustados, que venía a visitarlo los domingos, acompañando a la madre llorosa. Bajo una ceiba devoraban los trozos de cerdo frito, el seco arroz, la ensalada marchita. El hablaba sin cesar, gesticulando. Recordaban escenas de la niñez, peleas inofensivas, un accidente pueril en la primera bicicleta, un viaje a la finca del abuelo Ramón, donde los chivos y carneros entraban por la casa principal con la misma soltura que los huéspedes. Ni una sola alusión a este lugar absurdo, a esta granja de trabajos forzados levantada en el medio de un monótono campo, en la quel malgastaba su juventud, expiando una culpa que nadie mencionaba.

Era sencillo, al parecer: un soldado no debe enamorarse de otro. Tan simple. Reclutando a los dieciocho años por el Servicio Militar, Julio, a regañadientes, se había dejado rapar por el barbero, había enfundado su flexible cuerpo en el rígido uniforme color verde botella. Había marchado de sol a sol a través de un pavimento ardiente. Había aprendido, con torpeza, a rastrillar un arma. Había tenido pesadillas en la penumbra vizcosa del albergue militar, sudando en su litera. A su lado, un joven de su edad bromeaba con él, llamándolo por apodos injuriosos, burlándose de su manera de hablar, pero sin crueldad: casi, pensaba Julio, con afecto. Al cabo de dos meses su compañero insinuaba retozos en la oscuridad, concedía caricias furtivas. Julio sólo había cedido al impulso que el otro había despertado con sus mañas. Pero un soldado no cede. Nunca. Y en medio de los insultos, los golpes, las vejaciones, había sido trasladado a una celda. Después a una prisión. Luego a esta granja. Abierta, sí, era verdad: las nubes se desplazaban por el cielo, construcciones efímeras, remotas, Pero entre el verde del potrero y los ojos de Julio se levantaba, irrefutable, la poderosa cerca.

Allí pasó dos años. De madrugada, el viaje en la carreta lo remontaba a su temprana infancia. En los surcos, el sol azuzaba su cuerpo, curtía sus hombros; la lluvia, con su esporádica prodigalidad, atemperaba el ardor de la tarde. Por la noche parejas sigilosas se escabullían en la sombra: los rincones se poblaban de quejidos, de suspiros obscenos. El también repetía, jadeando en la tiniebla, los juegos que había descubierto tras la tapia del colegio, cuando era todavía un mozalbete imberbe: abrazos que quitaban el aliento, violentos escozores, ejercicios de dudoso placer que al acabar dejaban una impresión de enfado o de derrota.

Al cumplir su condena, comprobó en el vidrio de la ventanilla del tren que su rostro no era ya el de un adolescente, y al bajarse en la estación de su pueblo natal, recordó las palabras de un compañero de prisión:

—Sal de esa aldea lo más rápido que puedas. Vete para la Habana. Tienes que liberarte.

Julio Roldán. Vecino de Cristo 16, piso segundo, habitación 14, Habana Vieja. Su nombre y su dirección se hicieron conocidas a través de los años en las estaciones de policía, seguidas del sustantivo (o adjetivo) que evidenciaba su condición sexual, y de las típicas acusaciones formuladas a las gentes de su naturaleza: escándalo, conducta, conducta indecorosa, acto inmoral, reincidencia, perversión. Sorprendido in fraganti en un cine, en un parque, en el baño de una cafetería, en el solar yermo al fondo de la terminal de ómnibus. Detenido por una patrulla cuando deambulaba frente a una heladería en el Vedado. Desconcertado en medio de una fiesta por la irrupción de militares que portaban armas de fuego, aparejados para una batalla. Sacado de su cama en plena madrugada por hombres de uniforme que invocaban la ley de peligrosidad. Huésped de atiborrados calabozos, pasajero de vehículos con emblemas oficiales. Un individuo risueño, siempre dispuesto a bromear sobre sí mismo, dotado para la mímica y el choteo. Con ojeras oscuras que ocultaba con una leve capa de polvos, comprados de contrabando a la anciana octogenaria que vivía en el piso de arriba, acompañada por dos perros chihuahuas.

En una noche de noviembre le entregó inesperadamente, su corazón a Jesús, el Salvador, conmovido por la prédica del pastor evangélico que daba cultos clandestinos en el apartamento al final del pasillo, en el mismo edificio donde Julio vivía. "Bienaventurados los pobres en espíritu..." Sí, pensó Julio, eso era él. Un bailador de primera, un bromista inagotable, pero también un hombre obsesionado por los hombres, un sujeto sin un ideal, confundido y vacío. Perseguido por algo que ni él mismo podía explicar. Sin fe. El predicador puso las manos sobre su cabeza, sobre la de él, de Julio, orando en alta voz, reprendiendo demonios. Pero éstos terminaron por volver bajo el disfraz sutil de adolescentes, de trabajadores del puerto estimulados por un trago de más, de oficinistas hastiados de cifras y de informes, de fugitivos de la justicia que regalaban con presteza su cuerpo a cambio de un techo y un plato de comida. Antes del fin de año Julio había vuelto a recorrer el inusitado camino de las cárceles, golpeando a veces con una cucharada los cilindros de las rejas.

II

Pero Miami es un mundo distinto: bares repletos de gente como él prosperan, se multiplican; locales estremecidos por los acordes ensordecedores de una música de baile, reciben cada noche a una multitud que rezuma energía.

Sí, ahí entra Julio. Dos o tres cabezas se vuelven cuando pasa. Qué tipazo. Ya tiene más de treinta, pero parece diez años más joven. El adivina estos comentarios mientras se abre paso entre el tumulto, hasta llegar al bar donde ordena sonriente un trago a la roca. Su estatura le permite dominar con mirada brillante el salón donde, destilando un ácido sudor, las parejas de un mismo sexo bailan. El mismo formará parte de ellas dentro de unos instantes. El ritmo, el ritmo. El contagioso estribillo. Las enloquecidas que deforman los movimientos de los bailadores. El aliento contaminado por el alcohol. El humo de cigarro que flota como una nube sobre las cabezas. Al fondo del salón, habitaciones a oscuras protegen un comercio de cuerpos afiebrados. Julio. Julio. Lo llaman en la sombra. El inglés y el español se mezclan con el fondo rugiente de la música. Alguien le brinda una línea de cocaína que él acepta entre risas. Pero sólo una línea, dice. Luego, al amanecer, atraviesa en el auto una ciudad desierta, un puente que une islas, unas playas donde los yates oscilan con un roto vaivén, cabeceando en las olas.

Los domingos, se aturde entre el gentío que atesta las arenas de Miami Beach; él, un inmigrante, un refugiado con escasos recursos, goza de este día de descanso chapaleando en el mar. Su amante americano, con quien se entiende prácticamente a señas, observa desde la orilla su retozo en el agua. Un niño grande, Julio. A big child. Noble, sí. A heart of gold. Un poco infiel, pero no es tampoco para hacer de eso una tragedia. La vida, en fin de cuentas, es breve. Life is short, isn't it? La cuestión es vivirla.

A veces llegan cartas de Cuba, escritas con la letra ilegible de la madre, que describe con minuciosidad los achaques de su vejez, la intimidad de los vecinos, el fallecimiento de parientes lejanos. Nombres que la memoria intenta en vano asociar con rostros. Una sirena desgarra el silencio del anochecer. En la televisión una esposa ofendida abofetea al marido, después de sorprenderlo cuando besaba a la amante. "Te encantarían las novelas de aquí...", le escribe Julio a su madre, a la luz de la lámpara del comedor. Lleva semanas escribiendo esta carta. No encuentra nada qué decir. "Soy feliz, a mi manera", escribe. Está esperando con impaciencia la llamada de un joven colombiano que conoció anoche en una discoteca. ha decidido terminar con el gringo. No puede concentrarse en escribir.

Desde hace cuatro años trabaja de costurero en una factoría. Las mujeres lo adoran. "Qué lastima de hombre. Qué desperdicio", comentan algunas, a la hora de almuerzo, mientras cuentan mentalmente las calorías de una empanada de queso, o e un sandwich de jamón de pavo. "Que cara, qué figura", dicen. "Parece un actor de cine". Julio lo sabe. Pero cada día resulta más difícil conservar fresca la piel que se desgasta, disimular la pérdida del pelo, disminuir la implacable papada, revivir el brillo de los dientes. Julio. Gran parte de su vida transcurre ahora frente al espejo. En el gabinete del baño no hay espacio para los nuevos frascos de shampús y de cremas. El teléfono se empeña en permanecer mudo.

Se ha propuesto no salir esta noche, pero cerca de las doce olvida su resolución. Los cines pornográficos, con sus imágenes a color, no cierran hasta la madrugada. Las lunetas hieden a orine, pero por suerte él, un poco resfriado, ha perdido parte del olfato. Las miradas de los espectadores relucen en la penumbra con un fulgor felino. El diálogo de los actores—si es que se le puede llamar actores a estas mujeres de senos portentosos y a estos hombres cuantiosamente equipados, que impresionan con sus actos de acrobacia sexual— se limita a frases obscenas. Bien. Julio casi las puede entender. Más tarde, incitado por los cuerpos dueños del celuloide, se entrega a unas caricias incoherentes con un desconocido, ambos iluminados por la tensa pantalla. Al regresar a su apartamento, siente el deseo de viajar. De perderse. De desaparecer. Quiere y no quiere vivir acompañado. Hasta el momento le ha ido mejor estando solo. Julio, se dice, lo que te hace falta es descansar. Dormir.

Con el rostro embadurnado de una crema brillante, sueña que lo han atado en el fondo de un pozo. Pero no, no es un poz.: más bien es una estera. O el piso de un ascensor. Cilantros del tamaño de un dedo crecen sobre su barba. Luego corre desnudo por una explanada gigantesca, donde un grupo de hombres y mujeres sacrifica animales, como en un rito antiguo. Su madre oficia, empuñando una daga, murmurando frases en un idioma irreconocible. El gime durante el sueño: lo despierta el sonido de su propia voz.

## III

—En este lugar hay una buena atención, a usted no le va a faltar nada. Mire, incluso va a tener teléfono.

La trabajadora social lo ha acompañado hasta la habitación, manteniendo una prudente distancia entre ella y él. Es evidente que la mujer hace un esfuerzo por ocultar su miedo. Julio asiente con la cabeza, distraído. Luego dice:

—El cementerio de los elefantes.

—¿Cómo dijo? —pregunta, alarmada, la mujer— No entiendo.

Pero ya Julio se puede permitir el lujo de callar. De romper el círculo de preguntas y respuestas que se ensancha a lo largo de la vida. Afuera, en el patio interior del edificio, cuatro ancianos juegan a las cartas a la sombra de un roble.

—Hay árboles —dice Julio. Pero esta vez la mujer no lo escucha. Se despide prometiendo venir tan pronto pueda. Al instante su veloz taconeo se pierde en el pasillo, en el que se escuchan voces quejumbrosas, o las risas grabadas de un programa cómico en la televisión.

Julio se acuesta en la cama impersonal resguardaba por barrotes blancos. Se ha acostado en muchas camas semejantes a ésta en los últimos meses, en cuartos de hospitales con olor a éter y a desinfectantes, con ventanas que ofrecen la engañosa visión de un mundo en movimiento. Pero Julio no se deja engañar. Al principio se resistió a creer que también fuera una víctima de la plaga. Imposible tener los días contados, se dijo: había tanto que hacer o que decir. Pero ahora sentía dudas. ¿Era cierto, que había tanto que hacer o que decir? Tenía cuarenta años, pero su rostro se había convertido en el de un anciano más viejo que su padre, o lo que recordaba como su padre, la última vez que lo vió, hacía ya mucho tiempo. Violentado por abrazar al hijo que él había dejado de considerar como tal. Gestos vanos, perdidos en la infinita sucesión de actos que componen la relación entre dos personas que nunca han llegado a conocerse, a pesar de las pruebas en contra. No, terminó por pensar, no había tanto que hacer ni que decir. Además, estaban las miserias del cuerpo. Y las torturas: los sueros, las punciones, las cámaras de oxígeno, los aerosoles, las radiaciones, las diálisis.

Ahora, en este asilo para los enfermos de muerte que no tienen quién ocupe de ellos, en este home de la avenida veintidós del Northwest, Julio devana con incertidumbre el hilo escurridizo del pasado. Los amigos, por supuesto han renunciado a ver a este fantasma en el que apenas pueden reconocer al hombre cuya compañía una vez disfrutaron. Julio no puede odiar a esas figuras frágiles, víctimas del temor, la indiferencia o la debilidad. Eran tan poca cosa, sus amigos. Como él mismo, quizás. Sólo el sacerdote de una parroquia en la Pequeña Habana insiste en visitarlo para repetirle lo que a él, a Julio, le cuesta tanto trabajo de aceptar: que Dios existe. Que cuida de nosotros. No. No. ¿Por qué? ¿Y para qué? Claro que Julio, por cortesía, escucha sin protestar esas palabras que ya escuchó una vez, esas citas del Libro de los libros, esos salmos de versos musicales, esas historias de Job y los profetas, esas frases de bienaventuranza.

—Hijo —le dice el buen hombre, procurando, como es de suponer, no acercarse demasiado al enfermo— Hijo la fe mueve montañas. No te des por vencido. Cree.

Los periódicos sobre su mesa de noche, dejados como al descuido por la enfermera del turno de la tarde, especulan sobre la epidemia de la que él es una prueba más, ratifican con grandes titulares la falta de una cura, exhiben ostentosamente cifras, clasificaciones, por cientos. A Julio no le interesa esa lectura. Nunca le interesó. Y ahora menos. La letra escrita, los números, no guardan relación con su vida. O lo que queda de ella.

En una silla de ruedas, es conducido a veces al patio interior, para que tome sol. Rehuye esa visión fugaz en el espejo del salón de visitas: ese sujeto macilento, consumido, con la piel pegada a los huesos y las piernas cubiertas por una manta. En el patio, bajo el escándalo de los pájaros que sacuden las ramas, escucha por primera vez la voz. Opaca. Imperceptible. Julio. Un susurro. Julio. Nada más.

De noche se oye otra vez. Julio. Quedamente. Luego se apaga. Regresa. Julio. Viene y va. Al rato se hace más clara. Ah, Julio, dice la voz, si pudieras rasgar esa cortina que no te deja ver. Traspasar ese cerco de llamas. Julio. En no contesta. No quiere contestar. Retazos de su infancia se deslizan sobre la pared como un río vertiginoso. Rostros olvidados se inclinan sobre él hasta casi rozarlo. Ecos brotan del techo con la fuerza de un manantial. Después desaparecen. La voz se filtra bajo su almohada. Julio. Pero el ruido de los autos que cruzan por la avenida deshace las palabras, estorba la comunicación con la vida del espíritu. El acaba por dormirse sentado, tiene miedo tenderse.

Pero aquí esta la mañana. Julio. Sí, responde él al fin, ése es mi nombre. Julio. Igual que el mes. Julio, dice la voz, siempre has sido cobarde, frívolo, tenue. Ha llegado tu hora. La hora de demostrar tu valía. Redímete esta vez, sin pausas ni titubeos. Julio. Despídete de ese vértigo de cuerpos, de músicas sin melodía, de promesas incumplidas, de amenazas, de mentiras; despídete de esos paisajes donde el verano no se acaba jamás, de esas ciudades donde cada palabra pronunciada contradice la anterior; despídete de esos movimientos superfluos. Julio. Suelta. Despréndete. Tienes adentro la fuerza oculta. Tú mismo eres el universo. Cruza. Salta. Y Julio, envuelto en una sábana, como un aparecido, desciende entre jadeos, entre gestos convulsos, se crece, forcejea, se transfigura. Desafía el agua, la tierra, el fuego, el aire. Destruye rejas, cercas, muros, con la osadía de un asaltante. De un desertor.

## *BERNARDO VIERA TREJO*

*Nació en La Habana, en 1935. Allí hizo sus estudios y trabajó como periodista y corresponsal viajero en Europa, hasta su salida al exilio. Entre sus libros publicados se cuentan el volumen de cuentos titulados,* Militantes del odio y otros relatos de la revolución cubana *(1964), y* El último pirata de las Antillas *(1964). Desde hace años reside en Venezuela*

## LA LÓGICA DEL CORONEL PERFECTO LUNA

El coronel Perfecto Luna, en cualquier otro cambio de gobierno en la vida política del país —aunque fuera como ése, por la vía insurreccional— no habría dudado en ir a su trabajo a la mañana siguiente, saludar y hasta felicitar a los revolucionarios que encontrase en el camino, sentarse a su escritorio y continuar sumando y restando pantalones, guerreras y botas militares. Exactamente lo que venía haciendo desde el año 40.

Sin embargo, un informe mañanero y otros hechos —que deberán ser narrados en favor de la reacción del Coronel— provocaron su huída de la residencia familiar y culminaron en aquella situación, a todas luces angustiosa.

Aunque solemnemente, ya iba para el cuarto día que el Coronel Perfecto Luna no salía de un closet del apartamento de su amante. Demasiado castigo para un hombre que tuvo épocas gloriosas, en que no cabía ni en sus dos residencias, ni en la casa de la amante, ni en las ocho caballerías de recreo de su finca. Fue cuando coincidieron la seducción de Michini, el ascenso y el fuerte abrazo del General.

En las primeras horas de la fuga del General, aún después de conocer la detención de dos oficiales compañeros suyos, el Coronel Luna tuvo la intención de presentarse al responsable de la revolución en su barriada, determinar su situación e irse a su trabajo. Su intención resistió —inclusive— la prueba de la consulta hogareña: su esposa se mostraba partidaria de la idea. "Tú nunca has matado ni a un mosquito", afirmó la esposa con oprobiosa rutina. Por último, le sugirió:

—Más vale que salgas de eso.

Entonces fué cuando el Coronel recibió el informe mañanero de la ejecución, sin previo juicio, de los dos oficiales compañeros suyos. Su lógica, entonces, le sugirió posponer la presentación.

Los hechos posteriores fueron: la severa visita de un grupo vestido de verde-olivo, el depurado saqueo a las porcelanas de la sala (acción que facilitó su huída); y los insultos a su esposa "por estar casada con un esbirro". Estos fueron los hechos que empujaron al coronel Luna al ropero de nueve metros cuadrados de la casa de su querida.

Primero, el coronel Perfecto Luna esperó varios segundos para acostumbrar la vista. Acomodó contra la pared lateral derecha del ropero la banqueta que le facilitara Michini y se sentó a esperar no sabía qué. Jamás tuvo la intención de estrujar los vestidos de la amante, pero aquella tenaz lluvia de sedas le bailaba en la cabeza y en las orejas y en los ojos y hasta en los hombros. Cuidadosamente empujó los percheros hacia el lado contrario.

Relativamente cómodo. Luna comenzó a pasar revista mental a su actualción como militar mientras duró la guerra: su nombre no aparecía en un solo hecho contra los revolucionarios. Terminó respirando hondo. Esbozó una sonrisa y encendió un cigarrillo. Sintió el duende del bochorno en su rostro por la rapidez en esconderse en el closet. Casi estuvo a punto de llamar a Michini —la cual no se movía del dormitorio contiguo ante el posible requerimiento de su amante— para que le abriera la puerta. Su lógica volvía a insistir en la presentación judicial.

Esta perseverancia en el sentimiento de ponerse a la disposición de la justicia triunfante la basaba —por igual— en el convencimiento de su inocencia y en los antecedentes históricos del país. "Aquí nunca han matado a nadie por "defenderse" pensó.

"Si esta gente es honrada de verdad —continuó pensando, soslayando el saqueo que sufriera horas antes— lo peor que podrán hacerme será la degradación. En esto no les faltará la razón. Solamente por recomendación puede llegar a coronel un hombre que no ha tenido mayor responsabilidad militar que ordenar y firmar comprobantes de entregas de uniformes y advertir en reiterados memorandums al cabo Collado que, de continuar gastando dos pares de botas mensuales, sería investigado".

Se alegró de recordar su simpática entereza frente a la injustificable dilapidación calzada del Cabo Collado. "Creo que se llamaba Eustaquio Collado aquel sinverguenzón; a mí siempre me hizo gracia tener que mandarle los memorandums".

El Coronel hizo un movimiento de su cuerpo tendiente a levantar ligeramente las patas delanteras de la banqueta. Puso la colilla debajo de una de las patas y descendió con toda su fuerza para triturar con el peso de su humanidad las posibilidades de un incendio, provocando por aquella boquilla con filtro.

Eliminada la amenaza de morir achicharrado dentro de su escondite, el Coronel planeó sus próximos actos: llamaría a Michini para que le abriera; se afeitaría; se pondrí el uniforme y marcharía a su puesto detrás del escritorio. Lo único que le chocó fue la idea de contrastar con sus galones de coronel. "Eso está mal, porque ellos, que acaban de ganar una guerra, no son más que comandantes". Sonrió ante la solución que se le ocurría:

"Me pondré una de las guerraras anteriores al últimos ascenso (aunque me apretará un poco). Con la misma graduación de ellos, no se podrán dar por ofendidos:.

Antes de decidirse a llamar a la amante —al fin y en beneficio suyo— su lógica lo empujó por los vericuetos de la justificación legal de sus propiedades.

Sacó cuentas. Inventó comisiones —"que nunca han sido un delito en este país"—. Se puso regalías. Pero, por mucho que agregó a su salario, toda la paga percibida desde el año 40 no alcanzaba para cubrir el costo de la carretera interior de su finca.

Por segunda vez, el Coronel pospuso el acto que lo liberaría de su pasajera condición de prófugo. Supuso que el Comandante hablaría de un momento a otro a la ciudadanía para calmar los ánimos. Entonces ellos (los militares y funcionarios del anterior gobierno que no tuvieron nada que ver con la guerra) podrían salir a la luz, dejar limpia su situación y reincorporarse a sus respectivas responsabilidades. "Para eso están los jefes, para pensar mejor que los soldados. Yo no puedo culpar al Comandante vencedor de los desmanes cometidos por esos facinerosos esta mañana en mi casa. Lógicamente, todo se arreglará. Esa ha sido la costumbre".

El Coronel habría encendido otro cigarrillo de buena gana; pero prefirió esperar el café que, seguramente, le prepararía Michini de un momento a otro.

Mientras tanto, prosiguió analizando su posible suerte. No tuvo timidez en avanzar hacia lo peor que pudiera sucederle —aunque se saliera de los antecedentes— en los días posteriores.

"¿Podrán juzgarme por hechos de sangre? ¡Nunca! Jamás he ordenado la detención siquiera de un ratero. ¿Qué es injustificado mi ascenso a coronel por el sólo hecho de mantener al día mi departamento? ¡Pues que me degraden nuevamente a comandante! ¿Que me exigen cuentas por las propiedades que tengo? ¡Herencia de familia! ¿Que no se lo creen y me pierden la confianza? ¡Pues que me retiren! Eso es. ¡Que me retiren!"

Perfecto Luna hizo una pausa. Quiso dramatizar al máximo su destino. Sabía que pecar de optimista podría llevarle a su perdición. "Si ellos son tan honestos como han estado diciendo, no hay duda que me procesarán por malversación de fondos. Esto, que yo no lo hubiera pensado esta mañana, ahora lo veo más claro. Verdad que un closet aligera la mente. Sí, es casi seguro que me procesen."

Entonces pensó en el Departamento Jurídico del Ejército. "Siempre les suministré ropa en abundancia, trajes de gala en exceso, zapatos de los más finos. En eso estuve claro. ¡Ya está! Me mirarán duramente y me señalarán. Me parece estar viendo la escena: ¡Coronel Perfecto Luna, usted está condenado a devolver sus propiedades y se le retira del Ejército!. Tendré que devolver la finca y, una de las casas ya que la que vivo me pertence desde antes del 40. La pobre Michini —que tan bien se está portando— tendrá que entregar la libreta de crédito de El Encanto y se verá en la necesidad de mudarse para un apartamento más pequeño que éste".

Luna, una vez concluído su pensamiento, sonrió de tal modo con su carota, sus ojillos, sus arruguitas, su boca y su dentadura de fino trabajo adontológico, que le pareció que el closet se vendría abajo.

"Ya he calculado lo peor. Cualquier suerte que corra de aquí en adelante, si es menor, bienvenida, y si llega a ser tan mala como he supuesto, ya no me cogerá de sorpresa".

El Coronel fijó los ojos en los vestidos de su amante. La sintió moverse en la cama, del otro lado del closet. Sus reflejos funcionaron sensualmente. Esta vez, al menos, tendría la seguridad que no era por interés que Michini se dejara hacer el amor. Se imaginó el calor de los pechos de la muchacha restregándose contra su cuerpo. La excitación lo empujó a deducir: "Y ¿por qué seguir en el closet? Si vinieran a buscarme aquí, me encontrarán igual dentro que fuera de este ropero que ya me está sofocando".

Llamó a Michini de la forma que habían convenido: tres toques suaves en la puerta del closet. Sus toques, sin embargo, fueron apagados por uno más fuerte en la puerta del apartamento.

Sintió el taconeo de las zapatillas de la muchacha. Escuchó voces de hombres que gritaban y una de ellas le llegó nítida:

—¡Es la revolución!

Otra voz más cercana, penetró hasta el escondite:

—¡Al que te trae en su carro oficial todas las noches, esbirra!...
El Coronel Perfecto Luna parecía un hilo dentro del closet.
Escuchó pisadas, muchas pisadas. Golpes secos. Ruidos de puertas que se abrían y cerraban. Movimiento de muebles. Después fue escuchando la amalgama de sonidos más cerca de su escondite. Sin saber de dónde le llegaba el impulso, se puso de pie, culebreó entre los vestidos apeñuscados de la amante y metió en los pulmones todo el aire que pudo. Estaba decidido a eliminar hasta el sonido sutil de la respiración.
Los ruidos se hicieron aún mayores. Sintió cuando movían el tirador de la puerta del closet. Tembló cuando percibió el aluvión de luz adentro de su escondite. Vió la punta de una bayoneta que se enterraba indistintamente a su lado, acaso buscando un doble fondo en el ropero. Los bayonetazos se fueron acercando a él, protegido por los vestidos.
Cuando su mente estuvo en actividad de volver a meditar, ya habían vuelto a cerrar la puerta del closet. Las pisadas fueron apagándose. Escuchó alguna que otra ofensa a Michini, pero ya éstas no le interesaron. Un portazo, por fin, cerró el capítulo de la infructuosa búsqueda.
El Coronel Perfecto Luna descartó definitivamente la idea de presentarse a las autoridades y abandonar sus escondite. "Aquí estaré hasta que Dios y Michini quieran". No quiso ni encender un cigarrillo. Sudaba.
Pasó un día Pasó otro. Después pasó otro más. Dentro del closet, la vida transcurría suavemente. Luna estaba renuente a pensar. Sus movimientos se habían limitado a fumar seis cigarrillos diarios —medidos y contados— y a apagarlos de la forma pulverizante que acostumbraba. Era este ruido —el de la elevación de la banqueta y la caída fulminante sobre la colilla— el único que no eliminase: la idea de perecer achicharrado le aterrorizaba.
Luna sintió el toque discreto de Michini del otro lado. Era la hora en que la muchacha le pasaba la comida por debajo de la puerta. Esta vez fué ella quien le incitaba:
—¿Por qué no sales, cariño? Si ya vinieron y no te encontarron...
El coronel pensó, con lógica: "Hasta ahora, ella ha estado muy clara en todo. Me metió aquí y aquí fué donde no me pudieron encontrar. Las mujeres tienen mucha intuición. Por salir a comer fuera del closet y tomar un poco de aire fresco no voy a caer preso. Lógicamente, estos desalmados no volverán por ahora".
Pero volvieron.
"Perfecto Luna, casado, mayor de edad, antiguo coronel de la Ti-

ranía, protegido del sátrapa en fuga, fué detenido en el día de ayer en la casa de su concubina.

"Su amante, Zobeida Pedraja, alias "Michini", fué trasladada a la Cárcel de Mujeres. El ex-Coronel Perfecto Luna será sometido inmediatamente a los tribunales revolucionarios. Se le acusa de ser beneficiario de la tiranía, colaboracionista y malversador de los fondos públicos".

Esa misma noche, el coronel Perfecto Luna fué presentado ante un tribunal militar compuesto por tres miembros, ninguno de los cuales había pertenecido al Departamento Jurídico. Los tres vestían con desaliño el uniforme verde-olivo. Presidiendo el Tribunal Revolucionario estaba un hombretón grueso y grasiento, de ralos bigotes en derrota, que recordaba a determinados mejicanos. Perfecto Luna creyó reconocer esa cara de algún lugar. "Debe ser de los periódicos", pensó.

Inmediatamente llamaron a Perfecto Luna por su nombre completo. Un jovencito delgado y corriente, que debía ser el fiscal, leyó una lista de acusaciones contra Luna. Eran las mismas que aparecieron en la nota de prensa, ampliadas con recortes de periódicos y otras "pruebas".

Se mostró al Tribunal una foto de un periódico atrasado, en la que aparecía el General en el momento de poner varios ascensos en los hombros de un grupo de oficiales. Uno de ellos —apenas identificable, al fondo de la foto— era Perfecto Luna.

Se sacó un documento firmado por toda la oficialidad del Ejército Constitucional en el que se felicitaba al General por haber resultado ileso de un asalto perpetrado contra su residencia. La firma número sesenta y seis era la de Luna. Después seguían, por jerarquía, cuatrocientas veinte firmas más.

Se esgrimió un decreto en el cual se ratificaba a Luna en su cargo burocrático de sumar y restar pantalones, zapatos y guerreras. Como estos decretos tenían que estar firmados por el General-Presidente, el fiscal aprovechó el detalle para dar una entonación especial a la lectura del nombre del derrocado.

De las casas, la finca y su sueldo no se habló.

Luna escuchaba todo como si estuviera frente a la pantalla de un cinematógrafo. Le parecía que no tenía acceso personal a la escena. El presidente del tribunal tuvo que repetir la pregunta, para que Luna volviera de su ensimismamiento:

—¿Tiene algo que alegar en su favor?

El acusado encogió sus hombros. No esperaba tal benevolencia. Tuvo que repasar mentalmente los cargos que acababa de escuchar.

Con la voz vencida, el rostro empapado de sudor, los labios temblorosos, atinó a justificar:

—Es lógico que sea el Presidente de la República quien ponga los galones de coronel. Yo...

—Sí, ¡pero no un presidente tirano!... Prosiga...

—...Esa relación de firmas fué hecha por los archivos del Ejército. A mí no me pidieron la firma para felicitar al General...

—¡Y si se la piden, la hubiera dado!... ¡Todavía se atreve a llamarlo General!... ¡Continúe!...

Perfecto Luna iba a decir que, de acuerdo con la Constitución, después de un cambio de gobierno hay que ratificar por decreto a determinados funcionarios civiles y militares. Desisitió. Sabía que volvería a ser interrumpido. Por eso se limitó a decir un lugar común:

—No soy malo. Pido clemencia...

Le ordenaron sentarse. Vió a los tres miembros del Tribunal —el grasiento cuya cara creía recordar y los otros dos— retirarse por una diminuta puerta, al fondo del salón.

Los vió regresar a los tres minutos —el tiempo que se demora estampar tres firmas en un papel impreso—. El grasiento volvió a llamarlo por su nombre y lo conminó a ponerse en atención delante del tribunal. Después leyó la sentencia: Perfecto Luna había sido considerado culpable. Se le condenaba al paredón de fusilamiento.

"La apelación —dijo el grasiento— será dentro de tres horas. Retiren al condenado. ¡Que traigan otro!"...

Los escoltas esgrimieron las esposas para ponérselas nuevamente a Perfecto Luna. El Jefe del Tribunal que acababa de condenarlo al paredón, mientras esperaba que le pusieran delante al siguiente acusado, echó su silla hacia atrás y cruzó sus pies encima del escritorio que servía de estrado.

El Coronel Luna, que reaccionaba como un autómata, tuvo un regreso a la realidad, atraído por el exagerado brillo de las botas del hombretón grasiento de ralos bigotes. Las suelas, casi delante del rostro del condenado, daban muestras inequívocas de su reciente estreno.

De no haber sido porque aquella misma madrugada fué llevado al Paredón, el ex-coronel Perfecto Luna se habría enterado del nombre del hombre grasiento de las botas nuevas que había firmado su pena de muerte: "Teniente Rebelde Eustaquio Collado, Patria o Muerte, Venceremos".

## JOSÉ VILASUSO RIVERO

*Nació en La Habana en 1932. Estudió con los Hermanos Maristas. Graduado de la Universidad de la Habana y Tulane, Louisiana, cursó estudios Literarios y de Historia en Baton Rouge y Valladolid. Colabora en una docena de publicaciones y ha viajado como periodista por América Latina. Actualmente es profesor en la Universidad Interamericana de Puerto Rico, donde ha hecho una creación al estilo Jaime Escalante. Su cuento Por ahí viene el muerto, ganó accesit en el certamen Enrique Labrador Ruiz, del Círculo de Cultura Panamericano.*

## LA ÚLTIMA PETICIÓN DEL CORONEL CAMPANIONI

*Con el mayor afecto para todos los que lo han atacado.*
*El autor*

El tribunal revolucionario dictó sentencia. El coronel Encarnación Eliso Américo Campanioni y Segura, había sido condenado a ser pasado por las armas. El coronel estaba de pie. Una nueva pregunta le fue formulada por el Presidente.

¿Tiene Ud algo más que alegar?

Sí, Señor Presidente.

Dígalo.

Se volvió al público asistente. El enorme salón estaba repleto de caras conocidas. Casi todos eran muchachos de distintos pueblos de su provincia. Les hubiera podido hablar familiarmente a cada uno. Pero prefirió dejarles un sincero mensaje.

"Muchachos: ya tienen su revolución. No la echen a perder. No desprestigien su uniforme, como nosotros desprestigiamos el nuestro."

Se volvió estrepitosamente sobre sus talones. Saludó al tribunal y añadió: La sentencia es justa. La acepto. Ahora estoy a disposición de Uds.

Los momentos finales del condenado a muerte fueron intensos y estaban contados. El coronel los dedicó a pensar en sí mismo. Todo acababa de suceder con lógica aplastante.

La sentencia fue el colofón idóneo para lavar la falta y morir seguro de que la había pagado en este mundo.

El quiso huir. ¡Claro que quiso huir! No faltaba más. Pero ya que la suerte no lo favoreció, aceptó el castigo de conformidad.

Durante el juicio se demostró fehacientemente que el procesado Encarnación Eliso Américo Campanioni y Segura era responsable de la muerte del revolucionario Teófilo Comellas, quien apareciera ultimado en la carretera de Camajuaní en la madrugada del 3 de Marzo de 1958. El cadáver de la víctima mostró señas de numerosas contusiones, heridas graves menos graves; así como abundantes quemaduras practicadas con cigarrillos en los dedos de las manos de los pies. Otros 14 jóvenes aparecieron muertos en lugares cercanos presentando idénticas señas corporales....

El coronel no quiso revivir más detalles. Conocía los incidentes al dedillo. Todas las pruebas presentadas en el sumario, eran verdades a medias y medias verdades. Recibió los informes de los investigadores con la mayor indiferencia. Inclusive, les hubiera podido rectificar numerosas inexactitudes. Pero hubiera sido inútil. Desde que fue capturado adivinó que el fallo iba a ser fulminante, en breve y fatal. Sin el más ligero margen a la apelación. Previamente determinado. No perdió sus energías en defenderse. Su situación era mucho más compleja. Una vez declarada su culpabilidad quedaba completamente desmoralizado ante el mundo; convertido en criminal de guerra: convertido en vulgar asesino. Caso de que alguien esgrimiera determinados argumentos a su favor: nadie, absolutamente nadie, los admitiría como buenos. La fuerza misma de la sentencia aplastaría los alegatos defensivos. Porque, ¿quién dudaría de la justicia revolucionaria? ¿Quién admitiría que el Ché Guevara era capaz de derramar sangre, para tapar una mentira? ¿Quién creería que Guevara lo mandaba a matar para asegurar su prestigio de guerrillero?

Desde luego, que alguien protestaría contra viento y marea. Por lo menos, su mujer no se quedaría callada. No; ella no: Marianita iba a protestar. El no la pudo convencer de todas las evidencias. Ella juraría mil veces que él nada tenía que ver en aquellos asesinatos.

Pero Marianita iba a ser viuda. Una afectada más, y a sus descargos; se le contestaría conque sangraba por la herida; conque lo interesados siempre se dejan llevar por la pasión. El testimonio de la esposa no sería tomado en serio por ningún observador imparcial y objetivo.

Al arribar a esta conclusión, el coronel alargó su labio inferior en señal de duda interior. ¿Quién pudiera saber la verdad mejor que el propio participante en los hechos?

Durante el sumario los oficiales investigadores no pudieron presentar a ningún pariente de Teófilo Comellas dispuesto a declarar en contra suya. Verdad que hubiera sido el colmo de la ironía que un Comellas se atreviera a actuar contra un Campanioni. Los Comellas conocían demasiado bien el asunto y no serían capaces de mentir delante del público asistente al juicio.

Por supuesto que los Comellas pudieran hacerlo a su favor a ruegos de Marianita. Pero era demasiado pedirles. Ellos también sabían que el caso estaba irremisiblemente perdido.

Sólo Marianita seguía luchando por salvarle la vida a su marido. Marianita les rogó y les suplico a los Comellas que comparecieran ante el tribunal en defensa del acusado. Marianita le ofreció $1,000 a Mamá Comellas para que contara como el aviso del coronel llegó a su casa el día anterior al siniestro. Como Homobono salió corriendo a decírselo a su hermano Teo. Como lo sacó de La Plaza de Santa Clara y le advirtió que lo dejara todo y que huyera antes de que el capitán Somosierra se apareciera con la perseguidora. Que se fuera para La Habana. Que se escondiera en la iglesia de El Carmen. Que se asilara en una embajada. O que se fuera al Escambray. Que 14 tipos estaban tirados en la carretera con petardos amarrados al pecho. Pero Teo anduvo lento. Volvió a la casa para despedirse de Mamá Comellas. Y capitán Somosierra tenía vigilada a toda la familia. Dejó que entrara en el bohío, y a la salida le echó mano. Los esbirros lo montaron en la perseguidora y no supo donde lo ultimaron. El cadáver apareció en el platanal con dos tiros en la cabeza.

Sin embargo, la verdadera falta del coronel no sería puesta al descubierto jamás por ningún tribunal de justicia. Y esa era la verdadera causa de su estado de indefensión. Se trataba de hechos muy diferentes, pero que el nuevo orden revolucionario no podría sacar a relucir bajo ningún concepto. Su secreto moriría con él.

¡Ah, si cuando estuvo al mando de sus tropas, hubiera sabido cumplir con su deber de soldado: ahora, otro gallo cantaría! Si cuando los rebeldes cruzaron por su zona; él hubiera dado la orden de arrasarlos: no se vería en tan penosa situación. Atado de pies y manos.

En aquel momento los rebeldes eran pocos y mal entranados. El primer teniente Los Asturianitos, hubiera podido liquidar la partida con los 120 hombres. Los Asturianitos trajo los informes completos dentro de su maleta. La tiró violentamente sobre la mesa y garantizó que la operación era cuestión de horas. Los Asturianitos no era hombre de medias tintas. Quería proceder drásticamente. Traía la gorra encasquetada hasta las orejas, murmuraba entre dientes, con los colmillos apretados y sin mover la mandíbula inferior. Afirmó que iba a coger a los rebeldes por el pescuezo. Que los sorprendería asando maíz. Tenía dos cananas cruzadas en bandolera y la Thompson descansando junto a sus botas enfangadas.

Aquel fue su último chance de la noche. El coronel escuchó la arenga vacilante. Pidió un compás de espera; otras 24 horas; hasta que llegara Teo. Y Teo no vino esa noche.

Los Asturianitos se mostró impaciente, y se le ordenó acampar a la orilla izquierda del Zaza. En realidad, con esta orden el coronel sólo deseaba ir ganando tiempo. Así pasó una semana completa y Teo no volvía. Durante esos días fue que les envió el famoso pan con guayaba. Aquellos panes duros que tantos chistes se hicieron a su costa y que la tropa tuvo que mojar en el río para podérselos tragar.

Al fin parió Catana. A la semana justa se apareció Teo en el campamento. Entró jadeante y aterrorizado en la oficina del coronel. Temblaba de la cabeza a los pies. Se inclinó sobre el escritorio y dijo las condiciones del negocio. No habría papeles, ni firmas, ni testigos. ¡Sólo palabra de hombres! Eran $5,000 por anticipado; y $5,000 tan pronto la gente cogiera las estribaciones de El Escambray.

El Ché Guevara esperaba las condiciones del coronel para hacerle entrega de la primera cantidad.

No habría un centavo más.

$10,000 constantes y sonantes.

Encarnación Eliso Américo Campanioni y Segura carraspeó ligeramente. Se recostó a su butaca. Afuera se escuchaban los toques del clarín y las voces de los oficiales llamando a filas. El se daba golpecitos con la punta de la fusta en las puntas de los zapatos. Teo lo apremiaba impaciente porque quería cobrar su comisión. El coronel le pidió otras 24 horas antes de madurar su última palabra.

Se quedó sólo y pensativo. ¿Porqué no hacerlo? ¿Acaso iba a ser el primero? ¿Qué motivos tenía para defender una dictadura sin apoyo popular alguno? Esto sin contar conque también morirían algunos de los suyos....Consideró las razones porqué debía de transarse. Además, caso de que los revolucionarios triunfasen, seguramente que su cooperación sería tenida en cuenta por el Ché.

El resumen, que cuando Los Asturianitos cercó el sitio de marras, sólo encontró 12 latas de sardinas vacías, una hoguera apagada y los restos de los periódicos usados como papel sanitario.

En el instante postrero de su vida, deseaba que Marianita no quedase desamparada. Con los $10,000 terminó de pagar la finquita de Corralillo, puso la casa de Santa Clara a nombre de ella y confiaba en que no le tocaran la pensión vitalicia. Su familia era su mayor preocupación. Pensó en sus hijos. Casilda, la mayor, quedaba bien casada con un hombre decente y trabajador. Hermelinda, la segunda, al cuidado de su madre para siempre: ése era su oficio. Sinforiana vendría a reunirse con los demás tan pronto supiera que su padre acababa de morir. Y Rodriguito, el benjamín, seguiría estudiando como era su empeño. Rodriguito iba a ser un hombre de provecho al margen de la política. Rodriguito llegaría a La Universidad, sin duda. Por último recordó a sus nietos, que apenas lo conocían. Sobre éstos no podría predecir nada. Cuando fueran mayores seguramente que indagarían los motivos del fusilamiento de su abuelo. Marianita les contestaría que había sido por no querer que se derramara más sangre cubana. Lo cual, si se venía a ver bien: no sería del todo incierto. Era una parte de la verdad. Y la verdad nunca se dice completa. La verdad se dice a medias, y el resto hay que adivinarlo.

Otra vez pensó en su mujer. Marianita lo tapaba todo, lo creía todo, lo perdonaba todo. Marianita le soportó todas sus tropelías durante casi 30 años. Una vez, se ausentó del hogar durante 18 meses, con los muchachos todavía pequeños. Se largó de la casa porque quiso. Ella no le dió motivo. El cogió una perreta y se fue para el cuartel. Allí se alojó durante todo el tiempo que estuvo fuera. Marianita le escribió una sola carta. Una carta muy breve diciéndole que tenía deberes de padre que cumplir. Se la trajo su ordenanza, el negrito Uberal Ubieta. La leyó línea por línea y le mandó a decir que quizás regresaría cuando lo creyera conveniente; y que le mandara a los muchachos todos los meses.

Al año y medio, cuando regresó a la casa, sintió escalofríos. Temía que se le recibiera pidiéndole cuenta de su conducta. Quizás le exigirían una satisfacción. ¿Qué reacción pudo esperar de los muchachos? Los muchachos eran lo más delicado. Se detuvo en el dintel de la puerta. Se limpió las botas en el quicio de la puerta. Marianita estaba cosiendo en la máquina. Partió un hilo con los dientes y lo recibió con la mayor naturalidad, como si nada hubiera sucedido. Sonrió y le dijo que los muchachos estaban en el cine y que volverían más tarde. El echó un vistazo a la sala y notó el sombrero tejano y la guerrera sobre el respaldar del sofá. Intactos durante toda su ausencia. Marianita no los había movido de su sitio.

Tras los barrotes de su celda vió aparecer el pelotón. Le produjo una extraña sensación. Los soldados le parecieron iguales a los que estuvieron bajo su mando durante tantos años. Los soldados le parecieron iguales en todos los ejércitos que conoció. Los soldados, pobres hombres a quienes se les ordena matar o dejarse matar: tal como era su caso ahora. Casi todos miembros del pelotón traían gorras de orejeras colgándoles a los lados de la cabeza. Uno, dejaba desprenderse un cigarro de su labio inferior. El carcelero abrió la reja. No fue necesario ordenarle nada absolutamente. El los estaba esperando. Ellos llegaron puntuales. A la hora señalada. Se encasquetó el sombrero tejano y se abotonó la guayabera. El mismo se colocó entre los escoltas. Echaron a andar por el pasillo. Salieron al portal de la prisión. Bajaron las escaleras. Enfilaron sobre la yerba del inmenso descampado. Apretaron el paso. Adoptaron posturas marciales. Un, dos, tres, cuatro.

Muchos curiosos se apiñaron en la explanada. Civiles con espejuelos calobares y soldados con las manos en los bolsillos. Un hombre muy alto cubriéndose la calva con un papel de cartucho. Esa mañana, desde temprano, el sol fue intenso. Atravesaban el campo de tiro donde tantas veces hiciera diana en sus años de cadete. La caballeriza se perdía entre unos palmares. Un viejo cañón montaba guardia junto al asta de la bandera. A prudente distancia un teniente, enjuto y sucio seguía el pelotón. Se arregló la boina ladeada. Llegaron ante un paredón blanco como la cal. El teniente, saludó y se retiró unos pasos más atrás. El coronel respondió al saludo con la mayor seriedad. Dio media vuelta frente al piquete. El ceño fruncido. Posición de atención. Los pies juntos. Gesto de mando. Militar implacable con cualquier indisciplinado que quebrante la disciplina militar. Un recluta se cuadró mejor. La mirada severa inspeccionó la primera escuadra y la voz de mando sonó atronadora.

Pelotón atención.

Los soldados obedecieron al unísono. Armas al lado. Brazos estirados. Firmes.

Segunda voz.

Preparen.

Los cerrojos crujieron mecánicamente. Silencio absoluto.

Tronó la voz de nuevo.

Apunten.

Las ocho mirillas de los fusiles convergieron sobre el blanco inmóvil.

Un segundo de expectación.

La misma voz, ordenó.

Fuego.

Con la descarga cerrada, el sombrero saltó por los aires. Dió una vuelta y vino a caer al borde de la acera. Poco después, un charco de sangre inundó sus alrededores y lo hizo navegar hasta el límite del contén. Bajo sus alas anchas, la sangre siguió corriendo y se derramó sobre el pavimento como una catarata en miniatura.

La última petición del coronel Campanioni se había acabado de cumplir. El mismo dirigió su ejecución.

# *FRANK VILLAFAÑA*

*Nació en La Habana, en 1941, pero a los pocos meses de nacido su familia se trasladó a la ciudad de Cárdenas. Allí cursó sus estudios primarios y secundarios en el Colegio La Santísima Trinidad, de los Padres Trinitarios. Al completar el Bachillerato en 1958, su familia lo envió a continuar sus estudios de Ingeniería Industrial en los Estados Unidos, a la Universidad de Alabama, donde obtuvo el BS (1964) y el MS (1967). En 1990 obtuvo el Doctorado en Ingeniería en la Universidad Estatal de Cleveland. En 1994 publicó un volumen de narraciones, titulado* Anécdotas casi verídicas de Cárdenas. *Actualmente reside en Holanda.*

## LA CORNÚA DEL TÍO PANCHO

La bahía más linda del mundo es la de Cárdenas, ¿oquey? Tiene forma de herradura (sin caballo), con la parte redonda al fondo, el eje central orientado a unos 45º del horizontal, y con la pata inferior de la herradura, de menor longitud que la pata superior. La pata superior es la península de Hicacos, o sea, Varadero, que es una playa que se encuentra entre el Tigris y el Eufrates. La gente en Varadero llama a la parte del golfo de Mexico la "mar del norte," y a la parte de la bahía de Cárdenas, lógicamente "la mar del sur."

Si ustedes tienen la buena fortuna de conseguir un mapa de la bahía de Cárdenas, con una lupa podrán ver una pequeña península al sur de la península de Hicacos. Esa peninsulita es la punta Tío Pancho. Supongo que ahora me preguntarán que de dónde proviene ese nombre. Bueno, pues yo no sé. Con mucho gusto inventaría algo, pero tengo razones paro no hacerlo, las cuales explicaré.

En Cuba había, hace muchos años, un programa por televisión llamado "La Taberna de Pedro." En dicho programa había un tipo que hacía de borracho. Todos los días estaba borracho, excepto un día en que el programa fue el 20 de mayo, o día de la instauración del primer presidente de Cuba. Le preguntó alguien al borracho que por qué no estaba borracho ese día, y el borracho contestó: "Yo soy profesional. Hoy es un día para los amateur emborracharse." Por ese mismo motivo no inventaré de dónde salió el nombre de la punta tío Pancho.

La porción geográfica del título queda definida. Falta explicar qué es una cornúa, y por qué creían la gente que la cornúa vivía de la punta tío Pancho.

En castellano correcto, una cornúa es una cornuda, pero en castellano correcto no se diría ni cornuda ni cornúa, sino que se diría que es un tiburón cabeza de martillo. Si pueden visitar la bahía de Cárdenas, cerca de lo que sería la punta tío. Pancho, creo que podrán ver todavía entre los manglares un enorme buque de carga semi-hundido. Ese buque es definitivamente parte de la leyenda. Cuentan que durante el famoso ciclón de 1933, un buque noruego que creo se llamaba Kari fue empujado por los vientos contra la orilla de la bahía, cerca de la punta tío Pancho.

Cuentan que al tratar de evacuar el barco semi-hundido, los marineros vieron a un pez enorme que estaba como esperándolos. Los barcos salvavidas habían quedado destruídos y la únicas posibilidades de salvación eran tratar de ganar la orilla a nado, sin servirle de almuerzo al gigantesco peje, o quedarse en las bodegas del barco con la esperanza de que la tormenta no destruyera el buque del todo.

Algunos trataron de ganar la orilla a nado, pero le sirvieron de aperitivo al voraz pez. El resto, viendo lo que pasaba decidieron quedarse en las bodegas. Cuenta la leyenda que el pez se metió dentro de las bodegas, las cuales estaban bastante llenas de agua, y se comió a los tripulantes que quedaban.

Como siempre pasa con esas leyendas, cada vez que se perdía alguien en el mar, o ocurría algo fuera de común, se le echaba la culpa a la cornúa del tío Pancho. Tal como en algunos pueblos se dice que hay casas embrujadas, en Cárdenas y Varadero se decía que el barco semi-hundido estaba embrujado y que la cornúa, sentinela implacable, se vengaría de los que se atreviesen a violar ese espacio.

Además del carácter sanguinario y voraz de la cornúa, se le atribuía una inteligencia casi humana. Yo, en esa época, un fiñe de 12 años que me creía científico, dudaba de la existencia de ese barco embrujado, y estaba seguro de que un pez no podía tener inteligencia al nivel humano.

Un día le pregunté a mi padre que si él creía en la existencia del barco hechizado. El me dijo que el barco sí existía, que lo había visto varias veces, que él no sabía si estaba hechizado, pero su compañero de pesca don Hilario tenía miedo de acercarse a los restos del buque. Yo le pedí a padre que me llevara a ver el famoso buque, y así lo hizo.

Mi primera impresión fue que de hechizado no tenía nada. Era un barco de madera, de unos 60 metros de eslora. Como el barco estaba hundido en la orilla de la bahía, que en ese punto, en marea alta, el agua no tendría no más de dos metros de profundidad, daba la impresión de que no estaba hundido. Yo subí al barco, y la cubierta estaba en buen estado de conservación, considerando que se suponía que llevaba ahí más de 20 años. Con mucho cuidado bajé a una de las bodegas, y me dí cuenta de que estaban todas conectadas, y de que era posible que los marineros que estaban dentro podían haber sido devorado por peces. Me resbalé y caí al agua dentro de las bodega. Claro, inmediatamente subí a las escaleras, que también se conservaban bastante bien.

Después de mi inspección "in situ," como todo buen científico de 12 años, saqué las siguientes conclusiones:

El barco exitía, pero de hechizado no tenía nada,

No había evidencia material de la existencia de un pez gigantesco capaz de devorar a muchos marineros.

Si tal pez existiese, no era lógico que "viviese" entre los restos del barco hundido.

Es posible que el barco había sido dañado en esos lares y que los dueños decidieron que el mantenimiento de los barcos de madera costaba mucho y que era mucho más práctico abandonarlo allí que pagar a alguna empresa para que fuese hundido con todas las de la ley.

A pesar de todas mis conclusiones, decidí investigar la existencia de la cornúa del tío Pancho. Los lectores se preguntarán por qué un muchacho de 12 años puede estar interesado en la existencia de un pez. Hay tantas otras cosas en que un muchacho de 12 años puede pensar, como por ejemplo deportes, estudios y muchachas. Claro, después de viejo uno piensa en mujeres desnudas. Siempre. Además de ser un tema interesante, ayuda a evitar las preguntas estúpidas. Si a uno le preguntan: ¿En qué piensas?, la respuesta es lógica es: "en mujeres desnudas." Dudo que esa persona vuelva a preguntarle a uno en qué piensa.

La verdad es que no sé exactamente por qué decidí estudiar la existencia de la cornúa del tío Pancho. A mí siempre me han interesado las leyendas. Y dentro de mi interés por cada leyenda está mi interés por saber si exitía o existió una base sobre la cual la leyenda había sido elaborada. Según me remonto al pasado, al escribir ese cuento, quizás recuerde el porqué de mis ansias de saber si la cornúa existía y si era tan voraz como se pensaba.

Si uno va a estudiar la existencia y hábitos de un pez que puede tener 4 ó 5 metros de longitud y puede pesar cerca de una tonelada, es lógico que se necesita una embarcación. Y esa embarcación debe ser grande, o por lo menos de un tamaño que pueda resistir el ataque de un pez de esas dimensiones. Lo que no era lógico era tratar de convencer a mis padres que me compraran un bote. Cuando un muchacho quiere un perro, solo tiene que "encontrar" uno, llevarlo a su casa y decirle a sus padres: "Miren, me ha seguido a casa desde el colegio." Si eso no funciona, se puede inventar una historia de que unos bandidos trataron de raptarlo a uno, pero el perro los atacó y por lo tanto le salvó la vida. El perro quedaría con pensión vitalicia. Volviendo el tema del bote, la estrategia estaba definida, debía "encontrar" un bote.

Mi casa de Varadero estaba (y sigue estando) en la calle 37. El Club Náutico de Varadero ocupaba toda la propiedad comprendida entre las calles 37 y 38, desde el mar del Norte (golfo de México), hasta el mar del Sur (bahía de Cárdenas). La casa-club estaba frente al mar del Norte, entre el mar y la avenida de la Playa. Entre la avenida de la Playa y la segunda Avenida esta la piscina y jardines. Cruzando la segunda Avenida con rumbo al mar del Sur, teníamos la cancha de tenis, la caseta de remeros, terreno de pelota, y en las orillas del mar del Sur, el campo de tiro.

Ese campo de tiro fue el que me proporcionó la oportunidad de "encontrar" un bote. Los tiradores, además de tomar grandes cantidades de cerveza y whiskey, se colocaban en un semi-círculo de hormigón que miraba al mar. Con sus escopetas de cartuchos calibre 12 lista a disparar, decían "pull," y uno o dos platillos de barro eran lanzados con gran velocidad, a un ángulo de uno 45º con el plano horizontal y con dirección al mar. La función del tirador era destruir los platillos, y cuando se toma en consideración la cantidad de alcohol consumida per capita, se puede decir que más del 60% de los platillos caían al mar sin haber sido tocados por los perdigones. Claro, dependiendo del ángulo de entrada al mar, algunos se rompían al entrar al agua.

En casos de marea muy baja, podían caer en la arena y romperse, pero eso no ocurría con mucha frecuencia. En general, de cada 100 platillos lanzados, 50 eran recuperables.

Los tiradores normalmente practicaban los sábados y domingos desde las 8 de la mañana hasta el mediodía. Después de esa hora, el nivel de alcohol les impedía colocar los cartuchos en las escopetas, mucho menos disparar con acierto. Durante las mañanas, en general, la marea estaba alta. Después del mediodía, la marea bajaba rápidamente hasta el punto mínimo que ocurría a eso de las

3 de la tarde. Una inspección rápida del terreno me indicó que yo podr6a recobrar unos 20 platillos por día, o sea, 40 por semana.

Armado de muestras de platillos recobrados, fuí a ver a Berdiales, un anciano saludable, de pelo muy blanco y rostro muy rojo, que era el administrador del club Naútico. Después de una negociación aburrida, Berdiales accedió a pagarme un centavo por cada platillo recobrado en perfectas condiciones.

Yo pensé que podría comprar un bote por 20 pesos. A cuarenta centavos por semana, la aritmética traicionera me indicó que me demoraría 50 semanas poder reunir suficiente dinero para comprar el bote. Quizás pudiese encontrar un bote más barato, pero yo no estaba dispuesto a esperar un año para comenzar mis pesquisas acerca de la cornúa del tío Pancho.

La respuesta estaba en rescatar más platillos. Yo solo había contado con recobrar los que caían en el área donde se podía caminar cuando la marea estaba baja. Habían muchísimos que caían mar adentro. Yo no era cobarde, pero meterse en el mar a buscar platillos donde habían picúas (barracudas), tiburones, morenas, y quizás la cornúa del tío Pancho, no me llamaba la atención.

Esa tarde vi a dos negritos que me miraban con mucho interés recobrar los platillos. Claro, yo no les podía decir que los vendía, porque entonces era posible que me quitasen el negocio, o al menos que hiciese bajar los precios. Los dije que coleccionaba los platillos y que si se metían en el mar a sacarlos, se los compraría a cinco por centavo. Sin siquiera pensarlo se metieron en el agua hasta lejísimos y comenzaron a sacar montones de platillos. Había algunos que tenían ostras, caracoles y plantas marinas pegadas, los cuales indicaba que hacía mucho tiempo que estaban sumergidos. Esos había que dejarles secar bien y entonces cuidadosamente raspar para que pudiesen caber en la máquina que los lanzaba.

En menos de dos meses tuve mis 20 pesos. No dejé el negocio, porque como se lo había sub-contratado a los dos negritos, ya yo no tenía que trabajar. Además, pensé que me vendría bien el dinero para arreglar el bote, ya que 20 pesos no compraría un bote en grandes condiciones.

Encontré un bote. Necesitaba arreglos, pero era lo mejor que había en el mercado. Una de mis condiciones de venta era que tenía que traer el bote a mi casa. Supuse que ese sería un lugar seguro para hacer los arreglos, y además pensé que trataría de conseguir ayuda de la gente de mi casa.

Mi madre decidió ignorarme completamente. Mi padre se enojó bastante conmigo. Sus argumentos estaban basados en que ese bote de fondo plano sería celoso (se viraría fácilmente), y que había que hacerle demasiados arreglos. Mi primera labor fue explicarle de dónde había salido el dinero. Eso le gustó. Me dijo que yo tenía

espíritu de empresa," y que algún día sería rico. El pobre, no pensó en Fidel Castro.

La segunda labor fue la más difícil. Tuve que convencerlo de que el bote tenía arreglo, y que cuando estuviera listo a navegar no sería peligroso. Mis argumentos fueron que cualquier puede navegar en un bote estable, pero si uno aprende a navegar en un bote celoso, terminaría siendo buen marinero. Esa lógica fue aceptada. Con el asunto del arreglo, le dije que "aprendería a trabajar," y que ese entrenamiento sería bueno para el futuro.

Solo los que tuvieron que meter pabilo y masilla en las ranuras de un bote pueden estar agradecidos de los que inventaron los botes de fibra de vidrio. Estoy orgulloso de admitir que convencí tan bien a mi padre, que él terminó haciendo casi todos los arreglos al dichoso bote.

La búsqueda de la cornúa fue una labor completa. Yo estaba seguro de lo que buscaba. Si era un tiburón cabeza de martillo, no sabía de qué tamaño podía ser. Y si llegase a encontrar uno enorme, ¿cómo podría estar seguro de que era la cornúa del tío Pancho?

Mi bote era de remos, y mi padre tenía razón al pensar de que sería extremadamente celoso. Mis amigos se burlaban de mí. Me decían que no solo me tenía que colocar exactamente en el centro del asiento, sino que para colmo me debía partir la raya al medio. En esa época yo tenía pelo, aunque los que ve vean ahora no me lo crean.

Concentré mi búsqueda en lugares donde se decía que la cornúa había sido vista: no solo el lugar, sino también la hora del día. Suponía que los peces deber ser como cualquier otro animal con sus hábitos y costumbres. Un día, cerca del famosos barco semi-hundido, vi y oí lo que podía ser el efecto de un enorme pez jugueteando. Pude acercarme más pero, por aquello de hombre precavido, no lo hice. Pero si pude ver la cola del pez por unos instantes fuera del agua e hice un retrato mental de la cola. El día siguiente fué al museo "Oscar María de Rojas," en Cárdenas. Allí había un pequeño tiburón cabeza de martillo disecado. En efecto, lo que había visto era la cola de una gigantesca cornúa.

Continué yendo todas las tardes a la misma hora la mismo lugar. La cornúa le daba vueltas a mi bote como para saludarme, de vez en cuando sacaba la cabeza y yo pensaba que se sonreía. Así pasé el mes de agosto de 1955. En setiembre regresé a Cárdenas al colegio, y mi bote quedó guardado en el garage de mi casa en Varadero.

Durante las vacaciones de semana santa del "56," invertí todas mis energías en arreglar y pintar mi bote. Terminé en unos día, pero el tiempo estaba muy malo para salir al mar. En esa época se suelen sentir los frentes fríos, descendiendo desde le Canadá, a los cuales llamábamos "nortes."

Como resultado de mi trabajo durante semana santa, en cuando comenzaron las vacaciones de verano, pude sacar el bote e ir a saludar a mi amiga (creía que era del género femenino) la cornúa. Me esperaba en el mismo lugar, casi como si presintiera mi visita. Dió muchísimos saltos y se sonrió, y cuando llegó la hora de marcharme, me pareció que se quedaba triste.

Unos días después, mi madre anunció la visita de mi tío-abuelo, el Dr. Pedro Guitart. Tío Pedro tenía un doctorado en ciencias naturales de la Universidad de Texas, y se había dedicado a la biología marítima. Tío Pedro sabía mucho de peces y otras criaturas marinas, pero su especialidad era el estudio de las "polimitas," unos hermosos caracoles terrestres multicolores que siempre se encuentran cerca del mar.

A mí nunca se me había ocurrido contarle a nadie acerca de mi amistad con la cornúa. Supuse que no me creerían y que pensasen que al fin me había vuelto totalmente loco. Tío Pero era diferente. Era un hombre muy serio, un científico, y además un miembro del clero, ya que había sido ordenado ministro presbiteriano en la USA. Por lo tanto, estaba seguro de que no se burlaría de mí, y aunque pensase que yo estaba un poco loco, no se lo comentaría a nadie.

Así fue. Poco después de la llegada de tío Pedro, después de los abrazos, y "¿cómo está todo el mundo?", pude contarle con lujo de detalles acerca de la cornúa del tío Pancho. Tío Pedro me escuchó con profunda atención. A veces podía leer la duda en su rostro, pero no interrumpió mi narración. Al terminar mi relato, se quedó silencioso por unos breves minutos y entonces me preguntó: "¿me llevarías adonde está este pez?" Yo le dije que por supuesto, que lo haríamos el día siguiente, por la tarde.

Andamos rumbo al mar. Yo le expliqué a tío Pedro que mi bote era extremadamente celoso. No tuve que decirle lo de partirse la raya al medio porque era calvo como una bola de billar. Mi tío, como buen científico no comentó nada cuando mi amiga la cornúa comenzó a saltar y sonreir. Tío Pedro se limitó a hacer apuntes en su cuaderno, y a pedirme que remase en una dirección u otra. Cuando llegó la hora de marcharse, yo remé rumbo a la orilla mientras tío Pedro seguía anotando y calculando. Al llegar a la orilla se metió en el agua con zapatos y calcetines. Todos los científicos son un poco distraídos.

Al llegar a la playa, tío Pedro se sentó en una piedra cerca de un manglar y continuó anotando y calculando hasta que se obscureció tanto que tuvo que abandonar su tarea. Durante la cena no dijo ni una palabra, lo cuál yo achaqué a que mi padre bebió vino con la comida, y después de sobremesa, café y cognac. Tío Pedro pensaba que el café era malo para la salud y que el alcohol era casi como un veneno para el cuerpo humano.

Tío Pedro comenzó su disertación diciéndome que si no lo hubiera visto con sus propios ojos, nunca lo habría creído. Muchas de las cosas científicas que me dijo yo no entendí. Yo solo tenía 12 años, y tío Pedro era un científico que en inglés llamaríamos "world class."

Tío Pedro primero verificó que el pez era un tiburón cabeza de martillo, o como él decía "cornuda," ya que él hablaba en castellano correcto y nunca hubiese dicho cornúa. El creía que era hembra, lo cual no me asombró ya que yo siempre me he llevado mejor con las mujeres que con los hombres. Que la cornúa era enorme, y que el calculaba que pudiese tener más de 4 metros de longitud, y que pudiese pesar alrededor de 1000 kilogramos. De acuerdo con lo que sabía tío Pedro acerca de esos peces, era muy fuera de lo común que llegasen a esas dimensiones.

La disertación duró horas. Tío Pedro me explicó como "respiran" los tiburones, nadando con velocidad para poder oxigenar la sangre en las agallas. Después habló de la poca profundidad en la bahía de Cárdenas y del nivel de contaminación creado por las industrias y muchas otras cosas. Me explicó que si "la casa" de la cornúa estuviese más cerca de Cárdenas o más cerca de Varadero, hace tiempo hubiese muerto por la contaminación o poca profundidad respectivamente.

Tío Pedro quedó en uno de sus habituales silencios que pudo haber durado un cuarto de hora. Rompió el silencio con la voz entrecortada, parecido a como hablaría alguien en el velorio (reunión antes del entierro) de su mejor amigo, y me dijo: "Frank, tu amiga la cornúa tiene que marcharse al mar abierto, como por ejemplo el Golfo de México...muy pronto. Si no dentro de seis meses o menos morirá."

Yo no sabía qué decir. Tantas preguntas me vinieron a la mente que decidí, por el momento, no hacer ninguna. Al fin pregunté: "¿Y tú no crees que ella, por sus propios instintos sepa cómo irse de aquí?" Tío Pedro sonrió, no sé si era porque esa era la pregunta que esperaba, o porque pensaba que yo había heredado algunos cromosomas Guitart. Comenzó diciéndome que en general, los tiburones no son muy inteligentes, a pesar de que aparentemente mi amiga la cornúa era una excepción. Las cornúas tienen mala visión, y mientras más viejas, peor. Además, los peces son como los humanos, tienen costumbres. Es obvio que a ella le gusta estar aquí, y...titubeó mi tío...quizás no quiere perder tu amistad.

Quedé conmovido y pregunté: ¿Cómo podemos convencerla de que se marche de la bahía de Cardenas?" Mi tío, con la misma sonrisa de antes, dijo: "Tengo un plan". Parte del plan era pedirle el barco prestado a mi padre. Como tío Pedro tenía fama de lobo marino, eso no era problema. El problema era que el barco de mi padre estaba en el mar del Norte, y la mayor parte del plan de tío Pedro se desarrollaría en el mar del Sur.

En el año 1957 se inauguró un canal a través de la península de Hicacos, utilizando la laguna de Paso Malo. Si nuestra travesía hubiese sido después de la inauguración del canal de Paso Malo, hubiese sido de menos de 10 kilómetros. La travesía nuestra fue en 1954 y fue de más de 40 kilómetros. El barco de mi padre era veloz, pero tuvimos que llevar suficiente combustible, el peso del cual disminuyó la velocidad. Comenzamos a los 5 de la madrugada y anclamos en el Mar del Sur a los dos de la tarde. La distancia entre los puntos de partida y destino era menos de 700 metros, pero los barcos nunca han andado bien en la tierra. A pesar de estar cansados, fuimos en mi bote a visitar la cornúa.

El día siguiente atamos mi barco al de mi padre. Conmigo en el remolque y mi tío Pedro de piloto del barco de mi padre, fuimos a ver la cornúa. Cuando la cornúa salió a saludarme, mi tío comenzó a navegar rumbo a la boca de la bahía. La cornúa nos seguía, tal como tío Pedro había predicho.

Después de unas horas llegamos al mar abierto y tomamos rumbo norte. Es posible que la cornúa se sintiera mejor ya que estaba en aguas limpias y profundas, pero yo creo que tenía los ojos tristes. Quizás presentía lo que se avecinaba.

Cerca de cayo Piedras del Norte, ejecutamos la fase final del plan. Yo me subí al barco de mi padre, y entre tío Pedro y yo subimos mi bote al barco de mi padre. El fondo de mi bote había desaparecido, y la cornúa no conocía el fondo del bote de mi padre.

Tal como acordáramos, yo me acosté en el fondo del bote de mi padre, y tío Pedro, a máxima velocidad regresó al muelle del Mar del Norte donde mi padre guardaba su barco. Nunca más volví a ver la cornúa del tío Pancho.

Han pasado muchos años. Yo no sé cual es la esperanza de vida de un tiburón cabeza de martillo, pero yo espero que mi amiga la cornúa todavía viva en el golfo de México. Creo que nunca olvidaré sus ojos tristes, y me quedan dos pesares: el no haberle puesto nombre, y el no haberle tratado de hablar.

## *FERNANDO VILLAVERDE*

*Nació en La Habana, en 1938. Allí hizo sus estudios y trabajó como guionista y director cinematográfico en el ICAIC, de 1959 a 1965. Entre sus producciones se cuentan el documental "El parque" y la película "Elena y el Mar", la que no se exhibió. Salió a Francia, donde trabajó en la Universidad de Teatro de las Naciones, hasta su llegada a los Estados Unidos. Se encuentra radicado en Miami, donde fue crítico literario de El Miami Herald durante 1980 a 1986. Su obra teatral* Cosas de viejos *mereció en 1990 el premio Letras de Oro y fue publicada en dicha colección.*

## GUAJIRO ANTE EL PAISAJE

Intrépido fue el salto desde pleno campo hasta el centro de Nueva York; desde el edificio de tres pisos prefabricado y colocado por la revolución en un claro del monte, sobre restos de bohíos, potreros y cosechas, hasta el balcón de un piso veintitantos metido en pleno bosque de Manhattan.

No importa el frío que hiciera, este palco al vacío era su lugar favorito del apartamento. Pasaba horas allí, de abrigo y bufanda, hasta ponérsele azules las manos, contemplando kilómetros de avenida y observando las variaciones en el hormigueo de la calle como quien estudia una astrología inversa; siguiendo, en los días peores, el recorrido río abajo de un inesperado mazacote de hielo, o ensimismado en el glacial cielo que se disponía a nevar. Aunque a pesar de los meses, seguía incrédulo y mareado ante las novedades y el barullo, la decisión de dejar atrás su sabana le había resultado muy natural, como tomarse un vaso de agua. Tampoco se sorprendió mucho su familia. Sus padres y sus seis hermanos no pensaron ni por un momento en irse cuando vieron cómo más de un compañero de cooperativa, hasta ese día revolucionario fiel, desaparecía de madrugada con mujer e hijos, rumbo a una barcaza enviada para recogerlos por su parentela del Norte; pero no sólo no se extrañaron demasiado an-

ARTURO RODRÍGUEZ – 1982

te la decisión del benjamín de irse sino que cuando se enteraron, su furia resultó bastante breve, más bien para cubrir las formas. En definitiva siempre había sido el raro de la casa; un desenamorado de la tierra, más afín a las letras y los números que a las tomateras, más a gusto en las oficinas del colectivo campesino, con sus cuentas y sus papeles, que entre tractores, arados y machetes; más dado a las novelas de televisión o a las musiquitas del radio que a guateques, y ni hablar de los mítines de reafirmación, a los cuales bien sabían que asistía de muy mala gana; y mucho más interesado en los animales del campo cuando se los servían a la mesa que a la hora de engordarlos.

El único de sus hermanos que, por rebelde, hubiera podido acompañarlo, el mayor, había muerto hacía tiempo, cuando él apenas levantaba dos cuartas del suelo. Lo recordaba como nunca ahora, con algo de horror, cuando se asomaba a esas alturas, desacostumbradas para alguien como él, criado sin saber qué eran una montaña o una loma. En rebeldía se parecieron; en cuanto a gustos, este primogénito había sido su polo opuesto. Su perdición fue el nuevo edificio comunal; alejarlo, siquiera unos metros, de los animales y la tierra. Se trastornó desde el día en que tuvo que mudarse a ese batey de cemento construido para aglutinar a los guajiros de la zona. Los nuevos edificios, pulcros y cuadrados, a donde los mudaron, que más que inicio de un pueblo parecían residuo montaraz de una ciudad abandonada, no lo satisficieron. Añoraba como una cavernícola el piso de tierra con nigua y el techo de guano con goteras de su bohío, y mientras el hermano más chiquito, el ahora marielito, se entretenía empinándose para disfrutar, como trepado a un árbol, de la vista contemplada desde su designado tercer piso, andaba el mayor siempre atolondrado por la altura, dando vueltas por los cuartos como un trompoloco, alterado por la desapacible distancia ente sus habitaciones y la tierra firme. Lo alteraba sobre todo la separación de los animales, la imposibilidad de vivir como antes, metido a toda hora entre las cagadas del gallinero y el fangal de los cochinos, e incluso se incorporaba a disgusto a las labores campesinas de conjunto, pues siempre había sido un solitario, más dado a conversar consigo mismo que con los demás, a quienes si acaso recibía de uno en fondo, reacio a las cumbanchas colectivas o a los atardeceres de butacas en redondo.

Empezó por meter en la nueva casa unos cuantos conejos, aprovechando su silencio y burlando así las normas de higiene, y los puso a hacer fértil cría en una esquina de su habitación. La negativa a su petición de guardar puertas adentro una chiva, como mascota equivalente al perro de otros, lo mantuvo semanas en un silencio más meditabundo que de costumbre. Al cabo, amaneció un día en el baño una diminuta puerquita traída en secreto en plena oscuridad; la metió el joven rebelde en la bañadera encima de un costal de fango y la puso ahí a engordar, viéndose obligada la tolerante familia a bañarse sobre una palangana, con jarritos de agua que empapaban el piso y junto al concentrado olor a establo de la crecida puerca, pues para evitar un gruñido delator, el hermano mantenía la ventana del baño cerrada al sol y sombra. Pero entre la peste filtrada por entre las rendijas del edificio y los gruñidos cada vez más adultos de la lechona, tan alarmantes a veces de noche que mantenían a su dueño en vela calmándola, quedó delatada la clandestina presencia, fue emplazado el muchacho y se le obligó, tras un regaño público, a deshacerse de la cebada puerquita, con la amenaza de un castigo si se repetía el retrógado hecho. Le dio entonces al cerrero hijo por irse a dormir de noche al aire libre, entre los matorrales del contorno, hasta que una noche la milicia vigilante estuvo a punto de meterle un tiro al avistarlo en la oscuridad entre los pastizales, confundiéndolo con un saboteador. Se le conminó entonces con más severidad a vivir como los demás y a dejar atrás hábitos del pasado; cayó un par de días en un feo mutismo y una tarde, sin un indicio ni mucho menos un aviso, se lanzó al vacío desde el balcón de su tercer piso y lo hizo con bastante ímpetu, como para asegurar un definitivo descalabro al llegar abajo, hundiéndose tan certeramente la sien que al médico ni siquiera se molestaron en llamarlo de urgencia.

Se sumía el emigrante en este recuerdo, reavivado por el viaje y las alturas, y en el del ahora imposible cariño del hermano que a partir de este suicidio quedó como el mayor. El mejor adaptado de todos a los cambios, y a la vez, quien mejor parecía conocerlo o, por lo menos, tolerarlo. Inquieto desde pequeño, este nuevo primogénito echó mano a cuanta oportunidad llegó a la cooperativa y terminó por resultar el único de la restante prole en hacer carrera y salir del monte con un título. Se estableció en un pueblo cercano con parque, hotel y cine, a donde llevaba al menor de la familia los domingos en que éste le hacía una de sus frecuentes visitas, ansiosos por alejarse de los surcos. Esta distancia de su casa al pueblo, aunque corta, impidió al tránsfuga despedirse, a la hora de la partida, de este hermano preferido y de su reciente cuñada. Seguramente fue mejor así: en ese momento final, el ideario habría prevalecido sobre los sentimientos fraternos y el adiós, entre recriminaciones y, posiblemente, insultos, no le permitiría conservar de sus hermano tan cariñosas memorias.

A estas melancolías dedicaba horas, más de las que consideraba prudente su anfitrión en el rascacielos neoyorquino. Era éste un primo recóndito, ido de la isla natal al despuntar la adolescencia y bien enraizado ya en su islote adoptivo, quien lo consolaba asegurándole que en cuestión de meses, cualquier hermano, por enfurecido que pudiese estar de momento, recibiría complacido sus cartas y sus fotos, leería con orgullo los relatos de sus éxitos; por eso lo instaba, recalcándole tanto la necesidad de distraer sus meditaciones como de prosperar, a no ser tan selectivo con su primer trabajo: las mugrientas factorías rechazadas de plano por su huésped no tenían por qué ser vistas como infernal callejón sin salida sino como primer escalón de ascenso en su patria de adopción. Si estos animosos discursos se debían en el fondo a disgusto con el ocio de su invitado, no lo decía ni lo parecía; sí le molestaba mucho en cambio la manía de su protegido de pasar horas en la elevada terraza, clausurada por él durante mucho tiempo, antes de la llegada del viajero, debido a una combinación de malos recuerdos, superstición y vértigo.

Esta mala disposición del primo a las alturas no era congénita; nació de episodios de cariz casual, entrelazados mentalmente por él en una especie de presagio que llegó a dominar sus conciencia, más arraigado que las argucias del mejor siquiatra. Pero es que el balcón había sido escenario o palco de tragedias que le habían calado hondo, y conociéndolas, no resultaba justo reprocharle el malestar que le entraba cuando descubría una vez más a su invitado derrochando el día en la proscrita almena.

La primera de las desgracias tuvo como protagonista a un peludo perrito, compañero suyo de muchos años y viviendas. El animal tenía fama de torpe, defecto achacado por los más compasivos a la abundante melena que le caía sobre los ojos y a la cual atribuían sus tendencia a corretear por la casa dándose continuos cocotazos con los numerosos muebles, macetas o adornos esparcidos con calculada visión decoradora por su dueño. Yendo algo lejos, amigos de más confianza llamaban a veces bruto al perro, adjetivo que el ama tomaba como broma, aunque no dejase de darle cierta tristeza tanta brusquedad y asegurase luego al animalito, cuando los dos quedaban solos, que se había tratado de un juego, de palabras dichas sin ánimo de vejarlo por quienes no atinaban a captar su infantil gracia. Llegaba si acaso a molestarse con las carcajadas de los más hirientes, que se retorcían dando palmadas cuando veían al perro trabado en su camino a la cocina, capturado por el retorno demasiado súbito a su sitio de la puerta de vaivén. Consciente, no obstante su cariño, de las limitaciones del animalito, su dueño hizo colocar en el balcón, desde el primer día de la mudada, una malla metálica de cuatro pies de altura, cerrando los amplios espacios que quedaban entre los barrotes, por los cuales el perro podría escurrirse ignorante al vacío. Fue acierto, pues a la primera oportunidad se iba el animalejo a husmear la tela metálica, en busca de algún boquete por donde salir a explorar los amplios y atrayentes espacios. Finalmente demostró una mañana el perro que lo torpe no quita lo ágil y, más alborotado que de costumbre ante el gesto de su amo de echar mano a la correa prometedora de su paseo matinal, empezó a dar agradecidas carreras por toda la casa, dándose trastazos contra las patas de sillas y mesas, contra puertas y paredes, resbalando sus uñas por los trozos de pulido suelo dejados al descubierto por las alfombras, y al descubrir abierta la puerta del balcón, se lanzó entusiasmado hacia ella, rompiendo con este desvío la simetría de sus vueltas en redondo, y concluyó su carrera con un imposible salto que superó la malla protectora y lo envió por los aires con un ladridito feliz, que sonó como un tañido a oídos de su boquiabierto dueño, a quien no quedó más remedio que recoger poco después sus desparramados restos de la misma acera donde a diario lo había llevado a dar sus biológicos paseos.

Tras este salto mortal quedó relegado el balcón, desdeñado por su inquilino como lugar con salación. Lo usaba sólo un momento cada mañana, cuando salía a escrutar la temperatura antes de vestirse para la calle, siendo estas visitas un poco como jaculatorias cotidianas al amigo desaparecido. Se cerraron del todo las puertas de la terraza, como si ésta fuese un mausoleo embrujado, cuando uno de esos amaneceres, a la hora de salir a tantear el tiempo, descubrió el hombre un movimiento en la acera y al localizar con sus prismáticos en centro de atención, vio un bulto escachado sobre uno de los autos parqueados en la cuadra. Era una bolsa plástica, hundida por el peso y la larga caída contra el techo del vehículo, al parecer lanzada sigilosamente de madrugada con los residuos de una fiesta. Una vez abajo, siendo ya uno más en la aglomeración de curiosos, pudo ver que la bolsa de basura había servido en realidad de mortaja a un hombre cuya sangre teñía con aparatoso diseño la envoltura plástica que lo conservaba, en una especie de saco fetal. El difuminado del envoltorio y el impacto se combinaban para dar al muerto un regresivo aspecto de pez: sus formas y proporciones habían sido alteradas por las arrugas del plástico y por sus derramados humores, hasta hacerlo parecer ajeno al mundo; las facciones del descartado individuo se habían deformado al estallar, proyectando sus boca hacia adelante como un hocico y con un ojo salido de su órbita, colgante y desmesurado, que concentraba abierto su espanto, mientras brazos y piernas se desarticulaban en todas direcciones, como si se tratase de un animal cartilaginoso. Este puntillazo generó en el inquilino de la torre un incontrolable vértigo y aunque trataba de disuadir a su pariente del Mariel de su afición por el balcón, toleraba su manía, sobre todo porque no estaba dispuesto a salir allí a convencerlo de que entrara; prefería no mirarlo e intentaba alejarlo de su puesto de vigía con tretas bastante evidentes, buscándole ocupaciones dentro de la casa o solicitando su compañía, pero sin franquear jamás el umbral del maldito balcón.

Una de las tardes en que el emigrado disfrutaba de su privilegiado palco, maravillado ante los copos que comenzaban a caer y deseoso de ver por primera vez a la ciudad cubierta de nieve, llegó el primo del trabajo y esta vez no tuvo que recurrir a trucos para hacerlo entrar; le bastó mostrarle la carta que traía en la mano, cuyo sobre grisáceo, abultado por un exceso de papeles metidos dentro a la fuerza, delataba de lejos su procedencia. Llevaba el viajero mucho tiempo esperando impaciente esas primeras noticias de su familia, no acostumbrado todavía a los sigzagueos y demoras que la distancia diplomática entre sus dos cercanos países obligaba a recorrer a la correspondencia. Rompió el sobre con dedos medio entumecidos y la actitud de quien abre un baúl descubierto en un desván olvidado, cuyos secretos le tomará un buen rato descubrir. Apenas dos párrafos estaban destinados al saludo, a preguntar sobre su situación y salud, y a aclararle que todos en la familia, menos uno, se encontraban tal como los había dejado. El resto de la carta estaba dedicado a narrar con lujo de detalles la desagradable suerte de ese uno: el hermano mayor no visto al partir, cuyo superior destino se había desmoronado frágilmente en media tarde.

Apenas días después de partir el más joven de la familia hacia su exilio neoyorquino, sorprendió el mayor de sus hermanos a sus superiores con el aviso de que deseaba tomar él también rumbo norte. Jefes y colegas quedaron perplejos, al enterarse de que la aparente complacencia de su compañero con su situación no había sido sino prudente disimulo. Al hacer confiadamente este anuncio, perdía de vista el hombre la diferencia entre sus posiciones: la partida del hermano del campo no le había importado a nadie; de poco servía un joven tan poco dado al aire libre, tan poco ducho en las siembras o las marchas y algo sospechoso siempre por su afición a la vida contemplativa. El caso de este segundo disidente familiar era distinto: se había hecho holgadamente de una profesión, y ahora, descaradamente, quería irse a practicar sus conocimientos a otra parte. Intolerable, fue la respuesta inmediata a su oficial petición.

Con pelos y señales, evidentemente necesitados a compartir su pena, contaban sus padres en la carta lo ocurrido al hermano por atreverse a plantear esta ilusión de sumarse a la flotilla. Después de unas cuantas amonestaciones dadas a gritos, lo encerraron sus jefes en la habitación, regresando al cabo de un rato que, según atemorizados cálculos posteriores del detenido, debió de durar no menos de una hora. Suponía en su temor que vendrían a llevárselo preso pero no lo hicieron, limitándose a comunicarle que lo botaban del trabajo y a indicarle la puerta de la calle. Sus padres no presenciaron lo sucedido después pero pudieron reconstruirlo a cabalidad gracias a la confidencial amistad de mucho testigos; algunos sumados a la cumbancha protagonizada a pesar suyo por su hijo, aunque aseguraron que de mal gana y juraron no haber estado en primera fila.

No bien traspuso el hermano la prescrita puerta, confrontó a una furibunda multitud congregada en la calle, la cual lo despreció enardecida a coro y le cayó encima a empujones y golpes tan pronto bajó de la acera. La noticia de su vuelco había circulado a gran velocidad y el pueblo entero parecía haberse dado cita para escarmentarlo; lo mismo militantes convencidos que espontáneos decididos a no perderse este carnaval a destiempo. Al cabo de un buen rato de molesto zarandeo lo situaron al frente de todos ellos, como unánime rey Momo, y le indicaron el rumbo a emprender, calle arriba hacia su casa. Pero no solo; partieron todos en comparsa cerrada por un auto que aunque parecía seguirlos, servía para dar ritmo al cortejo, ya que desde el primer momento, uno de los principales juegos de la bachata consistió en encontrar velocidad precisa a la procesión. Quiso en un principio el proscrito echar a correr pero un par de palos anónimos asestados a sus canillas le indicaron que no era cuestión de liquidar así como así la fiesta, obligándolo a mantenerse a un paso que, aunque decidido, no podía ser nunca galopante, cuestión de darle tiempo a escuchar cómo lo llamaban arrastrado, escoria dispuesto a venderse por unas camisitas, lumpen limpiainodoros, y cómo ponían a gritos en duda sus moral, llamándole tarrudo, preguntándole qué haría en el extranjero con su mujer, o maricón, acusándolo de querer ir a comprarse pantaloncitos ajustados con los que salir a contonear sus nalgas. Esta imagen daba pie a algunos a iniciar vodevilescas imitaciones de esos meneos futuros, con lo cual el desfile se convertía en animada conga, en fiesta callejera donde el único que desentonaba era él, callado y encorvado al frente en medio del gran guateque, como un extraño bufón taciturno.

A medida que avanzaba, aquel carnaval sin ley iba perdiendo sus inhibiciones. La insistente mención de sus nalgas terminó por resultar un estímulo para varios corifeos, que le dispararon al muchacho varios planazos o correazos en el culo; cuando sus seguidores notaban que estos tarrayazos impulsaban a su guía a acelerar el paso, lo frenaban con un nuevo estacazo asestado a la inversa, contra piernas o costillas, indicándole con esos apuntes el ritmo exacto al que deseaban verlo marchar. De todos modos, a pesar de estas diversiones y de las palmas y los coros con que los festejantes mantenían en todo momento la alegría de su ritual, habría resultado muy cansón el viaje hasta la casa con este único recurso de la pateadura, y algún fulano, harto de lo mismo, se adelantó y sacando de no se dónde unas tijeras, se le colocó al lado. Poco ánimo quedaba al penitente; leve y desganado fue el gesto con que, al verla, buscó evitar el arma amenazadoramente esgrimida junto a su cabeza, aunque bastó este ademán de escudarse para merecer otro golpe o una teatral llamada al orden, conminándolo a no protegerse y acusándolo de considerar homicidas a sus compañeros de paseo. Sin detener del todo el avance de la multitud, si acaso animándolo un poco para hacer gala de destreza, alzó su escolta las tijeras y, sin dejar de caminar, comenzó a raparlo al descuido, con torpes cortes, a cada uno de los cuales despojaba de un mechón al frustrado marielito; a la vez le vociferaba al oído, como para que ningún espectador dejara de escuchar su improvisación, que no podría lucir sus greñitas de loca si por fin viajaba al extranjero. Con tanta sacudida y tanto susto, tanto contoneo y tanto tirón, terminó el castigado por agotarse y caer de rodillas al camino, momento aprovechado por su barbero voluntario para detener un instante la procesión y rasurarle el cráneo al cero; buscando añadir nuevo entretenimiento, recogió buena parte de los mechones cortados y se los metió al rapada en la jadeante boca, exigiéndole que se los comiera. Tosía el hombre, atragantado con este imposible alimento, y al escupirlo al suelo entre resoplidos lo volvía a recoger su barbero y de nuevo se lo ponía en la boca, con un poco de polvo del camino a manera de sazón, mientras otros lo alzaban por los sobacos sin tener en cuenta sus estertores y ahogos y le ordenaban que siguiera caminando. Echó a caminar de nuevo, llevando en el rostro aquella maraña de pelo, que le brotaba de entre los labios como una extraña barba crecida fuera de sitio. Cayó al fin redondo al suelo y pareció imposible a todos volverlo a levantar, así fuera a puntapiés; tirado de costado, resoplaba entre su alterada pelambre. Tocó entonces al auto el turno de participar en la ceremonia: con unos cortos bocinazos avanzó entre la obediente muchedumbre, abierta hacia las cunetas para cederle el paso, y levantó una calenturienta polvareda hasta detenerse a pocos centímetros del penado, que luchaba por enderezarse entre estornudos. El susto del caído al ver al lado suyo esta mole, al parecer dispuesta a pasarle por encima, pudo más que su molicie, y al cabo de varios esfuerzos coreados por su comitiva con gritos y chiflidos, pudo alzarse del todo, acompañado su triunfo por aplausos de coña. Reanudó su marcha, ahora coja, con el auto justo sobre sus talones: a cada vacilación, era espoleado el penitente por un fotutazo, y a cada tropezón, a cada amago de genuflexión, le recordaba el auto con un toque, prudente pero amenazador, de su defensa, que no tenía derecho a esas paradas y que una caída imprevista ante sus ruedas podría resultarle fatal. Así y todo, tuvo varias antes de llegar a la meta, donde lo esperaban su casa y su mujer; ésta, asomada de lejos al portal, no pudo ver en qué consistía el asombroso cortejo hasta tenerlo casi adelante; le resultó imposible reconocer a distancia y entre el polvo ni la rapada cabeza ni el amoratado rostro ni la desgarrada ropa de su marido, que avanzaba semidesnudo a trompicones hasta su último refugio, empeñado en alcanzarlo y a la vez terriblemente temeroso de que, a su llegada, aprovechase la multitud para incorporar a su mujer al baile. No hizo falta llegar; estando todavía a media cuadra, fue reconocido; pero no estaba en el programa sumarla a ella a la fiesta. Al contrario, cuando quiso salir fue recibida en la acera por un desafiante vocerío, y su atolondramiento al no hacer caso de advertencias y pretender irse de verónica a enjugar el sudor de su marido le valieron un par de empujones, por lo que retrocedió aturdida hacia su casa, más allá de la infranqueable línea imaginaria impuesta por la multitud. Se detuvo el auto justo ante su puerta con un ronquido, como presentando al hombre en ofrenda, aunque lo que el esperanzado protagonista de la tarde de fiesta calculó serían cuatro pasos resultaron más de cuarenta, en una divertida ronda final presenciada indefensa por la mujer: se fueron pasando todos al pelele por el alegre ruedo, dándole cada cual un recuerdo, hasta que uno de los jugadores le agarró los restos de los pantalones por las nalgas y lo lanzó de un empellón al portal, contra su mujer, tirándolos a los dos al suelo en un despatarrado abrazo.

A manera de coda, contaban sus padres al emigrante que aunque estas furias colectivas habían amainado, permanecía su hermano lelo en casa sin saber qué hacer, apresado en la isla por la conclusión de la fugaz flotilla. desempleado y sobre todo aterrado de asomarse a la calle, con un miedo tan atroz a cualquier contacto con sus semejantes que su mujer lo consideraba candidato a un derrumbe catatónico.

Había dejado casi de nevar. Sin necesidad de asomarse al balcón pudo ver por el ventanal el marielito, dejado a solas con la carta por su discreto primo, cómo calles y edificios habían quedado cubiertos por un ondulante colchón blanco. Salió afuera, a la temida terraza, y ensimismado en la evocación del relato recién leído, no notó algo que jamás había escuchado ni imaginado: el pulcro silencio de la nieve. El sol comenzó a brillar sobre las blancas lomas y no obstante la altura, distinguió a la gente un gran precisión, silueteada contra la alfombrada calle. Escuchó el motor de un avión que salió de entre las nubes por el este, y aprovechó su paso para observarlo sin quitarle la vista, concentrado en él al mismo tiempo que se alzaba sobre la barandilla y se impulsaba, lanzándose los veintitantos pisos para abajo, hasta golpear la nieve en un murmullo y desmadejarse se cuerpo como un muñeco de tela entre el embarre rojo, pronto cobrizo, perfectamente dibujado contra la blancura de la avenida, visible incluso desde el avión que cruzaba Manhattan y tomaba altura, rumbo a los trópicos.

## *FRANCISCO VIVES GÓMEZ*
## *(PANCHO VIVES)*

*Nació en Madrid, en 1930, de padre español y madre cubana. A los cuatro años se traslada a La Habana con su familia. Allí hizo sus estudios primarios y en 1948 se graduó de bachillerato en el Colegio de La Salle del Vedado. Más tarde regresó a España y obtuvo su Licenciatura en Filosofía y Letras en la Universidad de Madrid. Regresó a Cuba en 1959, pero en 1960 retornó a Madrid y se dedicó al teatro y a la creación literaria. Entre sus libros publicados se cuentan las novelas:* Claudia a Teresa *(1974),* El momento del ave *(1980),* Puertas giratorias o Los reveses de las sílabas *(1980),* Ruyam *(1990) y el volúmen de cuentos* Por la acera de la sombra *(1982). Falleció recientemente en España.*

## MI ABUELA TENÍA ALAS COMO LOS GATOS

*A Marisol Gómez-Mena*

Mi abuela tenía alas, como los gatos, pero no eran peludas como las alas de los gatos.

Mi abuela tenía biblioteca, como los sabios, pero nadie leía los libros porque nadie era sabio.

Mi abuela tenía su sillón de caoba y rejilla, y su bata de encaje blanco, y su abanico de sándalo.

Por la tardecita, ventanas abiertas, mi abuela batía la brisa con su abanico de sándalo y sus alas de gato, la brisa salía espumosa por la rejilla del sillón de caoba.

Minimaus era una niña con ojos como desconchones y un cerquillo como un ala, no de gato, de totí adormilado.

—Minimaus, no abras tanto esos ojos, que se te van a caer al suelo y luego se los come el perro.

—Si a mí el perro me come los ojos, yo me como los suyos.

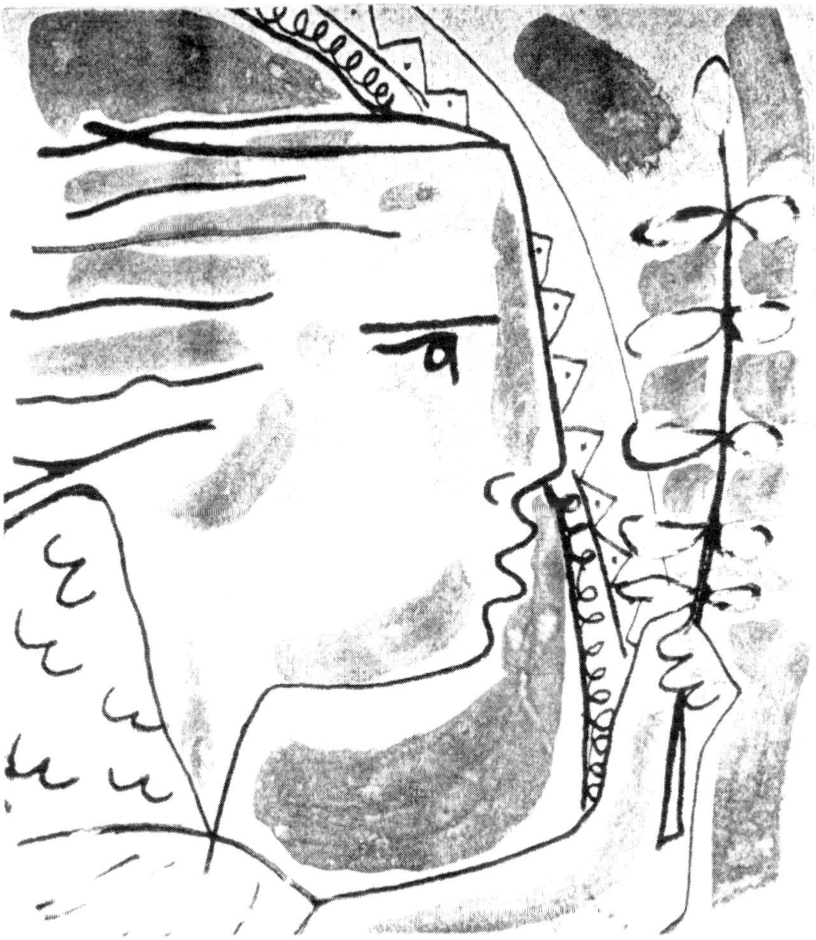

—Tu primita es un bicho.

Eso fue una vez que vino Ignacito, antes de que le regalara la motera en forma de corazón a Elodia. Elodia iba a las Teresianas y había cumplido ya trece años.

En casa de mi abuela dormíamos dos en cada cuarto, Elodia era la única que tenía cuarto para ella sola, no sé por qué rayos al cuarto de Elodia le llamaban el "boudoir", debe ser que era chiquitico y tenía la cama en forma de sofá.

Mira que la casa era grande, y tenía cuartos; por la parte que daba al mar había un pasillo de mármol donde vivía tío Richard con una americana de esas con las que se casaba de vez en cuando, y pasado el cuarto de plancha estaba el de costura, y unos cuartos de criadas y otros con baúles, y más allá doblaba, y seguían tornos y unos "freezers" echados a perder y jaulas oxidadas y una volanta sin ruedas y nunca pasamos de la selva de sillitas doradas que se estaban volviendo verdes con la humedad, a saber lo que habría detrás. Y por la parte del jardín dormíamos todos los nietos que nuestras mamás y nuestros papás dejaban en depósito a temporadas en casa de la abuela, siempre estábamos muchos de turno, como todo el mundo sabe mi abuela tenía nietos que ni siquiera eran de ella, los había heredado, junto con la casa, de su marido el hacendado y de su marido el coronel y de un marido gallego que no sé si era el hacendado, había algún marido que no contaba porque le salió fulastre y se le murió sin que ella se diera ni cuenta, y de sus hermanas que a cada rato mandaban nietos de repuesto, y de su hija la más chiquilla que desde que la vaciaron cada vez que estaba al borde del delirium tremens sacaba un niño de la Beneficencia y cuando la desintoxicaban en la clínica le traspasaba la criatura a mi abuela, mi abuela casi siempre compraba las cosas por teléfono y nunca devolvía nada aunque no le sirviera, por eso había tanta sillita dorada y tanto nieto, y por eso, a pesar de que en la parte del jardín había como treinta habitaciones, teníamos que dormir por pares como los zapatos. A mi abuela le cabía todo debajo de sus alas de gato, claras como la noche.

Minimaus estaba fija —nunca hasta hoy se me había ocurrido pensarlo— pero creo que era la única que de verdad había nacido en la casa.

—Déjame tocarte las masitas, mamasita.

Minimaus no podía estarse quieta, le gustaba fastidiar a mi abuela, cuando se fumaba su tabaquito en el sillón de caoba y rejilla.

Ignacito dijo: —Óyeme, mi amiguito, tu abuela debe botar el humo por el fondillo, porque estuve como una hora vigilándola y siempre se lo traga, pero no le sale por ningún lado.

Yo no supe cómo tomármelo, con Ignacito uno nunca estaba seguro de si trataba de hacer un chiste o lo estaba insultando a uno, el pobrecito era sangrón, chistoso, pero sangrón.

—Es que mi abuela es asmática.

—Tía Betina también es asmática y mató un pulpo.

—¿Debajo del agua?

—Claro, como no necesita respirar.

—Tú ves, ¿qué te decía yo?

—¿Tu abuela pesca debajo del agua?, tía Betina se pasa la vida en eso.

—¿Mi abuela?, ella se crió en Cárdenas, de chiquita mató una tintorera de un trompón.

—¡Ño! ¡No comas mierda, viejo!

—Bueno, ¿de dónde tú crees que le salieron las alas?

Minimaus no podía estarse quieta, le gustaba fastidiar a mi abuela cuando se tomaba su daiquirí en el sillón de caoba y rejilla. El daiquirí se lo traía el criado en una bandejita de plata, no era un daiquirí comebolas de esos con hielo frapé y clara de huevo batida, era un daiquirí de hacendado antiguo, de coronel antiguo: ron, limón y azúcar, sacudido a fuerza de brazo con el hielo entero para que no quedara aguado. Porque mi abuela, con sus alas y todo, cuando se ponía a ser un caballero era un caballero. Y el criado era maricón, y la bandejita de plata francesa, como deben de ser esas cosas.

Minimaus no podía estarse quieta, se le trepaba por un hueco que había entre la bata de encaje y el abanico de sándalo, y le tocaba las alas.

—¡Niña, que me derramas el trago!

—Mamasita, si no me dejas tocarte las masitas le enseño el fondillo a las visitas.

—No le haga usted caso, senador, es que esta niña siempre tiene calor.

El boudoir de Elodia daba a la terraza, todas nuestras habitaciones daban a la terraza, por la terraza echábamos carreras en patines, pero sólo una vez pudimos recorrerla toda, y Minimaus, que se suponía que hiciera de "referee?, se cansó de esperar a que volviéramos y se metió dentro de la casa.

Ignacito venía a patinar, y ahí mismo fue donde le regaló la motera en forma de corazón a Elodia. Ignacio iba al colegio conmigo. Ignacito y Elodia se pusieron a jugar al tieso-tieso en patines.

Mira que Elodia era buena patinando, me acuerdo de cuando hacíamos cadena, nos agarrábamos todos de las manos —a veces éramos como catorce o quince— y íbamos como balas, de repente el de

551

una punta paraba y tiraba del grupo, había que agarrarse duro para no salir disparado, sobre todo el de la punta de fuera, y a Elodia le había tocado muchas veces, y había que tener cuidado con las baldosas, que algunas tenían un bordecito levantado —así fue como Raúl se partió el brazo— a Minimaus, como era más chiquita, nunca la metíamos en eso.

—¿Vamos a bailar el vals?

—¡Ignacito está guillado! ¿De cuándo acá sabe bailar el vals?

—Cállate la boca, socotroco, bailo el vals y el danzonete.

—¿Con patines?, va a haber que buscarles un contrato con Sonja Heine.

El vals, como lo veíamos en las películas, no era así. Ignacito y Elodia le metieron al cheek-to-cheeck.

—¡Ay que sofocación, estoy sudada!

Elodia se apartó, Ignacito la agarró por las manos, y fue cuando empezó el tieso-tieso.

—¡Alabao que rápido, van a batir el récord!

—¡Para, que me sudan las manos, para, que me mareo!

Elodia salió como un trompo, y al llegar a la barandilla en lugar de agacharse dio una vuelta a carnero.

El grupo de la pantera con la mujer encuera no se rompió, y eso que Elodia les cayó arriba mismo, pero como eran de Carrara, y mira que Elodia estaba gordita, la abuela siempre le estaba diciendo:

—"Elodia, mijita, tienes que adelgazar, estás demasiado formada para tu edad, yo no sé lo que va a ser luego".

Y luego fue el entierro de Elodia, quedó de lo más bueno, vino la Habana entera, y la gente de Cárdenas, y de Sagua, y de Hoyo Colorado, y de Jagüey Grande, había un matrimonio de Sibanicú.

Mi abuela cambió de encaje, el blanco por el negro, y de abanico, el sándalo por la laca china, y cambió de la biblioteca para la salita de música, que lucía más de luto por el piano de cola, y cambió el sillón de caoba y rejilla por una silla azul, que le decían pompeyana.

Pasó nueve días arriba de la pompeyana —tuvo que venir un carpintero a pegarla, se había quedado descuajeringada— los nueve días estuvo la salita llena de mujeres, los hombres se quedaban en el hall, hablando de negocios, y riéndose bajito de sus cuentos cochinos.

Pasado ese tiempo mi abuela volvió a la biblioteca, y nosotros al colegio, y el criado maricón repetía como cotorra por teléfono:

—"La señora no recibe hasta dentro de seis meses?, y mi abuela nos quitó los patines. Mi abuela los regaló al Asilo y Creche del Vedado, le dijo a la Presidenta del Comité: —"Sí, hija, si tiene que matarse alguien, que se maten los pobres, que tienen menos que perder, no voy a botar tantos patines al mar, porque eso sería ofender a Dios".

También nos prohibió que tocáramos el piano. No sé por qué nos prohibió eso, porque ninguno sabíamos tocarlo, la única que ha empezada las clases era Elodia, y sólo iba por los "paticos".

Minimaus no podía estarse quieta, y tuvo bronca con Miss Trimalta, que era la que dormía con ella, Miss Trimalta era una pesada, de los nietos era la única a la que le gustaba la Trimalta, por eso la llamábamos así, no que fuera nada nuevo que tuvieran bronca, pero aprovechando las circunstancias.

—Mamasita, si me pones en el boudoir solita, no te voy a fastidiar más con las masitas.

—Pero el boudoir es para señoritas.

—Mamasita, quiero ser señorita, ya verás como no le enseño el fondillo a las visitas.

Ignacito no volvió por la casa, su mamá vino los nueve días de recibo, mi abuela le decía que Ignacito no tenía la culpa de nada, que pobrecito muchacho lo peor es para él, el remordimiento, tiene usted que tratar de que no piense en eso, aunque en el fondo, pobrecito muchacho, no va a poder olvidarlo nunca.

—Oye, a tu amigo no me lo traigas más por aquí, y no le guardo rencor, pero prefiero no verlo —eso me lo dijo a mí.

El hermano Basilio nos mandó que saliéramos al patio a sacudir el polvo de tiza de los borradores de las pizarras, nos lo mandaba a cada rato a Ignacito y a mí.

—Oye, ¿tú sabes qué pasó con la motera que le regalé a Elodia?

—Más nunca la vi.

—Si la encuentras ¿te importa dármela?

—¿La quieres como recuerdo?

—No, es que me costó cinco toletes, y ahora tengo una chiquita nueva, y no sé que regalarle.

—Chico, yo no pudo creer que esa señora que vino a casa sea tu madre.

Me hizo un chichón tremendo con la tabla del borrador —le di una patada en la espinilla—, el hermano Basilio nos tuvo una semana en la Quinta, que era la clase donde lo castigaban a uno por la tarde. Lo malo, que mientras yo copiaba el subjuntivo de verbo absurdos, que no los dicen ni las compañías de Zarzuela que vienen de España, —pluguiera o pluguiese— tenía a Ignacito al lado mío, y me acordaba de Elodia, y del boudoir.

Raúl, y yo dormíamos en el cuarto junto al boudoir, que era uno de los más amplios, porque éramos mayorcitos, bueno yo le llevaba dos años a Raúl, y él seguía muy niño, no tenía pelitos ni nada, ni andaba todavía pensando en muchachitas, él decía que sí, pero yo me daba cuenta de que lo único que le interesaba era jugar a la pelota. Cuando Raúl se dormía, o se hacía el dormido, yo me levantaba a mirar el boudoir por el ojo de la cerradura. Elodia andaba en refajo hasta muy tarde, mi abuela no la dejaba pintarse, Elodia ponía arriba de una silla un montón de libros que no leía nadie, como todos los libros de casa de mi abuela, servían para decorar un nicho con figuritas de marfil y un elefante de porcelana blanca, con la trompa levantada, mi abuela no quería tener en su casa elefantes con la trompa caída. Elodia se trepaba en la silla con los libros para alcanzar la lámpara-plafond, que era donde escondía sus maquillajes, una noche casi se parte una pata, pobrecita, pensar que se partió las dos.

Se pintaba con mucha paciencia delante del espejo, y luego se hacía como vestidos de noche con unos cortes de tela que tenía, y se ponía turbantes, y estaba preciosa, era la mujer más linda que he visto, y a veces se quitaba el refajo, y tenía las teticas que — pobrecita, no quiero hablar de eso — ojalá se hubiera partido una sola pata — y yo con el hijo de puta de Ignacito al lado dándole al subjuntivo.

—Chico, ¿a tu mamá le plugo estar tan gorda?
—A la que le plugo es a tu abuela, que gorda y todo se casó una pila de veces.
—Mi abuela tiene alas.
—Lo que tiene son unas masas que no puede moverse.
—Tiene alas.
—Como los gatos.
—Los gatos no tienen alas.
—Yo vi uno en el circo, era un fenómeno como tu abuela.

Y le partí una ceja con la regla, y a la Quinta otra semana, menos mal que nos separaron de pupitre.

Una nochecita, cuando yo me estaba haciendo mi pajita, Raúl ya se había dormido, como no andaba todavía en eso, va y veo luz debajo de la puerta.¡Eh, Minimaus estará despierta!, y miro por el ojo de la cerradura — Minimaus estaba trepada arriba de la silla con tonga de libros, y el elefante de porcelana, con la trompa para arriba — Minimaus tenía eso, si había un elefante de porcelana ella era la que sabía para lo que servía el bicho — ¿cómo no lo escachó? — mas nunca se supo — la punta del dedo gordo de tu pie y el dedito que tienen los elefantes en la trompa — Minimaus, a bailar la suiza las criadas españolas le dicen "saltar a la comba" — pero hacer equilibrismo sobre los bibelots de la abuelas sí que es verdad que no sé que nombre milagroso tiene.

Lo llevó al baño para lavarle la sangre — una astillita de la trompa del elefante se le clavó en el dedo gordo del pie a Minimaus — el elefante lavado volvió al nicho de adorno. Minimaus después que se puso su esparadrapo en el dedo, se pintó toda, como Elodia, pero como era chiquita no esta linda, parecia un payaso, y con la motera de corazón se dio polvos en el escote, en las clavículas, porque a su edad Minimaus lo que tenía eran clavículas.

Mi abuela era de esa gente que no veía nunca nada y era como si lo viera.

—¡Ya no hay criadas buenas! ¿Quien me rompería el elefante chino?

—Está entero, mamasita.

—No, que le falta una astilla.

¿Quién me botaría polvo en la alfombra color vino?

¿Niña, tú como te pinchaste ese dedito?

—Ay, yo no sé, con esas sandalias lo llevo tan bobito.

—A ti te gustaría llevar zapaticos, no es cosa de niñas el tacón fino.

—Ma masita, ¿dónde tú vas con tu mantilla?

—A ponerle a Elodia una velita.

—Mamasita ¿tú me quieres mucho?

—Como el maní al cucurucho.

—Entonces ponme mi velita.

—Tú estas viva mijita, tú lo que necesitas es agua bendita.

Y otra nochecita, que yo estaba haciendo mi pajita, una pajita de verano, de silencio, y de salivita — Raúl dormido, todavía no sueña con las artistas ——— yo no pensaba en las artistas — ni pensaba en Elodia — ni quería pensar en Elodia — que andaba como escondida por aquellas pajitas mías — sino no fuera por el salado pecado podría haber pensado que era una manera de mantenerla viva — el filito de la puerta tenía lucecita.

Me fui a ver — en la cama como sofá Minimaus dormidita — mi abuela daba vueltas en bata de encaje—blanco, blanco—bata de cuarto — se paraba y miraba la lámpara-plafond —lo que yo no veía directo, lo veía enfrente por el espejo — a mi abuela entre humedad y calor, y calor sin brisa, le sudaban con agitación la frente y las alitas, y daba vueltas y vueltas y vueltas, y se le agitó la batica, las alas eran de encaje, y le flotaban las masitas, y daba vueltas y vueltas, y se iba para arriba, y llegó hasta el techo, y se pintó dando vueltas con las pinturas de Elodia, y le vi la cara chiquita, y le vi sacarse un teta, y darle polvos con la motera de corazón, se la encogió enseguidita, y era como la de Elodia, una tetica.

Y mi abuela volando era una muchachita, y mi abuela tenía alas como los gatos que tienen una motera en forma de corazón.

Palabra de honor.

## JOSÉ LUIS VIZCAÍNO

Nació en Santo Domingo, Las Villas, en 1941. Desde niño se trasladó con su familia a la ciudad de Marianao. Sufrió tres años de prisión en Cuba por tratar de salir ilegalmente del país. En 1971 pudo salir para España, donde permaneció tres años hasta venir a radicarse en los Estados Unidos. Actualmente reside en Miami.

## EL NIÑO DEL BOSQUE

Tarde, muy tarde en la noche se oían diversos ruidos, tal parecía que el bosque discutía los últimos acontecimientos ocurridos en su interior momentos antes. Mientras en las altura, el cielo con sus brillantes estrellas prestaba atención a lo que se murmuraba por si se decía algo de él. Al darse cuenta que la conversación no era de su incumbencia, apagó a las estrellas, y a la luna la mandó a dormir tras una inmensa nube, haciendo de la noche la más oscura de todas las noches. Los árboles, al percatarse que han quedado en tinieblas interrumpen la conversación que sostienen para irse a dormir, cuando de pronto el silencio de la noche es quebrado por los gritos de una mujer.

—Pedritoo, Pedritoo......

—Tal parece que tenemos visita —dice uno de los viejos árboles que había permanecido silencioso toda la noche.

—Sí. Tal parece que ha llegado un niño hasta nosotros y está muy asustado. Creo que está perdido —le comenta un joven pino a su compañero, un roble ya entrado en años.

Mientras esta conversación tenía lugar entre los dos árboles, el niño hacia un gran esfuerzo por contestar el llamado de su madre, pero estaba tan aterrado que era incapaz de pronunciar palabra alguna.

Los árboles, al contemplarlo de cerca se dan cuenta que por la rosadas mejillas del mismo corren las lágrimas a la vez que le oyen gemir.

—¿Dónde estás, mamá? ¿Dónde estás?

Los gritos de la mujer se fueron apagando hasta que todo quedó en silencio una vez más, mientras los árboles que habían detenido el dialogo salen de su mutismo cuando una leve brisa les recuerda la presencia del niño.

—¿Han visto que niño tan hermoso? —comenta el viejo roble a otro amigo que se encontraba a pocos pasos, un frondoso abeto.

—Es cierto — le responde el abeto al comprobar lo dicho por su amigo.

—¿Qué hará a estas horas de la noche, aquí? —comenta un manzano que apenas había prestado atención a la conversación entre el abeto, el roble y el pino.

—Silencio, —dice el abeto—. De nuevo oigo los gritos de la mujer.

—Es cierto —responde el manzano—. Y está llamando a Pedrito.

—¿Como habrá llegado hasta aquí? —se pregunta el abeto.

—Por que adivinar. Vamos a preguntarle para salir de dudas —le responde el roble.

—Sí. —dijeron los demás árboles que habían puesto atención a la conversación.

—Oye niño, —dice el viejo roble de enormes ramas—. ¿Por qué no nos cuenta lo que te ha pasado?

El niño al oír una vez desconocida busca asustado en todas direcciones, pero la noche es tan oscura que nada puede ver. Bien conocía él la voz de su madre, y seguro estaba que no era la de ella, por lo que su temor fue en aumento.

De nuevo escucha el hablar de los árboles, mas él no podía creer lo que estaba oyendo, pues sabía que los árboles sólo hablan en los muñequitos que ponen en la televisión, por lo que comenzó a gritar muy aterrado.

¡Auxilio! ¡Auxilio! ¡El diablo me quiere comer!

—No temas, —dice el viejo roble—. El diablo no está en este lugar, aunque si es cierto que anda suelto por todas partes. En cuanto a nosotros no tienes que preocuparte pues no te haremos daño, eso sí, esperamos que según vaya pasando la noche nos vayas perdiendo el miedo.

—¿Acaso sabes dónde te encuentras? —le pregunta el joven pino al niño.

—No, no lo sé. Salí con mi mamá a visitar el bosque y de pronto....

—Bien, permíteme presentarme, yo soy el señor pino, ellos son el señor abeto, el señor roble, el señor manzano, la señora majagua, el señor cedro, la señora caoba, la señora guásima, la señora ceiba, el señor jícaro, la señora ciruela, el señor caimito,; más conocido por moradito debido al color de sus frutas. También están presentes el señor mamey y los niños jicarito, majagüita, roblito, caobita, en fin; si sigo presentándote a mis amigos los árboles nunca terminaremos.

Bueno, ya conoces a todos los presentes, ahora le voy a ceder la palabra a la señora ceiba por ser la que más edad tiene en nuestro bosque. Ella te va a explicar algunos aspectos interesantes de nuestras vidas.

—Gracias, señor pino. Es un honor para mi explicarle al niño parte de nuestras vidas.

En primer lugar, nosotros los árboles estamos clasificados en dos grandes grupos, maderables y frutales, y entre los maderables hay un subgrupo que somos considerados preciosos y no por el follaje de nuestras ramas; si no por la belleza de nuestra madera. Hace muchos, pero muchos años, nuestros progenitores, los llamados preciosos, como son el cedro, la caoba y la majagua, fueron llevados a España, y en lugar llamado el Escorial construyeron una bella biblioteca con la madera de nuestros antepasados. Es tal la calidad de nuestra madera que después de pasar muchos, pero muchos años aún conserva el olor y la belleza de antaño. Por cierto, allí hay muchos libros incunable.

—¿Qué son libro incunables? —le pregunta el niño a la ceiba.

—Son libros incunables los que hicieron desde la invención de la imprenta hasta el año 1550. Si no lo sabes, hay casi medio millón de ellos en el mundo.

Volviendo a nuestro tema. Puedo decirte que muchos amigos míos son medicinales y otros sombreros, mejor dicho; que la principal función es dar sombra, todos, pero todos somos proveedores de oxígeno. En cuanto a mí a pesar de los años que tengo, cuando florezco, hecho unas fibras parecidas al algodón llamada miraguano que es muy bien apreciada por los fabricantes de almohadas y colchones; también mi madera, por ser blandita, es muy apreciable para hacer canoas. Bueno, ya conoces a los aquí presentes, ahora cuéntanos qué te sucedió.

—Está bien —responde tartamudendo el niño.

—Vemos que sigues asustado a pesar de saber quiénes somos —le dice el roble—. Supongo tendrás hambre.

—Si, señor roble. No como desde el mediodía.

—Pues bien; para demostrarte que somos árboles buenos, te vamos a dar de comer. Acércate al manzano, pues el tiene unas frutas muy exquisitas. cuando las pruebes te darás cuenta que son más dulce que la miel.

Mientras el diálogo entre el niño y los árboles tenía lugar, la luna, que a medias había hecho caso al cielo, saca parte de su cabeza para enterarse de lo que está pasando y de paso dar un poco de luz al bosque.

—Pero yo soy muy pequeño y no alcanzo a coger las manzanas —le responde el niño al roble.

—Eso no es problema. Acércate al manzano y verás que muy pronto...

En eso una fuerte brisa comienza a mover las ramas de los árboles hasta que varias y apetitosas manzanas caen al suelo.

Come de mis frutas —dice al manzano—. Después que hayas saciado tu hambre nos cuentas lo sucedido.

Los minutos pasan y el niño come hasta llenarse.

—Ya vemos que te encuentras satisfecho, ahora cuéntanos lo ocurrido —le dice el manzano al niño una vez más...

—Está bien, señor manzano. Mamá y yo vinimos a visitar el bosque, pero cuando yo vi una artilla que subía por un árbol me solté de su mano y salí corriendo para cogerla y llevarla a casa para disecarla.

—¡Uff! ¡Uff! Eso está muy mal —dice el viejo roble que prestaba atención a las palabras del niño—. No sabes que para disecar un animalito tienes que quitarle la vida, y que esos animalitos muertos dejan de ser útiles al hombre. No debes matar animalitos sólo por el placer de coleccionar sus cuerpos. Hay muy, pero muy buenos libros que hablan mucho acerca de la vida de los animales y de nosotros los árboles —el roble hace una pausa en la connversación e inmediatamente continúa—. En esos libros podrás conocer mucho acerca de sus vidas y la nuestra, y sobre todo, la función que realizamos en beneficio del hombre; tal es, que hasta el reptil más venenoso es útil, pues su veneno sirve para curar algunas enfermedades, pero bueno, sigue contándonos que sucedió después que quisiste coger el animalito.

—Como les había dicho, me solté de las manos de mi madre para coger una ardilla, al regresar donde ella estaba, la vi dormida en suelo, por lo que aproveché en la oportunidad para meterme en el bosque y coger otros animalitos. Al regresar no la pude encontrar.

—Parece que el señor cedro quiere decirte algo —dice el manzano.

—Bueno, ya sabes mi nombre, pues mi amigo el señor pino me presentó, pero a mi me dicen el oloroso, pues de todas las maderas preciosas, yo soy la más olorosa. Ya sabes quienes somos, pero aún no nos ha dicho tu nombre, aunque creemos adivinarlo. ¡Cómo te llamas?

—Me llamo Pedrito, señor cedro.

—Pues bien, Pedrito. Tu mamá no estaba dormida, algo malo tiene que haberle ocurrido.

—¿Y cómo sabes que no estaba dormida si tú no estabas allí?

—Porque las mamás no duermen cuando los niños están despiertos y mucho menos en el bosque, donde hay tantos peligros.

—No lo sabía. Yo lamento mucho lo que ha pasado —dice el nio medio compungido.

—De nada sirve que te lamentes, Pedrito —interrumpe el cedro al niño.

Mientras el cedro y el niño conversaban, la majagua estaba desesperada por tomar parte en la conversación, pues quería decir unas palabras.

—Está bien, señora majagua, ya puedes conversar con el niño —le dice su amigo el cedro.

—Gracias, amigo Don cedro.

Pedrito, ya me conoces y sabes también soy una madera preciosa, aunque mis amigos me dicen la gordita, por lo que peso, pero lo que no sabes es que soy una de las maderas más duras que existe en el mundo, tal es, que los mejores bates de jugar pelota están hecho de majagua, yo también poseo otras muchas cualidades, y una de ellas es que tengo vetas más bellas que te puedas imaginar, por lo cual mi madera es muy solicitada por los carpinteros que hacen muebles de calidad. Pero bueno, lo que yo quería decirte es que los niños nunca deben separarse de sus mamás. Por no hacerle casa a ella te has perdido en el bosque, y ella al recobrarse y no verte a su lado comenzó a llorar pues piensa que algo malo te ha sucedido. Y todo porque tú eres un niño desobediente. ¿Acaso eso no te apena?

—Si, señora majagua. Estoy muy avergonzado.

—Nunca más desobedezcas a tu mamá, cuando las madres le dicen que no a sus hijos, es por el bien de ellos.

—Señora majagua, yo estoy arrepentido por lo que hice y me apena mucho que ella esté sufriendo por mi culpa.

—Nos alegra que estés arrepentido, pues eso nos demuestra que a pesar de todo eres un niño bueno. Me parece que el señor mamey también quiere hablar contigo —dice la majagua.

—Es verdad Pedrito, pues quisiera contarte una tragedia que sucedió hace unos meses a unos amigos míos al otro lado del río.

Unos niños que iban montando bicicleta hicieron un alto a la orilla del bosque, entonces encendieron una fogata para asar unas chuletas que traían, pero a los pocos minutos se fueron a bañar al río y se olvidaron del fuego que habían prendido, en eso un aire fuerte se hizo sentir expandiendo el fuego a las hojas secas que habían alrededor, y en menos de un minuto la candela llegó hasta el bosque. Mis amigos los árboles se aterrorizaron al ver que iban a morir calcinados por el fuego, ellos le suplicaban a las nubes que dejaran caer la lluvia para apagar las llamas, pero a muchos kilómetros de distancia no había una sola nube que tuviera el precioso líquido, no obstante haberse extendido el fuego al bosque muchos de nuestros amigos pudieron sobrevivir a ese siniestro, pero otros perdieron la vida y los más quedaron tan quemados que creemos no se salvarán, y todo por culpa de niños desobedientes. Si tú no lo sabes, nosotros los árboles ayudamos al hombre en muchas formas, y una de las más importante es hacer que las nubes dejen caer la lluvia para que los campesinos puedan sembrar la tierra y recoger sus cosechas, también somos proveedores de oxígeno. ¡Sí! No te asombres. Ese oxígeno que tú respiras es puro porque nosotros constantemente lo estamos regenerando, pues si no lo hiciéramos así, no habría quien viviera en este planeta, pues los hombres con sus enormes industrias constantemente están envenenando la atmósfera.

También otros hermanos nuestros son medicinales, otros frutales y hasta nuestras hojas secas sirven de abono para que los arbolitos puedan crecer fuertes y saludables.

Veo que estás bostezando, lo cual quiere decir que tienes sueño, y ahora que digo sueño. ¿Te has puesto a pensar dónde vas a dormir esta noche?

—No, no lo sé señor mamey.

—Pues bien; ves aquél árbol grueso, en su centro tiene un enorme hueco, en el echarás un poco de hojas sedas, allí podrás dormir tranquilo y estarás resguardado de los animales malos y de la humedad de la noche. Mañana te ayudaremos a salir del bosque, pero primero tienes que prometernos que cuidarás de nosotros y que te harás amigo de una sociedad protectora de animales y árboles y que no utilizarás el fuego en los bosques y tampoco permitirás que otros niños lo hagan, además; todos los años, entre tú y los niños de la escuela sembrarán muchos arbolitos para ver si un día logramos nuestro sueño, que es ver a este mundo completamente verde y azul. Como sabrás, nosotros demoramos muchos años en crecer, y muchas veces personas ambiciosas y sin escrúpulos nos cortan indiscriminadamente para enriquecerse en prejuicio de todos los seres vivos de este planeta. Es cierto que nuestra madera es muy solitada, digo, la madera de muchos de mis hermanos, porque mi función fundamental es alimentar a los niños con la fruta más exquisita que hay sobre la tierra, ni la manzana más sabrosa puede compararse con mis frutos, el día que tú pruebes unos de mis mameyes, no querrá comer otras frutas.

—Pedrito, no creas todo lo que dice el señor mamey, nunca podrás encontrar una fruta más sabrosa que la mía —le dice el caimito al niño.

—Yo creo que el señor mamey y el caimito están equivocados —interviene de nuevo el manzano—. Si no, averigüen cuál es la fruta que más se come en el mundo.

—No me va a decir que la manzana —le responde el mamey irónicamente.

—Sin duda alguna que sí, pues por cada mamey y por cada caimito que se comen los niños del mundo, otros miles de niños se comen millones de mis frutos —dice el manzano.

—Me parece que el señor manzano está exagerando, —dice el mamey algo incrédulo a la vez que continua hablando.— Es verdad que la manzana es una de las frutas que más se comen, pero eso no quiere decir que se la más sabrosa, lo que pasa es que yo demoro muchos años en crecer y no abundo tanto como el manzano, no obstante sigo diciendo que mis frutos son los más exquisitos del mundo.

—Yo creo que es hora de terminar con esta tonta discusión —dice el abeto al intervenir en la conversación—. Lo importante es que cada uno de nosotros hacemos una función en este mundo, por lo tanto nadie es mejor ni peor que nadie.

—Tengo que reconocer que el señor abeto tiene razón —dice el mamey—. Pedrito, también quiero decirte que muchos hermanos míos son muy útiles en la industria para hacer muebles y casas, pero también otras cosas de nosotros son útiles. Sin nosotros no habría lluvia y los campos se convertirían en grandes desiertos. También es importante que sepas que nosotros somos los proveedores numero uno en la industria de la medicina. Miles de fármacos se hace con la sabia extraída de nuestras hojas, troncos y raíces. Como ves somos muy útiles, sin embargo manos criminales quieren acabar con nosotros.

No nos oponemos a que utilicen nuestra madera, pero exigimos que dejen de cortarnos indiscriminadamente. Nosotros sabemos que nuestra función al llegar a este mundo es servir a la humanidad, pero queremos que nos permitan crecer, por eso exigimos que cada hombre que corte un árbol siembre otro, para así continuar embelleciendo este planeta en el cual vivimos, pero por desgracia no es así.

—¿Qué tú pensarías si las mamás no tuvieran más hijos? —le pregunta al niño la señora ciruela que no había abierto la boca hasta ese momento.

—Que el mundo se acabaría, señora ciruela —le responde el niño.

—Pues bien, Pedrito —continúa la ciruela el diálogo con el niño después de unos segundos—. Lo mismo sucede con los árboles, si nos destruyen y no se siembran otros arbolitos, los bosques desaparecerán y eso traería daños irreparables a nuestro planeta. Queremos que hagas lo que te hemos pedido, no es nada del otro mundo y muy fácil de cumplir, de lo contrario no cuentes con nuestra ayuda la próxima vez que te pierdas en el bosque. Nosotros tememos que cuando tú salgas de aquí olvides tus promesas. Como comprenderás, tenemos que defendernos y buscar quienes nos defiendan, pues la más de las veces nosotros no podemos hacer frente a la ambición y el descuido de los hombres.

—Yo no les voy hacer más daño, y les prometo que de aquí en adelante les cuidaré. Yo no sabía que ustedes eran tan útiles al hombre.

—E incluso —interviene el abeto una vez más, en la conversación.— Puedes jugar bajo nuestra sobra cuando el sol está caliente y comer las frutas de nuestros hermanos frutales cuando tengas hambre, desgraciadamente, yo no produzco frutas para los niños. Mi principal función es ser maderable.

Mi papá nunca me habla de los árboles ni de los animalitos, aunque él tiene dos pajaritos en una jaula.

—Eso tampoco lo vemos bien —le responde la guásima al niño que hasta ese momento no había hecho comentario alguno. —Quiero que sepas que los pajaritos son para alegrar los bosques y eliminar los malos insectos que afectan las cosechas y a nosotros los árboles, por ejemplo; hace dos años yo fui atacada por unos insectos llamados termitas o comejenes, los cuales querían comerse mi corazón, por suerte para mi llegaron muchos pajaritos y exterminaron a las termitas, gracias a ellos aún estoy con vida.

Ahora te voy hacer una pregunta, pero quiero que me la conteste de todo corazón. ¿Cómo tú te sientes cuando tus padres no te dejan salir a jugar con tus amiguitos?

—Muy triste y disgustado —le responde el niño a la guásima.

—También gritas y pataleas. ¿No es verdad? ¿Y sabes por que haces eso?, pues porque a los niños no les gusta estar encerrados. Lo mismo le sucede a los pajaritos, a ellos tampoco les gusta que los tengan encerrados. Ellos fueron creados para alegrar la naturaleza, pero sueltos. Un pajarito enjaulado es como un niño encerrado en un cuarto. Tú sabes que hay pajaritos que mueren cuando se les encierra, o mejor dicho; cuando se les priva la libertad con la cual nacieron, pues la libertad es tan importante para ellos que prefieren morir a vivir de por siempre en una jaula.

Los minutos fueron pasando hasta que el niño, ya cansado comienza a cerrar los ojos.

—Vemos que tienes sueño, haz lo que te dijimos. Hecha hojas secas en el interior del viejo árbol y ve a dormir. Mañana te ayudaremos a encontrar a tu mamá —le dice el abeto al niño.

Unos minutos después los árboles se dan cuenta que Pedrito está rendido, por lo fue deciden suspender la producción de anhídrido carbónico, función que solamente realizan de noche, pues temen envenenar al niño con el mortal gas.

Las horas habían pasado, más aun no era media noche cuando un hombre sale del bosque llevando a un niño en sus brazos, un rato después llega ante una casa donde una mujer con lágrimas en los ojos lo hace pasar diciéndole que acueste al niño en la cama. Apenas el hombre se retira, el niño abre los ojos y pregunta medio dormido.

—¡Mamita, mamita! ¿Dónde estás?

—Estoy aquí, hijito —le responde la madre.

¿Que te sucede?

—Mama. ¿Cuándo me encontraste? No sentí que me cargaste. ¡Tú sabes que los árboles me hablaron! Yo tenía mucho miedo de no encontrarte, pero me hice amigo de ellos.

—Despierta Pedrito. Estás en casa, has pasado la noche junto a mí.

—Mami, voy a soltar los pajaritos de papi.

—¿De qué pajaritos hablas, Pedrito? En casa no hay pajaritos, pues en la tarde tu padre los soltó. Los únicos pajaritos que hay en casa son de cerámica y están encima del aparador.

—Mami, ¿entonces fue el guardabosque el que me encontró?

—Si, mi niño. Te trajo mientras tú dormías, entonces te pusimos en la cama, pues no queríamos asustarte, pero veo que te has dado cuenta de todo.

—Mami, te prometo que siempre cuidaré de los árboles y que no cogeré más animalitos, ni tendré pajaritos presos, pues ellos nacen para alegrar a la naturaleza.

—Si, mi niño, también tú y todos los niños nacen para alegrar a la naturaleza y a Dios.

¡Gracias, Dios mío! —Dice la madre apenas imperceptiblemente.

—¿Qué dices, mamá?

—Nada, hijo. No tiene importancia. Duerme, Pedrito. Duerme para que mañana cuando despiertes puedas cumplir con todas tus promesas.

—Sí mamá. Tengo mucho sueño. La bendición.

—Que Dios te bendiga, hijo mío.

—Hasta mañana, mamá.

—Hasta mañana, Pedrito.

## *ALBERTO YANNUZZI*

*Nació en Florida, Camagüey, en 1939. Allí hizo sus primeros estudios y se graduó de Bachiller en el Instituto de Camagüey (1958). Salió al exilio en 1965 y continuó sus estudios universitarios en Mercy College y en Montclair State College, donde obtuvo su Maestría en 1973. Está dedicado al periodismo y a la enseñanza en las Escuelas Públicas de Tarrytown. Sus colaboraciones periodísticas han aparecido en diversas revistas y diarios en los Estados Unidos. Ha publicado recientemente una novela histórica titulada* Un cuarto de siglo de republica. *Reside en el estado de Nueva York.*

## **VIVIR PELIGROSAMENTE**
Lema del Fascismo italiano

--"Es más difícil gobernar a 2,000 cristianos que a 100,000 turcos, y mucho más si los cristianos son italianos"--
--Comentario hecho por un embajador veneciano de tiempos del Renacimiento--

PICOLONTANO era una aldehuela perdida en los confines de los topes nebulosos de la Cordillea Abruzzina, desprendimiento lateral nada despreciable de uno de los cuerpos montañosos más robustos de Italia, la cual vegetaba antañona allá en lo alto, en medio de un clima invicto de cirros, nieves, aire fino y montaña.

Su nombre en sí era un eufemismo, porque más bien que coronando a un pico, se hallaba adherida a horcajadas sobre la ladera izquierda del mismo, inmediatamente debajo del tope; y más que dominar a la montaña, descansaba en ella, y esto ni siquiera lo hacía en el macizo principal de la misma, sino en un estrato sobresaliente, rocoso, voladizo y plano que con cada sacudida sísmica se inclinaba unos grados más en dirección al abismo árido y pedregoso de Bagnacavallo.

Desde el pueblo más abajo, la adehuela parecía colgar en un cuadro de nubes y cielo azul, y a veces lucía como el mascarón de proa de un barco antiguo contra el cual se rompían bandadas de nubes rápidas como olas de un mar apurado que eran empujadas por un viento rugiente y atronador, y por las noches claras las lucecitas titilantes de sus casas se confundín a menudo con las estrellas, situadas solamente un poco más allá de la cima del picacho.

Sus habitantes habían sido tradicionalmente ignorados desde los tiempos sin crónicas anteriores a los Etruscos; a Roma no le interesó tampoco el enclave, los Bárbaros ni se enteraron de su existencia, y en los primeros tiempos en que los Borbones españoles extendieron su dominio morisco e inquisitorial por todo el mediodía italiano, algún que otro colector de impuestos se aventuró allá arriba para sólo regresar con menos calderillas en las cansadas alforjas que con las que había emprendido la abrupta cuesta.

Con el advenimiento de la unidad nacional, y durante el periodo al cual se ha llamado "il rissorgimento", las ilusiones de los habitantes de los valles volaron hacia arriba en forma de pájaros blancos, remontándose al picacho, y los curtidos picolontaneses comenzaron a aspirar a ciertas mejorías, la primera de las cuales fue expresada muy ceremoniosamente por don Giovanetto "il Viecchio", el jefe de la primera comisión que se aventuró a Valleladino a entrevistarse con la autoridad cantonal para formular peticiones a nombre de Picolantano.

A sus peticiones siempre la autoridad respondió con rotundas y solemnes promesas, mas nunca se ofreció una fecha definitiva para dotar al enclave con la deseada escuelita que era su anhelo más ferviente, y un día un funcionario cínico dijo, después de terminada la entrevista, cuando ellos ya se habían marchado, que "no valía la pena mandar una maestra allá arriba para que un buen día se despeñara con las cabras de Picolontano y todo el resto de la aldea en el profundísimo abismo gris de Bagnacavallo", a lo que todo el mundo asintió.

Andando las cosas vino la Marcha Sobre Roma del año 22, y los buenos vecinos vieron entonces una buena oportunidad de plantear sus justas demandas a la flamante autoridad fascista, esta vez con renovados bríos, sentimiento éste fomentado por los rumores de promesas constructivas que subían a Picolontano desde el muy arado valle inferior.

Don Giovanetto, que para entonces tenía 108 años, y más arrugas que una pasa vieja, y que parecía más bien una extensión de la yerma topografía lugareña, no pudo bajar esta vez, y acompañó a la delegación, que iba presidida por su bisnieto mayor "Beppe", hasta los confines del alcázar, donde se detuvo y descansó la quijada sin dientes en el cayado que ahora usaba como apoyo de su vieja y gastada humanidad, hasta que vio al grupo perderse lejano en su descenso por los vericuetos pedregosos que formaban los senderos espirales, marchando de uno en fondo, rumbo al extraño mundo de "aire grosso" de abajo.

Al llegar al pueblo, una coral de cantores narizones entonaba los aires marciales de "La Giovinezza", y la arcaica plazuela principal de Valleladino, ahora engalanda con cartelones que pregonaban los lemas y la propaganda del nuevo orden: "Combatere, Credere, Obedere", "Debete Vivire Peligrosamente", "Unete a la Doppo Labore", los recibió festiva.

Anonadados por la fanfarria, la verborrea de los oradores y el boato general, los buenos picolontaneses aguardaron una vez más la oportunidad de plantear sus justas demandas, y cuando al fin entraron en la residencia de don Maradino, el boticario del pueblo, que ahora vistiendo un uniforme antiguo de domador de leones era llamado "pretore" por todos, y que hacía los honores del día, apretaron las quijadas tensas y penetraron en la amplísima sala del caserón, donde para su sorpresa "il Duce" en persona dispensaba audiencia sentado entre dos secretarios solemnes, embutido en un traje gris, por encima de cuyo apretado chaleco, ya desabotonado arriba, salía el cuello oscuro de una camisa deportiva.

Petrificados, sin anticipar la magna presencia, saludaron entre dientes, y aplastados momentaneamente por las radiaciones iridiscentes que emanaban del líder, no pudieron en un principio articular frase ni palabra. Cuando uno de los secretarios inquirió sobre los motivos de la entrevista, "Beppe" comenzó a hablar despacio, y después olvidándose subitamente de la jerarquía de sus interlocutores saltó el tono del torrente de su voz remota y cavernosa, para desmandar una vez más en nombre del derecho ancestral de que se hallaban investidos, la construcción de la malhadada escuelita.

Don Berini, un rusticón grave, que venía en el grupo, y que en su timidez montuna no se atrevía ni a mantener un contacto visual mínimo con los notables allí presentes, miraba de cuando en cuando, de soslayo, a través del ventilador de arriba de la ventana de la sala, hacia las alturas, donde Picolontano remoto y momentaneamente brumoso, allá en su alero parecía ese día deslizarse más y más hacia el abismo.

Ahora los secretario de "il Duce" impuestos de la necesidad inquirían eficientes sobre los méritos de la comunidad, para así justificar mejor la presunta "dádiva": "¿Han constituído ya su 'Fascio di Combattimento?'" "¿Cuántos pertenecen al Partido?" "¿Cuántos 'camisas negras' hay allá arriba?"

Ante las preguntas la delegación enmudeció. Esas no eran "las cosas" en que normalmente se ocupaban los picolontaneses, pero por otra parte, sin "méritos" no había escuela. El pobre "Beppe" no sabía qué decir, y más que nada lo que le enfriaba el alma era el pensar en su bisabuelo don Giovanetto, ahora "il Reviecchio", allá arriba, que con sus 108 años, sus cabras lanudas, sus arrugas y su cayado, seguramente tenía sus ojos antiquísimos clavados en ese mismo instante en el ventilador abierto de la ventana de la sala de la casa de "il pretore Maradino," a través del cual, en lo alto, en viaje de vuelta hacia el infinito gris-azul se veían las sombras blancuzcas y fantasmales de las casitas lejanas y colgantes de Picolontano.

--"¡Exellenza!"--Dijo de golpe e inesperadamente don Berini --con un coraje que parecía ajeno-- "¿Me permite hablar?"-- Dando dos pasos al frente y encarando al Duce en Persona, quien arqueó una ceja y arrugó la ancha frente campesina, al tiempo que asentía con un gesto imperial.

Don Berini más seguro de sí mismo con la dádiva del líder, comenzó a explicar que las noticias demoraban en llegar allá arriba, que ellos no estaban al tanto de los últimos e importantes cambios ocurridos en los valles, que los buenos vecinos, aunque deseosos de ayudar y de cooperar en todo, no lo habían podido hacer en todas las ocasiones, más por falta de información y de guía, que de verdaderos deseos de hacerlo, pero que a pesar de todo esto, no había mas que dirigir una mirada a la aldea pendiente en su alero para comprender que todos allá arriba eran buenísimos fascistas que amaban al Duce de corazón y sinceramente.

Aquí los dos secretarios se pararon de golpe, y gesticularon nerviosos como queriendo apagar con sus exageradas mímicas el eco de la pretenciosa insolencia del delegado, y ya lo iban a retirar del aposento a empellones, cuando el Duce lo detuvo con un gesto, espetándole a Berini las preguntas certeras y definitivas:

--"¿En qué te basas para afirmar eso?" --"¿Por qué dices que allá arriba todos son buenos fascistas?" --"¿Cómo puedes probar tu afirmación?"

--"¡Duce, muy facilmente!" --Dijo, mientras señalaba con el fatigado brazo hacia la plataforma colgante, de la que parecía deslizarse hacia abajo en esos precisos instantes la aldehuela toda, rutilante y alba, en peso, hacia ellos:

--"¡Duce, allá arriba, en Picolontano, todos vivimos peligrosamente..!"

## *ONDINA YBARRA BEHAR*

*Nació en La Habana, donde estudió en las Domínicas Francesas. Salió al exilio en 1961 y desde entonces reside en Puerto Rico. Cursó estudios en el Liceo de Arte y en la Universidad del Sagrado Corazón. En 1988 publicó el poemario* Verdades y... *Algunas de sus creaciones narrativas cortas han sido premiadas en certámenes literarios en Miami y California, y su volumen de relatos* Cuentos del Recuerdo, *se publicó en 1989.*

## EL PALO DE GUAYABA
(Palo de Guayabo)

A veces se quedaba absorta contemplando los árboles. Miraba, acaso sin ver, día tras día, lo mismo; no le quedaban deseos ni de reír ni de llorar: Sola estaba. Involuntariamente acudían a su memoria, en tropel, los recuerdos del pasado: su boda con Francisco (¡sí que era guapo!, alto, delgado, con ojos profundos y una gran facilidad de palabra) y cómo le decía:

—Tula, cuanto me gustas. Pensé que me volvía loco si no te casabas conmigo; te costó mucho trabajo decidirte.

Sí que le costó. Quizás fue un presentimiento de lo que sería su vida, tan sola, triste. Tuvieron dos hijos; cuando nacieron trajeron un cambio a su diaria rutina; los enseñó a leer, los educó, les inculcó el respeto a Dios y a su padre. La ayudaban en los quehaceres día a día, ordeñaban las vacas, le daban de comer a las gallinas y a los cerdos.

La cría de estos animales y del cultivo de la tierra les daba para ir viviendo. La hija, María, nació sabiendo; desde pequeña ya cosía, y después, según pasaban los años, las vecinas le llevaban telas para que les hiciera la ropa.

Sin darse cuenta los hijos crecieron, se enamoraron y se casaron. Se encontró de pronto, más sola que nunca. Francisco se levantaba a las cinco de la mañana, justo cuando cantaba el gallo, y no paraba de trabajar hasta las siete de la noche; llegaba cansado, sudoro-

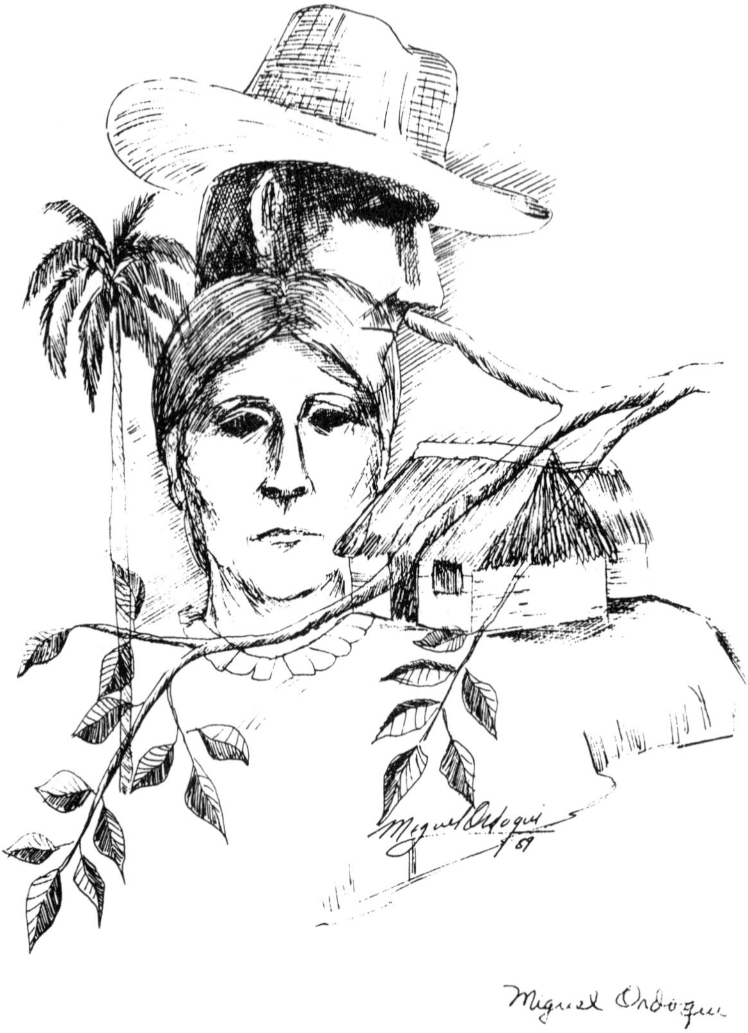


Miguel Ordoqui

so y silencioso. Eran como dos extraños. Los sábados él iba solo al pueblo y no regresaba hasta el día siguiente. Ella no podía siquiera ir con su hija para pasar con ellas esos dos días: no, Francisco decía:

—El lugar de la mujer es en la casa.

Y en la casa estaba siempre, sola, en silencio.

Las vecinas tampoco la visitaban porque a él no le gustaba esa costumbre. La última vez, cuando llegó y encontró a Rosalina tomando café con ella, le gritó:

—Cuando llego cansado del trabajo a mí me gusta encontrar la casi sin un "gentío".

Rosalina nunca más volvió. La gente de campo es así. Tula continuó más sola. No se atrevía a ir a ningún lado por miedo a que él llegara y no la encontrara en la casa. Antes, recordó, lloraba mucho. Ya ni eso, porque los ojos se le habían secado y en ellos no había ni risas ni lágrimas; eran ojos huecos, sin fin, que a veces parecían de piedra, duros, muertos.

Antes se compadecía de sí misma, ahora ni eso; todo le daba igual. Sólo se asomaba a la ventana a mirar a lo lejos, más lejos de lo que se veía. Al caer la noche se sentaba en el sillón. Varias veces le pareció ver a su madre entrando y saliendo; en ocasiones se sentaban en el otro sillón, le sonreía y así estaban juntas y en silencio, hasta que de pronto, como había llegado, se marchaba. Las visitas de su madre (que llevaba más de veinte años muerta) la hacían sentir menos solas. ¡Cuánto la quiso! Recordaba los cuentos que le hacía de niña mientras peinaba sus largas trenzas: siempre le hablaba de cómo la enamoró su padre, de sus hermanas, de cómo disfrutaban en la Nochebuena, reunidos alrededor de la mesa ellos y sus seis hijos. Ya todos habían muerto. Ella, por ser la más joven, la hija de la vejez, estaba todavía. ¡Qué feliz estaría con todos allá a lo lejos, donde los árboles se unían con el cielo! De pronto volvió a la realidad:

—Tula, sírveme la comida; hoy no me siento muy bien. Había llegado temprano, a las cinco de la tarde. Ella, con indiferencia, le puso la mesa. Después de servirle se sentó, siempre en silencio, a su lado. Lo miró y lo encontró pálido.

—Voy a acostarme. Hasta mañana.

Ella recogió la mesa. Fue a sentarse en el sillón y siguió su bordado: hacía meses que estaba trabajando en un mantel para la hija. Levantó la vista y sonrió allí estaba su madre; la notó contenta; hacía días que no la había visto. Continuó bordando hasta que el sueño la venció; entonces apagó el quinqué y se acostó.

Cuando al día siguiente se levantó, le extrañó comprobar que

Francisco no se hubiera levantado. Se acercó a él y lo encontró dormido, pero le pareció que estaba muy pálido; lo tocó y lo sintió rígido y frío; luego lo sacudió. suavemente pero él siguió igual, así que pensó que estaba muerto. Se asombró de no sentir nada. Se puso un chal por la cabeza y fue hasta casa de Rosalina; tocó la puerta:
—Tula, ¿qué pasa?
—Es Francisco, amaneció muerto.
—Espera, deja que llame a Manuel.

Y fueron avisando a los vecinos. Cuando llegaron, ya Tula lo había arreglado con el traje con el que se casó. Entonces se le ocurrió pensar: "¿Quién ordeñará las vacas mañana?"

Siguió atendiendo a la gente que estaba en la salita. Por la tarde, casi de noche, llegó la hija: Manguito quedaba lejos de todo. Al día siguiente, cuando llegó el hijo, lo llevaron a enterrar. Lo acostaron sobre el caballo y cabalgaron despacio, Tula vio cómo se alejaban entre los árboles.

A los pocos minutos sintió unos gritos y vio a los caballos que regresaban: en uno de ellos venía Francisco. Todos estaban alegres y sorprendidos:

—Mira esto, Tula: al pasar por debajo del palo de guayaba, una rama lo golpeó en la cara y, de pronto, ¡Francisco empezó a hablar! Lo desatamos y míralo aquí, de nuevo a tu lado.

Ella lo miró con indiferencia, sin alegría, sin sorpresa.
—Siéntate y descansa, te voy a hacer café.
Mientras lo hacía, pensaba en lo que su hija le dijo:
—Mamá, vienes a vivir conmigo, aquí no vas a seguir tú sola.

Había sentido una gran alegría en su corazón, ¡y eso que pensaba que ya no sabría alegrarse nunca más! Pero ahora todo se había vuelto nada. Bueno, pobre Francisco, Dios no había querido que estuviera con Él todavía.

Poco a poco se fueron todos y quedó su casa vacía; más vacía, pues sólo unos minutos antes estaba llena de gente.

—Hasta mañana, Tula.

Así transcurrió otra semana. Tula pensaba en el milagro. No sabía que lo había tenido Francisco era un ataque de catalepsia, que era como la muerte sin serlo. Al pasar el caballo bajo el palo de guayaba, una rama lo golpeó y volvió en sí. Pero en el año 1890, en el campo, nadie sabía de estas cosas, así que para ellos fue un milagro.

Al domingo siguiente, Francisco le dijo:
—Tula, no me siento bien. Voy a acostarme temprano.

Ella pensó: "Lo mismo de la semana pasada." Pero lo quitó de su mente y se acostó también. Sintió el canto del gallo, igual que todos los días. Se dio vuelta en la cama, se levantó, encendió el quinqué y lo acercó a su marido: estaba pálido de nuevo: lo tocó y notó el cuerpo frío y rígido. Acercó el quinqué al brazo y lo dejó unos segundos pegado a la piel: ¡nada! Pensó: "Ahora sí que Francisco está muerto. ¡Vamos allá!"

Todo fue igual. Avisaron a los vecinos. Llegaron los hijos. Tula, impasible, atendía a todos. Había arreglado muy bien a Francisco. Después se asomó a la ventana, y estuvo allí tanto tiempo que el presente se le volvió pasado. Mirando a lo lejos sintió cansancio y se sentó en su sillón.

"Esta vez sí se fue."

Tomó el bordado y comenzó tranquila. Sintió la compañía de su madre: levantó la vista y sonrieron las dos. ¡Ya nunca más estaría sola! Al fin se iría con su hija. De la casa no se llevaría gran cosa, solamente los sillones. Dulcemente la invadía la paz, una mezcla de alegría, alivio, calma. Notó que sus manos estaban mojadas y se sorprendió, pues se dió cuenta que de sus ojos brotaban lágrimas. ¡A ella se le había olvidado llorar! A la mañana siguiente lo pusieron sobre el caballo. Montaron sobre sus cabalgaduras los vecinos que lo llevarían a enterrar al cementerio más cercano. Antes de que partiera, Tula se acercó lentamente al esposo de Rosalina:

—Manuel, vayan con cuidado, ¡y no lo pasen por debajo del palo de guayaba!

# GLADYS ZALDÍVAR

*Nació en Camagüey, donde hizo sus estudios primarios y secundarios. En 1959 se graduó en la Universidad Ignacio Agramonte de esa ciudad. Salió de Cuba en 1967 para España, donde residió hasta fines de 1968, cuando se trasladó a los Estados Unidos. Es poeta, escritora y ensayista. Ha realizado estudios en varias universidades norteamericanas y es graduada de la Universidad de Maryland. Ha ejercido cátedra en esa misma universidad, así como en Western Maryland College, Florida Memorial College y Miami-dade College. Su labor poética y crítica es amplia y variada, y ha obtenido varios premios literarios. Entre sus libros deben mencionarse, especialmente, los poemarios* El visitante *(1971),* Fabulación de Eneas *(1979),* Zéjeles para el clavel *(1980) y* La baranda de oro *(1981); y sus libros de crítica,* Novelística cubana de los años 60: Paradiso y El mundo alucinante *(1977) y* En torno a la poética de Mariano Brull *(1981). Actualmente reside en Miami, dedicada a la enseñanza y a la creación literaria.*

## EL VIAJE

Pegasos ángeles pájaros de luz y otros seres pertenecientes a la fauna ingrávida recorriendo esa pradera nívea interrumpida por lagos de azafrán y yerba azul Cuando regresó a la casa todavía el dolor castigaba todo su cuerpo porque esa traslación a lomo del águila duró quizás demasiado tiempo o la manera de descender demasiado veloz y casi imperceptiblemente sus ojos se pasearon un instante por la noche clara agujereada por la brillantez de las estrellas Pegasos ángeles y pájaros ahora en el rejuego chinesco de la lámpara y la pared ya nuevamente en su habitación rodeado por la tibieza familiar de los libros y la suavidad siempre inapresable de su gato que ahora lo miraba enigmáticamente traspasándolo como si no lo viera. Recordaba su viaje paso a paso casi íntegramente a excepción de esa secuencia blanca atravesada como por campanas en

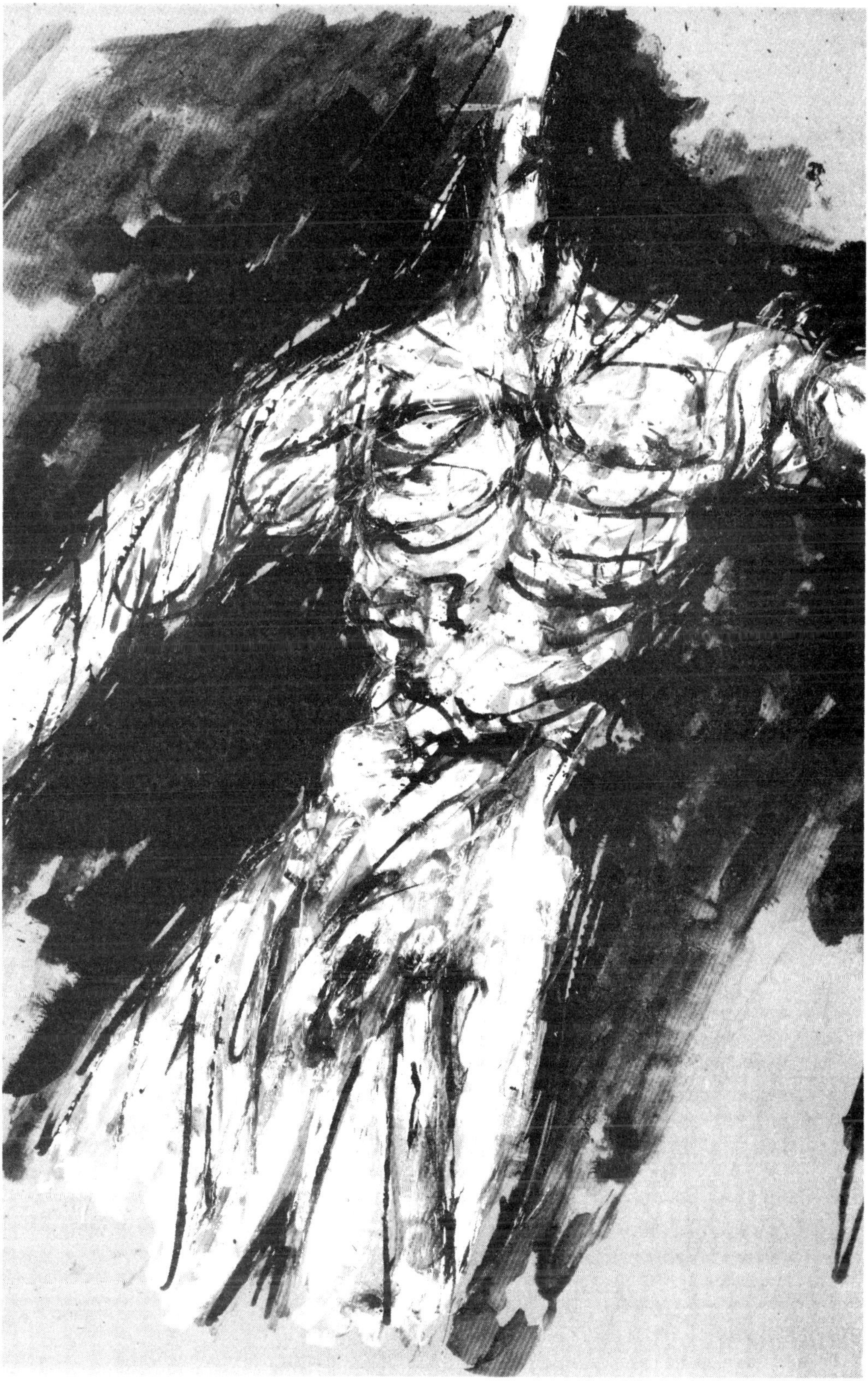

la que debían estar las imágenes correspondientes a su arribo a la capital europea y las actividades planeadas —tan amorosamente— para los siete días de estancia.

La pradera desde aquí no es de algodón sino de silencio y las páginas del auto sacramental que estaba revisando alcanzaron la forma de una corona de aire. Cuanto tocaba tenía ese extraño carácter insustancial como de nube "seguramente el número de horas de vuelo ha sido excesivo y por eso me siento distante flotando". Se deslizó hasta su madre que bordaba detrás de la mampara japonesa y comenzó a relatar los pormenores de la pradera, pero su cuerpo se agitaba en una caja de cristal invisible. Con el rostro y las manos adheridos a la vidriera repetía a gritos la historia no escuchada sellada con él en esa pecera misteriosa.

El cielo es un manto negrísimo y presuroso con un viento ligero que lo empujó hasta la esquina de las calles R y P dominada por un kiosco que alguna vez fue tricolor pero que ahora sólo exhibe sus tablas viejas y descoloridas. El vecino de sus padres que se había marchado a su tierra hacia varias décadas salió del kiosco como una bocanada de aliento y él lo llamó repetidamente desde su pecera hasta que fue reconocido y hubo abrazos preguntas bajo la borrosa mirada de una pareja tras los cristales de un café inmerso en la bruma de la lluvia. El tono alegre y descuidado de la voz del vecino relatando una enfermedad larguísima salía como en un eco del fondo de la calle o de la noche. Desde el kiosco siguió contemplando a los lejos el puente donde el vecino continuaba diciéndole adiós apenas una silueta humosa y mínima.

Creyó abrir un paraguas y otra vez la pradera nívea y el equipo de oxígeno cayendo con su ramaje plástico meduseanamente sobre la cabeza de su compañera precisaba a abandonar el vaso de coca-cola la revista y a reinsertar a su sitio la mesita a la altura de su diafragma. Creyó cerrar el paraguas y nuevamente el puente hacia el que comenzó a transportarse suavemente y aún no lo había alcanzado cuando oyó las voces de dos hombres disputando desde lo alto de un andamio, uno era bastante grueso y aunque no distinguía sus facciones podía ver claramente su vientre abultado y su ira empujando al otro al vacío que después de chocar contra el primer saliente del edificio se va al aire y luego al segundo saliente hasta el golpe sordo final contra un automóvil estacionado. Contempló el muñeco fláccido las líneas finas de sangre que brotaban de la nariz y de la boca, los ojos clavados en la pared a medio terminar y la hormiga recorriendo lentamente el iris con su partícula de pan a cuestas y la pared del café y gente que se había estado protegiendo de la lluvia en un alero de la acera de enfrente todos arremolinados alrededor del automóvil sin advertir como él que el muñeco fláccido se incorpora sacudiéndose la lluvia del cabello y los brazos tiene la mirada sonriente ya no fija y la sangre ausente del rostro por un momento se estrechan las manos conmovidos como si se hubieran conocido desde hacía mucho tiempo y el muñeco ahora firme y esbelto se aleja silbando hasta desaparecer por el puente.

La pradera devolviendo la voz de la aeromoza pidiéndole a los pasajeros que colocaran los respaldos de los asientos en una posición vertical y que se abrocharan de nuevo los cinturones porque había una dificultad técnica que todos debían confrontar serenamente *porque muy poco/ le acertaste; y así, ahora,/ ni te premio ni castigo.* Percibe a su madre detrás de las flores japonesas informándole quedamente al padre que el vecino ha muerto en una aldea europea después de haber estado varios años enfermo y se ve a sí mismo niño y medio dormido escuchando opacamente la historia *ahora, noche medrosa,/ como en un sueño, me tiene/ ciego sin pena ni gloria.* Cuando regresó a la casa todavía el dolor castigaba todo su cuerpo se sentó junto a la ventana y notó que había dejado de llover el cielo más despejado encendía otra vez sus luces *bien es, pues salió de mí,/ que a mí se me vuelva* y la luna casi del tamaño de la tierra se asomaba al fondo de sus manos transparentes.

# OTROS LIBROS PUBLICADOS POR EDICIONES UNIVERSAL:

## COLECCION ANTOLOGÍAS:

| | |
|---|---|
| 252 | POESÍA CUBANA CONTEMPORÁNEA, Humberto López Morales (Ed.) |
| 3361-4 | NARRADORES CUBANOS DE HOY, Julio E. Hernández-Miyares (Ed.) |
| 4612-0 | ANTOLOGÍA DEL COSTUMBRISMO EN CUBA, H. Ruiz del Vizo (Ed.) |
| 6424-2 | ALMA Y CORAZÓN (antología de poetisas hispanoamericanas), Catherine Perricone |
| 006-2 | POESÍA EN EXODO, Ana Rosa Núñez (Ed.) |
| 007-0 | POESÍA NEGRA DEL CARIBE Y OTRAS ÁREAS, Hortensia Ruiz del Vizo (Ed.) |
| 008-9 | BLACK POETRY OF THE AMERICAS, Hortensia Ruiz del Vizo (Ed.) |
| 055-0 | CINCO POETISAS CUBANAS (1935-1969), Ángel Aparicio (Ed.) |
| 164-6 | VEINTE CUENTISTAS CUBANOS, Leonardo Fernández Marcané (Ed.) |
| 166-2 | CUBAN CONSCIOUSNESS IN LITERATURE (1923-1974) (antología de ensayos y literatura cubana traducidos al inglés), José R. de Armas & Charles W. Steele (Editores) |
| 208-1 | 50 POETAS MODERNOS, Pedro Roig (Ed.) |
| 369-X | ANTOLOGÍA DE LA POESÍA INFANTIL (las mejores poesías para niños), Ana Rosa Núñez (Ed.) |
| 665-6 | NARRATIVA Y LIBERTAD: CUENTOS CUBANOS DE LA DIÁSPORA, Julio E. Hernández-Miyares (Ed.) |
| 685-0 | LAS CIEN MEJORES POESÍAS CUBANAS, Edición de Armando Álvarez Bravo (Ed.) |

## COLECCION ALACRAN AZUL:

| | |
|---|---|
| 1 | ALACRAN AZUL # 1 (Revista Literaria) |
| 2 | ALACRAN AZUL # 2 (Revista literaria) |
| 001-1 | ERINIA (cuentos), Julio Matas |
| 003-8 | AMULETOS DEL SUEÑO (poesías), Fernando Palenzuela |
| 002-X | MIJARES (libro de pinturas de José M. Mijares) |
| 004-6 | LOS FUNDADORES, ALFONSO Y OTROS CUENTOS, Lourdes Casal |
| 4114-5 | TIRANDO AL BLANCO-SHOOTING GALLERY (poesías), Luis F. González Cruz |
| 375-4 | NO EDEN FOR WOMEN - MUJER SIN EDEN (poesías), Carmen Conde |

# OTROS LIBROS PUBLICADOS POR EDICIONES UNIVERSAL:

## COLECCIÓN CANIQUÍ (NARRATIVA: novelas y cuentos)

| | | |
|---|---|---|
| 005-4 | AYER SIN MAÑANA | Pablo López Capestany |
| 016-X | YA NO HABRÁ MAS DOMINGOS | Humberto J. Peña |
| 017-8 | LA SOLEDAD ES UNA AMIGA QUE VENDRÁ | Celedonio González |
| 018-6 | LOS PRIMOS | Celedonio González |
| 019-4 | LA SACUDIDA VIOLENTA | Cipriano F. Eduardo González |
| 020-8 | LOS UNOS, LOS OTROS Y EL SEIBO | Beltrán de Quirós |
| 021-6 | DE GUACAMAYA A LA SIERRA | Rafael Rasco |
| 022-4 | LAS PIRAÑAS Y OTROS CUENTOS CUBANOS | Asela Gutiérrez Kann |
| 023-2 | UN OBRERO DE VANGUARDIA | Francisco Chao Hermida |
| 024-0 | PORQUE ALLÍ NO HABRÁ NOCHES | Alberto Baeza Flores |
| 025-9 | LOS DESPOSEÍDOS | Ramiro Gómez Kemp |
| 027-5 | LOS CRUZADOS DE LA AURORA | José Sánchez-Boudy |
| 030-5 | LOS AÑOS VERDES | Ramiro Gómez Kemp |
| 032-1 | SENDEROS | María Elena Saavedra |
| 033-X | CUENTOS SIN RUMBOS | Roberto G. Fernández |
| 034-8 | CHIRRINERO | Raoul García Iglesias |

| | | |
|---|---|---|
| 035-6 | ¿HA MUERTO LA HUMANIDAD? | |
| | Manuel Linares | |
| 036-4 | ANECDOTARIO DEL COMANDANTE | |
| | Arturo A. Fox | |
| 037-2 | SELIMA Y OTROS CUENTOS | |
| | Manuel Rodríguez Mancebo | |
| 038-0 | ENTRE EL TODO Y LA NADA | |
| | René G. Landa | |
| 039-9 | QUIQUIRIBÚ MANDINGA | |
| | Raúl Acosta Rubio | |
| 040-2 | CUENTOS DE AQUÍ Y ALLÁ | |
| | Manuel Cachán | |
| 041-0 | UNA LUZ EN EL CAMINO | |
| | Ana Velilla | |
| 042-9 | EL PICÚO, EL FISTO, EL BARRIO Y OTRAS ESTAMPAS CUBANAS, José Sánchez-Boudy | |
| 043-7 | LOS SARRACENOS DEL OCASO | |
| | José Sánchez-Boudy | |
| 0434-7 | LOS CUATRO EMBAJADORES | |
| | Celedonio González | |
| 0639-X | PANCHO CANOA Y OTROS RELATOS | |
| | Enrique J. Ventura | |
| 0644-7 | CUENTOS DE NUEVA YORK | |
| | Angel Castro | |
| 129-8 | CUENTOS A LUNA LLENA | |
| | José Sánchez-Boudy | |
| 1349-4 | LA DECISIÓN FATAL | |
| | Isabel Carrasco Tomasetti | |
| 135-2 | LILAYANDO | |
| | José Sánchez-Boudy | |
| 1365-6 | LOS POBRECITOS POBRES | |
| | Alvaro de Villa | |
| 137-9 | CUENTOS YANQUIS | |
| | Angel Castro | |
| 158-1 | SENTADO SOBRE UNA MALETA | |
| | Olga Rosado | |
| 163-8 | TRES VECES AMOR | |
| | Olga Rosado | |
| 167-0 | REMINISCENCIAS CUBANAS | |
| | René A. Jiménez | |

| | | |
|---|---|---|
| 168-9 | LILAYANDO PAL TU (MOJITO Y PICARDÍA CUBANA), | José Sánchez Boudy |
| 170-0 | EL ESPESOR DEL PELLEJO DE UN GATO YA CADÁVER | Celedonio González |
| 171-9 | NI VERDAD NI MENTIRA Y OTROS CUENTOS | Uva A. Clavijo |
| 177-8 | CHARADA (cuentos sencillos), | Manuel Dorta-Duque |
| 184-0 | LOS INTRUSOS | Miriam Adelstein |
| 1948-4 | EL VIAJE MÁS LARGO | Humberto J. Peña |
| 196-4 | LA TRISTE HISTORIA DE MI VIDA OSCURA | Armando Couto |
| 215-4 | AVENTURAS DE AMOR DEL DOCTOR FONDA | Nicolás Puente-Duany |
| 217-0 | DONDE TERMINA LA NOCHE | Olga Rosado |
| 218-9 | ÑIQUÍN EL CESANTE | José Sánchez-Boudy |
| 219-7 | MÁS CUENTOS PICANTES | Rosendo Rosell |
| 227-8 | SEGAR A LOS MUERTOS | Matías Montes Huidobro |
| 230-8 | FRUTOS DE MI TRASPLANTE | Alberto Andino |
| 244-8 | EL ALIENTO DE LA VIDA | John C. Wilcox |
| 249-9 | LAS CONVERSACIONES Y LOS DÍAS | Concha Alzola |
| 251-0 | CAÑA ROJA | Eutimio Alonso |
| 252-9 | SIN REPROCHE Y OTROS CUENTOS | Joaquín de León |
| 2533-6 | ORBUS TERRARUM | José Sánchez-Boudy |
| 255-3 | LA VIEJA FURIA DE LOS FUSILES | Andrés Candelario |
| 259-6 | EL DOMINÓ AZUL | Manuel Rodríguez Mancebo |

| | | |
|---|---|---|
| 263-4 | GUAIMÍ | |
| | Genaro Marín | |
| 270-7 | A NOVENTA MILLAS | |
| | Auristela Soler | |
| 282-0 | TODOS HERIDOS POR EL NORTE Y POR EL SUR | |
| | Alberto Muller | |
| 286-3 | POTAJE Y OTRO MAZOTE DE ESTAMPAS CUBANAS | |
| | José Sánchez-Boudy | |
| 287-1 | CHOMBO | |
| | Cubena (Carlos Guillermo Wilson) | |
| 292-8 | APENAS UN BOLERO | |
| | Omar Torres | |
| 297-9 | FIESTA DE ABRIL | |
| | Berta Savariego | |
| 300-2 | POR LA ACERA DE LA SOMBRA | |
| | Pancho Vives | |
| 301-0 | CUANDO EL VERDE OLIVO SE TORNA ROJO | |
| | Ricardo R. Sardiña | |
| 303-7 | LA VIDA ES UN SPECIAL | |
| | Roberto G. Fernández | |
| 321-5 | CUENTOS BLANCOS Y NEGROS | |
| | José Sánchez-Boudy | |
| 327-4 | TIERRA DE EXTRANOS | |
| | José Antonio Albertini | |
| 331-2 | CUENTOS DE LA NIÑEZ | |
| | José Sánchez-Boudy | |
| 332-0 | LOS VIAJES DE ORLANDO CACHUMBAMBÉ | |
| | Elías Miguel Muñoz | |
| 335 5 | ESPINAS AL VIENTO | |
| | Humberto J. Peña | |
| 342-8 | LA OTRA CARA DE LA MONEDA | |
| | Beltrán de Quirós | |
| 343-6 | CICERONA | |
| | Diosdado Consuegra Ortal | |
| 345-2 | ROMBO Y OTROS MOMENTOS | |
| | Sarah Baquedano | |
| 3460-2 | LA MÁS FERMOSA | |
| | Concepción Teresa Alzola | |
| 349-5 | EL CÍRCULO DE LA MUERTE | |
| | Waldo de Castroverde | |

| | | |
|---|---|---|
| 350-9 | UN GOLONDRINO NO COMPONE PRIMAVERA | |
| | Eloy González-Arguelles | |
| 352-5 | UPS AND DOWNS OF AN UNACCOMPANIED MINOR REFUGEE, Marie Francoise Portuondo | |
| 363-0 | MEMORIAS DE UN PUEBLECITO CUBANO | |
| | Esteban J. Palacios Hoyos | |
| 370-3 | PERO EL DIABLO METIÓ EL RABO | |
| | Alberto Andino | |
| 378-9 | ADIÓS A LA PAZ | |
| | Daniel Habana | |
| 381-9 | EL RUMBO | |
| | Joaquín Delgado-Sánchez | |
| 386-X | ESTAMPILLAS DE COLORES | |
| | Jorge A. Pedraza | |
| 4116-7 | EL PRÍNCIPE ERMITAÑO | |
| | Mario Galeote Jr. | |
| 420-3 | YO VENGO DE LOS ARABOS | |
| | Esteban J. Palacios Hoyos | |
| 423-8 | AL SON DEL TIPLE Y EL GÜIRO... | |
| | Manuel Cachán | |
| 435-1 | QUE VEINTE AÑOS NO ES NADA | |
| | Celedonio González | |
| 439-4 | ENIGMAS (3 CUENTOS Y 1 RELATO) | |
| | Raul Tápanes Estrella | |
| 440-8 | VEINTE CUENTOS BREVES DE LA REVOLUCIÓN CUBANA Y UN JUICIO FINAL | |
| | Ricardo J. Aguilar | |
| 442-4 | BALADA GREGORIANA | |
| | Carlos A. Díaz | |
| 448-3 | FULASTRES Y FULASTRONES Y OTRAS ESTAMPAS CUBANAS | |
| | José Sánchez-Boudy | |
| 460-2 | SITIO DE MÁSCARAS | |
| | Milton M. Martínez | |
| 464-5 | EL DIARIO DE UN CUBANITO | |
| | Ralph Rewes | |
| 465-3 | FLORISARDO, EL SÉPTIMO ELEGIDO | |
| | Armando Couto | |
| 472-6 | PINCELADAS CRIOLLAS | |
| | Jorge R. Plasencia | |

| | | |
|---|---|---|
| 473-4 | MUCHAS GRACIAS MARIELITOS |  |
|  | Angel Pérez-Vidal |  |
| 476-9 | LOS BAÑOS DE CANELA |  |
|  | Juan Arcocha |  |
| 486-6 | DONDE NACE LA CORRIENTE |  |
|  | Alexander Aznares |  |
| 487-4 | LO QUE LE PASO AL ESPANTAPÁJAROS |  |
|  | Diosdado Consuegra |  |
| 493-9 | LA MANDOLINA Y OTROS CUENTOS |  |
|  | Bertha Savariego |  |
| 494-7 | PAPA, CUENTAME UN CUENTO |  |
|  | Ramón Ferreira |  |
| 495-5 | NO PUEDO MAS |  |
|  | Uva A. Clavijo |  |
| 499-8 | MI PECADO FUE QUERERTE |  |
|  | José A. Ponjoán |  |
| 501-3 | TRECE CUENTOS NERVIOSOS —NARRACIONES BURLESCAS Y DIABÓLICAS |  |
|  | Luis Ángel Casas |  |
| 503-X | PICA CALLO |  |
|  | Emilio Santana |  |
| 509-9 | LOS FIELES AMANTES |  |
|  | Susy Soriano |  |
| 519-6 | LA LOMA DEL ANGEL, |  |
|  | Reinaldo Arenas |  |
| 5144-2 | EL CORREDOR KRESTO |  |
|  | José Sánchez-Boudy |  |
| 521-8 | A REY MUERTO REY PUESTO Y UNOS RELATOS MAS |  |
|  | José López Heredia |  |
| 533 1 | DESCARGAS DE UN MATANCERO DE PUEBLO CHIQUITO |  |
|  | Esteban J. Palacios Hoyos |  |
| 539-0 | CUENTOS Y CRÓNICAS CUBANAS |  |
|  | José A. Alvarez |  |
| 542-0 | EL EMPERADOR FRENTE AL ESPEJO |  |
|  | Diosdado Consuegra |  |
| 543-9 | TRAICIÓN A LA SANGRE |  |
|  | Raul Tápanes-Estrella |  |
| 544-7 | VIAJE A LA HABANA |  |
|  | Reinaldo Arenas |  |

| | |
|---|---|
| 545-5 | MAS ALLÁ LA ISLA<br>Ramón Ferreira |
| 546-3 | DILE A CATALINA QUE TE COMPRE UN GUAYO<br>José Sánchez-Boudy |
| 554-4 | HONDO CORRE EL CAUTO<br>Manuel Márquez Sterling |
| 555-2 | DE MUJERES Y PERROS<br>Félix Rizo Morgan \* |
| 556-0 | EL CÍRCULO DEL ALACRÁN<br>Luis Zalamea |
| 560-9 | EL PORTERO<br>Reinaldo Arenas |
| 565-X | LA HABANA 1995<br>Ileana González |
| 568-4 | EL ÚLTIMO DE LA BRIGADA<br>Eugenio Cuevas |
| 570-6 | CUANDO ME MUERA QUE ME ARROJEN AL RIMAC EN UN CAJÓN BLANCO<br>Carlos A. Johnson |
| 574-9 | VIDA Y OBRA DE UNA MAESTRA<br>Olga Lorenzo |
| 575-7 | PARTIENDO EL «JON»<br>José Sánchez-Boudy |
| 576-5 | UNA CITA CON EL DIABLO<br>Francisco Quintana |
| 587-0 | NI TIEMPO PARA PEDIR AUXILIO<br>Fausto Canel |
| 594-3 | PAJARITO CASTAÑO<br>Nicolás Pérez Díez Argüelles |
| 595-1 | EL COLOR DEL VERANO<br>Reinaldo Arenas |
| 596-X | EL ASALTO<br>Reinaldo Arenas |
| 611-7 | LAS CHILENAS (novela o una pesadilla cubana)<br>Manuel Matías |
| 615-1 | LA CAUSA<br>Eulalia Donoso |
| 616-8 | ENTRELAZOS<br>Julia Miranda y María López |

| | | |
|---|---|---|
| 619-2 | EL LAGO | |
| | Nicolás Abreu Felippe | |
| 629-X | LAS PEQUEÑAS MUERTES | |
| | Anita Arroyo | |
| 630-3 | CUENTOS DEL CARIBE | |
| | Anita Arroyo | |
| 631-1 | EL ROMANCE DE LOS MAYORES | |
| | Marina P. Easley | |
| 632-X | CUENTOS PARA LA MEDIANOCHE | |
| | Luis Angel Casas | |
| 633-8 | LAS SOMBRAS EN LA PLAYA | |
| | Carlos Victoria | |
| 638-9 | UN DÍA... TAL VEZ UN VIERNES | |
| | Carlos Deupi | |
| 643-5 | EL SOL TIENE MANCHAS | |
| | René Reyna | |
| 653-2 | CUENTOS CUBANOS | |
| | Frank Rivera | |
| 657-5 | CRÓNICAS DEL MARIEL | |
| | Fernando Villaverde | |
| 667-2 | AÑOS DE OFÚN | |
| | Mercedes Muriedas | |
| 660-5 | LA ESCAPADA | |
| | Raul Tápanes Estrella | |
| 670-2 | LA BREVEDAD DE LA INOCENCIA | |
| | Pancho Vives | |
| 672-9 | GRACIELA | |
| | Ignacio Hugo Pérez-Cruz | |
| 693-1 | TRANSICIONES, MIGRACIONES | |
| | Julio Matas | |
| 694-X | OPERACIÓN JUDAS | |
| | Carlos Bringuier | |
| 697-4 | EL TAMARINDO / THE TAMARIND TREE | |
| | María Vega de Febles | |
| 698-2 | EN TIERRA EXTRAÑA | |
| | Martha Yenes — Ondina Pino | |
| 699-0 | EL AÑO DEL RAS DE MAR | |
| | Manuel C. Díaz | |
| 700-8 | ¡GUANTE SIN GRASA, NO COGE BOLA! | |
| | (REFRANES CUBANOS), José Sánchez-Boudy | |

| | |
|---|---|
| 705-9 | ESTE VIENTO DE CUARESMA,<br>Roberto Valero Real |
| 707-5 | EL JUEGO DE LA VIOLA,<br>Guillermo Rosales |
| 709-1 | GRIETAS EN EL CRISOL,<br>Gustavo Darquea |
| 711-3 | RETAHÍLA,<br>Alberto Martínez-Herrera |
| 720-2 | PENSAR ES UN PECADO,<br>Exora Renteros |
| 728-8 | CUENTOS BREVES Y BREVÍSIMOS,<br>René Ariza |
| 729-6 | LA TRAVESÍA SECRETA,<br>Carlos Victoria |
| 741-5 | SIEMPRE LA LLUVIA,<br>José Abreu Felippe |
| 748-2 | ELENA VARELA,<br>Martha M. Bueno |
| 755-5 | ANÉCDOTAS CASI VERÍDICAS DE CÁRDENAS,<br>Frank Villafaña |
| 759-8 | LA PELÍCULA,<br>Polo Moro |
| 769-5 | CUENTOS DE TIERRA, AGUA, AIRE Y MAR,<br>Humberto Delgado-Jenkins |
| 772-5 | CELESTINO ANTES DEL ALBA,<br>Reinaldo Arenas |
| 779-2 | UN PARAÍSO BAJO LAS ESTRELLAS,<br>Manuel C. Díaz |
| 780-6 | LA ESTRELLA QUE CAYÓ UNA NOCHE EN EL MAR,<br>Luis Ricardo Alonso |
| 781-4 | LINA,<br>Martha Bueno |
| 782-2 | MONÓLOGO CON YOLANDA,<br>Alberto Muller |
| 784-9 | LA CÚPULA,<br>Manuel Márquez Sterling |
| 785-7 | CUENTA EL CARACOL (relatos y patakíes)<br>Elena Iglesias |
| 789-X | MI CRUZ LLENA DE ROSAS (cartas a Sandra, mi hija enferma),<br>Xiomara Pagés |

791-1 ADIÓS A MAMÁ (De La Habana a Nueva York),
Reinaldo Arenas
793-8 UN VERANO INCESANTE,
Luis de la Paz
797-0 A FLOTE,
Polo Moro
799-7 CANTAR OTRAS HAZAÑAS,
Ofelia Martín Hudson
800-4 MÁS ALLÁ DEL RECUERDO,
Olga Rosado
807-1 LA CASA DEL MORALISTA,
Humberto J. Peña
812-8 A DIEZ PASOS DE EL PARAÍSO (cuentos),
Alberto Hernández Chiroldes
816-0 NIVEL INFERIOR (cuentos),
Raúl Tápanes Estrella
819-5 ANÉCDOTAS CUBANAS (LEYENDA Y FOLCLORE),
Ana María Alvarado